掤風記

李仰勇 著

華文出版社
SINO CULTURE PRESS

图书在版编目（CIP）数据

扪虱记 / 李仰勇著 . —北京：华文出版社，2022.4

ISBN 978-7-5075-5567-7

Ⅰ . ①扪…　Ⅱ . ①李…　Ⅲ . ①长篇历史小说—中国—当代　Ⅳ . ① I247.5

中国版本图书馆 CIP 数据核字（2022）第 028815 号

书　　名：扪虱记
标准书号：ISBN 978-7-5075-5567-7
著　　者：李仰勇
责任编辑：雷　平
出版发行：华文出版社
地　　址：北京市西城区广外大街 305 号 8 区 2 号楼
邮政编码：100055
网　　址：http://www.hwcbs.cn
投稿信箱：sinoculturepress@yahoo.com
电　　话：总 编 室 010-58336239　发行部 010-58336270
　　　　　责任编辑 010-58336277
经　　销：新华书店
印　　刷：三河市龙大印装有限公司
成品尺寸：710 × 1000　1/16
印　　张：30.75
字　　数：553 千字
版　　次：2022 年 9 月第 1 版
印　　次：2022 年 9 月第 1 次印刷
定　　价：98.00 元

目录

第一章

英雄失路

西晋中期，谣谶流行，都说国朝有三大疑虑，若能一一消解，可保百世无忧，否则将有亡国之虞。

疑虑之一，当朝皇帝司马衷究竟是不是白痴？

司马衷尚为东宫太子之时，关于他痴呆不任事的闲话笑谈便已传遍朝野。为验证太子心智，武帝司马炎亲拟考题，命他撰文作答。太子妃贾南风拿到题目，暗中请高手写出一篇引经据典、文辞华美的锦绣文章。正要交差时，东宫僚属张泓劝阻道："陛下素知太子不好读书，见此必然生疑。"

张泓亲自捉刀，删尽美辞引语，仅留大义。司马炎阅后大喜道："衷儿虽然文采粗疏，却也通晓大义！"从此再无疑心。

司马炎驾崩后，司马衷登基称帝，以本来面目独自应对朝野众生，时时显露窘相，屡屡惊世骇俗。

一日，司马衷与群臣在华林园水池边赏玩，忽闻蛤蟆声"呱呱"一片。他屏息敛容，侧耳听了又听，忽然惊异地高声问道："此鸣者为官乎，为私乎？"

百官或瞠目结舌，或装聋作哑，或强忍笑意，气氛尴尬无比。亏得关内侯索靖急中生智，以一句"在官地为官，在私地为私"化解窘迫。但晋朝的头号机密，已经不容辩驳地大白于天下。

疑虑之二，三件国宝能否长存于世，子子孙孙永保用？

晋朝开国之初，洛阳武库入藏了三件稀世珍宝，一为孔子之屐，即孔子受困蔡国时遗失的木屐，是孔圣人一生仅存的遗物；二为高祖之剑，即刘邦斩白蛇起义所用的赤霄剑；三为王莽头骨，即更始军斩下的王莽头颅骸骨，被人髹了生漆，流传至今。

晋朝第一阴阳家郭璞赏完国宝，先是魔怔半晌，随后潸然泪下。旁人问起缘由，他扼腕叹道："三件宝物关乎国运，孔子屐可保文德之盛，赤霄剑可保武德之威，王莽头可远避奸叛、近防篡逆，如能永宝用之，可得万世太平，只可惜三十年后将遭逢一大劫难，国宝存亡吉凶，非我辈所能预料！”

晋初靠着三宝护佑，果然太平无事。到了太康年间，四境平安，仓廪充实，百姓安其业而乐其事，民谚曰：“四海无灾患，天下无穷人。”这段盛世，史称“太康之治”。

然而，天有不测风云。元康五年（295）的一个冬日，武库上空忽然黑烟翻涌，顷刻间，滚滚烈焰将整片屋宇吞没殆尽，仿佛项羽之焚阿房一般。待到大火熄灭，三件国宝早已化为乌有。

于是乎，晋朝的另一重大机密也这样令人胆寒地见了分晓。

疑虑之三，却是个无人能答的陈年旧题：夷夏强弱之势是否将有巨变？

两百年前，汉光武帝刘秀为永除匈奴之患，于窦固败匈奴、马援平羌之后准许边民内迁。自此，从西北、漠北迁居平原的匈奴各部及氐羌诸戎日渐繁盛，在关中、河东等地已有后来居上之势。京畿内外虽然胡人不多，但胡风渐炽，各色胡姬酒肆、羌煮貊炙食肆早已遍布街头巷尾，就连汉人衣饰中都已显出胡风南渐之势。

尚书郎江统深以为忧，深思熟虑后，写出一篇将近三千字的政论，趁着这日早朝，捧卷上奏道：“戎狄内迁中土，人口繁增，已成尾大不掉之势。臣深以为虑，妄作《徙戎论》一篇，请陛下过目。”

司马衷接了手卷放在案边，拍手笑道：“甚好！甚好！戎狄大多蓬头垢面，真得好好洗洗。”

江统一怔，接着说：“所谓‘徙戎’，并非洗浴之洗，而是迁徙之徙。胡人宜迁往旧地，以免滋事作乱。”

司马衷点头。

“甚好。母家舅父为大，是应迁往‘舅地’才妙！”

众臣面面相觑，哭笑不得。

东海王司马越插嘴道：“此事并非急务。如今西北遭逢大旱，饥民缺粮，已饿死无数。赈灾之策，还请陛下定夺。”

司马衷瞪眼呆问道：“百姓缺粮，何不食肉糜？”

众臣憋了半晌，此时再绷不住，无不捧腹大笑。

一场被寄予厚望的早朝就这样不了了之。

江统与索靖并肩出了皇宫，结伴回府。二人心事重重，一路无语。不觉间来到皇宫南门外的铜驼街，远远望见一对丈余高的铜驼昂首分立在街道两边。索靖是敦煌人氏，自幼见惯了驼队穿行大漠的景象，对两只铜驼素有深情，每次路过宫门，都会远远地望一眼，但从来无暇近看。今日特意走到近前，仔细端详了许久。

此时，一抹阳光穿透云层斜落半空，仿佛一把蘸满金粉的巨刷，将铜驼之头，连同远处宫墙上的城楼、太极殿的重檐飞角髹上一层浮夸的金色。若只仰望半空却不低头俯视，很容易生出繁华盛世重现人间的错觉来。

俄尔乌云翻涌，将白日死死锁住，金光立即退却，那虚幻的盛世之景仅仅维持了一瞬，便不见踪影。

索靖抚摸着冰冷的驼颈叹道："金马门外聚群贤，铜驼陌上集少年，如此盛况，终将成为旧梦。二位矗立洛阳宫门外，阅尽世间繁华，已该知足矣。"

江统嗔道："哪有什么盛况，洛阳早已遍地胡虏！今日我向陛下献徙戎之策，索大人为何不替我说句公道话？"

索靖连连摇头。

"胡族内迁多年，尚未尽归教化，而乱世却已临近，一旦风云有变，必会趁机作乱。江大人能料到这一点，已属不易。但你可曾想过，如今主上暗弱，外戚弄权，宫闱混乱，宗室争斗，典午氏已难掌大局；加之朝政腐败，军备荒废，民生艰难，国势已危如累卵。说句大逆不道的话，所有亡国之兆，我朝尽已占全。老夫虽知胡强汉弱之势将成，却无能为力！"

江统厉声道："非不能也，乃不为也。我的徙戎之策，正可以防患于未然！"

索靖冷笑不止。

"江大人把对了脉，却开错了方。安土重迁，乃天下黎民之本性。强行徙戎只会激起反叛，令我朝速亡！徙戎之日，便是亡国之时！江大人深思熟虑的，竟是如此下策！"

江统呕心沥血、历时经年，方才谋划出徙戎之策，此时竟被索靖一语驳倒，不禁恼羞成怒，一张脸忽红忽白，瞪眼争辩道："谬矣！谬矣！戎狄乃是蛮人异族，并不在天下黎民之列。徙戎是为救亡，又怎会致亡？"

索靖眼见江统已被徙戎执念迷了心窍，丧了心智，于是叹了口气，低声道："你若有心救国，不如学后生辈闻鸡起舞，以备不时之需，何必妄发谬论！"

江统顿足振臂，声音嘶哑地喊道："再不徙戎，索大人难道忍心看我华夏基业尽丧胡尘？"

"江大人言重了。既然要克定天下、德化四夷，便不得不承受四夷之乱，这是华夏的宿命。今日之势，我辈虽回天无力，但日后自会有圣贤出世，廓清纷乱、混一华夷！"

江统喃喃自语："圣贤，圣贤……圣贤何在？"

索靖见他精神恍惚，不似平日，连声劝道："江大人思虑过重，早早回府休息吧。”

江统口中念念叨叨，脚下踉踉跄跄地独自离去。

等江统走远，索靖也仰天问道：“天下将乱，圣贤安在哉？”

他忽觉脸上一凉，用手一摸，却是一滴冰冷的雨珠。

索靖轻拍驼颈：“天下将乱，人尚不能苟全性命。你这无情之物又如何自保？十年之后，恐怕已埋没于荆棘中矣！”

说完脸上又是一凉。

索靖举头望天，唯见万里晴空。回头再看铜驼，不禁大惊失色。原来两行浊泪正从铜驼深邃的眼窝中潸然垂落！

十八年后的一个冬日，一阵猛烈的西风掠过榛莽丛生的洛阳西阳门大街，卷起滚滚黄尘，为昏灰的天空涂上一抹诡异的暖色，也将街边方圆百丈的大片废墟衬托得愈加凄冷。这废墟便是昔日因收藏三件稀世国宝而名震天下、戒备森严的武库。如今国宝荡然无存，武库空留遗址，只有成群的乌鸦栖息在一株树干被烧得焦黑的老松树上。

几只聒噪不休的乌鸦忽然沿街东飞，落在一片断壁残垣上。歇息片刻，又向西北方向的金墉城飞去。这断壁之后便是旧时国舅杨骏的太傅府。当年杨骏与皇后贾南风争权失利，被禁军斩于自家马厩内。随后贾后专权，引发“八王之乱”。八路藩王为争皇位，接连混战十六年，将晋朝国力消耗殆尽。其间，洛阳沦为无日不杀戮、无日不喋血的凶乱之都，皇后贾南风、汝南王司马亮、楚王司马玮、赵王司马伦、齐王司马冏、长沙王司马乂接踵毕命于斯。

黄尘自西向东翻腾喷涌，遮天蔽日，接连吞噬津阳、宣阳、平昌三座城门。守卫城门的匈奴兵慌忙钻入毡房，指天大骂。他们都是八王兵乱之际追随匈奴首领刘渊举事的老兵，助刘渊建立汉国，又随他两次围攻洛阳，一度兵临宣阳门下却铩羽而归。刘渊死后，这些老兵又追随新主刘聪，在匈奴贵胄刘曜、汉族叛将王弥以及羯族大将石勒的号令下强攻京畿，终于由平昌门攻入洛阳。这座三朝帝都被洗劫一空，连晋怀帝和羊皇后也被掳至汉都平阳。晋廷立司马炽为帝，仓皇迁都长安。从此洛阳沦为废都。

西风吹至铜驼街，忽然调头北去。街上几名缩头赶路的匈奴兵忽地被黄尘吞噬了形影，仅剩一阵纷沓杂乱的蹬音噼里啪啦地穿过街头，向阊阖门方向忽悠而去。过了片刻，尘烟已散得干干净净，匈奴兵也不见了踪影，铜驼街重归死寂。

一阵清脆的马蹄声忽然从宣阳门方向“嘚嘚”传来，只见几个大汉骑着河西骏马，挥着皮鞭飒沓而至。为首之人虽是儒生打扮，却高大雄健、英气逼人。儒生勒定缰绳，在一片荆棘丛前翻身下马，拔剑砍去。枝杈纷飞处，赫然露出两只侧卧在地的铜驼来。儒生叹道："荆棘掩铜驼，胡寇乱华夏。索靖、江统竟然一语成谶！"他手拍驼头，伴着低沉的嗡鸣之音朗声道："待我扫平胡虏，迎天子还都，定要令二位重见天日！"

众人按辔北行，来到斑驳残破的宫墙之外，从缺口进入宫城。只见昔日巍峨壮丽的太极主殿坍塌了半截，剩下的半截也已摇摇欲坠；东配殿成了一片瓦砾，在半人高的苍耳、茅草丛中若隐若现；西配殿已荡然无存，连片瓦都不曾留下。一群野猪正在瓦砾中觅食，见有人来，扭头遁去。几只狐狸、貉子听到异声，警觉地从瓦砾缝隙中探头张望。儒生不忍再看，回首仰天而啸，惊得四下鸦雀纷飞。他徘徊良久，忽然低声吟道："顾瞻望宫阙，俯仰御飞轩。据鞍长叹息，泪下如流泉。"众人听得心悲，无不掩面而泣。

忽听有人高声喝道："何人在内？还不出来受降！"

儒生率众人冲出断墙，只见宫城外尘土飞扬，十余名匈奴骑兵打着呼哨，远远包抄而来。儒生笑道："养兵千日，用兵一时。射杀敌酋者，立即擢升为将军！"

一名大汉弯弓喝道："看我令狐盛的手段！"话音未落，已一箭射倒敌酋。其余匈奴兵不敢怠慢，急取弓箭还击。令狐盛出手如电，不等敌兵张弓，已连发三箭，将冲在最前的三人射落马下，其余几人见势不妙，拨马便走。令狐盛驱马紧追。儒生喝道："穷寇勿追。诸君速随我奔赴晋阳去也！"

这儒生姓刘名琨，字越石，是汉朝中山靖王刘胜之后，弱冠时即以诗文音律名扬京畿，常在石崇金谷园别墅与二陆、潘岳、左思等文人唱和，是闻名天下的"金谷二十四友"之一。后与范阳才俊祖逖意气相投，每日闻鸡起舞，一心戡乱救国。祖逖从军后，刘琨枕戈待旦，静候时机。如今他奉东海王司马越之命，正要远赴晋阳，出任并州刺史。临行前特地率心腹潜入沦陷多日的故都洛阳，在铜驼街、宫城等旧地凭吊，以表决心。

凭吊完毕，刘琨率千名勇士奔赴白骨遍地的晋阳旧墟，一边筚路蓝缕、垦荒拓殖；一边招抚荒散、筑城练兵。不过几年，晋阳便恢复生机，成了一座城墙高四丈、周长二十七里，鸡犬之声不绝于耳的繁华都市。刘琨因抗敌图存之功，受封为大司空，一时名震天下。

这一日，建威将军令狐盛飞奔来报："启奏司空大人，末将登城巡逻，忽见城南尘土飞扬，万骑齐来。"

刘琨匆忙登城察看，不禁大惊失色。原来五六万匈奴骑兵从天而降，已将晋阳城围得铁桶一般。此时并州精锐俱在平城，晋阳城内仅有数千人马。刘琨虽然心急如焚，只得不露声色，依旧气定神闲地往来巡视。匈奴兵不知深浅，未敢大举攻城，遂不急不躁地安营扎寨。刘琨一面严密布防，一面派勇士出城求援。

匈奴兵不知城内虚实，又自恃兵多粮足，便以逸待劳，围而不打。转眼过去七日七夜，城内粮尽兵疲，援军仍迟迟未至。刘琨心中越发不安。

这一夜，刘琨满腹心事地登城巡视，忽见一轮明月从云海中喷薄而出，将灯火稀疏的街市照得白昼一般，不禁脱口吟道："明月照孤城，清辉寂无声。"

忽然，他望见城外毡房林立的匈奴大营，一腔诗意顿时化作满腹愁情。

刘琨立于城楼，面对一轮孤月，似有千言万语，却又无从诉说。月移影动之间，眼前的远山孤城、荒野穹庐，虚如梦幻泡影，渺如海市蜃楼，似有隔世之感。于是悲从中来，仰天长啸。几段悠长凄婉的啸声穿越暗夜长空，在城墙、营垒间萦绕低回，留下袅袅的余音久久不散。一阵凉风扑面而至，隐隐携来一丝声息，似在应和刘琨的长啸。那声音从匈奴大营深处传来，似是匈奴人的歌谣，虽微弱难辨，却也哀怨凄楚，动人心魄。

刘琨忽然灵机一动，拊掌笑道："我已有却敌之计，必能令胡虏不战而退！"

众人正觉诧异，刘琨已传下号令。

"请令狐将军立即召集百十名善吹胡笳的高手，速来城楼集结。"

令狐盛不敢多问，急忙回营招来百人，捧了胡笳来到城楼。刘琨向众人道："诸君都是忠肝赤胆、心思沉郁的幽并游侠儿，今夜且以胡笳破敌！听我号令，齐奏此曲。"

他说完击节低吟。众人便随着节拍，依着曲调吹奏起来。此曲柔美动听，却又凄婉哀伤，恰如慈母召唤背井离乡的游子，又如思妇呼唤远行不归的良人，亦如婴孩呼叫久未谋面的父亲。众人吹着胡笳，不由自主地动了思乡之情，眼中洒下热泪，顺着笳管滴落脚下。笳管浸了热泪，音色越发悲凉。一曲奏毕，又反复吹奏四遍，刘琨才令暂歇。此时，城外忽然传来阵阵凄凉的呜咽声。

刘琨细听片刻道："哭声哀而不伤，敌人心志未乱，暂且不会退兵。请诸君一个时辰后再来吹奏。"

众人这才醒悟，原来刘琨是要以胡笳之音扰乱敌军情志，以求不战而胜。过了一个时辰，刘琨又率众登上城楼，将曲子重又吹奏五遍。五奏未毕，敌营内已哭声不止。刘琨侧耳倾听，拊掌而笑。

"心志乱矣，敌军已无心作战。天明之前，必会退兵。"

于是，他招呼众人回营歇息。

凌晨时分，哨卫入营禀报："匈奴兵已连夜撤退，不知去向。"

刘琨如释重负。

众人也纷纷赞叹道："刘公神机妙算，真神人也！"

忽见一人匍匐至刘琨面前，捧出一幅手卷，叩头便拜。

"刘司空胡笳退敌，堪称千古风流！小人已暗暗将曲谱录下，名之曰《胡笳五弄》。特请大人过目。"

刘琨展开手卷，不禁吃了一惊。只见上面密密麻麻、工工整整地写满字谱，竟与他刚才吟唱的曲调分毫不差！刘琨惊异地问道："你是何人？刚才并未登城吹奏，如何能记下我的曲谱？"

"小人乃河南人徐润，是令狐将军麾下小吏。虽好弹琴，识音律，却不擅胡笳。适才在城内巡逻，听到城楼笳声，爱其品调高雅，便默记于心，回营誊写成谱。愿此曲能伴刘公永垂不朽，万古流传！"

刘琨惊叹道："不想我军中竟有师旷之聪！"心中顿时生出惜才之心，又欲考考他的本事，便问道："你既能操琴，可知琴法中何谓龙行、虎行、蟹行、鸾行、轻行？"

徐润不假思索地答道："龙行者，行指也；虎行者，步指也；蟹行者，轮指也；鸾行者，转指也；轻行者，泛指也。"

刘琨亲自捧来瑶琴，置于案上道："请徐先生不吝赐教，弹奏一曲。"

徐润在案前落座，随手拨弄两下琴弦，便两眼放光，大惊道："此琴不同凡响，必为古时名琴。"

刘琨笑而不语。徐润又低头摩挲片刻，拊掌叹道："后汉蔡中郎亡命东吴，路遇吴人以梧桐木烧火煮饭，听木材爆裂之声，知其为良材，便抢出此木，斫为良琴一张，因琴尾烧焦，名之为焦尾琴。小人祖德不浅，今日得遇至宝，虽死无憾！"

刘琨笑道："好眼力！这正是蔡中郎的焦尾琴。若本是天下良材，却当作劈柴烧掉，岂不可惜？阁下见多识广，必然出手不凡。速请赐教！"

徐润心知成败在此一举，必须尽展平生之技。只见他凝神端坐，左手若兰花初绽，以绰、注、吟、猱之法按弦，右手如凤凰展翅，以托、擘、挑、抹、勾、剔、打、摘之法鼓弦。指落弦鸣，泠泠淙淙，却是昔日竹林七贤之一阮咸的成名曲《三峡流泉》。琴声悠悠扬扬、飘飘洒洒，将刘琨勾摄得三魂出窍、六魄离体。

原来，刘琨当年在金谷园与诸友厮混时，最喜弹奏此曲。时过境迁，忽闻旧调，顿时意乱神迷、不能自拔。只觉眼前的营帐已化作纸醉金迷的金谷园，帐外的晋阳也已化作衣冠云集的旧都洛阳。恍惚之间，刘琨步入金谷园，左顾右盼，只见一花一草、一台一阁，尽是旧时相识。迎面走来两位峨冠博带、雍容潇洒的名士，一个是富甲天下的石崇，一个是俊美无双的潘岳。刘琨正欲招呼，琴声却戛然而止，故都、故园、故人都倏忽而逝，消散得无影无踪。眼前依旧是一座荒山环抱的孤城，几顶破旧不堪的营帐，一群朴鲁不文的军汉。

刘琨喟然叹道："阁下有旷世之才，却不得知音，刘琨深以为耻。眼下晋阳令一职空缺，阁下可即日就任，以展大才。"

晋阳令是并州治下仅次于刺史、太守的要职，因为不得其人，已空缺多日。刘琨轻易便将要职授予徐润，惊得众人目瞪口呆。

掾吏王生连拽令狐盛的衣袖。令狐盛会意，急向刘琨耳语道："姓徐的虽然精通音律，但心术不端，曾受我军法处置，万万不可重用。"

"徐润怀才不遇，岂能埋没在我的手里？我意已决，不必多言！"

自此刘琨日夜与徐润切磋音律，军政要务也委托徐润代劳。徐润也渐渐现出本性，暗自巧取豪夺、欺男霸女。令狐盛多次苦劝刘琨罢免徐润，都无济于事。

这日，令狐盛领着王生出了营帐，忽见辕门外聚了几个兵卒，围着一人哄笑取乐。令狐盛喝退兵卒，只见那人弯腰捡起一把长剑，高声叫卖。

"祖传宝剑，售价千金！"

令狐盛喝道："拿剑来看！"

那人转过身，却是个满面风尘、嬉皮笑脸的落魄书生。令狐盛看了他手中的剑，不禁捧腹大笑。原来此物已锈蚀得不见半分好铁，锈斑成鳞，仿佛百年之松；扭曲蜿蜒，犹如三秋之蛇。

"这根残铁，怎敢开价千金？"

"千金之价虽贵，但若算上添头，还是太过低廉。"

令狐盛问："添头在何处？"

那人拍了拍瘪瘪的肚皮，诡异地笑道："在下不光卖剑，更兼卖身。买了此剑，我这七尺之躯，连同里面的辘辘饥肠、文韬武略便一同白送！"

令狐盛恍然大悟。

"原来是位满腹韬略的高士，以卖剑为名毛遂自荐。敢问尊姓大名？"

"在下张宾，字孟孙，赵郡人氏。自以为运筹帷幄之能，不在张良之下。近日来到晋阳，欲助刘司空成就一番伟业，却因无人举荐，混成了这番模样。足下既然与我有缘，何不为我引荐？"

令狐盛有心考考他的才学，便笑道："张先生既已饥肠辘辘，我也久未用饭。何不借先生的满腹韬略下酒，一同小酌几杯。"

他们于是来到酒肆，叫了一壶水酒，几盘凉菜。两人一边小酌，一边纵论天下，王生陪坐一旁。张宾时而针砭时弊，时而臧否人物，无不直指要害。

令狐盛问道："先生纵论天下，切中肯綮。不知对并州局势有何高见？"

"并州四处受敌，形势危急，须外寻强援，共同进退。"

"鲜卑人忠于朝廷，堪为奥援。我欲劝刘司空与幽代鲜卑交往。"

"鲜卑人当下以晋臣自居，不过是不愿向匈奴汉国称臣而已，日后若天下有变，必会叛晋自立。刘司空真正应该拉拢的，是苟晞、王浚这些华夏豪杰。"

王生问道："苟晞、王浚之流有不臣之心，刘司空视之如仇雠，怎会与他们结盟？"

"唇亡则齿寒，见苟晞、王浚将死而不救，岂不正中胡人下怀？华夏群雄再不联手，必被胡人各个击破，再无回天之力！"

令狐盛大惊，俯身拜道："张先生乃天下奇才。得先生之力，实为并州之幸也！"当即引了张宾来见刘琨。

穿过袅袅琴声、幽幽香气，只见刘琨在两名美艳歌姬的簇拥下背身坐在书房正中，左手打着节拍，右手摇着麈尾。与刘琨相对而坐、低头抚琴的正是徐润。

刘琨示意徐润暂歇，不等令狐盛开口，便头也不回地朗声道："我虽无师旷之聪，却也能听足音而辨来者。令狐将军，你身后是何人？让我猜一猜。重重浊浊，必为远来之客；切切急急，必是归附之士。"

"大人高明，此人正是远道而来的天下奇才，姓张名宾字孟孙。"

刘琨肩头一耸，轻挥麈尾。

"原来是个借卖剑之名招摇撞骗的江湖神棍。晋阳城每日收纳的流民数以千计，难免鱼龙混杂。令狐将军务必严加甄别。恕不送客！"

忽听张宾仰天大笑。刘琨手中麈尾稍停，厉声问道："因何无故而笑？"

"我笑晋阳徒有虚名，早晚要城破人亡！"

刘琨手中麈尾乱晃，转头问道："晋阳虽不敢说固若金汤，却也雄踞北地多年，难道会被江湖骗子吹破不成？"

"晋阳孤悬绝境，强敌环伺。刘大人虽负盛名，却不能任贤去邪、奋发图强。日日耽于音律，惑于小人，长此以往，必将——"

不等张宾说完，刘琨已猛拍麈尾喝道："大胆狂徒，限你一个时辰内离开晋阳，否则教你身首异处！"

晋阳城北门外，天际似乎比南门处更为低沉，天色也更为阴郁。难怪，南门是归附者汇聚的热闹所在，红尘百丈，细看尽是喜气。北门却是失意者的诀别之地，离别者行色匆匆、步履轻轻，唯恐荡起一丝尘土。北风起落，细听唯有寂寞。

张宾望了望天，向令狐盛拱了拱手。

“朔风渐起，彤云密布，恐怕大雪将至。令狐兄请速回，你我后会有期。”

令狐盛紧握张宾的双手，洒泪道：“张兄才高于世，却不能留在晋阳，令人扼腕。不知兄台将去何处建功立业？”

张宾连声冷笑。

“刘琨难成大事，徐润更是易牙、恶来之辈。兄长在这二人手下，恐难善终。不如与我一同投奔石勒，干一番惊天动地的大事。”

令狐盛闻言色变，呆立半晌。

“石勒是个咬钉嚼铁的羯贼，号称‘胡蝗’。贤弟怎会看上此等鼠辈？”

“石勒出身草莽，少受教化，却天资极高。虽不读兵书，但其用兵之道无不暗合兵法。此等人物绝非刘琨能比。我看江北诸雄，唯石勒能成大事。”

“谬矣！石勒身为胡虏，一心乱我华夏。孟孙岂能助纣为虐！”

“石勒虽为羯胡，却是人杰，志在问鼎中原，绝非只识杀戮的草寇。石勒今日虽有恶名，日后必是一代雄主。汉人虽众，却群龙无首，刘琨、王浚之流都难成大事。与其助刘琨抗胡，不如助石勒治胡，等胡人受了教化，天下岂不太平如初？”

“非我族类，其心必异。孟孙切勿为求功名而忘了华夷之别！”

“羯胡乃匈奴别部，虽出于西域，容貌亦异于华夏，但归依华夏已有二三百年，岂能再以异族视之？做大事不拘小节，吾去矣！”

张宾说完仰天大笑，拎起那口弯弯曲曲的残铁剑，一摇一摆地逆风而去。

行了几步，他忽然回头道：“听说刘琨欲令兄台把守北门。切勿受命，以免招来杀身之祸！”

令狐盛欲问缘由，张宾早已长啸远去。此时天色愈加阴沉。

回到营帐，中军司马续咸忽然传来刘琨口谕。

“请令狐将军即日起把守北门。”

令狐盛奉命转驻，猛地记起张宾的叮嘱，但见北门并无异常，便不以为意。

过了两日，天色依旧阴沉，却片雪未落。

续咸忽又传来口谕：“请令狐盛去刘大人帐中议事。”

令狐盛来到大帐，俯身拜道：“卑职拜见司空大人。”

刘琨并不答话，轻挥麈尾，七八名刀斧手忽然一拥而上，将令狐盛死死摁在地上。

徐润从刘琨身后款步走来。

“令狐盛蛊惑人心、策动逃叛，证据确凿。你可知罪？”

“我令狐盛一片忠心，日月可鉴。说我策动逃叛，有何证据？”

“你转驻北门不过数日，从北门逃离晋阳者已有数千。而在往日，晋阳只见归附，鲜有逃亡。这难道不是证据？”

“一派胡言！晋阳人心浮动，逃亡者日增，皆是徐润恃宠骄纵、仗势为非之故。徐润乃恶来之流，却以淫巧邀宠，成为刘大人心腹，执掌生杀大权。晋阳不似从前，皆是徐润之过。徐润不除，晋阳不宁！请刘大人立斩徐润，以正人心！”

徐润微微一笑，自思道：“我要的便是你这句话！”

“好一副毒舌利齿！我若是恶来，刘司空又是何人？刘司空乃天下人望，岂容你指桑骂槐肆意诽谤？你不但策动逃叛，如今又叫嚣杀了本官，叛逆之心，已昭然若揭！若非今日事发，我与刘司空定会死在你的手下！速将此人押入死牢！”

令狐盛大吼一声，忽地掀翻两名刀斧手，顺势夺来一口长刀，直取徐润。其余几人慌忙来救，却被令狐盛一刀一个砍翻在地。徐润吓得匍匐于地，面如土色。令狐盛一脚踏在徐润背上，喝道：“今日便为晋阳除奸！”说完挥刀砍去。不料一柄利剑突地从身后刺来，令狐盛只觉后心一凉，便砰然倒下。

刘琨放下利剑，正了正衣冠，捻起麈尾轻摇两下，朗声道：“速将叛贼枭首示众！”

夜幕降临，酝酿了数日的大雪终于纷纷扬扬地飞落。近处的城墙、城楼，远处的山峦、草莽，皆在雪夜中失了轮廓、消了形影。天地似已重归混沌，化作乾坤难辨的迷蒙一团。

忽见一哨匈奴骑兵从混沌中悄然现身，沿着乾坤相接的狭窄缝隙，由远及近地潜行而来，转瞬之间，已无声无息地突进至晋阳城下。为首之人正是匈奴王刘聪手下大将刘粲。

城门大开，太原太守高乔亲自将刘粲引入城内。

“卑职已恭候刘将军多时。”

此时万籁俱静，城头无人值守，只有建威将军令狐盛圆睁怒目，俯瞰城下，其身躯却躺在别处，再不能振臂高呼、挥刀杀敌。

刘琨拼死杀出晋阳北门，回首望了一眼这座永难复归的故城，冒雪疾驰而去。驰行数里又回头南望，身后唯有茫茫无际的一片惨白，不见追兵，从者也寥寥无几。原来刘琨因重用徐润、错杀令狐盛之故，已尽失人心。城中守军或随高乔降了刘聪，或转投石勒，仅余刘群、刘挹等子侄以及卢谌、崔悦、温峤等心腹随刘琨北逃。

跋涉数日，雪势渐小。穿过一片桦树林，一座白雪皑皑的大山兀然横亘在面前，正是绝壁千尺、陡峭难行的太行山。刘琨望山而叹。

“自古太行天设险。行至此地，何去何从？”

策马四顾，晋阳已遥不可望，前路又一片迷茫，刘琨不由得心灰意冷，望天喟叹。

卢谌劝道：“卑职刚刚占了一卦，卦辞为‘六四，樽酒，簋二，用缶，纳约自牖，终无咎’。司空大人且放宽心，前路必遇贵人襄助。”

话音刚落，山边传来歌声：

放马大泽中，草好马著膘。
前行看后行，齐著铁裲裆。
前头看后头，齐著铁兜鍪。

歌声雄浑高亢，令人动容。

刘琨道：“此歌不似中原之音，作歌者却是何人？”

只见一行人从山脚打马而来，眼看行至面前，为首之人忽然滚鞍下马，踏雪来到刘琨跟前，俯身便拜：“段部鲜卑副统领段末波，奉王兄之命前来迎接刘大人。”

刘琨扶起段末波，仰天大笑。此时云开雪霁，日光映雪，如金似玉。刘琨欣然叹道：“能得段部襄助，岂非天意乎？”

段部与慕容、宇文及拓跋并称鲜卑四部。初代首领段日陆眷[①]出身寒微，曾被卖至乌桓贵人家中为奴。一日诸贵人宴饮集会，别人皆有唾壶，唯独段日陆眷的主人未曾携带，便将秽物唾入其口中。段日陆眷忍受屈辱，咽下主人的痰唾，向苍天暗祷：“愿主人的智慧福禄一同转入我腹。”不久，段日陆眷率部迁往辽西，从此日渐强盛。如今段部占据辽西、幽燕，成为鲜卑四部中的执牛耳者。

刘琨随段末波来到蓟城南门外，忽听鼓乐齐鸣。一位大汉身穿晋朝官服，率领一群身着胡装的鲜卑人大踏步迎来，拱手笑道：“段匹磾久闻刘司空大名，今日得见尊容，虽死无憾！”

刘琨道：“刘琨德薄才疏，难负盛名。如今兵败晋阳，无立锥之地。蒙段兄

① 段日陆眷记于《魏书》，段就陆眷记于《晋书》。

不弃，遣令弟远道相迎。刘琨感激不尽。”

二人携手入城来到段匹磾府内。段匹磾安排酒宴为刘琨接风，令段氏子弟作陪。段氏诸昆仲皆着鲜卑装，唯独段匹磾身着晋服。刘琨颇为惊讶。

“众人皆为鲜卑装束，唯独段兄身穿晋服。不知何故？”

“段氏世代皆为晋臣，皇恩浩荡，不敢或忘。如今朝廷有厄，我欲效仿古人，着晋服以自励。”

“朝廷有何困厄？”

“刘兄一路奔波，难怪消息不通。近日匈奴新主刘曜已攻破长安，将晋帝俘虏为奴，令其在筵席前刷碗洗碟，受尽屈辱。忠臣义士闻此噩耗，无不肝胆俱裂！”

刘琨听罢放声痛哭。

段匹磾连忙劝道：“兄长莫悲，听说王导、王敦已辅佐晋王司马睿在江东建业称帝。天佑大晋正统未绝！”

刘琨这才转悲为喜。

二人把酒畅谈，只觉相见恨晚。段匹磾忽然起身道：“我与刘兄一见如故，又志同道合，何不结为兄弟，同驱丑类，共效忠节？”

刘琨大喜道：“于我心有戚戚焉。”

二人于是歃血为盟，立下联手除奸、共扶晋室的誓言。

翌日，段匹磾命刘琨暂驻于征北府小城，静待时机。

不久段部生出内乱，段末波起兵夺了单于之位，又将刘琨之子刘群掳去做了参军。刘琨只得隐忍不发，坐观风云变幻。

一日，段匹磾的亲兵传来口信，请刘琨入营议事。刘琨入了中军帐，只见段匹磾拿起一封书信，晃了晃，一声冷笑。

“看看你做的好事！今日截获令郎的密信，才知段末波已为你许下幽州刺史之职，又命令郎劝你为内应，要里应外合，置我于死地。盟兄还不动手，更待何时？”

刘琨面不更色。

“此信必是犬子受段末波逼迫所作，并非他的本意，愚兄更不知情。贤弟不要中了小人奸计。”

段匹磾忽然将信纸撕得粉碎，哈哈大笑。

“段末波的伎俩何足挂齿！我不过开个玩笑，盟兄不必在意。我与盟兄肝胆相照，岂是一封书信所能离间？”

刘琨心中释然。

谈笑间，忽见段匹磾之弟段叔军闯入帐内，向段匹磾使了个眼色。

段匹磾起身出了大帐。

“兄弟可是为刘群书信而来？刘琨与此信并无干系。”

段叔军低声道：“宁可信其有，不可信其无。段部本是胡人，除了兵马，还有何物足以仰仗？如今段部内乱，对刘琨正是天赐良机。他若真做了内应，夺了兵马，段部岂有活路？”

“我与他已经歃血为盟，若违了盟誓，恐遭天谴。”

“恶人自有恶人磨。要杀他的人，足以排到燕山脚下，又何须兄长动手！”

段匹磾会意，回帐笑道：“请盟兄安心回城静养。兵荒马乱的，多配几个护卫为妥。”

几个铁甲武士将刘琨推推搡搡，押解而去。

阵阵西风，透过牢房狭小的铁窗，吹过刘琨日渐斑白的双鬓。刘琨低声叹道：“西风吹鬓，空添白发，却不见南方半纸消息。我刘琨难道要如此度过余生？”

嗟叹之际，忽听牢门响动，一狱吏躬身进来。刘琨看他，颇觉面熟。沉吟之间，狱吏拱了拱手。

“小人王生，曾在令狐盛帐下当差，属刘司空旧部。晋阳城破，才流落此地。”

刘琨听了叹息不止。

王生忽从怀里摸出一枚苋汁染红的喜蛋，双手捧了递给刘琨。

“小人家里刚添了个男丁，请司空大人赏脸吃个喜蛋，也为犬子讨些福气。”

刘琨接过喜蛋，却见王生愁眉紧锁，便问道：“王兄弟面露忧色，不知有何难处？”

“拙荆因为此子，已难产而死。我怕孩子命苦难养，因此想请司空大人取个佳名，助他平平安安度过一世。”

刘琨沉吟道：“令郎生逢乱世，且自幼失恃，更应胸怀猛志，自强自立，有所作为。就叫王猛，字景略，你看如何？”

王生大喜：“司空大人满腹经纶，取的名字果然提气！”遂千恩万谢，拱手告退。

没过几日，中秋将至。王生又携了果子来牢房看望。

刘琨道：“古人云：‘人之将死，其言也善。’我有个不情之请，要烦劳王兄弟相助。”

“大人尽管吩咐，只是莫要太过伤感！”

“近日思念旧人卢谌，欲赋诗一首，略表生离死别之意，再托老弟送去。”

王生取来纸笔，刘琨奋笔写道：

握中有悬璧，本自荆山璆。
惟彼太公望，昔在渭滨叟。
邓生何感激，千里来相求。
白登幸曲逆，鸿门赖留侯。
重耳任五贤，小白相射钩。
苟能隆二伯，安问党与仇？
中夜抚枕叹，相与数子游。
吾衰久矣夫，何其不梦周？
谁云圣达节，知命故不忧？
宣尼悲获麟，西狩涕孔丘。
功业未及建，夕阳忽西流。
时哉不我与，去乎若云浮。
朱实陨劲风，繁英落素秋。
狭路倾华盖，骇驷摧双辀。
何意百炼钢，化为绕指柔。

原来刘琨虽身处绝境，却壮心不死，正欲招集旧部，重整旗鼓。因为担心走漏消息，不敢直抒胸臆，唯有将悲愤注入诗行，以求观者会意。刘琨写完默念一遍，对“何意百炼钢，化为绕指柔”一句尤为满意，暗想：“卢谌是我知音，定能知我心意，设法救我出狱。”

数日后，王生带来卢谌的回信，只有三句短诗：

谁言日向暮，桑榆犹启晨。
谁言繁菜实，振藻耀芳春。
百炼或致屈，绕指所以伸。

刘琨暗喜。

“卢谌果然是我知音。这三句诗，分明是劝我忍辱负重，等待时机！”

于是，他振作精神，日夜静候消息。哪知接连数日，都只有狱卒来送牢饭，再不见王生过来。

转眼已至九月。

窗外的弯月仿佛一柄新磨的吴钩，透过狭窄的铁窗，将一片惨淡的寒光投射在斑驳的墙上。

刘琨对着月光，想着心事。忽听一阵熟悉的足音由远及近。牢门轻启，伴着“刘公”二字，一股深秋的寒意凛然而至。

刘琨呛了口凉气。

“王兄弟，可有我的书信？”

“东吴王敦大将军派来使节，与段公日夜议事。这两日对闲杂人等管得极严，即便有书信，也难送来。”

“东吴使节来了几日？”

“今日是第三日。”

刘琨仰天长叹。

“我命休矣！”

“刘公何出此言？”

刘琨颓然道：“王敦是晋臣，我也是晋臣。他的使节来到幽州，却不来相见，必有隐情瞒我。况且我早有耳闻，王敦有篡逆之心，唯恐我妨碍他顺心遂意，早已恨我入骨。”

“刘公不必多疑。”

次日清晨，王生端了酒壶来到囚房，目光飘忽却强作笑颜。

“重阳已至，段公特地吩咐，给刘公送来美酒一壶，以示慰问！”

刘琨脸色一变，仰天大笑几声，朗声道：“重阳佳节，最宜登高望远。能在今日魂飞九霄，望我神州故土，不亦乐乎！”

王生惨然道：“刘公既已猜透，小的也无须隐瞒。段公受了王敦密令，要以鸩酒来取大人性命。”

刘琨两眼噙着热泪，慷慨而笑。

“王兄弟不必迟疑，快大碗斟来！”

王生颤抖着双手端酒过来，刘琨振衣而起，一把接过，几滴泪水扑簌簌滚落碗中。王生不忍直视，掩面而泣。

刘琨朗声道：“我虽有心光复中原，却不得天时、地利、人和。仅凭一颗忠心苦苦支撑，最终进退失据、身陷绝域，岂非天意乎？”

王生含泪道：“刘公一生忠义，虽壮志难酬，亦将彪炳史册！”

刘琨又道：“我犯下大错，死不足惜。只可惜华夏豪杰无一幸存，中原终将坠入胡尘，万劫不复！”

他眼望南方昂首而立，忽用低沉悲壮的燕赵之声吟道：

“昔居天上兮，未建寸勋。今归泉下兮，羞见君亲。腥膻遍地兮，华夏不存。孤魂凭虚而去兮，谁识我心？”

吟罢举碗，一饮而尽。

第二章

石勒称豪

不说刘琨死后，段匹磾众叛亲离，终被石勒擒杀，单说王生携猛儿离了蓟县，投奔早先迁居幽州的王氏族人，安顿下来。

这日王生背了猛儿，来到村口拾柴。忽见一群流民纷至沓来，个个蓬头垢面，神色凄惶。

王生起初不甚留意，只顾俯身捡柴。忽听两个流民操着北海郡剧县口音，边走边谈。

“近日南边有何消息？”

“听说大胡杀败曹嶷，向北杀来。”

“苦也！逃到天边，也逃不脱大胡魔爪！”

王生正是北海郡剧县人氏，听到乡音备感亲切，连忙起身拱手问道：“两位老哥从何处来？往何处去？”

一人叹气道：“近日大胡称了帝号，与青州曹嶷杀得正紧。青州百姓不想白白送命，正往幽州逃难。”

王生道：“原来都是同乡。却不知大胡是谁，称的哪门子帝号？”

另一人啐道：“大胡便是石勒，小胡是他侄儿石虎，都是杀人不眨眼的魔王！大胡这两年攻城略地好不威风，刚在襄国自封赵王。这下赵国的山头上，竟然有了刘、石两家大王。天有二日，大乱之象啊！”

原来刘聪死后，刘渊之侄刘曜篡位登基，改汉为赵。石勒也趁机反叛，自称赵王。

王生怒道：“哪里是二日，分明是两颗灾星！”

借着一腔愁绪，满腹牢骚，王生与两位同乡攀谈起来。谈到激愤处，不禁捶胸顿足，长吁短叹。

忽听前头人声喊起。

“羯兵！羯兵！大胡小胡已经杀来！快进林子躲避！”

二人脸色一变，连忙拱手告辞，临走还不忘叮嘱：“羯兵凶狠，老乡快去藏身，保重，保重！”

王生喊来村民，手忙脚乱地钻进树丛，在林深草密处藏了起来。外面是何情形，都一概不知。他两耳嗡嗡乱响，似有千军万马呼啸而过，细听只有怦怦不绝的心跳声。

胡思乱想之际，王生忽觉后背一阵疼痛，却是猛儿即将醒来，双腿乱蹬，鼻头抽动，似乎要痛痛快快地放声一啼。王生大惊，连忙解下襁褓，抱在怀里连拍带摇，口中念念有词。

这套平日不甚灵光的法子今日竟有奇效，猛儿果然眉心舒展，鼻息渐稳，转头沉睡而去。

顷刻之间，大队羯兵已浩浩荡荡来到林边。走在最前的军官骑着高头大马，虽然不甚魁梧，却筋骨粗壮，猛悍异常。一张糙脸生满横肉，五官半似胡人，半似汉人，其正是石勒之侄石虎。

自随石勒从军以来，石虎日渐显出残暴本性，终日以弹弓伤人为乐；遇到才干胜过自己的同袍，便暗下毒手；攻城略地后，往往违反军令，坑斩降卒与平民。石勒目睹了侄儿的斑斑劣迹，暗起杀心。石勒之母王氏却对这个孙子颇为宠爱，苦劝道：“老话说：‘快牛为犊时，多能破车。’石虎虽然残暴，打仗却是把好手。姑且忍忍，有甚难处！”

石勒饶了石虎死罪，将他痛骂一顿。但不过几日，石虎便故态复萌。

此时石虎杀心正炽。他驱马经过这片树林，却不闻一声鸟鸣，立即起了疑心，手握刀柄，不住往里张望。

此时，林中藏身的乡民已觉察到险情将至，大气都不敢出。忽听“咔吧”一声，不知谁碰折一根树枝。石虎听得真切，喊了声：“林中藏有残敌，我去砍个干净！”立即提刀下马，冲进树林。转眼间，石虎已搜出两人，手起刀落，砍下首级。

王生抱着猛儿藏在不远处，亲睹二人死于非命，早已心惊胆战，偏偏猛儿此时又毫无征兆地睁开双眼，张口抽鼻地摆出大哭一场的架势来。王生急忙使出惯用招数，手摇襁褓，口念歌谣。哪知刚才还有奇效的秘方忽然失灵。王生手忙脚乱之际，号啕之声已震天而起。

石虎狞笑一声，横起环首长刀循声而来。

王生抱起猛儿转身便逃，奔出十余步，忽地一个踉跄，摔倒在地。他自知难逃一死，便将猛儿放于地上，捡起一根树枝，一跃而起，欲与石虎搏命。

谁知等他起身，石虎已被几个军汉摁在地下，眼前却立了一位魁梧雄健的羯人首领，深目高鼻，五官轮廓分明，须髯异常浓密，十足的胡人面目。

这人朝王生拱拱手，用上党口音说道：“羯人石勒，约束部下不严，伤了平民性命，又惊吓婴儿。还望恕罪。”说罢又向他深施一礼。

王生久闻石勒恶名，以为他必是个青面獠牙、凶神恶煞的人物，见他如此，甚觉诧异。族人也纷纷从草木丛中探头探脑，胆子大的，早已起身观望。

石勒忽地拔出宝剑，慨然道：“本应自裁谢罪，只恨天下贼寇未平，此身尚不能灭。只好效法古人、割发代首！”他挥剑割下一绺头发，抛在地上。却转过身，用剑指着石虎。

“孽障屡犯军规，今日又谎报敌情、屠杀良民。若非这婴儿一声啼哭道破真相，数百平民早已葬身荒野！你是个血性男子，就自行了断吧！”说完，他将剑掷在地上。

石虎低头慢慢捡起剑，握剑的手臂忽然青筋暴露，两眼也露出凶光。王生见石虎有意行凶，正要喊石勒留神，却见他眼中凶光忽又退去，手臂也松弛下来。原来，石勒身后已悄然走来一人，却是个俊雅飘逸的儒生，其人来到石勒身边，朗声劝道：“石虎虽然桀骜不驯，却是个难得的猛将。眼下正值用人之际，岂能自断臂膀？”

“这厮越发嚣张，竟敢杀良冒功，是可忍孰不可忍！”

“大敌当前，何不令他将功补过。若不能立功，再斩不迟。”

石勒冷笑道：“若非右侯求情，定要砍了你的狗头！”又向乡民拱手道：“孤还要去找匈奴王刘曜厮杀，不能久留。日后若有人胆敢欺负乡亲，只管去襄国找右侯告状。”

临走前还不忘在石虎头上踹了一脚。

那儒生向众人施礼。

“在下张宾，字孟孙，是大赵君子营统领兼大执法。乡亲们若有难处，尽管去襄国找我。”

又取来一吊铜钱，搭在王生臂上。

“这婴儿一声啼哭便救了百条人命，长大后必是个人间英物。这些钱，留着日后给他买书发蒙吧。”说完，他飘然而去。

王生此时才忆起，这个一人之下万人之上的张右侯，便是当年在并州街头卖剑的落魄书生！人生穷达之遇，果然不可预料。

众人先是由生入死，随后又死而复生，心中忽悲忽喜、乍冰乍火，眼见脱离险境，无不欢呼庆贺。

王生用手指戳了戳猛儿的额头，喜道：“多亏猛儿一声啼哭，救了大家性命。”

众人都过来赞道："此儿能引来贵人，命中必有大富贵！"

感慨之余，又有人叹道："都说石勒如何如何凶残，今日看来，却也不是杀人不眨眼的恶魔。"

"可不是，大胡虽然恶名在外，但不算十分凶恶。"

"他要争霸天下，所以才收买人心。"

听了众人的议论，王生抚着猛儿的后脑勺自语道："连羯胡都已懂得收买人心，壮大声威，华夏群豪却依旧我行我素。长此以往，究竟是福是祸？"

猛儿忽然瞪大双眼，点了点头，口中努力发出"呃呃"之声。

王生笑道："天下大事，孺子何知？"

羯兵走后，幽州地面前所未有地太平了半年。乡民大多生在乱世，不识太平为何物，竟把这半年光阴看得比百年盛世还要金贵。

趁着世道安稳，王生一边耕作田地，一边抚育王猛，虽然辛苦无比，却也知足常乐。

转眼到了盛夏，田里一片金黄，眼看是个大熟年成。又接连几个酷热无风的晴日后，麦子已经熟透。

常言道："收麦如救火。"村民怕误了农时，日日早出晚归，在田间挥汗割麦。到了这日晌午，终将麦田割尽。一群农夫收了镰刀，坐在田埂树荫下歇息。今年收成甚好，众人心头舒畅，嬉笑连连。

忽见西头密林中冲出一群军汉，牵了牛车、赶着骡马，径直来抢麦子。

农夫喝问："哪儿来的兵卒，光天化日的，便来抢麦？"

领头的哨长笑道："幽州已是王浚王彭祖大人的地盘，地上麦子自然归王大人所有。他老人家即将登基称帝，你家的麦子也一步登天，要成皇粮了。高兴还来不及，动什么怒？"

农夫怒气冲天，挥起镰刀要去拼命。军汉弓弩齐发，羽箭飞蝗般射来。农夫四散躲避，又咽不下这口恶气，便潜伏林间，盗了两匹马回村。

众人义愤填膺，七嘴八舌地骂个不休。

"王浚这老货，简直胡虏不如！"

"王彭祖名字叫得好听，我看长不了！"

忽有乡民来报："苦也，军汉已杀进村里！"

众人大呼小叫，想要逃命，却已来不及。人喊马嘶声越来越近，一队人马已驰入村中，为首的是几个幽州兵，后面跟了两人，一个是深目高鼻的胡人，一个是布衣儒生。

记性好的村民都已认出后面两人，喜道："那不是救过咱性命的赵王石勒、右侯张宾吗？二人必能为我做主，讨回麦子！"于是迎了过去，求二人主持公道。

石勒翻身下马，向村民拱手。

"石勒率军路过贵村，听说乡亲与幽州官军闹了误会，因此过来调解。"

村民理直气壮地说起麦子遭抢之事，指着幽州兵大骂。

"抢粮的便是这群兵匪！"

那哨长也不甘示弱。

"贵村养了一窝子盗马贼！"

两边骂得不可开交。

石勒挥手止住骂声，呵呵而笑。

"鸡毛大的小事，何必争斗！"

说完朝幽州治所蓟县城的方向恭恭敬敬地作了个揖，又拎出一把麈尾，端端正正地握在掌中，向哨长拱手。

"石勒不远千里来到幽州，只为庆贺彭祖公登基之喜。多日不见彭祖公尊容，朝思暮想，不能忘怀。有时思念得厉害，便取出彭祖公所赐麈尾，朝夕下拜。如今蓟城已近在咫尺，石勒尚未一睹彭祖公，却先见了他老人家帐下的将士，心中亦觉欣然。"

村民见石勒卑微若此，不禁大失所望。

哨长颇为得意，笑道："既然如此，何不还我马匹？"

石勒又朝蓟县方向作了个揖，然后才向哨长拱手。

"马匹立即便还。麦子就算老石送给彭祖公的见面礼，诸位只管拉去。若车马人手不足，可来找我。村民的粮损由我承担，哨总不必费心。"

哨长点头道："如此甚好。"

石勒又低眉顺眼地笑道："回到幽州，别忘了向彭祖公美言几句。"

哨长大笑。

"老石通情达理，我自然不会忘记。"

他说完便趾高气扬地牵了马匹，领了小卒扬长而去。

村民见石勒对王浚手下的小小哨长都如此谦卑，心中凉了半截，对石勒的好感立即消减大半。

石勒待幽州兵走远，忽然哈哈大笑。

"诸位见我对王浚老狐精低眉顺眼，一定在肚里骂了个够。不过，老石究竟是何等人物，与王浚究竟是不是一路货色，今日午后便见分晓。眼下还想请老乡帮个忙，不知各位能否答应？"

王生虽然鄙视石勒的曲意逢迎，但念及当日的救命之恩，仍不忍拒绝，便抢先答道："承蒙大王看得起，只是我等草民，能帮什么忙？"

张宾笑道："石王要买尽全村之羊，再请几个羊倌赶进蓟县城。价钱绝不会短了一文。"

村民连连摇头。

"大王若是自买，要多少给多少。若是孝敬王浚那货，一只也没有。"

石勒笑道："我正要为抢麦之事与那厮理论，替老乡出气。没有这群羊吊他胃口，却不好办。老乡只管赶羊，其余不必费心。"

村民将信将疑，犹豫了半晌才答应。

石勒领了张宾和几十名侍卫，引着羊倌，赶了浩浩荡荡的羊群，来到蓟县城下。

王浚得知石勒千里迢迢赶来劝进，颇为受用。属下却议论纷纷，以为其中有诈。

尚书裴宪献计道："有诈又能如何？只管骗进城来，将其士卒、土地尽数收纳，岂不大妙？"

王浚闻计大喜，便登上城楼，隔着护城河向石勒拱手笑道："王浚收到世龙手札，得知贤弟即将光临敝州，欣喜不已，夜不能寐。今日贤弟终于驾临，却因何赶着羊群？"

石勒恭恭敬敬地作了个揖。

"彭祖大人登基在即，此乃天大之喜。老石是个粗鲁汉子，不懂虚头巴脑的礼数，索性依着庄稼汉的习俗，买来五千头羊当作贺礼，送给兄长犒赏三军。连同上午的九车粮食，正应了九五之尊的雅意。等兄长登基称了尊号，莫忘给老石封个刺史做做，也让我光宗耀祖！"

王浚暗道：只要能将你诓进城来，别说刺史，就是封个天王老子也不在话下。

"世龙不远千里而来，我岂能以小小刺史一职敷衍了事？中书监的位子早已为贤弟留下，府第也已备好。快请世龙进城再叙！"

督护孙纬忽然劝道："此中颇有古怪，恐怕有诈。"

王浚问他："怪在何处？"

"天诛的老骚胡搅得山崩地裂，众生不宁，今日却如此柔顺，有违常理。"

王浚不以为然地哼了一声。

"大胡虽是个老粗，却懂得尊卑礼数，能有何诈？赶了几千头羊，人手却不满百，难道要靠羊兵羊将夺我幽州？眼看他便要羊入虎口，为何疑神疑鬼？"

孙纬放心不下，又劝道："张宾诡计多端，神鬼难测。不如先放羊群入城，将人马挡在城外，看他有无诡计，再做定夺。"

王浚点头应允。

军士缓缓放下吊桥，打开城门。羊倌甩起皮鞭，将羊群赶入城内。城门外顿时尘土飞扬，遮天蔽日。数千头羊时聚时散，忽疏忽密，或奔或走地拥入城中，将甬道挤得水泄不通。守城军士来不及给羊群让路，就被冲得七零八落，无处立足。王浚用麈尾扇了扇面前的浮尘，忍俊不禁。

"羊儿个个膘肥体壮。这土包子倒是个实在人！"

过了半晌，城门口的羊儿渐渐稀少，浮尘中仅余忽明忽暗的团团光影，起起落落地上下晃动。

城门护卫互相递了眼色，准备关门。忽见浮尘中呼啦啦冲出一群手执利刃的甲兵，斩了护卫，尾随羊群冲了进来。城内守军见势不妙，抄起兵刃要来厮杀，却迎面撞上洪流一般的羊群，根本迈不开腿脚。几个军官带头猛冲，却被群羊撞翻在地，狼狈不堪。眼睁睁看着城门失守，守军无计可施。

张宾见偷袭得手，立即吹响号角。埋伏在城外密林中的数千精骑须臾便至。

顷刻之间，幽州城头已撤下"王"字大纛，换上"石"字大旗。

石勒给几个羊倌颁赏了金帛细软，哈哈笑道："幽州已得，老乡的羊兵羊将立了头功！"

石勒登上城楼，来到早被绳捆索绑的王浚面前，笑问："彭祖兄别来无恙？"

王浚怒道："石勒老胡，你这瞎字不识的粗汉，侥幸以张宾的奸计欺我，胜之不武！"

石勒大怒，厉声喝道："王浚身为晋臣，却图谋篡逆；身为牧守，却鱼肉百姓。天下之乱，正始于尔辈！孤替天讨逆，替民惩凶，何谓胜之不武？来人，速将这厮押送襄国发落！"

这通话既有分量，又颇具文采，王浚不能辩驳，只好"老胡、羯贼"地大骂。

石勒平定了幽州，在城内稍做整顿，便班师南下。又派人在沿途村镇张贴告示道："大军南下，欲迁万户良民于魏郡，以辅京畿。凡欲南迁者，可随大军同行。"

王村人看了告示，都觉得石勒虽是胡人，却比王浚之流更加可信，迁往毗邻京畿的魏郡，或许能多几分安宁富足。于是，众人收拾，随军南下，卜居于魏郡的襄国、邺城之间，拓荒架屋，安顿下来。

此地气候较幽州更加温暖，又靠近襄、邺两座大城，谋生之路也多了几分。

王生一边辛勤劳作，一边依靠亲邻接济抚养猛儿，日子虽然清贫依旧，却也能勉强度日。

石勒虽已斩了王浚，却觉得其言犹在耳，“老胡”“粗汉”字字扎心。他回到襄国，便颁布律令，禁称羯人为“胡人”，而代之以“国人”的名号，却将汉人称作“赵人”。凡是带“胡”的字眼，也一律禁言。又采纳张宾的建议，在城内兴办太学，在城外兴建小学。

原来古时官府办学，分为小学、大学两种。小学招收八岁学童，学业以训诂、六艺起步，直至经史。大学又名太学，招收十五至二十岁的学子，授以经典及大节大义。太学为全国最高学府，仅有一所，通常设在京城王宫以东或者近郊。小学则设在四门郊外，数量不一。石勒一口气兴建了十余所小学，延请名宿硕儒教导将佐及豪门子弟，其中的一所崇儒小学距王村仅有二三里路。

小学落成之后，王村子弟自然无缘就读，但借着三分玩心加七分好奇，也时常成群结队地奔去围观，虽然那只是几间围了栅栏的学舍，无甚可观之处。大门口虽有人把守，但对孩子都睁一只眼闭一只眼，并不真心阻拦。

王猛此时刚满六岁，正是好奇心极强之时，也每日随着村里的玩伴跑去点卯。旁人只是看热闹，他却倚在门口或伏在窗外，一字不漏地偷听先生讲课。久而久之，不但训诂、识字无碍，经史也能背得滚瓜烂熟。

这日，王猛又跑来听课，却见大门前站了几个卫士，远处另有一哨威风凛凛的步、骑甲兵，站成一片整齐的方阵。卫士拦住王猛，瞪眼喝道：“今日来了贵人。娃娃不得入内，快回家吧。”

王猛眼珠一转。

“《礼记》云：‘古之王者，建国君民，教学为先。’虽是贵人，又怎能废了教学之大事？”

这卫士不通文墨，被他的话唬得一愣，只得大声喝止道：“娃娃不得无礼，快快回去。”

王猛又道：“《礼记》又云：‘君子不失色于人。’依我看来，阁下大发雷霆，才是无礼。”

卫士越发词穷，只能大声呵斥。

舍里学童听到吵闹，纷纷出来窥探。先生连说带比画，却根本阻拦不住。

学童中忽然走出两个粗壮大汉，鹤立鸡群般格外显眼，正是石勒、石虎叔侄。

石勒向卫士喝道：“何必阻拦娃娃上进，进来无妨！”

他今日心绪颇佳，一来见王猛聪明伶俐，心中欢喜，二欲借机显示仁慈，收买民心。

卫士瞪了王猛一眼。

“还不进去！”

学童看完了热闹，又返回学舍继续上课。王猛不声不响地跟了过去，照旧立在门前。石勒、石虎两人也已返回坐席。两个魁梧雄壮的大汉坐在一群摇头晃脑的垂髫幼童中间，显得滑稽可笑。

课间歇息，先生来到石勒、石虎面前，作揖道：“卑职才疏学浅，还望陛下赐教。”

石勒笑道：“读书人真是骂人不带脏字！我没念过书，字也不识几个，拿什么教你？”

先生臊得满脸通红。

石勒又指了指石虎。

“季龙只念过两年，肚里有几滴墨水，和乌贼鱼不相上下。”

石虎咧嘴道：“当年念过《论语》。”

先生问石虎：“《论语》中的章句，将军可还记得？能否背诵几句？”

石虎平日是个杀人不眨眼，不知胆怯为何物的狠角色，此时却像斗败的公鸡一般低头缩颈，抓耳挠腮地吭哧半晌，终于结结巴巴地背出两句。

“君子坦荡荡，小人常‘威威’。”

满屋师生无不捧腹。

歇息片刻，先生又讲完一篇文章，喊了声“散学”，一群顽童转眼散尽，石虎也脚底抹油，溜之大吉。

先生出了学舍，请卫士驱散围观学童，这才恭恭敬敬地端坐在石勒面前，问道：“徐光才疏学浅，初次讲学，陛下是否满意？”

石勒捋了捋斑白的虬髯，笑道：“不瞒你说，这部《礼记》说的尽是磕头、作揖之类杂七杂八的琐事，颇不对朕的口味。听说有一部好书，讲的是刘邦、项羽争霸天下，刘秀逐鹿中原的故事，颇合我的脾胃。放着这等好书不给朕讲，却拿《礼记》骗我，是何道理？”

“陛下所言乃是班固的《汉书》。臣这便从《汉书·高帝纪》讲起。”

于是取来书卷，从篇首讲起。

石勒正襟危坐，下颌微垂，配上深目高鼻、凹凸分明的胡人面相，混似庙里听佛说法的罗汉塑像。

《汉书·高帝纪》篇首讲的是刘邦之母在大泽之畔小憩，梦中遇见神灵；刘邦之父过去寻她，却见蛟龙盘旋于上；回去后，刘邦之母便有了身孕，生下刘邦。石勒听完笑道："这都是俗人给皇帝编的鬼话，傻子才信。"

徐光道："帝王受命于天，出生时天降吉兆，却也是常理。"

石勒深邃的眼珠轱辘一转，忽然正色道："将来你们给朕写《石勒纪》，定要如此书写：石勒，上党武乡人也，出生时红光满屋、白气接天。"

徐光慌忙赞叹。

"红光、白气皆为吉兆。可见陛下初生，便已得天佑！"

石勒扑哧一笑。

"什么狗屁吉兆！朕家里生了灶火，怎能没有红光？灶上烧了一锅水，岂能没有白气？"

徐光忍俊不禁。

石勒见徐光讲得有趣，便赞道："徐卿讲得高明，强过殿前老儒生。你讲《汉书》有功，若要封赏，尽管开口。"

"臣不需封赏，只想借机为续咸大人求情。"

石勒不悦，皱了皱眉。

"续咸老儿太过迂腐。朕刚提起修建邺城新都一事，他便喋喋不休地说长道短。朕气恼不过，才将他下了大牢。"

"续咸大人忠言逆耳，陛下不宜治罪。"

石勒不情愿地苦笑一声。

"就算寻常匹夫发了财，也会起造新屋。朕贵为天子，欲修建新都，有何不可？"

"寻常匹夫造新屋，不会祸害他人。陛下修建新都，却令百姓受苦。"

石勒支吾几声，尴尬笑道："朕虽为人君，却不得独断专行。续咸大人的忠言朕岂能不识？不过开个玩笑罢了。今日回襄国，朕便立即放了他。"

徐光欣然叩谢。

"陛下圣明！"

歇息片刻，徐光接着讲《汉书》。讲到刘邦成人后不事生产，"好酒及色""时饮醉卧"，石勒不禁大笑。

"刘邦年轻时也是个无赖，与朕却有几分相仿。"

又讲到刘邦解送役徒去骊山，役徒纷纷中途逃走，刘邦便将众人遣散，自己也准备逃走。石勒点头称赞。

"这却胜朕百倍。朕当年可是专门捕掠胡奴的人贩子！"

讲至沛县县令郦食其劝刘邦册立六国王族后人，并授印玺。石勒大惊失色。

"郦食其这个穷酸饿醋，出什么馊主意！若用此法，必失天下，刘邦又如何成就大事？”

待讲到留侯张良谏阻刘邦时，石勒才长长舒了口气。

“好在有张良劝阻！”

石勒听完《汉书·高帝纪》，赞道：“这小学地处乡间，与朕的家乡半斤八两。在此间读书无拘无束，却比皇宫有趣。朕暂将此处当作行宫，隔三差五过来听听书。”

他说到做到，果然频频带侍臣过来修习。

这日，石勒听完书，忽然问徐光道：“自古开国之君，多为英雄豪杰。朕忝居其间，不知能与哪位贤君相比？”

“陛下聪明英武、宏谋大略，胜于汉高祖刘邦；又天才卓荦，英迈绝伦，超过魏武帝曹操。自三皇五帝以来，除了轩辕黄帝，堪称无人可比！”

石勒捧腹大笑。

“做人不可无自知之明，徐卿的话岂不是褒扬太过？朕自愧不如汉高祖，若与他并世，当甘心效命，与韩信、彭越之辈并驾齐驱。倘若遇到光武帝刘秀，当一同驰骋中原，未知鹿死谁手。大丈夫行事，必要磊磊落落，如日月皎然，岂能像曹操、司马懿父子，欺负孤儿寡妇，以阴谋诡计夺取天下。朕当处在二刘之间而已，又怎能与黄帝相比！”

自此，“鹿死谁手”“磊磊落落”两个典故便广为流传，成了汉语中的著名成语。

讲到热络处，石勒眉飞色舞，一口上党腔越说越快，徐光听得越发吃力。忽见侍从奔来禀报：“襄国郡守樊坦特来拜见陛下。”

石勒道：“快传老樊过来。”

樊坦匆匆赶来，却是个白发苍苍、衣衫褴褛的老者。

“微臣樊坦，今日巡视魏郡乡野，得知陛下移驾学宫，特来叩见。”

石勒见樊坦穿得破烂不堪，忍不住笑道：“老樊老樊，日日心烦，过来面圣，一身破烂。你这身乞丐装到底是什么意思？”

樊坦慌忙答道：“路遇死胡贼，无法无天，胡作非为，将臣的衣物抢劫殆尽。微臣无奈，只好讨了村民的旧衣面圣，望陛下恕罪！”

众人见樊坦竟然当着石勒之面连说两个“胡”字，无不大惊失色。樊坦也猛然醒悟，慌忙叩首。

“微臣不慎犯了禁令，罪该万死！”

石勒哈哈大笑。

“朕颁布禁令，防的是不法刁民。樊卿这样的老夫子偶尔说漏嘴，又有何妨？况且贼子抢了樊卿的家什，该骂就得狠狠地骂。”

樊坦叩头谢恩。石勒命人为樊坦换了新衣，吩咐侍从道：“樊卿远道而来，又遭了贼，你看这嘴干唇裂的，快成了干鬼。快给他弄些果品润一润。”又向侍从耳语了几句。

不过片刻，侍从笑眯眯地端了一盘胡瓜来，轻轻放在樊坦面前的案上。

石勒狡黠地问道：“樊卿见多识广，可知此为何物？”

樊坦恍然大悟：陛下分明是要考我！他心中苦苦思索，两眼不离瓷盘半分，只见翠绿的胡瓜摆在洁白的瓷盘上，配以金樽银盏，颇有雅趣，于是灵机一动。

“紫案佳肴，银杯绿茶；金樽甘露，玉盘黄瓜。”

石勒哈哈大笑道：“好一个玉盘黄瓜！樊卿真是出口成章的大才！”

从此，黄瓜之名便不胫而走，胡瓜这一本名反而被人遗忘。

樊坦吃完黄瓜，匆匆告退。石勒依旧留在学舍听书。

黄门官忽然来报：“启奏陛下，李阳老爷已经请到。”

石勒一跃而起。

“朕要亲自迎接。”

话音未落，两脚已来到庭院。

众人不知“李阳老爷”是何许人，都跟在后面好奇地张望。只见一名五六十岁的庄稼汉，在几位侍从的簇拥下踟蹰而来。

石勒瞅见庄稼汉，眼中立刻放出异彩，哈哈大笑几声，上前捉住他的肩头，操着武乡土话喝道：“李阳，我多次请你来襄国，你因何推三阻四不答应？你当年何等英武，今天忽然打怵，也不怕人笑话？我怕你嫌皇宫气闷，特地来乡间相聚。老弟莫要太过拘束。”

李阳尴尬地笑了笑，拘谨地搓着双手道：“我当年年轻气盛，屡次冒犯，哪有颜面来见陛下？”

“哪里话！当年我与你为邻，日日争抢沤麻池。你咽不下气，便用老拳揍我。现在想起此事，还觉得好笑。”

李阳见石勒毫不记仇，心中释然。忆起往事，亦觉得滑稽，哈哈笑道：“自然记得，你虽勇猛，却不是我的对手！”

石勒在李阳肩上捶了一拳。

“休要自吹自擂，我虽受够你的老拳，你却也饱尝我的毒手！”

“你做了皇帝，自然威风八面。不过说起当年，却不是我的敌手。”

石勒摩拳擦掌。

“你这胡吹大气的老脾气丝毫未改！不怕你不服，再比试一番如何？”

两人在庭院中你来我往，揪衣叉臂地扭成一团，最后双双倒地。石勒从地上爬起，拍了拍华服上的灰尘。

“舒坦！自从当了皇帝，便时刻有人搀扶，想沾点地气着实不易！”

众人无不大笑。

石勒拍了拍李阳身上的灰尘，转向众人道：“你们哪里晓得沤麻的辛苦？这位李阳老爷为了沤麻，与朕争雄多年，真乃壮士也！朕不念旧仇，特赐甲第一区，并加封参军都尉！”

群臣伏地顿首，山呼万岁。

居有间，王猛又去学宫，却见大门紧闭。等了半日，也不见人来。接连几日，都是如此。直到第九日，学宫才开放如初。

王猛来到学舍门前，只见几个学童正围着石勒说笑。石勒面容消瘦，两鬓添了不少白发，精神也大不如以前。

一童问道：“陛下为何添了许多白发？”

石勒强作欢笑。

“朕这是折了股肱，伤心所致。”

学童诧异道：“陛下手脚完好，为何说折了股肱？”

石勒叹息道：“小孩子怎能懂得？”

王猛忽然似有所悟，凑了过去。

“难道是右侯遭逢了不测？”

石勒吃了一惊，转过身来，盯着王猛看了又看，问道：“娃娃怎知道的？”

“古人称辅佐之臣为股肱，只有右侯堪称陛下股肱。”

石勒赞道：“娃娃果然聪明！”说完颓然长叹。

原来石勒出身寒微，少年时沦落为奴，受尽屈辱。成年后揭竿而起，与各路豪强尔虞我诈，早已心硬如铁，唯独与张宾推诚相见，互为知己。

提及张宾，石勒不禁有些动容，眯起深邃的双眼望着远方叹道：“当年右侯孤身一人，一袭布衣，一口破剑，在大营外高呼我名，自荐为谋士。此情此景，恍然如昨，二人如今却阴阳相隔！右侯满腹韬略、眼高于顶，遍访天下英雄，最后唯独看上了我这不识字的羯族莽汉，岂非宿缘？右侯担任君子营统领，算无遗策、机无虚发，胜过张良；担任大执法，清正廉明、礼贤下士，胜过陈平。若无右侯，我石勒不过是个山野草寇，哪里做得了皇帝？右侯正值壮年，凭借不世之才，正要助大赵收服四方叛逆，一统天下，为何忽然病亡？如此贤才，为何不得长寿？这难道也是天意？我石勒尚知爱惜贤才，天帝难道不辨贤愚，也是晋惠帝一样的昏君？”

石勒说到此处，以袖掩面。等右长史程遐将他搀进学舍时，衣袖竟湿了大半。

王猛见石勒如此悲痛，暗暗叹道："石勒做了皇帝，对张宾还有如此真情，这却胜过了汉高祖！"

石勒心神不宁，只听了半晌《汉书》，便欲起驾回宫。

徐光、程遐待学童散尽，忽然叩首道："今有一事，关乎大赵国运。臣愿冒死进言。"

石勒摆手。

"二位不说朕也明白，你们必是劝我杀了石虎，以免日后生乱。"

"石虎手握军政大权，又心狠手辣，非陛下不能驾驭。皇太子儒雅好文，绝非石虎的敌手。陛下若有不测，石虎必为大赵之王莽、司马懿！"

"当年我也有过此类念头。眼下，正因为皇太子儒雅好文，过于软弱，才需要石虎这样的硬汉辅佐。况且石虎已经痛改前非，二卿无须过虑。"

"石虎包藏祸心，陛下万万不可被他蒙骗。"

石勒不悦，冷笑道："二位不过怕日后石虎辅政，夺了二位的实权。这点私心，朕还看得出。"

徐、程相顾惨然，却不敢再言。

石勒正欲起身，太子石弘忽然飞马来报："刘曜在河南击败石虎的十万大军，遣使臣送来战书。"

石勒立即扫却颓容，眼中精光闪动，大手一挥。

"快念！"

石弘启了封皮，念道："羯酋石勒，欺天罔地，戕害黎元。矫托天命，窃国逞乱。罄南山之竹，难书其恶——"

刚听几句，石勒已勃然大怒，打断石弘。

"弘儿如何复信？"

石弘早已打好腹稿，朗声诵道："自元气肇始，厥初生民，树以司牧，阐极立则。伏羲、神农、轩辕、颛顼之后——"

石勒拍案而起。

"荒唐！若从伏羲说起，不等你说至当世，脑袋早搬了家。我念你写，奉陪到底！"

石弘慌忙取了纸笔，准备记录。

石勒道："我已念完，为何不写？"

石弘恍然大悟，原来"奉陪到底"四字便是回信全文。他连忙提笔写下，差人送去。

回到襄国，石勒立即请大和尚佛图澄预卜战事。

佛图澄乃西域龟兹高僧，生得阔脸高鼻，面如紫金，与寺庙里的泥塑佛像颇为相似。他能诵经文数十万言，又识见超群，能言善辩，素有“神僧”之誉。他十年前来中原传法，被石勒奉为上师。

听了石勒的述说，佛图澄取来一只盛满麻油的琉璃灯盏，在左手掌心滴了几滴油，涂抹均匀，又捻起一管饱蘸朱砂墨的毛笔，在左掌心轻轻一点，一根根红色的细线立即沿着掌纹四处游走，瞬间汇成一片蛛网。网心忽然现出一个红点，蠕动几下，便漫漶不见。石勒看得一脸费解。

佛图澄掏出丝帕，擦去掌上乾坤，颔首笑道：“上上大吉！陛下必将生擒刘曜而归。”

石勒大喜，立即调集十万大军亲征洛阳，不日抵达成皋。

见敌军并未设防，石勒大喜，命大军抛下辎重，轻兵急行。渡过洛水，仍不见敌军。石勒又喜，再次抛下所余辎重，继续急驰。到了洛阳城西，才见刘曜出城迎敌。石勒不禁仰天大笑。

部将桃豹问道：‘陛下两次抛却辎重，三次露出喜色。不知有何深意？”

石勒抚须笑道：“我笑刘曜有勇无谋，不懂兵法。洛阳的险要之地皆在外围，防守重在外围布兵。他若在成皋设防，我只有三成胜算；若在洛水设防，我便有六成胜算；若死守洛阳城，便应了一句俗语——”

“哪句俗语？”

“老猪上屠场，挨刀的货！”

众人大笑。

两军列好阵势，刘曜醉醺醺驱马而来。

刘曜是匈奴王刘渊的养子，生得高大雄健、长髯如漆。年轻时诗书俱佳、文武兼备，被刘渊赞为“吾家千里驹”。自从做了皇帝，文武皆废，饮酒的本事却与日俱增，能一饮数斗，长醉不醒。只见他头戴金盔，身披金甲，胸前挂了镶满珠玉的酒囊，摇摇晃晃地指着石勒，喷着酒气厉声喝道：“天无二日，国无二主。羯族丑类，本是匈奴附庸，竟也自不量力，妄称尊号。朕亲率大军征伐，正如长风之扫秋叶，江汉之载浮萍！见朕在此，还不下马受缚！”

石勒怒道：“何需多言？奉陪到底！”说完亲冒矢石，拔剑驱马，直冲敌阵。众将士备受激励，无不奋勇争先。

刘曜对敌军的攻势视而不见，不慌不忙地摘下皮囊，拔了塞子，将美酒一饮而尽，吟道：“天地一朝，万期须臾。日月扃牖，八荒庭衢。”吟罢缓舒猿臂，将皮囊轻轻抛掷在尘埃之中。这才拔出宝剑，眯着醉眼冲向敌阵。

战马驮着刘曜，一摇一晃进入醉乡仙境，只见一位身穿兽皮的白发仙人拍手道："杜康已等候多时。请随我来。"刘曜下了马，随杜康来到一株巨大枯树桩前，忽闻异香扑鼻。原来枯桩上有一树洞，里面储满五谷，因湿热而成醪糟，汩汩渗出酒来。刘曜腹内酒虫蠕动，心痒难搔，便弯腰张口，接那滴下的酒水来喝，惹得杜康哈哈大笑。刘曜道："杜仙何不陪朕同饮。"杜康摇头道："酒乡胜地，休提朕字。况且你这皇帝也做到头了。"刘曜笑道："唯酒是务，焉知其余。皇帝当不当打什么紧，酒却不能不喝。"低头再饮，忽觉酒味变得腥臊无比，便骂道："如何以劣酒骗我？"啐了两口，欲挥鞭责打杜康，手臂却酥麻麻动弹不得。猛地睁开醉眼，原来自己五花大绑躺在地上，眼前立了一匹战马，正在"哗哗啦啦"地便溺，马尿早已淋了满嘴满脸。

刘曜大惊。

"朕之大军安在？"

耳边响起一阵阵此起彼伏的哄笑，却哪里有人回应？

忽听一人厉声道："你不是'唯酒是务，焉知其余'吗，何必多问？"

刘曜听出那人正是石勒，呼道："石公救我！"

石勒早已大笑而去。

石勒凯旋班师，途经魏郡。乡民无不夹道围观。王猛也与村童挤在人群中观看。只见士卒押着一辆囚车浩荡而来，里面卧了一名身穿金甲、蓬头垢面的醉汉。乡民朝醉汉指指点点，鄙夷地笑道："这货便是刘曜。"刘曜充耳不闻。

忽见一人手提酒壶，高呼道："草民孙机愿见刘公一面。"士兵不敢做主，便向石勒传声请示。不过片刻，传来石勒口令，却是"准允"二字。孙机立即捧了酒壶来到车前，清了清嗓子，高声吟道："仆谷王，关右称帝皇。当持重，保土疆。轻用兵，败洛阳。祚运穷，天所亡。开大分，持一觞。"

话音未落，笑声已冲天而起。

刘曜面无愧色，喜滋滋地笑道："如此盛情，却之不恭。"接过酒壶一饮而尽，便如烂泥般倒在车内，昏醉不醒。

王猛蹦蹦跳跳地回了家，拍手问王生道："石王擒了刘曜，天下是否要太平了？"

王生沉吟不语。

王猛又问："乡亲都说刘司空英雄了得，受人拥戴，却不得善终；石勒一介武夫，又是胡人，却成就了刘司空未成之事，看来天意不可违。父亲是否相信此话？"

王生反问道："猛儿信不信？"

王猛稚嫩的脸上闪过一丝超出年龄的深沉之笑。

“我才不信。”

“为何不信？”

“天为清气，覆于地上，是个无情之物。老子所谓天地不仁，以万物为刍狗，才是至理。天若有意，等于说天是有情之物，与凡人无异。此等天意，还有什么不可违？”

王生皱了皱眉，叹气道：“之所以说天意，无非是看不惯石勒罢了。他是胡贼出身，当年替胡人杀汉人，要立胡人之国，本不受汉人待见。后来得了张宾辅佐，才渐渐倾慕华夏，得了汉人民心。不过，石勒毕竟是个粗蛮之人，即便改了邪，也未必能归正。太子石弘倒是个知书达理的谦谦君子，日后成为一代贤君，八九不离十。要说太平岁月，恐怕还要等到那时。”

王猛笑道：“这都是后话，孩儿挂念的是学宫何日重开。”

转眼过去两三个月，学宫庭内已长出齐腰深的狗尾巴草、狼尾巴草，地上也被野兔刨得千疮百孔，但学宫大门却再没开启过。王猛日日去宫门窥探，却每每失望而归。

第三章

荒村异贤

王猛忽然失了听书之所，难免郁闷了好几日。但不过半月，便又在周遭觅得新的玩乐之处，或去官衙听官员审案；或去兵营看官军操练；或去河边看漕船运粮。这孩子记性极好，又心细如发，去了几次官衙，便记住审讯之辞；兵营边逛几圈，便学会操演之语；河边兜了几趟，便能喊出漕运号子。众顽童见他高明，大为佩服，无不言听计从。

又到了初夏季节，魏郡乡野草木青翠、禾稼初生，一座座参差不齐的茅庐草舍点缀其间，显得清新古拙，颇具上古淳朴之风。王村的大人或在田间耕作，或在庭院纺织，只有一群无忧无虑的顽童在村头地角乱窜。王猛正指挥群童排军布阵，演练兵法，忽听一顽童喊道："快来看，我家的鸡蛋怎么了！"

众童纷纷跑去，只见那顽童正蹲在鸡窝旁掏蛋。王猛随手捡起一只，却是个轻似鸿毛的空壳，背面有个指头大小的破洞。顽童接连掏出十只蛋，或为空壳，或为碎片，竟无一完好。众童七嘴八舌地争论不休。

有的嚷道："莫非是被鸟偷吃了？"有的说："不对，像是老鼠。"

忽听一胖童极有把握地说："必是老鼠无疑。"

王猛道："事关盗窃大案，不可戏言。"

胖童拍了拍胸脯，得意地说："你们不知，我却识得，只因去年我家的蛋曾遭老鼠偷吃，也是这般模样。"

王猛振臂呼道："朗朗乾坤，岂容鼠辈横行？诸君何不与我共擒硕鼠，将其绳之以法，还乡党以安宁！"

众童拍手笑道："愿听吩咐！"

次日清晨，一只老鼠鬼鬼祟祟地踅至鸡窝旁，转了两圈，见四下寂静，既无行人往来，又无猫犬巡游，便纵身一跃，跳进窝内。众童拍着手，从各自藏身之处现身。

"老鼠中计矣！"

一顽童从鸡窝里拎出一只陶罐，伸头看了看，骂道："敢偷我家鸡蛋，看我如何收拾你！"

忽听王猛喝道："速将窃贼押送公堂。"

"遵命！"

那顽童便将手探入陶罐，把一只"吱吱"乱叫的老鼠捉了过来。王猛指着老鼠，厉声道："此贼乃窃蛋要犯，须桎梏其手足，以防逃逸！"

那顽童立即用麻绳将老鼠捆了个结结实实。

王猛喝道："速带人证、物证！"

七八个顽童立即凑了过来，一童将十只蛋壳摆在地上。

王猛用小手摸了摸下巴，假装大人抚须的模样，正气凛然地喝道："鼠某，魏郡王村人氏，素来游手好闲、偷盗成性。今日潜入王某某家鸡窝偷窃鸡蛋，为村民当场擒获。另有蛋壳十只，一并起获。人证物证俱在，你可认罪？"

老鼠吱吱乱叫。

群童拍手笑道："认了，认了！"

"你既已认罪，便免了刑讯之苦。依本朝法律，主守偷绢五匹、常偷十匹者，处以大辟之刑。鼠辈一蛋之价，可当人间匹绢之值。计赃论罪，鼠某当处大辟之刑。"

王猛说完，用炭条在松树皮上写了个"斩"字，充作令签，"嗖"的一声丢在地上。两个顽童应了一声，捡了树皮，一人摁住鼠身，一人挥起铲子，将鼠头斩了下来。群童齐声喝彩。

忽听身后一人喝道："斩得好！"

王猛转头看去，只见一位身材矮小、土木形骸的白发老者，手拄花椒木杖，腰挂葫芦，浑身散着酒气，盯着自己上下打量。

"请问前辈尊姓大名？"

老者并不回答，却瞪眼问道："小小年纪，审起案子竟如断案老手，你满口的治狱之词是哪里学的？"

"在官衙外听过几回，便记得了。"

老者点了点头，又摇了摇头，手中的木杖在地上顿了顿，自言自语道："莫非是个郅都、义纵之流？"

王猛知道郅都、义纵是汉朝有名的酷吏，心中有些不喜，便朗声应道："酷吏虽能惩治鼠辈，却救不了乱世。我长大后，当效仿诸葛武侯辅佐明主、扫平天下！"

老者仰面大笑几声，悠悠忽忽地曳杖而去。

王猛看出老者必非凡人，便紧随其后，翘首张望。老者行至路边，忽然嘬唇长啸，林中立即传来阵阵鹿鸣。须臾间，一匹梅花鹿牵着两轮小车缓缓而至，后面跟了个肩扛铁锹的小厮。鹿车停稳后，老者半卧于内，摘下酒葫芦痛饮几口，吩咐道："继续前行。"

"行至何处？"

老者指着铁锹笑道："为何整日携带此物？我在何处醉死，便在何处埋我。只管走便是。"

一声长啸，梅花鹿立即昂首奋蹄拉着小车辘辘远去。

王猛越发觉得老者非同寻常，便紧紧跟在车后。走至腹中空空、两腿灌铅，只见鹿车钻进一片竹林，停在一栋茅屋旁边。小厮扶老者下车进屋，又转身出来喊道："后生怎不进来？"王猛吃了一惊。原来老者看似浑浑噩噩，其实却心明如镜。

王猛随小厮进了茅屋。只见老者抱着酒葫芦坐在榻上，头也不转地说："几案上都是书，如果想看，自取便是。若是饿了，可取橱中胡饼充饥。"

王猛正要答谢，却听"咣当"一声，老者已醉倒榻上，呼呼睡去，酒葫芦也滚落榻边。

王猛笑了笑，捡起葫芦，来到几案前。只见四张几案上满满登登地堆了上百部竹简、帛书，分为经书、史书、诸子、兵书四大部。王猛顿时忘了饥饿，细细挑选了一摞书，来到门外光亮处细读。他一不留神却被门槛绊了一跤，书卷撒了一地。王猛慌忙爬起，捡起书卷，细心地吹去尘土，自己满身泥土也顾不得拍打，便坐在门口的胡床上，如饥似渴地读了起来。他读到饥肠辘辘，便去橱中取了胡饼边吃边读。

天色将晚，忽听老者在榻上翻了个身，梦呓般念道："今日读不完，明日再来；明日读不完，后日再来。想来便来，想去便去，只是不可说与外人。"咂两下嘴，鼾声又起。王猛见暮色将至，便将书卷放回几案，朝老者的背影作了个揖，转身离去。

从此，王猛日日去茅屋读书就食。那老者总是长醉不醒，偶有片刻清醒，也从不与他多说一句话。转眼过去一年，王猛已将案上的书卷读完大半，却仍不知老者是何人。他偷偷向小厮打听，小厮也摇头道："我虽服侍他多年，却也不知其名。"

这一日，王猛照例坐在茅庐外，伴着老者的鼾声展卷而读。他今日读的是《诸葛亮集》中的《便宜十六策》，读了开篇"治国之政，其犹治家"一句，忍不住点头称赞；读至"治军之道……以实待虚，以生待死，以众待寡，以旺待衰，以伏待来”，不禁拍案叫绝；读至“一曰禁暴止兵，二曰赏贤罚罪，三曰安仁和众，四曰保大定功，五曰丰挠拒谗”的五德结语，不禁掩卷而叹。

忽听身后一人笑道：“好一个读书的种子！”

转头看去，却是一位高大瘦削的青衣老叟，披散着灰白的头发，扶杖而立。

王猛起身作揖。

“小子拜见前辈。”

老叟点头咧嘴而笑。

“你跟着醉鬼读了一年的书，可知他是何人？”

王猛摇头。

“你可想知道？”

王猛点头。

老叟眼中放出异彩，忽从怀中掏出一卷麻纸，递给王猛。

“你若能认认真真读完这卷文字，我便告诉你老酒鬼究竟是何人。”

王猛接过手卷，只见卷首写了《徙戎论》三字。王猛一字不漏地读完，若有所思地将书卷还给老叟。

“我已读完。请前辈勿忘前言。”

老叟两眼放光，盯着王猛。

“我知道你有过目不忘之能，既已读完，便已牢记在心。日后你若飞黄腾达，做了朝臣，不要忘了将此论荐给天子，切记、切记！”

王猛笑道：“不过是一家之言。天下几百万戎狄，难道能一徙了之？”

老叟两眼冒出怒火，抚须嗔道：“胡虏与华夏势不两立，不迁徙何以去胡患？将胡人赶回旧地，天下才能恢复太平，此乃永逸之弘策也！娃娃聪明无比，为何看不出此论先见之明？”

“张翰的西风鲈鱼，索靖的荆棘铜驼，都是先见之明。此论虽有些先见，却也不足为奇。”

老叟听了，将拐杖在地上顿了顿，鼻子里哼了一声。

王猛又问道：“请问前辈贵姓？”

“姓江。”

“江姓出于江国，淮夷之国也。前辈若要鼓吹《徙戎论》，自己何不做个表率，迁回淮夷旧地？”

老叟瞪眼道：“淮夷早已融入华夏，岂能再以夷狄视之？”

王猛收了笑容，一本正经地问道：“昨日之淮夷，岂不正如今日之诸胡？”

老叟顿时瞠目结舌。

王猛又问："戎狄若不愿迁徙，如之奈何？"

"只要借助官兵之威，备足路上口粮，令其各附本种，返其旧土，必能一举成功，永绝叛乱！"

王猛摇头道："以此法预防叛乱，也是痴心妄想。"

老叟惊问："何出此言？"

"戎狄若服从迁徙之令，则必无异心。既无异心，又何必徙之？戎狄若不从迁徙之令，则必有异心。既有异心，再以兵威相迫，只会逼其速叛。如是观之，徙戎焉能防乱！"

老叟倒吸一口长气。

王猛不依不饶："胡患与乱世，互为因果，互为表里。欲治胡患，必要懂得治乱之道。若一味抱守偏颇迂腐之见，只会火上浇油，于国于民有何裨益？"

老叟无言以对，呆立良久，口中含混不清地喃喃自语，双手拄杖乱颤，杖尖在地上乱捣，如鸡啄米。他忽然眼露凶光，举杖喝道："小畜生！我视你为可造之材，才将《徙戎论》传授与你，也好将其发扬光大，造福天下。岂料我毕生心血，竟毁于竖子之手！"说完抡起拐杖向王猛劈头打来。

王猛起身闪避，眼看无处可躲，只好纵身跳进茅庐。老叟拖杖跟进，一只葫芦忽然迎面飞来，险些打在脸上。只见白发老者赤身露体，腰间只以尺布遮羞，立在来者面前喝道："江统老奴，你那几句谬论连三尺童子都蒙骗不了，还敢拿来贻笑大方！"

原来这老叟正是晋朝遗老江统，当年自荐《徙戎论》屡屡受挫，心智渐渐失常，只得辞官隐居。此后天下大乱，江统以为胡人之患恰恰验证了自己的先见之明，于是信心倍增，四处寻访青年才俊传授《徙戎论》，以期日后将其列入朝策。他一直视《徙戎论》如生命，今日忽被王猛点中命门，顿时心智大乱。

江统圆睁双眼，反唇相讥。

"刘伶休发狂言。既知故人到访，何不穿上衣裤？"

王猛心中一惊。原来这位前辈便是竹林七贤中大名鼎鼎的"醉侯"刘伶。王猛转眼再看刘伶，觉得他瞬间高大了几分。

刘伶哈哈大笑。

"我以天地为栋宇，屋室为裤衣。老兄为何入我裤中？"

王猛听他说得旷达高妙，不禁拊掌而笑。

江统沉默良久，忽然洒泪自语道："老酒鬼一句疯话，便足以流传千古。我这满卷废话，却留之何用？"说完扯出《徙戎论》手卷，撕成碎片抛在空中。片片白纸黑字扑扑簌簌落满江统的灰发青襟，仿佛下了一场文字之雪。江统望着纷纷扬扬的碎纸，忽觉眼花心颤，痴笑数声，跌跌撞撞地曳杖而去。

王猛放下手中书卷，俯身便拜。

“小子私淑‘竹林七贤’已久，心向往之。今日才知刘老前辈之名，如在梦中！”

刘伶摇头叹道：“竹林七贤非痴即狂，空负虚名，却与世道毫无补益。今日之乱世，亦有我辈一份功劳。刘伶虚度一生，除了饮酒，不曾做过一事，又哪敢妄称前辈？你有王佐之材，日后需立下一番伟业，令天下苍生重享太平，又何必向往我这百无一用的废人？”

王猛早听过刘伶纵酒放诞、不问世事的大名，听他说出此话，颇感诧异。

刘伶接着说：“人之将死，其言也善。老夫年轻时放诞轻狂，一事无成；年老后遭逢乱离，却束手无策。日夜饮酒，只想早日醉死。岂料这无用之身却老而不死，空享高寿，老夫深以为耻。若能供养出一个半个造福苍生的贤才，也算不枉此生。老夫毕生的家当，便是这堆书，你想读便读，想拿便拿。我已行将就木，恐怕不能亲睹你建功立业。他日你若建立功勋，就将书烧了，以慰我在天之灵！”王猛听得潸然泪下。

次日清晨，王猛提了几斤果蔬来到茅庐，却见睡榻空空，唯有酒葫芦搁在枕上，刘伶却不知去向。他房前屋后转了几圈，都不见踪影，喊了几声也无人应答。

转至屋后竹林，忽听有人吟道：“兀然而醉，豁尔而醒。静听不闻雷霆之声，熟视不睹泰山之形，不觉寒暑之切肌，利欲之感情。”正是刘伶平生所做的唯一文章《酒德颂》。他发足奔去，只见小厮挥着铁锹，一边念诵，一边给竹下的新坟培土。王猛顿时泪如泉涌，跪地而泣。

这日王猛与村童在学宫门外玩耍，忽听不远处传来马鸣犬吠、锣鼓号角之声。众童好奇心起，一发奔去观看。只见一群衣冠华贵的男女正在骑马射猎。为首的红衣公子骑着白马，朝侍从喊道：“快放鹿来！”

侍从连忙牵来一头麋鹿，等他来射。

红衣公子连发三箭，却箭箭落空，便骂道：“你们这群废物，眼珠子长屁股上了？不会再走近些！”

侍从哪敢不从，牵鹿上前，几乎与白马贴面而立。红衣公子终于一箭命中麋鹿左肩，侍从纷纷鼓掌赞颂。哪知麋鹿伤势不重，竟然挣脱绳索向白马冲来。白马骤然受惊，将红衣公子掀翻在地。

村童见他摔得狼狈，都忍不住笑出声来。红衣公子听到笑声，勃然大怒。

“谁家养的熊货，竟敢擅闯我家猎场！若是弄掉野兽半根毫毛，管保你脑袋掉进裤裆里。还不趁早滚开！”

村童纷纷反驳：“我们从小在此玩耍，还是头一次听说这是你家的猎场，真是好笑！”

红衣公子并不答话，扭头朝侍卫大喊：“把本王的神犬牵来，陪他们玩玩儿！”

只听一阵凄厉的犬吠，一头两耳直立、双眼通红的高大青獒，摇摇晃晃地低头冲来。众童惊恐万状，转身便逃。青獒狠命追赶。村童虽拼尽全力奔出树林，却终被青獒赶上，转眼间已扑倒一大片。青獒瞪着呆滞的双眼，嘴角垂着沾满血丝的白涎，只管左右撕咬。一时哭声四起，惨叫连连！

忽听一声闷响，青獒应声倒地，颅顶鲜血横流，惨白的脑浆汩汩外溢。

一位中年道士飘然而至，头戴莲花冠，身穿百衲袍，足登白袜青鞋，手握七尺竹杖，宛如画中的仙人。

道士正要查看众童的伤势，不想身后人喊马嘶，红衣公子已领了扈从拍马赶来，骂道：“哪里来的臭道士，敢杀本王的爱犬？”

道士笑道：“既然叫我臭道士，我岂能名不副实？”

话音刚落，一阵沙尘滚滚袭来，红衣公子连忙以手掩面，忽觉脸上一阵异样，用手一摸，却是一团秽物。

红衣公子大吼。

“快射死他！”

一名黑衣侍卫早已张弓在手，一箭向道士射来。

道士身影一晃，那支箭已不见踪影，黑衣侍卫却一声惨叫跌落马下，肩头多了一物，正是刚刚射出的利箭。

道士笑道：“这箭会寻旧主，妙哉！”

红衣公子惊得面如土色，结结巴巴地向身边的大汉喝道：“麻秋，这，这道士会妖法。快给他点厉害！”麻秋是精于骑射的羯族名将，并未将道士的手段放在眼里。他抽出一支大羽箭，冷笑道：“妖道，给你做一串貊炙尝尝！”道士拍手笑道：“貊炙味美，多来几串才妙！”麻秋扣紧牛皮弓弦，将二百斤桑木长弓拉得满如圆月。只听“嗖”的一声，大羽箭直奔道士心窝射来。道士轻挥袍袖，须臾之间，飞沙扬尘。只听“当啷”一声，那羽箭已疲软无力地跌落在地。麻秋大怒，又抽出三支利箭，一并扣上弓弦。三支箭分作上中下三路，直奔道士面门、胸膛、小腹射来。道士的百纳袍晃了两晃，三箭忽地调转方向，反射而去。麻秋慌忙侧身，却顾头不顾尾，被下路之箭射中大腿，大叫一声，拨马便走。红衣公子连同一干恶奴立即作鸟兽散。

此时村人已赶至近前，纷纷拜谢道："多谢道长搭救。敢问道长尊姓大名？"

"贫道抱朴子。偶然路过，略行举手之劳，不必客气。"

道士查看众童伤势，将其家人引在一旁，摇头长叹。

"都说石虎父子狠如豺狼，竟不知其残暴至此！此乃狂犬，口涎含杀人剧毒。若不及时救治，不出一个月便会神志错乱、咽喉痉挛、恐水畏光，最终癫狂衰竭而死。"

众人无不色变。道士有些后悔，跺脚道："我不该说得如此骇人，罪过，罪过！"

村人哭求道："求道长救人救到底。"

道士沉默片刻。

"狂犬伤人，本无药可救。纵使扁鹊华佗复生，也绝无妙手回春之力。"

村民纷纷跪地痛哭。

"我家只有这一独子，若有三长两短，叫我如何面对先祖？"

"求道长大发慈悲，搭救性命！"

道士沉吟不语，却低着头，在原地来回踱步。踱了片刻，忽然一拍大腿道："也罢，也罢！"众人聚拢在道士身边，屏息而视。只见他捻了捻髭须，轻轻点头道："贫道近日悟出一道秘方，却从未用过，疗效更是未知。用了或许起死回生，或许死得更快。不知你们有无胆量一试？"

村民情知若不放手一搏，孩子必死无疑，急忙应道："有胆量，请道长务必出手。"

道士吩咐道："立即挑来清水两桶，另取白布一条，干艾两捆。并用干净碗碟盛狂犬脑浆少许。"

待诸物备齐，道士用布蘸了清水，擦洗伤口，再用清水反复冲洗，将皮肉内外黏附的狂犬涎液清洗殆尽。随后点燃干艾，以艾火炙烤伤口。

炙毕，道士将疯狗脑浆搅匀，细细抹在伤口周围，又吩咐众人掘地三尺，内铺生石灰，将狂犬尸体、脑浆深埋其内，以免祸害他人。处置完毕，道士洗净双手，告众人道："狂犬之毒，无药能解，唯有以毒攻毒。此外，火炙之法亦不可废，每日须艾灸半个时辰，一个月内不可中断。生死攸关，贫道愿暂寄贵村，为诸儿疗毒，待其痊愈再做远游！"

从此，道士便暂住王村，日日为诸儿疗毒。王猛虽未受伤，也日日过来观看。这日见道士偷空歇息，便上前问道："敢问道长是何方人氏？"

道士眯眼答道："贫道是吴地句容人氏。"

"比起魏郡如何？"

“比起魏郡，堪称繁盛之地，礼仪之邦。”

王猛双睛闪动，面露惊诧道：“书上说吴地乃太伯流亡之地，曾是断发纹身的蛮夷之国，这样的地方为何能成为今日的繁盛之地、礼仪之邦？学生知其然却不知其所以然，请道长赐教。”

“这也无甚稀奇。其实太古之时，华夏也是茹毛饮血的夷狄。后来族内出了圣贤，或精于耕种养殖、治水架屋之道；或擅长礼乐教化、道德文章，终于带领族人脱尽蛮夷之气，成了今日模样。”

王猛似有所悟。

“我懂了。华夏一族起初也是个穷荒小族，后来靠圣贤之力日渐兴盛，又借教化之功知礼守法，因此才吸纳了无数夷狄归附，成了天下大族。”

道士连连点头。

王猛喜道：“如此说来，华夏不怕暂时丢了江山，只要礼乐教化、道德文章尚在，总有一天会不战而胜！”

道士吃了一惊，抚着王猛的头顶赞道：“此儿悟性非凡，日后必成大器！”

二人忽见东邻崔伯奔来高呼：“道长快来救救我儿。”

原来崔伯之子崔嵬为狂犬所伤，因为念念不忘道士说过的“恐水”二字，便在榻边日夜置清水一碗。每日睡醒，崔父便端了水问：“这是何物？”待其答出“水”后，方才心安。这日清晨，崔嵬又从梦中苏醒，崔父照例将水碗端来问道：“这是何物？”岂料崔嵬忽然口不能言，喉头痉挛不止。崔父大惊，急忙来喊道长施救。

道士在村民的簇拥下来到崔嵬榻前，指着水碗问道：“这是何物？”崔嵬欲言又止，忽然低头缩肩地佝偻着上身，浑身战栗，脸颊憋得通红。崔父登时泪如雨下。却见崔嵬弓腰猛咳几声，咳出一口浓痰，若无其事地答道：“不是水吗？”说完端起碗一饮而尽。崔父抹去额头的冷汗，破涕为笑。众人一发散去。

王猛回到家中，思索着自己与道士的对话，问王生道：“父亲可曾见过圣贤？”

王生摇头道：“我先投刘琨，后投幽州段氏，二人都算不得圣贤。圣贤之模样，只有古书上的只言片语，谁人说得清？世间之事大多如此，猛儿不必看得太重。你将来出世，若遇华夏尧舜则事之，不遇则独善其身。切记只事华夏，不事夷狄；只事尧舜，不事桀纣。”

王猛又问：“若是夷狄出了尧舜，事也不事？”

“你这是抬杠！夷狄怎会有尧舜？”

王猛眨眼道：“孟子说舜生于诸冯，东夷之人也。如此说来，夷狄也会生出尧舜。”

王生是个木讷纯良的老实人，原本期盼儿子像自己一样，平平淡淡了此一生。得知儿子天赋异禀，便努力供他读书上进。但儿子一天比一天长进，却越发反衬出自己与日俱增的平庸与老迈。要跟王猛斗嘴，前两年还能仗着父威勉强周旋，近来却渐渐不是对手，常常以缄默掩饰理屈词穷的尴尬。眼下，他又被噎得喉头颤抖，却想不出一句反驳之词。王生叹口气，盯着儿子灵动聪慧的双眼，不知该喜还是该忧。

一月之期终于过尽，受伤诸儿无一发病。王村喜气洋洋，各家凑钱置办一桌丰盛的酒席，宴请道士，感谢其救命大恩。席间诸儿父母牵了孩童，齐齐拜谢道士。

道士慌忙扶起众人。

“贫道更应感谢诸位才是。贫道参尽天地幽微之道、阅尽世间盛衰之理，才悟出以毒攻毒的秘方。若非诸儿以身试毒，此秘方又怎有机缘验证功效？如今诸儿已得痊愈，我欲将此方写入《肘后备急方》，令其传播于后世，使天下伤于狂犬者皆得其惠！诸位之功，亦将万世不朽。请受我一拜！”

说完，他恭恭敬敬地向众人作了三个揖。众人见道士举止滑稽，无不大笑。

忽有两人搀了一位后生过来，跪求道：“我兄弟病了三日，时而浑身战栗，时而大汗淋漓，吃了几服草药，也不见好。求道长帮忙救治！”

道士给后生搭了脉，看了舌苔，笑道：“小兄弟得了疟疾。只需去村头采摘青蒿一握，以清水二升浸泡，绞取其汁尽服之，便可痊愈。”两人大喜而去。

忽见王猛抱住道士的双腿，拜道：“弟子王猛，愿拜道长为师，学习本事！”

道士笑问：“娃娃欲学何种本事？”

王猛瞪大眼睛，认真地说：“道长的本事，我样样都学。”

道士面有得色，却皱眉道：“不可，不可。贫道虽然精通技击、医术、诗文，有通天的本事，却百无一用。你又何必要学？”

王猛虽然聪慧，毕竟年少稚嫩，不能理解道士愤世嫉俗之语，仰头问道：“为何说百无一用？”

道士半脸谦恭、半脸自负，摇头晃脑地说：“就拿这技击术来说吧。贫道早年与名师学过单刀双戟，精通口诀要术，其巧入神。近年又学了七尺杖术，可以入白刃、取大戟。至于骑马射箭更不在话下。不过，这都是不急之末学，譬如麟角凤距，何必用之？医术亦然。人有疾，虽可医，天有疾，何以医？山河破碎，神州陆沉，岂有医药可救？至于诗文，更是不学也罢。远有颜回，学富五车却贫贱一生；近有贫道，空有满腹文章，却披榛出门，排草入室，上不能鹰扬匡国，下无以显亲重名，学了有何用处？”

王猛听得似懂非懂：“既然都不足学，道长为何自己要学？”

“问得好！人生在世各有其志，各得其所；或为山林之客，或为庙堂之才；或宜治身，或能治国。贫道生性淡泊，不喜功名，只爱以杂学自娱。娃娃骨相不凡，日后必是经天纬地的人物，需精通经世之学，研修刑名、钱谷、吏治、用兵之道，又何必学我的微末技艺？”

王猛似有所悟。

道士忽然侧耳听了又听，笑道：“不速之客将至，我去村头迎迓，顺便戏弄他一番。半个时辰后，即是我下葬之时，各位别忘了给我拿条草席包裹尸首。”说完大步向外走去。众人听了道士的疯话，如坠五里云雾，也尾随而去。

村头号角齐鸣，只见一队步兵手扯半人多高的葡萄纹锦，绕村而走，拉出一幅四四方方的丝绸帷幔，将村子围得水泄不通。锣鼓响处，帷幔后奔出一哨手擎漆槊的黑槊骑兵，随后是一排魁梧异常的龙腾中郎，其次是两列身穿锦裤，腰佩美玉的女鼓吹，最后是两列头戴紫纶巾，身穿熟锦裤，足踏五文织锦鞋的俏丽宫女，抬着一张五色漆雕龙凤步辇，上铺五彩蒲皮锦席，上面坐了一位头戴金缕合欢帽、上身穿金线碧纱袍、下身穿金线合欢裤、足踏登高文锦靴的肥硕大汉，正是赵国新主石虎。原来石虎登基后，因日渐肥胖而不能骑马，又丢不下射猎的癖好，便命巧匠打造号称猎辇的大号步辇，座下装有机关，端坐其上仍可随意转动。

石虎卧坐于步辇上，向道士拱了拱手，笑道：“孤听说葛洪仙翁早已追随王、马之流仓皇南渡，后来还逃至岭南罗浮山隐居不出。如今现身中原，却是何故？”众人听了纷纷交头接耳道：“原来他就是大名鼎鼎的小仙翁葛洪，怪不得有如此神通！”

葛洪大摇大摆地拱手回礼道：“既然羯胡都能在中原坐上天子之位，我堂堂汉人重返中原，凭吊旧地、走访故人，又有何不可？”

石虎碰了一鼻子灰，一时语塞。忽见太子石邃领了两个小厮，抬了一口粪桶飞奔而来。石虎有心借太子之手给葛洪一个下马威，便视而不见，任凭他胡闹。石邃趁葛洪不备，劈头浇了他满身秽物，拍手笑道：“臭道士，这叫以其人之道，还治其人之身。”

葛洪挥甩袍袖，卷起一片尘土。须臾间尘土消散，葛洪周身清洁如旧，石邃和两个小厮却满身臭粪，抱头而去。观者无不大笑。葛洪嗔道："太子忒没教养。石季龙当天子当得天怨人怒，当老子也当得乱七八糟！"

石虎尴尬地笑道："石邃年幼无知，仙翁何必与他计较？孤今日亲来贵地，特请仙翁赴皇宫小住几日，驱除邪魔，以助孤登基大事。"原来，石虎在石勒死后杀了太子石弘，篡权自立。登基之际，他换上天子冠冕对镜自视，却见镜中空有躯干而无头颅，登时惊得魂飞天外。石虎虽生性残暴，却最怕鬼神，以为这是上天警诫之兆，便匆忙弃了皇帝称号，以天王之名草草登基。听说葛洪现身魏郡，便欲请他入宫驱邪，也好顺顺当当地另加尊号。

葛洪笑道："贫道最擅驱邪。大王只需自放于野，宫中便再无邪魔。"

石虎道："这个容易，却不知要自放多久？"

葛洪道："大王即是宫中邪魔，又何必问我？"

石虎对葛洪奉若神明，虽然气恼，却只冒烟不起火，笑道："此法不妥，还有什么别的法门？"

葛洪道："若不愿自放，便要换心。你虽长了一副人面，胸中却是一颗兽心，要换颗人心才好。"说完解开衣衫，将手探入胸中，掏出一颗血淋淋乱跳的心脏，便要递给石虎。石虎慌忙摆手推却。葛洪又把心放回胸中，胸膛立即平复如初。葛洪指着石虎笑道："你嘴上说得动听，其实心中并无诚意。"

石虎面如猪肝，强忍怒火道："仙翁果然神通广大，令人叹服。孤今日虽然来得匆忙，却也满怀恭敬之意。这五百两黄金，略表诚心，请仙翁笑纳。"两个太监立即抬来一只礼盒，放在步辇之前。

葛洪笑问："你若有诚意，为何拿假钱骗人？"

石虎喷了口恶气。

"道士好不爽利！孤贵为大赵天王，难道拿不出五百两黄金？快打开礼盒给他看。"

两个太监打开礼盒，只见里面整整齐齐地码放了几十片砖头瓦块，却无半块黄金。

石虎终于怒不可遏。

"贼道士竟敢戏耍老子。快给我拿下！"

两名龙腾中郎飞身上前，将葛洪摁在地下，捆成粽子一般。忽听石虎惨叫道："快放开孤家！"原来地上捆的不是别人，正是石虎。葛洪却悠然地坐在步辇上。

石虎起身骂道："不砍了妖道的狗头，今日誓不罢休！"说完从腰间拔出虬龙宝刀，朝步辇逼来。葛洪非但不知躲避，反而大摇大摆地跳下步辇，端坐于地。石虎双手擎刀，使出浑身力气向葛洪脖颈砍去。只听“当啷”一声，宝刀断为两截。定睛看去，葛洪已不知去向，眼前却是一块半人高的青石。石虎大骇，撇了断刀。忽觉后脖颈湿痒难忍，抓起一看，却是一枚桑葚。他回头四顾，却见葛洪坐在桑树之巅朝他招手。石虎狂吼道：“快将妖道万箭穿心！”

葛洪道：“放箭恐伤及无辜。贫道还是自行了断吧！”说完飘然落地，捡起断刀，狠狠插入腹中。观者莫不骇然失色。

连吐几口鲜血，葛洪仿佛一羽倦鹤，缓缓扑地，气绝身亡。此时村人依照他的嘱托，找来一领草席，将其尸身、竹杖、笛子等物裹在一处，挖了墓穴就地下葬。

墓穴埋了一半，村头忽然传来悠扬的笛声，随后是几声爽朗的大笑。石虎惊得脸色煞白，望了望村头，盯着墓穴直冒汗。几个太监手忙脚乱地扒开黄土，展开草席。席内空空如也，只有一把断刀，闪着诡异的寒光。石虎绰刀在手，却见刃上之影颇为眼熟。凝目向刀，眼前猛然现出那具只有躯干却无头颅的镜像来。石虎魂飞魄散，抛刀于地，仓皇起驾而去。行至半路，忽然口喷鲜血，不省人事。

第四章

少年国士

銮驾回到寝宫，太医慌忙匍匐至龙榻前，查了石虎的脉象，轻声道："陛下惊悸攻心，气血一时上涌。休养数日，自会痊愈。"众人这才释然。

待静养数日，石虎又变得龙精虎猛。佞臣赵揽趁机进言道："陛下龙虎之躯，不宜在皇宫闷得太久。若能去猎场围猎几日，必能畅心抒怀，百病消除！"

"赵揽深知我心。只是邺郊猎场太小，撒泡尿都能淹个七荤八素。朕早就去烦了。"

"陛下身为天子，嫌天小可以开天，嫌地小可以辟地。若嫌猎场小，何不拓宽几分？"

"说得好。不过猎场终究是个游乐之地，无须过大，免得伤及民生。我看南至荥阳、西至黄河灵昌津、东至琅琊郡即可，方圆不过区区千里而已。你看如何？"

"陛下仁慈无比，真乃苍生之福！"

石虎于是在涉及州郡内颁布官文，责令住在猎场境内的百姓谨慎回避，若敢伤及禽兽一根毫毛，一律按"犯兽"论罪，处以极刑。官文贴至王村，村民方知村子南头的林地已被划入猎场，即日起严禁入内耕采樵牧，违令者重罚；若擅自入内捕猎，则以"犯兽"论罪，立斩无赦。

几个胆大的村民偏偏不信邪，依旧我行我素，日日去林中讨生计。一日，他们又提了弓箭，偷偷摸摸钻入林中。两头麂子忽然跃出草丛，向老林深处奔去。几人大喜，张弓猛追。忽听一阵梆子响，"呼啦啦"跳出百十名弓箭手，喝了声"偷猎贼休走"，乱箭飞来，将几人活活射死。此后，村民便将此林视为死地，再不敢踏入一步。就算最善啼的夜哭郎，只要听到"林子"二字，必会噤若寒蝉。

这日晌午，王猛背着柴捆一边行路，一边思忖兵书中的各个击破、首尾相顾之法。自从听了葛洪教诲，他便时刻留意经世之学，尤其好读兵书。别人笑他古怪，他也不以为意。眼见王生日渐病弱，难以劳作，亲戚乡邻纷纷劝道："猛儿即将长大，还天天不务正业，日后如何自立？何不好歹学个手艺，也好养家糊口？"王猛便从邻家学得篾匠手艺，编出畚箕之类物事，隔三岔五地拿去集市贩卖，换几斤粗粮糊口。没钱添置衣物，便去村头割几捆野麻，借邻家的麻池沤了，晒干后织成粗褐，聊以蔽体。亲邻都叹他可怜，他却若无其事，依旧四处借书、求教，琢磨些饥不能食、渴不能饮的古怪学问。

林间藤根纵横，枝干交错。王猛接连绊倒两三次。他毫不在意，爬起来继续赶路，连尘土都懒得拍打。忽听不远处传来孩童嬉笑打闹之声，原来一个老师傅正在教三个童子打拳。师傅教了几招拳脚，便让三童子相互搏击，最后选出个头最高的一个童子，喝道："你一人来打他两个。"高童以一敌二，东一拳，西一脚，虽不落下风，却也不占丝毫便宜。师傅用手臂隔开三人，向高童面授机宜。

"不可如此乱打，应竭尽全力先打翻一个，再腾出手来收拾另一个。再打一遍吧。"

王猛心中一惊，暗赞道："这却与兵法中'各个击破'之道相合。"便放下柴担，用心观看。第二遍开打，高童遵照师嘱，拳拳不离瘦童胸口，将他打得难以招架。另一矮童虽然得闲，却不知如何帮忙，只是跟在两人后面乱跑。

师傅又将三人隔开，向矮童喝道："他欺负你伴当，你为何不来帮忙？你不帮忙，一会儿挨打的就是你！"矮童点头道："我懂了。"再次开战，高童专攻瘦童，矮童则极力为瘦童助拳。三人打得更加难解难分。王猛又暗赞道："瘦童与矮童互为犄角，首尾相顾，因此才能与敌手抗衡。"高童无法取胜，忽然窜进草木丛中，不见踪影。瘦矮二童跟过去东张西望，遍寻不见，便立在空地上喘气。忽见高童从背后茅草丛中钻了出来，出其不意地一拳一个，将二童打翻在地。王猛暗笑道："不拘成法、虚虚实实，若放到战场上，也是极高明的兵法。"师傅见高童出奇制胜，不禁哈哈大笑，上前拍着他的脑袋赞道："打得好！斗智斗勇，便是如此！"

王猛从孩童打闹中悟出兵法要义，心中豁然开朗，大笑几声，挑起柴担扬长而去。师傅和童子都不知王猛在此偷看，反而被他吓了一跳。

王猛低头赶路，猛然抬头，不禁惊呼："不好！"原来他一路心不在焉，竟然阴差阳错地闯入猎场内。王猛擦了擦额头的冷汗，慌忙转身回退。穿过一片阴森猛恶的老林，隐约听到人语声，心中更加忐忑。他猛跑一阵，听四下寂静无声，才喘了口气。他又来到一座小土岗，此地乃东汉奸臣张让的墓地，因长年无人看护，已衰败不堪，仅余一尊肥壮的石雕老虎枯立一旁。转过土岗，忽见一个瘦高书生披了件不合身的半旧长袍，领了一群饿汉，将绳索套在三圆四不扁的老虎头上，用力往南拖拽。书生看到王猛，叉腰吓唬道："大胆狂徒，竟敢擅闯猎场！"王猛忙应道："子高兄为何在此？"原来此人正是同村的崔嵬，表字子高，平日和王猛颇谈得来。

崔嵬溜过来诡秘地一笑。

"眼看有一场大富贵要从天而降。你何不过来搭把手，也好占些便宜！"王猛心中暗自猜测这大富贵究竟是何物，嘴上问道："他们如何敢来替你出力？"

崔嵬拍拍胸脯。

"我典卖家中田地，买通猎场御史，雇来这群民夫，定要博出一场大富贵。我崔嵬素来仗义，不愿独享。你何不随我共攀龙门？"

王猛呵呵笑道："不义而富且贵，于我如浮云。"

崔嵬也不生气，扬眉道："你不怕穷，可是我怕。读了满腹诗书，学了满身本事，最怕一生贫贱无人识。任你本领通天，若是清高太过，也只能空老于黄泉之下，沦为蝼蚁腹中之餐。你且看我如何一步登天！"说完转身而去。他刚走了几步，又扭头回来，往王猛手里塞了几枚铜钱，挤眉弄眼道："天机不可泄露，兄弟只可偷看，切勿多言！"

众闲汉拖着石雕老虎，"吭哧吭哧"地向东南行走百步才停下。崔嵬将他们喝到一旁，拿笤帚扫去深浅不一的脚印，又牵了几头饿脱了相的猪狗、瘦骨嶙峋的牛羊来回溜了几遭，便掏出铜钱打发众人，整了整长袍，坐在一边喘气。

过了片刻，北方传来锣鼓笙箫、马嘶犬吠之声，其热闹气派，与乡间财主的婚宴倒有几分相似。只见猎场御史董荣引了几个大汉鸣锣开道，随后是一列车仗、数百随从，拥着一辆金光夺目的簇新猎车，车上并肩坐着石虎与太子石邃。石虎一手拍着石邃肩膀，一手指着随行的车队、扈从哈哈笑道："听说汉文帝一生清苦，生时穿草鞋视朝，龙袍打着补丁，死后墓里缺金少银，连盗墓贼都懒得光顾。这等皇帝有何趣味？哪里比得上朕富贵无双、享乐无尽！看看朕今日射猎的气派，就算明日山崩地裂，也不枉此生！"

石邃撇嘴道："父王的排场看似浩大，却都是陈年旧货。若是孩儿，便要玩出新意！"

"有甚新意？"

"早晨派人分列四面，围成百里人墙，一起向内猛赶，到黄昏前后，便能将百里之内的大小禽兽赶作一团。再让人各举火把跪立，守得滴水不漏。孩儿在人墙内张弓拍马，将禽兽射杀殆尽，岂不痛快！"

石虎笑道："后生可畏。有句话是怎么说的，'青什么蓝什么蓝'。"

"青出于蓝而胜于蓝。不过，姜还是老的辣，父王的车仗不同凡响，孩儿自叹不如！”

石虎得意地望了一眼车仗，拊掌大笑。石虎的猎车由指南车、司里车开道。指南车内设机关，无论如何转向，车上的木头人都手指南方。司里车上有木头人手持鼓槌，每行一里便敲鼓一记。二车之后还有一对舂车和磨车，车上有一木头人，脚下连着木碓石臼，车子发动，木头人便踏碓舂米，行十里可舂米一斛；磨车上装了石磨，行十里可磨麦一斛。几辆车子都由当世巧匠解飞打造。

车队来到土岗附近，崔鬼忽然冲到道路中央，还未下跪，先摔了个狗啃泥，引来一阵哄笑。崔鬼顺势跪地叩首道：“草民崔鬼，见天降祥瑞，特来禀报天王！”石虎恨崔鬼冒失莽撞，坏了游兴，便冷笑一声，高举右掌。此掌一旦劈下，随行卫士便会以“犯兽”的罪名将崔鬼就地斩首。不过，石虎虽然是个魔头，却也爱听歌功颂德之词，听见“祥瑞”二字，高举的右掌缓缓垂落，厉声道：“有何祥瑞，快说与朕听。”

“草民今晨砍柴来到土岗，忽见岗边的石雕老虎向东南移行百步方止，身后有百兽追随，足迹成蹊。”

石虎大喜，立即换乘步辇，来到石雕老虎之侧左右察看，又沿着划痕与兽迹来到岗前。

“用指南车查验方向。”

御者驾了指南车赶来，在岗前掉转车头。这指南车果然精妙无比，无论车身如何转动，车上的木人手臂始终指向南方，并无半点差失。转了半周，车辕指向石雕老虎方向，车身戛然而止。御者禀奏道：“石雕兽王位于青龙、朱雀之间，正是东南方位。”

石虎拍手大笑：“石虎者，朕也。上天迁石虎于东南，分明是启示朕荡平晋国，完成天下一统。朕将亲征东南，以顺应天命。”说完看了一眼崔鬼，笑道：“你亲见祥瑞，又及时上报，功劳不小。太史令一职空缺已久，你速去补缺吧。”崔鬼连呼万岁，磕头如捣蒜。

石虎起驾，崔鬼随车仗同行。他骑着高头大马，得意扬扬地四处张望，想在王猛面前炫耀一番。王猛却早已不见踪影。

返回邺都，石虎立刻诏令各州征调兵马，于翌年春季集结待命，以便讨伐江东。他又诏令道：“凡受征调之士卒，每五人出车一辆、牛两头、米十五斛、绢十匹，不备者斩首。”受征民众为制备军需，纷纷变卖家产、典卖子女，若仍不能凑齐，便只能上吊自尽。

姚弋仲、蒲洪、朱轨等文武大臣轮番苦谏后，石虎只得收回成命，暂缓南征。

打消南征之计，石虎又大兴土木。他先在邺城新造四十余座台观，又在长安、洛阳两座旧都修建行宫，先后征用民夫四十余万；又欲在襄国、邺城之间修筑一条上覆顶棚、雕梁画栋的风雨廊道，终因靡费过大，未能如愿。

魏郡乡民前要防范野兽，后要躲避徭役，生活更加艰难。王生重病多年，近日渐有起色。他不忍由王猛一人劳作，便提了扁担，要去数里外的集市务工。

王猛劝道："父亲康复不久，多歇息几日再出门吧。"

王生叹道："葛、刘二翁都夸你是个人才。可惜你生在贫贱之家，自幼丧母，又摊上一个老病无用的父亲。我眼下已经大安，怎忍心看你荒废学业？这条老命，好歹还有几分用处！"说完扛了扁担夺门而出。

王猛追出门外，目送父亲清瘦的背影愈来愈小，直至消失不见，才怅然而回。

王生接连几日去集市讨生计，早去早回，倒也无事。这一日，他却早早出门，直至日头偏西也不见回家。王猛心中惦念，便取了一卷书坐在门口，一边读，一边等待。书未读几眼，倒向村头张望了无数次。

红霞漫起，殷红似血。一大群乌鸦忽然遮天蔽日地掠过村头，在地上投下阵阵悲鸣、片片黑影。王猛忽然一阵心惊，放下书向集市快步而去。他沿途遇见挑担背筐的村民结伴归来，唯独不见父亲的身影。鸦声越发聒噪，王猛听得心惊肉跳，脚步越发急促，最后一路飞奔赶至集市。只见昏黄的夕阳下，一条陋街颓然横卧。沿街的店铺、货摊都已关张，仅剩七八个小贩在街边或蹲或立，忙着收拾东西。王猛寻父不见，心中越发不安。忽见一个商贩颇为眼熟，却是崔嵬之父。

"崔伯可曾看到我父亲？"王猛忙问。

崔伯一边收拾担子，一边叹气道："你父亲被军汉抓去架桥了！"

王猛心中"咯噔"一声。

崔伯接着说道："听说皇上突发奇想，要在灵昌津架一座横跨黄河的大桥。黄河上架桥，是千古未闻之事，谈何容易。水大河深，两人多高的桥墩石入水便被冲走。架桥未成，工匠已被杀尽，只好四处抓人充数。今日集上忽然来了一伙军汉，见了青壮男子便捆绑起来，送往灵昌津。老汉因为年老体衰，躲过一劫，你父亲却被捉去。"

王猛眼里噙着泪水，拱手谢道："多谢崔伯父相告。"

崔伯叹气道："猛儿不必担心，我明日便派人去找崔嵬，让他设法搭救。天色已晚，你快回家吧！"

这几句宽慰之辞，仿佛丧礼上的"节哀"二字，虽然动听得体，却全无效用。

王猛转身狂奔，到了无人处，忽然跪地放声恸哭。

此时天色越发昏黑，王猛擦干眼泪，低头回家。他自幼与父亲相依为命，十余年来，从未分离过一日，心底以为父子二人将相守终世，永不言别。岂料今日一别，竟成永诀。

走至村口，他忽听路边树丛后窸窸窣窣，间杂人语之声。王猛疑是父亲归来，慌忙循声奔去，来到跟前，却是个露宿野外的大汉。

王猛大失所望，起身欲去，却见大汉蜷曲着身子瑟瑟发抖。王猛顿生怜悯之心，轻声道："夜间天冷，小心冻坏身子。"

那大汉喉咙里含混不清地哼了一声，上下牙捉对厮杀，咯咯作响。

王猛问："你莫非病了？"

大汉肩头耸动，忽然颤悠悠伸出手臂。王猛一把握住，只觉凉如冰柱，用尽全力，终于将他拉起。大汉浑身战栗不止，颤声道谢。

王猛搀扶大汉进了自家茅屋，取火石点亮油灯。只见大汉身长八尺有余，身材极为魁伟。肩背长弓、箭囊，腰挎长剑。虽面如白纸，形似病虎，仍不失英武之气。王猛扶大汉躺在榻上，又抱来一床破絮盖上。大汉依然寒战不止，将床榻震得山响。王猛将家中铺盖尽数覆在大汉身上，大汉仍战栗不休。

王猛道："我去弄个火盆过来。"

待他端来火盆，却见大汉已踹开铺盖，浑身热汗淋漓。王猛忽然忆起葛洪医疟的旧事，猜测大汉患了疟疾。他连忙去村头拔回一捆青蒿，浸出一碗汁液，端给大汉。

"这是葛道长传下的方子，喝了或许管用。"

大汉挣扎着坐起，端起碗一饮而尽，旋即倒头睡去。

次日清晨，大汉一觉醒来，果然见轻了五六分。

王猛问道："兄长是何方人氏，如何病倒在这荒村？"

"我是幽州守边的将官，姓元名邕。近日来邺都有些公干，因为水土不服染了恶疾，又与伴当走失，便病卧于此。"

王猛笑道："我这草头方已经见效。你再服几剂，便可痊愈。"

元邕服了药汁，又倒头睡去。直至翌日午后，才醒来喝道："兄弟可有饭食？让我胡乱吃上几口。"

王猛端来一釜稀饭。元邕连饮数碗，忽然振衣而起，轻舒猿臂，将王猛单手拎起抛在半空，又轻轻接住，笑道："气力已恢复七八成，便是来了老虎，也敢斗它一斗。兄弟于我有救命之恩，有何心愿，尽管说出。不是我夸口，就算金山银山，都给你搬来！”

“我生来与钱财无缘，就算搬来金山银山，也不敢消受。”

元邕一愣，又问：“不喜钱财，倒也落个清净。我看你还没讨上娇妻，要不要给你弄个北地胭脂？”

“不必。”

元邕咧嘴嗔道：“既不爱财，又不好色，这人生之趣，至少折损了八分。你小小年纪，却如此挑剔，到底要我如何帮你？”

“小弟自幼好读兵书，却苦无良师教导。兄长既然是幽州将官，必然熟知兵法，不知能否指点一二？”

元邕听了一怔，随即哈哈笑道：“我看你家境并不宽裕，为何不学个谋生之术，或者读些教人升官发财之书，也好日后成家立业？兵书战策之类杂学，恐怕与你百无一用！”

“大丈夫生在乱世，当平定天下，造福苍生，岂能如庸夫俗子醉生梦死、苟活于世？我王猛就算饿死也不改此志！”

元邕见他少年老成、胸怀壮志，不禁啧啧称奇，拊掌笑道：“想不到这荒村破屋中竟藏了一位少年国士。你既然有志于此，我自然会助一臂之力。不知你想学哪部兵书？”

王猛取出一卷《孙子兵法》。元邕接来笑道：“此书堪称兵家圣典。但若泥古不化，反而不如不学。我试着给你讲讲，看你能领悟几分。”说完翻开书卷侃侃而谈。

元邕果然了得，不但对兵书章句了如指掌，更对古今大小战事如数家珍。不过数日，便列举战场实例，将整部书细细讲授了一遍。讲完之后，元邕掩卷叹道：“‘兵者，诡道也。’我戎马半生，身经百战，读过的兵书不下百部，深知用兵之道得之于天，不可从书中强求，若无几分天才，就算像赵括、马谡一样将兵书倒背如流，照样会一败涂地。你虽然学了不少兵书，但尚未经历考验，也不知能否活学活用。我来给你出三道考题，你若答得出，算你端得起这碗饭；若答不出，大哥劝你趁早烧了兵书，老老实实学个生财之道，免得日后误人误己、遗恨终生！”

原来元邕深知学习兵法之难，有意用几道考题难倒王猛，好劝他迷途知返，以免误了一生大计。王猛点头道：“我明白，兄长出题吧！”

元邕捻须道：“先听第一题。太兴二年（319），鲜卑宇文部联合鲜卑段部、高句丽共举大军，欲攻灭鲜卑慕容部，瓜分其地。慕容部寡不敌众，危在旦夕。请问有何却敌良策？”

王猛低头略加思索，忽然抬头道："段部、高句丽虽同宇文部结盟，却只是贪图小利，并无与其同甘共苦之志。可用反间计离间段部、高句丽，骗其退兵，再集中兵力一举击溃宇文部。"

元邕脸色一变。

"如何离间？"

"派人向宇文部首领送去牛酒礼品，故意令段部、高句丽二敌看到。二敌会以为宇文部与慕容部暗通款曲，疑心宇文部出卖自己，因此必会退兵。"

元邕一拍大腿。

"慕容部正是用此计退了二敌，又趁宇文部忙乱之际突然出击，大获全胜！兄弟果然聪明过人，日后做个将官，封妻荫子，不在话下！你再听第二题：咸和八年（333）初冬，慕容仁在辽东平郭反叛。此地东临大海，西接高山，凭借山海之险、城池之固，难以强攻。若由你来平叛，将从何方进兵？"

王猛眼珠转了几转，不急不慢地说："听说近世气候忽然转冷，昔日渤海冬季无冰，近来却连年冰封。何不在渤海冻结时踏冰而行，绕过慕容仁的布防，出其不意直插敌腹！"

元邕大惊。

"兄弟真天才也！"

原来，当年慕容部强攻叛军未果，最后正是以踏冰过海之计出奇制胜。

元邕叹道："兄弟不过是个半大后生，竟能想出慕容部满堂谋臣良将绞尽脑汁得出的计策。愚兄真得对你刮目相看。"

元邕见前两题考不倒王猛，最后一题便要出个最难的。他思忖良久，才说出第三道题："慕容鲜卑地处宇文部之东，高句丽之西，深受两敌之苦，欲出兵征讨，却怕陷入'螳螂捕蝉，黄雀在后'之困局，攻击一敌，另一敌在背后偷袭，令其腹背受敌；若兵分两路，同时征讨二敌，又力不从心。请问当如何破解？"

王猛答道："欲破此局，必先灭高句丽，再灭宇文部。"

元邕惊问："为何？"

王猛依旧不紧不慢。

"若先攻宇文部，高句丽必会在背后大举偷袭。但若先攻高句丽，宇文部却不敢如法炮制。"

"这是何故？"

"宇文部紧邻中原盟主赵国，可谓首当其冲。如果慕容部螳螂捕蝉，宇文部趁机做起黄雀，不过占些蝇头小利；但如果赵国学起少孺子拉开弹弓，宇文部却有亡国之忧。权衡利害，宇文部必然不会大举偷袭。”

元邕听得目瞪口呆。愣了半晌，忽然恭恭敬敬地给王猛作了个揖，正色道：“真是天下奇才！本应带你去边关，建不世之功。可惜我流年不利，自顾不暇。你年纪尚小，不妨再隐忍几年，等我扬眉吐气，重返中原，一定亲自接你出仕，助你威震四海，青史留名！”

次日清晨，二人在村头洒泪惜别。元邕临别叹道：“千里渴慕，难表万一。他日相会，定以国士相待！”说完挥手而去。

王猛望着元邕远去的背影，忽然明白了“知音”二字的含义。但在惺惺相惜、恋恋不舍之外，他又满腹狐疑。不知元邕究竟是何人，自称幽州守将，为何只字不提幽州战事，却满口鲜卑战事？

原来这元邕正是鲜卑大单于、慕容部首领慕容皝的庶长兄，名曰慕容翰，字元邕。数月前，老单于慕容廆病故，慕容皝以嫡长子之名即位。慕容翰身为庶长兄，又手握兵权，颇受慕容皝忌惮。慕容翰明哲保身，便以刺探军情为名南游赵国，躲避祸害。不料在魏郡身染恶疾，幸亏王猛搭救，才转危为安。

病愈之后，慕容翰归心似箭，立即离了魏郡与随从会合，一路北驰，不过数日便返回辽东，进入慕容部境内。他不敢轻易现身，却遣随从进入国都棘城打探。不久随从回来禀报：“市井流言四起，说将军功高盖主，有不臣之心！”

慕容翰叹道：“可怜我慕容翰赤胆忠心、出生入死，竟落得有家不能回！”思来想去，唯有出逃避祸，以待来日。于是，他连夜接出两个儿子，匆匆逃往宇文部。

第五章
慕容盗马

正月十三的清晨，肆虐了几日几夜的暴风雪终于停歇。天空被风雪擦洗得碧蓝通透，比医巫闾山出产的美玉还要莹润可人。地上的山川树木、毡房茅茨，清一色的银装素裹，仿佛新鲜酥油堆塑的一般。到了中午，空气中有了些许暖意，猫冬猫得浑身发痒的男女老少纷纷钻出土屋毡房，三五成群地来到白狼河畔玩耍。滑雪的，玩雪橇、雪爬犁的占了河堤；抽冰尜、玩冰划子的占了河面，一时人声鼎沸，热闹非凡。

忽听銮铃阵阵，一辆马车沿着河堤自南而北驶来。赶车的是一位身穿汉式羊皮长袍、头戴鲜卑狗皮风帽、腰扎熟牛皮带的汉子，生得疏眉细眼，精明活泛。只见他小心翼翼地勒住缰绳，问路边的老汉道："阿干，宇文部的都城还有多远？"此时天寒地冻，呵气成霜，汉子刚说完话，唇边的髭须便又多了一层斑白。老汉撇了撇嘴，没好气地答道："明知故问。"赶车的汉子赔着笑，拱了拱手道："小本生意，大过年的离家在外，顶风冒雪过来卖货，麻烦阿干指个路。"老汉于是哼了一声，伸手在眼前划了一圈，慢条斯理道："这方圆千里之地都是宇文部的地盘，眼前大片地面便是都城紫蒙邑，前面便是城门哨所。"赶车的汉子点点头，忽然嗤笑道："城墙似竹篱、城门似狗洞，屋宇更比毡房少。我走南闯北，没见过如此寒碜的国都！"老汉刚要争辩，汉子已甩鞭而去。

马车来到城门外，三五名倒提长矛、缩着脖子、打着干嗝的哨卫呼啦啦凑了过来，喝问："你是何人？"

汉子勒了缰绳，跳下马车，笑嘻嘻地作了个罗圈揖。

"小人姓王，专在辽东大小市镇贩货，一年里倒有三百六十六天在外头赶车，所以得了个诨名，叫作'王车'。小人的本名，连我娘都忘了。"

哨卫听了无不大笑。

为首的哨长摇头晃脑地问："你不在辽东贩货，跑到辽西作甚？"

王车挤了挤眼。

“听说宇文部有‘玛瑙、琥珀、狐皮、美女’四宝，天下闻名。小人日思夜想，死也要来一趟。”

哨长冷笑道：“别拿浑话哄我，这边的规矩你可懂得？”

王车慌忙掀开车上的苫布，让哨卫查验。几个哨卫翻了半天，未见异常，却仍无下车的意思。王车取出一叠绫罗绸缎，塞在哨长怀里。

“这是汉人的绸缎，又软又滑，赛过妇人的肌肤。弟兄们拿回家送老婆吧。”哨长眉开眼笑地收了礼物。

“兄弟们都下来吧。”

又朝一名精壮哨卫努了努嘴。

“宇文豹陪他过去。”

宇文豹便跳上马车，随王车而去。

王车取出串铃、响板，叮叮当当地打响，扯开嗓子准备叫卖。忽见前方驰来一队人马。宇文豹扯了扯王车的衣襟道：“快闪开，是我家大王宇文归。”

王车急将马车赶在一边。这队人马呼啸而过，为首之人身穿黑色貂裘，双眼迷离，浑身酒气，胯下一匹紫骝马却神骏无比。

等马队走远，王车放开喉咙叫卖。

“南山走遍，北山踏烂，天下货物我占半；短袄长袍，布匹绸缎，王母穿了好赴宴；笔墨纸砚，急就之篇，买来摇身学圣贤；陶瓷铁器，五金之便，五谷丰登畜满栏；可拿钱买，可用物换，男女老少都来看！”

不一会儿，买货的、看热闹的纷纷攒簇而来，将马车围得水泄不通。有钱的便掏出钱来买物，无钱的便拿了毛皮、药材、玛瑙石、琥珀、玉料等物交换。不过半晌，已卖掉大半车货物。

王车见买家渐稀，便抽空与宇文豹攀谈。

“我车上还有几条妇女长袍，如何没人来买？”

宇文豹撇嘴笑道：“阿干虽然精明一世，却糊涂一时！”

“我如何糊涂了？”

“长袍在鲜卑慕容部、段部卖得动，在宇文部却卖不动。你可知何故？因为宇文部的女子只穿裙子，不穿袍子！”

王车捶胸顿足道：“失算！失算！难道贵地就没有一个半个慕容部的人？”

宇文豹已与王车混得厮熟，见四下无人，便低声道：“倒有一家姓慕容的，大有来头，是燕王慕容皝的同父异母兄长，名叫慕容翰。可惜现在是个狗屎一般的疯汉。”

王车听了一怔。

“慕容翰当年可是威震天下的人物，如何流落此地，又如何疯了？”

宇文豹嗤鼻道：“慕容翰虽然了得，却遭天唾弃。慕容皝登基后，他觉得受了猜忌，便仓皇逃奔段部；段部攻打辽东时，却替慕容部求情，害得段部亡了国；没奈何投奔宇文部，却不得大王赏识，几乎被杀了头。最后落得走投无路、天地不容，一时气不忿，竟气成了傻子。”

王车似乎对慕容翰的遭遇毫无兴趣，拍了拍宇文豹的肩膀笑道：“傻不傻打什么紧，只要他家的婆子、婢女不傻，便能卖掉袍子。兄弟，带我去他家门前吆喝吆喝，要能卖掉一条半条，我给你买酒喝！”

“只怕去了也是白去。那人发疯前好生了得，是大王日夜紧盯的人，如今虽然疯了，也不敢胡来！”

“那是自然。”

宇文豹将王车领到一顶毡房前，王车打起响板。

“辽东商贩到此，短袄长袍，布匹绸缎——”

毡房门帘呼地掀开，一阵恶臭扑面而来，两人不由得掩鼻后退了一步。一条巨獒从毡房里咆哮着匍匐而出，忽地直立而起。两人吃了一惊，定睛一看，眼前却立着一个蓬头垢面、上身赤膊的魁梧大汉，正是当年威震天下的慕容翰。只见他狂笑连连，忽然扔了獒皮，附身抓了一把雪，塞在口中。又不知从何处摸出半张面饼，在沾满粪便的靴筒上抹了又抹，抬眼看见王车，憨笑着将饼递了过来。

“这是西王母御赐的神仙饼，吃了便能成仙！”

王车眼神中露出几分酸楚，伸出左手摆了摆，右手食指却在腰间的青铜马鹿带扣上轻轻点了一下。慕容翰目光呆滞地看了一眼带扣，又将手缩了回去，粗声大气地喝道：“你不吃，必是嫌肉醢太少。我再多蘸些。”

王车摇头叹气道：“撞见如此疯汉，真是晦气。下次来，定要避开这个灾星。”

慕容翰听了，忽地攥起双拳，在胸口捶打两下，又重重点了下头，便狂笑着扑倒在地。宇文豹骂道：“猪狗不如的东西，老天怎不将你冻死！”骂完嫌不解气，又在慕容翰后背狠狠踹了一脚，转头笑道：“你不听我言，自己险些吃了秽物，又害我闻了半天臭气。”王车会意，从袖子里摸出些散钱，塞在宇文豹手里。

“阿干买壶酒喝，除除晦气！”

王车载着宇文豹回到哨所，辞谢众人道：“承蒙诸位军爷照顾，日后小人免不了再来叨扰，下次给大家买酒。”说完赶车南去。

原来这王车并非寻常商贩，而是燕王慕容皝派来打探庶兄消息的细作。只见他出了宇文部，径回龙城，禀报慕容皝道："回禀大王，慕容翰果然仍在宇文部。只是过得颇不如意，如今已经疯癫。"

慕容皝并未作答，却从龙辇上振衣而起，倒背双手，径直向王车走来。他虽然不如慕容翰魁梧，但威仪更胜一筹，因此在王车眼中似乎更要高大几分。来到王车面前，慕容皝蹙紧眉头，那块号称帝王之相的高耸眉骨越发突兀。

"我这位庶兄沉勇坚毅、谋略过人，岂会轻易疯癫？必是装疯卖傻，掩人耳目。带扣他可曾看到？"

"小的给他看了，他却没什么异样。"

王车将带扣解下，还给慕容皝。

慕容皝用手摩挲着带扣。

"这带扣本有两枚，二十年前由父王分别赐给我兄弟二人。庶兄的那枚，已在征讨高句丽时坠河遗落，这残余的一枚，便成了孤品。他看到这件旧物，岂能视而不见？难道真的疯了？"

沉吟良久，慕容皝忽然眉心一紧。

"或许他怕人察觉，故意不露声色。王车，你且将慕容翰的言行举止细细道来，不可有丝毫遗漏！"

王车便将慕容翰的疯话癫行一五一十、惟妙惟肖地讲述了一遍。慕容皝垂眼倾听，不动声色，听到慕容翰捶胸颔首一节，忽然眉头舒展，拊掌而笑。

"孤虽无异能，读心之术，还略通几分。捶胸者，心痛也，颔首者，首丘也！慕容翰非但未疯，而且已有归心。烦劳先生半个月后再去一趟，带去一份见面礼，助他平安而归！"

半个月后，王车备好满载货物的马车，悄悄谒见慕容皝。慕容皝大喜，"啪啪啪"击掌三声，侍从立即扛来一只五尺多长的鹿皮口袋。

"这便是烦劳先生带给慕容翰的见面礼。"

解开口袋，里面却是一张巨大的长弓和满满两壶长箭。慕容皝拎起弓递给王车道："你来试试。"王车猛地一拉弓弦，却没拉动，又深吸一口气，运足浑身力气拉去，弓弦颤巍巍开了三四寸，便"啷"的一声弹了回去。

慕容皝笑道："三百斤强弓，四尺长箭，除了慕容翰，天下又有几人使得？礼物我已备好，后面就仰赖王先生多多费心了！"

王车拱手道："小人一定不负大王所托。"

临行前，慕容皝又叮嘱王车。

"这宝贝过于惹眼，王先生可将其藏于城外，只将藏宝之地告诉慕容翰，由他自己去取。”

王车辞别慕容皝，驾车西行。两日后来到紫蒙邑南郊，见路边的一片松林甚为僻静，便将装了弓箭的皮囊埋在路边不远的歪脖松树下，又细心作了标记，记下位置，便径直来到城门。

众哨卫见了王车，拍手道：“老兄如此性急，才过了一余日，便又来了。”王车一边往众人手里塞钱塞物，一边赔笑。

“一想起宇文部的‘四宝’，便夜不成寐。早些过来，也好发市。”

哨长率人在车上翻看半晌，未见异常，便再无疑心，打趣道：“你早去早回，不然怕要被人招赘于此。”

“饱了眼福自会回来。”

王车装模作样地卖了半车货，却悄悄来到慕容翰的毡房，刚要掀开门帘，身后腾地闪过一条大汉，一手捂住王车的嘴巴，一手轻轻一提，便将他擒入毡房。王车转头看去，正是慕容翰。只见他依旧蓬头垢面，衣不蔽体，脸上精气焕然，与上次判若两人。

慕容翰向王车深施一礼。

“宇文归对我仍有防范，不得不加倍小心，多有得罪。”

“在下王车，奉燕王之命来助将军归国。大王已为将军打造强弓长箭，命在下带给将军。”当下告以埋藏弓箭的所在。

慕容翰点头道：“在下对城外的阡陌田畴、一草一木无不了如指掌，先生说的歪脖松树，闭眼也能找到。”

王车见事已办妥，便拱手告辞。

“夜长梦多，在下这便告辞。愿将军逢凶化吉，早日平安归国。”

慕容翰握住王车的双手，洒泪道：“狐死尚且首丘，更何况铮铮铁骨的热血男儿！烦请先生转告大王，慕容翰一腔热血尚在，只待归国后洒于故土！”

王车走后，慕容翰背着姬妾使女，悄悄唤来两个儿子慕容钧、慕容铉道：“今夜早早歇息，明日要起个大早，随我办一件小事。”

“却是何事？”

慕容翰长舒一口气，微微笑道：“随我逃回燕国！”

慕容钧惊道：“此地固然不可久留。但好马不吃回头草，爹爹难道忘了当初为何逃离燕国？”

“此一时，彼一时。当年阿干初登王位，怕几位庶兄弟有异心，对我颇为猜忌。如今他王位已稳，又未见我有辜负燕国之处，猜忌之心便少了几分。尤为要紧的是，自我出逃后，国中再无既能谋断、又能征战的干城之将。我纵横半世，岂不知‘鸟尽弓藏’的道理？但此时鸟犹未尽，他岂能不重用我？”

慕容钩将信将疑，劝道：“王叔心思难以捉摸，爹爹此番归去，务必小心。”

“钩儿放心，等我助他逐鹿中原，大业将成之际，定会效仿范蠡急流勇退，泛舟五湖。”

次日凌晨，天光未亮，慕容翰领着慕容钩、慕容铉出了毡房，顶着满天的晨星，向城南急行而去。慕容翰今日换上了多日未穿的戎装，显得杀气凛然。不过片刻，三人便来到城南马厩外。这里是宇文归的专属马厩，里面养的都是百里挑一的宝马骏足。门外悄无一人，只有门内茅屋中传出厩夫时断时续的鼾声。慕容翰命两个儿子在门口放风，自己翻墙入内，拨开门闩，轻轻打开闸门。二人立即随慕容翰闪进马厩。

三人各自挑了一匹好马，解开缰绳，慢慢牵出马棚，蹑手蹑脚地向门外走去。慕容翰选的正是他早已相中的紫骝马。此马身高一丈，肩高七尺，骨骼刚硬，仿佛铁铸一般；遍身青紫，唯额上生了一撮白毛。慕容翰走在最前面，回头对两个儿子低声道：“出了大门再上马。”此时晨星渐稀，天色稍稍多了几分光亮，四周依旧一片死寂。除了马蹄踏在土路上发出的笃笃声以及厩夫的鼾声，便只有胸中怦怦的心跳声。慕容翰望着近在眼前的大门，只觉得这短短的十余步平途，竟与前半生走过的坎坷长路并无分别。眼看到了大门口，紫骝马忽然踢飞一颗石子，“咚”的一声撞在路边的铜皮水桶上。茅屋里的厩夫骤然惊醒，高喝道：“谁？”慕容翰立即飞身上马，扭头喊道：“随我来！”

慕容翰熟知地形，引着钩、铉二子抄了捷径，从无人看守的城墙缺口跃马出城，径奔松林而来。天色越发明亮，慕容翰回头望了望渐渐远去的城郭，只觉周身上下无比舒畅。未费周折，三人便找到了王车所藏的弓箭。慕容翰拍了拍弓臂，拉了拉弓弦，又抽出一根长箭左右端详，赞道：“好弓箭！”话音刚落，远处忽然传来一片人喊马嘶声。慕容翰冷笑道：“追得倒也不慢。”

钩、铉二子道：“孩儿随爹爹一同厮杀！”慕容翰笑道：“敌众我寡，岂能硬拼？你们先躲在远处，看我如何退敌。”

转眼间，一名百夫长已率领百名轻骑奔至松林边。忽听“扑”的一声，一支长箭从天而降，不偏不倚地射穿百夫长头顶的皮帽，像一根长长的簪子插在头上，显得颇为滑稽。百夫长身后立即响起一片掺杂着哄笑的惊呼声。百夫长恼羞成怒，四下张望，却不见慕容翰的踪影，便高声喝道：“逆贼慕容翰，你已走投无路，还不随我回去认罪！”

松林深处传出人声。

“我慕容翰既然决意归去，又有谁能阻拦？两年来，尔等对我百般凌辱，全无半分人性，眼下本应将尔等一一射杀。只是我有要事在身，懒得与鼠辈啰唆。若是识相，立即给我退下！”

百夫长自恃人多势众，厉声道：“休要虚张声势，你孤身一人，纵有天大的本事，又如何逃脱？”

慕容翰喝道：“正要让尔等见识见识我的本事。宇文豹，你再后退百步，我要射你后背上的刀环。如果射中，我便顺从天意，放鼠辈一条生路；如果不中，尔等自可过来受死。”

百夫长听慕容翰口气甚大，心中已多了三分怯意。又暗忖道，凭声音判断，慕容翰已在百步之外，若再后退百步，刀环恐怕看都看不清，又如何射中？却怕慕容翰耍花招，便命宇文豹一人后退，自己率部众守在原地。

宇文豹回退百步，刚刚勒定缰绳，便听肩头“当啷”一震。伸手摘下长刀，黄豆粗细的刀环上已赫然多了个一指宽的缺口。宇文豹只觉断的不是刀环，而是自己的脖颈，一时魂飞魄散，撇刀拨马便走。百夫长不明就里，令一名小卒过去查看，那卒子打马奔去，低头看了地上的长刀，回头喊道：“刀环已断。”说完缩了脖子，拍马便逃。众人见状，也一发打马逃窜。

慕容翰见追兵已散，仰天大笑几声，收了弓箭，纵马而去。

早有探马来报慕容皝道：“慕容翰已脱险，眼下距龙城不过一二十里。”

慕容皝大喜过望，立即率领慕容评、慕容恪、慕容儁、慕容霸等王族子弟及封弈、阳骛、皇甫真等汉族重臣出城相迎。只见慕容翰骑着一匹紫骝马，正风驰电掣般飞奔而来，须臾间，距慕容皝已不过百步之遥，紫骝马却突然踟蹰不行，在原地兜起圈子来。慕容翰连甩皮鞭，紫骝马曲颈嘶鸣了几声，只是四蹄跔跔地原地踏动。慕容翰翻身下马，扔了缰绳，大踏步朝这边走来。

慕容皝望着慕容翰由远及近的身影，忽然击节而歌。

阿干西去我心悲，阿干欲归马不归。
阿干与我本手足，何以长别成陌路。
阿干身苦寒，别我棘城赴白兰。
徒有落日无阿干，呜呼！
人生能有几阿干！

此歌便是慕容皝之父慕容廆因思念庶长兄慕容吐谷浑而作的《阿干之歌》，所谓阿干，便是鲜卑语的“兄弟”。原来，慕容部起源于东北鲜卑山，曹魏时随首领莫护跋迁居辽西，见当地汉人喜戴“步摇”冠，也效仿佩戴。鲜卑人便给他起了个“步摇”的绰号，之后讹为慕容。莫护跋将错就错，遂以慕容为姓，传至慕容廆，已是第四代。慕容廆即位后与慕容吐谷浑不睦，适逢两家马匹争斗，慕容廆怒而责之，吐谷浑答曰：“当去汝于万里之外！”遂率部众迁居河西陇上。慕容廆悔而追思，作《阿干之歌》。

鲜卑人天生善作悲歌怨曲，慕容皝又动了真情，因此将这歌唱得苍凉沉郁、凄婉悲伤，闻者无不落泪。一曲唱完，慕容翰已行至慕容皝跟前，俯身正要跪下，却被慕容皝一把拉住。二人四目正对，相拥而泣。

过了许久，慕容皝止住眼泪，哈哈大笑。

“阿干归来，本该笑脸相迎，无奈真情难抑，终于喜极而泣。还望赎罪。”

慕容翰也擦干眼泪，俯身施礼。

“大王不计前嫌，助我归国，罪臣感激涕零。”

慕容皝摆手道：“往日之事纯属误会，何必再提。眼下你我应同心勠力，共商大计。我修建龙城新都时，已为阿干修造府邸，并将大嫂、小侄接来入住。请阿干先回府稍歇，三日后再议国事。”

慕容翰心头一热，泪水又扑簌簌滚落面颊。

三日后，慕容皝请慕容翰入龙和宫面议军情，劈头问道：“孤征战多年，虽已侥幸剿灭鲜卑段部，但仍有辽西宇文部、东北高句丽雄踞两侧，南方的石赵也虎视眈眈，常怀兼并之心。三敌首尾相连，击其首则尾动，击起尾则首动，击起中则首尾俱动。孤苦无克敌之策，每思及此，便寝食不安。王兄足智多谋，可有良策赐教？”

慕容翰呵呵笑道：“话虽如此，燕国却也并非无机可乘。臣以为，大燕若要称雄东北，逐鹿中原，必须将三敌各个击破。但这三颗柿子，先捏哪颗，却大有讲究！”

讲到此处，慕容翰晃了晃右手，五指轻轻攒聚，做出捏柿子之状。见慕容皝依旧满脸疑惑，这才接着说道：“只有从高句丽下手，才能处处赢得先机！”

慕容皝目光闪动，眉骨微耸道：“愿闻其详。”

慕容翰捻了捻颌下髭须。

“唯有先打高句丽，燕国才不必担心腹背受敌。反之则不然。”

慕容皝紧皱双眉，眉骨越发显得突兀，厉声问道：“何来如此把握？”

“因为宇文部的南邻是中原盟主赵国，其对宇文部常有吞并之志。慕容部螳螂捕蝉之时，宇文部黄雀在后，不过占些便宜而已；但赵国若趁机拉开弹弓，宇文部却有亡国之虞。权衡利害，宇文部必然不会大举偷袭。况且臣流落宇文部两年有余，深知宇文归才智庸常、不思进取。燕国打不打高句丽，宇文归根本漠不关心。”

慕容皝听了不住点头，脸上却掠过一丝落寞。

慕容翰并未察觉慕容皝神色的变化，继续慨然道：“宇文部近来守备松懈、军纪涣散，远非大王的敌手。只要循着先平高句丽再灭宇文部的路数，肃清二寇指日可待。”

慕容皝强笑道：“兄长之智，果然天下无双。若无阿干点拨，孤几乎要误入歧途。”

慕容翰豪气冲天，哈哈笑道：“臣已替大王拟定攻取高句丽的方略。大燕进军高句丽，可走南北两条道路。北路平坦宽阔，南路险要狭窄。大王以为我军应走哪条为宜？”

慕容皝迟疑道：“南路易于设伏，自然应走北路。”

“非也。高句丽依常理揣度，必然以重兵防守北路，而疏于防守南路。大王应遣偏师佯攻北路，却命主军于南路出击，直取高句丽京城丸都，拿下丸都后，再南北夹击，歼灭北路敌军。如此用兵，高句丽可一战而灭！”

慕容皝先是一怔，随即连连点头。

慕容翰顺势请缨道：“臣在外流落多年，熟知各地山川地势，愿作前部先锋，为大王折冲敌阵。”

慕容皝呵呵笑道：“孤可高枕无忧矣！”思索片刻，又接着说：“霸儿已年满十五岁，好读兵书、天资甚高，颇有王兄幼时风采。请王兄带霸儿同去，让他随你历练一番。”

慕容翰慨然笑道：“有霸儿相助，扫平高句丽更不在话下！”说完告辞而去。

慕容皝望着庶兄赳赳英武的背影，眉骨愈加高耸，心中久久不能平静。

数日后，慕容翰、慕容霸率领八千鲜卑铁骑从南路出击，奇袭高句丽京城丸都。

高句丽乃东夷古国，为扶余人朱蒙所建，传承至今，已近四百年。国土位于辽河口东北部，方圆两千里。国人多为濊貊、扶余二族，性情凶急，多力善战。虽然常年向中原王朝称臣，暗中却伺机向西扩张。近年慕容部崛起，与高句丽狭路相逢，渐成水火之势。经过多年的暗中角力，一场狮子搏象般的生死大战终于来临。

不出慕容翰所料，高句丽在北路布下重兵，南路却门户大开。慕容翰、慕容霸长驱直入，以迅雷不及掩耳之势攻下丸都，又与北路慕容评、慕容恪率领的援军夹击残敌，全歼高句丽主军。国王高钊亡命荒野，不久便向燕国遣使称臣，受封营州刺史。

慕容翰此役以少胜多，扫清了慕容部的心腹大患，一时声震朝野，如日中天。

一年后，慕容翰又与慕容霸联手，以摧枯拉朽之势荡平宇文部。宇文归远遁漠北，不知所终。

此役慕容翰身中数箭，班师之时不能骑马，只能卧在车上。慕容霸也弃马登车，坐在慕容翰身边一路陪护。慕容霸尚不满十七岁，却已是威震东北的鲜卑名将，生得雄健奇伟、鹰目狮鼻，眉宇间隐隐透出一股桀骜不驯。叔侄二人一同出生入死，如今已肝胆相照，无话不谈。

慕容翰忽问慕容霸道："霸儿，你可知道叔父除了打仗，还会什么？"

"叔父文武双全，除了军事，亦精通诗书文学。"

慕容翰笑道："我还精通占卜之术。"

"果真？叔父何不为我卜上一卦？"

慕容翰忽然收了笑容，正色道："霸儿万般皆好，只是名字锋芒毕露，不如趁早改了，以绝后患。"

"此名乃父王所赐，岂能轻易改动？况且古来以'霸'为名者不可计数，因此罹患者却闻所未闻。"

"木秀于林，风必摧之。有些事叔父不能明说，只盼你能慢慢知晓。你命中当遭三次劫难，如能化解，将富贵无限！"

"叔父通晓阴阳，难怪能逢凶化吉，无往不利！"

慕容翰哈哈笑道："大丈夫做事，当一逞平生之志，岂能以吉凶二字为圭臬？我一生奔走，皆为天下统一大业。无论吉凶福祸、成败利钝，都无怨、无悔、无愧！"

忽闻车外马嘶不止，慕容霸掀帘惊道："这不是叔父的坐骑吗？"

慕容翰挣扎着抬头看去，只见紫骝马在车前踢踹不止，似乎一心要阻拦车仗。于是心中一动，叹道："此马颇通人性，今日阻拦我的车仗，恐非吉兆。"

"叔父接连立下盖世奇功，正该喜庆才是，岂会被一匹马扫了兴？"

慕容翰点点头，呼出一口长长的浊气，忽然剑眉一抖。

"霸儿举重若轻，气量远在我之上。日后慕容鲜卑之兴盛，还要仰仗霸儿之力！"

回到龙城，慕容翰立即向慕容皝告假，闭门谢客，卧床静养。慕容皝也派人送来名贵礼品与药材，并传来口谕，命他安心养伤。

转眼过了月余，慕容翰创伤渐愈，气力也恢复了几分，已能在屋里屋外慢慢走动。他是个力敌万夫的猛将，在病榻上躺了月余，早已憋闷得筋骨发痒、心烦意乱，只盼立刻上马擎弓，出城驰骋一番。

慕容钩、慕容铉兄弟苦劝："爹爹创伤初愈，再将息几日，才可上马。"

慕容翰叹道："大丈夫不怕浴血沙场，却怕困守病床，蹉跎岁月！"

又过两日，慕容翰越发憋闷得难受，便慢慢踱至后院。走了几步，忽听一阵马嘶声，慕容翰抬头笑道："紫骝马也已憋闷多日，必是四蹄发痒了。"

来到马厩，拍了拍马颈，紫骝马立即兴奋地摇头甩尾，喷鼻嘶鸣。慕容翰笑道："来来来，带你去活动活动筋骨。"正要去解缰绳，紫骝马突然狂怒地仰起脖子，将缰绳绷得紧如弓弦。

慕容翰解不开缰绳，心中火冒三丈，厉声喝道："畜生，这是要造反不成？"紫骝马凄厉地嘶鸣一声，忽地后腿撑地，仰起两只前蹄挡在面前，将他赶出马厩。慕容翰踉跄着站稳，指马怒道："回头再教训你这畜生！"

他心中本已憋闷，此时更加烦乱不堪，便胡乱牵出一匹劣马，踩着马镫摇摇晃晃跨上马鞍。毕竟是重伤初愈，慕容翰在院子里堪堪骑了两圈，便已气力不支，只好牙根痒痒地下马歇息。

古人云："三人言而成虎。"慕容翰骑马散心之事被好事者传至市井坊间，历经无数口舌的层层夸大，传至慕容皝的幼弟慕容评并转述于慕容皝之时，早已大相径庭。

"启禀王兄，外面风传慕容翰假托重伤，闭门修养，实则日夜操练骑射，图谋不轨。"

话音未落，慕容皝已眉骨暴突，眼眶欲裂。

左长史阳骛急忙劝道："市井流言，不可轻信。请大王查实之后再做定夺。"

皇甫真也附和道："阳大人所言极是。建威将军为剿灭宇文部身负重伤，岂能以诈伤论之！"

慕容皝眉骨耸动，冷笑道："无风不起浪。他若光明磊落，怎会生出如此骇人听闻的流言？"

慕容霸急劝道："霸儿与王叔相处已久，深知其为人。请父王莫为流言所蔽！"

慕容皝瞪了慕容霸一眼。

"国事为公，亲情为私。我岂能因兄弟私情而废大燕之公事？慕容翰谋逆之事虽无确凿证据，却关系到大燕的根本。此事宁可信其有，不可信其无。阳骛，我命你立即携鸩酒去慕容翰府上，令他自行了断！"

阳骛大惊失色，垂头道："臣年老力衰，难堪此任。"

慕容皝又喝令皇甫真："请皇甫大人代劳。"

"臣旧疾复发，不宜担此大任。"

慕容皝怒道："你二人一个年老力衰，一个旧疾复发，从明日起，都不必上朝了！"

环视众人，慕容皝最后盯着慕容霸道："霸儿，只好委屈你了。"慕容霸虽然五内俱焚，但看到父亲凶光毕露的眼神，却也不敢不从。

引着一名太监和十余名甲士，领了鸩酒和王旨，慕容霸踏着残阳，心事重重地来到建威将军府。早有长随通报入内。慕容翰出来相迎，见慕容霸愁容满面地踟蹰于前，一名太监手捧酒壶彷徨其后，更有十余名挎刀甲士紧紧跟随，心中已明白了七八分。

慕容霸在院内宣了王旨，命甲士守在原地，却与慕容翰进了室内，屈膝泣拜道："霸儿无能，既不能为叔父申辩一二，又不能退却奉旨之任。侄儿一向视叔父如亲父，今日亲手奉鸩，与弑父无异。只求他日黄泉之下为叔父做牛做马，以赎万一！"

慕容翰神色坦然地将慕容霸扶起，拍了拍他的肩膀。

"霸儿不必自责。你可明白大王为何派你来赐鸩？"

慕容霸摇了摇头，两眼不敢与慕容翰对视，飘忽闪在一旁。只见窗缝中忽然射来一缕残阳，洒落慕容翰肩头，殷红似血。

慕容翰前跨半步，残阳从肩头移至脑后，闪出一圈幽幽的光晕。

"只因霸儿的身世、处境与我相仿。身为慕容家的庶子，又有远超嫡子的天纵之才，早晚有一天会落到我这般田地。这是慕容家躲不过的宿命！"

慕容霸仿佛头顶响了个霹雳一般，惊得胆战心寒。

慕容翰拍拍慕容霸的肩膀，哈哈一笑。

"霸儿有非凡之相，福报远在我之上。我有一计，可保你日后逢凶化吉！"说完仰天唱起《阿干之歌》，歌声悲愤沉郁，摧肝裂胆。慕容霸听得泪如雨下。

一曲唱完，慕容翰朗声道："这《阿干之歌》是父亲思念庶兄吐谷浑而作。慕容家子弟从小便唱，其中的深意，却无人能解。其实吐谷浑是个智者，若不率部西去，父亲岂能留他性命，又岂会为他作歌？我的意思，霸儿知否？"

慕容霸点头道："叔父既然早知今日之祸，当年又为何归国？"

慕容翰叹道："只因我高估了大王的雄心。我以为他有问鼎中原、一统天下之志，必会令我效尽犬马之劳，才会待以鼎镬。岂料东北初定，尚未践足羯胡篡据的中原，天下狡兔远未死尽，大王竟已起了烹狗之心！"

慕容霸听慕容翰说完，忽然心生一计，低声道："叔父快去准备细软，火速出城逃命。霸儿回去，只说叔父已闻讯逃亡。"

慕容翰微微一怔，旋即慨然笑道："大丈夫不能以身报国，生何如死！只恨一腔热血，却不能洒落中原！"说完抢上一步，拔出慕容霸肋下的腰刀，自刎而亡！

转眼又到秋天，慕容皝率领王族子弟来到燕国西境射猎。此时秋高气爽，风轻云淡。慕容皝心情极佳，骑在马上向众子弟道："近几年大燕开疆拓土，武风方盛；众子弟在东庠修文习礼，文风也日渐兴起。放眼四海之内，称得上文武兼备、文质彬彬的，除我慕容之外，还有谁家？"

慕容评道："大王文武双全，海内无敌，岂是石虎、司马昱之辈所能相比？"

慕容皝感叹道："甚矣吾衰也，但评弟、儁儿、恪儿和霸儿都已能独当一面。尤其是霸儿，精于谋算，有古时名将之风。就算慕容翰在世，见到霸儿恐怕也要甘拜下风。"

说到此处，慕容皝忽然有些伤感，忍不住低头叹了口气。世子慕容儁却哼了一声，冷冷地瞪了慕容霸一眼。

慕容评见慕容皝神色黯然，知道他对慕容翰之死心有愧疚，于是帮他转移话题道："再不加紧，小弟可不等大王先着鞭矣。"说完打个呼哨，领着众人拍马而去。慕容皝也甩起鞭子，策马追赶。

行至一条溪流之畔，荒草胡棵间猛然走出一人，体态容貌颇似慕容翰。慕容皝大惊，猛地勒住缰绳，那人转过身来，却是一位须发皆白的老者，朝慕容皝拱手道："此非打猎之所，愿大王早回。"说完转过身去，瞬间已无影无踪。慕容皝驱马前行，精神渐渐有些恍惚。忽见一只白兔从斜刺里窜了出来，忽闪忽闪地往溪边逃去。慕容皝立即松了缰绳，腾出双手张弓搭箭。胯下坐骑站立不稳，猛地俯冲向前。慕容皝大叫一声跌落马下，不省人事。

侍从立即将慕容皝护送回宫，由太医连夜救治。可惜伤势过重，慕容皝苦撑数日，终于撒手尘寰。

世子慕容儁继承燕王位，并受晋朝册封。

不久，慕容儁封慕容恪为辅国将军，慕容评为辅弼将军，阳骛为辅义将军，慕容霸为前锋都督、建锋将军，治精兵二十万，日夜操练，只待风云突变，便挥师南下，逐鹿中原。

这一日，慕容儁一身戎装，亲临大校场检阅三军。慕容恪、慕容评、阳骛、慕容霸四将各率五万甲骑依次入场，阵列森然，行进有序，一望便是训练有素的精锐之师。布置停当，开始演练阵法。慕容恪独登高台，挥旗擂鼓，二十万大军齐进齐退，开阖如一，全无半分差错。练完阵法，又操演了鲜卑人最为擅长的骑射之术。慕容儁看得如醉如痴。

检阅完毕，慕容儁嘉奖众将，慨然笑道：“我大燕朝中不乏韩白之将，军中尽是熊罴之士，试问天下谁人能敌？到了鲜卑战鼓响彻中原之日，定教他乾坤颠倒、地动山摇！”说完仰天大笑。

第六章

北国侠盗

却说王猛与元邕别后，便再无他的音讯。一年光阴荏苒而不留，去后全无痕迹，唯余和元邕相处的短短数日历历在目，恍然如昨。

一日傍晚，王猛挑着柴担回家，却见门前停了一辆马车，车上跳下一个风尘仆仆的汉子，咧嘴一笑，抱拳问道："来的可是景略？"

"正是，阁下是——？"

"在下辽东商贾王车，行商路过魏郡。受故人之托，送来此物。"说完递来一只沉甸甸的羊皮口袋，里面塞了整整两吊钱。

王猛心头一热，猜出这必是元邕的馈赠，连忙问："元邕大哥现在可好？"

王车摇头叹道："他已不在人世。"

王猛一怔，泪水夺眶而出。

"元邕大哥因何而死？"

"世事无常，生死有命，打听这些又有何用？再大的英雄，也迈不过生死这道坎。你我都是俗人，赚钱行乐，了此一生，还是节哀顺变，得过且过吧。"

王车登上马车，立即收了戚容，眉开眼笑地扯开嗓子，用喜庆诙谐的声调高声唱道："南山走遍，北山踏烂，天下货物我占半……"

马车隆隆而动，载着王猛对知己的无尽怀念，渐渐消失在虚空之中。

平生唯一知音已经故去，世上似乎再无一人值得相识。王猛回到家中，望着案头的书卷，忽觉兴味索然。多年独学无友，他虽能耐住寂寞，却也渴望被人赏识。但放眼当世，赏识自己的人已经再无一个。自己无论如何发愤，如何精进，到头来或许都是枉然。三四十年后，一位白发苍苍的魏郡老书生伴着满床书卷饥寒而逝，大抵便是自己的归宿。

牢骚归牢骚，仅仅过去三五日，王猛便将元邕所赠钱物悉数换成书卷，日夜闭门苦读，竟然未留半文余钱改良生计。他对衣食所求甚低。褐衣草履，蔽体足矣；稀粥野蔬，果腹足矣。家中无甚余粮，每到锅中见底之时，就编了畚箕去集市贩卖。清苦如此，他却甘之如饴。

这日余粮耗尽，王猛又背了一摞畚箕来集市贩卖。日头尚早，买卖尚未开张。王猛在箕堆边席地而坐，取出一卷《战国策》细细品读起来。读至会意处，不禁耸肩颔首，手舞足蹈，口中念念有词。

一旁的老商贩对这位贩畚怪人早已见怪不怪，定力好的，甚至能视而不见。但若是摆摊不久的新人，多半会惊怪不已，更遑论不经意间置身于此的陌生路人。各种无声的鬼脸白眼，半遮半掩的嗤嗤啧啧，明目张胆的冷嘲热讽，围绕这小小畚摊，不曾消停片刻。

忽听一声呼哨，接着是油腔滑调一声喊：“魏郡果然藏龙卧虎，连乞儿都能识文断字！”原来是集上两个有名的地痞，一个唤作冲天鸟李三，一个唤作疤瘌头胡二。

王猛鼻子哼了一声，继续低头读书。岂料二人却不肯罢休，李三嘬着牙花子，凑过来睃了几眼，忽然劈头抢下书卷道：“你这架势，分明是老和尚念经，哪里有读书的样子？既然读书，便要头悬梁、锥刺股。让爷爷帮你如何？”

胡二便抢来要揪王猛头发。王猛一手护头，一手夺书，左支右绌，难以招架。

忽听“啪啪”两响，两记火辣辣的耳光既准又狠地落在二泼皮的脸上。二人捂脸弓腰，跐脚乱跳。只见一位书生打扮的长大汉子挺身上前，厉声喝道：“何方鼠辈，敢来撒野！”

李三见这人生得异常魁梧，心头暗生怯意，嘴上却不含糊，啐了一口唾沫骂道：“乞儿尚未出殡，险道神怎么来了？”挥拳直取书生面门，胡二却来抱他腰腿。书生侧身躲过，突然伸手揪住李三的发髻，仿佛掩起一只面布袋，晃了两晃，甩出一丈多远，笑道：“这便是头悬梁，还要尝锥刺股吗？”

两个地痞吓得手脚并用，鼠窜而去。

书生俯身捡起书卷，瞄了一眼，问王猛道：“在下河东薛强，字威明。请问贤弟尊姓大名？”

“魏郡王猛，表字景略。承蒙薛兄相助，感激不尽！”

薛强将书卷还给王猛，笑道：“薛某身边诸友，不乏谈兵论策之徒，好读此书者，数不胜数，但好之如王兄弟者却绝无仅有。不知你以何为业？”

王猛指着身后的畚箕笑道：“拙于稻粱之谋，素以贩畚为生。”

薛强眉毛一扬，诧异问道：“畚有何德，竟得兄弟如此青睐？”

王猛不慌不忙地答道：“畚虽贱物，却有五德。”

“何谓五德？”

“上达庙堂、下及蓬荜，是为仁；扫清庭户、澄清寰宇，是为义；以柔克刚、以弱胜强，是为智；不畏尘垢、不惧腥臊，是为勇；积少成多、矢志不渝，是为信。”

薛强惊道：“分明是个披褐怀玉的高士，以畚自况，未免过谦。我与贤弟一见如故，何不去酒肆把酒而谈，消此永日？”于是引了王猛来到路边酒肆，朝酒博士喝道：“上两壶酃酒！”

酒博士赔笑道：“小店并无酃酒，只有胡椒、毕拨两种胡酒。”

薛强掏出半吊钱，啪地甩在案上道：“堂堂汉人，岂能饮这胡虏之物？在下愿花半吊钱买两壶酃酒，如此好价，哪里去找？”

酒博士眼珠子不离钱串，恨不得一口吞下，嘴里却无可奈何地说：“酃酒产自衡阳，是南蛮子的地盘，让小的如何去找？”

薛强拿回钱冷笑道：“平生最恨数典忘祖之辈！”说完引着王猛出了酒肆，胸脯起伏不定。

“薛兄为何动怒？”王猛问道。

“薛家先祖本是南方华夏大族，因为奉了晋帝诏令，才移居北方胡虏之地。我因此最听不得贬低南人、轻慢华夏之语。”薛强恨恨答道。

“薛兄忠义之士，令人佩服！”王猛赞道。

出了酒肆，早有仆人牵马迎来。薛强笑道：“敝宅尚有几坛上好酃酒，景略若信得过我这个朋友，可愿屈尊一去，与我畅饮一番？”

王猛敬佩薛强忠义豪爽，相见恨晚。听他诚心相邀，便欣然应允道：“恭敬不如从命。”

二人扬鞭上了驿道，驰行一炷香的工夫，下了大道钻入树林，又翻过两座土丘，眼前赫然现出一片富丽堂皇的深宅大院。薛强引王猛进了院门，穿过竹林花圃、假山石径，在池塘边的茅亭下落座。早有仆人跟来，烹茶温酒，摆上时鲜果品。

薛强指着假山、池塘笑道：“薛某人有个癖好，每造一处宅院，叠山一座，凿池一口，都要起个名号，以抒吾志。你看那两座假山，高的叫破虏峰，低的叫还都峰，这口池塘叫作涤秽池，茅亭叫光复亭。”

王猛赞道：“薛兄有光复中原、还都旧京之志，令小弟肃然起敬！”

薛强摇头自嘲道：“不敢不敢！志大才疏，一事无成，终究逃不脱田舍翁的宿命。”说完为王猛斟上色如琥珀的酃湖美酒，正色道：“我走南闯北，阅人无数，却从未见过能与贤弟相提并论者。今日一会，三生有幸！”

二人品着美酒，畅谈天下大势，指点胡汉格局。王猛自与元邕别后，从未有过如此畅快之时，谈至尽兴处，扪虱解衣，不拘形迹，时而慷慨激昂，时而黯然伤神。

薛强见王猛识见超群，益发叹服，连连向他劝酒。王猛向来不擅豪饮，不过浅尝辄止。薛强却杯杯见底，不一会儿便颠倒淋漓。

趁着酒兴，薛强忽然纵身而起，弹剑作歌道：

梦归南兮赴建康，衣冠云集江水长，醒来唯有涕沾裳。
梦归南兮渡洞庭，湘竹泪雨月不明，醒来唯有涕飘零。
梦归南兮游会稽，欧冶井畔若耶溪，醒来唯有涕沾衣。
乾坤颠倒苍天裂，思故国兮欲泣血，泣血尽兮恨难绝！

歌罢抛了宝剑，仰天长叹。

日流影移，霞光泛起。薛强醉意渐消，命仆人备了晚饭，冲王猛笑道："'且以喜乐，且以永日。'谈兴未尽日已尽，本应秉烛继之，又怕贤弟过于劳累。何不在敝宅留宿一夜，明日再作长谈？"王猛应允。

用完晚饭，薛强引王猛进客房道："贤弟劳顿竟日，宜早早歇息。敝宅人多事杂，夜间若有吵闹，不必大惊小怪！"言罢退去。

王猛睡至半夜，果然被嘈杂声惊醒。他想起薛强的预告，正要蒙头再睡，忽听一阵马蹄纷沓、刀剑碰击之声，心中疑惑，便凭窗窥看。只见后院灯火通明，薛强一身劲装，腰挎长剑，领了一群扛刀擎矛的庄客，牵马而去。王猛好奇心起，定要探个究竟，便悄悄起身离户，从侧门出了宅院，尾随而去。

此时一轮明月高挂当空，将四野照得明澈似水。薛强一行熄灭火把，翻过土丘穿过树林，在驿道旁立马而望。

一名庄客道："当家的，我看这一回必是个肥票，绝非上次的样子货！"

薛强问："你如何晓得？"

庄客笑答："黄历说今日不宜旅行。既然不宜旅行，必然宜于剪径！"众人大笑。

王猛恍然大悟：原来这薛强竟是个拦路剪径的强盗。惊怪之余，好奇心起，倒要看看他如何行事！

薛强上马喝道："肥羊已在路上。速入林中守候！"一行人立即散得无影无踪。

王猛暗自称奇，忽听身后有人喝问："何人在此窥探？"只见薛强大踏步转至眼前，腰下的宝剑已拔出一半，身后几个伴当个个刀剑出鞘、杀气腾腾。王猛心中大骇，脸上却波澜不惊，故作镇静地拱手道："古人云：'察见渊鱼者不祥，智料隐匿者有殃。'小弟无礼，不该唐突薛兄的南塘雅兴！"

王猛提及的南塘，却是晋朝豪杰祖逖的旧事。原来祖逖渡江北伐之前，已在建康招募勇士、蓄养门客。时逢天灾，谋生不易，门客常去富商聚集的秦淮河畔南塘镇打劫，祖逖装聋作哑，暗中默许。一日王导、庾亮忽来造访，见他家中堆满锦裘珍宝，惊而问之，他却轻描淡写地答道："昨夜复南塘一出。"

薛强听到"南塘雅兴"四字，忽然哈哈大笑，还剑入鞘，喝退伴当道："贤弟过誉了，薛强哪敢与祖车骑相比！不过，我闯荡江湖多年，卖惯了私盐走惯了硝，看人还有几分眼力，既敢请贤弟做客，便不怕被你撞见。薛强平生最恨胡人，因为报国无门，不能驱除胡虏，只好干些替天行道的勾当，专一劫掠胡人！兄弟若有雅兴，便在此地观阵，切勿走动！"说完领了伴当转身而去。

此时乌云遮月，天地间漆黑一片，寂静无声。忽见远处火光闪烁，片刻之后，路上响起人马车轮声，却是一队商旅，操着河南口音，吵吵闹闹地笑骂而来。

薛强压低嗓音，向身边的伴当传令道："放行。"

那伴当如法炮制，又向身边的庄客耳语。

"放行。"

"放行。"

转眼间，号令已传了个遍。众人伏在原地，目送商旅通行，听那笑骂声渐渐远去。

又过了许久，树顶"扑棱棱"一阵躁动，半空响起几声鸦啼。啼声消逝之处，隐隐传来鸣銮阵阵，老江湖立即听出，这是大赵骑兵的銮铃之声。

"是冷子！"

"莫非走漏了风声？"

众人交头接耳，语气中透出一丝惊恐。

伴当急劝薛强："风紧，不如扯呼！"

薛强轻蔑地一笑："过路风，任它刮去。"

号令堪堪传下，銮铃声已如疾风骤雨般呼啸而来，间杂着沉闷急促的马蹄声、尖利刺耳的兵器摩擦声，竟是浩浩荡荡一支大军。为首三员大将并肩连辔，个个英武非凡，身后"修成侯""车骑大将军""冠军大将军"三面大旗猎猎飘扬。众人看见三面旗号，越发心惊。原来那修成侯便是威震天下的皇孙石闵，号称石赵当今第一勇士，车骑大将军蒲洪为氐人首领，冠军大将军姚弋仲为羌人领袖，都是武功卓著、手握重兵的石赵名将。

众人屏住呼吸，目送大军通过，耳膜上犹自嗡嗡作响，酥麻难忍。

众人空守半夜，非但一无所获，还惹来虚惊一场，都渐渐焦躁起来。

薛强立即传令："少安毋躁，再守一个时辰。"

约莫过去半个时辰，忽闻马蹄声穿透暗夜，由远而近。刹那间，明月又穿云而出，将驿道照得通明。只见一队上着窄袖胡袍，下着裤装，脚穿皮靴，头戴风帽的鲜卑客商已驰至近前。

王猛心中一惊，暗忖道："汉、羯、氐、羌、鲜卑五个大族都已登场，今夜的热闹却暗合天下大势！"

"留客！"

薛强传下号令，一声呼哨，纵马冲出树林，众庄户紧随其后，将鲜卑商队拦腰截为两段。

鲜卑人也不示弱，听头领一声喊，各自取出器械，与庄户厮杀起来。刀剑撞击，铿锵乱响。

薛强立马仗剑，号令左右，仿佛大将指挥军队一般。王猛暗自赞道：薛强干的虽是剪径的勾当，却也章法分明、井然有序！

杀得难分难解之际，忽听商队中有人高呼："前头可是薛威明？"

薛强止住厮杀，高声喝问："你是何人？"

"辽东刘翔是也。"

薛强"啊呀"一声翻身下马，躬身谢罪。

"薛强冒犯故人，罪该万死！不知刘兄因何在此？"

"我受辽东慕容氏之聘，充任燕地长史。这次奉新君之命南行，先赴江东密访建康，再去邺城觐见石虎。不料邺城未到，却在魏郡中了你的埋伏！"

"罪过，罪过！逗请刘兄去敝宅歇脚压惊。明日再入邺城不迟。"

来到薛宅，薛强在书房摆设酒筵，请刘翔坐了上首，自己与王猛分坐两侧。

寒暄几句，刘翔品尝了酒菜，连声赞叹。

"士别三日当刮目相看。威明府上的酒饭越发醇美，竟比建康皇宫御筵更似华夏滋味！"

薛强瞥了一眼刘翔的鲜卑装束，问道："刘兄却是满身胡风！你一向清高，为何肯委身于东胡慕容氏门下？"

刘翔口中的酒刚刚咽下一半，险些被这句话呛了出来，咳了几声，低眉叹气道："我辈虽有光复华夏之志，怎奈刘司空殁后，江北再无一个汉家英豪。空有一颗雄心，却报国无门。适逢慕容皝求贤若渴，屡次登门邀请，便只好应了。"

薛强冷笑道："慕容老胡若敢登我薛家大门，我必以强弓硬弩好生款待！"

刘翔道："鲜卑自称有熊氏苗裔，乃轩辕黄帝之后，与那高鼻深目、朴鲁少文的羯胡岂能同日而语？慕容皝父子雄才大略、礼贤下士，有曹孟德、孙仲谋之风，族内俊才辈出，集华夏之文与胡人之武于一身，极为了得。鲜卑人早已有逐鹿中原之志，日后必然大有作为，威明兄万万不可等闲视之！"

薛强闷头喝了一大口酒，不接鲜卑人的话茬，却问刘翔："刘兄在建康有何见闻？"

刘翔放下酒盏，重重地叹了口气。

"原以为司马氏南渡后，凭借华夏正朔之威名，早晚能驱除胡虏、收复中原。去了建康才知，这都是我辈的一厢情愿。司马氏在江南势单力孤，完全依仗王、谢、庾诸豪族辅佐，与傀儡无异，哪里担得了收复中原的大任？实不相瞒，我出使建康之前，心中惴惴不安，颇有'无颜见江东父老'之意。见了司马家的皇帝，反而断了念想。"

薛强听了沉吟不语。

王猛问道："王、谢诸族名满天下，难道就没有一两个真豪杰？"

"王、谢大族固然人杰辈出，但文秀有余而气魄不足，尚清谈而轻实务，最多出几个庙堂之才，难见扭转乾坤的英物。王敦虽是曹孟德之流亚，有取代司马氏之心，但志大才疏，兵败身死，空留笑柄。倒是新晋的桓氏一族近年出了个文武兼备的豪杰桓温，以后或许干出一番大事，也未可知！"

薛强本已意兴阑珊，听到此处忽然来了兴致，为刘翔添了酒，自己也斟了一盏，问道："不知桓温有何过人之处？"

刘翔呷了口酒，剑眉微颤。

"桓温乃宣城内史桓彝长子。幼时因温峤赏识，便以温为名，表字元子。苏峻之乱时，桓彝为泾县令江播所害。此时桓温年纪尚幼，泣血发誓，日后必报父仇。桓温十九岁时，江播病亡。其长子江彪携两兄弟为父守丧，为防桓温寻仇，在丧庐内外暗布甲兵。孰料桓温扮作吊丧客，暗藏匕首潜入丧庐，终于手刃江氏兄弟，报了父仇。此后桓温名声大振。如今年纪轻轻，已升任南徐州刺史。"

薛强笑道："虽算不得什么丰功伟绩，却也有几分血性。日后若有机缘，我倒想会会此人！"须臾又攒眉道："石虎近年越发残暴，堪称桀纣在世，石赵的江山已岌岌可危。我本以为石赵若亡，中原将重入司马氏之手。听了刘兄之言，才知此事并不简单！"

刘翔点头。

"石氏狠如狼，司马弱如羊。狼窝内乱，唯有虎豹熊罴方能收拾残局，却与羊何干？"

薛强听出刘翔褒慕容贬司马之意，虽不服气，却又无法辩驳。叹了口气，忽然灵机一动："刘兄明日去邺城朝见石虎，可否带两人随行。我二人何不扮成刘兄的僚属，同去皇宫耍耍，看看这暴君眼下究竟是何光景？"

刘翔嗔道："这可是掉脑袋的勾当！薛威明胆大包天，倒也罢了，也不问问这位王兄弟敢不敢去。"

王猛笑道："刘兄若能刻意遮掩，石虎怎又认得我这无名之辈？"

薛、刘拊掌称善。

邺城西控太行、北临漳河，与雄踞江南的建康遥相呼应，乃北方第一大城。"邺"地之名始于上古，邺城则始筑于春秋。战国时为魏国陪都，曾因邺令西门豹的事迹而名噪一时。三国时，曹操修造邺城新都，城墙东西七里，南北五里，城西北起铜雀、金虎及冰井三台。石虎篡位后迁都邺城，沿用曹魏规模重新修造，将土夯城墙全部以城砖包砌，每百步立城楼一座，并在门楼、边角两侧以及宫殿内外增建楼台观榭，将这座新都打造得层甍反宇、飞檐拂云，丹青炫目、金碧辉煌。

来到城外，远远望见一座高大巍峨、流光溢彩的城楼，玉山般耸立天际。薛强指着城楼道："这便是大名鼎鼎的凤阳门，共有五层，高二十五丈。楼顶本有两只丈余高的铜凤。去年秋日，一凤忽然飞落城门，一头扎入漳河不见了踪迹。坊间以为是不祥之兆。今春上巳节，忽又跃出河面，翱于九天。此后再未现身。"

王猛问："另一只安在？"

薛强道："另一只也想结伴而去，却被石虎以铁钉钉了双足，因此困在楼顶动弹不得。好事者还为此作歌曰：'凤阳门南天一半，上有金凤相飞唤，欲去不去著锁绊。'"

刘翔一边瞻望城楼，一边叹道："一路穿行于魏郡乡野，看惯了破屋陋舍、流民饿殍，以为中原远比江东穷困，邺都也必不如建康城富庶。如今尚未入城，便已替建康认输。"

薛强道："若论穷奢极欲，石虎堪称古今第一，就算桀纣这样的暴君祖宗也只能俯首称臣。"

三人来到凤阳门下，从威仪逼人的巨大门洞入城，至鸿胪寺递上国书，便住进专门接待使节的邺城客馆等候召见。连等三日，仍不见消息。刘翔怕典客令背后捣鬼，便小心探问缘由。典客令眯眼笑道："阁下才等了数日，何必如此心急？最近西凉国主张骏进贡了葡萄美酒，饮了能连醉数日。朝中大臣等着面圣，连等十天半月也是常事。”

薛强笑道：“既然如此，我便僭充东道，带二位去邺都繁华世界转转，开开眼界。”

来到楼阁交错、车水马龙的繁华街市，顿时目不暇接。行走之间，忽听路边轿内有两名女子说话。

“你的头在何处？”

“我无头。”

“既然无头，何不借个头来？”

“下次一定借个头来。”

刘翔听了大惊：“轿中两人莫非是妖孽？”

薛强笑道：“朗朗乾坤，何来妖孽。”

“既是人，为何说什么无头、借头？”

“中原女子喜戴假发，名曰‘假头’，因口顺之故便叫成了‘头’。”

二人听了大笑。

不觉来到集市，只见商铺如林、行人如雨，好不热闹。忽见街角有个卦摊，一位卖卦的先生手捧酒葫芦坐在胡床上，一边打量三人，一边轻声笑问：“三位客官寻贵人不遇，何不在敝摊歇息片刻？”

薛强听得一愣，瞪眼问道：“你是何人，竟敢胡言乱语？”

先生仰头灌了一口酒，呵呵一笑。

“我已在邺都卖卦十余年，从不敢胡言乱语。你要寻的贵人，明日便可见到。”

薛强大惊，故意诈唬道：“若不灵验，明日定将你的卦摊砸烂！”

先生眯了眯眼。

“阁下虽言辞激烈，但面相仁厚，乃福寿两全之相，八十岁后当位居公卿。”

说完又指了指刘翔。

“这位先生亦是富贵之相，官禄仅在公卿之下。”

薛强哈哈笑道：“都是无法查验的胡言乱语。你再给这位小兄弟看一看，若说得好，一并赏你。”

先生冷笑道：“既无诚意，何必啰唆？”

薛强无心与他纠缠，拉了二人转身离去。

刚回客馆，典客令便来传话：“天王龙体已经康复，请燕国使臣明日觐见。”

王猛暗笑：“名为康复，其实是酒醒。”

刘翔也笑道：“那卖卦的倒也灵验。”

翌日三人随黄门侍郎来到健德宫。远远望见一座巍峨的楼阁拔地而起，顶端耸立云中，高不可见。走至近处，忽闻一阵空灵明澈的金玉之声。王猛偷眼看去，见每层楼檐下都用银丝满挂金珠玉佩，随着微风发出和鸣之声。走至台下，异香扑鼻，却不知香自何处来。黄门侍郎笑道："楼顶有百名美女，手捧郁金、苏合、龙涎香捣成的香屑，用樱桃小口吹散，令香气终日不绝。此楼因此称为'芳尘台'。"

过了芳尘台，眼前又现出一座高台。其下紫气氤氲、香露迷蒙，仿佛紫虚仙境。黄门侍郎道："台顶有铜龙一条，腹内注入百斛美酒。阁内亦有美女百名，每日专从龙腹中倒出美酒，含在口中喷向半空，用以洒尘。此台因此称为'粘雨台'。"

来到太极殿外，黄门侍郎指了指覆着薄冰的水池。

"天王欲请你们泡温汤浴。三位果然福分不浅！"

三人以为他在说笑，并未理睬。

来到太武殿下，更觉气势非凡。大殿依台而建，台基高两丈八尺，以五色之石筑就。殿上的一砖一瓦，一梁一柱，无不镶金描银，极尽奢华。三人看得眼花缭乱，啧啧称奇。黄门侍郎得意扬扬地夸耀道："太武殿的'漆瓦、金铛、银楹、金柱、珠帘、玉璧、丹青'号称七宝，古今绝无。你若一一看了，还不吓死！"

刘翔问道："金柱、银楹都不难想象。漆瓦却是何物？"

"漆瓦以楠木瓦为胎，其上覆以麻布，层层髹漆而成，每片瓦价值黄金十两，可抵中等人家三五年的收成。"

三人咋舌不已。

黄门侍郎越发得意，指了指太武殿旁的一座高阁。

"你们久居鲜卑鄙陋之地，来邺都不易。我今日发发慈悲，带你们开开眼。你们可懂得规矩？"

刘翔慌忙塞给他一把铜钱。黄门侍郎便引了三人来到阁下。抬头未见异常。过了片刻，忽见一只巨大的五彩凤凰从阁顶迎风而起，在半空盘旋数周，缓缓落下。细看却是一只体长数丈的巨大凤鸢，以金漆竹木为骨架，其上嵌满珠翠；骨架覆以五色锦缎，腹部系金丝长绳，由几名太监远远操纵。凤鸢落地后，一太监从凤口中取出五色诏书，匆匆而去。

石虎传完凤诏，便拖着肥重之躯移驾太武殿。

黄门侍郎又领着三人来到太武殿外，等了半晌，终于被传入殿内。只见石虎周身浑圆，头脸肥大，昔日半胡半夏、颇显方硬的五官没能禁住日复一日的肥甘厚味，已被重塑成浑圆模样，与汉人越发相似。

行完宾主之礼，石虎不谈国事，却哈哈笑道：“春寒料峭，何不去‘燋龙温池’泡个温汤浴，驱除寒气？”

三人对洗浴毫无兴趣，却想看看石虎有何手段能令冰水变作温汤。来到殿外，不禁大吃一惊。原来刚才覆着薄冰的池水竟已热气蒸腾，还隐隐散出香气。石虎见三人满脸惊异，心中越发得意，笑道：“这‘燋龙温池’能在顷刻之间将昆仑冰雪化作王母瑶池，神奇之极！”说完挽袖探身，从池中拎出一条一尺多长的铜铸虬龙来。

“此物叫作‘燋龙’，用果木炭火烧红，一条条抛入池中，抛上千条，池水自会温热可人。来人！快去唤几位美人过来，陪使臣泡个香汤浴！”

刘翔慌忙婉言谢绝。

石虎见刘翔不愿捧场，颇感扫兴。踌躇间忽向太监拍手道：“速将格兽车传来，为燕国使者助兴！”

太监支吾了两声，面露难色。

石虎骂道：“若敢拖延，便换你进去！”

太监哪敢不从。过了片刻，一辆被帷幕覆盖的格兽车已拖至殿前。掀开帷幕，却是个两丈多长、一丈多高的铁笼，中间以木板隔为两层。上层躺了一条筋骨粗壮的赤膊大汉，下层却卧了一雄一雌两头狮子。一卫士甩动皮鞭，将狮子唤醒，另一人抽出一块隔板，引狮子出来。那雌狮似已饿了多日，奋鼻低吼一声，轻轻跃至上层。雌狮已近在咫尺，大汉仍未起身。观者见形势危急，无不惊呼。

雌狮奋鼻舔舌，踱至大汉身边，嘶吼了一声，忽然张开巨口，朝他咽喉咬来。大汉突地一滚，一个鲤鱼打挺站起身。雌狮俯首弓腰，步步紧逼。大汉张开双臂、摆开丁字步，小心翼翼地与之周旋。雌狮将大汉逼入死角，忽然腾空跃起，猛扑过来。大汉一个俯冲，从雌狮腿腹之间钻了出来。众人见大汉躲得漂亮，纷纷喝彩。

雌狮一击不中，转身一跃，向大汉胸口扑来。大汉纵身跃起，双手攀住笼顶的铁棒，顺势将身子一提，堪堪躲过。众人又大声叫好。雌狮一扑空，便后腿着地，耸身向上猛扑。大汉看准破绽，抡臂拧腰，聚全身之力于双足，猛地踹在狮子头顶。只听一声闷响，雌狮颓然跌落于地，再不动弹。

不等众人喝彩，狮吼声又震天而起，那雄狮已冲至上层，向大汉迎面扑来。大汉提臂收腹，轻轻躲过。雄狮耸身挥爪，虽未伤及大汉身体，却抓到裤带，将大汉从笼顶扯下。大汉顺势一扑，落在狮背之上，用两手箍住狮颈，两腿夹住狮腹，将雄狮上半身死死压在身下。雄狮一声怒吼，摇头拧腰，将大汉掀翻在地。众人见形势急转直下，又是一阵惊呼。

电光火石之间，一只利箭"嗖"的一声射来，穿过铁笼缝隙，噗地射入雄狮眼中，深达数寸。雄狮狂吼一声，抽搐两下，倒地毙命。

众人这才长吁一口气。只见石虎持弓笑道："石闵，朕罚你斗兽，不过是借机挫一挫你满身的戾气。岂料你竟能徒手击毙猛狮。如此勇士，天下可有第二个？快下去领赏吧！"

原来这大汉便是石闵，近日因出言不逊忤逆石虎，才被罚格兽。石闵出了铁笼，朝石虎远远地拱了拱手，冷笑一声扬长而去。刘翔、薛强不禁唏嘘不已。

石虎看到刘、薛二人的惊诧之情，顿觉如沐春风，一心要在燕使面前逞足威风。又引了三人来到太武殿内，指着覆满四壁的彩绘笑道："赵国人向来能文能武。这太武殿的圣贤壁画，乃邺城一绝。墨线由漆烟墨勾勒，所用丹青皆由西域各色宝石研磨而成。因此历经多年，依然鲜亮如初。"三人看得啧啧称奇。

看了片刻，薛强忽然指壁而叹。

"贵国的壁画果然与众不同！"

石虎捻须笑道："那是自然。你看出何处不同？"

"这天王像为何只有半颗头颅？"

石虎大惊，瞪了环眼趋前细看。原来石虎自称天王，这幅天王像正是依其相貌绘成，形神兼备，极为传神。如今天王的脖颈、五官皆已缩至衣领内，只剩半截额头、一副发髻露在衣领外，颇显阴森诡谲。

石虎看得头晕目眩，双腿忽然软似刚出锅的糍粑，晃两晃，一头栽倒在地。

第七章
神相徐统

救治了半晌，石虎终于醒来，移驾寝宫。

三人随黄门侍郎出了皇宫，个个心事重重。薛强想的是倘若石虎一命呜呼，光复华夏必然大有希望；刘翔想的是石虎虽已老迈却霸气犹存，石闵更是锐不可当，堪为燕国劲敌；王猛想的却是石赵气数将尽，谁人能继赵而兴。

来到客馆，忽见一人笑吟吟地迎了过来，朗声道："三位想必见到了贵人。"正是昨日遇见的算卦先生。

薛强心绪不佳，随手塞给他一把铜钱，喝道："既已得了赏钱，还不快走！"

算卦先生却摇头道："老夫占了一卦，算出明日将奉诏入宫，面见石虎。知道三位刚从健德宫回来，特来讨教。"

薛强大惊，瞪眼问道："你究竟是何人？"

"在下冀州徐统是也。"

"徐统，你一个卖卜的先生，何苦去招惹那暴君？不怕死吗？"

徐统抖了抖衣袖，不以为然。

"我此次命不该绝，不如去赌一把。赌对了，一步登天。赌错了，也无性命之忧。"

薛强面露鄙夷之色，呵呵笑道："名利二字，竟值得你冒此大险？"

徐统并不生气，不紧不慢地答道："匹夫不可夺志，却与名利何干？我自幼好学不倦，自以为胸有韬略，满腹才学，虽不能经天纬地，亦可为政以德，存贤举能。可惜出身寒门，无人举荐，已过知天命之年，仍是白衣贫贱之身。倘若如此了却一生，恐会死不瞑目，叹息于九泉。时来运转之际，岂能见机不作？一张老脸，不怕高士耻笑。特来讨教，石虎是何等脾性，何等好恶？"

薛强冷笑道："父不慈子不孝，禽兽一般，无心无肺，何来脾性？先生若不介意，索性今夜留宿此馆，再作长谈。明日若果如先生所料，薛某定会心悦诚服，设宴款待。若不应验，邺城将再无你的立足之地！"

徐统笑道："不在话下。"

却说太极殿内，太医为石虎把脉开药，叮嘱道："陛下不过受了惊吓而已，安心静养一夜，明日便可大安。"

石虎昏睡一夜，噩梦连连，次日醒来，多已忘却，唯有一梦刻骨铭心，稍作回想便令他不寒而栗。于是顾不得用膳，立即召集百官早朝。

他已多日不出早朝，今天忽然如此勤政，令百官个个疑惧，不明吉凶。

石虎瞪着浮肿的双眼询问群臣："今晨梦中，朕提笔写了个'肖'字。好生奇怪，那字忽然生出双脚，走到案边，随后生出火焰，化为灰烬。此梦怪异，请众卿为我解析，只要解得有理，无论凶吉，都有重赏。"

群臣低头不语，竟无一人应答。石虎不悦，喝道："一个个装聋作哑，成何体统！"

他越发气恼，转动着粗大滞涩的脖颈，低头又扫视一遍。群臣的后脑仿佛长了眼睛一般，下垂得更低了几分。只有蒲洪的头颈依旧停留在原处，此时便高出众人一筹，颇有鹤立鸡群之感。

"蒲洪素来高明，你来讲吧。"

蒲洪肩头一抖，头颅缓缓抬起，露出饱满的额头、舒朗的眉目。他是氐族统帅，略阳临渭人，祖上世代皆为氐酋。永嘉之乱后以氐族盟主之名挥师东进，转战多年，最后归顺石赵，官居六夷之首。蒲洪未料到石虎点将点到自己头上，暗想道：这暴君喜怒无常，若解得不合他意，必然反悔前言，还是不捋虎须为妙。于是推辞道："臣才智低微，虽略通诗书，但于解梦之术并无深稽。"

石虎大怒，厉声喝道："大胆蒲洪，碰上好事，便上蹿下跳地卖弄学问；碰到麻烦，就自称才智低微！你既然才智低微，如何还身居高位？再敢狡辩，定斩不饶！"蒲洪心惊胆战，低头看地，气不敢出。

忽有一人应道："陛下之梦玄之又玄，非但蒲洪无法解析，臣也难言其妙。陛下若有心解梦，臣可举荐一人。"正是中书令刘群。

石虎于是点头道："刘卿是大才子刘司空之子，学富九车，精通孔子解梦之术，举荐的人一定错不了。快快召他前来。"群臣都听出此话荒唐可笑，但谁也笑不出来。

刘群之父是晋朝大司空刘琨，当年在并州救过石虎母子性命。石虎顾念旧恩，对刘群及其表兄崔悦、卢谌等人常加优礼，并委以重任。

刘群答道："此人是城南卖卦的先生徐统，参透阴阳，卦卦灵验，堪称赵国第一。"

石虎喜道："快将此人找来。"

过了一顿饭工夫，殿前太监奏道："徐统已在殿外听旨。"

石虎忽然拉长了脸。

"朕倒要看他有多大本事。若初试不过，立即斩首！"

于是脱下龙袍，递给一名胖大侍卫，令他穿了坐在龙榻上；自己却披了卫士的甲胄，戴了樊哙冠，擎了仪仗，站在右侧卫士队列之尾。

过了片刻，徐统毕恭毕敬地走上大殿，低头来到龙榻前，俯身便要叩拜。殿前群臣无不色变。却见徐统略作停顿，忽然转向右侧卫队末尾，俯身便拜。

众卫士笑道："谬矣！你拜他作甚？"

石虎也装模作样地笑道："好个糊涂先生，大王好端端坐在上面，你不去拜，为何拜我？"

徐统道："龙榻上的只是凡人，这位才是大王。"

众人见他果有神通，无不啧啧惊叹。

石虎摘了樊哙冠，除了甲胄，哈哈笑道："活神仙，你是如何认出朕的？"

徐统神态自若。

"大王周身有王者之气缭绕不绝，便是再穿三重甲胄，小人也认得出。"

忽听一人厉声道："江湖骗子侥幸猜中，怎能当真。你若真有本事，就猜猜我姓甚名谁。若猜不出，趁早认罪受罚！"

徐统不慌不忙地打量了他两眼，笑道："麻秋大人好大的火气。"

那人一惊，一脸的羞臊，愣愣地问道："你是如何猜出的？"

"阁下头顶有庙堂之气，两脚却有山林之气。庙头林脚，拼出个麻字。胸中气象，一半是禾，一半是火，合起是个秋字。"

石虎拍手赞道："果真高明。麻将军投军之前是个绿林好汉，自然沾了些山林气。年轻时还干过农夫、铁匠，岂不是一半禾，一半火？"

麻秋被石虎揭了老底，羞愧难当，哪里还敢胡说。

尚书朱轨喝道："麻秋将军威名赫赫，在凉州能止小儿夜啼。徐先生或许早识其名也未可知。若果真如此，如何令人心服？先生可否换个玩法，为我测字如何？"

石虎听了点点头。

"朱尚书怕徐先生早已认识麻秋。如此猜测虽不厚道，但也有些道理。朱卿欲测何字？"

"就测我的名号'朱轨'二字吧。"

徐统瞟了他一眼，冷笑道："朱字悔多言，轨字怕无车！"

朱轨听出这是“诛九族”的警告，顿时惊得脸色煞白。

太子石邃呵呵笑道：“好一张通天的铁口。我来测个太阳的‘太’字，请先生施展神通吧。”

原来石邃统领百官不久，正是踌躇满志之时，见测名字难不倒徐统，便选了个太子的太字，以为此字笔画稀少，必然难以应付。

徐统摇了两下羽扇。

“太字乃大字多了一笔。此笔若横卧在上，便能一步登‘天’；若登天不得，落在右肩，便画虎不成反类‘犬’；若斜卧在上，似天非天，便成了‘夭折’的‘夭’字。一个‘太’字便有三种结局，请阁下好自为之。”

石邃听了，一张脸仿佛成了精的冬瓜，青一阵，紫一阵。

秦公石韬道：“我也凑个热闹，请先生测个‘秦’字。”

他是石虎最宠爱的皇子，最喜与石邃争宠攀比。见石邃测了太子的“太”字，碰了一鼻子灰，便来测秦公的“秦”字，想得几句吉言，借机灭一灭石邃的气焰。

徐统用扇子拍了拍衣袖，叹了口气。

“秦字乃半个春字、半个秋字合成。春秋者，寿龄也。只当一半，不知能春秋几何！”

石韬听了大失所望，低头不语。

乐平王石苞暗忖道，这术士的话若果真应验，石邃、石韬都难得善终。这帝号难道要落到我头上不成？待我试探一番。于是朗声道：“我来测个竹苞松茂的‘苞’字。”

徐统睃了他一眼。

“苞的上半是个苟字，下面却是把匕首。虽欲苟全于世，却也凶险至极！”

石苞听得毛骨悚然，险些将笏板掉在地上。

九皇子石遵冷笑道：“我要测个‘遵命’的‘遵’字。”

徐统看也不看他一眼，拍拍扇子叹道：“尊号似已得手，下面忽又生出个走之，终究是一场空啊！”

石遵颓然低头，满面死灰。

徐统算准石虎脾性，凭着一副铁齿铜牙，越说越大胆，越说越露骨，殿上诸臣个个听得心惊肉跳。哪知石虎与诸子多不和睦，素无护犊之情，听了徐统的警告非但不以为意，反而倍感畅快，听到最后竟然拊掌大笑。

待徐统说完，石虎扫视众儿，冷笑道：“徐先生神机妙算，已将尔等的心事说得一清二楚。朕奉劝尔等好自为之，以免来日无妄之灾。还有哪个不服气，要为难徐公的，趁早出来！”

众人噤若寒蝉，低头向地，眼观鼻、鼻观心，那里还敢造次。

石虎笑道：“先生的一张铁口已镇服众人。来来来，快请先生为朕解梦。”于是将梦中情景细细说给徐统。

徐统听完惊道：“此梦似非吉兆。肖字生足而走，‘肖’合‘走’为‘趙’（赵）字。‘趙’（赵）字化为灰烬，正是大赵覆亡之兆。”

群臣遽然色变。

石虎腾地站了起来，圆睁环眼，瞪了徐统半晌。

群臣屏息侧目，气不敢出。

却见石虎将两只环眼眯成细线，瞬间已转怒为喜，哈哈笑道：“解得好！解得好！大秦、大汉、大晋都已覆亡，大赵岂能免俗？我早已享尽人间富贵，就算明日覆亡，又有何妨！你有如此才能，不可埋没于市井，明日便入朝当个侍中吧！”

徐统俯首道：“拜谢大王知遇之恩。”

石虎又问：“不知大赵将亡于何人之手？”

徐统仰面向天，掐指暗算，一缕白光射来，在他脸上忽明忽暗。殿内一片死寂。

忽听徐统幽幽地吟出一句谶词道：“非胡非夏，破国破家。”

石虎一头虚汗，满腹狐疑，再不敢多问一句。匆匆赏了徐统，喝令散朝。

蒲洪出了大殿，擦去额上冷汗，向刘群、徐统谢道：“今日若非二位大人相助，我这颗头颅恐怕早就乔迁他处了。深恩难报，我欲略备薄馔，邀二位到敝舍小酌，请务必赏光。”

须臾来到蒲府。蒲家虽是氐人，但庭院布置、居家陈设都与汉人无甚分别。氐族自称炎帝子孙，本是华夏西陲的牧羊之族，后与西南的羌族融合，汉魏之际才演化为今日面目。氐族自古与汉人交错而居，上古时便从游牧转为农耕，习俗颇似汉人。蒲家定居中原多年，更与汉人无异。

蒲洪拉着二人围坐案前，笑道：“今日打牙祭，请二位品尝一道枋头名菜。”原来氐羌用饭，喜欢众人共聚一案，不似汉人一人一案分餐而食。

过了片刻，仆人端上一口覆了蒲草盖子的大铁盘。掀开盖子，里面却是三只油润红亮的鹿头，浸在猪肉糜熬成的稠滑汤汁内，香气扑鼻，令人食指大动。

蒲洪一边用匕首、筷子给二人分食，一边说：“这本是氐羌的粗蛮吃法，汉人称为‘羌煮’。太康年间传到京畿，被汉人厨子施展妙手，以猪肉糜、黄酒、葱姜橘皮等作料提鲜，竟然青出于蓝而胜于蓝。如今氐羌人又跟汉人重学羌煮之法，也算是去粗取精。请二位大人雅正！”

刘群尝了一口，赞道：“鹿肉是野味，有鲜味浓郁之长，亦有腥膻过重之短。加了猪肉糜、黄酒等物，正好提鲜去腥，取长补短。这与我朝形势颇为相似。”

蒲洪饶有兴致地问道：“有何相似处？”

“我朝汉胡杂处，诸族各有所长，若调和得法，必能超越汉晋，开创一段恢宏盛世。可惜当权者不懂此理，竟将一盘好菜，做得膻腥难食。”

蒲洪赞道：“刘大人微言大义，实在高明！”

三人谈笑正欢，忽听门外脚步声急，一名少年咚咚地飞跑而来。

蒲洪喝道：“长生！见到贵客怎不过来拜见？”转头对刘、徐二人道：“这是长孙蒲生，最为顽劣。”

那蒲生看也不看二人，伸手撕下一大块鹿肉，飞快地塞进嘴里，接着又来撕第二块。

蒲洪伸手护住肉盘，笑着骂道：“只管吃肉，全无礼数，简直夷狄一般！”

骂完仍觉不解气，又羞臊蒲生道：“爷爷问你，独眼之人伤心时流的是单泪还是双泪？”

刘群、徐统这才看出，原来蒲生天生右目失明。

蒲生左眼瞪得凸起半寸，右眼皮连连颤抖，喘着粗气，胸脯起伏不定。猛地抓起案上的匕首，在右眼眶下划出一道长长的血痕，狞笑道：“这不是双泪吗？”

蒲洪大怒：“你这孽畜，小小年纪便如此凶顽，长大后岂不无法无天？看我不用皮鞭抽你！”

蒲生面无惧色，顶嘴道：“莫用皮鞭，我最怕痒。用大刀、板斧狠狠地来，我才受用！”

蒲洪吼道：“再敢顶嘴，就把你拉到牲口市上，当奴隶卖掉！”

蒲生撇嘴道：“如此更好，像石勒一般。”

蒲洪大惊，上前一把捂住蒲生的嘴巴，低声道：“不知死活的东西。”

回头对刘群、徐统赔笑说：“家教不严，孙儿年幼无礼，胡言乱语，二位莫要介意！”说完命仆人将蒲生带走。不料蒲生力气极大，两个仆人竟然推搡不动。

此时，蒲洪的两个儿子蒲健、蒲雄已飞奔赶到。蒲健生得魁梧健硕，蒲雄却头大腿短，与傩戏中的大头娃娃无异，因此落得“大头将军”的诨名。两人合力，才将蒲生拖了出去。

徐统、刘群起身告退。

蒲洪致歉道：“都怪逆孙搅了兴致，改日再向二位大人赔罪。”

蒲洪将徐统、刘群送至门外，只见一个七八岁的男童蹦蹦跳跳地在门前的御街上玩耍。徐统见他头大身短，与蒲雄仿佛一个模子里刻出的一般，便笑道："此儿莫非也是蒲将军的孙子？"

蒲洪笑容可掬地说："这是蒲雄之子蒲坚，小名坚头，最解人意。"说完喊道："坚头快来拜见刘大人、徐大人。"

蒲坚蹦蹦跳跳地跑来，先向刘群施礼道："给刘大人请安！"又看了一眼徐统说："这位必是徐大人。"说完深施一礼。

徐统赞道："真是个聪明孩子！"俯身逗他道："大头娃娃，你在街上蹦跳，不怕被司隶校尉抓走吗？"

蒲坚摇了摇圆圆的大脑袋，不慌不忙地说："无须公公，您是在开玩笑吗？司隶校尉只抓犯罪的恶人，不抓蹦跳孩童。"

徐统摸了摸无甚髭须的下巴，赞道："此子非常人也！"又俯身拍了拍他的大脑袋，低声道："坚头，你相貌非凡，日后必有无上富贵。可惜我却看不到那一天。"

蒲坚瞪大眼睛，一本正经地说："如果真有那一天，坚头一定不忘徐大人的恩德！"

徐统听了心头一热。

掌灯时分，邺城东南的薛家别业灯红酒绿，笙歌不绝。原来薛强见徐统料事如神，全无差错，于是不敢食言，连忙在自家别业摆下酒宴，向徐统谢罪。

酒过三巡，薛强从炉上温壶里拎出酒注子，为徐统又斟了满满一盏，自己也持了酒盏，问道："'非胡非夏，破国破家'，此语玄之又玄，徐兄能否点拨一二？"

徐统仰头笑道："泄露天机，必遭天谴。你不知也罢！"

薛强又问："今逢乱世，胡盛汉衰。不知何时汉人可驱除胡虏，光复中原？"

徐统不语，却向侍从要来半盘生牛肉，噼里啪啦倒进案上的白银羹碗，朗声道："天下大势，与此碗颇为相似。这碗菜羹已混入生牛肉，不复洁净。"说完又用调羹将生肉捞出，再问薛强："生肉已除，菜羹是否如初？"

薛强道："羹已腥膻，不复可食。"

徐统又问刘翔。刘翔也拈须凝眉，摇头不语。

徐统忽然转身面向王猛，朗声道："这位少年骨骼清奇，气度不俗。看相貌，是个见识超群的人物。何不请他为诸公解疑？"

王猛接了羹碗，不言不语地放在炉上。不过片刻，羹汤沸腾，冒出热气，牛肉之香混杂在菜羹的气味中，丝丝缕缕地沁入口鼻。王猛又将羹碗移出火炉，还给徐统。

徐统放下碗，拍了拍王猛的肩膀。二人相顾大笑。

薛、刘面面相觑，如坠五里云雾。

随后，徐统、王猛撇下薛、刘，坐在一隅把酒长谈。二人亦庄亦谐、或悲或喜，时而慷慨激昂，时而柔声细语。薛、刘插不上嘴，又各怀心事，只能陪坐一旁喝闷酒。

徐统与王猛谈至深夜，才起身道："我与景略一见如故，钦慕之意难以述说。日后必助你谋取功名，一骋鸿鹄之志！"

二人起身，依依惜别。薛、刘早已伏案睡去。

翌日清晨，徐统欣然赴任，步履轻松，却无高蹈之态；神清气爽，却无踌躇之姿。他精于阴阳术数，深谙盈亏盛衰之理，对自己一步登天的境遇并无太多欣喜。

徐统坐稳案头之后的第一件事，便是查找燕国各路州郡、各处官府的出缺记录，寻觅适合王猛的职务。下车伊始，若要回避扶植亲信、树立私党之嫌，本不该如此急切。但念及石虎的知遇之恩、王猛的国士之才，心中顿时生出为人谋则忠、与友交则信的念头来，定要像媒婆一般，将自己的恩主与至交撮合在一处。

他翻看文牍，若看到合适的出缺，便单独放在一旁。不到一顿饭工夫，已将厚厚的文牍从头至尾翻阅了一遍，单独挑出的，却仅有两张。

其一为度支尚书属下的度支郎中。此职掌管全国赋税财政，不光俸禄丰厚，更有额外财源不可胜数，向来是豪门子弟趋之若鹜的肥缺，平民子弟若无过硬的后台，根本难以跻身其间。徐统捏起纸掂量再三，又放回原处，自言自语道："肥缺过于油腻，或许会毁了一代奇才，也未可知。"

又捻起另一张，自语道："魏郡功曹倒是更为妥帖。"

魏郡乃冀州治下首郡，是邺都所在之地，可类比关中的京兆郡、江东的丹阳郡，地位尊崇，堪称赵国第一大郡。其郡守掌握诸多实权，不在寻常之州的刺史之下。功曹是太守副职，既掌人事，又管政务，既有眼前之实权，又有不可限量之前途。徐统以为此职堪为王猛仕途的起步之阶，可助他一展雄才，功成名就。

徐统拿定主意，立即备好辟书，匆匆来到薛家别业。见了薛强便劈头问道："王猛何在？"

薛强气呼呼地答道："那无礼狂徒，天不亮便已离去，只在枕边留下一张字条，都不曾与主人话别！”

徐统跺脚叹道：“可惜，可惜！”

薛强急问：“徐兄这是何意？”

徐统道：“此子能参透天机，乃天下第一流人物。我已为他谋得魏郡功曹之职，好让他报效朝廷，造福苍生。可惜他却抢先一步，远走高飞！”

薛强恍然大悟，拊掌道：“原来景略有难言之隐，我却错怪了他。”

刘翔眉头紧锁，问徐统道：“王猛如何参透了天机？”

薛强心里揣了相同的疑惑，也目不转睛地盯着徐统。

却见徐统瞪眼道：“胡汉、天下，生肉、羹汤。刘公难道还猜不出吗？”说完跺了跺脚，拂袖而去。原来徐统以羹汤喻天下，以生肉喻胡人，暗指驱胡之策不足以安天下。王猛却将汤碗置于炉上，将生肉血腥烹熟，暗指胡人融入华夏之日，便是天下平定之时。

薛强素来自负，自以为见识高远，超迈同侪。他见王猛更在自己之上，着实吃了一惊。

刘翔一直明言暗语地鼓动薛强转投慕容氏麾下，却未能如愿，又与奇才王猛失之交臂，心中暗自懊悔。临别在即，又拿话撩拨薛强道：“魏郡之会，深慰我心。他日重逢，恐将有江山之异。威明宜早图之！”

薛强笑道：“刘兄果然是领受慕容氏俸禄的栋梁之臣，寻访人才寻到了我家，真是尽心称职！慕容氏虽有过任贤之名，但近年已不比从前，公侯重爵只留给自家子弟，何曾给过汉臣？我薛某虽称不上非梧桐不栖的凤凰，却也并非贪争腐鼠的鸱鸟！”

送走刘翔，薛强忽然想起备受刘翔推崇的江东英雄桓温。思前想后，决定与他通好结盟，共商光复中原的大计。于是修书一封，派心腹送往南徐。

半个月后，心腹归来复命道：“桓温收了书信，不置可否，亦无回信转呈。”

薛强面南而叹道：“我视他为豪杰，他却视我为陌路。桓温究竟是个什么人物，打的什么主意，能成就何等功业？”

他哪里料到，此时的桓温正迎来千古难逢的际遇，即将一飞冲天，声震四海！

第八章

桓温灭蜀

建康城号称当世第一名城。

此城位于“吴头楚尾”，古称秣陵。秦时方士称此地有“天子气”，秦始皇便东巡至此，埋金人于地下，以镇其气。秣陵因而更名为金陵。赤壁之战前夕，诸葛亮出使东吴，经过秣陵时赞叹“钟山龙盘，石头虎踞，此乃帝王之宅也”。孙权称帝后，都城先设在京口，随后便迁至此地，并更其名为建邺。晋时因避愍帝司马邺之讳，建邺又更名为建康。此城东接钟山屏障，西邻长江天险，是个集形胜与灵秀于一体的绝佳之地。

建康城内的中书郎府邸只是一处普通宅院，院墙和院门都毫不起眼，透过院门的缝隙，能隐约看到一片翠竹。江左名流喜在庭院种竹，后来的大名士王献之即使暂居友人的空宅，也要种竹数竿，说自己“不可一日无此君”。

此时，羽扇纶巾的丹阳尹刘惔正立在门外，一边窥视门缝里的竹影，一边轻叩门环。

过了片刻，老院公过来开门。

“王中书正在梳妆。请刘大人到室内稍候片刻。”

王濛洗漱完毕，风度翩翩地从后院踱了出来，拱手道：“真长兄久等了。”

刘惔回礼，戏谑道：“王阿奴今日不似尘世中人，若去市中买帽，定能获赠一筐！”

刘惔话中暗藏典故，原来王濛少时曾独自去集市买帽。卖帽的老妇见他生得俊秀，心生爱怜，便赠帽一顶，分文未取。

王濛笑道：“刘真长，你敢与我同行，必要穿上盔甲，以防砖头满身。”

刘惔收起大名士的洒脱不羁，正色道：“会稽王素来早起，他召你我议事，万万不可去迟。”

两人一起来到了会稽王司马昱的府邸。王府气派虽然略胜于王濛的中书郎府，但布置并不华丽。

长随将二人引至客厅，司马昱果然已在厅内等候多时。只见他二十出头年纪，面色苍白清秀、神态清虚恬淡。司马昱是晋元帝司马睿的幼子，乃当今圣上司马聃的叔祖。幼有夙慧，阴阳家郭璞曾为其相面，预言此子日后定能中兴晋室。成人后，精于诗书辞赋，明玄理，擅清谈。

宾主寒暄几句，司马昱便点出正题："近日征西将军庾翼殁于夏口，二位可有耳闻？"

王刘二人闻言脸色一变。王濛叹道："庾稚恭长我四岁，仅及不惑便英年早逝，实是国之不幸。"

司马昱点头道："今日请二位仁兄过来，正为商议荆州刺史出缺一事。"

王刘二人颔首细听。

司马昱接着说道："庾翼殁前，奏请以次子庾爰之继任。不知二位有何高见？"

王濛不假思索地应道："庾氏昆仲督荆州军事已历十年，颇受推戴。若依从庾翼遗愿，则顺乎人情所归，可安抚荆州人心。不过，其弊也不可不察。其一，荆州刺史将成庾氏世袭之爵，荆州将成庾氏世袭之地。其二，庾爰之年方弱冠，未立功勋，恐难服众。臣以为庾氏遗奏，却之则失于人情，从之则失于国事！"

二人不约而同地点了点头，心中赞道，王仲祖能在片刻之间条分缕析，不假思索，不愧是才思敏捷的江左名士。

司马昱道："高明之士，所言极为中肯。"说完亲自为王濛斟茶，笑道："我也舍命陪君子，与仲祖兄一起受此'水厄'。"

原来，晋时饮茶之风流行未广。王濛因家中清贫，始终以茶代酒招待宾客，客中多有难忍茶之清涩者，便戏称赴王家做客为"水厄"。

司马昱又为刘惔斟了一杯。

"真长兄深思熟虑许久，肚里的妙计还不快快道来。"

刘惔左手轻摇羽扇，右手稳稳端着茶盏。

"仲祖所言利弊甚为精辟。窃以为，若庾爰之代父之职，岂止有弊，尚有危也！"

王濛和司马昱倾身细听。

"以庾大征西、庾小征西之才，尚不足与石虎抗衡。若再出个小小征西，石虎趁机驱百万之众南侵，荆州将何以御之？"

司马昱闻言，手里的茶盏一晃，几滴茶水溅落在未曾髹漆的素木桌面上，洇晕越来越大，其色殷红如血。

"荆、扬东西两镇为京城屏藩，而荆州尤为重要，东可拱卫帝都，北可攻伐胡虏，乃国之根本。荆州刺史一职，非殿下信任之人不堪其任。窃以为，西镇人选，非殿下莫属也！”

刘惔一边慷慨陈述，一边紧紧盯着司马昱的双眼。

司马昱目光下垂，似在躲避刘惔目光的锋芒，接着叹气道：“真长兄所言极是，经略荆州，非忠臣志士不可。本王虽才疏力薄，但何尝不想为国分忧？怎奈圣上年幼，本王断不能远离庙堂而亲赴边镇。”

刘惔颔首笑道：“在下不才，虽一身鸡肋，难敌石虎老拳，但有意毛遂自荐，赴任荆州。”

司马昱急忙摇头。

“真长最好与仲祖留在京城，助我掌控京城局势。西镇人选，其实何充侍中早已推荐，你们都不陌生，此人便是——”

说完蘸着桌面上的水痕写下“桓温”二字，还有意无意地用苍白细瘦的指节在桌面上“笃笃”敲了两下。

刘惔先是一怔，接着用羽扇掩口，缓缓地摇了摇头。

“桓温乃宣城内史桓彝之子，即非名门之后，胸中又少逸气，虽终日假充名士，但离清雅玄妙境界尚有百里之遥，终究是个难脱习气的粗鄙之人。”

王濛也附和道：“当年桓温随我辈游至覆舟山下宴饮，真长兄不慎将脚搭其肩上，此乃名士倜傥之举，何须大惊小怪？可此子好不识趣，竟怒而推之。还有一次，桓温清晨去拜谒刘真长，刘兄正高卧未醒，桓温不识体统，竟掏出弹弓以泥丸击之，如此行径真与石虎无异！”

刘惔瞄了一眼司马昱，只见他依旧不动声色，于是接着王濛的话说道：“平心而论，桓温虽然粗鄙，但治军之才无人能及。不过，依我看来，此人可居人上而不可居人下，若久处西镇要地，恐有尾大不掉之忧。”

司马昱脸上终于浮出笑意，点头道：“真长兄素有知人之明，今日所见与我略同，我亦可稍稍放心。目下正宜重用桓温，以震慑胡虏，绝其南侵之意。至于尾大不掉之忧，我早有防范。荆州西镇，唯扬州东镇可与之抗衡。如今扬州刺史何充垂垂老矣，离致仕不远。新任扬州刺史人选，我早已物色，此人自幼与桓温齐名，身世名望更胜一筹，足与桓元子抗衡！”

刘惔把羽扇贴在胸前，眯眼笑道：“殿下说的莫非是殷浩？”司马昱笑而不答。王濛笑道：“桓者，大也；殷者，亦大也。二人名字中又都有‘水’。两股大水争流，好戏还在后头！”

司马昱笑道：“桓温既有殷浩节制，必然掀不起大风大浪。我辈可高枕无忧矣！”说完端起茶盏。

“议事已久，早已口干舌燥，何不共赴水厄。”

晨光初现，夏口城上早已旌旗招展、甲兵如林。桓温一身戎装，率领众将登城巡视。只见他身长八尺，体魄魁伟，丰神俊朗，气度豪迈，双睛亮如紫石，胡须硬似猬毛。

不过片刻，桓温已沿城墙巡视一周，忽然立在墙边，南望大江长叹了一声。

主簿习凿齿问道：“桓公因何而叹？”

“我辈从南徐州移镇荆州，却被困在这狭小逼仄的弹丸之城，岂不郁闷！”

建武将军袁乔答道：“将军怀抱非凡，却也不必心急。夏口虽然城小粮乏，不足为北伐之资，但口边却有块大大的肥肉，将军难道不想‘下口’尝尝？”

“愿闻其详。”

“此地尚滋味、好辛香，盛产锦缎、鱼米。”

桓温眼中紫光闪动：“莫非是西蜀？”

“正是！先夺西蜀，再取中原，可得先易后难、事半功倍之效！”

桓温闻计大喜，暗自佩服这位老部下心思缜密：益州号称天府之国，颇有钱粮之利，而割据益州的巴氏李氏却昏聩无能，远不能与石羯相比。攻取益州，堪称胜算极大、获利极多，险阻却极少的妙招。于是抚须笑道：“彦叔之策堪称‘倒吃甘蔗、渐入佳境’，妙哉！”

这一日，桓温召集一干将领谋士，在刺史府中议事。桓温虽是幅巾褐袍的名士装束，却难掩周身的果敢坚毅之气。待众人到齐，桓温剑眉微动，正色道：“我辈既食天子俸禄，当常思建功立业、报效国家，岂能如欺世盗名之辈尸位素餐，终日闭门清谈！”

众人听出桓温话中有话，都笑出声来。

桓温接着说：“巴氏李氏窃据蜀地，妄称天子，建号成汉，并据长江上游天险，多年来为我朝大患。如今酋首李势荒淫无道，为天所弃，我欲统帅王师，讨伐凶逆，光复益州故地！不知诸位有何高见？”

众人或面面相觑，或交头接耳，却无人应答。桓温见众人面露难色，心中不悦，便问身旁的谢奕：“谢司马以为如何？”

司马谢奕性情直爽，且与桓温相交多年，因此说话直截了当：“窃以为此时伐蜀凶多吉少。其一，益州扼守险要，易守难攻；其二，江北的石虎是我朝心腹大患，若趁机进逼建康或进犯荆州，则大势去矣！”

话音未落，只听一人高声道：“谢兄号称‘狂司马’，今日为何狂气尽失？”众人望去，却是建武将军袁乔。

袁乔移驻荆州后，一直紧密探查西蜀与北境局势，对成汉、石赵两国军政了如指掌。众人见他有话，无不凝神静听。

“吴起曾云：‘在德不在险。’益州虽有险要，但军纪涣散、防务松弛，与平川又有何异？刘璋、刘禅遇诸葛、邓艾而亡国之时，险要又有何用？李势无德更甚于二刘，而桓公韬略则不亚于诸葛、邓。若能出其不意、轻兵速进，只需精兵一万便可擒李势而归。至于江北的石虎，也无须多虑。北胡不服南方水土，当年石勒两度南侵，先围襄阳后屯葛陂，最终都受困于时疫，无功而返。石勒尚且如此，石虎更不足为惧。只要严守各处津要，不留可乘之机，石虎怎敢贸然进兵。”

桓温闻言大喜，两眼射出紫光。

“袁将军切中肯綮，诸位不必疑虑。小小成汉，何须精兵一万，七千便足以灭之。我回营后立即整顿楼船军马，准备出征。”

谢奕道：“只怕建康那边。”

桓温笑道：“我早有对策。请谢主簿速拟疏文。上疏之后，不必等待朝廷回复，大军立即出征。这样既不贻误战机，也不至落下蔑视朝廷的口实。”

数日后，荆州疏文抵达朝廷。司马昱忧心忡忡，急召王濛、刘惔商议。

“桓温以七千士卒深入益州险恶之境，究竟有无胜算？若兵败而还，再引来北境之敌，岂不弄巧成拙？”

刘惔笑道：“殿下放心，桓温为人精于谋算，移镇荆州后初次用兵，定然不会无故弄险。况且益州的巴氐不过是群乌合之众，不足为虑，在下担忧的却是另一件事。”

司马昱稍稍舒了口气，接着问：“真长所忧何事？”

刘惔皱眉道：“桓温此战若大获全胜，归来后必然威震天下，到那时，朝廷还管得了他吗？”

司马昱沉吟良久道：“殷浩最近可好？该让他活动活动筋骨了。”

永和二年（346）初冬，桓温率七千精兵悄无声息地乘船上溯，逼近益州。一路江流湍急、峰峦险峻，令人胆战心寒。

行至夔州鱼腹浦，水流稍缓。忽见平沙上兀然矗立八行巨大的垒石，边上立有一块石碑，上刻“诸葛武侯八阵图”七个大字。

文武官员纷纷立在船舷观看，却无人能识其妙。辅国将军司马无忌不禁叹息道：“石阵虽然精妙，却既无人守，又无人识。诸葛武侯若九泉有知，岂不涕零！”

桓温心中颇不服气，仔细看了几眼。

“这有何难，不过是孙子兵法中所谓的‘常山蛇’之势罢了，其妙处全在‘击其首则尾至，击其尾则首至，击其中则首尾俱至’。”

众人恍然大悟，无不叹服。

谢奕呵呵笑道：“诸葛武侯若晓得今日来了知己，也该含笑九泉了。”

桓温拈须大笑，甚为得意。

不知不觉行至三峡，山势渐高、水势渐急，两岸猿啼此起彼伏，令人颇感苍凉。忽听一条船上传来阵阵惊呼，原来一只小猿不慎从石壁跌入江中，幸亏船上军士手疾眼快，稳稳接住。一名文官一把抢来，抱在怀中玩耍。

过了片刻，悬崖上忽然响起阵阵凄厉的猿啼，原来是一只母猿，攀着崖上藤蔓一路追行。文官将小猿摇来晃去地挑逗母猿，每摇一次，母猿便哀鸣一声。船队西行百里，那母猿竟也跟随了百里。眼见山谷交错，无路可追，母猿忽然纵身一跃，跌在船上气绝身亡。那文官纳闷道：“摔得又不重，因何断气？待我看个究竟。”于是挥刀剖开猿腹，才知母猿竟是悲伤过度，肝肠寸断而死！

不久，此事传遍军中。桓温闻听大怒。

“我辈举仁义之师，讨伐无道之国，岂能容留如此禽兽不如之人！”立即下令将此人就地罢黜。三军闻讯，无不赞叹桓温宽仁重义、有古人之风。

此时的成都依旧歌舞升平，上至朝臣，下至庶民，对晋军的动向浑然不知。一日，成汉太史令谯贤向李势朝奏道：“臣夜观天象，见妖星东来，如匹布著天。此乃兵戈之象，愿陛下急备武事，以防不测。”

“谯卿何必杞人忧天？太阳之升落，星月之明晦，各有其常，与兵戈何干？”

“先贤有云：‘人副天数，天人感应。’圣人当以德配天。望陛下明察。”

李势勃然作色道：“休要假借天数臧丕人事。再敢妖言惑众，定要砍了你的狗头。”

谯贤不敢再谏，默然退下。

一月后，桓温大军突然现身西蜀，距成都仅三百里。李势急令右卫将军李福、镇南将军李权、前将军昝坚率军迎敌。李福亲率大军在成都城外距守，却命昝坚、李权率偏师伏击桓温。

昝坚向李权献计道：“我料定桓温必沿江北大道直扑成都，若引军在犍为设伏，必可凭山河之险将其一网打尽！”

“妙计！地利在我，桓温何足惧哉！”

李、昝移驻犍为，苦等多日，却不见晋军半点踪影。不久斥候来报：“晋军早已沿江南小道远去。”

二人后悔不迭，慌忙移师对岸追击晋军。

晋军未遇蜀军一兵一马，这日抵达成都以南的彭模镇。此镇原名彭亡，号称彭祖身亡之处。当年刘秀麾下名将岑彭入蜀讨伐公孙述，驻扎此地，恨其地名不祥，欲移营而未果，是夜便遇刺身亡。因岑彭之死应了彭亡之名，后人便易其名为彭模。

桓温听了镇名的来历，心甚恶之。又不见蜀军踪迹，便疑神疑鬼，担心晋军已投入罗网而不自知。

他先是举棋不定，随后萌生退意，久久不能自决，便召集众人问计道：“蜀军踪迹全无，是何缘故？如何应对？”

众将都未料到昝坚设伏失算之事，面面相觑，莫衷一是。

参军龚护冷笑道：“王师已至，敌军岂有不曾觉察之理？必已设下埋伏，静待我军。劳师袭远，于我不利。兵法云：‘共敌不如分敌。’不如将我军分兵两处，以另辟生路。”

袁乔反驳道：“不可！我军深入千里，置身死地，至今未见敌军虚实，若再分为两路，恐被敌军各个击破。不如暂弃辎重，备三日军粮，全军速进成都，必能大获全胜！”

桓温听了袁乔的话，胸中的豪气又渐渐充盈起来，两眼紫光一闪。

“我军远行千里讨伐逆贼，岂能缩手缩脚，作茧自缚！袁将军所言才是正理。除孙盛、周楚二位将军暂驻彭模看守辎重外，其余将士合为一路，直捣成都！”

李势闻讯，慌忙向众臣问计。

“桓温来犯，诸卿有何良策？”

将军邓嵩朗声道：“桓温率区区七千疲惫之师，欲破我益州，岂不是痴人说梦？末将愿率成都守军在笮桥以逸待劳，必能一战而胜！”

李势大喜。

“寡人静候邓将军捷报！”

晋军行至笮桥，与蜀军遭遇。

桓温命袁乔为前锋，率两千精锐士卒直冲敌阵，自己坐镇中军徐徐跟进。虽然大敌当前，桓温依旧襦袍幅巾，手持麈尾，骑着一匹遍体雪白的骏马，好一副风流洒脱的儒将派头。

两军交锋，桓温顾不得挥动手中麈尾，两眼紧盯前方，细细观察战局变化。

蜀军人多势众，又一心死战，很快便占了上风。袁乔麾下两千壮士虽奋勇向前，却难撼敌军强势，死伤极重。参军龚护纵马挥剑，奋勇冲杀，却被流矢射中咽喉，落马而死。袁乔驱马挺矛左冲右突，杀敌无数，却也无法扭转大局。敌军势如潮水，连绵不绝地冲杀而来，晋军越发难以抵挡。

形势危急，桓温心中愈加焦躁。忽听“嗖”的一声，白马面门中箭，一声悲鸣，轰然倒下，将桓温掀翻在地。

桓温一跃而起，后背惊出一片冷汗。亲兵早已牵来一匹新马，桓温上马继续督战。他本已受了惊吓，又见袁乔节节退却，溃败之势已不可逆转，心中更加不安。

他一边暗骂袁乔言过其实、误人误已，一边懊悔自己轻敌冒进、不留后路。思来想去，觉得眼下只有鸣金收兵、保全实力才是良策。于是拔出令旗，传令鼓吏鸣金。哪知未闻钲鸣，却闻鼓响，可怜这鼓吏慌了手脚，错把鸣金当成了击鼓。

桓温骂道：“天下竟有钲、鼓不分的鼓吏！”拔剑攀上鼓车，要斩鼓吏。原来古人行军，闻钲则退，闻鼓则进，容不得丝毫差错。因为鼓吏之误，桓温的生死决断已被全盘逆转，怎不令他暴怒难抑。

忽见一小吏跳上车，拦住桓温。

“气可鼓而不可泄。将错就错，或能反败为胜！”

桓温略一迟疑，战局已经突变。

晋军听闻鼓声，忽然精神大振，与刚才判若两军。

桓温喜出望外，还剑入鞘，冲到另一张战鼓前，绰起鼓槌，与鼓吏双鼓齐奏。只听鼓声轰轰隆隆、滚滚不绝地传遍四野，其声震天动地，仿佛雷动惊蛰；其势遏云回风，犹如神龙出海。

袁乔听到鼓声，向中军张望，见桓温竟在亲自击鼓，横矛高呼道：“桓公亲自击鼓助威，我辈当何以报之？”

“杀入成都，生擒李势！”

伴着震天的吼声，袁乔部所向披靡，一路摧枯拉朽，径直攻入成都城内。

桓温见战局变换如此迅速，又惊又喜。转头看那小吏，不过十七八岁年纪，面目似曾相识，惊问道：“阁下莫非是郗内史的公子？”

那人抹了抹刚长出胡茬的下巴，笑道：“小子正是郗超。”

桓温大喜。

“我正缺一名精干参军，你快随我去吧。”

说完拍着郗超的肩膀叹道：“成败利钝只在一念之间，岂非天意乎？”

成都城破后，李势与邓嵩、昝坚等一干败将仓皇逃至葭萌关。桓温率中军追至关前，准备强攻。

邓嵩劝李势道：“大势已去，不如效仿刘禅面缚舆榇的故事归降晋朝，以保半生安乐。”

李势怒道：“前日劝战的是你，今日劝降的也是你！”

昝坚也劝道：“天命在彼不在我，还是降了吧！臣已替陛下草拟降文，请陛下过目。”

接了降文，李势读至“将士狂愚，干犯天威。仰惭俯愧，精魂飞散，甘受斧锧，以衅军鼓”，不住地摇头叹息。又读至“伏惟大晋，天网恢弘，泽及四海，恩过阳日”，不禁羞愧而泣。

李势先递了降文，又反绑双手出关乞降，众臣载棺以随。李势见了桓温，低头泣道：“无道之君，特向明公请罪。”

桓温读了降文，心生鄙夷。又见李势形容猥琐、气宇卑下，知其不足为患，便亲自为其解去绳索，派人解送至建康。

随后，桓温昂首步入成都，检点成汉宫室。当年李势之父李寿曾派侍中王嘏出使邺都，相约连横之事。王嘏归来后向李寿复命，斥赵主石虎待下苛酷、刑杀无度、大修宫室。岂料李寿听完奏报，不仅不引以为戒，反而艳羡邺都宫室华美，于是大兴土木。可叹宫室犹在，江山却已易主。

桓温望着巍峨的宫殿，品味着自己建立的不世功勋，不禁踌躇满志。忽然一阵幽香袭来，桓温心头一颤，阔步寻去，不觉已至后宫。彷徨片刻，忽闻女子呜咽之声，悠悠袅袅，凄婉中不乏娇媚，哀怨中似有所求。桓温寻声来到内室，只见一位体态袅娜的白衣女子低头坐在榻上哭泣，便问道：“你是何人？”那女子止住哭泣，轻轻抬起头来，朝桓温望了一眼。

桓温立即浑身酥麻，几乎把持不住。只见这女子香肩微露，云鬓半偏；面如粉荷，眉如翠羽；眸如秋水，唇若红樱；眼角垂泪，平添三分妩媚，眉头微蹙，更添一段风流。桓温心中怦怦直跳，急忙退下，令左右询问，方知是李势之妹。桓温密令心腹将李氏仔细看护。

忽然袁乔来报：“少城孔明庙内诸葛丞相显灵，请桓公同览盛况。”

成都城乃秦国重臣张仪、司马错灭蜀后所筑，分为少城与太城。一百多年前，诸葛亮病逝于五丈原，百姓多有吁请在成都建祠者。蜀汉朝廷以为此法既不合礼制，又抢刘备昭烈皇帝庙的风头，因此未予准许。但成都百姓深念诸葛亮遗泽，每逢节日和朔日，便在道路之旁私下祭奠。巴氐首领李雄入主益州后，索性顺应民意，在成都少城昭烈庙的西南侧兴建孔明庙，以便百姓祭奠。不料数十年后，孔明的身后之名已远超昭烈帝，以至于世人只知孔明庙，而不知昭烈庙。

桓温来到少城，远远望见晴空之下并立两座祠宇，靠北的一座破败倾颓、冷落凄凉，靠南的一座丹碧岿然、壮观宏丽。于是问袁乔："哪个是昭烈庙，哪个是孔明庙？"

袁乔向南一指。

"孔明生前是刘备臣下。岂料百年之后，二人大有君臣易位之势。这富丽堂皇的便是孔明庙，破败不堪的却是昭烈庙。"

桓温捻须笑道："孔明相蜀之政治，远在汉、魏、晋三朝之上，更令袁绍、孙权之徒难望项背，其恩泽历久弥新。刘备虽然也是一代英雄，相比之下却乏善可陈。"

"刘备白帝城托孤于孔明曰：'君才十倍曹丕。若嗣子可辅，则辅之；如其不才，君可自取。'孔明为仁义之心所缚，未能顺应天时民意可惜，可惜！"

桓温厉声喝道："袁将军身为臣子，怎能说出如此大逆不道之话！"

其言辞虽然严厉，脸上却无怒容。

进了孔明庙，穿过供着丞相牌位、四壁绘着蜀汉功臣像的祠堂步入后庭，桓温顿时捻须呆立。只见庙里生着一株独木成林的老榕树，树冠亭亭如盖，无边无际；树干柱根交错，宛若丛林。最奇的是，树梢虽顶着一轮红日、万里晴空，树下却烟云缭绕、细雨迷蒙！

袁乔指着大树道："此乃诸葛丞相亲手所植榕树。听庙祝说，此树本无异常。昨日明公入城后，树下便开始下雨。"

桓温叹道："我对诸葛丞相私淑已久，每每于梦中相聚。今日丞相显灵，降此甘霖，怎不令人唏嘘陨涕！"

众人连声赞道："桓公功勋盖世、声动益州，因此才有丞相显灵之瑞！"

桓温捻须而笑，意气风发。

周抚道："桓公平蜀之功直追古人。必是诸葛丞相在天有灵，特意降祥现身，以示英雄惺惺相惜之意。听说城外有一人瑞，少时见过诸葛丞相。何不寻访此人，以慰明公神交古人之心？"

听说桓温已到，老翁柱了拐杖，颤巍巍出户相迎。桓温奉上钱帛柴米，上前握住老翁的手，问道："敢问丈人高寿？"

老翁年岁虽高，却耳聪目明，笑答："虚度一百一十岁。"

桓温问："丈人可记得诸葛丞相旧事？"

"略记得些。"

桓温笑眯眯地问："丈人以为，诸葛丞相之后，何人能与之相比？"

他正踌躇满志，以为老翁定会竖起拇指，赞道："能与诸葛丞相媲美者，唯桓公也！"

哪知老翁摇了摇头，叹气道："丞相在世之日，蜀人也未觉有何不同，等他死后，才知无人能比。"

桓温怅然若失。

一个月后，桓温命周抚镇守益州，自己率领大军回师江陵。

原来，桓温早已嫌夏口狭小破陋，有意移驻大城。在班师之际移镇江陵，可谓名正言顺。

不出刘惔所料，桓温凯旋后果然威名大震。朝中大臣纷纷进表，为桓温请封。司马昱不敢违逆众臣，便加封桓温为征西大将军，开府，封临贺郡公，桓温部下的将佐也各有升迁。

唯一遗憾的是，立下头功的袁乔于归途中身染重疾，返还荆州不久便与世长辞。桓温深知江东人物文才有余、武略不足，袁乔是帐下唯一智勇双全的良将。袁乔死后，桓温如失股肱，悼惜不已。

旧人离去，令人唏嘘，好在新人适时而来，足以慰藉人心。原来桓温早已将李氏收纳为妾，不声不响地安置在府内书斋之后的偏房内。

桓温的夫人南康公主一直蒙在鼓里，见桓温接连夜不归宿，心生疑窦，忙暗自打探。南康公主司马兴男是晋明帝和明穆皇后所生的长公主，自幼刚烈豪爽，颇具男儿气概。得知桓温纳妾之事，勃然大怒，领了十数名婢女手持利刃闯入偏房，喝道："众姐妹，好好收拾这个贱人！"

众婢女冲进卧室，正欲发作，南康公主一眼瞟见李氏曼妙的背影，喝止道："且慢！"

只见李氏正端坐在榻上对镜梳头，满头乌黑油亮的秀发轻柔地垂在竹席上，露出蝤蛴般洁白丰润的玉颈，柔荑般细嫩修长的十指在黑发间灵动地穿梭。过了许久，李氏将一头秀发盘成高高的芙蓉髻，才缓缓转过头，一股幽兰般的清香徐徐传来。李氏凤眼低垂，丹唇微动，用柔美的嗓音哀婉地说："国破家亡，来到此地并非我意。今日死在姐姐手里，正好遂了心愿。"字字撩拨心弦，令人动容。

南康公主如犯了魔怔一般，呆立片刻，忽然上前抱住李氏道："妹妹宛若天人，我见犹怜，更何况桓温老奴！"

移镇江陵，又受了封赏、纳了美妾，桓温自然志得意满。但得意之余，另有疑虑：灭蜀已是本朝不世之功，自己应如何顺应天命人心？天命何在，人心何向？

桓温听说俘至荆州的成汉太史令谯贤精于天文，曾在晋军西进前观测到天象异动，便派人请进府内，想借谯贤之口揣测天命。寒暄几句，桓温拉着谯贤的手，恭恭敬敬地问："阁下以为我朝国祚如何？"心中却在猜测谯贤将会如何回答，是直言不讳地说"贵朝国祚将改，将有帝星起于荆州"，还是莫测高深地莞尔一笑，或是顾左右而言他？不意谯贤不假思索地答道："国祚尚久，明公可高枕无忧。"

桓温先是一怔，随即想道，此人必是性情笃谨，不敢明言。急忙屏退左右，故作欣慰之态，轻舒一口气。

"呵呵，若是果如先生所言，不光是在下之福，也是苍生之幸。我朝国运虽然昌盛，但必然会有小小厄运，先生但讲无妨，不必隐瞒。"

谯贤一脸诚恳地说："实不相瞒，我看紫微、太微、文昌三宫，皆气象不凡。紫微主帝庭，太微主朝臣，文昌主人才。凭此三宫气候，可保五十年国祚无忧。至于五十年外，则非我辈所能论矣。"

桓温心头像灌了冰水一般，凉彻胸背。便唤来侍从，将谯贤送出门去。他以为晋朝气息奄奄，自己声威渐著，盛衰之势终将现于天象。却听谯贤说晋朝五十年内国祚无忧，先是失望之极，随后暗骂谯贤不识时务。桓温怒火难熄，忽然灵机一动："何不戏弄这厮一番，以解心头之恨。"

翌日，桓温派人赐谯贤绢一匹、钱五千文。谯贤大惊，立即飞马去见习凿齿，洒泪道："我从益州被俘至此，已痛入骨髓，如今桓温大人又命我自裁，正是痛何如哉！习兄仁厚，定不会眼看我陈尸荒野。我住处有五千文钱，足够习兄为我置办薄棺一口，石碑一块。我将去矣，习兄珍重！"

习凿齿忙问缘由，谯贤道："桓公赐绢一匹，是令我自裁；钱五千文，正是棺材之价。"习凿齿听了哈哈大笑："谯兄若不来见我，几乎已白白丧命。赐绢一匹，是让你裁衣，岂是自裁；钱五千文，是回乡的盘缠。"

谯贤将信将疑地去桓温府上道别，将习凿齿的话如实相告。桓温看着谯贤失魂落魄的模样，扑哧一笑，胸中恶气都随笑声散尽。

"习凿齿怕你死于误会，我看你活至今日，才是误会。这就叫三十余年看儒书，不如一诣习主簿。"

送走谯贤，郗超察言观色，见桓温眉头舒展，目光平和，似乎已千真万确地恢复常态，这才不疾不徐地上前劝道："明公立下千古奇勋，足以彪炳史册。

如今南地安靖，北地将有大乱。明公应陈兵北境，静观其变，一旦时机来临，立即长驱直入，克定中原！”说完将饱含期待的目光投向桓温的炯炯双睛。

哪知桓温却不置一词，将目光转向一旁，捻须沉吟片刻，一言不发地兀自离去。

第九章
邺都鬼雨

一晃又过去数月光阴，王猛为躲避徐统的征召，一直隐居邺城郊外，不敢返回家中。

刚过二月二，魏郡的天气乍暖还寒、变幻莫测，正应了“二八月，乱穿衣”这句老话。这日，王猛正在屋外编畚，忽觉阵阵热风袭来，刮得人燥热难耐。刮至正午，酷热之气四处蒸腾，仿佛盛夏一般。未时刚过，忽然雷电交加，暴雨滂沱。雨势时强时弱，连日不霁。天色终日如浓墨泼淋，昏暗阴森，昼夜难辨。

邺城内外忽然怪异不绝。风传某人偶饮雨水，竟觉苦似鱼胆，随即喉内生疮，经时不愈。某家猪羊稍饮地上积水，即口吐白沫，扑地抽搐。某人亲睹苍龙盘旋于野，并闻其哭号之声，凄厉如婴儿之啼。更有某人见红衣小儿嬉戏田间，歌曰：“金德兴兮水德衰，雨兮雨兮胡为来？”好事考以为赵为水德，不时之雨，乃赵国灭亡之征，却说不清金德所指。

乡民不懂谶言，却喜鬼神之说，都说这雨并非云气所致，而是妖气幻化而成的鬼雨。各路邪说此起彼伏，闹得人心惶惶。

王猛虽不信邪，却也隐隐预感到，一场大乱已离赵国不远！

这场鬼雨绵延半月有余，直至城内城外俱成汪洋泽国，百姓叫苦不迭，才渐渐停歇。

雨霁之日，石虎宿醉初醒，用完御膳，宣众臣上朝议事。

尚书朱轨上奏道：“近日天降苦雨而不息，乃喻民生之疾苦也。圣上宜废各地猎场，召流民复归耕种，以解民之饥馑；并罢休长安、洛阳宫室，削减徭役，以止民之劬劳；罢掘前贤陵墓，以息神灵之怒。上天有好生之德，陛下勤修圣德，方能感天地、弭灾变，去妖异。”

朱轨素来耿直，今日的言辞尤为激烈。众臣听了无不心惊。

石虎骂了句“一派胡言”，转头向太史令赵揽望去。原来这赵揽是石虎的心腹近臣，既有掌管天时历法的特权，又善于揣度圣意，最擅长以天象之名褒贬人事，为石虎铲除异己。

赵揽心领神会。

“朱轨总揽都城内务，却玩忽职守，欺君罔上。一场春雨，便令都城道路积水，车马难行，致使民怨沸腾。朱轨不知罪己，却借天地神灵之命指责陛下，实在大逆不道！”

石虎目露凶光，拍案作色。

“乱臣贼子若不早除，日后必然作乱犯上。速将朱轨诛灭九族！”

两名魁梧异常的龙腾中郎将疾步上前，如老鹰擒鸡雏般拎起朱轨，押出殿外。众臣见朱轨突遭惨祸，猛然记起徐统的预言，无不脊背发凉，汗毛倒竖。

冠军将军蒲洪冒死谏道：“臣闻上古天子身居高位而无骄奢之心，其衣食简陋，与平民无异；其政令清明，不滥施刑罚，故能国祚长久。亡国之君则骄奢无度，滥用刑罚，故其亡也忽焉。如今陛下已有襄国、邺都两座都城，宫室无数，却仍不知足，还欲在长安、洛阳营造宫室。陛下耽于游猎、沉迷女德，所造猎车已逾千乘，养兽之苑已逾万里，佳丽已近十万，此非亡国之道乎？陛下朝政失和，阴阳失序，故而引来累月之雨。暴雨初停，纵遣天兵百万修复道路，也难完工，何况朱轨！陛下刑政如此，可曾想过百年后将以何面目载入史册！愿陛下赦免朱轨，重修政德，以允众望。”

石虎听得火冒三丈，却对蒲洪无计可施。原来氐人雄踞关东，近来实力已不在羯人之下，蒲洪的子侄一辈更不乏文武兼备之才。若杀蒲洪，氐人必然反叛，届时汉人、羌人必会趁势倒戈，燕、代两地的白虏、索头再乘乱而起，石虎纵有海内无敌之勇，也难以招架。但若向蒲洪示弱，却心有不甘。于是喝道：“蒲洪蔑视朝廷、目无尊上，本应与朱轨一同受罚，念你旧日功劳，饶了死罪，乱棒赶出！”

赶走蒲洪后，赵揽又接着说：“臣夜观天象，见荧惑守房，主不利天王。陛下应诛杀王姓贵臣，以消灾变。”

“谁能承当？”

“王姓大臣，官职最高的莫过于领军王朗。”

石虎摇摇头，讨价还价道：“王朗对朕颇有忠心，换个姓王的如何？”

赵揽措手不及，硬着头皮道：“官职低些的，只能是中书监王波。”

石虎眼中凶光一闪。

“王波素喜诽谤朝政。立即腰斩这厮，投尸漳河！”

群臣听得汗流浃背。

退朝后，石虎余怒未消，又厉声骂道：“乱臣终日讽谏，这也不许，那也不能，我这皇帝还有什么当头！朕只求享乐，不求留名。就算骂我桀纣，又能如何！”

石虎骂退朝臣，有些困倦，便斜卧榻上小憩。忽听四周呼声连连，此起彼伏。睁开睡目，只见石弘、朱轨、王波诸人步步逼来，高呼：“暴君石虎，还我性命！”

石虎猛然醒来。惊魂未定之际，忽有中庶子李颜密报道：“太子石邃欲行冒顿之事，逼臣为虎作伥。臣不敢从，冒死禀奏！”

原来石邃近日总领百官，越发残忍无道，较乃父有过之而无不及。今日砍下宠姬的头颅洗净装盘，与宾客传看；明日又将美人杀死煮熟，与随从分食。他向石虎述职禀奏，屡受斥责打骂，便生了弑父篡逆之心。

石虎闻讯暴怒，立即将石邃全家二十六口满门抄斩，又斩了门下党羽二百余人。另立次子石宣为太子。

出了寝宫，石虎抬头望见宫墙之外的邺宫寺塔，心念一动，立即移驾邺宫寺。

这邺宫寺由佛图澄发心修建，与皇宫仅有一墙之隔，是石虎御用的皇家寺院，因此修造得庄严华美，气势非凡，号称天下之冠。

道安和尚听到知客僧传话，慌忙迎驾。道安是佛图澄的得意弟子，面目黑如生漆，因此落下“漆道人”的诨名。

“你师父近日可好？”

“师父说世事不堪入目，因此近日很少睁眼。”

石虎笑道：“虽不睁眼，又有何事瞒得过他？”

道安陪石虎来到禅房。佛图澄端坐蒲团之上，破例睁眼道：“听陛下足音，龙体似有微恙。”

石虎喘气道：“朕无甚大碍。老和尚，听说你越活越透，肚皮上竟透出一个窟窿，朕特来看看。”

佛图澄白眉微颤。

“托陛下之福，贫僧肚皮完好。”

“宫中贱人说你肚皮长了洞，每逢斋戒，便去漳河边掏出肠子、肚子、拨浪鼓子，冲洗干净，再放回去。我正欲揭开肚皮，以三斛石灰清洗吾肠，特来讨教。”

“陛下有何愁苦，欲以石灰洗肠？”

“膝下这群忤逆之子，长大成人便要弑父。我只欲生啖其肉！”

“种瓜得瓜，种豆得豆。陛下素来不喜华夏道德，只以胡人野蛮之法育子，因此才得了一群忤逆之子。”

“朕虽不喜华夏道德，但继位以来，对老和尚倍加尊崇，各地寺院、僧众也越发繁盛，远超前代。佛门能有今日之盛，皆朕之力也！佛祖难道不懂得拿人手短、吃人嘴软的道理？竟不给朕半点好处！”

“陛下这边行小善，那边作大恶，因此难得福报。”

石虎不等佛图澄说完，厉声喝道：“朕以胡人之身，当了华夏皇帝，本想以胡人之道统治天下、予取予求，却始终绕不过华夏这道门槛！天下人都逼我效仿华夏，却不肯随我效法胡人。朕皈依佛祖，亦是借佛法之力与孔孟之道抗衡，却被一堆戒律捆住手脚，一刻不得舒心。我堂堂大赵皇帝，既讨华夏嫌弃，又不招胡人待见，前不容于孔孟，后不容于佛祖！既然不能得神佛相助，明日便拆了庙宇，驱散僧尼，请羯人的胡天大神归位，岂不善哉？”

“陛下焉知佛祖未曾相助？若无佛祖加持，陛下焉有今日之富贵？”

“朕今日之富贵，是马背上一刀一枪打杀而来，与佛祖何干？”

佛图澄幽幽地说道：“今日之缘，皆为前世之因。陛下前世并非今日之石季龙，而是家鸡一只。”

“老和尚骂人，竟然如此阴损！”

佛图澄慈眉微展，接着道：“家鸡之前身却是一西域商人。后来见识佛法，便诚心皈依。一日，商人去寺院供养和尚，适逢寺中大法会，邀了六十罗汉，贫僧也忝居其间。一罗汉称道商人供佛殷勤、信佛诚笃，来世将为晋地之王。赖前世积德、佛法加持之功，陛下今世果然在晋地荣登帝位。只是陛下今世作孽太过，来世再难得此富贵。”

石虎听得懵懵懂懂，不知该喜还是该怒，怔了怔，掀髯冷笑。

“好没口德，我虽在华夏造了孽，也不至于骂为禽兽！好歹我已享尽富贵，坐了一回江山。来世即便重得鸡身，又能怎样？”

佛图澄摇了摇头，又闭眼道：“因果循环，皆有定数。富贵已尽，劫难将至。陛下宜父慈子和、趋吉避凶，保重万金之躯。”

话音刚落，殿角的梵铃遽然响起，余音嗡嗡，仿佛人语。石虎顿觉一股寒气穿透耳膜，直入脑髓，继而遍布全躯，化作一身冷汗，抹了抹额头问道：“近日有何凶险？”

“陛下肋下有贼。十日内佛寺、大殿间将有血光之灾，务必小心！”

“肋下有何贼？”

佛图澄见石虎并未领悟，便改口道：“眼、耳、口、鼻、身、心六情所受皆是贼。”

出了禅房，佛图澄又轻声吟道："殿乎殿乎，棘子成林，将坏人衣。"

石虎更是如坠云雾。

道安送石虎出寺，乘机向他耳语道："近日有司将会收押一人，貌似乞丐，言行怪异，却是大和尚的旧人。若得此人，请送至敝寺与老和尚相聚。"

石虎离寺不久，太子石宣忽然来访。刚在禅房落座，窗外忽然铃声大作。

"殿下可懂铃语？"

"铜铃乃无情之物，难道也会言语？"

"邺宫寺塔有四十二颗铜铃，此时只有一颗发声，曰：'胡子落度。'"

石宣闻之色变："胡子者，胡人之子也；落度者，潦倒也。老和尚咒我羯人吗？"

佛图澄却顾左右而言他。

刚刚送走石宣，石韬又接踵而来。佛图澄忽然睁开双眼，盯着石韬上下打量。石韬被他盯得浑身寒毛倒竖。

"大和尚为何看我？"

"因为你的血已发臭。"

石韬听得毛骨悚然，匆匆别去。

自从听了佛图澄的警告，石虎好似三魂出窍，七魄离体，终日浑浑噩噩。身子也渐渐衰乏，一日不如一日。

这日司空李农忽来禀奏道："有司收押魏郡解来的怪丐麻襦，自称是佛图澄大和尚的故交，要立刻面见大和尚。"

石虎忽然忆起道安和尚之语，命李农立即将他送往邺宫寺，并密切监视其一言一行。

李农亲自将麻襦送进佛图澄的禅房，命卫士看好房门，自己却藏在窗外窃听二人交谈。只听麻襦道："大和尚，昔年相会于光和年中，不期重逢竟奄至今日。"

李农凛然心惊：光和为东汉灵帝年号，距今已两百多年！

佛图澄答道："贫僧不远万里涉流沙，久历娑婆世界，纷纷扰扰，多罹患难。唯余残躯，如焰如幻。"

麻襦又道："出生入死道之常，圣人已逝国将亡。胡羯气数将尽，石虎将死于一柱殿下，棘子终将成林。尔将如何脱身？"

佛图澄道："邺都化为鬼域之前，自会远走高飞！"

此后二人声音愈加细微，逐渐不可辨听。又过了许久，禅房内死寂无声。

李农透过窗缝窥视，不见人影，破门而入，禅房内竟然空无一人！

李农回宫禀报，惊得石虎脸色惨白，立即派人四处搜寻。不久，各路探子俱有回音。有的说佛图澄现身黄河之畔，之后不见踪影。有的说曾见他在泰山脚下传授佛法，随后不知去向。有的说他已西行至凉州附近，似要重返西域。还有的听闻他已客死异乡，但发墓查看，穴中仅有一块顽石！石虎听了奏报，心病越发沉重。

这日早膳，石虎刚吃了两片炙羊肝，便没了胃口，卧在龙榻上直发冷汗。

石宣忽然登殿急奏道："太尉石韬昨夜于东明观佛精舍遇害。儿臣已遣司隶缉拿凶犯，并协太尉府筹办丧礼。请父皇亲临丧礼，以深致韬弟之哀荣、告慰其英魂。"

话音落地，只听龙榻砰地一颤，石虎已栽倒在地不省人事。原来石虎膝下虽有十余个儿子，真心宠爱者唯石韬一人而已，闻听宠儿死讯，竟也悲痛断肠。

大殿上早已乱作一团。贴身太监慌忙请来太医，一边以金针刺其素髎、内关两穴，一边猛灌参汤。过了半晌，石虎终于缓缓睁开双眼，凄迷地环视众人，有气无力地问："谁愿陪朕去太尉府出丧？"

李农急忙劝谏："不可！刺客尚未擒获，陛下不可轻易外出，以防不测。"

石虎于是令李农布置甲兵，在太武殿安排哀悼仪轨。又听从李农之言，出哀之时并未现身。

丧礼完毕，李农火速入寝宫禀奏。石虎颓坐在胡床上，满脸憔悴、须发干枯，一夜间仿佛苍老了许多。见到李农，枯槁的眼神中才有了些许精光，喘着粗气低声问道："太子可有异常？"

"太子随行护卫多达千人。其本人非但毫无悲戚之容，还掀开衾被，看了太尉遗容，'呵呵'两声后扬长而去。"

石虎目光露出久违的杀气，胡须一阵颤抖。

"这孽畜谋害亲弟，还图谋弑父！你速派人召他进宫，但不可用朕的名义，只说皇后哀伤过度、神志不清，令他火速入宫侍奉。先将石宣收押于太武殿地下密室，再另派人马缉拿其亲信，严加审讯。"

安排停当，石虎早已满身虚汗。

傍晚时分，李农密报："太子石宣及其手下亲信已全部擒获，只待连夜鞫讯。"

次日清晨，李农又向石虎禀道："三名人犯招供，太子与太尉石韬素来不睦，近日因太尉府上新修的'宣光殿'犯其名讳，怀恨在心，便指使三人潜入东明观太尉宴席，斩断太尉手足，剜目破肠后杀死。凶手行凶所用利剑已一并查获，请陛下查验。”

石虎颤巍巍地伸出双手，拿了几下竟没能拿起。又用左手握住剑柄，右手托住剑身，如怀抱婴儿般将剑擎起，终于悲情难抑，放声痛哭。哭声凄厉悲切，响彻大殿内外，闻者无不流泪。几滴泪水滴落剑刃，本已风干的血迹又鲜红地几欲滴落。石虎将血迹斑斑的剑刃贴在唇边舔舐，铁腥与血腥混在一起，在舌尖翻腾搅动。石虎忽地目露凶光，转哭为笑，笑声狰狞恐怖，令人不寒而栗。石虎止住笑，命人将石宣押至太武殿下，以石韬所受虐刑还施于石宣之身，之后拖至邺都北门外焚尸。随后，石虎又令人将石宣的妻妾、儿女等九人押至太武殿外斩首。

此时，石虎脸上浮起一抹狰狞邪恶的微笑，心中泛起一丝肆无忌惮的快意，仿佛又变回当年那个无法无天、只识烧杀抢掠的羯匪。

小皇孙石混年方四岁，不知大祸降临，看到石虎，欢欢喜喜地跑来请安。石虎忽然动了恻隐之心，又怕监刑官员抗旨，便将石混推至贴身太监怀中。

“混儿最喜太极殿壁画，何不去看？”

哪知不过片刻，石混便惊恐地跑回哭道：“大事不好，画中圣贤都成了无头妖怪！”

石虎匆匆进殿，只见画中诸贤的头颅俱已缩至躯干内，或犹存半截发髻，露在衣领外，或已全然不见，仅留空空衣领，如骷髅眼洞般阴森可怖。环视四壁，几十具无头圣贤或坐或卧，或行或立，个个袍带飘然、襟袖当风，仿佛要破壁而出，逃离此境。石虎看得眼花耳鸣，忽见魅影晃动，一群无头鬼黑压压地迎头扑来。

他魂飞魄散，步履蹒跚地奔出大殿，高呼“混儿”。殿前顿时一片寂静，数十名卫士和宦官默然而立，却无一人应答。石虎笨拙地转动臃肿的身躯四下寻觅，凸腰偻背之态，仿佛饥渴数日的拾荒者一般。这是他平生第一次感到莫名的寒心、莫名的孤立无助。石虎嘴里呢喃着“混儿”二字，心中眼前一片混乱。穿过殿前空庭，石虎跌跌撞撞地寻至墙边，猛然看到地上的血迹、尸群，顿觉天昏地暗，重重地仆倒在地，气绝身亡。

清晨时分，天色阴暗似铁。一块乌云低垂在邺都上空，仿佛悬于头顶的黑色巨石，随时都可能忽然坠落，将城中万物砸为齑粉。

“轰隆隆”，一声霹雳忽然炸响。转瞬之间，狂风卷地而起，仿佛万马千军呼啸而至。倾盆大雨裹挟着鸽蛋大小的冰雹，箭矢般纷纷射下。正所谓“天地不仁，以万物为刍狗”，这冰雹对地上的万物并无分别，无论是太武殿上的楠木漆瓦、富家民居的青色陶瓦，还是贫家草庐的茅草屋顶，都一通乱砸。街上的行人，无论是王公贵戚还是贩夫走卒，都用衣袖遮了头脸，狼狈不堪地四处躲避。

城南集市上的各色人等一边惊呼，一边拥入店铺檐下。王猛背着竹箧赶路，也随众人钻入廊下避雨。

忽然一步三摇地走来一位头戴斗笠的胡僧，领了身后的小沙弥，嘻嘻哈哈地笑道："闲来无事，给诸位变个戏法解闷！"说完抖了抖缁衣，摘下斗笠递给小沙弥。说来也奇，二人在雨中淋了许久，缁衣却无半点沾湿。众人一发过来围观。

胡僧笑道："冰雹下得寒冷，何不生火取暖？"说完在空中一抓，小沙弥怀里便生出一捆干柴来。小沙弥将干柴堆在地上，向旁人讨要火种。有人应道："淋得落汤鸡一般，哪里还有火种？"胡僧伸手一指："那不是吗？"只见远处浓烟滚滚，烈焰熊熊，原来太武殿、晖华殿已遭雷击起火。胡僧从虚空中抓来一把干草，仿佛那里藏了个草垛一般。将干草对着太武殿角晃了晃，引来火苗扔在柴堆上。烈焰毕毕剥剥地腾空而起，热浪四下涌动。胡僧拊掌笑道："天有雷雹，地有烈火，万物相吹以息，且看群蛇之戏！"说完将手一挥，地上立即爬满大大小小几十条蛇，惊得众人慌忙后退。胡僧蹲在地上吹起羌笛，群蛇便依着节拍上下舞动。几只大蛇共舞片刻，忽然生出龃龉，互相冲撞几番，便昂头吐信地争斗起来，或上下撕咬，或左右绞缠，或互相吞噬。其他诸蛇或是自愿，或被胁迫，也陆续陷入混战。不过片刻，地上已死蛇枕藉，惨不忍睹。一条白花蛇成了最终的胜者，摆出王者之态，昂首巡游，四处示威。胡僧哈哈一笑，忽地轻甩衣袖，转瞬间篝火、柴堆、群蛇都不见了踪迹。沙弥趁机将竹篓拍得山响。观者晓得又到了收钱的关头，立即后退回避，见外面早已雨过天晴，一发作鸟兽散。有人还边走边嚷："老掉牙的把戏，也敢收钱。"

胡僧低声叹道："难怪人家看腻了。蛇斗比起石氏诸王争斗，还不是小巫见大巫？石虎故去十个月，皇位已四易其主。先是皇太子石世，然后是彭城王石遵，随后是代王石鉴，最后是皇孙石闵。石闵将石虎的三十八个孙子杀得干干净净，更将宫中羯人、六夷杀得一个不留。如此手段，小小白花蛇自然甘拜下风！"

王猛听了胡僧的话，脸上泛起一丝苦笑，背起竹箧继续前行，来到一个被各色货摊包围的草棚之下。两个席地而坐的愁苦书生慌忙起身，连连拱手道："景略来了？"

王猛笑道："又不是生离死别，二位如何这般凄苦？"

原来这二人是王猛新结交的好友，一个是山东人韦逞，一个是太原人郝晷，都是满腹经纶的好学之士。

郝晷道："我与景略相识不久，今日忽要永别，心中难忍凄凉。"

韦逞也叹道："兵荒马乱，好友又作千里之别，更添几多愁绪。"

王猛笑道："你我既怀逸才，又非岩穴之士，今日只是暂别，他日必将重逢于天下太平之时！二位珍重，后会有期！"说完挥手而去。

王猛穿过集市，远远望见飞檐翘角的凤阳门，在薄薄的尘氛中忽隐忽现。他胸口骤然一颤，强忍许久的离愁别绪在心头阵阵翻涌，不禁暗叹："重逢于太平之时，终究是一句空话。此番离了邺城，竟不知何年才能重返！"

眼看到了城门，忽听有人高呼："景略留步！"

只见一个胖大和尚穿着锦绣僧衣，骑着高头大马，领了几个趾高气扬的扈从呼啸而来。

王猛木然问道："法师怎知我名？"

那和尚晃着满身肥肉，下马拊掌而笑。

"连乡党崔嵬都不认识了？"

王猛一拍大腿，扬眉笑道："莫怪我眼拙，法师这副肉身抵得上两个崔兄，教人如何认得出？你已入了仕途，何日又转投佛门？"

崔嵬将王猛引在一旁。

"不怕景略笑话，我在石虎手下不得重用，又见大和尚佛图澄颇受礼遇恩宠，为寻功名捷径，便在他座下削了发，法号法饶。官家的饭难吃，转投僧家，倒也清净。石虎死后，天下即将大乱，不知景略有何打算？"

"只求苟全性命于乱世，不求闻达于诸侯，除了避乱于野，还能有何打算？法饶大和尚有何指教？"

"识时务者为俊杰，我已投靠大将军石闵，助他掌控大局，早日登基。石闵小字棘奴，应了佛图澄'棘子成林'的谶语，正是上天眷顾之人。又是乞活名将冉良之后，因冉良被俘作了石虎养子，才成了石虎皇孙，其实乃华夏骨血。徐统预言的'非胡非夏，破国破家'，也一发应验在他的身上。"

法饶一气说完，停下来换了口气，胖脸上闪出一丝怪异的微笑。

"石闵将不久于人世，你可知何故？"

"莫非他要脱胡入夏，弃了石姓，改称冉闵？"

法饶重重地拍了拍王猛的肩膀，赞道："景略果然聪明！你先看看这份密令！"说完递来一卷誊黄。

王猛展卷读道："讨胡檄文：嗟尔胡虏，世居边境。乘晋之衰，伺机逞凶。入践华夏，窃取权柄。辱我天子，摧我王廷。侵我城郭，夺我田童。败我风俗，诛夷百姓。看神州旧地，丑类猖獗；望孔孟故土，猾虏纵横！仲尼有知，长哭左衽之痛；汉武有灵，殊惊遍地腥风。呜呼祖先陵墓，竟已千疮百孔；悲哉汉魏宫室，终成单于之庭！天道有常，浩浩汤汤。华夏重兴，石赵覆亡。奉天驱胡，传檄四方。亟令匈奴鲜卑，速归漠北；羌氐诸虏，遽返西陲。羯胡残犷，愆罪尤深，天厌其德，不容苟存。若见羯胡，无论妇孺，人人尽可得而诛之，并以馘为凭，取金十两于府；官员将士诛杀匿羯者，擢升三级并酌情赏赉云云。”

王猛读完惊呼：“出此令者，其心可诛！这究竟是何人唆使？”

“都是石闵自己的主意。他与石虎诸子争夺皇位，你死我活，极为惨烈。因此对石氏子孙恨入骨髓，更迁怒于羯胡全族，要一网打尽才肯罢休。这场大乱，还不知如何收场。”

“此令之祸，万劫不复！冉闵身边难道就没一个半个忠臣谏士，能劝他回心转意？”

法饶冷笑：“石闵讨胡之意已决，谁敢拿性命开玩笑，偏偏去捋虎须？”

“我虽然人微言轻，眼看天下将乱，岂能袖手旁观？请子高引我入府做一回说客！”

法饶慌忙拉住王猛。

“石闵性如猛虎，心如寒冰，岂是三言两语所能劝服？若话不投机，恐怕你性命难保！”

“事关天下苍生性命，纵使碎骨粉身，也应冒险一试！子高兄好自为之，切勿为虎作伥！”

法饶苦笑：“不敢不敢，出家之人，寻个靠山混口饱饭而已。我这便送你进去，你见机行事，自求多福吧。”

长随引王猛来到石府书房。石闵正坐在交床上读书，听到禀报，忽地振衣而起。

王猛抬眼，只见一个八尺开外的黑衣大汉，山峰般矗立在眼前。王猛向日随刘翔入宫，已领教石闵的勇悍，今日又亲睹威仪，更觉此人非同小可。于是作揖道：“久闻大将军威名，今日得见尊容，果然名不虚传。”

石闵虬髯掀动，冷笑道：“我有言在先，凡劝阻檄文施行者，一律割了舌头，赶出门外。阁下也来进献舌头不成？”

王猛不卑不亢地朗声道：“今日不谈讨胡令，只为大将军献上平定天下之策！”

石闵厉声道：“请赐教。”

王猛侃侃而谈道："近闻大将军大展神威，以补天之手扭转乾坤，一改数十年来胡强夏弱之势。中原父老无不箪食壶浆，以待将军。不意商汤、周武之威德，高祖、光武之仁义，复见于今日也！"

听了这几句褒赞，石闵颇为受用，脸上怒容稍敛。

王猛接着说："晋季以来，江北华夏虽数倍于胡人，却群龙无首，不能成事。大将军因势而起，一呼百应，若能内平叛乱，外御强敌，必能廓清四海，一统天下！若自乱阵脚、自绝于人，则将陷入绝境！"

石闵捻须笑道："剪除区区数十万羯胡，如扫一屋，何碍于天下？我为羯胡出生入死二十年，只换来石遵、石鉴、石苞、石祗诸贼轮番毒害，若非老天护佑，早做了胡贼刀下之鬼。如今我苦心安抚，羯胡却叛意已决，果然'非我族类，其心必异'。此等异类，有害无益，只能一网打尽、玉石俱焚！至于羌、氐、鲜卑诸夷，可依前朝江统徙戎之策遣返旧地。若无此等大手笔，怎能平定天下？"

王猛道："大将军欲为华夏伸张正义，果然是个顶天立地的豪杰！风云际会，大将军宜放眼天下，做天下百族之天子。阁下以羯胡为立足之本，宜斩除贼首，安抚其余，若杀伐过度，则反目成仇，令阁下进退失据。阁下与江北赵人、江东晋人有血脉之亲，但未得其心，应示之以仁义，不可因杀戮而自绝于人。慕容鲜卑实力已在赵国之上，必会乘乱逐鹿中原，成为心腹大患。大将军当务之急，是安抚羯胡，联合华夏与羌氐共击鲜卑。待局势稍定，再肃清石虎暴政，休养生息。假以时日，必能扫平天下。眼下万万不可纠缠于夷夏之防，四处树敌！"

石闵大笑："慕容白虏是我当年的手下败将，何足挂齿！我要复兴华夏，驱除胡虏，自然要驱除得片甲不留，又怎能与诸胡联手？"

"华夏与诸胡融合，乃天下大势。石赵兴起于羯胡小族，之所以能享国三十年，便在于顺应了胡夏融合之势。大将军若偏要逆势而行，必将自陷于危局！"

"危在何处？"

"只怕大将军既自绝于诸胡，又失诸夏人心，沦为华夏之逆子、五胡之公敌！"

石闵仰天大笑："书生之见，只可与孺子论道于草庐，不足与贤哲议事于朝堂。我为天下大义而讨胡，岂是尔等匹夫所能知晓！"说完一挥手，两个铁甲卫士架起王猛双臂向外推搡。王猛边走边叹道："可惜！可惜！"

石闵怒问："阁下难道为羯胡惋惜不成？"

"可惜的是，大将军不能审时度势，枉费了光复华夏的百年良机！"

石闵已不厌其烦，厉声喝道："快将这疯汉赶出门外！"

王猛被卫士推出门外，虽然脚步踉跄，但心绪反而更加释然。关于石闵的种种传闻近日不绝于耳。褒扬者有之，贬抑者有之，似褒实贬者有之，似贬实褒者亦有之。有人赞其为解华夏于倒悬的天神；亦有人骂他是降浩劫于人间的恶煞。但以王猛之所见，石闵只是个既非天神亦非恶煞的乱世枭雄，短志而少谋，所擅者唯好勇斗狠、快意恩仇而已。漫漫乱世之中，此等人物多如过江之鲫，除了给天下苍生平添几分新乱之外，并无几分裨益。自己冒死向他进言，虽然侥幸全身而退，却也迂腐至极！

出了大将军府，外面早已人喊马嘶、尘烟遍地。原来石闵为试探羯人的忠心，在下达讨胡檄文之前先撤除城门禁卫，四处张布"与朝廷同心者住，不同心者各任所之"的告示。羯人晓得祸事将近，纷纷举家出城逃亡，将通往城门的几条大街堵得水泄不通。过了正午，羯人陆续散往城外，大街上仿佛退潮的海滩一般空空荡荡。王猛来到广阳门，只见城门禁卫已经复位，《讨胡檄文》也已贴在城墙的醒目位置。几十名铁甲兵士立在城门两侧，盯着行人仔细盘查。王猛跟在几个商贩身后，从城门巷道鱼贯而出。

忽见兵士拦住一小贩喝道："大胆胡人，竟敢擅自出逃！"小贩忙道："小的祖孙十八辈都是赵人，并非胡人，只是天生一头黄毛。求老爷高抬贵手！"兵士冷笑道："羯贼竟敢欺瞒老爷！"手起刀落，小贩已身首异处。兵士将尸体拖在一边，喝令其余商贩前行。却见一人以袖掩口，鬼鬼祟祟，便喝问道："为何掩着狗嘴？"那人移开手臂，指着满脸虬髯道："小人虽然胡须浓密，却是地道的赵人，求官爷千万莫要认错！"兵士道："我看你分明就是羯胡！"说完挥刀将他砍倒在地。

忽听有人喝道："休得滥杀无辜！"只见行人中走出一位十八九岁的贵公子，身长八尺五寸，双肩宽阔似太行之崖，四肢劲挺如泰山之松，眉目清澈如骊山之泉，肌肤润泽如荆山之玉，气魄雄豪，举止潇洒，正是羌族首领、奋武将军姚弋仲的第五子姚襄。小校认出姚襄，拱手道："卑职接到大将军灭胡令，怎敢怠慢。胡汉已杂居上百年，胡人自有相貌似汉人的，汉人也有相貌似胡人的，又说一样的言语，叫我如何分辨？若有误杀，也无可奈何。"

姚襄冷笑道："若再误杀，我定会亲手取你首级！"

小校一边赔笑，一边问："姚将军也要出城？"

姚襄道："收到急报，火速回滠头大营议事。"

小校不敢阻拦，急忙喝退兵士，放姚襄出城。身后却传来一声高喝："姚襄休走！"只见一人手挥令旗纵马赶来。

“大将军有令，姚襄拒捕逃亡，见之格杀勿论！”

原来石闵素来忌惮羌人的势力，更视姚弋仲、姚襄父子为眼中钉，今日趁屠胡之机，欲将暂留邺城的姚襄擒杀。众兵士举刀挥矛奋力拦截。姚襄拔出腰刀，又夺下一杆长矛，远刺近砍，杀开一条血路，又抢下一匹快马，纵马出城而去。守军追赶不上，气得捶胸顿足。

王猛出了广阳门，沿护城河西行至凤阳门外，忽听城门下惊天动地一声巨响，原来门楼顶上的铁链突然断裂，金凤失了锁绊，轰然坠地。金凤从琼楼之巅跌落黄尘，一双凤眼沾满泥污，颓丧无比。王猛无暇驻足，默念了一句“凤兮，凤兮，何德之衰”，便继续赶路。

西行片刻，忽听前头哭喊连天，刀剑铿然。只见黄尘鼓荡处，一哨官兵将姚襄堵在当心，围攻甚急。黄尘之外，成群的羯人哭天喊地，仓皇躲避官军砍杀。原来姚襄逃亡途中，遇见官军残杀羯族平民，便奋不顾身，拔刀相助。

姚襄果然了得，匹马单刀杀退官军，振臂高呼道：“诸位若信得过姚襄，便随我同往滠头。待我杀了冉闵逆贼，再送诸位返还故里！”羯人绝处逢生，无不感激涕零，尾随而去。

王猛心中钦佩不已，赶上前来，向姚襄拱手道：“魏郡人王猛，久闻姚将军仁慈勇毅、深得人心，今日一见，才知名不虚传。”

姚襄收了腰刀，敛了杀气，依旧是顾盼生辉、温文儒雅的贵公子模样，拱手还礼。

“阁下谬赞。冉闵倒行逆施，罪不可赦，天下仁人义士，必欲除之而后快！”

“冉闵并非姚将军敌手，覆灭只在旦夕之间。大乱将至，将军宜未雨绸缪，早日占取险要之地。”

“滠头营垒坚固，更有屯田、漕运之便，足以自保，不劳阁下费心！”

“滠头虽好，却无险可守。虽宜于生息，却不利于战事。关中形胜之地，堪为霸业之基，将军若有志于天下，宜早图之！”

姚襄不以为然，朗声笑道：“先将关中暂寄彼处，待我杀了冉闵，再取不迟。阁下一番美意，不胜感激！”

道了声“后会有期”，姚襄拍马而去。

王猛暗叹道：“姚襄仁勇有余，却谋断不足，若不能夺取立足之地，日后必然进退失据，一事无成。姚襄尚且如此，那些等而下之的所谓豪杰，更不足为谋。我年近而立，也算阅人无数，但真正入得我眼的英雄尚无一个。难道果真生不逢时，无缘明主，只能空老林泉？”

想到此处，怅然若失。

忽听身后有人高呼："景略留步！"

只见一队人马急急而来，为首之人白马紫袍，正是侍中徐统。王猛无处躲避，索性坦然而立，等他来擒。却见徐统翻身下马，向王猛躬身作揖道："昔日我欲报答石虎知遇之恩，为朝廷揽才，因此征辟甚急，乞望恕罪。"

王猛颇感诧异，连忙还礼道："徐公何至于此！"

徐统盯着王猛，正色问道："石虎已死，赵国也灭亡在即，不知景略何去何从？"

"眼见大乱临近，却无力阻止，唯有避乱关中，苟全性命！"

徐统微微点头，拍了拍王猛的肩膀。

"景略机谋无双，心思深沉，除老夫外，知你心者能有几人？天下将乱，中原将成群雄混战之地，又无险可守，岂能久留。关中有秦川之饶、山河之险，退可避乱，进可建功。你胸中的帝王之学，正能派上大用！"

说完取出半吊铜钱，塞到王猛手中道："我知景略生性高洁，不轻易受人馈赠。这钱是我当年卜卦所得，不沾半点官气。请景略收下，权作川资。"

王猛推辞不过，勉强收下。

徐统叹道："你才高于世，必能成就伟业、名垂青史。可惜我不能躬逢其盛，惜哉，惜哉！"

王猛听他话里有话，忙问道："徐公何不急流勇退，远离纷乱？"

徐统颓然叹道："俗语云：'烂泥摇柱，越摇越深。'我已不能自拔，身不由己，唯死尚能由己。早已暗藏砒霜，以备不时之需。今日一别，从此阴阳两隔。"

王猛听了潸然泪下。

徐统又道："人之将死，其言也善。诀别之际，我有只言片语相赠，日后或能助你决疑。"

"请徐公指教。"

"大乱之后必有大治，贤哲即将出世，却未必出自华夏旧族。华夏江北大族式微多年，群龙无首；江东士族也日渐崩坏，徒具其表。无论冉闵，还是司马氏，都无力扭转乱局。倒是羌氐、鲜卑诸族仰慕华夏，又自觉用夏变夷，进取日新，颇似嬴秦初兴之时。圣贤或出在其中，亦未可知。愿景略胸怀天下，早日觅得明主，造福苍生。"

王猛点头应允："小可铭记在心。"说完与徐统洒泪惜别，头也不回地西行而去。

徐统驻足西望，直到王猛的背影隐入茫茫暮霭，这才驱马回城。暮色渐起，数里之外的邺城已尽失光彩与形状，化作一片单薄无比的黑色剪影，粘贴在殷红似血的天幕之上。凉风吹来，裹挟着一股诡异的腥臭之气。白马喷了喷响鼻，忽然嘶鸣一声，奋起前蹄，险些将徐统掀翻在地。稳住白马，忽见远处密密麻麻地亮起荧荧绿光，鬼火般游移浮动。随从点亮松明火把，高高举起，只见成群的豺狼瞪着可怖的绿眼，正伏在山丘般的尸堆上贪婪地撕啃。豺狼见了灯火，既无心来袭，也无意退缩，引颈嗥叫一阵，继续低头啃噬。众人只觉脊梁骨寒气上窜、喉咙间恶气上泛，掩了口鼻，踉踉跄跄地狂奔数里，终于绕过尸山，来到护城河边。徐统惊魂未定地登上吊桥，火光映入河面，照见水中死尸枕藉，血沫沉浮。众人屏息敛目，跌跌撞撞地进了城。徐统匆匆赶回家中，整了整衣冠，从枕下取出一个瓷瓶，叹道："大祸将至，我却无能为力！"说罢服毒自尽。

闰正月的一个黄道吉日，邺城南郊风和日丽。冉闵在圜丘之顶祭天完毕，沿着土夯台阶走下郊坛，立在面南摆放的御榻之前。

李农率领百官齐声奏道："告祭礼成，请即大魏皇帝之位。"随即簇拥冉闵坐上御榻。执事捧了朱漆木案跪在冉闵面前。李农将衮服、冕冠摆在案上，率百官行完叩拜礼，为冉闵穿戴整齐。另有太监捧了传国玉玺俯身跪下，李农捧玉玺上言道："皇帝登大位，臣等谨上玉玺。"贴身太监替冉闵受了玉玺。执事又领群臣三叩九拜，山呼万岁。

拜贺完毕，又按例册立皇后，登基之礼终于完成。通赞喊了声"起驾回宫"，浩浩荡荡的仪仗便簇拥着大魏皇帝冉闵迤逦北还。

行至半途，忽见路边一处院落烟囱矗立、青烟袅袅。冉闵问李农道："几日不来，怎么平地冒出一座砖窑？"

李农不敢隐瞒。

"这便是为陛下铸造铜像的铸坊。"

原来冉闵为庆贺登基之喜，命李农为他铸造真身铜像。不料铜像完工之期一拖再拖，如今登基之礼已毕，铜像却还八字不见一撇。

冉闵不禁火气上窜："铜像拖延已久，究竟是何原因？既然撞上门来，朕要亲自察看。"

监铸官解飞诚惶诚恐地匍匐相迎。他本是天下闻名的能工巧匠，曾担任尚方令之职，为石勒、石虎打造无数楼阁桥梁、奇巧器械，如今受命监铸铜像，却莫名地一筹莫展。工匠都说冉闵不合天命，自当如此。

冉闵火气正旺，劈头便问："铜像何时铸成？"

解飞额头渗出豆大汗珠，哆嗦半晌才支吾道："恕卑职无能，最近连铸数尊铜像，都阴差阳错，功败垂成。今日定于午时浇注，午时三刻起像。"

"朕要亲自督察。天命在我，定会一举成功。铜像，铜像，勿失我望！"

李农听了脸色大变，慌忙安排人手帮忙，心中暗求各路神灵保佑。

转眼到了午时，冉闵与百官来到炉旁，一股热浪扑面而来。冉闵亲自登上高台，将长柄铁勺伸入熔炉，舀了通红的铜水，一勺一勺地注满丈余高的三合土像模。等热气消退了七八分，解飞用竹帚自下而上地拍碎像模，金光闪闪的铜像便逐渐显露出来。最先露出的是宽大的方形底座，其次是魁梧挺拔的腰腿，随后是宽厚粗壮的肩膀胸膛，最后是英气逼人的面孔五官，一座金光闪耀的黄铜站像已威风八面地立在眼前。李农见铜像铸成，心中稍安，一边察言观色，一边暗自擦汗。

冉闵甩起宽袍阔袖，踱到铜像面前反复检阅，围着铜像转了三圈，终于拊掌笑道："形神兼备，妙不可言！"

李农抹了抹额头，应声赞道："铜像威仪非凡，尽显陛下圣德！"

百官随声附和，高呼万岁。解飞仿佛死而复生，面上重现血色。

忽听"咔嚓"一声脆响，只见铜像颈下现出一道长长的裂纹，乌蛇般四下爬行。解飞恨不得那裂纹长在自己颈上，脸上刚刚恢复的血色消失不见，额头汗水淋漓，如同屋漏雨痕。

转瞬间，铜像上至鼻眼、额头，下至胸腹、腰腿，都已布满蛛网般的裂痕。百官手足无措，瞠目结舌。铜像忽地微微一晃，轰然坍塌在冉闵脚下，荡起数尺高的白灰，上下起伏，久久不散。解飞已与铜像同时倒下，伏地抽搐不止。

冉闵脸色铁青，盯着碎铜咬紧牙关，右手轻拔剑柄，鞘中射出半尺寒光。四周一片死寂，连飘散在半空的白灰似乎都已凝滞不动。

忽见将军董闰匆匆奔来。

"启奏陛下，石琨奉石祗之命率精兵十万，从襄国杀奔邺城而来！"

冉闵右手轻推，半截寒光又缩回剑鞘。他冷笑一声，踢开脚边的碎铜匆匆离去，只留下一阵铿锵的余响袅袅不绝。

返回邺城，冉闵披挂整齐，绰起锋刃似雪、令敌胆寒的两刃矛，亲率大军出城迎敌。石琨的十万大军虽然来势汹汹，却一触即溃，被杀得丢盔卸甲，大败而逃。冉闵乘胜追至襄国，在城外扎下营盘，将一座孤城围得蚕茧一般。

京畿局势暂稳，清平之象重现人间，仿佛旧时盛世。

这日冉闵骑了日行千里的朱龙马，领了众将巡视营寨。只见营帐绵绵，仿佛遥接华岳昆仑；旌旗猎猎，似乎上连九天云彩。此时冉闵麾下有士卒三十余万，军容之盛，已胜过石赵巅峰之时。冉闵看得踌躇满志，忽问众将道："《讨胡檄文》已传布四方，不知各路州郡响应得如何？百姓是否归从？"

众将都默不作声。

原来四方州郡的文官武将大多效忠襄国城里的石祗，归顺冉魏者寥寥无几，令冉闵日夜忧心。为赢得民心，冉闵又多次颁布赦令，但仍旧不见百姓归从。

冉闵见无人应答，心中凉了半截，铁青着脸问李农道：“蒲洪、姚弋仲是否已对羯人动手？近日枋头、滠头有无消息？”

李农木然答道：“二人已向石祗称臣。”

冉闵骂道：“这两个老贼，不杀不足以慰吾心！蒲洪奸诈，更应早除。待我灭了石祗，再来取尔首级！”

说完将马鞭指向枋头所在的西南方向，猛地一甩。一声凄厉的响鞭激荡半空，回响不绝。

第十章

暗取关中

王猛一路前行，《讨胡檄文》也在逐村逐镇地向西南方向传达。无意中，王猛竟成了檄文成效的见证者。

檄文下达之初，羯人首当其冲，被各地赵人竞相驱杀。紧随其后，羌、氐、匈奴、鲜卑等兔死狐悲，亦踏上亡命之旅。乱局逐日加深，当年被羯兵掳至青、雍、幽、冀的华夏移民也唯恐大祸及身，趁机逃归故土。各路流民交错于野，左冲右突；贼盗蜂拥而至，趁火打劫。一路腥风血雨、尸横遍野，凄惨之状，难以尽述。

这日渡过黄河，进入枋头地界，离邺城已有二百余里。王猛已磨破三双草鞋，足底茧子之下都生出水泡，隐隐刺痛。脚面、脚踝也被草绳磨出条条血痕。

王猛忽然觉得，这脚上之伤与世事之乱颇有几分相似，都是乍起时最为疼痛，等到比比皆是时，反而麻木不仁，失了知觉。

进了枋头镇，只觉气象为之一变。街头秩序井然，坊间各族和睦，旅途所见的种种乱象都忽然销声匿迹。王猛暗赞道："蒲洪驻守枋头十余年，果然颇有功效。"

他哪里知道，此时枋头镇西的氐营之内，却是另一番光景。

冉闵派来的信使今晨抵达枋头大营，先在辕门张贴檄文，又进营宣读，刚读一半便激起众怒，被强拉下马，打得气息奄奄。各营将领摩拳擦掌，齐聚中军帐前吁请蒲洪出兵讨冉。

蒲洪喝退众将，又派心腹去各营督察，总算平息了众怒。于是悄悄将蒲健、蒲雄二子召入帐内问道："将士们一肚皮的怒气，你二人有何感想？"

蒲健道："冉闵倒行逆施，与我不共戴天。请父亲火速下令讨逆，我不杀冉贼誓不归来！"

蒲洪仰天笑道："你们恨不得生啖冉闵之肉，却不知他是我命中的贵人！"

二人齐问："冉闵素与父亲不睦，父亲为何说他是贵人？"

“冉闵与石勒、石虎相比，既缺肚量，又少眼光。篡位改姓、屠羯驱胡，都是自取灭亡、亲痛仇快的昏招。不过，他把中原搅成一潭浑水，却给咱送来一份大礼。福兮祸之所伏，祸兮福之所倚。水深火热处，偏偏暗藏生路；顺风顺水处，往往隐含杀机。大乱之际，我据有枋头地利，可西望关中、东窥中原，趁此良机，夺取天下易如反掌。尔等要有远谋，切勿与贵人纠缠，误了天赐良机！”

二人恍然大悟，齐赞道：“父亲深谋远虑！”

却说王猛找了家客栈歇息一晚，本想继续赶路。晨起后四处走动，出了集镇登高而望，不禁脱口而出：“真乃形胜之地！”立即改变主意，要在此地盘桓数日，将枋头四周的山川地形熟记于心。

枋头虽是中原重镇，却成名甚晚。东汉建安九年（204），曹操围攻袁尚盘踞的邺城，为助白沟渠漕粮之运，在淇水与黄河的交汇处修筑枋木围堰，引淇水入渠，时人称为“枋头”。此地既是襟带黄河、清河、漳河、淇水、白沟渠五条水路的津要，又是扼守南北通衢、东西门户的锁钥之地。蒲洪扎根此地十余年而不离寸步，其实颇具慧眼。

“四达者，衢地。衢地者，吾将固其结。”

王猛忽然吟出《孙子兵法·九地篇》中的名句。又把“固其结”三字反复咂摸，暗想：“蒲氏据守枋头这块衢地，既有地利之便，也易招来强敌，不知他将如何固其结？”

不知不觉间，又来到氐营门外，忽觉门口的旌旗有些异样。端详片刻，看出两点异常之处，其一，旌旗中多出一面红色大旗，上有“三秦王”三个黑底绣金边大字；其二，那面飘扬了十余年的“蒲”字旧旗已被一面“苻”字新旗取而代之。原来蒲洪已自称“三秦王”、大都督、大将军及大单于之号，并改蒲姓为“苻”，以顺应近日甚嚣尘上的“草付者王”谶语。

王猛暗笑：“苻洪如此性急，人还在枋头，便已打出‘三秦王’的旗号。果然对关中觊觎已久，早已视之为囊中之物！”

沿着大营继续北行，忽至一片长满杂木与乱草的连绵山丘。沿一处陡坡攀上山顶，只见对面又是一道丘陵，如两道城墙般夹着一条狭长谷地，构成东接中原、西通关中的咽喉要道。一阵北风吹来，将满坡的茅草吹得此起彼伏。王猛正举头远望，猛一低头，却大吃一惊。原来山坡上竟然密密麻麻地藏满身穿青衣的氐兵，个个虎视眈眈地俯瞰着谷底。在离坡顶数丈远的平地上，立了三员盔甲鲜明的大将，中间一人金盔金甲，正是苻洪，苻健与苻雄分立两旁。王猛急忙钻入一片野麻丛，拨开宽大的麻叶，悄悄窥看。

忽听苻洪笑道："关中乃霸业之资，又是氐、羌杂居之地。姚弋仲岂会坐视我专美于前？姚襄率五万羌兵前来随喜，早在我意料之中。我正要看看，老羌一口还能吃下几个馍馍？"

苻健下巴向东微仰，冷笑道："东路烟尘已现，姚襄即刻便到。"

苻洪笑道："姚襄长了一副'王头丐脚'之相，空有顶天之才，却无立地之根。虽然名满天下，却不足为虑。冉闵和慕容儁更是指日可灭。老夫夺取天下，比汉高祖还要容易！"

说完忽然手指西方惊问道："西边为何也有烟尘？难道姚襄还有援军？"

"父王不必担心，那不过是凉州刺史麻秋的溃军而已。"

苻洪恍然大悟，一拍大腿。

"麻秋几日前兵败长安，今日便已到了枋头，果然是个长腿善跑的常败将军。这厮被凉国书生谢艾吓破了胆，弃了关中擅自东归，身为羯人，又依着冉闵之令斩了上千羯卒，弄得军心涣散、人人自危，哪里是咱的对手？老夫得了天助，竟如此顺风顺水。待擒了麻秋，乘势西进，关中唾手可得！"

苻健道："我看麻秋鸢肩豺目，绝非善类。父王不可大意！"

"麻秋是羯族大将，又在西北经营多年，若能为我所用，关中州郡必然不战而降。此人虽不易驯服，但笼头已在我手里。健儿不必多虑。"

此时姚襄的羌兵已经抵近，麻秋的溃军也已不远。苻洪命苻健率主军出击姚襄，苻雄率偏师伏击麻秋。二人领命而去。

过了片刻，山谷中杀声四起。青衣的氐兵先在东路与黑衣的羌兵交上手，又在西路与绛衣的凉州兵杀成一团。在坡顶远远地俯瞰战场，既不见刀来剑往的酷烈，也不见骨断肢残的血腥，十万人的大搏杀，仿佛只是一局围棋、一场傩戏。王猛看得眼花，忽觉这两山夹谷的战场变成了一张簸箕，身着青、黑、绛色军服的三路兵马变成了青、黑、红三色豆子，簸来晃去，不住地开合聚散。聚时如群蚁争食，散时如水银泻地。过了半晌，黑豆渐渐被挤至簸箕边缘，不断地抛出界外，旋即消失在东方的茫茫天际。红豆则在青豆的层层包围、重重分割中消磨萎缩，最后被吞没殆尽。等王猛回过神来，氐兵的欢呼声已响彻山谷。

下了山丘，氐族百姓早已站满道路两旁，夹道欢迎凯旋之师。苻洪与麻秋联鞭并骑，按辔而来，一个红光满面，一个低眉顺眼。身后跟着趾高气扬的氐兵和垂头丧气的凉州降卒。麻秋忽向苻洪献计道："大王兵强马壮、武功盖世，平定天下又有何难？趁冉闵、石祗在中原打得不可开交，大王何不拿下关中，待二贼两败俱伤之际入主中原，一举平定天下！"

苻洪大喜道："麻兄与孤不谋而合！"

麻秋笑道："等我扎下营盘，请大王枉驾营中小酌几杯，一来商议夺取关中之计，二来聊表谢意。大王能否赏脸？"

苻洪笑曰："甚妙！"

二人谈笑风生，渐渐远去。

王猛回到客栈歇息一晚，翌日清晨付了房钱继续西行。忽然远远听到哭声一片，他走近却见无数百姓围在氐营外掩面哭泣。营内更是白幡飘扬，三军缟素。问了行人，才知苻洪昨夜已惨遭麻秋毒手。

原来昨晚苻健、苻雄率领千名甲兵，护送苻洪来到麻秋营帐赴宴。麻秋请苻洪上座，苻健、苻雄仗剑立在苻洪左右。麻秋依羯俗向苻洪施礼，并奉献玉帛，以示归顺之意。苻洪心满意足，更无一丝戒备。西凉乐舞早已奏响，妖艳狐媚的胡姬往来穿梭，斟上西域葡萄酒。苻洪无甚兴致，只等与麻秋商议夺取关中之计。但麻秋只是劝酒，对关中只字不提。苻洪对西域葡萄酒无甚兴致，才喝几杯，已不胜酒力。苻健、苻雄唯恐麻秋包藏祸心，便匆匆告辞，护送苻洪回营。刚进营门，苻洪忽然腹痛难忍，浑身虚汗淋漓。苻健大惊："父亲必是中了麻秋暗算。元才速请医官施救，我去取麻秋狗头！"

此时麻秋正与诸将弹冠相庆："苻洪喝了砒霜酒，不出一个时辰便会往生极乐世界。今夜偷袭大营，送苻健兄弟与老爹团圆，便可吞并枋头士众，称霸一方。这可是天上掉下来的大富贵，如瓮中捉鳖，十拿九稳。诸位与我共享富贵，也不白活一世！"

话音刚落，苻健已引数百猛士杀入营内。麻秋仓促迎战，被苻健一刀斩于马下。

苻健提了麻秋首级飞马赶回。此时苻洪已面色青黑，脉象麻促，口不能言。医官叹道："毒犯心脉、深入骨髓，纵使扁鹊复生，亦无力回天。"苻雄唤来苻氏子弟，随苻健跪立卧榻左右。苻洪喘了口气，昏暗委顿的双眼缓缓转动，两行目光仿佛一双困乏不已却不知停歇的病足，颤颤巍巍地迈过一张张涕泪横流的面孔，最后停在苻健脸上。苻健在苻洪的子孙中年纪最长，也最为沉稳，此时虽然痛彻心扉，脸上却依然镇定。

苻洪接连喘了几口气，目光忽如剪去灯花的油灯一般闪亮起来，他深吸一口气，忽然启齿道："天下大乱，本想趁机成就霸业，却误中小人奸计。中原大乱，非尔等所能谋取。枋头无险可守，不是久居之地。我死之后，应立即夺取关中，以待来日。"

苻健点头应道："孩儿谨记在心。"

苻洪又喘了几口气，断断续续地说："苻氏子孙，皆为俊杰，应齐心辅佐苻健，切勿——"

苻洪眼中的光泽忽然暗淡下去，瞬间便熄灭殆尽，嘴唇抖动几下，终究未能说完，便与世长辞。

料理完父亲的丧事，苻健立即在中军帐召集诸子弟及文武百官。只见他稳坐在父亲留下的龙榻之上，身穿玄纱袍，头戴黑色远游冠，眉目中虽有三分哀戚，更有七分逼人的威仪。

众人正欲上前朝贺，却见苻健摘下远游冠，换成一顶貂蝉冠，稳稳戴在头上。众人顿时目瞪口呆。原来远游冠乃诸侯王所戴之冠，与只供皇帝佩戴的通天冠相比，仅缺一件"山述"小饰而已；而貂蝉冠则是公卿之冠，与二者相去甚远。

只听苻健朗声道："苻健自觉德薄才弱，不堪大任，今去除'三秦王'之号，只称晋朝所封征西大将军、都督关西诸军事、雍州刺史之爵位，并遣使赴晋都建康报丧，顺致听从王命之意。"

众人面面相觑，交头接耳。侄儿苻菁心中不忿，冷笑道："祖父生前已称'三秦王'之号。叔父继王位后，应开疆拓土，早日荣登帝位，与司马家平起平坐。今日忽然舍弃王位，北面而臣事之，却是何故？"

"父王纵横天下，不枉'三秦王'之号。我自视才德远远不及，只能归顺晋朝，固守先人封地，以求在乱世中保全氐人血脉。又怎敢有非分之想？"

"叔父既已即位，便应继承祖父遗志，也好让手下将士博取功名，不枉其多年拼死相随。倘若甘居人下，岂不令将士心寒？"

苻健道："氐人是区区小族，只能委曲求全，以自保于乱世。若妄自尊大，与他人争锋，必有灭族之忧。我意已决，诸位莫要再议！"说罢离帐而去。

众将愤愤不平，围着苻菁纷纷抱怨。苻菁心急如焚，又不敢去找苻健，便悄悄来到苻雄帐中。只见苻雄手捧书卷，摇晃着硕大的脑袋，低声诵读道："凡田有六道，麦为首种。种麦得时无不善。夏至后七十日，可种宿麦。早种则虫而有节，晚种则穗小而少实。"

见苻菁进来，苻雄晃了晃书卷。

"这部《氾胜农书》写得果然高明。你也要好好读读，不光日后种田大有增产之效，做人做事，也会获益匪浅！"

"紧要关头，叔父还有闲心读农书？"

"民以食为天，有何事能比种田更紧要？"

苻菁见这皇帝不急太监急的架势，心中火气上窜，一把夺下苻雄手中的

《氾胜农书》。苻雄性情远较苻健随和，苻菁与他平日相处，名为叔侄，实为兄弟，并无半分顾忌。苻菁将农书狠狠甩在案上，正色道："你是堂堂大将，又不是邻家田舍郎，读什么农书？如今关中有变，你可知晓？"

苻雄嘻嘻哈哈地反问："关中有何变故？与我何干？"

苻菁忍无可忍，拍案道："麻秋旧部杜洪已占据长安，自称晋征北将军、雍州刺史，并任命张琚为军中司马。杜洪是京兆大族，张琚是冯翊豪强，世居关中，党羽极众。氐人若要夺取关中，须早日下手。若被二贼抢了地利，占了崤函之险，恐怕八百里秦川沃土，在梦中都难踏足！"

苻雄心不在焉地听着苻菁的慷慨陈词，一边打着哈欠，一边捻来墨笔，在纸上信笔乱涂。苻菁见他如此懈怠惫懒，不禁大失所望。起身正要离去，却见苻雄已在纸上写下工整劲秀的八个小字："隔墙有耳，兵不厌诈。"

苻菁是个精明人，立即心领神会，两眼精光一闪，一言不发地退去。

转眼到了立春。这一日既是动土造屋的黄道吉日，又是播种春麦的好时节。苻健先来到工地，亲自挖土奠基，又勉励督造官吕婆楼道："氐人三十年前离开略阳旧地，戎马倥偬、辗转南北，向来只有营帐却无房舍。如今为将士修造府邸，也好安居乐业。"

午后又来到田间，勉励将士道："待到金秋时节，再与诸君共庆丰收！"又与众人一同耕田播麦，一直忙到天黑。

这日清晨，苻健把偏将傅苗悄悄召至帐内，笑容可掬地抚慰道："近日傅将军率部众日日耕作，士卒可有怨言？"

傅苗是追随苻氏多年的略阳旧臣，虽无十分本事，却也勤勉可嘉。听了苻健的抚慰，心头一热，朗声应道："士卒为王事操劳，何来怨言。"

苻健叹道："人非铁石，操劳过度必生倦怠。我看麦苗青青，固然心喜。见你面有菜色，却又心忧。傅将军可与士卒歇息一日，稍作欢娱，耍耍陆博也无妨。只是勿要声张出去，免得别人说我偏心。"

傅苗受宠若惊，躬身谢道："多谢大将军体恤！"

午后风轻日暖，苻健率卫士在田间往来巡视。巡至傅苗所治麦田，见田间杂草繁茂，麦苗却蔫头巴脑，仿佛病夫饿汉一般，心中已老大不喜。再看那些士卒，或坐在田头闲聊，或蹲在田埂博戏，立即火冒三丈，厉声喝问："傅苗安在？"

傅苗正与两个小校赌钱，慌忙撇了博箸赌具赶来。

苻健怒道："我命你好生种麦，你却带头聚赌。该当何罪？"

傅苗惊愕不已，张口结舌道："末将得了号令，让士卒稍作欢娱。"

苻健怒不可遏："一派胡言！若三军都像你一般欢娱，还种什么麦子，吃什么军饷！傅苗怠慢军法、欺上瞒下，立即斩首示众！"

傅苗慌了手脚，连喊冤枉，苻健哪里肯听？挥手间，傅苗已被砍下人头，悬杆示众。

三军震惊，麦田再无人敢耍滑偷懒。

早有斥候将傅苗被斩之事报知杜洪、张琚。二人嗤笑道："可笑苻洪英雄一世，却养了个豚犬之子。关中无忧矣！"从此日夜宴饮取乐，关中防务日渐荒废。

苻健得知杜洪中计，立即令三军撇了泥兜瓦刀、钉耙锄头，整顿刀枪剑戟、车马粮秣，火速进至盟津渡口，搭起浮桥，横渡黄河。待三军登上南岸，下令烧了浮桥，激励将士道："关中胜枋头十倍，夺了关中，他日必来收复枋头！"随即遣苻雄引前军五千突袭潼关。

大军继续西行至轵县，又命苻菁引偏师七千，先北渡黄河，沿"太行八陉"之一的轵关陉穿越太行天险进入晋地，再西进入秦，绕过潼关天险，于北路夹击长安。

凉风忽起。苻菁在黄河岸边与苻健告别。二人望着远处的滚滚浊流，心知此行不但劳师袭远，又屡涉天险，犯了兵家大忌，但若要出奇制胜，又别无他途。

沉默片刻，苻健忽然咬紧牙关，紧握苻菁的双手。

"轵关是秦晋咽喉，极为险要。苏秦曾云：'秦下轵道，则南阳动。'我命你涉险出奇，不容有失！若出师不利，你死河北，我死河南，不到黄泉，永不相见！"

战报传至长安，杜洪从醉梦中醒来，慌忙斥退舞女歌姬，传来大将张先，令他出潼关截击苻雄。自己率主力坐镇长安，欲与苻健决一雌雄。

但氐兵西进之势如高山坠石，愈行愈猛，已不可阻挡。前锋苻雄杀退张先，突入潼关。北军苻菁西渡黄河，与苻雄呈掎角之势。在中路，苻健已亲率大军从容入关，逼近长安。不过数日，三路军马便在长安以东顺利会师。众将摩拳擦掌，只待苻健一声令下、灭此朝食。苻健却不肯操之过急，劝众将道："杜洪已走投无路，若逼成了疯狗，反倒不美。不如先抛几块肉骨头，扰乱其心志，动摇其士气！"

于是修书曰："苻健遭逢乱世，立锥无地。久慕明公高义，翘首不尽。今入关中，愿奉明公为帝，以致累世卿士之效。"并随书献上名马珍玩，遣使送往长安。

杜洪收到书信礼品，猜透苻健心思，怒道："苻健礼重言甘，分明是戏耍老夫！”慌忙整顿城防，准备应敌。但军备荒废已久，三军士气低落，毫无斗志。

氐营却士气高涨，判如天壤。原来苻健临阵问卜，得泰之临卦，卦辞曰：“小往大来，吉亨。”于是大喜道：“当年东迁时，氐人还是弱旅小族，今日西还，已壮大数倍。此卦寓意非常，上上大吉！”又与众将夜观天象，见星汉西流、璀璨炫目，遂慨然高呼道：“星汉西流，正合氐人西归之意。天命在我，明日可一战而定关中！”

翌日五更，苻健升帐传令，命苻雄、苻菁在长安外围扫除三秦残军，自己率中军直取长安。杜洪闻风丧胆，未敢应战便弃城西逃。苻健兵不血刃占据长安，遂即天王、大单于位，建国号大秦，年号“皇始”，翌年正式称帝。

短短数月间，关中三易其主，重见太平。

关中初定，王猛终于结束颠沛之旅，卜居华阴城外。又娶了同为冀州流民的清河崔氏女子为妻，翌年生下长子王永。添丁增口，谋生越发不易。加之兵祸不休，匪盗不绝，王猛遂举家南迁，在华山脚下结庐垦荒、耕种自食。

这日午后，王永在襁褓中熟睡。夫妻二人同得片刻清闲，遂同坐茅檐之下，手中编着篾片草绳，口中谈着关中形势。

崔氏生于书香门第，不仅识文断字，于时势也颇有见解。听完王猛的一段高论，忽然问道：“新主登基，不知是贤是愚，于关中是福是祸。也不知夫君的满腹韬略，能否早日施展？”

“苻健德才兼备，已是庸中之佼佼者、夷狄中之拔萃者。但比起石勒、石虎，气魄尚显不足。”

“何以言之？”

“昔日石勒朝中汉臣居多，各族贤士分列其间，沿用刘渊所创的胡汉分治之法，虽无大功，却能兼顾夷夏；石虎继位，沿袭旧制，犹能笼络诸族。反观苻健，朝中尽是略阳、枋头氐族故旧，既不能重用华夏贤良，又不能兼顾他族。可见苻健统领百族之气魄犹在二石之下。”

王猛编完一只竹畚，轻轻撂在地上，用脚踢在一边，接着说道：“苻健算得上氐族明君，却不是百族之明君，更非我心中之明君。”

说完长叹一声，自嘲道：“因此，莽莽华山又多了一位耕读闲散、与世无争的隐士。”

夫妻二人相对唏嘘。

他们尚不知道，在千里之外的故乡冀州，这样的片刻安宁都不可复得。乱局已愈演愈烈，一场大战迫在眉睫！

第十一章

武悼天王

清河郡滠头镇刚刚迎来第一缕晨曦，羌军大营外稀稀落落地响起几声鸡鸣。奋武将军姚弋仲用宝剑挑开帐帘，出帐舞剑。须发如霜、剑光似雪，他虽已七十二岁高龄，却依然身手敏捷、脚步稳健。姚弋仲将一路剑法堪堪练完，微微有些气喘，脚下也略显滞缓。转身正欲回帐，忽听半空一声呼哨，一支鸣镝从营外射来。姚弋仲轻挥宝剑，击落鸣镝，却见箭杆上缚了一卷素帛，扯下看时，却是一张帛书。姚弋仲扫了两眼，唤来亲兵耳语几句，便转身回帐，倒背着双手来回踱步。

姚弋仲近日心绪颇不宁静。自石虎病危以来，他便因忧惧羌人的前途而夜不成寐。石赵向来待羌人不薄，石勒、石虎二帝对姚氏父子委以重任，礼遇颇厚。但冉闵篡位后，羌人已与丧失“国人”之遇的羯人一同沦为俎上之肉，若再不未雨绸缪，恐怕四海之大，也难寻立足之地。姚弋仲深知关中乃帝业之基，早有必得之志。眼看苻洪要抢先出手，急派姚襄统兵五万偷袭枋头，岂料姚襄竟一败涂地。如今苻洪虽死，八百里秦川却已尽属氐人，而羌人仍在无险可据的滠头东走西顾。姚弋仲每思及此，便默念苻洪之名，愤然扼腕长叹！

他与苻洪虽算不得不共戴天之敌，却也是命中注定的一对冤家。二人年岁相近，身量仿佛，又同出于陇西，一个世居于南安，一个是略阳土著，两地相去不足百里；一个是历代的羌酋，一个是累世的氐帅，而羌氐两族又同为西戎，习俗相近，人口相当，势均力敌，难分伯仲；永嘉之乱后，两人同时挥师东进，随后又同事石虎，就连屯驻之地滠头与枋头，都同带一个头字，果然不是冤家不聚头！

关中既不可求，只得另寻生路。思虑再三，姚弋仲总算想出一条万全之策，开始暗中筹划，在众人面前却只字不提。

过了片刻，副帅姚襄入帐。姚弋仲将帛书递在他的手中。姚襄读完，拍案怒道：“冉棘奴欺人太甚！我与此贼势不两立！”

姚弋仲手抚姚襄之背，慨然激励道："冉闵围攻襄国已久，石祗、石琨精疲力竭，派使者向滠头和龙城分别求援。我命你速领三万八千骑驰援襄国，联手慕容氏，与石氏内外夹击，必能大破冉贼。老夫行将就木，不能亲自出征。你的才干胜过冉闵十倍，不擒冉逆，勿来复命！"

姚襄得令后立即唤来书吏，口占讨逆檄文一篇："冉闵逆竖，本乞活之子。先叛陈午而更名易姓，取媚石氏膝下；后叛石赵而篡位弑亲，终致季龙绝嗣。尽弃忠节，全无孝悌，人伦荡尽，天地难留！甘当禽兽之属，宁与枭獍为俦！更伪播文檄，煽惑群情，以杀戮戎狄之奸策，逞扰乱天下之祸心。暴令既出，血流如海；屠刀挥落，尸骨如山。其狠毒酷烈，甚于聪虎，堪比桀纣。天下之人，不论夷夏，凡知孝悌忠信、礼义廉耻者，皆应继商汤周武之烈，与襄共戮之！襄虽羌人而心向圣贤，在此振臂，呼吁同仇。愿求四海仁人，集九州忠义，生擒冉贼，以消天下之忿，解夷夏之仇。战鼓如雷，鸣镝纷飞，匡正天下，舍我其谁！"

檄文拟定后，姚襄命人在周边郡县广为张布，并飞马传至辽西龙城。

燕主慕容儁看了姚襄的檄文，召集群臣道："当年石勒老儿笑谈鹿死谁手，豪迈倜傥，令人神往！谁能料到，不到二十年光景，石勒打下的江山已沦为鬼域。冉棘奴凡下劣才、倒行逆施，已成五胡罪人。天赐良机，慕容鲜卑入主中原，正在此时！"

慕容儁的四弟慕容恪道："陛下所言极是。姚襄传檄天下，已成讨冉先锋。陛下可令前军将军悦绾统兵三万助姚襄解襄国之围，以抢得先机。臣亲率大军兵发中山，趁机占尽冀州实地。待冉闵、姚襄两败俱伤之际，大军推进，将冉贼余孽一网打尽。"慕容儁笑道："好个卞庄刺虎之计！冉棘奴和姚景国，一个凶悍无谋，一个好勇斗狠，都不是你的对手。你尽可便宜从事。朕在后方，静候佳音！"

数日后，襄国城外杀气凛然，两支大军一南一北摆开阵势，准备决战。南面是姚襄、石琨联军，接连突破魏军的重重堵截，士气正旺；北面是冉闵亲自统领的魏军主力，身经百战，从无败绩。两军旗鼓相当，必有一场恶战。

魏军阵列先成，冉闵环顾四周，意气风发，正欲下令出击，忽听后方隐隐响起战鼓之声。旋即斥候来报："燕将悦绾率大军来犯！"

冉闵脸色微变，身边众将一片躁动。

原来悦绾曾率千人镇守凡城，击退李农、张举统领的三万伐燕大军，是石赵颇为忌惮的鲜卑名将。此次他统帅大军驰援襄国，堪堪在两军决战之前赶到，却能不为人知，足见其用兵之诡妙。又过片刻，鼓声渐大，冲天烟尘滚滚而来，颇有杀气凌云之势。原来悦绾巧施疑兵之计，命士卒分散排列，并在马尾系上树枝拖行于地，荡起冲天尘土，三万骑兵所造之势，恰似三十万一般。冉魏军不知有诈，见燕军气势逼人，心中先怯了三分。

但冉闵并不惊慌。自屠羯立国以来，他已威震夷夏、如日中天，无论石赵余党，还是羌、氐、鲜卑诸夷，在他眼里都不过是一群待宰羔羊。他自以为屠胡有功，必然大得华夏人心，于是派使者赴江东传信道："胡逆乱中原，今已诛之。若能共讨者，可遣军来也。"岂料晋廷久闻冉闵之凶残，视其为洪水猛兽，不予理睬。唯有桓温力主出兵，但因朝廷不允，也已作罢。冉闵见自己不受江东待见，大失所望，对麾下的华族大臣也渐生疑心，窥闲伺隙地暗中拔除。昔日一手将他扶上帝位的重臣李农因为功高声著，被他诛灭九族。尚书令王谟、侍中王衍、中常侍严震和赵升等大臣也被一一斩杀。前几日，冉闵拜太子冉胤为大单于，并将千名归降的羯胡士卒安置在冉胤麾下。光禄大夫韦謏上书力谏道："冉魏既已回归华夏，便不应再依旧法设大单于之位；况且羯卒心怀异志，日后恐生祸心，不宜重用。"韦謏哪里知道，此时冉闵眼看局势越发凶险，脱胡入夏之路已不可行，所谓"华夏逆子，五胡公敌"的预言大有应验之势，于是决心恢复旧法，并改用绥抚之策收买羯胡人心。冉闵看了谏书，字字直刺痛处，顿时怒不可遏，立即捕杀韦謏父子。可怜韦謏一生耿介，顶撞羯酋石虎尚能活命，顶撞了以"华夏天子"自居的冉闵，却不可活。众臣看得寒心，更不敢轻易进谏。大敌当前之际，众将各怀鬼胎，却三缄其口。

北面鼓声逼近之际，东、西两面也接连响起鼓声。三路鼓声交错长空，初听无甚分别，细听又略有不同。高亢急促者，是襄国城头传来的羯鼓，其声虽大，却有虚张声势之嫌；低沉浑厚者，是北面传来的鲜卑鼓，声不甚响，却深不可测；嘈切有力者，是南边传来的羊皮羌鼓，其声响亮，其势甚急。三种鼓声穿插激荡，震天动地。魏军众将被扰得心烦意乱。冉闵太阳穴上青筋暴突，随鼓声跳动不止。他扫视麾下，见众将似有畏敌之心，不禁有些恼火。

卫将军王泰鼓足勇气，谏言道："鲜卑援军已至，令我军腹背受敌。与其草率应敌，不如深壁固垒与之相持。陛下乃国之根本，如有不测，则大势去矣，应稳坐中军，以安人心。若决意出战，末将愿为陛下率众应敌！"冉闵脸上阴晴不定，沉思片刻，颔首道："王将军与朕不谋而合。"忽听一人厉声道："万万不可！"众人看去，却是大和尚法饶。原来冉闵已效法当年石勒、石虎礼佛之故事，向法饶行师长之礼，言听计从。

法饶左手捻着佛珠，右手拽着缰绳，摇头晃脑地念道："贫僧夜观天象，见太白经昴。太白者，陛下也；昴之分野，赵地也。此天象利于我方兵事，陛下攻取赵地，只在今日。现有占辞四句，以赠陛下：‘太白经昴，当杀胡王，一战百克，无可遁藏！’古人云：‘天予不取，反受其咎。’若贻误战机，恐对陛下大大不利！”

冉闵心头疑虑消散，立即满面红光，高声喝道：“天意不可违。三军立即出战，敢谏者斩！”说罢便擎出两刃矛，亲率三军直冲敌阵。

姚、悦大军一南一北，分头夹击冉闵，石琨趁机出城，猛攻魏军后路。魏军三面受敌，一败涂地，几乎全军覆没。冉闵仅得身免，仓皇逃往邺城。法饶也死于乱军之中。

击败冉闵后，姚襄火速回师滠头，脸上并无丝毫喜色。局势变化之速，已出乎姚襄意料之外。他虽然胜了冉闵，但与冉闵同为输家，真正的赢家却是远道而来的东北慕容氏。燕国应石祗之请，派悦绾联手姚襄击败冉闵，不过是牛刀小试，真正的杀招却在后面。眼下燕国三路大军已分头南下，慕容恪从中路取道中山直逼冀州，慕容评从西路进兵南安，慕容霸从东路直捣绎幕。三路大军铺天盖地直指中原，已将无险可守的滠头羌垒逼入绝境！

姚襄刚进大帐，姚弋仲便披头喝道：“未捉到冉闵，还有脸回来？立即杖责一百！”

不容姚襄辩解，几个亲兵将他摁在地上，刑杖已结结实实地落下。

“求大帅高抬贵手！”

“副帅立功受罚，实在冤枉！”

“末将愿替副帅受刑！”

中军帐外，求情之声此起彼伏。参军权翼、薛瓒，长史王亮等谋士纷纷入帐求情，都被姚弋仲斥退。众人便拥了姚襄胞弟姚苌，请他代将士求情。姚苌是姚弋仲第二十四子，生得短小枯瘦，机敏灵动，与姚襄同受宠爱，出面求情最为合适。姚苌入帐并不开口，先偷眼观察形势。只见姚襄已被打得皮开肉绽，姚弋仲背身立在一旁，肩头随刑杖的响声颤抖不止。姚苌立即猜透父亲的心思：凡立功而受罚者，必得将士同情之心，这分明是替兄长立威的苦肉计！于是不再作声。

刑毕，众人护送姚襄回帐，围在四周的兵众这才退去。姚襄见帐内堆满药囊，便问：“何时开起了药铺？”

姚苌笑道：“父老乡亲听说兄长受了杖罚，都把压箱底的跌打药拿来了。”又指着红红绿绿的锦缎药囊说：“这些都是女娃拿来的。”

姚襄叹道：“我姚襄何德何能，竟得百姓如此厚爱。他日粉身碎骨、肝脑涂地，恐也无力报还。”

权翼听他出言不吉，忙道：“副帅深孚众望，他日若举大事，百姓必会攀辕卧辙，誓死相随。”

养伤期间，姚襄仍牵挂北方战事，增派数路斥候奔赴襄国、邺城和冀州一带打探，得知冉闵兵败襄国后，太子冉胤麾下羯胡降卒乘机叛乱，将冉胤及刘群、卢谌等重臣屠杀殆尽。冉闵后悔不迭，追赐韦謏为大司徒。随后诱赵将刘显斩杀石祗，一举肃清石赵余党，并重整旗鼓、招抚流散，军威之盛逾于石虎。

姚襄听了微微一笑：“冉闵虽然号称天子，但掌控之地不过邺城、襄国二城，尚不及石虎的百分之一。以石虎百分之一国土，强求逾于石虎之军威，岂不是自取灭亡？”

众人无不感慨。

却说慕容恪平定冀州之后，立即旌麾南指，直逼襄、邺。

魏军大为震动。大将军董闰、车骑将军张温进谏道：“慕容氏气焰正盛，我军宜深沟高垒、避其锋芒，待其显出懈怠之意，再出兵痛击！”

冉闵怒道：“白虏当年是我手下败将，上次与羌虏、羯贼联手偷袭，才侥幸取胜。朕欲生擒燕主慕容儁，若连慕容恪都要避让，岂不令天下人耻笑！”于是不听劝告，强行移师安喜县，迎击慕容恪。

燕军不急不躁，渡过泒水，与魏军频频交锋。魏军气势汹汹，接连小胜十阵。连胜之后，冉闵愈加不将慕容恪放在眼里，向众将笑道：“慕容恪羊质而虎皮，燕国大军亦徒有虚名。明日集结主力，致命一击，必能生擒之！”

董闰道：“慕容恪乃鲜卑名将，号称攻无不克，战无不胜。近日连败十阵，与其名声不符。莫非其中有诈？”

冉闵笑道：“天下可大可小，敌手可强可弱。井蛙以井穴为天下，蚊蚋为敌手，也堪称天下无敌。世人不知虚实，遂将慕容恪鼓吹成当代韩、白。诸君何必当真？”

众将心中不安，但迫于冉闵之威严，都不敢反驳。

次日天光未亮，慕容恪已在整装披挂。只见他身长八尺开外，面如朗月，目若秋潭，浓眉挺鼻，英气逼人，不愧为燕国第一美男。慕容恪成名甚早，十五岁便从慕容皝手中接过兵权，十七岁击败石虎北伐大军；二十岁镇守辽东，威震高句丽；二十三岁大破宇文部；二十四岁击败高句丽；二十五岁攻灭扶余国，俘国王及部落五万余口。刚过而立之年，已是威震天下的当世名将。

片刻间，慕容恪装束整齐，上身着窄袖胡服，下身着广口长裤，头戴银兜鍪，身披镔铁甲，腰佩百炼环首刀，足蹬长腰牛皮靴。戎装在身的慕容恪仿佛一尊石刻天王像，从头至脚散发着杀气与威严，纵使纹丝不动，也威仪四射，足令将士一望而豪气倍增，敌军一望而心惊胆寒。看漏刻五更将至，慕容恪阔步出帐。

众将已在帐外聚齐，个个甲胄森然、杀气凛凛。慕容恪问道："五千连环铁骑演练纯熟否？"

"五千铁骑，进退如一。"

"好！冉闵连胜我十阵，骄态尽显，正欲与我军决战。今日之战，我军兵分三部，我自率中军诱敌。冉闵逞匹夫之勇，且士卒饥疲难以久战，必会亲率主力直取我中军。连环铁骑此时出动，好生照应冉大天王。在其败退之时，左右二军两面夹击，必能一战而歼灭顽敌。"

众将高呼："不擒冉贼，誓不回营！"

浓云翻滚，一道白光穿云而出，照亮平川上的一座土台。此台名曰"廉台"，是战国名将廉颇所筑练兵台。廉台饱经风霜而气势犹存，当年曾阅尽一代名将演兵布阵的盛况，如今又要见证当世两大名将的生死决战。

廉台之北尘埃浮动，五色斑驳，恰如庄子所云："野马也，尘埃也，万物以息相吹也。"尘埃之后，燕军摆开阵势，静待魏军挑战。慕容恪身披猩红战袍，胯骑乌骓马，屹立在中军大纛下，分外显眼。慕容恪眼前是一览无余的一马平川，尽头处忽然白光浮动。慕容恪望着白光，嘴角露出些许笑意。参军高开诧异地望了他一眼。不等高开张口，慕容恪笑道："冉闵藏身处白光浮动，如飞沙扬灰、惊蛇倦鸟，散而不聚，正是兵法所谓的'凶气'。冉闵今日必败！"

高开瞪眼看了半晌，却未见异常。

"远处风烟俱净，空无一物。将军为何能看出如许物事？"

慕容恪呵呵一笑，叮嘱高开："多派几个斥候，看看冉闵为何迟迟不至。"

过了一顿饭工夫，斥候飞马来报："冉闵大军正在向东南方密林转移。"

高开道："冉贼多为步兵，必是忌惮我军骑兵，所以引诱我军进入密林。"

慕容恪微笑道："速传我令，遣轻骑一千追击魏军，交锋后且战且退，务必将其引入此地。"

正午时分，冉魏大军果然被引至慕容恪选定的战场。冉闵银盔银甲，外罩白袍，胯下一匹火炭般的朱龙马，左手两刃矛，右手大戟。一眼望见大纛下的慕容恪，振臂高呼道："大旗下红衣黑马的便是慕容恪。生擒者，赏金千两！"魏军鼓声大作，士卒齐声呐喊，潮水般直冲敌阵。

鲜卑中军忽然后撤，闪开空当，一排排铁甲骑兵仿佛从天而降，卷着飞扬的尘土呼啸而来。每排三十骑，以铁锁连为一字长蛇阵。骑兵个个盔甲严密，手握环首钢刀。战马均以熟铁马铠护体，马头戴面帘，仅露双眼，马颈套鸡颈铠，马胸罩当胸铠，腹背披马胸甲，尻尾挂搭后甲。除四肢外，战马从头至尾，无不裹以精良的厚重铁甲，堪称刀枪不入。铁甲骑兵以铁锁相连后，一如铁锥变作铁耙，绳索变作罗网，威力陡然倍增，仿佛一道道奔走如飞的堡垒，将魏军冲杀得招架无力、逃生无门。

冉闵无计可施，只得鸣金退兵。然而，冉魏前军已深陷敌阵，仿佛一堆谷子落入磨眼，只能听任磨盘反复碾压研磨，直至化为齑粉。

冉魏后军纷纷败退。连环铁骑并未追赶，却让出空当。只听鼓角齐鸣，左右二军从两翼包抄而来，将魏军拦腰截为两段。此时冉魏军若全力突围，仍有一线生机，若恋战死拼，则将全军覆没。

慕容恪令旗一挥，燕军开始收缩包围。冉闵却毫无惧色，驱策朱龙马左右开弓，在阵内往返冲杀，如入无人之境。

正在高处观阵的慕容恪叹道："若论勇武，冉闵堪比古时的孟贲、夏育；若论兵法，却与市井莽汉无异。统率虎狼之师，却不懂进退、虚实、分合、擒纵，只能倚仗自己的蛮勇，纵有百万之众，又有何用？"

冉闵接连击杀三百余人，虽已血染战袍，却愈战愈勇，毫无退意。哪知胯下的朱龙马早已精疲力竭，忽然一声哀鸣，踉踉跄跄地倒地毙命。冉闵落马后仍挥动矛戟，连杀数人，终于被蜂拥而来的鲜卑兵制伏。

鲜卑将士惊喜万分，纷纷奔来围观。慕容恪却神态自若，淡淡地下令道："将此人押解蓟州，由陛下处置。"

数日后，冉闵被解送到蓟州。慕容儁大喜道："朕乔迁新都刚满一月，四弟便将冉棘奴献于阙下，岂非天意？"传令将冉闵押至阙下。慕容儁在侍者簇拥下登上宫门城楼，鼓吹手奏起献捷之乐。慕容儁先向远处围观的军民挥手致意，待耳边传来惊天动地的高呼万岁之声，才在龙榻上坐定。鼓吹之声暂停，楼下一阵骚动，冉闵已被押来，褐衣披发、满脸血污，但一身的凛冽之气并无半分衰减。

慕容儁踌躇满志地望着阙下的冉闵，清了清嗓子，高声喝道："冉闵奴仆下才，怎敢妄称天子？"

冉闵厉声反驳道："天下大乱，尔等人面兽心的夷狄之辈尚敢篡逆。我一时英雄，如何做不得帝王？"

慕容儁大怒，命人将他鞭笞三百，押至龙城遏陉山斩首埋葬。

冉闵被斩后，遏陉山方圆七里的草木忽然枯萎。随即蝗虫大起，周边几十里草木禾苗殆无孑遗，此后接连七个月滴雨未下。乡人都说冉闵鬼魂作祟，纷纷迁徙他地。慕容儁虽不以为然，但为了安抚民众，也只得赠冉闵以“武悼天王”的谥号，并遣使者来到遏陉山祭奠。使者焚香祷告，宣读祭文曰：“嗟尔冉闵：生为杰英，死为鬼雄。成败兴亡，皆为天命。谥汝武悼，慰汝魂灵。速去灾祟，无害百姓。”

祭奠初毕，漫天飞起鹅毛大雪，连下三日始霁。

冉闵的死讯传遍天下，早已震惊关中，捶胸顿足、痛哭流涕者有之，拍手称快、弹冠相庆者亦有之，更多的只是黯然东望，长吁短叹。王猛闻讯，忆起当年与冉闵的两次相遇，眼前又浮现出那个力敌猛狮、豪气干云的身影，不禁感慨万千，心绪久久不能平静。他独自登上华山，只见微微茫茫的昏氛，寂兮寥兮地笼盖四野八荒。天穹之下，万物渐渐隐去，仅余无边无际的虚空一片。虚空中仿佛隐隐透出无数未知之物，似是而非、若有若无，用心去看，又迷茫不可辨识。王猛遥望东方，心思从天穹返落人世，暗自叹道：旧乱初定，新乱又起，昨之枭雄陆续退场，今之枭雄又将登台。这场血腥绵长的大戏，唱得正酣。只是戏中平定天下的真英雄，究竟是谁？苻氏、慕容、姚羌、司马四家，似乎都有可能，又似乎都无可能。不知那位众生企盼的主角，此时究竟身在何处？

第十二章

单骑渡淮

眼看石赵、冉魏接踵而亡，河北局势再度生变，姚弋仲急火攻心，一病不起，急唤姚襄入帐道："这几日，我夜夜梦见天神登门索债，说当年借我号令羌人的白石神物，已到了归还之时。莫非天神嫌我活得太久，要催我早下黄泉？"

姚襄忙道："父亲安心养病，切莫胡思乱想。"

姚弋仲道："谁都有埋入土馒头的那一日，何所惧哉？我忧的不是死，而是羌人的前途。石赵、冉魏俱已灭亡，你助石袛击败冉闵，也算报答了石勒父子当年的厚恩。江山即将易主，滠头已不能久留，襄儿有何对策？"

姚襄道："羌人经营滠头已近二十年，岂能拱手相让？襄儿不才，愿与慕容白虏一决雌雄！"

姚弋仲摇头道："羌人都是肚皮破了塞草、肠子断了缠腰的硬汉，却也不能一味硬拼。白虏近年受皇天眷顾，兵强马壮，猛将如云，慕容恪、慕容霸更是用兵如神，其势头远非羌人能比。滠头必不可留。"

姚襄剑眉微扬道："天下之大，何患没有立足之地？"

姚弋仲轻咳了几声，喘着粗气说："天下虽大，留给羌人的地面却已不多，我思前想后，目前只有一条退路，可谓得之则生，不得则死。"

姚襄不解其意，忙问："是哪条退路？"

姚弋仲伸出右手，颤巍巍地指向南方道："归降晋朝。"

姚襄心中一惊，但仔细思忖，河北已不可留，陇南更不可回，关中已属氐人，中原又强敌环伺，唯有南下降晋，才是一条生路。想至此处，不禁点了点头。

姚弋仲见姚襄会意，便舒了口气，缓缓地说："我深知时日无多，早已暗中与晋人议妥归义之事。如今你的五位兄弟已身在建康，一来充作人质，二来为归义铺路。司马氏对羌人颇为看重，已将豫州刺史谢尚治下的谯城划为驻屯之地，并封我为六夷大都督、都督淮北诸军事，封襄儿为平北将军、都督并州诸军事。如今南下大略已定，襄儿尽快筹划行军事宜，率领羌人脱离险境。我已病入膏肓，不能再尽父职，襄儿应担当重任，励精图治，建立不世功勋。”

姚襄含泪点头：“谨遵父命，襄儿一定带领羌人成就大业！”

姚弋仲微笑道：“老夫已无所牵挂，襄儿更无须顾忌我的生死。就算病死路上，南下大计也不可延误。”

姚襄洒泪应允。姚弋仲忽然指着榻前的靴子道：“我一生仰慕华夏，只恨不能踏上晋土，做个堂堂正正的晋朝臣子。这双靴子，襄儿收好。等你归了晋朝，踏上晋土，便穿在脚下，也算替我遂了心愿。”

姚襄立即整军南下。羌族民众向来唯姚氏马首是瞻。姚襄因身先士卒、体恤下属而深孚众望，更被羌人视为天神。姚襄拔营南下，民众无不弃置产业，举家追随。权翼望见扶老携幼、宁死相随的景象，不禁掩泣道：“不意刘玄德携民渡汉江的故事复现于今日。”

行至阳平附近，姚弋仲遽然病亡。姚襄唯恐父亲的死讯搅动人心，给敌军留下可乘之机，便秘不发丧。更强忍悲痛，连克阳平、元城、发干三城，并在碻磝津渡过黄河。甫一渡河，便遭遇秦将高昌、李历的迎面拦截。姚襄携带民众，难以快速行军，便令前军抵住秦军攻势，后军保护民众向西南方奔走。行至荥阳，天气渐热，姚襄恐姚弋仲尸身难以保全，这才向三军发丧。军民闻知死讯，无不悲恸哭号，羌营内外哭声震天。

秦军趁机偷袭。

姚襄早有防范，率兵在麻田拦击秦军。战至酣处，姚襄的坐骑忽中流矢，倒地而亡。姚襄以戟撑地，挺身而起，只见秦兵正从四处蜂拥而来，齐声高喊：“活捉姚襄！”而自己身边除了武艺平平的胞弟姚苌，并无一人一骑。姚襄冲姚苌吼道：“景茂快走！”

姚苌忽然滚鞍下马，将缰绳塞到姚襄手中：“哥哥上马。”

姚襄喝道：“怎能让你替我受死！”

姚苌低声道：“狐假虎威，只要你在马上，谁敢伤我？”

姚襄提戟上马，心中暗赞：“这个二十四弟绝非等闲之辈，平日却小觑了他。”

早有数十名秦兵挺刀冲来，姚襄大展神威，接连刺倒七八人，余者吓得退缩不前。援兵随即赶来杀退秦兵。

姚襄终于率众进入谯城地界。界石以北，是群雄混战不休的逐鹿之地；界石以南，便是丰饶太平、衣冠隆盛的晋朝。姚襄新换的战马黎眉騧颇通人性，见姚襄在界石前勒住缰绳，便用前蹄叩击石座，发出“笃笃”的响声。姚襄拨转马头，遥望身后无边无际的大队人马，长长地舒了口气。

经过连月的颠沛流离，姚襄终于踏上晋土，不禁感慨万分。他忽然心念一动，跳下战马，换上父亲的皮靴，用力顿足。又俯身抓了一把泥土嗅了嗅，捏了一撮放在嘴里。晋土滋味虽异于滠头，却也软绵厚重。姚襄如释重负，自言自语道："襄儿已率众平安归晋，请父亲宽心。愿父亲在天之灵护佑我民永世平安。"说完面北跪拜。民众也纷纷洒泪北拜。

南行十余里，姚襄与前来迎接的晋朝使者相遇。姚襄见晋使衣冠磊落，言辞得体，心中不禁赞道："不愧是华夏正统，果然比北境人物文雅了许多。"

寒暄片刻，晋使道："豫州刺史谢尚大人仰慕姚将军已久，因军务在身，不能躬迎于谯城，颇以为憾，特请将军枉驾寿春，拨冗一谈。"

姚襄道："姚襄亦久仰谢将军大名。今日踏上晋土，本应立即拜见，怎奈天色已晚。明日定会亲赴寿春。"

当晚，姚襄安置士众驻屯谯城。次日一早，姚襄装束整齐，单人匹马，由两名晋使护送，飞奔寿春而去。

谯城距寿春尚有二百余里，按平日行军之速，至少要两天才能到达。好在沿途驿站密布，可以连续换乘快马。黎眉騧无须负重，只是空鞍随行。行至最后一个驿站，日已西斜。姚襄换下驿马，跨上黎眉騧，南行十余里，抵达淮河北岸。

晋使在一座茅亭边下马，指着洒满夕阳、水汽氤氲的河面道："过河再行一里路，便是寿春城。近日淮河涨水，浮桥已被冲垮，过河全赖渡船。姚将军可在茅亭稍候，等待渡船。"说完从亭柱上摘下两只大葫芦，递给姚襄说："此物唤作'腰舟'。我朝蔡谟老丞相乃是北人，每次过淮河浮桥，都不忘在腰间系上两只，以防不测。近日淮水势大，河心藏有暗流。姚将军也要系上为妥。"

姚襄把葫芦抛还使者，笑道："仁兄不要欺我是北人，不懂南方掌故。蔡谟丞相因此物留下两句笑谈，其一是'蔡公过浮航，脱带腰舟长'。其二更加刻薄，叫作'捧卵过桥'。我若用它，以后还有何面目号令众人？俗语云：'南人行船，北人骑马。'骑马涉水，须臾便至，何需苦待舟楫？"说着便欲扬鞭。

使者急忙拦住，正色道："不敢隐瞒将军，河中近日有鼍龙为患，屡屡伤人性命。官军多次追杀，都一无所获。将军骑马渡河，若遇此物则危矣！"

姚襄朗声道："我命在天。一条畜生能奈我何？"说着扬鞭纵马，沿着蒲草丛生的河滩急行而下。两名晋使立在岸上，不敢跟从。

黎眉騧自归姚襄驱使以来，从未见过大水，刚入河时小心翼翼，后来便渐渐兴奋起来，举颈挺胸，昂首嘶鸣，四蹄奋力划水，在金箔似的河面上激荡出两道长长的白色水纹。行至河心，果然暗流涌动，将姚襄连人带马冲得东摇西晃。黎眉騧抖擞精神，奋蹄晃颈，姚襄手握缰绳，随之俯仰欹斜。晋使在岸上看得心惊肉跳，唯恐有失。过了一盏茶的工夫，黎眉騧凫过激流，足踏河身，离河岸仅有三丈之遥，姚襄终于轻舒一口长气。

忽然，黎眉骟厉声长鸣，前蹄腾空而起，几乎将姚襄掀翻在水中。姚襄双手紧勒缰绳，双腿紧夹马腹，将马稳住，却见水中窜出一只硕大黧黑的怪物，张开布满尖牙的血盆大口，迎面直扑而来。姚襄左手握紧缰绳，拨转马头；右手拔出宝剑，向那物刺去。那怪物忽然一沉，潜入水中。姚襄驱马前行，怪物在水中猛一转身，突地跃出水面，从后侧袭来。姚襄听得真切，将腰身向右一拧，顺势猛挥猿臂，将宝剑向右方刺出，扑地一声，正中怪物颈下。怪物伤势不重，反而更加凶猛，甩起半人多长的尾巴，向姚襄冲来。黎眉骟轻轻一闪，躲了过去。怪物扑空，反将软肋暴露无遗。姚襄手疾眼快，一剑贯其腰身。怪物抽搐几下不再动弹，在鲜红的血水中缓缓浮起，身长一丈，长颚短腿，遍身鳞甲，正是晋使所说的鼍龙。

姚襄心想："周易云'见龙在田，利见大人'，见了鼍龙也算吉兆。"便将宝剑插在鼍龙头上，拖至岸上。黎眉骟奋蹄出水，围着鼍龙尸体转了一圈，又北望嘶鸣了两声，便向南驰骋而去。

过了半炷香的工夫，已来到寿春北门外。姚襄勒住缰绳，隔着护城河打量这座大名鼎鼎的古城。寿春一度贵为楚都，曾是仅次于燕下都的天下第二大都，但近世日渐衰败，规模已远逊当年。此时红日西蹉，赭红余晖洒满青灰色的城楼和斑驳的夯土城墙。一群归鸦从城楼上空掠过，不知飞往何方。

豫州刺史谢尚一身戎装，正在城内巡视，忽有守军禀报："城下有一人一骑从北驰来，正在城下逡巡张望，不知何人。"

谢尚亲自登城察看，见来人高大英武、气宇不凡，心中便明白了七八分，于是吩咐左右："取我琵琶来。"他精通音律，擅长丝竹管弦，平日琵琶、筝笛不离左右，军务之余吹弹一二,一则娱己，二则振作士气。小校抱来一只蓝底白花锦囊，解开白色丝绳，取出一把紫檀螺钿琵琶，小心翼翼地递给谢尚。

谢尚接来，侧身坐在女墙垛口。凝神屏气，左手抚弦，右手张开，蓄势片刻，十指忽如灵蛇出击般动起，乐声泠泠淙淙地激荡而起。左手五指或按或揉，或推或拖，右手五指或弹或挑，或滚或剔，如蜂蝶般转动飞舞，看得左右军校眼花缭乱。

姚襄听出此曲正是近年江南颇为知名的《大道曲》，已猜到此人便是谢尚，不禁自语道："久闻谢仁祖精通音律，豪迈洒脱，今日一见，果然名不虚传。他能用《大道曲》相迎，必已知我所好。不意千里之外，竟有知音。"于是掏出羌笛，将两根簧哨含入口中，十指按孔，鼓腮运气，苍凉的笛声伴着铿锵的琵琶声悠悠响起。

谢尚听到羌笛声，明白城下之人便是姚襄。又听他羌笛吹得高亢激越，与自己的琵琶配合得天衣无缝，心中暗自佩服：“久闻姚景国虽为羌裔，却多才儒雅，不在汉人名士之下，却未料此人竟如此精通音律。他身在北境，何以对我的曲子如此熟悉，又何以能与我合奏得如此妥帖？”

一曲奏毕，城上的军士无不喝彩。谢尚正欲放下琵琶，却听城下羌笛又悠悠响起，吹奏的却是乐府杂曲《行路难》。原来姚襄听完《大道曲》，想到自己南行之途绝无大道之便，唯有颠沛之苦，胸中顿起块垒。谢尚立即会意，便抱起琵琶与姚襄合奏。此曲低回婉转，凄凉惆怅，与《大道曲》截然不同，但二人默契相通，配合得仍无一处差错。此曲奏毕，谢尚放下琵琶，下了城楼。

吊桥缓缓放下，谢尚已除去甲胄，从城门阔步走来。姚襄见他身长八尺开外，身着布衣幅巾，姿容俊秀超逸，举止风雅从容，正是姚襄久涉于诗书，却从未见于世间的周郎般人物。谢尚望着姚襄，微笑点头，口占了两句七言诗：

“夕阳羌管对长风，莫道天地路难行。”

姚襄不假思索，应道：“寿春楼头大道曲，世人谁知是谢公。”

谢尚大笑道：“景国贤弟，来何迟也！”

姚襄也笑道：“一面交款，便若平生，何言迟也？羌人姚襄，奉先父遗命率众归义。已暂驻谯城，等候将军调遣。久闻将军大名，今日相见，足慰平生。”说完拱手施礼。

谢尚还礼后，手抚姚襄肩膀，笑道：“我与贤弟虽是初识，却一见如故。释家所谓的夙缘，恐怕也不过如此。我未料到景国会单人匹马而来，未能事先准备，实在失礼。”

“都怪我性急，未等渡船北返，便甩下贵使骑马渡河而来，唐突之处，请将军包涵。”

“淮河涨水后暗流湍急，别说骑马，就是行船也不易。贤弟身为羌人统帅，须保重万金之躯，切不可于小处弄险！”

姚襄微微一笑，将斩杀鼍龙之事轻描淡写地说了两句，谢尚听得瞠目结舌。

谢尚将姚襄引入刺史府邸，笑道：“谢某已吩咐左右，今日有博雅超尘之客造访，因此厅堂中须撤除仪仗等俗物。如今室内想必已经清静，请贤弟进去小坐。”

姚襄随谢尚进入厅堂落座，谢尚的七八名副将幕僚相陪，谢尚与姚襄把酒言欢，谈笑风生，甚是欢洽。

参军何融心头不悦，暗道：“我辈为刺史驱驰多年，也不曾受过如此礼遇。姚襄不过是个归降的羌人，究竟有何本领，能令刺史另眼相看？待我杀一杀他的威风。”于是举杯道：“听说北地有句俗语，‘骆驼见柳，渴羌见酒’。不知是真是假？”

众人听了无不掩口而笑。谢尚虽觉何融的玩笑不妥，但有心见识姚襄的谈吐应对，因此并未制止。

姚襄朗声笑道：“此言不虚，但喝醉之人不论夷夏，都叫醉汉，岂不有趣？”

何融张口结舌，一时语塞。

此时再无人敢轻慢姚襄。谢尚见他已令众人折服，便起身击掌道：“景国的文采，诸公都已领略；其武功如何，看其猎获便知。”遂命人将鼍龙抬来，众人无不色变，更将姚襄视为神人。

姚襄从此便立足谯城，休养生息，并与晋地名流交往甚密。他才学出众，又俊爽风流，颇受江淮名士赏识，不久便声名鹊起。

一日，谢尚邀姚襄小聚，酒酣处，忽然正色道：“景国视我为知己，谢尚三生有幸。愚兄亦有一言，不敢相瞒。景国率领滠头数十万军民南下归义，声势之大前所未有，足以令建康诸公寝食难安。知汝者称之为义举，不知汝者以为包藏祸心。况且晋地并非乐土，晋人也并非个个君子，爱汝者有之，忌汝者亦有之。景国须处处谨慎，保重万金之躯！”

姚襄一怔，忙道：“愿闻其详。”

谢尚以指蘸酒，在案上写了个“扬”字，低声道：“此人权势日盛，但最无气量，景国既要忍让，又要时时防他小人手段。”

姚襄会意，沉思片刻问道：“荆又如何？”

“荆扬二镇是我朝两大柱石，豫州又恰恰位于荆扬之间。贤弟如此聪明，必然已有主张。”

姚襄从温壶中执起青瓷鸡首酒壶，在两只酒盏中斟满酒，持盏道：“多谢兄长提醒，仁祖兄肝胆似冰雪。姚襄无以为报，唯有感恩戴德，听从驱使。”

谢尚道：“我与景国一见如故，莫逆于心。世事难料，日后或同袍同泽，或兵戎相向，愿你我契于初心，不负生死之谊。”说完一饮而尽。

姚襄一气喝完满盏温酒，腹中却生出一阵寒意。

回到军营，姚襄立即与姚苌、王亮、薛瓒、权翼等首领商议拜谒桓温之事。众人皆无异议。姚襄问道：“座中不乏舌辩之士，不知哪位愿为我南下江陵，拜会桓荆州？”

薛瓒道：“瓒虽不才，愿凭三寸不烂之舌通好于荆州。”

永和九年（353）九月，江陵城内暑气初退，城外早已一片秋色。桓温秋兴正浓，加之无甚急务，便换上戎装，跨上战马，带领侍卫牵犬擎鹰，出城射猎。桓温猎获颇丰，见日已偏西，便收拾猎物乘兴而返。行至官道，忽有车仗迎面而来，桓温见其宽衣博带，装束非常，心中生疑，喝问道："来者何人？"

一人从车内探头笑道："老贼如此装束，是要行杀戮之事吗？"正是江左名士刘惔。

桓温问道："刘真长不在建康当你的丹阳尹，跑到荆州做甚？"刘惔仍在车内稳坐，笑道："习凿齿近日干了一件功德无量之事，你可晓得？"

桓温摇头。

"习凿齿从北方请来一位高人，正是四海闻名的漆道人释道安。大和尚先驻锡襄阳白马寺，又开创檀溪寺，实为荆襄丛林之盛事！我远在丹阳，仍不辞舟车之苦前去拜谒。老贼近在咫尺，不去清谈，却穿上这身行头，做此等俗事！"

桓温瞪了刘惔一眼，厉声道："我若不做这等俗事，只怕你早已命丧胡虏之手，焉能作此清谈！"

刘惔莞尔一笑，道了声"失陪"，马车隆隆而去。

桓温余恨未消，骂道："天下纷乱，半因胡虏，半因刘真长之流！"

话音未落，只听一人笑道："久闻桓公英爽之名，今日一见，果然名不虚传。"桓温转头看去，只见一人牵马立在身后，虽为文士模样，却英气勃勃，全无刘真长之流的酸腐气，身后侍从个个身着窄袖胡服，不似华夏人物。于是诧异问道："足下却是何人？"

那人拱手道："太原薛瓒，奉平北将军姚襄之命拜谒征西大将军。"

桓温笑道："却是个胡儿！"

原来薛瓒是太原匈奴后裔，但早已改用汉姓，言语更与汉人无异，若非知情的亲故，或是消息灵通之士，都不知他是胡人出身。薛瓒听了桓温的话大为惊讶，正不知如何回答，忽见桓温鞍上悬挂死狐，于是脱口而出："'狐儿'吗，在北曰狐，在南曰貉，将军因何要问？"

桓温大笑："先生辩才无碍。小小玩笑，乞望勿怪。"

薛瓒趁机向桓温呈上姚襄的亲笔书信，桓温阅后，觉得文理通达、言辞古雅，不禁大为惊讶。他早已耳闻姚襄的才略，今日见了来使和来函，更确信姚襄不是寻常人物。羌族本已人多势众，实力不在汉人之下，再辅以姚襄的声望才干，日后必会成为自己的劲敌。但转念一想，姚襄眼下驻屯谯城，距荆州颇远却距扬州甚近，就凭殷浩那副肚量，岂能容下姚襄这样的人物？姚襄若能与我交好，或能成为与殷浩抗衡的一枚棋子。于是将薛瓒奉为上宾。

当晚，桓温在府中大摆酒宴，请薛瓒在客席坐定，下属依序陪坐。乘着酒兴，桓温与众人臧丕古今英雄人物，不知不觉便论及当今江东人物。

桓温问薛瓒道："薛先生以为，我朝第一流人物，都有哪些？"

"南国人物，首推荆扬二州，桓公和殷公，乃是个中翘楚！"

桓温摇头道："这是昨日旧话，如今的次序应重排一番。"

众人忙问："如何重排？"

桓温朝薛瓒笑道："薛先生的东家英明神武、风流倜傥，江左本无如此俊杰，多亏皇天眷顾，将其引入南境。此人当列第一，我只敢屈居次席。"

散席后，桓温问习凿齿道："先生如何评论薛瓒此行？"

习凿齿道："姚弋仲命姚襄南下归义，此举合情却不合理。羌人不敢与诸雄逐鹿中原，却向建康称臣，不过是韬光养晦罢了。羌人失了滠头老营，四处流亡，必然要吃一番苦头。不过，一个人口数十万的强盛大族，无论迁往何处，都足以撼动天下大势。唇亡则齿寒，鲁酒薄而邯郸围，姚襄的一举一动都关系天下大势，万万不可小觑。"

桓温点头却不搭话。

习凿齿又问桓温："桓公褒赞姚襄的话若被殷浩听到，恐怕会引出风波。"

桓温笑而不语。

习凿齿接着说道："羌人是六夷中的大族，实力仅次于鲜卑，与氐人不相伯仲，眼下却进退失据，极不寻常。燕、秦两家虎视眈眈，都伺机兼并，姚襄却南投我朝，正是天意。窃以为，得羌众者必能得天下。桓公志在四海，宜早图之！"

桓温哼哈两声，却不置一词。

桓温留薛瓒住了三日，临别又备下厚礼和亲笔书信。

回到谯城，薛瓒向姚襄复命，并呈上桓温的回信与礼品。姚襄颇感欣慰。

薛瓒走后，姚襄翻阅文书，思索军政要事，直至深夜仍无睡意。于是披了斗篷，来到庭院。见夜深人静，星河满天，便长叹一声，低声吟道：

更寒觉夜永，霜冷坐秋庭。
鹏鸟今已去，谁与论苍生？

忽听身后"当啷"一响，似是刀剑坠地之声。姚襄仗剑转身，只见一名黑衣大汉正在躬身捡拾地上的长剑。

姚襄喝道："你是何人？"

那人撇剑俯首拜道："姚将军饶命，小的罪该万死。"

姚襄的侍卫闻声赶到，将黑衣人擒下，捆了个结实。姚襄喝退众人，亲手将黑衣人身上的绳索解开，带了两名贴身侍卫，将他押进室内。

姚襄请黑衣人落座，亲手斟了碗羌茶，端到他面前道："秋夜正凉，此茶最宜驱寒。"

黑衣人战战兢兢，犹豫了一番，终于接来一饮而尽。

姚襄又问："有朋自远方来，不可无酒。羌酒敢喝吗？"黑衣人点点头。侍卫端来一只插了竹管的酒罐，姚襄自己捻管咂了两口，黑衣人也连咂几大口。

姚襄问："足下茶酒足否？"

"足矣。"

姚襄道："茶酒既足，何不坐下一叙。"说着向两名侍卫挥手说："我先跟这位朋友谈谈天，二位去给他收拾一间客房出来。"

"大人不要忘了，此人是刺客！"

"这位朋友与我并无仇怨，不过是受人差遣。"

黑衣人肃然起立，拱手施礼说："久闻姚将军仁爱之名，今日相逢，才知百闻不如一见。"

姚襄笑道："你若不坐下，我便站起来陪你。"

黑衣人这才坐下。二人谈笑风生，直至夤夜。姚襄见黑衣人已无戒心，便问道："殷刺史与我有何仇隙，竟欲置我于死地？"

"殷大人名满天下，号称江东第一名士，其实只知清谈，于治国用兵之事浑然不懂。当年庾大征西、庾小征西、谢尚、王濛都苦劝他出山，他执意不肯，隐居十年，身价越隐越高。朝廷后来将他请出山来，要与桓温大人抗衡。他自知不敌桓温的才略，便一味在虚名上做文章。姚将军单骑渡淮，与谢尚大人互为知音，又舌辩群英，早已折服众人，桓荆州更将姚将军推举为江东第一。如今江东众生只知姚襄，不知殷浩。殷大人因此忌惮万分，必欲置将军于死地。"

姚襄默然。

次日清晨，姚襄亲自将黑衣人送至城门外。黑衣人洒泪离去，走了几步，忽然转身说："在下无以报答将军厚恩，只能提醒将军小心谨慎，提防扬州来客。"

姚襄笑道："多谢提醒。扬州再有客来，我自有茶酒款待。"

数日后，姚襄从屯田处骑马回城，到了城门外人马稠密处，便按辔缓行。人群中突地跳出一名短衣大汉，迎面挡在姚襄的马前。姚襄急忙勒马，那人却突然深施一礼道："小人是扬州殷刺史派来的刺客，特来拜见姚将军。"姚襄听了微微一笑，身边的侍从却惊出一身冷汗，个个拔刀出鞘，欲冲上前。姚襄伸手制止。

"你究竟是奉命刺杀我，还是奉命拜见我？"

“殷刺史派小人刺杀姚将军，小人既不敢抗命，又不能从命，只好前来拜见将军，一来告知将军实情，二来一睹将军的尊容。”

“殷刺史的命令，你为何不从？”

“姚将军从河北南下归义后，坊间都夸赞姚将军忠君守义、礼下好仁，又儒雅洒脱，多才多艺，是孙伯符、孙仲谋一样的英雄。殷刺史只因嫉妒将军的令名，便派人刺杀，是‘小水容不得大船’。小人虽受殷刺史驱使，却不愿行不义之事，向将军坦白后更觉爽快，虽死无憾。”说完俯身便拜。

姚襄下马将刺客扶起道：“你是建康来的贵客，姚某招待不周，深感不安。”刺客满面羞愧，无地自容。

姚襄令侍从取来酒饭，并以钱帛相赠。刺客受了馈赠，与姚襄洒泪而别。

长史王亮见此情景，不禁肃然叹道：“明公脱离险境，立足江淮，此为地利；仁义之名远播海内，此为人和。若再假以天时，必能御风而起，成就大业。”

姚襄答道：“多谢王先生吉言。天时地利都不敢强说，若说人和，也只有虚名而已。姚襄奉先父遗命，诚心归附晋朝，却遭遇殷扬州这等人物。连性命都朝不保夕，还奢谈什么大业。”

薛瓒道：“木秀于林，风必摧之。明公身为羌人，却能凭借才学气质在衣冠云集的晋地脱颖而出，名重江东士林，堪称千古佳话。殷浩越是忌惮，越显出明公卓异非凡，不在华夏英杰之下。明公若能设法与殷浩交好，必能崛起于江淮之间，与桓、殷并肩于东南！”

“薛先生谬赞。可惜我与殷浩命理相克，水火不容。太似夷狄，必惹他嗤笑；太似华夏，又招他嫉恨。我苦殷浩久矣，必要寻一个得理不让人的由头，让他威风扫地，贻笑天下！”

姚苌道：“小不忍则乱大谋，兄长切勿忘记谢豫州的忠告，何苦与殷浩斗气。”

姚襄冷笑道：“人各有志，亦各有命。我身为羌帅，要么纵横天下，问鼎中原，要么一败涂地，亡命山林。绝不能忍气吞声，寄人篱下。景茂能屈能伸，却是个天生的头领。他日我若遭逢不测，愿景茂能继承父兄遗志，率领羌人再寻生路！”

薛瓒听他说得凄凉，急忙引开话题道：“殷扬州行刺不成，必会再施毒计。我等这便退下，增派护卫，严加防范。”

姚襄听了无动于衷，万念俱灰地叹了口气，望了望东南的天际，只看到灰不灰、白不白的一团混沌。

第十三章

殷浩北伐

转眼临近霜降节气，华山脚下忽然白霜遍野，仿佛下了一场微雪。

旭日初升，金晖铺地，白霜渐渐消融，化作细细密密的点点微光，刺得王猛睁不开眼。他肩头背了半筐新采的榛蘑，穿过一片杂木林，忽见前头飞檐翘耸，溢彩流光，正是大名鼎鼎的华山西岳庙。

这西岳庙始建于西汉武帝年间，是历代帝王祭拜华山之所，可惜近世已经衰败，山门、配殿都已倾颓，仅余一座重檐主殿孑然而立。大殿远观颇具气势，入内却无甚可观，唯有遍地狼藉，四壁萧索。王猛绕殿一周，嗟叹两声，却见几根断柱之后露出一段木楼梯，虽然生满蛛网灰尘，却无甚破损。于是拾级上到楼顶，饱看四周山色，胸中逸兴勃发，口占四句七言诗道：

峰峦四望万千重，
雾起风停客匆匆。
来时我在青山腹，
归去青山在我胸。

吟罢兴尽欲归，忽听殿外有人喝道："我儿，还不过来？"

只见一位华服贵人，在文武侍从的簇拥下，从大殿左侧款款而来，正是秦国皇帝苻健。

苻健左手牵了一位美艳女子，右手搭在一位武将肩头，眉飞色舞地问那武将："初至关中，便随朕游豫登览，饱看华山秋色，不知我儿作何感想？"

众人一阵哄笑。

原来那武将唤作张遇，本是石赵豫州刺史。石氏覆灭后，豫州南有晋军侵扰，北有燕军蚕食，张遇为求自保，便降了秦国。适逢苻健巡游弘农郡，张遇亦在侍臣之列。此前，苻健见张遇的继母韩氏年轻貌美，便纳为昭仪。因为这段姻缘，三十六岁的苻健阴差阳错地当上半百老翁张遇的继父。苻健贵为皇帝，却不甚讲究君臣之礼，私下常以“我儿”肆意称唤，全不顾及张遇的颜面。今日在大庭广众之下喊出这一称呼，更令张遇倍感尴尬。

张遇黑着脸支吾道：“臣亲睹大秦山川之美，深感荣幸。”

侍臣樊世趁机捉弄道：“你应如此作答：‘父皇，儿臣亲睹大秦山川之美，深感荣幸。’”

禁不住一群促狭鬼起哄架秧子，张遇只得红着脸答道：“父皇，儿臣亲睹大秦山川之美，深感荣幸。”

众人捧腹不止。

张遇沦为苻健儿臣，已深以为耻，又受众人耻笑，更加羞愤难当。但他是个仰人鼻息的降将，既不敢怒，亦不敢言，只能将怨愤之气憋回胸膛，埋藏在骨髓深处，却将一张憨蠢的笑脸示于众人。

“哈哈哈！”

一阵爆笑响彻云霄。

笑声渐渐远去，苻健君臣渐行渐远。王猛也离了大殿，沿着起伏不定的山路走向自家草庐。朝阳越升越高，地上的白霜早已消散，化作晶莹剔透的层层碧珠，将秋林衰草装点得如梦似幻。但王猛却再无来时的闲情逸致。张遇那强压怒火又强颜欢笑的窘态仍在他眼前不时浮现。

那窘态之后，分明是一副叛逆之相！

穿过一片竹林，忽听身后传来人声：“景略，景略。”

转身看去，一个高大的身影迎面而来，竟是薛强。

“威明兄因何在此？”

薛强拍了拍腰下佩剑，笑道：“来干一笔大买卖。”

“又要南塘一出？”

薛强诡秘地笑道：“那都是小买卖。近日苻健畅游华山，不料手下有人动了念头，联络一干豪杰，要趁机取他性命。”

王猛问：“何人如此大胆？”

薛强略显犹豫，低声答道：“无须瞒你，是昔日豫州刺史张遇。”

“可是被苻健唤作孩儿之人？”

“正是。”

王猛笑道：“此人必不能成事。”

“景略何以知之？”

“我有幸见过此人。浑身怨气，叛心早已写在脸上。苻健对他必有防备。况且苻健虽为氐人，却不是昏暗残暴之君。张遇无德无能，只是一个朝秦暮楚的小人。为区区张遇而杀苻健，恐非智者所为。”

薛强点头道：“英雄所见略同，所以我此行并未带来大队人马，只携了几个亲兵，不过见机行事罢了。”

王猛点头赞道：“两年不见，薛兄已是手握重兵的一方诸侯，可喜可贺。”

薛强踌躇笑道：“一万人马，还算不得重兵。景略若有闲暇，可去河东看看我坞壁之固、兵马之盛。”

“那是自然。”

薛强在王猛家盘桓数日，派亲兵四处打探消息，才知张遇无隙可乘，已随苻健回到长安。薛强心中石头落地，决定返回河东。王猛便陪他下山，一直送到官道旁。

官道上风烟俱净，只有对面稀稀拉拉走来几个行人。薛强跨上骏马，向前张望两眼，脸色一变，低声道：“前面这几人好不尴尬，不知是官府的鹰爪子，还是道儿上的朋友。景略回避一下，待我上前查问。”

薛强差两个亲兵护了王猛，正要后退，对面的几人已大踏步迎了过来。为首之人一身劲装，腰挎长刀，抱拳问道：“阁下可是河东薛威明？”

“不错。你是何人？”

“江东荀羡，奉扬州刺史殷浩之命，去河东寻薛公商议要事。得知薛公已至华山，特意赶来相会。”

“僻陋野人，得高士错爱。不知殷公有何要事？”

“殷公定下北伐大计，并在秦国寻得内应。一旦时机来临，便里应外合，传檄天下。愿得薛公相助，勠力驱除胡虏，还都洛阳！”

薛强大喜道：“驱除胡虏，还都洛阳，亦是我平生之志。薛某麾下有万余精兵，可供殷公驱使，共成大业！”

荀羡道：“幸甚，幸甚。小可还要去长安传递消息，无暇与薛公促膝长谈，就此别过！”

“静候殷公号令！”

“薛公保重！”

薛强望着荀羡远去的背影，问王猛道：“江东殷浩是第一流的清谈高手，却未必谙熟军事。朝廷由他主持北伐，不知有何深意。”

王猛答道：“想必是司马氏有意助殷浩成事，以牵制桓温。”

“言之有理。江东将才不足，就连大名鼎鼎的桓温都算不得知兵之人，更何况殷浩。景略卜算一下，此番北伐，他能有几成胜算？”

王猛冷笑道："福祸相依，局势难料。羌人举族归降建康，为江东带去霸业之资，本是天大的好事。可惜殷浩并无驾驭羌人之能，却与姚襄渐成水火之势！长此以往，姚襄必会反叛，动摇晋朝根基。形势如此紧急，殷浩不去化解羌乱，却要北伐秦国，非智者所为也。我看他此行只有败算，并无半分胜算。"

薛强颇不情愿地点点头，长叹一声，扬鞭东去。

三日后，苻健外出巡游，经过宫门，见黄门官刘晃神态异常，便厉声喝道："刘晃过来！"

刘晃忽然脸色煞白，两腿痉挛，浑身战栗。

苻健怒道："这厮必有歹事瞒我。速速拿下审讯！"

刘晃经不住拷打，供出自己受张遇教唆，与羯族豪强孔特、胡阳赤，匈奴豪强呼延毒等人结盟，密谋刺杀苻健。

苻健大怒，立即命人擒杀叛贼。张遇未及逃命，被枭首示众。孔特、胡阳赤、呼延毒等人却逃离长安，纠合党羽，往东南而去。

听说张遇的同党都已走脱，苻健郁闷了一整天，直至深夜，犹在殿内来回踱步，苦苦思索对策。

忽见贴身太监引了太尉雷弱儿匆匆而来。

"陛下，臣今日收到密信一封，事关重大，特来告知！"

雷弱儿出身南安羌族，却未追随姚弋仲，反而与氐酋苻洪结成生死之交，毕生不离左右。苻洪殁后，雷弱儿又辅佐苻健，堪称股肱。

苻健从雷弱儿手中接过细腻挺括的江南藤纸信封，眉头微微一蹙。又看到信封上"扬州刺史之印"六字朱红印文，眉头更紧了一分。苻健抽出信笺一气读完，紧锁的眉头渐渐舒展，最后忍不住放声大笑。

笑声未落，贴身太监快步趋来，低声道："左仆射梁安有机密要事求见。"

苻健收起脸上残余的笑意，向雷弱儿递了个眼色。雷弱儿会意，立即藏身楠木大柱之后。

脚步声紧，梁安进前急奏道："臣收到密信一封，诡异无比，特来告知陛下。"说完从怀中掏出一个藤纸信封，双手递了过来。

苻健一眼瞥见信封上猩红的印文，欲接又止，捻须冷笑道："梁大人，朕有隔物看字之能，无须启封，便能读出此信。"

梁安一愣。

"这是扬州殷浩的手笔。他许下高官重爵，劝你取我颈上人头，是也不是？"

梁安大惊失色，跪地辩解道："我与殷浩素无瓜葛，陛下切莫误会！"

苻健哈哈一笑，将他搀起问道："他以何等官职相许？"

"秦州别驾。"

苻健冷笑道："殷浩果然精明，以区区别驾之职收买堂堂左仆射，真是闻所未闻的奇事！"

说完拍了拍梁安藏身的楠木大柱，大笑道："秦州别驾已至，刺史还不出来？"

雷弱儿现身柱后，望着梁安捧腹大笑。

梁安将信扯成两段，也忍俊不禁。

苻健捻须道："难得殷浩迂呆若此，何不将计就计？请雷大人立即回信答应殷浩，并邀他速引大军北伐许昌、洛阳。朕派兵伏击，可获全胜！"

雷弱儿领命而去。

扬州乃《禹贡》九州之一，西汉十三刺史部之一，东汉十三州之一。州治最初设在历阳，东汉末年迁至寿春。三国时魏、吴两国各置扬州。晋灭吴后，南北扬州合二为一，治所设在建康城西侧的西州城内。

因为是都城建康所在之地，扬州位居晋地八州之首，扬州刺史也多由百官之首兼任，尊贵无比。不过，西州城内的刺史府邸却毫无富贵奢华之气，清幽虚静，冲淡平和，与其新任主人的脾性颇为契合。

殷浩刚刚阅完文牍，照例来到庭院，沿着卵石铺就的小径来回踱步。他是名士殷羡之子，生得清雅劲瘦，又久习老庄之学，越发显得仪态超迈。今日不知何故，殷浩的脚步乱了节拍，较平日略快半分。走了几圈，来到书房门外。侍候在门口的书童见他额上渗出汗珠，急忙将一把六角竹扇递了过来。殷浩抖了抖长袖，露出保养极好的双手，轻拍两下，伸右手接过扇子摇两摇，又瞟了眼扇面上四个飘若浮云、矫若惊龙的草体字，笑道："好一个'穆如清风'。逸少先生将四字写在扇上，无须挥动，清风自来。"

殷浩轻摇竹扇，前脚刚进书房，一名相貌清秀的杂役后脚便跟了进来，递上一张麻纸信函，用抑扬顿挫的腔调禀道："刺史大人，王右军府中有人来过，呈上书信一封。"殷浩重仪表、好清谈，并能由己及人，因此府上仆役个个清爽斯文、伶牙俐齿。殷浩启函取出一张雪白的茧纸信笺，看了两眼，忽然气呼呼哼了一声，将纸揉成一团，掷在地上。书童从未见过殷浩发火，见此情形有些错愕。杂役却弯腰拾起纸团藏在袖内，窃喜道："今日是哪位神仙发了慈悲，竟助我得了王羲之的墨宝！"

殷浩扔完信笺，余气未消，晃了晃手中的竹扇，忽然觉得扇上墨迹俗不可耐，连扇出的风都带着一股子俗气，真想掷在地上踏成齑粉，却又不敢在下人面前过于失态，否则传扬出去，难免像王蓝田一样，因为吃鸡蛋的小事落下忿狷的千古恶名。于是喘了口气，摆出气定神闲的模样，将扇子还给书童，心中却骂道，好个王羲之，不念交往多年的旧谊，反而替桓温说话，阻挠我的北伐大计，还大言不惭地说我“精于清谈，拙于计谋”“切勿用兵，用兵必败”。要说书法笔势，自然我不如你，要说治国统兵，却是你不如我！况且此番北伐，并非我殷浩贪功，而是替朝廷扬威，继而挫灭桓温气焰。桓温蔑视朝廷的本钱，便是灭蜀之功。我若北伐成功，势必功盖桓温，届时老贼自然服帖，尾大不掉之势也会轻松化解。此种深意，岂是你王羲之能看破的？

殷浩暗自将王羲之驳斥一番，心中略微平复了几分。怒气消退，又恨自己定力不足，竟被一封书信扰乱方寸，于是默念自己的名言，聊以自勉：

“我与我周旋久，宁做我！”

他回到书房坐定，准备向王羲之回函细述北伐主张，顺便驳斥几句。刚写完“浩顿首”三字，忽见荀羡火急火燎地闯了进来。荀羡是汉末名士荀彧的后人，才学出众，年纪轻轻便已官居北中郎将之职，是殷浩极为看重的心腹。

殷浩屏退左右，低声问道：“此次可曾得手？”

荀羡苦笑道：“上次的人好歹是失手就擒，这次更加不济，见姚襄凶猛，不敢接近，竟然望风而逃。”他深知殷浩的脾性，因此未敢如实禀报。

殷浩终于按捺不住，拍案喝道：“难道我扬州治下都是懦夫女子，竟无一人敢杀姚襄？”

话音未落，窗外一个女声慨然应道：“懦夫便是懦夫，与女子何干？”

一位身着劲装，姿容英爽的女子敏捷地跳进屋内，却是殷浩的同父异母小妹殷沛。她自幼习武，精于刀剑技击之术，又任侠果敢，是建康城出了名的巾帼英豪。

殷浩喝道：“我正在商议要事，还不退下！”

殷沛撇嘴道：“一名小小羌贼，竟让堂堂扬州刺史费尽心力，真是咄咄怪事。这事若交给我，十日内必提姚襄之头见你。”

殷浩哼了一声，挺起胸脯，抖抖衣袖，摆出扬州刺史的派头喝道：“军中无戏言，岂能由你信口胡说！”

殷沛冷笑道：“十日内，我若斩不下姚襄之头，你可派人取我首级！”说完越窗而去。

殷浩吩咐荀羡道：“派人盯紧，莫让她惹出事端，坏了我的北伐大计。”

“末将一定安排妥当。”

殷浩心情又平复了几分，整整幅巾，抖抖衣袖，周身又散发出清虚超尘的名士风范。他飘飘洒洒地来回踱了几步，徐徐念出父亲留下的千古名句："沉者自沉，浮者自浮。"

荀羡心领神会，冷笑道："这回必让姚襄一沉到底，永世不得上浮！"

却说殷沛乔装来到谯城，只见旌旗严整、号令有序，心中惊讶不已。又见姚襄轻骑简从，与军民同甘共苦，全无羌帅派头，才知兄长对姚襄的评语多为不实之词，刺杀姚襄的心气骤然消退大半，从自觉为之降为不得不为之。

殷沛与自己周旋良久，终于将心一横，备马仗剑，准备见机行事。起初，殷沛见姚襄既无护卫，又无防备，似乎能一击而中；随后又觉得姚襄以万民为护卫，取其性命其实难比登天。殷沛只恨自己轻狂草率，不分青红皂白立下军令状，如今才落得骑虎难下的境地。

十日之期转眼已过，殷沛既不忍下手，又不敢回绝兄长。左右为难之际，忽有亲兵携殷浩手札来见。殷沛接来读道："十日之期已失，逆贼之头安在？切记军无戏言！"

殷沛心中烦躁不已，终于狠下心来，仗剑上马，来到城门之外耐心守望。红日西斜，城外劳作的羌汉百姓纷纷回城。姚襄身披猩红斗篷，骑着黄骠马款款而来，英爽洒脱，在人群中颇为显眼。

殷沛心头一紧，浑身筋骨蓄足气力，悄然拨转马头，徐徐向姚襄靠近。

忽见姚襄勒住缰绳，立在城门右侧，示意众人先行。猩红的斗篷随风摆动，几乎打到殷沛的马头。

机不可失，殷沛心中怦怦直跳，左手持剑鞘，右手握剑柄，"嗖"的一声拔剑出鞘。

"有刺客！"

只听一声大吼，几十条大汉抄起锄头、钉耙、抓钩、扁担，呼啦啦围了过来。

姚襄转过头，见殷沛手持利刃，一副惊慌失措的模样，心中早已明白。他俊眉微扬，假意笑道："不过是个卖剑的扬州客，何必大惊小怪。"

众人听了，哄笑一声散去。

姚襄头也不回地进城远去，只留下殷沛两颊火热地呆立原处。

半个月后，建康城北王师齐聚，旌旗连天。这等盛况已多年不见。

司马昱、殷浩并肩连辔。一个襟袖飘然，一个羽扇纶巾，气质相若，神态相仿，如同一对兄弟。此时刘惔、王濛都已病故，司马昱失去赖以资政的左膀右臂，对殷浩愈加倚重，视其为对抗桓温的唯一希望。

“殷公北伐，是我朝多年不遇的盛况壮举！如能成功，必将一举扭转天下大势！请满饮此盏，以壮行色！”

司马昱鼓起瘦瘪的胸脯，攒足慷慨之气，竭力说完。轻挥袍袖，一位小黄门立即端了酒盏，立在殷浩一旁。

殷浩将羽扇交给侍从，伸手来接酒盏。他骑术不佳，这一伸手，连带整个腰身猛然一晃，旋即全身失衡，竟然从马上重重栽倒在地。

“出征在即，主将坠马。此不祥之兆也！”

司马昱身后的王羲之厉声喝道。

殷浩从容起身，拂去衣襟上的枯草落叶，重新踩镫上马，瞟了王羲之一眼，微笑问道：“逸少先生何时信起了妖谶之言？”

王羲之冷笑道：“殷公身为国朝柱石，一举一动都关系天下大势、万民生计。北伐之计，关乎国运，你却不察敌情，又轻信敌军谎言，中计而不自知，岂不悲哉！”

“秦国太尉雷弱儿甘为内应，已在长安东南举事，逸少先生竟然不知？”殷浩悠然问道。

王羲之气得肩头乱颤，厉声道：“举事的不过是呼延毒之流，乌合之众耳，与雷弱儿何干？况且雷弱儿已官至秦国太尉，怎会为区区刺史之职冒险弑主？”

殷浩淡然一笑，回了句：“见机而作，方为良将。”

王羲之既是士族领袖，也是自己的多年至交、朝中亲党，殷浩对他纵有万分不满，也不敢批驳太重，只能点到为止。

殷浩说完，挥起飘飘洒洒的衣袖，以俊逸出尘的优雅之态向送行的众人作别，率大军北征而去。众人见他不似出征之将，倒像赴约的清谈之客，无不为他捏了把汗。

数日后，殷浩抵达寿春，命谢尚、姚襄合兵一处，火速北进许昌，自己却在寿春坐镇指挥。

谢尚与姚襄商议道：“殷浩是个清谈高手，打仗却是门外汉。所谓秦国内应，或是臆想之事，或是梦中所得，岂能当真？与其听他梦呓，不如按兵不动，以免中了秦军诡计。”

姚襄道：“都由兄长定夺。”

大军遂就地驻扎。

殷浩闻讯大怒，派信使传来口谕：“若违抗军令，坏了北伐大计，绝不宽恕！”

信使走后，二人相对黯然。沉默良久，谢尚吐了一口闷气，缓缓道："殷浩本是个纯良淡泊的君子，一旦大权在握，便生出小人肚肠，一日狠似一日，岂不怪哉？看来弄权却似服散，虽得一时之快，终究会坏了心智，坠入痴狂之境。"

"兄长所言极是。你我倘若抗命，则必受重责；倘若听命，又恐遭大败。不如徐徐进兵，见机行事。"

大军来到颍河南岸，沿着河堤向西北方向行进。行至诚桥，河堤上忽然鼓声大作、号角齐鸣，苻雄、苻菁率领伏兵遽然冲出，将晋军杀得丢盔卸甲、星落云散。

谢尚仓皇逃往淮南，秦军紧追不舍。姚襄抛弃辎重，拼死杀退秦军，护送谢尚退驻芍陂。

清点残兵，仅余一万五千多人。谢尚喟然叹道："三万人马死伤过半，若非景国拼死相救，只怕贱躯难存。谢尚还有何颜面见我江东父老？"

姚襄道："胜败乃兵家常事，兄长不必自责。"

谢尚道："我深知殷浩为人。三日之内，必会将我送交廷尉。"

姚襄厉声道："殷浩中计而不自知，强驱将士深入险境，他却远避石矢，作壁上观。遇挫不知自责，却把主将送交廷尉。如此不公，岂能服众？"

谢尚只是苦笑。

姚襄道："待我找他理论，为兄长讨回公道！"

谢尚摆手道："送交廷尉，却也不怕，怕的是我镇守豫州十二年，一旦离去，恐有变乱。如今豫州大小将领，无人能望景国之项背。我欲以豫州军务相托，不知贤弟能否应允？"

姚襄立即俯身拜道："蒙兄长不弃，必当不计生死，不负重托！"

两日后，殷浩帐下督护引着囚车飞驰而至，念了殷浩手谕："谢尚轻敌躁进，招致大败。特收捕廷尉，以正军纪国法！"

谢尚神态自若，脱了甲胄，缚了双手，径自登上囚车。一片冲天黄尘滚滚南去。

姚襄取出羌笛，吹出一曲凄婉悠长的《折柳词》。黄尘落定时，囚车早已不见踪影，唯有幽咽的笛声绵绵不绝地回荡在虚空。

殷浩此时忧心忡忡。

诚桥之败已归罪于谢尚，因此并不十分令他担心。倒是姚襄未遭重创，又从谢尚手中接过豫州军事，实力有增无减。若想不出遏制之策，只怕日后更难对付。

他百思不得一策，便将荀羡唤来问计。

“谢尚已将豫州军事托付姚襄，不知令则有何对策？”

荀羡猜透殷浩心事，献计道：“谢尚精于琴弦，疏于弓弦，如今罢黜而去，不足为惜。怕的是姚襄得了军权，必成大患！大人碍于情面，不愿亲手除奸，何不假借魏憬之手？”

殷浩大喜，轻挥羽扇道：“魏憬亦是石赵降将，留之无益，去之无由。姚、魏相斗，可一举而除两害！”

荀羡笑道：“姚、魏皆是北来的伧夫，好勇斗狠，自相杀伐，与大人何干？”

殷浩点了点头，脸上忽然饱含忧国忧民之色，慨然叹道：“世人恨我容不下姚襄，骂我量小心毒。其实，我与姚襄之间哪有半分私怨？都是为国事着想罢了。他是北地羌人，忽然投奔我朝，实在可疑。如今叛心昭然，正应验了我昔日之疑。此类人物，越是儒雅多智，为害越大。事到如今，岂能再以恻隐之心待之？”

立即密令魏憬：“姚襄谋反，请速斩之。事成可尽得姚氏部众，尽收其地。”

魏憬大喜，立即点了五千精兵，乘着夜色偷袭姚襄营寨。岂料姚襄早已收到密报，厉兵秣马静候营中。魏憬中计战死，五千士卒尽数归降。

殷浩大怒，又连发几道将令，催促姚襄继续北进。

姚襄接到军令，怒不可遏。

“殷浩见我不死，决不会善罢甘休！”

姚苌问：“兄长有何打算？”

姚襄道：“我遵照父王遗命，南下归义，本想寻得太平生息之地。孰料此地不容我立足，其人亦不容我活命。我决意北还，另寻出路。”

“北还乃是上策。兄长正可趁北伐之机远走高飞。”

“若就此远遁，却便宜了殷浩。”

“小不忍则乱大谋。兄长应以大局为重，不必与他计较。”

权翼也劝道：“景茂所言极是。若与殷浩纠缠不休，反而乱了大计！”

姚襄怒道：“是可忍孰不可忍！且让殷浩老贼见识我的手段！”

三军佯装北进，行至山桑便偃旗息鼓，设下埋伏，静待殷浩大军。

两日后，殷浩率中军浩浩荡荡行至山桑。姚襄一声令下，伏兵四下杀出。羌兵皆视殷浩为不共戴天之敌，无不奋力争先，为主帅报仇。

荀羡拼了性命救出殷浩，仓皇逃回寿春。

姚襄驻军盱眙，一面劝课农桑，恢复实力，一面派人赴建康控诉殷浩罪状，并自表谢罪。

桓温听闻殷浩之败，又惊又喜，立即授意习凿齿撰写疏文，列举殷浩罪证。

朝廷哪敢开罪于桓温，只得罢黜殷浩，放之于信安。自此晋国内外大权尽归桓温，再无一人能与之抗衡。

桓温吐尽胸中恶气，复仇之快意荡漾心头，化作一脸笑意。但不过数日，忧愁又来。

郗超问道："主公面露愁容，笑意不再，莫非是担忧殷大名士？"

桓温暗赞郗超精明，但嘴上并不夸奖，叹道："殷浩在建康时，与我斗得不可开交，我恨不得生啖其肉；如今流放信安，杳无音信，我却日夜牵挂，真是咄咄怪事。他有句名言，'我与我周旋久，宁做我'。郗胡子速派人去信安看看，殷浩是否还在与自己周旋？"

数日后，那人返回禀奏道："殷浩在信安恬然隐居，毫无怨言，终日以吟诗论道为务。众人都赞他淡泊名利，宠辱不惊。"

桓温哼了一声："此人一贯道貌岸然，口是心非。宠辱不惊恐怕是做给外人看的吧。你看他举止是否有异于往日之处？"

"却也无甚异常，只是独坐时常常用手指在空中比来划去，鬼画符一般。"

桓温眉头一扬，问道："是写字吗？"

"未曾看清。"

桓温起身说："烦劳阁下再走一趟，看他究竟写的何字。"

又过数日，那人回禀说："这次看得清楚。殷浩是在写字，翻来覆去，只有'咄咄怪事'四字。"

桓温听了哈哈大笑。

又过月余，桓温问郗超："可有殷渊源的消息？"

郗超道："听说近日韩康伯从信安返京，殷浩送至水边，吟起曹颜远的诗句，'富贵他人合，贫贱亲戚离'，吟罢潸然泪下。"

桓温长长叹了口气，蹙眉道："我早知他仕心未死。平心而论，殷渊源也是个性情高洁、能言善辩的儒雅之士，若担任尚书令之类的文职，必是一代名臣。朝廷却偏偏委以扬州刺史之任，助他北伐，岂不是强人所难？殷渊源身败名裂，实为朝廷用人不当所致。"郗超听了不住点头。

桓温接着说："凡成就大事者，必要器量弘深，姿度广大，其气魄应当浩浩汪汪，奥乎不可测。殷渊源空以'浩'字为名，其实器量狭窄，焉能不败？大势已定，我有心举荐他为尚书令，助其重修令名，你意下如何？"

"桓公非但不计前嫌，还荐以要职。此等器量，足以与蔺相如相颃颉，我辈自叹弗如！”

桓温抚须大笑。

这一日，殷浩吟完郭璞的《游仙诗》，觉得“中有冥寂士，静啸抚清弦”一句与自己的心境颇为契合，便踏上木屐，且行且咏地来到园中。忽见一名仆人手捧书信走来。

“殷大人，桓荆州有书信在此。”

殷浩拆开信封，摊开淡黄的麻笺纸，看到桓温潇洒俊秀的墨迹，心中百感交集。读罢来信，精神大振，回屋摊开信笺，提笔一挥而就：

> 仆浩顿首顿首。索居信安，忽接尊翰，甚喜。浩本废人，承蒙不弃，荐以要职，内心惶怖。他日相见，当握手言欢，同心勠力，不负平生。
>
> 殷浩白

随后通读一遍，将信笺折好，放入信封。正欲封缄，忽觉“顿首顿首”的敬辞似乎过于谦恭，不如改为“顿首”，于是取出信，用墨笔划去二字，再重新折好放回信封。过了片刻，忽又觉得落款过于随便，于是取出信笺，将“殷浩白”改成“殷浩顿首”。然后又通读一遍，放回信封。须臾，又觉得信首敬辞不妥，忙又取出信笺，在“仆浩顿首”之后加上“桓公足下”四字。

如此反复十余遍，殷浩才将信笺封了，吩咐仆人送交信使。

数日后，桓温收到殷浩回函，拆开信封，里面竟空空如也。原来殷浩思虑过度，反复修改，最后忙中出错，竟忘记将信笺装入信封！

桓温大怒，将信封扯为两段，厉声骂道：“如此狂妄！就让他守在信安，与自己周旋至死吧！”

第十四章

扪虱而谈

永和十年（354）早春，江陵城外百花齐放。油菜如金，桃花似银，各色杂花宛若琼瑶珠翠。置身其中，仿佛误入西王母的藏宝阁，令人目不暇接。

桓温率领几个心腹出城赏花，饱游腴看，尽兴而归。

忽见一队客商赶着十余辆满载的马车，迤逦向北而去。桓温心中生疑，自语道："江陵以北人烟稀少，何来如此大队客商？"遂策马过去查问。

"车中所载何物？贩往何地？"

客商头领见来人派头甚大，慌忙下马赔笑道："都是茶叶、生漆之类土产，运往北荆州贩卖。"

"一个荆州还嫌不够？何来北荆州！"桓温勃然大怒。

原来天下纷乱已久，非但国号林立，各国州郡之名也繁复错杂，混乱不堪。单说荆州一地，正统自然在晋，但成汉朝廷也曾在巴郡设立荆州。桓温平蜀后，彼荆州已不存于世。岂料一波乍平，一波又起，天下忽又冒出一个北荆州来，怎不令桓温怒火中烧。

头领连连拱手道："小人失言，请官人勿怪。近日秦国占了上洛，便假冒荆州之名设置州郡。又在丰阳开通关市，收购各方货物。商人口顺，胡乱称为北荆州。若要细论，该称伪荆州才是！"

桓温一腔兴致，被"北荆州"三字败坏殆尽。

归来接连思忖数日，终于将一干心腹召集过来，正色道："氐人自盘踞关中以来，屡有南犯之意。近日更攻占上洛，设置伪荆州，又在丰阳开通关市，其志不在小。我有意大兴王师，荡平氐寇，光复关中。不知诸公可有异议？"

座中群情激奋。胞弟桓冲慨然应道："北方沦陷胡尘数十载，切肤之痛，恍然如昨。可惜自祖车骑以来，北伐负多胜少。殷扬州之败，更是丢尽江东颜面。堂堂荆州男儿，正应一雪前耻，重振天朝兵威！"众将摩拳擦掌，纷纷请战。

桓温摆了摆手，待纷嚣平息，轻抚虬髯道："我读《三国志》，每至《隆中对》一节，便掩卷长叹。孔明曾云：‘若天下有变，则命一上将将荆州之军以向宛、洛，将军身率益州之众出于秦川，百姓孰敢不箪食壶浆以迎将军者乎。’可惜自关羽失了荆州，蜀汉再无地利之便，孔明六出祁山，劳而无功，隆中之策终成虚幻。今日我据荆州，扼守关中锁钥武关，更与梁州刺史司马勋互为掎角，形势胜孔明十倍。我已密令司马勋依当年魏延之计，出子午谷奇袭关中；并请西凉国君张重华派兵北出陈仓，与之呼应。荆州大军自出武关北下，直捣长安。如此三路出击，关中一举可定！”

众将豪情满怀，纷纷振臂高呼：“收复关中！光复中原！”震耳欲聋的呼声响彻厅堂，直震得梁柱间尘屑飞扬。

二月己丑日，桓温传令三万荆州水军自襄阳北进，自己亲率五万步骑军从江陵开拔，浩荡北征。

桓温头戴紫金凤翅兜鍪，身披镔铁金丝筒袖铠，外罩猩红蜀锦战袍，胯下雪蹄乌骓马，英武超尘，仿佛星宿下凡。望了望军容整肃、鱼鱼雅雅的五万大军，桓温慨然道：“前人北伐，虽前赴后继，却胜绩寥寥。功败垂成者，祖逖也；一战即溃者，褚裒也；屡战屡败者，殷浩也。一雪前耻，告慰前贤者，当属我辈！”

“狂司马”谢奕骑着一匹瘦马，一直眯眼垂头，昏昏欲睡。此时猛然抬头，睁眼冷笑道：“昔日北伐诸公，或郁郁而终，或忧愤而死，竟无一人能得善终。老兵莫夸海口，当好自为之！”

众人听他出言不吉，又用了“老兵”这一江左詈词，不禁脸色大变。桓温却毫不介意，哈哈笑道：“多谢老兄吉言！”斜眼再看谢奕，早已低头睡去。

跋涉数日，荆州大军突破秦晋界墙，抵达无人防守的武关天险。桓温沿着崎岖狭窄、不容并骑的山路登上武关城楼，环顾四野，慨然叹道：“武关虽小，却是秦楚咽喉，关中锁钥。昔日秦国夺楚十五城，刘邦袭取关中，皆经此关出兵。险绝天下，势如建瓴，堪称以一敌百的天赐之险。可笑秦军竟然不知设防，足见苻健是个不识故典、不谙地理的平庸之辈！”

发完这番浩叹，桓温畅快地轻舒一口长气，脸上渐渐露出一丝微笑。他念念不忘已故爱将袁乔的忠告，遵从“渐入佳境”之法，在击败最弱之敌成汉七年后，再伐次弱之敌秦国。至于最强之敌燕国，则留待他日。秦军素来强悍，固然远在汉军之上，当年也曾将殷浩打得溃不成军，但空有蛮勇，却无章法，与训练有素、精于谋算的晋军不可同日而语。若连天赐险关都守不住，又如何守得住无险可据的关中八百里平川？

桓温凭墙北望，两眼越过关山古道、山林叠嶂，仿佛目极长安。恍惚间，只觉天尽头的片片云影恰如长乐、未央诸宫，巍然耸立的点点峰峦宛若天禄、麒麟诸阁。于是暗叹道：自己出镇荆州已近十年，其间殚精竭虑，动心忍性，近年终于有所增益。不意陷落数十年的故都长安，即将在我手中光复！数代先贤未竟之功业，即将由我开创！人生如此，夫复何求！

桓温胸中豪气翻涌、壮怀激荡。忽听当空一声鸟啼，却是一只孤鹊振羽飞来。桓温暗祷道："天若佑我北伐成功，则射中此鹊。"绰弓在手，只一箭，果然将喜鹊射落于地。桓温强压心中狂喜，朗声传令道："速令薛珍引五千骑兵奇袭上洛，铲除伪荆州；桓冲直取青泥关，扫清长安门户！"

二人去后，连传捷报。晋军遂长驱直入，抵近长安东南屏障蓝田县。沿途百姓纷纷牵牛担酒，慰劳晋军。住在远处的，也不惜翻山越岭跋涉而来，只为一睹晋军风采。时有白发翁媪喜极而泣，一边擦泪，一边哽咽道："不意今生又见官军，死也值得！"

见此情景，桓温欣然叹道："民心可用！大军不日便到关中，各路豪杰必然踊跃归附。三秦之地，已尽在我囊中！"

晋军马不停蹄，突入蓝田县境，距长安再进一步。蓝田位于终南山北麓，南接千里秦巴山地，北临八百里关中平川，承上启下，是长安城天造地设的东南屏障。县城以北的白鹿原又名灞上，曾是刘邦的屯兵之所，赫赫有名的鸿门大宴便设在此地。白鹿原名虽称原，其实却是终南山的北端余脉，地势由东南向西北自然倾斜，北望灞河、俯瞰长安，距覆盎门仅四十余里。只要夺取蓝田，晋军便如阪上走丸，可直下关中、轻取长安！

长安城内早已愁云密布，人人自危。苻健急急传来太子苻苌、丞相苻雄，攒眉问道："朕派人向燕国求援，已去了多日，为何还无回音？"

苻苌冷笑道："以慕容儁之奸诈，不发救兵，正在情理之中。不来趁火打劫，已是万幸！"

苻雄道："燕国兵权皆由慕容恪一人掌管。此人用兵极为老成，若无十分把握，绝不会轻易来蹚浑水。不出意外，眼前仍是秦晋两国之战，不会有他国介入！"

苻健道："大秦虽立国未久，羽翼未丰，却也不是昏聩颓废之国。朕虽非圣主，却也不是懦弱无能之君。忽然遭逢此难，莫非天降大任于我辈乎？朕已倾尽秦国精锐，拼出五万兵马，交与你二人统领，务必在蓝田峣柳城截击晋军。蓝田无恙，则秦国命不该绝，蓝田失守，则秦国必亡！"

二人应道："宁愿粉身碎骨，绝不让桓温再进半步！"遂领兵而去。

桓温分兵北进，左军由桓冲统领，挺进白鹿原；自己亲率右军，直逼峣柳城。秦军也分兵迎敌，苻苌率左军抵住桓温，苻雄率右军拦截桓冲。

两军在方圆数里的黄土台原摆开阵势。甫一交锋，便紧紧胶着在一处。鼓声激荡，黄土腾空，两军正如狮子搏象，无不全力以赴。

难解难分之际，忽见秦军阵中驰出一员黑衣小将，匹马单矛冲入晋军，一根长矛左右翻飞，每刺必中，顷刻间已接连刺杀数十人。晋军被冲乱阵脚，一时难以前进。

桓温急令侍卫打听此人底细。侍卫回报："却是苻健之子，独眼龙苻生。"桓温赞了句："果然虎父无犬子！"

忽听一人喝道："伯父为何长他人志气，灭自家威风！"

话音未落，一人一骑已冲入敌阵，正是侄儿桓石虔。只见刀光闪动，血肉纷飞。转瞬间，桓石虔已杀至苻生马前，一对双刀，一柄长矛，两员猛将战在一处，各自使出看家本领，令人眼花缭乱。

桓温正看得心动，忽来飞骑急报："桓冲将军中了苻雄埋伏，命在旦夕，请火速驰援。"

桓温大惊，立即向桓石虔传话："叔父有难，快去杀退苻雄，救他性命！"

桓石虔怪叫一声，撇下苻生，单人独骑直奔白鹿原而去。桓温派出的援军刚刚出阵，桓石虔已砍出一条血路，瞬间不见踪影。

桓温翘首凝眸，心中七上八下。过了一顿饭工夫，忽见两骑一前一后，裹着黄尘，自北向南急驰而来，正是桓石虔、桓冲叔侄二人。桓石虔舞动双刃，如钐刀割草、铁犁耕地，辟出一条生路，转眼已将浑身是伤的桓冲护送至桓温面前。

桓温赞了声"壮哉"，急令医官为桓冲医治。正要为爱侄颁赏，却听人喊马嘶，纷嚣甚急，原来苻生已匹马单矛杀透晋军阵地，直朝大纛方向冲来。桓石虔大怒，猛喝一声，横刀截住苻生，几员晋将包抄而至，将他围在当心。苻生不敢恋战，卖个破绽突围而去。

秦兵早已力竭难支，见苻生败落，瞬间蛮勇耗尽，士气大衰，往北溃败而去。晋军乘胜追击，大获全胜。

桓温夺下峣柳城、白鹿原，一直追至灞河南岸。秦军在河滩聚成一团，争舟夺筏，自相践踏，从岸上一直乱至水中。滔滔灞河，瞬间变成一锅关中"搅团"。

晋军追至河边，秦军堪堪上了对岸，一锅"搅团"终于散开，化作根根"河漏面"，仿佛被一双无形巨筷牵拉扯拽，横三竖四地捞上灞河北岸，往北拖行而去。晋军正要渡河追击，桓温忽然传令："鸣金收兵。"

尖利的钲鸣之声响彻灞河南岸。晋军斗志正炽，忽闻金声，无不大失所望，但又不敢违抗军令，只好勉强收住腿脚，心思却已飞越北岸，直奔长安而去。

众将纷聚而来，七嘴八舌地叫嚷："长安已近在咫尺，正要灭此朝食，为何收兵？"

桓温道："不可轻敌急进，要提防苻健诡计！"

薛珍厉声道："苻健失了天险，又丧了精锐之师，正所谓老鸨死了粉头，再无指望，还能有何诡计！"

桓温轻抚虬髯，笑而不答。

薛珍又道："末将愿率本部人马乘胜急追，今夜便可肃清残敌，包围长安！不出半月，便可拿下长安！"

众将素知薛珍勇猛善战，唯恐他抢了头功，也纷纷请缨。桓温顿时敛了笑颜，喝道："身为大将，须知轻敌冒进乃求败之道！速传我令，三军返回白鹿原安营扎寨！凡违抗者，军法处置！"

不过一个时辰，一座森严齐整的大营已兀然矗立在莽莽白鹿原上。桓温卸了盔甲，换上襦袍幅巾，领了几个心腹在营中巡视。夕阳斜射而来，将草木葳蕤的白鹿原映衬得熠熠生辉。清风徐来，草木摇曳，草尖叶梢浮光跃动，洒落一地碎金。片刻后，金辉渐渐西退，远处茫茫暮霭中依稀显出一片城垣，正是旧都长安。众人攒首附望故都，或悲或喜，或歌或叹，动容之状，不一而足。唯有桓温静立一旁，独望孤城，若有所思。

郗超忽然飞奔而来，向桓温低声急报："薛珍已私率本部军马杀往长安！三军求战心切，都欲追随而去！"桓温大怒道："薛珍违抗将令，他日定要重惩！三军再言出战者，轻则杖责，重则斩首，决不姑息！"

桓温连下三道军令，又抓了十几个带头请战的小校，每人责打五十军棍。三军这才安心守在营内，再不敢轻言出战。

日落天黑之际，汾阴县北的幽暗孤崖上忽然亮起盏盏明灯。片刻间，万灯齐燃，映照出依崖凿建的一座悬空城寨，仿佛半落尘间的九天宫阙，巧夺天工，奇险绝伦！

一个凌空翘耸的游廊下，薛强、王猛正凭栏而立，谈笑风生。

"王猛托威明兄之福，结伴云游，行遍燕赵，直抵易水。获益之多，难以言谢。明日告辞，不知何日才能再聚！"

薛强哈哈笑道："这薛强壁便是景略老弟的客栈，随时可来，随时可去，无须这么多客套。"

忽见主簿匆匆而来，正色道："主公，关中出了大事！"

“出了何事？”

“桓温北伐，一呼百应，势不可挡。眼下已攻至灞上，距长安仅一河之隔！”

薛强剑眉轻抖，脸色微变，瞬间又平复如初，摆摆手，令他退下。

王猛见薛强神色异样，不禁问道：“桓温入秦，关中乃至中原重归华夏，已指日可待。威明兄闻此喜讯，为何并无丝毫喜色？”

薛强冷笑道：“景略有所不知，我虽未曾与桓温谋面，却也打过几次交道。当年石赵将亡，我数次致书，以图共举大事。他却优柔寡断，一拖再拖，最终误尽战机。此人不谙兵法，眼下虽然连战连胜，不过借了复兴华夏的声势而已。若战事拖久，恐将犯下大错！关中乃各族混居、英雄辈出之地，非桓温之流所能应对。别看他此时顺风顺水，最终必然劳而无功！”

“纵使不谙兵法，桓温也堪称华夏翘楚。况且成大事者，不在自知兵法，而在知人善任，博采谋臣之策。刘项之争，便是先例。我有意投奔桓温帐下，出谋划策，助他中兴晋室，不知威明兄意下如何？”

薛强摇头道：“此人刚愎自用，不足与谋。我劝你不去也罢。否则徒损一片雄心，全无半分裨益！”

“王猛身为华夏苗裔，追慕晋朝衣冠，至死不敢或忘。眼见桓温入秦，岂能失之交臂？况且此战足以左右华夏百年运势。一旦桓温兵败关中，苻健将声威大振，或能与华夏争夺天下正朔，也未可知。若果真如此，威明兄岂不追悔莫及！”

薛强冷笑道：“薛某不才，却也懂得良禽择木而栖，不敢轻易委身于人。天下大势，非我一介莽夫所能左右。但我凭借坞壁之险，部曲之众，钱粮之丰，誓与华夏共进退！薛强在，则华夏在。倘若天不佑我华夏，薛强必战至终局，流尽华夏最后一滴鲜血！”

王猛叹道：“威明兄肝胆男儿，令人肃然起敬！只是兹事体大，王猛不敢苟同。兄长若无意出山，我愿独自前往。”

薛强笑道：“也好。不过就凭景略的眼光，必不能久居桓温帐下。你若挨到骑虎难下、进退维谷之时，我可将自家名头借你一用。”

“愿闻其详。”

“你可假称来河东请我，趁机脱身。”

王猛大笑道：“多谢薛兄妙计！”

翌日，王猛辞别薛强，褐衣敝履，安步当车，直向关中而去。

跋涉数日，终于来到晋军大营辕门之外。只见晋营旌号鲜明，营垒森然，与松垮杂乱的秦营不可同语。王猛望营徘徊，暗暗称奇。

忽见辕门开启，走出一位文官模样的浓髯相公，向王猛拱手问道："桓公帐下参军郗超，请教阁下尊姓大名，为何事而来？"

"魏郡王猛久慕桓公大名，自以为胸中颇有几条奇策，愿表芹献，以助桓公一臂之力。"王猛不卑不亢地答道。

郗超上下打量王猛一番，客客气气地微笑道："请随我来。"

进了辕门，穿过重重帷幄，郗超引王猛进了自己的营帐。帐内正有几个谋士高谈阔论，见有人来，都转过头，几双眼睛饶有兴致地将王猛从头顶看至脚底，在他的褐衣敝履上停留玩味一番，便冷漠而迅捷地转了过去，再无光顾之意。郗超并不引见，只是赔笑道："我这便去请桓公，请足下稍候。"

郗超拂袖出了营帐，立即将刚才说过的话忘得一干二净。忙忙碌碌挨过中午，这才想起去请桓温，于是晃晃悠悠地向中军大帐踅去。远远瞧见一高一矮两人迎面走来，正是桓温与主簿王珣。

桓温正与王珣交谈，脸色颇为凝重。他进驻灞上多日，以为关中豪士定会闻风而至，晋军大营定会像当年刘琨的晋阳那样"一日之内，归者数千"。孰料，非但不见豪杰归附，初入秦境时百姓箪食壶浆的景象也再难重现。桓温耿耿于怀，因此命郗超、王珣每日在营外值守察看，叮嘱道："若有豪杰义士归附，立即引来见我。"

桓温刚刚问了王珣："东门可有人来？"

"早上来了几个老农，扛了关中小米犒劳官军。"

桓温点了点头，心中却叫苦不迭。

此时望见郗超，又劈头问道："西门可有人来？"

郗超嬉皮笑脸地答道："来了半个乞丐。"

桓温顿时脸色铁青，叹道："我苦等虎狼之士、旷世谋臣，却不见英布、彭越、张良、陈平之辈，唯见草民匹夫聚于营门，岂不怪哉！即便如此，来者无论尊卑贵贱，都要以诚相待。豪杰、士子皆要请进营内，由我亲自接见。就算来了乞丐，也要赠以钱粮，好生打发，切不可显出轻慢鄙视之意。"

说完缓过神来，问郗超道："何谓半个乞丐？"

郗超笑道："刚来一人，自称魏郡王猛，衣装颇似乞丐，谈吐却像士人，因此只算半个乞丐。明公若有闲暇，可去我帐内见他一面，若不愿相见，我便好生将他打发。"

桓温听郗超所言，对这半个乞丐并无半分兴趣。只是他刚刚说得冠冕堂皇，"来者无论尊卑贵贱，都要以诚相待"，若前脚说完，后脚食言，岂不威信扫地。于是点头道："正好有半晌闲暇，过去看一眼，倒也无妨。"

左郗超，右王珣，桓温走在中间，闷闷不乐。思忖良久，桓温忽然向右偏了偏头，缓缓问道："关中豪杰无人投奔，元琳以为原因何在？"王珣沉吟良久，不能作答。

桓温又左顾而问："景兴有何高见？"

郗超答道："我近日也在思量此事。窃以为，晋秦两国交兵，当地豪杰难卜胜负，因此首鼠两端，不敢贸然前来。"

桓温听罢，轻轻摇了摇头。

郗超少年得志，未及弱冠便在桓温帐下担任府掾，最近刚刚擢升参军，号称荆州第一谋主。桓温向来眼高于顶，却对郗超推崇备至，认为此子计谋无双，深不可测。但郗超的回答显然不得要领。

桓温深感失望，冷笑道："景兴之言与众人略同。若果如此言，当地豪杰何不两边下注，以求胜负通吃？"

郗超无言以对。

桓温叹了口气，暗自抱怨道："济济多士，竟无一人能为我决疑。"

转眼来到郗超帐外，只听人声琅琅，此起彼伏。原来一干名士正在帐内聚坐清谈。

说起魏晋清谈，在史上颇为知名。好之者赞其为一代风气，恨之者斥其为万世恶习。清谈既不同于"谝闲传""摆龙门阵"式的闲喷乱侃，也不同于论政言兵的儒生策士之辩，而是玄理之谈、哲思之辩。清谈讲究仪轨，事先择时约地，谈客分作主客两方。主方发出谈端，客方顺势问难。各谈客以玄理为主帅，心神为谋士，论断为兵马，言辞为剑盾，折冲于口舌之间，你来我往，攻守交错，蔚为壮观。清谈之风发端于东汉而兴于曹魏，到了晋朝，终于盛极一时，盈于朝野。

今日清谈之题，却是"性善""性恶"二说之优劣。"一番""二番"谈毕，仍未分出高下，而双方已有词穷之势。忽听主方一人再执谈锋，朗声道："孟子道性善，荀子道性恶，二论各有其长，又各有其短。袁宏以为'性无善恶'之说，取长补短，青出于蓝，已近于至理。不知诸君可有异议？"

客方已穷于词理，听了袁宏的结语，都默不作声。

主方又一人摇头晃脑地为袁宏助战，正是卢勖。

"妙哉！诸公见识高妙，袁彦伯结语亦佳！今日之会，主客各抒己见，噀玉喷珠，金声玉振，可拟当年正始清谈之盛！窃以为——"

话未说完，忽听帐角一人哈哈大笑。

桓温听笑声甚为陌生，悄然探身望去，只见一人乱头粗服，解衣盘礴地坐在一群鲜衣名士身旁，颇显突兀。

袁宏转头望了一眼，冷冷问道："这位兄台是主是客？是要'问难'，还是要添'谈助'？究竟因何而笑？"

那人道："我笑诸公泥古不化，只得古人之砾，而不得其珠！"

袁宏脸色一变，拱手道："愿听阁下高论！"

"孟子言性善，其意不在性善，而在于仁政。荀子言性恶，其意不在性恶，而在于法治。二子皆怀济世之心，却不得重用，不过借性善恶之辩投砾引珠，阐述胸中治国之策耳。可笑诸君空谈善恶，不论治国，空谈半日，口干舌燥，却一无所获，岂不是唯得荀孟之砾，却不得其珠哉！"

桓温听得心中一凛，暗赞道：此人见识不凡！

卢勖嗔道："清谈之会，专务'清言'，不谈'俗事'，阁下不懂规矩罢了。"

他是江左清谈健将，曾与一群谈客废寝忘食地连谈三日三夜，仅靠茶水提神。到了终局，座中一人不耐饥困，又理屈词穷，竟被活活谈死。卢勖遂一战成名，成了清谈界的死战派人物。

卢勖嗔完又问："请教尊姓大名？"

"魏郡王猛。"

卢勖摇头道："我阅尽天下族谱，素知王姓支脉繁盛，唯以'琅琊''太原'两支为贵。阁下出身魏郡，可惜是王氏末流，难怪不懂清谈规矩！"

原来自汉魏以来，士族门阀日渐兴起，到了晋朝，势力已至顶峰。朝政大权、官吏升迁皆由豪门大族把持，几乎将寒门庶族排除在外。士族子弟标榜门第高贵，羞于与庶族为伍，崇尚清谈、玄理，尤耻于谈论治国强兵之道。卢勖初见王猛不懂清谈礼仪，已有轻慢之意，此时知他出身庶族，脸上更生出鄙薄之色。

王猛微微一笑，朗声应道："天下王姓，异枝而同根，并无贵贱之分。"

卢勖抖了抖滑爽光鲜的缭绫衣袖，嘿嘿笑道："王字上添一点则为主，下添一点则为玉，有木则枉，近犬则狂，加身而为'馬'（马），施尾角而成羊。虽同为王字，却各得其所，各成面目，岂无贵贱之分？"

众人听他说得刻薄滑稽，无不捧腹而笑。

王猛面不更色，拱手问道："请问阁下贵姓？"

"在下出自范阳卢氏。刘备之师卢植，是在下先祖；刘琨之甥卢谌，正是在下先父。"卢勖面露得色。

王猛笑道："盧（卢）姓虽贵，若不得其所，一样面目全非。安亡为虐，在丘为虚，添男成虜，配马成'驢'（驴）。"

卢勖臊得面红耳赤，低头不语。

桓温再也不敢怠慢，大步进入帐内。众人见他突然现身，都吃了一惊。袁宏慌忙起身道："请桓公坐在上首。"又取来茶盏，摆在案上。

桓温落座，朝王猛瞟了一眼。见他虽然粗服褐衣，不修边幅，却气宇轩昂，全无丝毫穷酸、卑怯之气，心中更为惊异。于是问道："请问王先生乃何方人氏？现居何地？"

王猛转视桓温，不卑不亢地答道："在下生于北海，长于魏郡。五年前避乱关中，隐居华山。"说完忽觉颈下一阵瘙痒，便旁若无人地掀开麻袋般粗糙的衣领，伸手摸出一只虱子，用手指轻轻弹开。众谋士见状，或交头接耳，或掩口而笑，或幸灾乐祸地袖手而坐，等着看他出丑。桓温瞧在眼里，暗忖王猛不拘小节，与自己少年时的落拓不羁颇有些相仿，心中反而更高看了他几分。接着问道："既然久居华山，想必熟知关中局势。足下以为氐虏还能支撑几日？"

王猛侃侃而谈道："南人皆称氐人为虏，似有轻视之意。其实氐人乃炎帝后裔，自古与华夏为邻，善耕织、好诗书，与华夏大同小异。近世俊才辈出，堪称后起之秀。氐王苻健素有远谋，先乘冉闵之乱占据关中，又凭金城四塞之固开疆拓土，颇有与天朝分庭抗礼之势。明公占尽天时、地利、人和，若不能一鼓作气降服氐秦，他日必受其害！"

桓温颔首笑道："长安已是我囊中之物，苻健失尽地利，再无腾挪之处，不日便会束手就擒。"说完暗想道：此人虽然只是个寂寂无闻的华山隐士，却对时局颇有见地，果然不是庸常之辈。却不知他究竟有几分斤两，我倒要出个难题考他一考。

桓温忽然想起一道现成的题目，正是困扰自己多日、难倒无数谋士的"豪杰之问"，于是正色问道："我奉天子之命，统率十万大军，欲讨伐逆贼，解民于倒悬。如今进驻关中，三秦豪杰却迟迟不来归附，实在令人困惑。王先生见解不凡，不知能否为我释疑？"

王猛拱手一笑："一介草民，若如实回答，只怕明公不悦。"

桓温眼中紫光一闪，挥手道："王先生但讲无妨。"

一阵疾风忽然吹入帐内，卷来一团枯叶黄尘。众人无不缩颈低头，眯眼掩鼻。

疾风已止，桓温睁开眼，双眸紫光又现。众谋士也纷纷直起腰板，伸长脖颈，全神贯注地望着王猛。

桓温紧盯王猛，忽觉对面射来的两道目光锋利逼人，仿佛能穿胸贯腹，直窥自己的内心。桓温胸口一颤，只听王猛一字一顿地说道："明公统率十万大军，不远千里，深入敌境，距长安城仅有咫尺之遥，却偷安于灞上，迟迟不渡灞水。关中豪杰不知明公心思，因此不敢前来归附！”

帐内立即鸦雀无声。

桓温两眼紫光尽散，目光轻轻下垂，手中的瓷盏猛然一颤，将几滴茶水洒在楠木几案上。

王猛盯着桓温，忽觉颈后又是一阵瘙痒，便旁若无人地将劲瘦修长的手指伸进领口，在破旧不堪的粗麻布间轻轻摩挲几下，扪出一只以衣缝为偷安之地却浑然不觉大祸临头的虱子来。

桓温心中陡然一颤，仿佛那指端捏的不是虱子，而是一个具体而微的自己，守着神鬼不知的秘密，揣着不可告人的私念，忽然被一股外力从无遮无挡的胸腹深处劈头揪出，弹落尘埃。

沉默良久，桓温才抬眼看着王猛，缓缓说道：“先生识见高远，我朝无人能及。我欲任先生为军谋祭酒，施展张良、陈平之才，出谋划策，扫平天下。不知意下如何？”

军谋祭酒实为首席军师之职，最初由曹操专为郭嘉设立，位居群僚之首。

众谋士见桓温初识王猛便授以要职，无不惊讶。郗超心中更是五味杂陈。

王猛道：“多谢明公美意。明公旌麾北指，所向披靡。自祖车骑殁后，江北从未见过如此盛况！但苻健尚有雷弱儿麾下近三万精兵，与苻苌、苻健的数千残兵回合后，仍可与明公周旋。愿明公不给苻健可乘之机，灭此朝食，了却刘司空、祖车骑遗志，成就孙刘未竟之业！”

桓温眼中恢复神采，捻须微笑道：“昔日孙刘割据自雄，无囊括四海之心；刘司空、祖车骑命途多舛，无光复北地之运。我辈虽不及古人，却也能顺应天意民心。如今天朝上下和睦，民殷国富，特以十万雄兵剿灭关中贼寇，正如摧枯拉朽耳！苻苌、苻雄皆已败退，苻健捉襟见肘，而我仍有奇兵奥援尚未出阵。如此形势，可谓胜负已定。纵使大军坚守不动，亦能以声威撼其军心。日久贼寇必生内乱，届时可收不战而胜之功！”众幕僚纷纷点头附和。

王猛笑道：“依我推测，明公已倾尽荆州精锐。去年殷浩北伐大败，建康如今亦无力派军助战。所谓奇兵奥援，莫非是梁州司马勋、西凉张重华之流？这几人都是反复无常、智术平庸之辈，难堪大任也。况且蜀道奇险，苻健只需出动数千人马，便足以封锁援军北下之途。我劝明公谨慎谋划，切勿为‘奇兵’所误！”

桓温听了王猛的话，手中的茶盏晃了又晃，心中惊道：我布下的奇兵，如何能被他轻描淡写地道破？

王猛继续说道："窃以为速战速决才是上策。明公若淹留日久，恐有粮秣之忧，强弱胜负亦会逆转！"桓温不愿被王猛占了口舌之便，拈须冷笑道："足下刚也说过，关中有沃野千里。如今已近仲夏，小麦成熟在即，何来粮秣之忧？"

"麦熟尚需半月，而战局则瞬息万变。明公空望麦田，却不渡河守护，焉知麦子落入谁家麦场？"

桓温尚未搭话，郗超已厉声喝道："阁下妄发狂言，无礼之极！"

桓温朝郗超摆了摆手，呵呵一笑道："坚壁清野之计固然不可不防。但放眼关中沃野，仍是青苗一片。苻健纵使想出此计，也须待到麦熟。届时我派兵抢收，岂会让他得手？"

王猛道："我若是苻健，定会趁明公尚未防范，先将百里麦田割得一干二净！又何必等到麦熟？"

桓温笑道："苻健如此精明，岂能自毁口粮？"

"与国破家亡相比，断几日口粮又有何妨？况且苻健屯田甚广，一处绝收，他处仍可丰收。而明公若失了此处收成，则必败无疑！"

桓温听到"必败无疑"四字，脸色骤变，立即摇头冷笑道："坐而论道，终不能与实战相提并论。先生可休矣！"

王猛见桓温不纳良言，不禁大失所望。

尴尬之际，桓冲慢悠悠踱入帐内，披了一领簇新襦袍，头上的幅巾湿漉漉带着水痕，显然沐浴未久。只见他大咧咧席地而坐，两手轮番伸入衣领，抓搔不止。原来桓冲常年服食五石散，颈部肌肤因此变异，常有瘙痒之感。

桓温笑道："你抓来挠去做甚？莫非要学王景略扪虱而谈？"

帐内一阵哄笑，气氛顿时轻松许多。

桓冲放下手，晃晃脖子笑道："新衣太硬，不如旧衣松软适体。"

王猛意味深长地应道："新衣不穿，焉有旧衣？"

桓冲不明机锋，哈哈一笑。桓温却脸色一变。

原来桓温因伐蜀而威名大振，此次北伐，正要如法炮制，再振声威。但秦国的实力远胜成汉，桓温不愿力敌，只想巧胜，最好是不战而胜。因此兵临长安，却迟迟不肯渡过灞水。交谈片刻，王猛已看透桓温心思，并以"新衣""旧衣"之语委婉点破。

桓温两眼精光黯淡，起身强笑道："久谈伤神，请景略先生随我走动走动。"

出了营帐，桓温引王猛四处巡视。士卒见与主帅并肩而行的竟是个风尘仆仆的褐衣穷汉，都惊异地侧目而视。

桓温甩动袍袖，在空中划出一道闪亮的弧线。

“景略看我荆州大军，与氐秦士卒有何不同？”

“军容整肃，军纪严明，非秦军可比也！”

桓温满意地点头笑道：“以我荆州虎狼之师，携光复华夏之声威，又得谋臣襄助，取关中岂不易如反掌！”

王猛道：“明公占尽天时、地利、人和，取关中自然不在话下。但若久驻不战，恐将先误天时，再丧地利，又失人和，最终反胜为败。”

桓温哈哈笑道：“景略年纪轻轻，却如此老成！”

王猛又劝道：“兵贵神速，明公若此时出战，可占尽先机。每拖一日，便增一分凶险。拖至粮尽，则必败无疑！”

桓温摆摆手，呵呵笑道：“景略自华山远道而来，口干唇裂，必已饥渴难耐。我带你去找谢奕，让他安置营帐膳食。”

王猛道声谢，抿了抿干裂的嘴唇，竟然品出一丝苦涩。

“不谙兵法”“优柔寡断”“刚愎自用”，薛强的评语果然一一应验，但王猛仍不死心。桓温虽然难负盛名，却是数十年来距离“光复华夏”这一未竟伟业最近之人。王猛暗下决心，纵使磨破嘴皮，也要说服他出兵渡河，成就大业！

长安城内氛秽弥漫，全无往日的勃勃生气。各处城门早已紧闭，吊桥也高高升起，宛若张张巨口，随时准备撕咬来敌。唯有覆盎门吊桥开通依旧，城门也只是半闭。一哨秦兵虎视眈眈地立在黑黢黢的城门洞内，不住向南张望。

“来了，来了！”秦兵一阵喧躁。远处尘土飞扬，马蹄声急。原来是苻苌、苻雄领着数千残兵，败退下来。二人进城，立即调兵遣将，增补城防。

銮铃响处，苻健金盔金甲，纵马而来，厉声道：“朕命你二人火速出城！”

苻雄道：“臣挂念陛下安危，愿增援城防，为陛下分忧！”

苻健眼窝深陷，一双环眼血丝密布，神色狞恶地怒道：“朕亲自守城，何须尔等增援？”

苻苌急道：“陛下仅留六千老弱残兵困守孤城，若有不测，秦国将何以为继？”

“你二人若死守长安，则关中必失。若能与雷弱儿的两万精兵会合，则仍有回天之力。本欲亲率勇士与桓温一决高下，但朕若来守城，可令敌军不知虚实，反受牵制。切不可以朕之安危为念。只需放手一搏，痛击桓温！”

苻雄道：“陛下以攻代守，虽是妙计，却也凶险之极！”

苻健抿了抿血痂累累的嘴唇，厉声道：“晋军既承天命，又得人心，专为灭我秦国而来。朕非其敌手，唯有孤注一掷！生死成败，在此一举！桓温有何动向？”

苻苌道："桓温仍在灞水南岸驻扎休整，恐怕数日之内便会渡河出击。"

苻健狡黠地一笑，低声道："天不绝我！因他这番休整，大秦或能逃过一劫！只要能周旋至青黄不接之时，我自有妙计逼他退兵！"说完向二人耳语，暗授机宜。苻雄、苻苌领命洒泪而去。

王猛领军谋祭酒之职，在晋营安顿下来，一心要襄助桓温扫平关中。次日一早，忽见谢奕引了两个亲兵进帐，一人手捧新衣，一人提着汤桶。谢奕哈哈笑道："桓公请你沐浴更衣。虽是好事，可惜扪虱而谈竟成绝响！"

王猛洗去尘垢，换上新衣，顿觉焕然一新。于是端坐帐内，等待桓温召唤。岂料等至天黑，竟无人来。次日自晨至午，依旧不见人来，王猛心中焦躁难抑，正要出去询问，忽见谢奕拎着酒囊，喷着酒气，撞进帐内道："桓公有令，请你火速过去议事。"

王猛兴冲冲来到中军帐内，只见桓温笑容可掬地立在正中，一手抚须，一手叉腰，呵呵笑道："两路奇兵皆已发作！司马勋兵发子午谷，王擢兵发陈仓，齐头并进，直捣关中！且看苻健如何招架得了！"

王猛问道："秦军是否出动？"

"苻雄已率七千兵马南下截击。"

王猛一拍大腿道："天赐良机！明公应立即邀击苻雄！"

桓温笑道："不必心急，且让司马勋、王擢与苻雄缠斗一番，我再出兵不迟。"

"司马勋、王擢乃平庸之辈，不是苻雄对手。明公若不出手，战局恐生变故！"

"苻雄若败，则不必由我出手。苻雄若胜，我便以逸待劳，何必此时出兵？"

"秦军精锐犹存，若得一胜，必将士气大振，再难遏制。此时纵敌，无异于放虎归山！"

桓温呵呵道："少安毋躁，何不静观其变。我还有事，景略可回帐歇息。"说完背过身去。

王猛憾然退下。

接连两日，桓温或邀王猛对弈，或引他四处巡查，却只字不提出兵之事。王猛几次进言，都碰了软钉子。

这日桓温引王猛出营巡查。忽听前头人马纷嚣，一群武将跨马张弓，向草丛中纷纷乱射。

"莫要再射，老虎早已中箭伏地！"

一人厉声喝道，正是桓石虔。

众将引颈前望，果见一头斑斓大虎伏在草丛，低头弓腰，脊背一起一伏。背上插了三五支羽箭，随之摇来摆去。谢奕眼珠一转，笑道：“久闻桓石虔胆大过人，我却不知真假。今日若敢下马过去，从虎背上拔下两支箭来，我便甘心拜服！”

众人纷纷起哄。桓石虔冷笑道：“这有何难！”抛弓下马，径直向老虎而去。老虎颈毛倒竖，缩头曲背，身形宛如拉满之弓，巨口微张，隐隐发出低吼之声。见老虎显出攻击之态，谢奕忽生悔意，恨自己玩笑开得过火，嘴唇张了张，尚未吐出一字，桓石虔已来到老虎面前，忽然俯身探臂，从虎背上拔下一支箭来。老虎疼痛难忍，大吼一声，身躯如弓放弦，箭一般离地跃起。电光火石之间，桓石虔也耸身一跃，窜至半空。从起跳至落地，始终压了老虎一头。老虎倍受惊吓，落地后垂头塌腰，大失虎威。桓石虔顺势又拔下一箭，跳出草丛，立在谢奕马前笑道：“还不下拜！”

“快拜，快拜！”谢奕连遭起哄，羞得面红耳赤，只得乖乖下马，恭恭敬敬地拜伏于地。桓温见侄儿大显神威，颇觉脸上有光，仰天大笑道：“既有龙师虎旅，又有猛将如斯，区区苻健，如何能当？”

王猛两眼紧盯谢奕鞍边悬挂的两只死兔，所答非所问：“三军所食粟米饭，近日渐成稀粥。将士为狩猎擅自出营，屡禁不止。可见军中存粮已经不多。明公再不与苻健决战，必然追悔莫及！”

桓温笑道：“景略不必心急。我自有主张。”

忽见郗超匆匆赶来。

“主公！司马勋、王擢不是苻雄对手，已战败退兵！”

“这两个废物！”桓温跺脚怒骂道。

郗超偷瞄一眼王猛，盯着桓温道：“时机已至。可在苻雄退兵时设伏围歼，以断苻健左膀。再引诱雷弱儿出兵救援，趁机截杀，以断其右臂。经此两战，关中可传檄而定！”

桓温怒气已消，抿着嘴唇点了点头，却不置一词。郗超正要追问，桓温忽然笑眯眯地指着桓石虔，问王猛道：“北国可有此等猛将？”

“南北人物有别，但并无大异。此等猛将，亦有耳闻。”

桓温又问：“堪比景略的多谋之士，北国还有几个？”

“河东薛威明，谋略不在王猛之下。”

“薛强之名，我早有耳闻。他与景略相比，有何不同？”

桓温这才记起彼时曾收过薛强与他通好约盟的书信，只是当年时机尚不成熟，因此自己并未回信。

“王猛出身寒微，性情疏懒，好以云霞为友，麋鹿为寿。闲居山林则心安理得，食禄于庭则寝食难安。薛强却出身河东大族，自幼见惯大世面，急公好义、胆识过人，是个超卓拔群的庙堂之才！”

桓温怦然心动，又问道：“景略是否与他有旧？能否将他招致麾下？”

“薛威明与我志趣相投，堪称知己。明公既有如此雅意，我明日便可去河东请他。”

桓温大喜道：“若再得薛强相助，天下指日可定！我这便准备书信、厚礼，景略务必将他请来！”

王猛连连摆手：“薛强富可敌国，视钱财如粪土。若携厚礼，反而弄巧成拙。只需一纸手札便可。”

“如此甚好。”桓温捻须笑道。

郗超等王猛退下，暗中向桓温进言道：“王猛胸怀奇志，绝非一般的山林隐士。主公不要被他的虚词所骗。若怕他不能为我所用，索性——”说完将手掌虚劈了一下。桓温摆手笑道：“人各有志，有人欲‘逍遥八纮外’，有人欲‘万里觅封侯’，何必强求？”

次日清晨，薄雾蒙蒙。桓温早早来到王猛帐外。等王猛出帐，一把挽起他的臂膀，笑盈盈来到帐后，指着一具镶金描银的马车道：“这是当年庾亮大将军的心爱之物，若配以肥马轻裘，纵横天下，也不枉大丈夫英雄一世！今日赠与景略，以助河东之行。”

桓温又取来一只锦囊，解开丝绳，从中摸出一枚印章。

“军谋祭酒一职既不够尊贵，也难逞英雄胸中奇志。我已改任景略为高官督护，进可统御兜鍪，纵横中原，退可运筹帷幄，指点江山。不知能否一遂心愿？”

王猛笑道：“闲散之人，难堪帷幄之尊、兜鍪之威。至于骏马轻车，更难消受。只愿安步当车，不忘来时之路。”

桓温赞道：“先生淡泊名利，令人佩服！”

二人并肩来到辕门。早有侍从备了水酒。桓温亲手斟酒，为王猛饯行。

郗超暗中向桓温耳语道：“所谓邀请薛强，恐怕是王猛托辞。此人有王佐之才，主公不可轻易放行。”

桓温充耳不闻，亲自持觞敬酒。

“桓某纵横四海，阅人无数，真心佩服者，唯刘琨、温峤而已。今日方知先生之才，犹在二人之上。薄酒一杯，聊表心意。愿先生一路平安，早日携友同归！”说完洒下两行热泪。

王猛持觞一饮而尽，与桓温挥手作别，且行且歌道："杜衡女萝兮结行囊，云缥缈兮起清香，访幽人兮道阻长。风为侣兮雨为朋，褐为衣兮箬为裳，相期迢迢兮逾八荒……"

桓温并非收复中原、廓清天下之人，王猛早已心知肚明，却依然心存侥幸，因此盘桓多日，苦苦规劝，终于心灰意冷，不得不借薛强的名头摆脱羁留。从他满怀希冀而来，再到他绝望心死而去，不过数日之间，世道却已无可逆转。神州故国在他心中光复数日，又再度陆沉，更不知伊于胡底。

王猛狂歌疾行，襟袖飘摇，一副背影极尽旷放之态，但在他无人窥见的正面，却已热泪纵横。

疾风又起，将桓温的幅巾垂带吹得摇来晃去。僚佐都已退回，唯有他伫立辕门，目送王猛的背影穿过渐渐稀薄的雾气，消失在翠微深处，这才转身回营。郗超将他拉到一边，两眼闪着异光，低声劝道："王猛乃诸葛孔明之流，若能为我所用，则为明公之幸，若为他人所用，则为明公之祸。何不派人跟随，看他去薛府是真是假，若是有假便一刀杀了，以免为敌所用！"

桓温瞪了他一眼道："我桓温是何等人！岂能与殷浩一般小肚鸡肠？"郗超本想再劝几句，但素知桓温多疑，怕他猜疑自己因嫉妒王猛而起杀心，只好将后面的话吞回肚里。

桓温领着郗超回到营帐，忽见王珣迈开两条短腿，火急火燎地趋入帐中，举止颇为滑稽。桓温打趣道："都说'髯参军、矮主簿，能令公喜，能令公怒'。王矮子急头怪脸，是要令我喜，还是令我怒？"

王珣无心说笑，跺脚道："主公，大事不妙！"桓温立即收敛笑容。王珣急得语无伦次："果然不出王猛所料，这可如何是好！"

桓温忽觉囟门洞开，倒吸一口凉气。

"麦子？"

王珣点了点头，终于一气说完："关中百里青麦一夜之间全被割尽！"

三人快步出帐，登上大营北侧的一片高岗。王珣向北迎风一指："主公快看！"此时薄雾尽散，关中一马平川无遮无拦，历历在目。桓温、郗超凝目望去，只见昨日还翻腾起伏的百里麦浪已荡然无存，仅余麦茬留在田间，远远望去似草非草、似禾非禾，颇有苍凉之感。

桓温心中一震，却不动声色地说："胜负未定，何须大惊小怪。"郗超目不转睛地盯着桓温，手抚虬髯，斩钉截铁道："王猛料事如神，乃当世奇才，日后必成大患。此人出营未远，若欲取其首级，顷刻即得！"桓温终于怒气难遏，斥道："郗胡子不得放肆！天生异人，其命在天，岂是凡人所能予夺？此人舍我而去，既有其高明处，亦是天意使然。”

郗超扼腕长叹。

虽然大势已去，桓温仍强作镇定，面不改色。郗超却已急出满头大汗，进言道：“苻健坚壁清野之计已得逞一半，必会在我退兵之际全力追击。明公宜早做安排。”

桓温眉头一皱。

郗超道：“苻雄定会与苻苌、雷弱儿合力反攻。我军应在秦兵汇合之前先发制人，以剩余口粮放手一搏。此为行险之策。”

桓温低头不语。

郗超接着说：“或在敌军汇合之前立即撤离白鹿原，以求全身而退。此为求稳之策。”

桓温朝郗超摆了摆手道：“我自会安排。特命你二人迁关中三千户平民，随军南归。”

王珣道：“三千户平民只会拖累官兵，带之何益？”

郗超暗笑道：桓温战事失利，唯有迁关中平民南归，方能显出北伐功绩，可笑王珣竟看不透。

次日五更，桓温命桓豁率领偏师，护送三千户平民南归。自己亲率中军回撤。桓冲引军殿后。

晋军开拔不久，苻雄、苻苌、雷弱儿引兵追杀而来。桓冲奋力抵挡，士卒死伤过半。苻雄遂命苻苌率数千轻骑追击晋军中军，又斩首万余。直到晋军东出潼关，苻雄才罢兵西返。

南撤途中，晋军将士垂头丧气、默然不语。唯有桓温神情自若，并无一丝颓意。忽见北面尘土飞扬，一彪人马全速追来。晋军一阵骚动。桓温正欲迎战，却听为首之人哈哈笑道：“莫要惊慌，薛珍来也。”原来薛珍擅自出兵，虽未能攻下长安，倒也颇有斩获，得知桓温退兵，便赶来会合。

薛珍得意扬扬地吹嘘道：“我早说过苻健老巢空虚，应直取长安，灭此朝食。可惜主帅优柔寡断，畏敌不前，终于贻误战机，反胜为败。若听从我的计策，如今三秦早已是我天朝之土；将士南归，也必然高唱凯歌、趾高气扬，岂能如此憋屈？”

桓温听了大怒道：“薛珍违抗将令，擅自出兵；又妖言惑众，扰乱军心，其罪当诛！”立即将他斩首示众。众将恨桓温执法不公，却敢怒而不敢言。

返回江陵，桓温令三军休养生息，整顿旗鼓。

这一日，忽有小校禀报道：“府门外来一老妇，自称是当年刘司空府上歌女，口口声声要见桓公。”

桓温大喜。

原来刘琨是晋朝出名的美男子，曾以姿容隽朗、文武双全而名重一时，虽已为国捐躯多年，但其雅量风度仍在江南广为传颂。桓温素来钦慕刘琨，并以姿容意气与其相若为荣。听说老妇是刘琨府上旧人，岂容错过，急令小校将老妇请来。

只见一位白头老妇来到庭内，一见桓温便以袖掩面，涕泪横流。桓温忙问道：“老人家有何难处，竟如此伤心？”老妇人哽咽答道：“老身行将就木，竟能随明公南迁天朝，早已欣喜万分。只是上次远远望见桓公，觉得酷似刘司空，于是念念不忘。今日登门一见，越发觉得相像。思及旧人，不禁老泪纵横。”

桓温喜不自胜，一边招呼众人聚来围观，一边整理衣冠，笑容可掬地问老妇人：“我与刘司空神交已久，恨不相逢在世时。老人家说我长得像他，不知何处相像？”

老妇人止住哭泣，仔细打量了桓温一番，点头道：“处处都像。”

桓温两眼紫光四射，轻舒长袖拱手道：“愿闻其详。”老妇人歪着头，眯着眼，仰视桓温道：“脸庞像，可惜扁了些；眼睛像，可惜小了些；胡须像，可惜黄了些；身材像，可惜矮了些；嗓音也像，可惜尖了些。”桓温听完颓然不语，垂头拂袖而去。众人也知趣地默然散去。桓温退回内室，越发觉得郁闷憋屈，于是倒头便睡。一直连睡数日方才醒来。

秦军虽然反败为胜，却也折损数万，大伤元气。苻雄清点伤兵，安葬亡卒。请端公做法，念诵送魂咒语。又亲自吟诵送魂之歌道：“昔我往矣，七尺肉身。今日归来，一缕孤魂。孤魂之散，如雾如云。此生虽逝，忠义永存。”

返回长安后，苻健在东堂宴请满朝文武，慨然叹道：“秦国初立便遭遇强寇，国运悬于一线，危在旦夕之间。激战三月，竟反败为胜，既是天佑，又赖人力。桓温乃江东第一雄豪，又假托华夏正统之名，声势不可谓不大。周旋不过三月，便铩羽而归，何也？只因诸公之能，更在桓温之上！得遇诸公，诚为苻健之幸、秦国之幸、苍生之幸！”群臣感激涕零，齐声道：“谢大王知遇之恩！”

长安城渐渐恢复旧态。这日苻健与强皇后乘舆出宫巡视，只见市井坊间人来人往，叫卖之声不绝于耳，虽不及战前热闹，却已恢复生机。但听到商贾口中的谷价，不禁大吃一惊。原来苻健的坚壁清野之计虽大败桓温，却也带来无穷后患：今日长安谷价已比战前上涨一倍！

苻健闷闷不乐，命御者打道回宫。转过一个路口，一名褐衣大汉一闪而过。

苻健心中一动，命御者加鞭赶上，掀帘窥探。见那人容貌粗陋，举止鄙俗，便叹了口气，喝令御者继续前行。强夫人问道："那是何人，陛下为何停车看他？"

苻健道："只是个凡人，不过衣着酷肖某人罢了。"又自语道："隐居秦国，却不来见朕。难道在他眼里，朕连桓温都不如？"越想越觉扫兴，闭目端坐，心乱如麻。忽听道边小儿拍手齐唱童谣："三只羊，五只眼，长安城里坐金殿。"苻健听得不寒而栗，细细咂摸，却又莫名其妙。

战乱已止，正是百废待兴之时，秦国却屡遭变故。先是东海王苻雄平定乔秉叛乱时暴病而逝，随后太子苻苌旧伤发作，不治而亡。苻健先失手足，再丧骨肉，竟然急火攻心、一病不起。

眼见苻健病情愈加沉重，皇后强氏屏退左右，含泪问道："陛下若有不测，谁能继承大统？"苻健拉着强氏的手臂，挣扎着从榻上坐起，喘息良久，上气不接下气地说："朕知你素来宠爱柳儿，但柳儿性情懦弱，难堪重任。生儿虽然暴虐嗜酒，但刚强果断，胜过柳儿。朕归天后，当传位于生儿。"说完两眼一闭，两手一松，倒在榻上气绝身亡。

强氏放声痛哭。守候在门外的皇子、重臣闻声冲入寝宫，伏地恸哭不绝。

过了片刻，太尉鱼遵急急匆匆趋入宫内，向强氏低声道："平昌王苻菁图谋不轨，正率兵围攻端门之东掖门。"强氏起身，厉声问道："陛下尸骨未寒，苻菁便图谋篡逆，谁能为我孤儿寡母诛贼除逆？"众人止住恸哭，早有丞相雷弱儿应声道："臣愿往。"强氏点头道："雷丞相不愧是两朝股肱。陛下在天有灵，定不忘丞相忠勇！"说完向苻健的卧榻望了一眼，却见榻上空空如也，苻健的尸身竟已无影无踪。强氏毛骨悚然，"啊呀"一声昏厥在地。众人不寒而栗，手足无措。

雷弱儿毕竟久经沙场，沉稳过人，起身指挥道："大敌当前，不宜追究此事。请鱼太尉速领卫士，保卫圣眷；王司空于宫外巡查，严防妖人弄法；老臣自率羽林军赴端门平叛。"说完大踏步向外奔去。

端门东掖门外，平昌王苻菁正指挥亲兵用云梯攻城。城内禁军遵照雷弱儿的号令奋勇抵抗，力保城门不失。苻菁跨马扬鞭，望着巍峨高耸的皇城城墙，笑道："攻城利器一到，城门立时可破。看你顽抗到几时？"过了片刻，一哨甲兵推着吕公车声势浩大地逼近宫墙。吕公车与宫墙高度持平，内藏士兵，外罩皮甲，只需推至墙边，便可从容翻越城墙。眼看吕公车已至墙边，苻菁不禁扬鞭大笑。

忽听端门上一人喝道："竖子大逆不道，还不下马受死！"苻菁抬头望去，却见苻健身穿龙衮，头戴通天冠，威风凛凛地立在端门之上。苻菁吓得魂飞魄散，举着皮鞭的右手僵在空中，动弹不得。苻健喝道：“朕早已察觉你的阴谋，因此才设计诱你动手。大军已至，尔等将死无葬身之地，还不速降？”苻菁属下慌了手脚，纷纷抛了兵器拜伏在地。苻菁心知大势已去，慌忙打马逃命。苻健冷笑一声，弯弓搭箭，将苻菁射落马下。属下都想立功赎罪，蜂拥而上，割了苻菁首级，遥望端门跪地求饶道：“小人无心谋反，只是受苻菁胁迫，不敢不从。现已砍了他的狗头，请陛下宽恕！”苻健向众人挥手道：“尔等虽受贼胁迫，犯下罪孽，但杀贼有功。功过相抵，无须责罚。各自散了吧！”众人大喜过望，叩头谢恩后，各作鸟兽散。

眼见叛逆已平，苻健微笑着舒了一口长气，转身便欲下楼。刚走两步，忽然晃了两晃，口吐鲜血，栽倒于地。

原来苻健得了苻菁谋反的密报，便以诈死之计诱他动手，终于一击而中。他本已病入膏肓，仅凭一口刚烈之气苦撑，此时油尽灯枯，再也支撑不住。

苻健僵卧榻上，将雷弱儿和苻生唤至身旁，断断续续道：“朕命雷丞相、鱼太师、毛太傅、王司空、梁尚书、梁仆射、段仆射、辛尚书八人为顾命大臣，共同辅佐苻生。”雷弱儿急率众臣跪在榻前，接受遗诏。苻健用混浊无光的双眼缓缓扫视众人，上气不接下气地说：“众卿皆为忠良，应悉心辅佐苻生。”说完气喘不止。雷弱儿等人泣道：“微臣誓死效忠幼主，鞠躬尽瘁！”

喘息半晌，苻健命众臣退下，只留下苻生一人。苻生跪在榻前，紧握苻健双手，哽咽道：“孩儿在此。”苻健已目不能视，嘴唇颤抖几下，气如游丝地说：“生儿年幼，当权不易。诸臣若不从命，尽可杀之。”说完溘然长逝。

第十五章

姚襄败北

经过接连数月的休养生息，桓温终于平复了北伐失利之痛，胸中的豪气又渐渐充盈，心思也日渐活泛起来。自从灭蜀以来，他已是当仁不让的江东第一权臣，但一人之下、万人之上的地位显然不能令他满意，更何况，位居自己之上的那人又如此年少懵懂、不能服众。但如何名正言顺地超越那人，却不是一件易事。思来想去，桓温决定投石问路。

此时，镇守洛阳的石赵旧将周成忽然降晋，桓温趁机上表道："河南初定，宜迁都洛阳，修复先帝陵墓。反皇居于中土，正玉衡于天极。"

百官大惊，既因畏惧桓温权势而不敢反驳，又因畏惧北国局势而不敢依从，却无一人拿得出主意。疑惧之氛笼罩朝廷。过了数日，散骑常侍孙绰终于想出应对之辞，上疏道："征西大将军所表，实为千载盛事。但帝王之兴，莫不藉地利人和。天祚未革，实赖万里长江画而守之耳。天时人事，有未至者。为国远图，可遣一大将先镇洛阳，奉卫山陵，扫平梁许，清一河南，运漕之路既通，然后尽力于开垦，广田积谷。陛下增修德政，练兵养士。十年行之，无使隳废。"

这疏文既婉拒了桓温的迁都之请，又一口气将迁都之期推到了十年之后，既绵里藏针，又入情入理，丝毫不容辩驳。

桓温见了疏文大怒道："孙绰不去吟诗作赋，却来管人家的军国大事，实在可恼！"

郗超劝道："迁都之事暂不可行，宜从长计议。姚襄自反叛以来，占据江北要地，又招募流民，扩充兵马，令朝廷寝食不安。主公不可不察。"说完诡异地一笑。

桓温知道他肚里又想出了妙计，便问道："景兴有何高见？"

郗超冷笑道："此时姚襄在江北招兵买马，正可牵制建康。主公只需观望，无须用兵。但姚襄及其麾下皆为北人，在河湖密布之地并无用武之地，日久必会退往北方。届时主公趁机北伐，可轻松获胜！”

不出郗超所料，不过月余，江北忽然传来战报：“姚襄已率兵北退，围攻外黄城。”

桓温抚须笑道：“姚襄年少轻狂，不知天高地厚，竟将我朝当成了想来即来、想去即去的客栈。不结账便要开溜，天下哪有这般便宜事！”

郗超道：“姚襄有勇无谋，又乏立足之地，此番作乱，恐入万劫不复之境。他一意孤行，正好成就明公的威名！”

桓温点头道：“失之东隅，收之桑榆，此之谓也！荆州军被苻健损耗的威名，要在姚襄身上加倍找回！”

荆州大军立即集结，北征姚襄而去。这日行至金城，桓温四顾而叹道：“金城是侨置琅琊郡治所。十多年前，我在此地当过琅琊内史。旧地重游，颇有隔世之感！”

穿过一片竹林，又跨过一座石桥，桓温忽然勒马下鞍，来到一行柳树前，上下打量一番，拂弄柳条，拍打树干，两手贴着黝黑的树皮上下摩挲，口中喃喃自语，仿佛故友重逢一般。

众人见他举止异常，都下马过来观看。桓温指着柳树喟然叹道：“这片柳林是我亲手栽种，当年只是细条，如今竟已十围。木犹如此，人何以堪？”说完摘下一枝柳条，潸然泪下。

北进数日，斥候来报：“姚襄攻外黄不克，已转投许昌方向。”

桓温笑道：“我倒要看看，姚襄究竟能逃往何处。”

又过数日，斥候再报：“姚襄已攻占许昌，又向洛阳而去。”

桓温捻须笑道：“姚襄果然不懂兵法，追兵临近之际仍在围攻洛阳，偏要自陷于腹背受敌之境。此人与苻健相比，高下立判。”

他在关中用兵，每每失了先机，时时落在下风。如今追击姚襄，却能处处占得先机，心中既为昨日之厄而懊恼，又为今日之吉而欣慰。

不料郗超却答道：“苻健据有关中，姚襄却无所依恃，与乞活无异，因此进退失据，屡战屡败。若因此评判姚襄不如苻健，恐怕有失偏颇。”

桓温心中刚刚泛起一丝暖意，又被这几句话泼得冰凉。

眼看桓温大军逼近，姚襄仍未攻克洛阳，心中越发急躁。这日与几个心腹议事，禁不住洒泪道：“我继承先父遗志，率族人颠沛辗转，寻求生路。却屡屡陷入险境，实在有负诸公信任。”

姚苌劝道：“胜败乃兵家常事，请兄长莫悲。”

姚襄叹道：“我悲的不是兵败，而是天不助我。”

“天无绝人之路。明公何必如此气馁！”王亮道。

姚襄摇头道：“诸君有所不知，自从我做了羌帅，每逢上阵杀敌之时，面前总有金光指引，因此从未遭遇大败。近日那金光忽然黯淡不见，战事也屡遭挫败。莫非我已遭天弃？”

姚苌劝道：“大丈夫能屈能伸。此时不该嗟叹，而应立即定下北归大计。否则军心浮动，更难克敌！”

姚襄道：“江淮已无我立足之地。我看洛阳有山河之固，堪为霸业之资。不如再接再厉，拿下洛阳，北进并州，抢夺河东险要，再徐图中原。”

王亮劝道：“洛阳孤城一座，非用兵之地。不如渡过黄河，攻下邺城、襄国，再效仿当年张宾为石勒制定的计策，逐步夺取中原。”

姚襄摇头道：“劳师袭远，并无胜算。”

薛瓒道：“关中地形远胜洛阳，若能取下关中，胜过邺城、襄国。”

姚襄反驳道：“如果洛阳都不能攻克，又奢谈什么关中？”

众人心知几条计策无一可行，都黯然无语，垂头而叹。

姚苌沉吟片刻，忽然道：“我倒有个计策，可夺关中。”

姚襄问：“你有何计？”

姚苌道：“苻生继位不久，任性残暴，如同桀纣再世。如今秦国仰仗的唯有苻眉、苻坚与邓羌三人。大王若能施用反间计，引诱苻生杀了三人，关中必生内乱，届时可一举而破。”

姚襄冷笑道：“此计虽妙，可惜不能救急。形势紧迫，应立即兵发洛阳。再犹豫不定，你我都将死无葬身之地！”

众人虽知此计不妥，却无更妥之策，只好应允。

姚襄兵锋西指，围攻洛阳整整一月，仍然远望高墙徒唤奈何。王亮眼见士众疲惫、粮秣短缺，终日心急如焚，竟一病不起，撒手尘寰。临终留下遗言道：“洛阳非用武之地，应移师邺、襄，再图霸业。”

姚襄五内俱焚，满腔悲悔，一夜间鬓角平添两绺白发，英俊的面庞也越发憔悴。

刚刚料理完王亮后事，荆州大军已抵达洛阳城南的伊河之畔。姚襄仓促退兵，在伊河北岸摆开阵势，准备迎战。

桓温见姚襄阵型松散，旗号凌乱，心中更无半分犹豫，立即渡河强攻。姚襄奋力抵挡，怎奈军心士气、士卒操训、指挥号令皆落下风。相持片刻，阵脚渐渐松动，向东缓缓退却。又苦苦支撑半个时辰，终于像决堤之水，一发东去。退守许昌时，已折损过半。

大帐之内，姚襄黯然枯坐，姚苌、权翼、薛瓒分坐面前。三人献计道："与其北下邺、襄与慕容氏争锋，不如西进并州，抢占立足之地。并州刺史张平乃石虎旧将，是个朝三暮四的平庸之辈，绝非大王对手。"

姚襄脸上闪过一丝欣喜。这是他多日来听过的唯一可行之计。

"虽非上策，却也胜过走投无路。趁桓温追兵未至，立即启程！"

三军立即穿越豫中平川，向西北遁去。

桓温闻讯急追。一路不见羌兵踪影，北行流民却络绎不绝，起初不过三五成群，数十里后，渐成浩荡之势。

晋兵问流民道："前头将有战事，尔等不知躲避，还纷纷前往，不怕死吗？"

流民七嘴八舌地答道："姚襄将军就在前头。正要投奔他去！"

"追不上姚将军，今后如何过活？"

又行了三五十里，流民越发繁密，几乎到了阻路塞途的地步。凭衣着辨认，多为羌汉两族，亦不乏各色胡人，或拖家带口，或孤身独行，虽然蓬头垢面、身倦意疲，但眉眼之间饱含企盼，令人望之心动。

桓温暗叹道：一个屡战屡败的末路羌酋，仓皇北逃，茫然无主，身后竟有数以万计的平民舍命追随，何哉？自己身为晋军统帅、华夏翘楚，当年从关中退兵时，也不过迁回区区三千户平民而已，而且少不得属下强拉硬拽、发号施令，似这般自愿追随，生死不渝者，根本寥寥无几。久闻姚襄善于抚众、深得人心，果然名不虚传！

谢奕忽然生出促狭之心，朝流民吆喝道："姚襄受了重伤，已死在前头。何苦再赶去哭丧？都散了吧！"

流民信以为真，都呆立原地，北面而泣。有人大声哭拜道："姚将军一生仁义，待我恩重如山。请受小人一拜。"哭得悲恸、拜得恭敬，引得旁人纷纷效仿，转眼间跪倒一大片。号哭之声惊天动地，撕心裂肺。

桓温呵斥道："流民无辜，怎忍心如此相欺！"

谢奕咧咧嘴，又上前吆喝道："姚襄命大，听说死而复生。现在哭丧，为时尚早！"

流民无不破涕为笑。

喧闹之际，一人骑马逆行而来，向桓温拱手道："华阴杨亮，特来投奔桓公！"

桓温喜道："华阴杨氏，根深叶茂，天下闻名。能与杨先生幸会于此地，却也难得。"

"杨亮当年在邺城为官。石赵灭亡后，欲投荆州，行至许昌忽染重疾，幸被姚襄收容。今闻桓公已至，特意辞别姚襄，前来投奔。”

桓温心中不悦，暗嗔道：杨亮出身华阴大族，是正统的华夏英杰，却先事石羯，再事姚羌，最后才来投我，究竟何故？眉头微蹙，开口问道：“你既然与姚襄熟识，说说他是何等人物。”

杨亮凝神答道：“若论神明器宇，与孙策不相伯仲；若论雄武豪壮，更在孙策之上！”

桓温冷笑道：“更在孙策之上，为何在我手下败得如此凄惨？”

杨亮叹道：“都说姚襄乃王头丐脚之命，注定缺少根基，难成大业。但此人英雄仁义，不可以成败论之！”

桓温面无表情地听完，立马四顾，望着灰蒙蒙的团团身影缓缓掠过，心中半是感慨，半是嫉妒。忽见灰暗中透出一点鲜亮，却是个姿容俏丽的女子，混在人群之中，分外显眼。桓温见她不似寻常百姓，心中生疑，便命侍卫唤来询问。

“你是何方人氏？姓甚名谁？”

那女子身背布囊，腰挂长剑，俊美中透出英爽之气。抬起俏脸，冷笑答道：“在下殷沛，江东人氏。”

桓温听这名字，似乎有些耳熟，细想却茫然无绪。又问道：“你是江东人氏，何苦要投奔姚襄？”

“天下禽兽多而人杰少。偶遇人中英物，不得不舍命追随。”殷沛对答如流，语含机锋，令桓温备感惊诧。

“姚襄徒有虚名，即将为我所败。你莫要追随碌碌庸夫，执迷不悟！”

“成王败寇，皆为天命。但姚襄重情仗义，令人见而倾心。你口中之庸夫，正是我心中之英雄。小女子生逢乱世，命贱如蚁，与其苟且一生，不如从吾所好！”

桓温越听越气，心中的一丝怜香惜玉之情瞬间耗尽，厉声喝道：“江东乃华夏正统，不可弃也；姚襄乃乱臣贼子，不可信也。我劝你勿为小恩小惠所惑，反倒忘了人间大义！”

“人各有志。小女子还要赶路，恕不奉陪。”

殷沛说完，拱手告别，气得桓温牙根发痒，须髯倒立。

姚襄日夜兼程，终于摆脱追兵，渡过黄河，进入并州上党郡地界。地势渐高，沟壑渐深，道路时而起伏不定，于山巅、谷底之间反复交替；时而宽窄不一，于旷野、峡口之间左右迂回。姚襄的心情也随之跌宕起伏，乍松乍紧。

来到一片低缓的黄土坡，忽见沟壑间旌旗晃动，一哨人马似从地底而来，为首一员猛将，黑面无须，手持丈八矛，尖声喝道："大胆姚襄，竟敢来犯并州。速将首级留下！"

姚襄大怒，拍马挺戟，与那人你来我往，缠斗二十余回合，渐渐招架不住，虚晃一戟，拨马便走。

败退十余里，姚襄终于稳住阵脚，垂泪叹道："小小并州，竟也藏有如此强敌。若并州不可得，又有何处能安我身？"

权翼献计道："大丈夫能屈能伸，与其苦战力敌，不如在张平身上做些文章。"

"张平有何破绽？"姚襄急问。

"张平起初叛赵降秦，随后叛秦降燕，如今又在秦、燕之间首鼠两端。此等人物，乃见利忘义之徒。不如以厚币卑辞相游说，与他结盟，暂得容身之地，日后再作并州之图。"

姚襄称善，立即点了几名亲兵，备足厚礼，亲至张平大营之外求见。

张平闻讯先吃了一惊，眉头挤出两道深痕，眼皮上下翻动。众将都劝道："无事献殷勤，非奸即盗。主公多加小心！"

张平又问："他带了多少扈从？是否携带兵刃？"

"带了六七个亲兵，携了丝帛礼品，都赤手空拳。"

张平沉吟片刻，眉眼渐渐舒展，呵呵笑道："姚襄无处容身，才假意献款。小小伎俩，哪里瞒得了老夫？不如将计就计，让他留在并州，替我把守西南门户，与秦、燕两国周旋！"于是顺水推舟，亲自出营迎接。

张平远远望见姚襄，果然俊爽超迈。相见之后，更觉得宛若天人，心中竟然生出几分渴慕。二人携手入帐，把酒畅谈。一边是久历宦海、割据自雄的老手，一边是颠沛千里、走投无路的少帅，二人无论年岁、性情，还是际遇、见识都相去甚远，却能一见如故，惺惺相惜。谈到尽兴处，索性结为异姓兄弟。

姚襄绝处逢生，从此便以张平盟弟的身份屯驻并州南界，防范秦军。

休养数月，姚襄恢复实力，兼并关中的念头在心中死灰复燃，挥之不去。于是召集众人道："大丈夫当纵横天下，建不世之功，岂能日日仰人鼻息？秦国暴君当道，灭亡在即，夺取关中，正当其时。"

权翼、薛瓒劝道："苻生虽然残暴，但秦国栋梁之臣犹在，朝野尚无大乱。时机未至，大王何不隐忍几年，待秦国生变，再徐徐图之。"

姚襄道："生年不满百，岂能做千岁之待？时局多变，久等无益！"

姚苌劝道："此时西进，并无胜算，一旦失利便再无退路。请兄长三思！"

"我自有万全之策，诸君勿复多言！"

姚襄力排众议，连夜拔营西进。数日后，突入秦国河东郡北屈县，在黄河东岸抢下立足之地，随后西渡黄河，攻克秦国重镇杏城。

姚襄连战连捷，一扫昔日颓势，心中豪气倍增。他一边命堂兄姚兰出击鄜城，打通自渭北高原进入八百里秦川的门户，一边派兄长姚益生、汉族部将王钦卢北上招纳归附之士，为全力攻夺关中做好铺垫。姚襄声名极佳，在秦地亦不例外。数日后，姚益生、王钦卢便招来羌、汉、诸胡归附之民五万余户。姚襄大喜过望。

然而，就在形势大好之际，鄜城前线却风云突变。

“姚兰将军遭秦将苻飞龙伏击，兵败被擒！”

斥候传完这一凶讯，匆匆退下。

中军帐内一片沉寂。权翼、薛瓒、姚苌默然望着姚襄高大的背影，都不敢出声。过了许久，姚襄终于转过身，脸上并无异常之色。

姚苌松了口气，故作轻松地笑道：“胜败乃兵家常事。只要稳住阵脚，在渭北打下根基，长久经营，关中便是兄长囊中之物。”

权翼也劝道：“秦军已有防范，关中不可速图。请三公占据险要、囤积粮草，早为持久之谋。”

姚襄脸色忽然闪过一股黑气，额头青筋跳动，咬牙切齿道：“不夺关中，又何来持久之谋？我姚襄并非轻狂浮躁之徒，忍辱负重，忍气吞声，乃至日不能食夜不成寐，生不如死之痛，都不足为惧。人生在世，所求何物？率数十万苍生颠沛四海、无处安身，唯恐上愧苍天，下负祖先，不知今日之后可有明日。此种困苦，除我之外，又有谁知？非关中之土不能纾吾民，非关中之土不能解吾忧！吾意已决，必与秦国一决雌雄，虽死无憾！”

姚苌见他如此决绝，全无往日的谨慎，心中隐隐泛起一丝不祥。

姚襄遂以返还陇西故土为名，遣使致书苻生，请求秦国借道。自己亲率大军西进关中，从北路逼近长安。

苻生观书笑道：“可笑姚襄，以为这假途伐虢之计天衣无缝，大秦上下都是三岁小儿。朕倒要看看，这流贼还能扑腾几天！”立即命卫大将军苻眉、龙骧将军苻坚、建节将军邓羌率一万五千步骑兵截击。

姚襄见秦军势头刚猛，便在黄洛镇据险结营，坚守不出。

相持了三五日，秦军主将苻眉渐渐有些焦躁。苻眉是苻生的堂兄，额上生了两道色如真金的黄眉，因此便以眉为名，族人都叫他苻黄眉。唤来苻坚、邓羌二将，苻眉问计道：“我军轻兵急进，只带了半月口粮，与姚襄相持太久，恐有不虞之患。”

话音未落，邓羌一声冷笑，两只怪眼高高挑起。他是雍州安定郡人，乃东汉开国元勋邓禹的后人，智勇双全，堪称秦国武将中的后起之秀。

“邓羌有何计较？”苻眉问道。

邓羌捏动指节，发出铿锵之响，微微笑道：“姚襄一步失脚百步错，做了多年流寇，已成惊弓之鸟，恐怕不会轻易出战。但此人性情刚猛急躁，可用计收服。”

邓羌说出自己的计策后，苻眉、苻坚深以为然，连称“妙计”！

定下计策，邓羌点了三千轻骑，故意显出轻敌骄慢之态，来到姚襄营外叫阵。

姚襄怒道：“邓羌成心羞辱，无礼之极！待我亲手擒了这厮，枭首示众！”

姚苌劝道：“秦军轻兵急进，宜速战而不宜持久；我军粮草充足，宜持久而不宜速战。邓羌以轻骑挑战，或为试探，或为诱敌，不必理会。”

姚襄道：“士可杀不可辱，我姚襄是何等人物，岂能容此无名之辈肆意妄为！”

辕门大开，姚襄纵马出营，挺戟直取邓羌。

戟矛搭在一处，缠斗了七八个回合，邓羌渐渐力怯。又勉强招架五六个回合，邓羌人马俱疲，虚晃一矛，拨马便走。

姚襄紧追不舍。姚苌赶上前，一把拽住黎眉骃的缰绳，喝道：“邓羌不曾力战便已败退，必然有诈！”

姚襄冷笑道：“景茂莫疑，今日若能取胜，可尽收关中八百里沃野。若坐失良机，则永无出头之日！”说完一把推开姚苌，纵马疾驰而去。

眼看追至三原。姚苌见此处地势险恶，杀气四伏，只觉得一股凉气从囟门直冲脚底，浑身一阵战栗。

姚苌死死拦住姚襄，苦苦劝道：“兄长不可再追。此地北有高台，西有群山，若有伏兵，你我插翅难飞。”

姚襄怒道：“破敌就在眼前，畏手畏脚，怎成大事？”

姚苌一把抢过姚襄的缰绳，死死绕在腕上。

邓羌见姚襄似有迟疑之意，便鼓动士卒齐声喝骂：

“姚襄流贼，有家难回。屡战屡败，无处立锥。”

这十六字恰恰点中了姚襄的命门。自从离了滠头，他便进退失据，无可归依。奔走千里，依旧难得寸土安身。此番西进关中，恰恰重归起点，原来数年艰辛，千里颠沛，都是白忙一场！

姚襄气炸丹田，猛甩马鞭，便要追击。姚苌死死拽了缰绳，苦苦劝道：“兄长务必要忍，不要乱了方寸。”

姚襄喝道："两雄不能并立，今日一定要分个你死我活！"

姚苌道："两雄不能并立，何不守其雌？隐忍几年，也能成就大事！"

姚襄哪里听得进去，一肘顶开姚苌，率众杀向敌阵。

转眼间，西面群山中旌旗晃动，北面高台下鼓角齐鸣，苻眉、苻坚各率两哨伏兵杀出，将襄兵拦腰截为两段。

襄兵首尾不能兼顾，登时阵脚大乱。姚襄毫无惧色，挥戟左冲右突，势不可挡。迎面撞见一员秦国小将，五短身材，面如冠玉，正是苻坚。姚襄双目喷火，挺戟便刺。苻坚也不招架，拨马便走。姚襄两腿猛夹马腹，黎眉骟奋蹄猛追。

半空忽然炸响一声霹雳，震得山摇地动，木叶纷飞。黎眉骟突受惊吓，猛地耸动腰身，高举前蹄，将姚襄掀翻在地。秦兵一拥而上，早将他围在当心。姚襄眼见逃生无路，起身叹道："功未成，身已灭，岂非天意乎！"拔剑自刎而死，年仅二十七岁。

苻坚对姚襄倾慕已久，本有收降之意，见他自尽，不禁泪流满面。姚苌无心恋战，抛了兵器下马投降。襄兵得知主帅已死，早已哭声震天。

苻眉瞪着姚苌，厉声道："将姚苌斩首示众！"

苻坚惊劝道："刚失了姚襄，我已痛惜不止，岂能再杀姚苌？"

苻眉低头道："姚苌鹰鼻鹞眼，不是善类。此时不杀，日后必成大患。"

苻坚道："姚苌诚意归降，如果斩了，羌众还如何收服？"

邓羌也劝道："现在若杀姚苌，羌人恐难安抚。"

苻眉恶狠狠地骂道："今日暂寄你的狗头。日后若敢生出二心，我苻眉随时提刀来取！"

姚苌叩头不止，千恩万谢。

苻眉与苻坚、邓羌得胜而归，一同进宫向苻生复命。苻眉心气正高，拍着苻坚、邓羌的肩膀道："此番一举剿灭巨寇姚襄，收服数十万羌众，是我朝大败桓温之后的又一大捷！二位功勋卓著，陛下定有重赏！"

来到宫门，却见大门紧闭，死气沉沉。苻眉叩了半晌门环，黄门官才战战兢兢地开了门。

"光天化日，为何紧闭宫门？"

"广平王有所不知。近日连刮几日大风，坊间风传长安城内贼寇作乱，宫里宫外人心惶惶，因此紧闭大门。"

"贼寇竟然如此嚣张！"

“都是市井流言，别说贼寇，连一根贼毫都不曾见过。”

三人心中稍安，随小太监进了宫门。

苻眉问：“近日陛下安好否？”小太监四下张望再三，这才低声道：“皇上打造一堆杀人利器，已经废了三个太监。广平王务必小心谨慎，不要惹恼圣上。”

三人上殿，见苻生身着青布短衣，蹲在一柄硕大的铡刀旁边，一手撑地，一手拿抹布在刀背上擦来擦去。苻眉心中暗笑道：陛下这架势，不是斩草料便是切生药，哪里有半分皇帝气象？

太监奏道：“启禀陛下，苻眉、苻坚、邓羌已归。”

苻生头也不抬地哼了声：“过来。”

苻眉携苻坚、邓羌奏道：“臣苻眉与苻坚、邓羌二将军奉旨剿除羌贼，大获全胜。除姚襄自刎外，其余寇首均已臣服。羌人自古与我族比邻而居，交往甚密，今日又举族归降，令我朝实力大增。必是皇天垂爱，欲助陛下扫平四海，因此降下如此厚礼！”

苻眉半是表功，半是吹捧，只求苻生龙颜大悦，封赏多多益善。

苻生充耳不闻，依旧低着头，一边用磨刀石打磨铡刀的锋刃，一边冷笑道：“来得正是时候，正好借三位的脖颈，试试新造的四尺钢铡！”

他说完伸指轻弹刀刃，铡刀发出森然悠长的一声怪响，惊得三人毛骨悚然！

第十六章

暴君苻生

苻生望着眼前面无血色的三位功臣，忽然眯着独眼大笑不止。三人面面相觑，却见苻生忍住笑，咧嘴喝道：“朕一句玩笑，竟将三员大将吓成如此模样！”

苻眉强压怒火道：“君无戏言。功臣出生入死，为国杀敌，陛下当以美酒嘉言壮其胆，岂能以杀人刑器寒其心？”

苻生合起铡刀，寒光映在脸上，笑容瞬间凝固。拍拍双手缓缓起身，眯着左眼紧盯苻眉，忽然厉声喝道：“你杀了小小姚襄便来邀功，当年我单枪匹马与桓温对阵，斩将夺旗不计其数，可曾邀功？”

苻眉反驳道：“虽未邀功，但也不曾遭受铡刀之威。”

苻生啐了一口，又在苻眉后腰猛踹一脚，脸上忽然由寒转暖，哈哈笑道：“开个玩笑，兄弟又何必当真！”

忽听太监喊道：“左光禄大夫强平求见陛下。”

苻生摆手道：“过来说话！”

强平快步登殿，高声奏道：“近日风传长安贼寇横行。臣已查明，此乃百姓以讹传讹之误。请陛下宽心。”

苻生咬牙切齿道：“究竟是哪个刁民，竟敢散布谣言，扰乱人心？还不火速捉拿归案，剖腹剜心！”

“三人成虎、鲁鱼亥豕，以讹传讹之事古来有之。陛下若为此等小事而动雷霆之怒，恐伤长安民心。”

“你竟敢为传讹者辩护，是何居心？莫非你便是幕后主使？”

“臣不过奉旨查访，并非幕后主使。请陛下明察！”

“狗胆包天的死鬼，我先用凿子凿穿你的双眼，让你好好明察一番！”

原来苻生天生眇一目，对与目力相关的字眼无比忌讳，听到“明察”二字，以为强平有意讥讽，登时怒气冲天。

苻眉素与强平交好，岂能袖手旁观？他慌忙俯身劝道：“强大人贵为国舅，一时失言，乃无心之过。请陛下息怒！”

“既然广平王为你求情，朕怎敢毁你招子。来人，用凿子凿穿强平脑壳！”

“强大人德高望重，若因一时口误而死于非命，岂不令天下人寒心？请陛下万万不可一意孤行！”苻眉苦劝道。

“你初立寸功，便得意忘形。再敢胡说，连你一块凿了！”

邓羌按捺不住，也来助阵道：“治军之道，重在赏罚分明。若立军功者反受重罚，天下还有谁愿为大秦效命？”

苻生骂道：“小小建节将军，也敢与我争辩。来人，将邓羌腰斩于殿前！”

苻坚慌忙跪下求情道：“邓将军韬略无敌，勇冠三军，乃国之栋梁。陛下英明神武，岂能因纤微之过而自毁栋梁？”

苻生冷笑道：“他那点微末技艺，与朕相比不值一提。就算杀了，有何可惜？”

“陛下固然天下无敌，但如今身处九五，不宜躬擐甲胄。何不饶邓羌不死，令他替陛下冲锋陷阵、杀贼斩敌？”

苻生厉声道：“坚头，你小小年纪倒也懂得义气二字。既然要充好汉，朕便成全你。俗话说得好，‘帮人帮到底’。你既讲义气，何不替他赴死？”

他与苻坚本来无甚芥蒂，说出这番狠话，不过是吓唬吓唬这个大头堂弟。想着苻坚抛却斯文假面跪地求饶的狼狈模样，苻生顿时乐不可支，几乎笑出声来。

孰料苻坚面不改色，慨然道：“袍泽之情，不敢或忘。臣愿替邓将军赴死！请陛下勿忘前言！”

苻生圆睁独眼，盯着苻坚冷笑几声，忽然挥拳吼道：“三个畜生，都给我屎爬牛搬家，滚蛋！”

三人振衣而起，仓皇奔出长乐宫。苻眉回望宫门，指天发誓道：“奇耻大辱，至死不忘！”

数日后，苻眉密谋举事，却不慎走漏消息，惨遭灭门之祸。苻生素知苻坚、邓羌与苻眉过往甚密，欲将二人一同擒杀。卫大将军李威劝道：“二人屡次顶撞陛下，固然该杀，但天下尚不太平，鹰犬之才尚有用武之地。若斩尽杀绝，再逢国难，还能依仗何人？”

苻生虽觉有理，却怒气难消，厉声喝道：“将邓羌贬黜咸阳，永世不得重用！”

苻坚虽然祸不及身，却也战战兢兢，如临如履。苻坚之母苟氏早已看不惯苻生的残暴，暗中劝苻坚道：“坚头莫怕那头独眼兽，他再敢猖狂，我儿便取而代之。”

苻坚道："苻生素来勇猛。孩儿年幼不敌，此事应从长计议。"

诛杀苻眉之后，苻生越发喜怒无常，动辄在朝廷刑杀大臣、侍从，或出宫杀人取乐。众臣惧怕苻生淫威，敢怒而不敢言。

这一日群臣上朝，中书监胡文、中书令王鱼冒死奏道："启奏陛下，近日天象怪异。客星孛角，秦国必有大丧；荧惑入井，必有重臣惨死。愿陛下修德禳灾，抚慰群臣，以成太平之美。"

苻生冷笑几声，眯起独眼道："此等小灾，极易消除。我且问你，皇后之死算不算大丧？毛太傅、梁车骑、梁仆射三位辅政算不算重臣？"

胡文、王鱼如坠云雾，面面相觑。

苻生看着二人呆若木鸡的窘状，哈哈大笑几声，随即起身，从身旁卫士腰间抽出一把利剑，转身便去。过了片刻，提了一颗血淋淋的人头回来，掷地笑道："梁皇后已死，秦国已有大丧。"说完从侍女手中捏起一块丝巾，哼着小曲，低头细细擦干掌上的血迹，又将丝巾轻轻递还侍女。忽然抬头喝道："立即将毛贵、梁楞、梁安三位重臣斩首，以顺应天象！"殿内众人早已魂飞魄散，苻生却得意扬扬地仰天大笑。

散朝后，苻坚心神不宁地回到府中，御史中丞梁平老忽然求见。梁平老随苻坚来到后堂，忧心忡忡道："主上残暴失德，臣子各怀异心。燕、晋两大强敌虎视眈眈，伺机欲动。一旦有变，则有家国俱亡之虞。殿下何不厉兵秣马，及早准备？"

苻坚沉吟不语。梁平老见他犹豫不决，又劝道："殿下聪明仁惠，正宜取而代之，以顺应天时民意！"

苻坚道："苻生虽然残暴，毕竟与我有手足之亲。我当尽心辅佐、规劝，怎敢妄生篡逆之心？"

梁平老叹道："天予不取，反受其咎。请殿下三思！他日若有用得着老臣之时，尽管吩咐！"说完起身告辞。

梁平老前脚刚走，吕婆楼后脚便来，见了苻坚，劈头问道："今日朝中之事，殿下作何感想？"

苻坚道："主上滥杀无辜，我身为宗室、臣工，未尽规劝之责，深感羞愧。"

吕婆楼摇头叹道："殿下好糊涂！苻生分明就是一头野兽，岂是言语所能规劝？"

苻坚问："吕大人有何良策？"

吕婆楼用手指在颈下比画了一下，冷笑道："既是野兽，只好以治兽之法应对！"

苻坚摇头道："以暴制暴，未若以义正之。况且人非圣贤，孰能无过？苻生初登帝位，难免不知轻重。今日虽然滥杀太过，或许事后已心生悔意，也未可知。"

吕婆楼摇头道："殿下当心存大义，忘却小义。岂能拘泥于妇人之仁？"

苻坚道："我终不能以'大义'之名而失了本心！"

吕婆楼见他执迷不悟，叹气道："若有缓急处，吕婆楼愿为殿下赴汤蹈火！"悻悻告辞而去。

翌日，苻生率领左仆射赵韶、司隶校尉赵诲等一干近臣出城游猎，忽见道旁跪了一位身穿孝服的妇人，口口声声要见皇帝。

赵韶过去询问，回来禀道："此妇人是已故强怀将军的遗孀樊氏。强怀在抗击桓温时战死，其子强延因先帝驾崩而未蒙恤赏。樊氏求封无路，因此在路上惊驾。"

苻生听了怒道："有无封赏，当由朕一人决断。难道这婆娘在路边一跪二哭，朕便要听命不成？"

樊氏见苻生不愿颁赏，便伏在地上哭诉强怀如何忠烈。

苻生勃然大怒道："强怀忠烈，你也做个烈妇，陪他共赴黄泉，岂不美满！"说完张弓搭箭，一箭射穿樊氏的脖颈。樊氏抽搐几下，便气绝身亡。

赵韶吓得两腿筛糠。赵诲却竖起拇指赞道："陛下好箭法。但臣有一事不明，陛下因何不一箭穿心，却射其脖颈？"

苻生眯起独眼笑道："看你长得粗鲁蠢笨，却有几分眼力。若是一箭穿心，她登时倒地不起，无甚趣味；射穿脖颈，看其挣扎至死，岂不有趣？"众人无不骇然战栗。

苻坚闻听樊氏噩耗，立即遣人将她与强怀合葬，并亲赴强府抚慰强氏家眷。强延见了苻坚，感激涕零，俯首拜谢道："殿下高恩厚义，强延铭刻在心。日后若需效命，强延万死不辞！"苻坚便命他担任亲兵统领，打点东海王府护卫。强延欣然领命，果然尽心尽力。

这日苻生忽然来了兴致，要在太极殿大宴群臣。众臣虽知宴非好宴，却只能硬着头皮入席。苻生向尚书辛牢传令道："今日之宴，辛尚书担任酒监，务必令众卿大醉方休。众卿若是不醉，唯你是问！"辛牢慌忙端了酒盏，依次劝酒。群臣知道个中利害，不等劝酒便举盏强饮，不一会便喝得醉眼迷离。辛牢见群臣都已醉酒，怕惹出失仪之祸，不敢再劝。

苻生咆哮道："朕命你劝至大醉方休。群臣方才小醉，醉倒者寥寥无几，你为何不劝？"话音未落，已一箭射穿辛牢脖颈。

群臣早已魂飞魄散，慌忙端起酒壶酒盏，自斟自饮，不敢停歇，最后无不醉卧在地。苻生见众臣醉态百出，有的丢了朝冠，披头散发，有的呕吐不止，满身秽物，有的醉卧于地，鼾声如雷，不禁拍手大笑。苻生乘兴连干几盏，自觉不胜酒力，才踉踉跄跄地移驾寝宫。

尚书吕婆楼近日服用汤药，既不能饮酒，又不敢抗命，便举盏将酒灌在衣领内，假装喝在肚里，张口吐舌地卧倒装醉。苻生离席后，吕婆楼慌忙从地上爬起，唤醒昏睡中的同僚。群臣互相搀扶，东倒西歪地散朝回家。

回府后，吕婆楼想起酒筵上的劝酒之祸，仍觉心惊肉跳，竟一夜未眠。翌日正值百官休沐，吕婆楼满腔心事无处排遣，便带了侍从，驾车来到华山脚下的别墅散心。

四月的华山草木生发，春意盎然。

云雾如裳，光影娉婷；花草如带，绕崖而生；松林如冠，覆于山顶。更有条条溪流，丁丁淙淙，如佩玉之声、琼琚之鸣，于锦衣玉带之间平添数分妩媚。

溪边绿影婆娑，一片翠竹林后，传来阵阵斫竹声。斫竹者正是隐居于此的王猛。他与崔氏垦荒种田，自耕自收，若有不足，再编畚下山贩卖，换取所需。名为隐居，却暗观时局，静待时机。

自桓温退兵以来，关中谷价已大涨两三倍。王猛编畚数日，尚不能换来全家一日口粮。亏得山中林木丰茂，采集山桃野枣之果、橡栗榛榉之实，勉强果腹。一家人个个鸠面鹄形，容颜憔悴，但王猛依旧泰然自若，不改其志。斫完青竹，王猛将竹竿扎成一捆，堆在茅舍墙边，准备晾干后剖成竹篾。竹枝也捆成束，当作帚头备用。

妻子崔氏给王猛端来一碗橡子粥，便回屋照看儿子王永、王皮去了。王猛收拾完断枝碎屑，刚转过身，却见地上蹲了一人，端着粥碗，大咧咧喝得正香。

那人端着粥碗抹嘴道："橡子做粥，乃仙家食法，可惜却饱了我的口福！无以为报，鄙人这卷《拾遗记》便留给令郎消遣吧。"

王猛见他容貌丑陋、敝衣尘面，却仙风道骨、气宇不凡，大概也是个怀才不遇、避乱华山的读书人。翻了翻《拾遗记》，只觉文辞荒诞，大抵是借怪异之说感叹世道之衰。其中"贯月槎""轮波舟"两篇构思新奇，一个登月，一个探海，倒也颇有可观之处。于是拱手道："同为乱世之人，胡乱吃口粥饭，又何必客气。"

那人喝完粥，丢了碗笑道："你一气连说两个'乱'字，看来与此字颇有渊源。苦行多年，辗转万里，心中写满万卷长文，细看尽是一个'乱'字，岂不悲哉！"

王猛听他微言之中，似有大义，便应道："月有盈亏之时，世有治乱之期，何悲之有？”

“说得好！世道虽乱，却也乱得有趣。”那人哈哈大笑，忽然拍手唱道：

“乱！乱！乱！世事何其乱！汉家江山夷狄篡，五胡旗号轮流转。各擅风流数十年，二百年后重归汉！”

那人唱完又盯着王猛啧啧赞道：“你骨相不凡，命中不该空老林泉。一年内必遇贵人，从此平步青云。我送你几句话，务必牢记在心！”说完用陇西声调高声吟道：

天倾地陷，山河摇撼。
娲皇有石，得之者坚。
未央章台，倾颓朽腐。
秦有良材，得之者固。

那人吟完拍拍肚皮道：“多谢腹中之物！可惜仇家将至，我去矣！”

王猛忙问：“阁下何人？仇家又是何人？”

“名也，利也，为我王嘉之仇雠也——”

说完起身拔足，疏忽不见身影。

王猛叹道：“竟然是大名鼎鼎的陇西奇士王嘉！”

王嘉，字子年，是个海内闻名的陇西术士。滑稽诙谐，不食五谷；清虚服气，凿崖穴居。又有未卜先知之能，预测时事，从无差错。名声播扬，遂引来数百信徒，终日随他学道。王嘉不堪其扰，便逃往终南山隐居。徒众闻知，又追随而去。王嘉再度出逃，在周边山中四处躲避。不意今日竟在华山邂逅。

细细品味王嘉留下的只言片语，王猛越发觉得诡如谶语，意味深长。一边沉思，一边削剖篾片。篾刀起落处，篾片轻轻垂地，薄如纸帛，窄如韭叶，柔中暗藏韧劲。削完篾片，王猛以篾绕指，如穿针引线。上下穿插，左右交织，密密匝匝，重重叠叠，篾片遂化为畚箕，在地上越摞越高。

时光在指尖篾缝缓缓流逝。天色渐暗，夕阳半悬天际，映出漫天云霞，仿佛王母织机上新成的锦缎。低沉的梵钟之音从山顶隐隐传来，引来崖间若有若无的阵阵回响。王猛停住手中活计，西望长空，独对夕阳，不禁诗兴大发，朗声吟道：

结庐山寺下，极目望天涯。
暝色透胸襟，呼气成云霞。

"好一首隐士之诗，竟无丝毫烟火之气！"

一位中年男子手曳竹杖翩然而来，生得清瘦爽健，气宇轩昂，向王猛拱手道："在下略阳氐人，姓吕名婆楼，敢问高士尊姓大名？"

"魏郡王猛，幸会吕兄！"

王猛见吕婆楼虽是氐人，却是个谈吐文雅的饱学之士，志趣、脾性都与自己颇为相近。二人虽是初会，却有似曾相识之感，交谈片刻，已尽显惺惺之意。

夜色渐深，吕婆楼指着山下的数点亮光道："那几点灯火，便是我的别业。可惜我这长安小吏公务缠身，只能偶来小住，恨不能与你日夜比邻。"

王猛道："你我一见如故，若能比邻而居，岂不美哉？"

吕婆楼迟疑再三道："我有不情之请，不知当不当讲。"

"吕兄请讲。"

"吕某有一犬子，终日擎鹰牵狗，顽劣成性。愿设西宾之席，请先生闲暇时去长安教他读书立志，改邪归正。束脩之礼，决不会少了半文。不知景略能否屈尊俯就？"

王猛点头道："举手之劳，不在话下。"

"既然如此，吕某便不客气了。十日后，自会驾车来接贤弟。"

送走吕婆楼，王猛与崔氏商议道："谷价飞涨，生计艰难。纵有凌云之志，也不得不作稻粱谋！我看吕婆楼是个厚道人，必不相欺也。"

崔氏叹道："如此虽好，只可惜夫君大材小用。"

十日后，吕婆楼果然携带束脩，亲自来接王猛。

王猛见吕婆楼是个重诺可信的爽利之人，更无疑虑。遂辞别妻儿，随他来到长安。马车驶入城北甲第，来到吕宅。王猛见吕家门庭宽阔，气势不凡，绝非寻常门户，不禁攒眉嗔道："如此宅第，岂是长安小吏所能消受？吕兄究竟是何人？为何瞒我？"

吕婆楼一脸歉意，呵呵笑道："我虽以散骑常侍之职忝居朝臣之列，近日又升任尚书，但才疏学浅、庸碌无为，与世间小吏有何两样？况且我与景略乃布衣之交，万钟于我何加焉？刻意隐瞒虽有不妥，但并非存心枉欺，愿贤弟勿怪。"

王猛见他言语诚恳，似无恶意，这才点头应允。

安顿了住处，吕婆楼传来贴身书童王洛，引至王猛面前。

"此子颇为伶俐，堪为奚童，供先生随意驱使。"

这王洛一双细目，两道疏眉，果然乖巧活络，八面玲珑。王猛心中暗喜，点头道谢。

吕婆楼又命人唤来长子吕光，喝令他行拜师之礼。这吕光不过十四五岁，生得骨骼强健，容貌俊秀。两道浓眉之下，一双瞳子乌亮有神，暗含桀骜不驯之气，仿佛其下又另藏双瞳一般。吕光见到王猛，忽然目光平顺，纳头便拜。吕婆楼笑道：“犬子顽劣异常，经历七八位先生，每回都挺着脖子不肯低头，好似强项令董宣一般。这次偏偏肯拜，可见与你颇有夙缘！”

王猛赞道：“此儿相貌不恒，气宇不凡。若能改过自新，日后必能建立奇功伟业，名垂丹青！”从此每日专心课徒。吕光也收敛性情，用心读书，果然突飞猛进。吕婆楼大喜过望。

忽一日，王猛见吕婆楼神色不宁，目光散乱，便问道：“我看吕兄似乎颇有心事，不知能否得闻，也好为兄解忧？”

吕婆楼叹气道：“说来话长。我在长安城南有几亩薄地，充作吕氏公田，平日种些麦豆，供贫困族人混个温饱。这块地距何国丈的别业不远，但并不相邻。近日何国丈巧取豪夺，将周遭土地尽收囊中，现在又打起我的主意，撺掇何贵妃向圣上央求。昨日圣上传旨，命我十日内将此地让予何国丈。我虽不情愿，却无计可施，心中烦恼，因此被先生察觉。”

王猛笑道：“我有一计，可保田地无忧。吕兄可假装答应，却命人在地下埋一幅陈年羝羊骨架，并让家仆装作中祟发病模样。再找两位端公，待何国丈收地时前去做法，只说羝羊为祟，无法降服。他若不信，便将羊骨从地下挖出。氐人素以羝羊为神，何国丈见了羊骨，必会偃旗息鼓。”

吕婆楼如法炮制，果然奏效，不禁赞道：“景略足智多谋，非寻常文人、高士能比！”

过了几日，吕婆楼又来找王猛问计：“家母在街市遭司隶校尉赵诲家奴冲撞。家母性急，令他赔礼道歉，赵府家奴仗势不允，还出口伤人。家母急火攻心，一病不起。我欲为老母讨回公道，却又不敢与赵家斗狠。王先生能否想出一条万全之策，既能宽慰老母，又无须与赵诲撕破面皮？”

王猛叹道：“吕兄贵为尚书，竟受宵小欺凌至此！可见世道之谬！”

吕婆楼连连摇头，“莫谈国事！莫谈国事！”

王猛厉声道：“早闻赵诲恃强凌弱、助纣为虐，百官、百姓恨不得生啖其肉！今日听闻此事，怎不义愤填膺。但纣王不死，能奈恶来何？只能忍气吞声，劝慰令堂。等日后有了机会，再好好教训那厮。”

“先生所言极是。但老母禀性刚强，不见赵家赔礼，绝不罢休。任我磨破嘴皮苦劝，一概不听。”

“要让令堂宽心，却也容易。只需找一面生之人，假扮赵府管家，携金帛礼品登门赔罪。令堂自然怒气全消。”

吕婆楼拍大腿叹道："先生妙计，非愚钝之人所能得也！"

吕婆楼依计而行。吕母见了假扮的赵府管家与礼物，顿时心中释然，身子也日渐康复。吕婆楼眼见王猛连施妙计，早佩服得五体投地。

这一日吕婆楼上朝，却见号称朝中第一美男的尚书仆射贾玄石臂缠绷带。苻生瞥见，喝问道："贾卿如何伤了手臂？"

"潼关乡野虎狼为患，今年已连伤七百余命。农人不敢居住乡间，纷纷涌入城镇。微臣昨日过去查看，却遭恶狼追咬，伤了手臂。"

众臣于是奏道："请陛下派猎户逐杀虎狼，拯救农事；并勤政禳灾，为百姓求福。"

苻生听了圆睁独眼，狂笑道："虎狼吃人乃天经地义，何必大惊小怪？况且虎狼乃上天所派使者，要替朕食尽天下罪人。你若行端立正、问心无愧，又岂能为虎狼所伤！"

贾玄石面红耳赤，无言以对。

散朝后，苻生与何妃登高远眺，目送众臣三三两两地离宫而去。何妃望着群臣品头论足，臧否容貌举止。忽然指着贾玄石问："那手缠绷带的美男子却是何人？"

苻生顿时心生醋意，回头笑问："你这婆娘，难道看上了此人？"唤来身边卫士，耳语几句。过了片刻，那卫士端了一只食盒上楼复命。苻生哈哈笑道："心爱之物已经送来，还不来看。"

何妃喜滋滋揭开盒盖，却惊得魂飞魄散。苻生柔声细语地凑了过来。

"你既然喜爱此脸，朕便砍下赏赐与你。还不谢朕？"

何妃吓得跪地乱颤，苻生却仰天大笑。

何妃已有身孕，受此惊吓，顿觉腹部胀痛，慌忙卧床休养。苻生立即传黄太医熬制安胎药。

黄太医匆匆开了药方，让太监抓药回来，用砂锅熬制。苻生亲自翻搅草药，喝问道："为何只用如此小参，莫非大的都被你侵吞？"

黄太医慌忙答道："人参药力极大，只需细小一枚。"

苻生勃然大怒，眯起左眼，一脚将黄太医踹倒在地，骂道："你焉敢讥笑我的右眼？"立即命侍卫将他剜了双眼，拖出宫门枭首示众。

次日，群臣在宫门外等候上朝，见门楣高悬贾玄石和黄太医的首级，无不心惊胆战。群臣伴着两颗首级在门外候了一天，站得腰酸腿软，也不见黄门官出来。等到日落，才知今日不会有事，于是击掌相庆："好歹多活了一日。"拖着疲惫之躯欣然散去。

翌日，苻生再度入朝视事。太史令康权上言道："近日太白犯东井，此乃兵戈之象，主京师兵祸。请陛下早日部署防务，以防不测。"

苻生听了，笑得前仰后合。

"太白入井，分明是口渴想要喝水。与兵祸何干？"

众臣虽觉滑稽，却不敢发笑。苻生不禁怒道："尔等为何不笑？"

群臣这才大笑。

待群臣笑毕，苻生兴致颇高地问道："朕登基一年有余，百姓对朕必有议论。牛夷，何不说给朕听？"

"陛下圣明。百姓安享太平，无不以尧舜称颂陛下。"

苻生怒道："你这狗官，满口奉承！立即斩首！"

又问程肱道："程大夫也来说说。"

程肱哪里还敢奉承，慌忙答道："陛下刑法过重，百姓略有微词。"

苻生又拍案骂道："你这狗官，满口诽谤！"命人也拖下殿去，与牛夷一同斩首。

群臣吓得体若筛糠，闭口不言，苦苦熬到苻生退朝，个个掀衣而起，夺门而去。

散朝后，吕婆楼悄悄来到东海王苻坚府中，私下问苻坚道："主上失德，人人自危。燕、晋两大强敌伺隙欲动。一旦生变，则家国俱亡，殿下何不早做打算？"

苻坚道："苻生勇力过人，乃万人之敌。坚虽有此心，却孤掌难鸣。若有吕大人做内援，苻坚愿放手一搏！"

吕婆楼道："老夫身在暴君之侧，命在旦夕之间，难堪大任。不过我欲举荐一人，为殿下出谋划策。"

"却是何人？"

"是在华山结识的隐士王猛，现任敝府西席。计谋无双，乃不世出的天下奇才！"

苻坚惊道："先父讲过，当年桓温寇秦，华山隐士王猛披褐谒温，扪虱而谈，折服满营江南名士。莫非就是此人？"

吕婆楼一拍大腿，惊呼道："哎呀！都怪我孤陋寡闻，竟然不识国士！"

苻坚眼中闪出两道精光，胸脯一起一伏地应道："既是此人，我现在便去见他。"

"殿下不必心急。两日后便是端午，朝臣无须上朝。殿下可借口去敝宅结社作诗，趁机结识王猛。"

苻坚脸上仿佛吹过沂上舞雩之风，笑意浮漾，欣然点头。

两日后，吕婆楼将苻坚请入宅中，安排仆人在花园墙边搭了炉灶，端来箬竹包裹、棕丝缠缚的一盆香粽，在竹林之间铺了草席，摆好案几、蒲团、时鲜果品，以及菖蒲、艾蒿等驱邪之物，又叮嘱苻坚道："我这便去请王猛。殿下只管坐而旁观，时机不到，未可道破身份。"

"悉听丈人安排。"

吕婆楼来到王猛所居厢房，拱手道："今日端午，正是邪佞当道、五毒并出的恶日，不宜枯坐陋室，以免沾染邪毒。我与一位小友附庸风雅，起了个诗社，特请过去小坐，一同吃粽赋诗，驱除邪气，景略能否赏光？"

"不敢辜负吕公雅兴！"

来到花园，吕婆楼将王猛引见给苻坚。苻坚假装不识，只是客套两句。三人坐定，只见松枝吐焰，瓦釜喷云，园内早已粽香四溢。

吕婆楼笑道："不才忝居东道之位，愿以粽子为题，四言五言七言不限，先作完者先饱口福。"

三人拿了纸笔，默然沉思。

过了片刻，吕婆楼与王猛相继住笔，将诗稿摆在案上。苻坚见两人都已作完，自己面前仍是白纸一张，不禁有些心急。忽见猫儿匍匐墙头，蹬落一颗石子，噗地掉进锅里。仆役赶走猫儿，又手忙脚乱地打捞石子。苻坚灵机一动，提笔一挥而就，轻轻放在案上。

吕婆楼拍手笑道："首次结社如此顺利，我这东道也心安了。"

书童王洛先拿起吕婆楼的诗稿念道：

满腹忧思青白色，一腔块垒棱角多。
不解渔人清浊辩，只随屈子赴汨罗。

又捧出王猛的诗稿念道：

青棕缠绿箬，裹我洁白身。
烹泉招湘雾，燃松告楚云。
浮沉三生恨，芳馨一缕魂。
宁肯葬君腹，不沾浊世尘。

吕婆楼脸色一变，向王猛深施一礼，正色道："吕其有眼无珠，不识国士，竟让栋梁之材，屈尊做起小儿戒尺。大厦将倾，正是景略大展宏图之时。请以苍生为念，出山一展才华！”

王猛呵呵一笑。

“大厦将倾，所需者乃良工巨匠，何关吾事？我乃山中不材之木，怎敢妄称栋梁！”

吕婆楼心领神会。

“良工巨匠与足下一样，隐身世间，深藏不露。足下若是有意，愚兄愿作司马徽！”

“今日来结诗社，吕兄不可跑题。”

眼见王猛不为言辞所动，吕婆楼并不心急，又引回话题道：“景略之诗颇有三闾大夫笔意，非高士不能为之！再看小兄弟的诗，作得如何。”

王洛最后才念出苻坚的诗：

香粽何能慰屈原，
菖蒲岂足保平安。
愿化我躯作顽石，
粉身碎骨补苍天。

王猛听完诗句，盯着苻坚端详再三。

“这少年气魄非凡，绝非常人。吕兄何必瞒我？”

吕婆楼道：“这位是东海王苻坚，字子固，久慕先生大名，今日借诗会之机特来拜见。因怕骚扰先生雅兴，一直未敢明言，望先生赎罪！”

苻坚毕恭毕敬地向王猛施礼道：“苻坚久慕先生之名，今日一见，足慰平生。”

王猛正色道：“‘诗以言志’，这四句诗足见你志向远大、怀抱非凡。但空有‘粉身碎骨’之志，尚不足以承担补天之大任。你意下如何？”

王猛直以“你”字称呼苻坚，在旁人听来颇为不敬，但苻坚却觉得去了“殿下”的尊称，仿佛肩头卸下一副枷锁，周身舒畅无比，于是微笑道：“苻坚并无女娲氏之神功，唯有修德敬贤，延纳人才，与天下人同心同德，共补苍天、混一四海。”

“好一个‘共补苍天、混一四海’。近世汉人与戎狄杂处中原，互相杀伐，不知如何‘混一’？”

王猛之问，实则道出了氐人无法回避的一大难题：身为异族，如何处置夷夏之辩、胡汉之争？这可是关涉正朔之得失、民心之向背的头等要事！

吕婆楼听了暗暗嗔道：王猛用这桩千古无解的公案难为一个十几岁的少年，未免苛刻太过。

岂料苻坚从容不迫，眼中精光泛动，朗声答道："混六合为一家，视夷狄为赤子，乃苻坚平生之志。坚自幼读华夏诗书，习华夏礼仪，自视为华夏子民。若得天下，当以复兴华夏、扬中国之威为己任！"

王猛听得心头一颤，对眼前这位少年越发刮目相看。

"近世诸胡崛起，兴亡倏忽，无一能得长久，何也？只因天下正统在夏，凡以夷狄之名立国者，皆不能长久。唯脱夷入夏，方可继承天下正统。此理看似简单，却极难施行。大抵诸胡蛮气太重，难继华夏正统也。我观今日之氐人，乃华夏具体而微者。阁下之胸襟，更堪比华夏古贤！听卿之言，甚慰吾怀！"

"先生教诲，苻坚已铭记在心。日后为君，当为华夏之君、天下人之君，岂可专为氐人之君！"

王猛心中大赞苻坚智慧仁爱，远超同侪，若非天才，则为大贤。暗叹自己遍访天下而不遇的明主，竟是眼前这位少年！但转念一想，行汤、武之事，绝非易事，若空有大志，却无胆略，或优柔寡断、刚愎自用，必如桓温北伐一般功败垂成。于是又问道："事有轻重缓急。如今天柱将倾、浩洋欲起，颛民即将涂炭，将何以应急？"

"愿提三尺剑，断鳌足以立四极！"

王猛再无疑虑，慨然应道："你若有此志，王猛愿效周勃、陈平之力！"

苻坚俯身便拜："今日得遇先生，既是苻坚之幸，更是天下苍生之幸！"

吕婆楼拍手笑道："王先生与东海王相会，可与玄德、孔明隆中之会媲美。香粽已熟，美酒已备。何不持粽把盏，庆贺今日之会！"

三人一边吃粽，一边纵论天下。

苻坚问王猛道："先生隐居多年而不仕，有梁鸿、管宁之风。当年虽入晋军大营扪虱而谈、语惊四座，却力辞桓温的高官厚禄，堪称惊世骇俗。桓温身负华夏正统之名，天命人心，皆已占尽。以桓温之显赫，都不入先生法眼，苻坚何德何能，竟能得先生青睐？"

此时一阵清风掠过，将地上的几片落叶吹得簌簌滚动。王猛指着落叶说道："请以此风譬喻。宋玉曾云：'风生于地，起于青萍之末。'风生之初，细若游丝，力不能动鲁缟、势不能起微尘。风势若起，或落叶扬尘、掀衣吹发，遨游于山林阡陌；或摧枝拔根、兴涛作浪，激飚于万里长空。殿下上慕尧舜、下敬庶民；上马可提剑杀贼，下马可挥毫赋诗；更能广纳贤才、临危决断。殿下今日风势虽微，却可积微成著，他日必能直上万里长空！”

王猛顿了顿，接着说：“反观桓温，携华夏正统之烈，海内瞻仰之望，率十万精兵势如破竹，成功在望却心存侥幸、不思进取；闻逆耳忠言，则听而不用，一意孤行；更怀私心异志，不能以为公之心行天下大道。其风势虽大，却渐行渐弱，岂能如殿下风行万里哉！”

苻坚眼中忽然闪过一丝犹豫，摇了摇头。

“先生谬赞，非苻坚所能承当。坚德薄才弱，却妄生翻天覆地之志。只怕不得天命，又违天意，辜负先生厚望。”

王猛紧盯苻坚双眼，斩钉截铁地说道：“大丈夫行事，苟能利于天下，违逆天命又能如何？”

苻坚眼中精光再现，用力点了点头。

王猛又问：“昔日广平王苻眉欲举大事，却事泄被诛。你可知他败在何处？”

“广平王谋事不密，行事不周，事败身死，殊为可惜。”

王猛点头道：“殿下若要成事，当以广平王为鉴。眼下应增募亲兵，一旦事急便强行夺宫。又要在苻生身边收买人心，安插耳目，知其一举一动。此外，还需时刻提防螳螂捕蝉，黄雀在后。务必要周密万全，不可有丝毫纰漏。”

苻坚赞道：“先生之策极为精当。苻坚立即照办。”

三人相谈甚欢，不觉天色渐晚。苻坚问王猛：“苻坚有心日日向先生问计，不知可否？”

“为免外人生疑，王猛宜暂居吕大人家中。殿下若有急事，可随时传唤或由吕大人转告。”

转眼红日西斜，霞光满天。吕婆楼仰天赞道：“于至恶之日，遇至贤之人，立至伟之志，为至善之谋，何其美哉！邪气将尽，正气渐生，明天必是个风清气正的良辰吉日！”

苻坚与王猛四目相视，会心一笑。

第十七章
扭转乾坤

苻坚回府后，一边加紧训练亲兵，一边向苻生进献美酒、厚礼。苻生甚为满意，对苻坚的疑心稍有松缓。

这日，苻坚将王猛请至府内议事，忽然长随来报："晋王苻柳求见殿下。"

苻坚大喜，振衣而起，快步出门相迎。一位玉树临风般的俊秀少年正在临门候立。二人执手相视，喜极而泣。牵手入内，苻坚仰视堂兄，诧异问道："暌违两年，王兄竟然鬓生白发，何也？"

苻柳轻攒疏眉，低垂朗目。

"我远戍蒲阪[①]，与母后迢迢相隔，不能相见。近闻母后思念成疾，我也寝食难安，不知不觉鬓染霜雪。趁近日蒲阪安宁无事，回京探视母后，以尽孝心。返归之前，特意来看望坚头兄弟。"

听苻柳说出自己的乳名，苻坚怦然心动，谈起儿时一道玩耍、求学的旧事，时而兴高采烈，时而唏嘘连连。苻柳却要平静许多，一边不紧不慢地应答，一边斜着两眼四处张望。苻坚全无戒心，只顾叙旧。二人畅谈半晌，苻柳告辞。

"小聚甚不尽兴，怎奈蒲阪路险途艰，愚兄不得不趁早动身。"

苻坚哽咽道："我与王兄既是手足兄弟，又是同窗、玩伴，亲情非比寻常。久别重逢，往事历历在目，恍如隔世。今日一别，又不知何日再见！"

"只要不忘旧情，又何必在乎何日重逢？"苻柳动容地答道。

二人恋恋不舍，洒泪惜别。

送走苻柳，苻坚与王猛重返坐席。王猛冷笑道："这位王兄忽然造访，似乎另有深意。"

"手足之情耳，岂有他意？"

---

① 蒲阪，即蒲坂，是上古地名，舜的治所城及地域的称谓，即今山西省运城永济，后为战国时魏国的关隘。

"我看他双目警觉，左右顾盼，恰如虎狼潜行、鹰隼觅食一般。似乎借叙旧之便，来探查殿下的虚实。此人心怀鬼胎，不可不防。"

苻坚不以为然地笑道："苻柳是个谦谦君子，素来与我推心置腹，肝胆相照。先生不必多疑。"

王猛笑而不语。

忽听长随来报："新平士人王彫求见殿下。"

"传他进来。"

须臾，长随引了一名白衣秀士翩然而至。生得窄肩细腰，单薄瘦弱，白净面皮，无甚髭须，一双凤眼似笑非笑，颇有神采。

"恭喜殿下！贺喜殿下！"

苻坚诧异问道："阁下何出此言？"

王彫凤眼乱转，瞄了眼王猛，又扫视四周。苻坚会意道："并无外人，阁下但讲无妨。"

"草民偶得古谶，却与殿下有关。不敢隐瞒，特来相告。"

"阁下请讲。"

王彫深施一礼，抬头眯起凤眼，幽幽念道："古月之末乱中州，洪水大起健西流，唯有雄子定八州。"念至"洪""健""雄子"几字时，特意拖了长音。

苻坚肩头一晃，眼中倏然闪过一丝亮光，随即满面怒容，喝道："荒唐之言，误人误己！阁下好自为之！送客！"

接连两日，苻坚来到吕府，都不见王猛踪影。

吕婆楼道："我只见先生日日去市井闲逛，却不知其详。干着脑袋系在裤带上的勾当，他竟有如此闲心！"

说话间，王猛引着王洛飘然而归。苻坚苦笑："我日夜忧心，一朝不见先生，便终日六神无主。先生却有心情闲逛。"

王猛笑道："殿下思虑过重。欲成大事，需拿得起放得下。若日夜纠结于心头，反而误事。关中羯人多信西域胡天祆教，近年胡天庙香火颇旺。殿下可有耳闻？"

苻坚明白王猛是想让他忘情去忧，便答道："略有耳闻。"

"耳听为虚，眼见为实。何不同去访查一番？"王猛拈来墨笔，在苻坚左腕画了个指尖大小的圆圈，又在四周画了五片火苗。

"这花押便是进入胡天庙的凭信。"

二人换了衣装，在两腮粘上假须，由王洛引路，来到西郊胡天庙外。此庙外观与佛道庙宇无异，只是屋脊上装了几道火焰纹饰。

两名高鼻深目、满脸横肉的胡僧伸手拦住去路。三人撩袖露出腕上花押，胡僧立即毕恭毕敬地放行。

进了大殿，正中是一方形祭坛，四周摆满火盆，内燃松明火把。数百信徒盘腿坐在外围，个个双手合十，口中念念有词。三人也盘腿落座。

一位白帽僧人大踏步走来，晃了晃手中的波斯琉璃瓶，洒出几滴混杂着麝香、紫苏味道的药膏，抹在三人的额头、假须之上。三人假装诵经，却半睁双眼，打量四壁造型怪异、气息诡谲的祆教神像。

白帽僧将琉璃瓶放在一旁，忽然登坛高呼："大胡天降临关中，广布恩泽，护佑蒸民。因关中暴君为虐，荼毒生灵，特选羯族天王为救主，拯救众生！"说完一挥手，一行人从大殿北门鱼贯而入，前面是几位胖大武士，后跟七八个男女侍从，中间簇拥着一位高大肥硕的黑衣客。

苻坚看到此人，不禁大惊失色！眼前不是别人，竟是当年的大赵皇帝石虎！只见他拖着笨重的身躯登上祭坛，向信众挥了挥手，殿内立即鸦雀无声。石虎清清嗓子，双手合十念诵道："奉大胡天旨意，朕已重临尘世，助关中黎民脱离苦海！"

坛下群情亢奋，嵩呼之声几乎掀翻屋顶。

石虎接着道："昔之恶魔冉闵，戕害羯人、篡我江山，如今已入地狱，永受沉沦之苦；今之恶魔苻生，日日淫邪杀戮，以致天怒人怨。大胡天已备下神火圣兵，助我生擒苻生。有请大护法施展神力！"

一位虬髯僧飞身跃上祭坛，挽起衣袖，露出筋骨遒劲的左臂。右手绰起一把牛耳尖刀，倏地一划，左臂立即现出一条五六寸长、鲜血淋漓的伤口。虬髯僧在创口撒了一把香灰，念了句咒语，再用袖子擦拭，创口登时平复如初，连疤痕都未留下半点。信徒看得兴起，齐呼胡天大神之名。石虎哈哈大笑，拎起一只酒葫芦猛灌几口，噗地喷在身后白壁上，其上立即现出"石氏复兴，苻氏当亡"八个黑字。

"起事之期，朕会逐一通报！欲求大护法神力者，都到这边来。"

信众蜂拥而去。

三人趁机从后门出了大殿。只见一面石碑矗立眼前，碑首刻了"胡天庙功德碑"六个古拙雄健的隶书大字。王猛读了两行碑文，又扫了一眼石碑背面密密麻麻的施主名号，便转身而去。

出了胡天庙，行至僻静处，王猛问苻坚："这石虎是真是假？"

苻坚道："我少时见过暴君几面，记得他的容貌。这厮虽然形似，但举止言谈多有破绽。倒是胡僧法力惊人，难道真已修成神术？”

王猛笑道：“若真有神术，怎不将真石虎从九泉下请来？”

苻坚笑道：“既然如此，不足为虑！”

王猛面色凝重地叹道：“这群乌合之众并非作乱主谋。我曾提醒殿下‘螳螂捕蝉，黄雀在后’。切不可被这群神棍迷惑，不见背后大敌！”

苻坚听得不寒而栗。

王猛又问道：“庙里的功德碑有些异样。殿下可曾留意？”

苻坚茫然不知。

王猛道：“碑上施主名号，有一处已被凿去，并用墨汁涂黑。凭墨迹判断，毁碑凿字应在不久之前。”

苻坚道：“这不过是槐市黑心书贩常干的勾当。先将完整碑文多多拓印，随后毁去碑上三五字。因原碑已残，他便以足本之名卖得高价。”

王猛冷笑道：“若果真如此，为何不凿去碑阳正文，却在少有人看的碑阴做文章？此事必然另有隐情。我推测这凿去名号的金主，必是羯贼的幕后主使！”

苻坚倒吸一口气。

王猛又道：“晋王苻柳与殿下话别后，又在京畿盘桓数日。东归蒲阪前，还去了一趟胡天庙。此人不可不防。”

苻坚半信半疑：“我这便命强延查问石碑的书丹、勒石之人。看毁去名号者，究竟是何方神圣。不过，以苻柳之为人，绝不会结交羯逆、图谋不轨。”

次日，强延复命道：“书家与刻工近日都已死于非命！”

“看来奸人已有防范。何不擒下庙里的胡僧，赚出口供？”

“此法虽然可行，却易打草惊蛇。不如去一个风雅去处，或许能另辟蹊径。”

俗语云：“长安城中，八街九陌，十二城门。”八街，乃华阳街、香室街、章台街、夕阴街、尚冠街、太常街、槁街和前街。九陌，乃通往郊野的九条大道；十二城门，则是东城墙的宣平门、清明门、霸城门，南城墙的覆盎门、安门、西安门，西城墙的章城门、直城门、雍门，以及北城墙的横门、厨城门和洛城门。

安门位于南城墙正中，是南城唯一可供百姓进出的城门，数百年来，一直是十二城门中最繁忙热闹、尘世气息最浓的一个。出安门南行半里，有一条寻常短巷，尽头是一座古朴宅院，虚掩的院门上插着一面白底黑边的市招，上书三个隶书大字：“秦汉斋”。

秦汉斋主正坐在胡床上闭眼品茶，忽听门外传来足音，便微睁双目。只见面前站了一高一矮主仆二人。主人书生模样，三十余岁年纪，身长八尺，气宇轩昂；书童二十上下，头大身短，眼神极为灵动。斋主缓缓起身，懒懒问道："自用还是送礼？"

"凡买古董珍玩者，十之八九为送礼之用，在下也不例外。"

"敝斋之藏，堪称长安之最。无论青铜、玉器，还是书画、碑帖，各色文玩，无不汗牛充栋。不知阁下欲选何种门类？"

"我要送的贵人雅癖不俗，最喜各色碑帖拓片。"

斋主笑道："敝斋藏有历代名碑拓本，只看阁下能否报得出名。"

"物以稀为贵。若是李斯、蔡邕、钟繇、索靖之流，则不送也罢。要送，就要自出新意。别人送佛寺碑拓，我却反其道而行之，选个胡天庙碑拓之类的稀罕之物，才能脱颖而出！"

斋主拍手道："阁下深知送礼之要义！不过说起胡天庙碑拓，我却颇藏了几份。不知阁下钟情于哪一家？"

"既是名家，更要珍稀，最好是海内孤品！"

斋主起身道："阁下果然高明！我有一本西郊胡天庙功德碑原拓，书法、刻工皆为天下一流，更因原碑损毁而成孤本。阁下若有意，请随我来。"

书生欣喜地点点头，书童也两眼放出光来。

斋主引二人穿过重重橱柜，从一张堆满纸摞的案上翻出一叠拓本，抽出一份，缓缓摊开。

书生不动声色地点了点头，那书童却急不可待地盯着斋主的手指。斋主继续掀动，摊开碑阴拓纸，露出一行虽不醒目，却异常刺眼的小字：

"晋王苻柳，布施五十金。"

出了秦汉斋，苻坚心事重重，一路沉默不语。回到王府，才垂头叹道："苻生乃桀纣之君，若取而代之，尚有情可原。苻柳却是个贤才，我怎忍心为了皇位与他煮豆燃萁，兄弟相残？"

王猛冷笑道："殿下肩负天降之大任，岂能因儿女之情而置祖先基业、关中黎民于不顾？"

"苻柳也好，苻坚也罢，都是苻氏子嗣，有何分别？"

王猛厉声道："殿下好糊涂！苻柳镇守秦、燕边界，独占通燕之便，又心怀异志。他与慕容氏的瓜葛，岂能等闲视之！"

苻坚如梦初醒。

"多亏先生提醒！慕容恪、慕容霸兄弟乃当世名将，若与苻柳内外呼应，则秦国危矣！"

“慕容恪常年征战在外，无暇顾及邻国之事。苻柳选中的强援，必是慕容霸。此人精于稳中求险、奇正相辅之道，比性情恭谨、偏好稳扎稳打的慕容恪更难对付。”

苻坚惊出一头冷汗。

王猛接着说道：“但慕容霸亦非完人。桀骜不驯，不甘居人下，向来与慕容儁、慕容评不睦。殿下若能巧施反间计，捆住他的手脚，苻柳又何足惧哉！”

苻坚紧皱的双眉终于舒展开来。

燕国上庸王府位于邺城皇宫东侧，本是石赵故太子石宣的东宫。府门、外墙虽不甚气派，但里面却别有洞天。体量、规模固不能与皇宫媲美，但精巧细致却有过之而无不及。

今日是休沐日，上庸王慕容评穿了一件半新不旧的青布襦袍，头戴葛布幅巾，足蹬双耳麻鞋，坐在府门西南角的草亭下准备用膳。一位弯腰驼背的老仆端来食盘，将一碟盐渍韭花、一盘胡饼，一碗糙米粥摆在慕容评面前的石桌上。慕容评低头嗅了嗅韭花，斥道：“说过多少次，麻油只需三滴。今日滴了几滴？”

“四滴。”

慕容评强压怒火道：“由俭入奢易，由奢入俭难。今日多一滴，明日多一滴，以后如何刹得住！颜回深居陋巷，一箪食，一瓢饮，却能不改其志。我辈得了天下，身居邺都王府，更应洁身自好，切莫被奢汰之气坏了心志！”

老仆叹道：“王爷如此清苦，一日三餐之菜蔬都在菜园自采，朝为韭花，午为韭叶，暮为韭根。连当差的仆人都觉得没吃头，背后开玩笑说，王爷每日吃二十七道菜。”

慕容评把筷子“啪”的一声叩在碟子上，厉声道：“怎可如此诽谤！”

老仆扑哧笑道：“他们是笑王爷三餐都吃韭菜，‘三韭二十七’。”

慕容评这才转怒为喜。

忽听府门外一阵喧哗。慕容评高声问道：“门外何事？”一名长随趋前答道：“两个叫花子打门，赶也赶不走。”

慕容评放下碗筷，将手伸入怀中摸了半晌，摸出四枚铜钱，交给长随道：“每人两文，速速打发了。”

长随攥了铜钱转身而去。慕容评忽又喝道：“回来！”长随慌忙返回，慕容评向他伸手道：“奸徒每每以乞讨为名骗钱，其实个个腰缠万贯。每人一文足矣！”

长随慌忙递回两枚铜钱，慕容评接来揣回怀中，又将早膳吃得不剩半点渣滓，这才起身。

回到书房，慕容评刚读了几行《法华经》，长随又来禀报：“门外有一远客，自称秦国商人，有要事求见。”

慕容评头也不抬地说：“秦国客商与本王风马牛不相及，就说我不在。”

长随袖里揣了秦国商人给的半吊钱见面礼，因此竭力替他说话：“此人欲与王爷商议要事，说事成之后必有重谢。”

慕容评心不在焉地说：“那就引进来吧。”

秦国商人进了书房，笑嘻嘻地作揖道：“在下秦人权翼，有要事求见王爷。”

放下《法华经》，慕容评抬眼问道：“你有何事？”

权翼机警地四下张望一番。慕容评道：“这里并无外人，但说无妨。”

权翼俯首低声道：“秦国要生内乱，王爷只需举手之劳，便可成为当世吕不韦。”

慕容评挥手请权翼落座，冷笑一声。

“权先生有话直说，何必遮遮掩掩？”

权翼正襟危坐，口若悬河地讲道：“昔日吕不韦游至邯郸，慧眼识得子楚奇货可居，便以千金之资游说秦国华阳夫人，立子楚为嗣。待风云突变，吕不韦又助子楚归秦继位，是为庄襄王。吕不韦自己也光大门庭，荣登‘相邦’、号称‘仲父’，富甲天下。如今秦国，又出了一位子楚。王爷若能捷足先登，便能东为燕国上庸王，西为秦国‘仲父’，富贵两全，古今无双；若犹豫迟疑，这仲父之名便属他人矣！”

“权先生不像商人，倒像说客。”

“王爷果然目光如炬。我权翼并非商人，而是秦国东海王苻坚门下宾客。东海王命我携来重礼，求王爷相助。”

慕容评紧盯权翼。

“如此说来，必是苻坚心怀异志，图谋篡逆。本王岂能为一己之私而助纣为虐？”

“苻生、苻坚谁是纣王，谁是武王，王爷想必心知肚明。更何况，秦国并非只有一位子楚，燕国也并非只有一位上庸王。”

“这是何意？”

“觊觎秦国王位的，除了东海王苻坚，还有一位晋王苻柳。而苻柳背后那位吕不韦，便是贵国的头号贤臣良将吴王慕容霸！苻生倒行逆施，覆亡在即。秦国大统要么归于苻坚，要么归于苻柳。若是苻柳继位，慕容霸将功高盖世、富贵齐天。届时王爷在燕国的日子——”

慕容评脸色早已青似猪肝，挥手喝道：“不必再说。只是本王远在异域，如何才能助苻坚一臂之力？”

“吴王一心扶持苻柳继位，必会撺掇燕国皇帝出兵伐秦。王爷只需向皇帝点破吴王心事，阻他出兵，苻柳的皇帝梦便做到了头。苻坚也自然会如愿登基。”

慕容评微笑道：“苻坚素有雅望。我自会玉成他的美事！”

权翼大喜道：“王爷爽快！”说完从怀中取出一个蜀锦小包，轻轻打开，里面却是一对洁白无瑕、润如凝脂的玉璧。

“世人皆称王爷乃当世鲁仲连。今日一见，才知名不虚传。这是东海王献上的昆仑羊脂玉璧，价值连城。请王爷笑纳。”

慕容评瞥了一眼玉璧，拉长了脸，拍着权翼的肩膀叹道：“我慕容评虽不能与鲁仲连相比，却也分得清‘义利’之别。如此厚礼，有违我安贫乐道之志！”

权翼听了暗自叫苦：慕容评看来是个喝过廉泉水的清白之士，若死活不肯收下，却如何是好。

说话间，一条狮子犬忽然摇头摆尾窜进书房，蹦至榻前，冲着权翼汪汪乱叫。权翼移身躲避。那犬却一头钻至榻下，叼了一块破布钻了出来。慕容评欲上前阻拦，却哪里来得及。狮子犬将那物奋力拖出，却是一只破旧的麻布口袋。慕容评脸色一变，伸手欲来抢夺。狮子犬甩头扭腰，“嗤”的一声将布袋扯破。权翼只觉得眼前奇光四射，一堆明晃晃的珠玉珍宝叽里咕噜滚了一地。

原来慕容评外清而内浊，终日以清贫节俭之相示人，实则聚敛无度、视财如命。如今真相败露，他只好神情尴尬地掩饰道：“都是皇上所赐。我素不喜欢，因此胡乱放在榻下。”

权翼心中窃笑，脸上却露出善男信女礼佛时才有的崇敬之情，颤声叹道：“王爷视钱财如粪土，令人佩服之至！”

次日早朝，慕容儁扫视众臣，昂首笑道：“近日太原王出兵齐鲁，频传捷报；大燕百姓安居乐业，乐享太平。如此盛世，皆赖诸卿之力！”

慕容评慌忙率众臣叩拜道：“我等得遇尧舜之君，自当鞠躬尽瘁，死而后已！”

慕容儁颇为受用。

慕容霸忽然朗声道：“陛下英明神武，德布四海；功盖前贤，直追尧舜。如今——”

慕容评打断他的话道：“皇上早已是尧舜之君，何谓‘直追尧舜’？你如此贬损，是何居心？”

慕容儁摆手道：“听他说完！”

慕容霸接着道："秦王苻生荒淫无道，已遭天弃。晋王苻柳聪明仁惠，欲取而代之。苦于势单力薄，欲与大燕通好，求得奥援。陛下何不顺水推舟，助苻柳登基，再施展手段，将秦国诸州一举纳入燕国版图！"

慕容评听了，知道权翼之话皆为实情，原来慕容霸果然有吕不韦之志。于是冷笑一声，不阴不阳地说道："苻柳奇货可居，这笔生意如果做成，吴王便成了当世吕不韦。难怪甘冒大险，背着陛下与苻柳暗通款曲！"

"我为燕国江山社稷着想，岂是为了一己之私？"

慕容评厉声道："为燕国江山社稷着想，雄心何其大也！陛下的江山社稷，何须你来挂念，又岂容你来挂念！"

慕容霸怒火难抑，瞪眼喝道："上庸王岂能以小人之心度君子之腹，无端毁我清白！"

"说得好！原来世人皆小人，唯吴王是君子；世人皆污浊，唯吴王清白。吴王慕容霸是燕国第一完人，又怎会将旁人放在眼里！"

慕容霸气得脸色煞白，双拳紧握，嘴唇颤了几颤，却一个字也说不出口。他虽然谋略过人，口才却素来不及皇叔慕容评，情急之下更是茶壶里煮扁食——有嘴道不出。慕容恪在朝时，尚能替他说话，如今远在山东，爱莫能助，慕容评在朝中已成只手遮天之势。高弼、皇甫真眼见慕容霸遭受无端指责，却哪敢与慕容评针锋相对。

慕容儁素来惧怕慕容霸功高盖主，此时虽知慕容评强词夺理，却又觉得他的话句句在理、字字合情，反倒是慕容霸心怀叵测，又文过饰非。于是拍案而起道："咆哮朝堂，是哪门子君臣之礼？为人臣子，忠字当先。只要忠心为国，就算才具不足，也能跬步千里；若心怀私心，即便有通天之才，也终将身败名裂。愿诸卿好自为之，勿负朕望！"

此话虽未明言曲直，但褒贬已显。慕容霸心灰意冷地叹了口气，十指也绵软无力地松弛下来，再也无法握紧。

红日西沉，长安城被一道奇异的阴阳界切分为两半。西侧的阳面沐浴着落日余晖，显得富丽辉煌、宛如仙境；东侧的阴面却在浓郁暮色中渐渐隐去。不知不觉间，阴面的黑影里忽然亮起星星点点的灯光烛火，与阳面的余晖交相辉映。阴影西进不止，余晖节节败退，从西墙退至屋檐，又从屋檐退至屋顶。最后一抹余晖已退至屋脊，仿佛撒在青瓦上的一层金砂，在呼呼作响的晚风中变得越来越薄，最终消失殆尽。阴阳界已荡然无存，长安城在灯火阑珊的夜色中重归一体。

王猛与苻坚站在阁顶，目送夕阳离去。苻坚叹道：“红日西坠，华灯初上。这满城灯火，不过是将夕阳揉碎重撒人间罢了。”

王猛道：“日光重在外物，灯光重在内心。‘外王内圣’，正如日光灯光之别也！”

苻坚见王猛微言大义，已达到信手拈来的境地，心中暗自佩服。

二人返回厅堂，却见权翼、吕婆楼正坐在烛下谈笑。王猛道：“看权先生气色，便知此行不虚！”

“先生料事如神，慕容评果然已替殿下解了后顾之忧！”

二人津津有味地听权翼讲述慕容评的丑态，听到“榻下藏财”处，都拊掌大笑。

此刻，远在蒲阪的晋王苻柳独坐榻上，低头喝着闷酒。苻柳年方二十一岁，但举止颇为沉稳，再加上满头未老先白的灰发，更显得少年老成。他年纪轻轻，却已在蒲阪驻屯三年，麾下有精兵三万，是秦国诸王中实力最强的一位。苻柳初驻蒲阪时，还是个满头黑发的翩翩少年。一日微服出城打猎，遇见云游僧道升和尚。道升看出苻柳绝非凡人，称其命中有大富贵，只是要“皓首功成”。苻柳听了一笑了之。孰料翌日清晨梳洗时，镜中两鬓忽然平添几株白发。次日清晨，白发又多几株。苻柳大喜过望，急延道升和尚入府，奉为上师。此后苻柳的白发日渐增多，不过两三年光景，便已满头斑白。别人看了无不惋惜，他却嫌白发生得太慢，恨不得一夜之间便成“皓首”。

苻柳喝完一壶闷酒，两眼恍惚地望着窗外出神。忽听门外传来急切的脚步声，一位身材瘦削、风尘仆仆的僧人匆匆进来。苻柳醉意顿消，定睛问道：“吴王应允否？”

来者正是道升和尚，只见他面容清癯，两只细长的眼睛精光四射。道升放下行囊，盘腿坐在苻柳面前，冷笑道：“慕容氏徒有虚名，或为庸夫，或为草包。慕容霸虽然了得，却既不得重用，又无心扭转乾坤。殿下指望的燕国援兵，看来‘如虚亦如空’！”

苻柳捻起酒盏，在案上重重一顿，鄙夷地骂道：“这群鲜卑胡！难道要耍花招，让我当螳螂，他却做黄雀？”

“殿下也忒高看他们了！”

苻柳骂道：“如此也好。俗话说：‘请神容易送神难。’不用请神，倒也清静！”

道升笑道：“我要说的，也是这个意思。塞翁失马，焉知非福？慕容氏胸无大志，既然无心相助，也决不会乘人之危。殿下全无后顾之忧，正宜在长安放手一搏！”

苻柳立即抖擞精神，一拍大腿道：“明日选点八千精兵，扮成平民模样秘密行军，在长安城外集结。随后与羯匪接头，命其打头阵，杀入皇宫。我再以勤王为名，收拾残局！上师以为此计如何？”

道升赞道：“万无一失，殿下只需等坐收渔翁之利！”

苻柳厉兵秣马之际，长安谣言四起，人心惶惶。一场变乱似已悄然来临，隐避于天地之间的某个角落，虽然不见其形，但其阴寒肃杀之气，却已充塞长安。

王猛向苻坚进言道：“大乱已近，殿下欲成大事，还需一位能调兵遣将的强援！”

苻坚点头道：“先生所言极是。只是忠臣良将或遭杀戮，或遭贬斥，竟不知何人可用。”

“我正要举荐一人，可堪重用！此人曾与殿下共击姚襄，后因触怒苻生而遭贬，眼下暂领咸阳太守之职。”

苻坚以拳击掌道：“我怎忘了‘敌万人’邓羌？此人智勇双全，所驻之地又毗邻京师。若能得他相助，足可高枕无忧！明日我便亲往咸阳相劝！”

王猛道：“奸人耳目众多，殿下不宜亲往。我倒有意会会此人！”

次日辰时，王猛携王洛打马出了长安，来到咸阳境内。咸阳曾是烜赫一时的秦朝国都，秦亡后遭项羽焚毁。苻健称帝后置咸阳郡，下辖长陵、石安两县。今世之咸阳与前世之咸阳，名同实异，早已不可同日而语。

西行数十里，二人径直进入咸阳郡治长陵县。此县是刘邦为供奉自己的陵墓而设立的“陵县”，人烟稠密，但城池甚小。城中若有一家熬干饭锅，满城人都能闻到煳味儿。

太守府门不甚宽大，门口立了两位虎背熊腰的守卫。王猛递上名刺。不过片刻，守卫返回道：“邓太守回话：‘行伍之人与华山隐士道不同，不相为谋。’”

王猛听了仰天大笑。

一位浓眉怪眼、满面髭须的军汉听到笑声，出来喝道：“为何还不离去，却在此乱笑？”

“我笑的是邓羌枉为忠良之后，却如此辱没祖先威名！”

那军汉听了一愣。

“此话怎讲？”

王猛冷笑道：“邓氏先祖邓禹助汉光武扫平天下，名列云台二十八将之首。

邓羌空负奇才，却甘心在小小长陵为汉高祖守墓！”

“先生说得有理！这便带你见他。”

王猛眯眼一笑，随他来到厅堂外。军汉道：“请先生稍候。”说完入内禀报。

过了片刻，一小校引王猛进了厅堂，只见两列卫士拄矛夹道而立。待他走近，忽地寒光跳跃，两排蛇矛齐刷刷直向面门刺来。王猛面不改色，昂首前行。蛇矛眼看便要刺上面门，却骤然缩回。

忽听一人喝道：“放他进来！”众矛手齐刷刷收了兵刃，鱼贯而退。只见一位魁梧雄健、凶神恶煞般的官员从后厅大踏步走来，高声吼道：“你是何人？”

王猛朝他望了一眼，厉声问道：“你又是何人？”

“我乃太守邓羌。你是何处草民，还不报上名来！”

“好大胆子，竟敢假冒太守之名！”

假太守甫一登场便被王猛识破，顿时泄了气，面红耳赤地嗫嚅半晌，抱拳道：“我，我乃邓太守帐下都尉啖铁是也。因太守不见俗客，便代为接客，不想被先生识破。”

后厅有人厉声笑道：“王先生好眼力！”只见一人阔步走来，正是刚才引王猛入府的浓眉军汉。

王猛笑道：“邓将军隐身后厅，令都尉接客；又命属下以蛇矛相向。如此待客之道，真是与众不同。”

“我素不接见俗客，常令‘食铁兽’啖铁代劳。今日如法炮制，多有得罪。属下只听我的号令，凡来生人都以阵列相向，不想却惊扰了先生！”

王猛笑道：“虽不近人情，却也足见阁下治军得法。遇敌则进，闻令则退，秩序井然！将军真不愧为名将之后也！”

“辱没祖先威名，哪里敢称名将之后！”

“登门不得，故以言语相激。乞望赎罪！”

邓羌引王猛来到书房，拱了拱手，不阴不阳地说：“王先生临危不惧，处变不惊，有古时纵横家之风。却不知今日来敝邑有何贵干，莫非是要游说在下？”

“以阁下之为人，岂能为唇舌所动？在下只是不忍见将军困守长陵小城，沦为他人俎上鱼肉。今日登门，特来指引一条明路！”

邓羌忽从腰间拔出一柄牛耳尖刀，“嗖”的插在案上，冷笑道：“先生甘心舍弃华山隐士的清闲，来蹚这潭浑水，必是得遇贵人。可我邓羌却是个不辨贵贱、不识好歹的粗人。你若说得好，我自会洗耳恭听，若胡言乱语，休怪我粗鲁！”

王猛神态自若地笑道：“世人眼中的贵人，不乏卑贱可憎者；世人眼中的贱人，也不乏高贵可敬者。如今关中形势波诡云谲，变乱只在旦夕之间，在下所遇的贵人，并非身居尊位者，而是识时务、得人心、知进退的贤人。”

“我正要领教领教，究竟是何方高人，能让王先生屈尊来做说客！”

“此人聪明仁惠、礼贤下士，又襟怀旷远，抱负非凡。阁下亦曾与他共事，难道竟忘了不成？”

邓羌抚须冷笑道：“听先生的口气，此人竟是个当代尧舜！我邓羌是小庙里的鬼，没见过大猪头。天下虽大，却不知有此等人物。”

“好大的忘性！此人曾与你并肩作战，共击姚襄——”

邓羌忽然一拍大腿，惊叫道：“难道是东海王！”

王猛点头不语。

邓羌满面羞愧，慌忙扔了案上匕首，单膝跪地道：“邓羌有眼无珠，怠慢了阁下，真是罪该万死！”

他虽与苻坚有袍泽之旧，但心中所忆的东海王只是个稚气初脱的翩翩少年，绝难与王猛所说的“贤人”并论。

“阁下看来并非不识好歹的粗人。这是东海王的亲笔书信，请过目。”

邓羌看完书信，凝眉叹道：“当年若非东海王拼死相救，邓羌早已是苻生的杖下之鬼。若东海王高举义旗，邓羌怎不甘效犬马之劳！咸阳郡虽地狭兵寡，但五千守军皆为赤胆忠心、视死如归的好汉。只要我一声令下，哪个不愿赴汤蹈火，助东海王荡平妖孽！”

说完捡起匕首，在衣襟上割下一根布条。又刺破食指，写下“万死莫辞、助君成事”八字血书，交给王猛。

王猛赞道：“将军如此忠义，果然不辱祖先英名！”

“奸贼当道，人心叵测。朝中奸臣常派人拉拢结交，都被我用假太守、蛇矛阵挡了回去。我疑心先生受奸贼差遣，不敢不加倍小心。多有冒犯之处，请先生勿怪！”

王猛辞别邓羌，返回长安。苻坚看了邓羌血书，信心倍增。

这日上朝，太史令康权奏道：“昨夜三轮明月并出苍穹，此乃不祥之兆。请陛下提防乱党谋逆之祸。”

苻生怒骂道：“朗朗乾坤，岂能容你三番五次的妖言惑众？”说完从坐下抽出弓箭，一箭将康权射死在殿内。

散朝后，苻生留赵诲于寝宫饮酒作乐，忽然忆起康权的警示，便问道：“康权大放厥词，妄谈‘乱党谋逆’。朕自登基以来，整治朝纲、惩处奸佞，皇亲贵胄稍有二心，则非死即残，敢问还有谁能谋反？”

赵诲道："卑职不知。"

苻生冷笑了几声，忽然道："我却忘了两个人，苻法、苻坚兄弟外表忠厚、内心奸诈，日后必会图谋不轨。今夜已晚，明日一早你便派徒隶将此二人满门抄斩！"

原来苻秦沿袭汉魏旧制，长安城内除守御宫城、屯卫帝都的禁军外，并无其他兵力，唯有司隶校尉手下的千名"徒隶"可由皇帝支配。司隶校尉职位虽不甚高，却掌管生杀大权，因此非皇帝心腹不能担任。

侍女春云频频斟酒，口中劝道："陛下操劳国事，还需保重龙体，尽早安歇。"

苻生又连喝数盏，终于不胜酒力，沉醉而睡。

春云待赵诲走远，乘夜色悄然出宫，奔至东海王府密报苻坚。

苻坚大惊，立即通报兄长苻法，并将吕婆楼和王猛接入府内。苻法也召来梁平老、梁汪等亲信，领了数百壮士赶至东海王府。

苻坚见了援军，顿时信心倍增，环视众人道："此事错综复杂，缓急不一。当由王先生统领全局，运筹帷幄。"

座中的梁平老是功勋卓著的三朝元老，本想毛遂自荐，见苻坚选了个穷酸书生坐镇指挥，心中颇为不满。

王猛并不推辞，朗声道："苻生倒行逆施，已至天怒人怨。东海王殿下今夜举事，既是迫不得已，也是众望所归。时机已到，各路庄家纷纷现身。我方兵力虽少，仍需分为四部，四管齐下！"

"我命强延率百名亲兵出长安西门，火速奔赴长陵，请咸阳太守邓羌举全郡之兵驰援长安，封锁长安城门，严防晋王苻柳偷袭。"

除苻坚外，众人都不知苻柳亦参与其间，听了此话无不色变。强延接过王猛写给邓羌的手札，得令而去。

"梁汪率三百勇士于槁街路口埋伏，截击羯贼，格杀勿论。"

众人听到"羯贼"二字，又是一惊。

"羯贼擅以妖法惑众。我特遣书童王洛同往，以破妖法。"

王洛大喜，摩拳擦掌，随梁汪雀跃而去。

"请东海王、清河王殿下率三百勇士攻入皇宫。趁苻生沉醉之际，一举将其擒拿。"

苻法犹豫道："三百亲兵太少，恐怕众寡悬殊。"

王猛道："苻生众叛亲离，身边已无死心塌地之人。殿下只要打开宫门振臂一呼，谎称长安失守，皇宫卫士自会倒戈相助。三百亲兵虽少，却足以擒贼。"

最后王猛转向梁平老道："请梁中丞率百名亲兵攻占司隶校尉府，斩赵诲，夺官印，收服徒隶。”

梁平老见王猛筹划缜密、调度有方，不禁心悦诚服，领命而去。

夜色深沉，苻坚、苻法兄弟率勇士翻越小城城墙，杀死守城卫士，打开云龙门。苻坚立即引亲兵冲向宫门，高喝道：“长安已经变天，诸君随我铲除无道、另立圣君！”

不出王猛所料，宫中宿卫纷纷倒戈，随苻坚一同冲杀，转眼已至寝宫。

苻生仍醉卧榻上，听到聒噪，半睁醉眼惊问道：“何人喧哗？”

侍从谎称道：“是贼。”

苻生眯眼笑道：“原来是同道！”忽又问道：“既是同道，为何不来拜见？”

侍从掩口而笑，苻坚的亲兵也个个忍俊不禁。苻生从榻上晃悠悠坐起，喝道：“休要再笑。若不来拜，立即斩首！”

苻坚喝令亲兵将苻生拖至榻下。苻生抬头望见苻坚，呵呵笑道：“贼头长得却似坚头。”苻坚无暇与他啰唆，喝道：“拖至酒窖，好生款待。”

却说梁汪与王洛埋伏在槁街馆舍之外，果见一群羯人提刀仗剑，拥了假石虎呼啸而来。

梁汪举刀拦住去路：“何方蟊贼，竟敢假冒前朝暴君？”

假石虎刚刚得了赵诲密令，要在今夜夺取皇宫，见梁汪人少势弱，冷笑道：“我得天神护佑，有呼风唤雨、起死回生之大法力。鼠辈快快闪开，免得枉自送死。”转身向虬髯僧喝道：“法师速显神通！”便抡起明晃晃的镔铁腰刀，向虬髯僧头顶砍来。只听“噗”的一声钝响，一颗血淋淋的人头骨碌碌滚落地面！虬髯僧头颅落地，尸身却挺立未倒，肩头一晃，又生出一颗头来。群贼倍受鼓舞，欢呼四起。梁汪诸人毛骨悚然，未战先怯。

王洛挺剑上前道：“既有神功，且吃我一剑！”轻挥猿臂，一剑刺中虬髯僧小腹。虬髯僧以手掩腹，看到满手鲜血，一声惨叫。

羯贼纷嚷：“法师快显神通。”虬髯僧终究未能起死回生，晃了晃，仰面倒地而亡。王洛用剑挑开虬髯僧的袈裟，露出套在肩上的竹架。原来所谓的砍头复生，不过是唬人的障眼法。挥刀时，只虚砍在头顶上方，却抬起肩上的竹架，令袈裟罩了头颈，好似砍去一般，再趁机扔了事先藏在怀里的人头。

假石虎见妖术败露，忽然扬脖灌了一口酒，噗地喷向墙壁，壁上立即显出“石赵复兴，苻秦灭亡”八个大字。

王洛笑道：“这有何难！”也喷酒于壁，壁上却显出“石赵余孽、天地难容”八个字来。

假石虎见势不妙，虚晃一刀，转身便走。此人本是羯族豪强孔特，昔日勾结张遇行刺苻健未遂，消停了几年，近日又与苻柳联手作乱，因为容貌酷似石虎，便假冒石虎之名借尸还魂。群贼本是乌合之众，全凭旁门左道壮胆，一旦妖法败露便现了原形，四处溃散而去。梁汪追杀孔特，剿灭群贼，不在话下。

西安门外，晋王苻柳率领八千人马悄然而至。苻柳用鞭鞘指了指城墙，一声冷笑："螳螂捕蝉，黄雀在后。可笑苻坚辛苦一场，却一无所获。"

道升笑道："非但一无所获，而且连本带利赔得干干净净。"

苻柳道："羯人得手后，便在城楼举火为号，开门迎纳。只是入城之后，这些贼子如何处置？"

道升用手掌在颈下一抹，苻柳会意，仰天而笑。

不过片刻，城楼忽然火光晃动。苻柳大喜，挥剑高呼道："速随本王杀入长安，铲锄叛逆！"一马当先，向城门冲来。

忽听鼓声震天，斜刺里杀出一彪人马，拦住苻柳去路，为首一员大将挺矛喝道："邓羌已恭候多时！"

苻柳见势不妙，拨马便走，邓羌挥师掩杀过来。苻柳奋力拼杀，直杀得丢盔卸甲，白发飘零，总算冲出重围，逃回蒲阪。道升却死于乱军之中。

苻生党羽尽被铲除，苻生也醉死于暗无天日的皇宫酒窖中，谥号"厉王"。

暴君已除，苻坚请苻法登基称帝。苻法辞道："我虽为兄，却是庶子。坚弟身为嫡子，理应继承帝位。"苻坚力辞不受。苻法便召集群臣，合力劝进。苻坚推辞不得，又自觉愧对苻法，便降帝号为天王，自称"大秦天王"，并改年号为"永兴"。又将苻柳等苻生昆仲的王爵降为公爵，苻柳谋篡之罪亦不追究。

天下已定，长安又恢复宁静。

这日苟太后与卫大将军李威驾车出城游玩。原来二人自幼相识，少年时也曾互相倾慕，却被天公所误，未能结为眷属。苟太后丧夫后，李威丧妻，二人又因苻坚登基之事频频谋面，于是旧情复燃，暗中做起了夫妻。马车经过清河王府，苟太后见门前车马云集，心中不悦。翌日又想起此事，便派李威再去察看。李威归来禀报："清河王府门前依旧车水马龙，冠盖之盛，甚于皇宫。"苟太后怒道："阿法这个竖子，身为臣下而不识进退，莫非要图谋不轨？"李威道："清河王精明强干，羽翼众多，根基远较坚儿深厚。如今坚儿新登大统，正是百废待兴之际。阿法不去辅佐新主，却大肆树立私党，其心难料。"

苟太后听完怔了半晌，忽然掩面而泣。李威与苟太后素有默契，立即明白她的心思，劝道："坚儿宅心仁厚，又与阿法亲如手足，如何肯向阿法下手？"苟太后拭泪道："此事无须坚儿出面。只要坚儿帝位安稳，大秦江山永固，我情愿背负骂名！”说完立即召苻法入宫。

苻法不知缘由，匆匆赶来。刚入宫门，便被甲士拿下，押入东堂。苻法惊疑不已，忽见两个太监快步进来，高声宣旨道：“奉太后懿旨：清河王苻法目无新主，树置私党，篡逆之心，昭然若揭！念其与圣主同根之情、襄助废黜厉王之功，不忍令赴市曹。加恩赐令自尽！”苻法听完懿旨，面如死灰。

苻坚闻讯奔至东堂，与苻法诀别。四目相视，四手相握，苻坚悲情难抑，搂住苻法的肩膀放声痛哭。哭声响彻皇宫，闻者无不落泪。苻坚越哭越烈，不能自已，忽然口喷鲜血，昏倒在地。几个太监慌忙将他扶起，抬了出去。

苻法望了望苻坚远去的背影，接过太监递来的白练，闭上了泪眼。

第十八章

始平县令

苻坚登基后的第一件事，便是嘉奖群臣，论功行赏。王猛厥功至伟，又是自己的卧龙凤雏，自然要委以重任。但王猛毕竟资历太浅，若一步而登宰相之位，恐会招致无穷非议，反而弄巧成拙。

权衡再三，苻坚问王猛道：“我欲令先生总领国政，但朝中贵戚、旧臣非议不断。若强行任命，必然引出纷乱，于国事、于先生都颇多不利。我有意让先生从中书侍郎一职做起，五年内升任宰相。先生以为是否妥当？”

自三国以来，朝中已无丞相一职，文臣以三公为至尊。另设尚书、中书、门下三省，职掌军国机要。中书侍郎是中书省的副职，仅次于中书令。王猛初出茅庐便担任如此要职，已难能可贵，就算查遍史籍也找不出几个先例。

苻坚以为，以此职相授，既能彰显自己对王猛的诚意，又能避免汹汹非议，是一招“或跃在渊，进无咎也”的妙棋。

岂料王猛却拱手辞谢道：“王猛一介布衣，难堪如此重任。”

“先生愿意担任何职？”苻坚心中泛起一丝懊悔，暗暗自责道：千算万算，中书侍郎一职还是低了些！

“臣早已选好一职，请陛下恩准！”

“先生请讲。”苻坚一边答话，一边盯着王猛的嘴唇，静候“中书令”三字，岂料脱口而出的却是“始平县令”四个字。

苻坚目瞪口呆，愣了半晌才摇头道：“先生胸怀惊世绝学，若在我手下屈尊当起县令，岂不令天下人耻笑？”

“一屋不扫，无以扫天下。一县不治，无以治天下。王猛要为陛下廓清天下，须从一县之令做起！县令官职虽小，其责甚大，导风化、抚黎民、审诉讼，明国家之忧患，知百姓之疾苦。一县之下，十里一亭，十亭一乡。亭有亭长，乡有乡老。若县、乡之内，法度完备、政令通畅，则天下之治，与之同理。太史公曾云：‘郡县治，天下无不治。’若一县一乡尚且法度不立、政令不通，又何谈天下之治？”

苻坚恍然大悟：“先生之言振聋发聩！秦国上至朝廷，下至县乡，无不弊乱丛生。先生若能以一县之治为发端，推而广之，可得一国之治！只是为何独选始平县？”

王猛正色道：“其一，始平县毗邻京畿，豪强当道，是枋头西归氐酋的聚居之地。其吏治之乱、民生之艰，堪称秦国之最。县令之职已空缺多日，无人敢领。臣若能在始平兴利除弊，必可令全国脱胎换骨！其二，‘始平’之名寓意非凡，正应了‘千里之行，始于足下’之意。王猛愿将此县作为治平之始，由一县之治平而至全国之治平！”

苻坚拊掌赞道：“先生高瞻远瞩，又足履实地，虽古之良相，也不过如此！速请太史令择个吉日，我亲自为先生饯行！”

“今日便是吉日，臣愿即刻动身，不劳陛下相送。”

安排妥当，王猛布衣青囊，只带了王洛充作奚童，不声不响地打马西去。不过半晌，便进入始平地界。始平县建于晋朝泰始二年（266），距今刚满百年，向来是汉、氐、羌三族混居之地。乡野随处可见汉人砖屋与氐人木楼、羌人碉楼穿插比邻的景象。农人虽然服饰各异，但鹑衣百结、灰头土脸的穷苦之相却无丝毫不同。

进了县城，白日初斜。二人穿过脏乱破败的街道，径直来到县衙门前。刚下了马，一个歪眉斜眼的衙役立即手拄棍棒拦在门口，伸手讨要见面礼。王猛假装未看见。衙役大怒，把棍子“笃”地一顿，喝道：“不懂规矩，却来衙门口生瘟。趁早屎爬牛搬家——滚蛋！”

王洛大怒：“狗眼看人低的东西，还不闭上臭嘴！”

县丞闻声而来，板着生满横肉的一张黑脸，瞪着主仆二人喝道：“大胆刁民，竟敢在衙门重地撒野！”

王猛亮出公文，不卑不亢地说道：“在下是新任县令王猛，初到始平，受此款待，不胜荣幸！”

县丞脸上的横肉立即僵作一团，但不过转瞬之间，便又活泛起来，堆出一张和颜悦色的笑面。

“县丞胡遵有眼无珠，不知大人驾到。望大人包荒！”又喝令衙役道：“蠢货，快给王老爷牵马！”

二人跟着县丞进了后衙，经过花厅、签押房来到内宅上房。王洛不禁一皱眉：“这哪里是人住的地方！”

原来始平县令缺位已久，供县令居住的上房疏于打理，早已破败不堪。院里长满半人高的狼尾巴蒿，几间屋子也四壁蛛网、遍地灰尘。胡遵面有愧色地叹道："鄗县穷山恶水，地薄人贫。就算县衙之内，也找不出几间像样的房子。只好委屈大人了。"

王洛听了直咋呼："胡县丞好眼力，选了最破的房子给大人住。"

王猛笑道："此处甚好，比我当年的草庐强过十倍。"说完找来扫帚、畚箕，亲自打扫庭院。胡遵一边帮忙，一边冷眼观看。

主仆二人在上房安顿下来。胡遵引了一名大汉，推到王猛面前道："这位是县尉崔适，特来拜见王大人。"

崔适有口吃的毛病，期期艾艾地答道："崔适有，有失远迎。"其恭谨木讷之态，颇为滑稽。

三人寒暄了几句，胡遵皮笑肉不笑地说："卑职找了一位老实本分的仆役，专门服侍大人饮食起居。"

说完引来一个平头小厮，生得獐头鼠目，举止猥琐，无论如何也攀不上"老实本分"四字。

王猛心中不喜，挥手道："我自有奚童，不必另派仆役。"

县丞赔笑道："既然如此，就让这蠢材帮大人烧顿晚饭，日后任由大人驱使。卑职家里有事，暂且告辞。"

县丞走后，王猛转向崔适道："崔先生久居始平，必然熟知政务之得失。请赐教一二。"

崔适垂着硕大方阔的头颅，一张冷脸努得通红，总算憋出几个字来："官小位卑，不，不敢妄议。"

送走崔适，小厮端来两碗焦煳的粟米饭，弯腰缩颈地侍立一旁。王猛喝令他退下。

王洛端着饭碗连连皱眉，眨眨眼睛，问王猛道："大人来到此地，可曾后悔？"

"何悔之有？"

"只怕大人言不由衷。你看这始平县，堪称'三无'之地！"

"何谓'三无'？"

"既无好地，又无好饭，更无好人。是谓'三无'。"

王猛笑道："此话不妥，我看县尉崔适，便是个好人。"

"那张铁锅脸，哪里像个好人？"

"他对我尚有戒心，因此冷眼相对。日久知心，自然显出本性。欲在始平干出大事，还需仰仗此人。"

翌日清晨，王猛领着王洛去集市查访。只见一览无余的大街上，稀稀落落地摆了两排摊铺，却空空荡荡罕见行人。

王洛笑道：“好个集市，卖家倒比买家多！”

众摊贩显然久未开张，见了二人，以为来了大主顾，都扯开嗓子竞相吆喝。

“客官这边买肉！”

“看看我家菜蔬果品！”

经过一个篾匠摊，王猛一眼瞥见两大摞畚箕，仿佛遇见故人，心中顿生亲近之意，不禁多看了两眼，脚步也略有凝滞。摊主以为他有意要买，赔笑道：“上好的畚箕，便宜耐用。何不买几个回去？”

话音刚落，不知从何处钻出五六个嘬着牙花子、打着干嗝唠的闲汉，撸起袖子围住摊主，吵吵嚷嚷道：“这地界是谁的天下？发了利市，敢不孝敬老子！”

王猛本来有心助摊主开张，见此情景兴味索然，拔脚便走。泼皮见生意不成，颇为扫兴，悻悻地瞪着王猛，骂骂咧咧地作鸟兽散。

二人继续前行。忽然，斜刺里撞过来一条乞丐装束的大汉，一手横着木棒，一手端着破碗，大摇大摆地挡在王猛面前，一脸的皮笑肉不笑。

“老爷初来始平，何不赏俩铜钱，让小人讨个吉利？”

王猛颇觉诧异，掏出几枚铜钱，丢在破碗里。

大汉不看铜钱，却冷冷地盯着王猛的双眼，压低嗓音道：“始平不平，长安可安。阁下若是识相，便及早回头，否则让你有来无回！”说完冷笑一声，倒拖木棒扬长而去。

“此人来者不善，不知受了何人指使？”王洛不禁倒吸一口凉气。

王猛咂摸着大汉的警告，又回想起昨日衙役的骄横、胡遵的刁滑，心里已明白了七八分。

“这个蕞尔小县，不乏手眼通天之辈、好勇斗狠之徒。始平难平，却也所言不虚！”

王猛无心再逛，匆匆回到县衙。只见几个衙役横三竖四地蹲坐大堂门槛上，与集市上的泼皮闲汉形神毕肖，别无二致。王猛冷眼扫去，不怒自威。众衙役慌忙振衣而起，斜肩歪胯地立在两边。清点人数，二十名衙役整整少了一半。崔适早已在堂内恭候，却不见胡遵的踪影。

“胡遵何在？为何一夜未归？”

众衙役面面相觑，都不作声。

王猛扫视众人道：“本官奉旨出任始平，决心兴利除弊、重振法纪。既为公家办事，自当一身正气！烦劳各位告知今日未来者，三日后复查，请好自为之。否则休怪我无情！”

又传令道："本官欲往乡间巡视民情，请崔适担当向导。"

崔适领命，引了王猛主仆二人打马出城。崔适与王猛并肩而行，相比昨日，脸色已颇有改观。

"崔兄久居始平，必然熟知此地民生。王猛初来乍到，还请先生赐教。"

崔适两眼闪出一丝光亮，迟疑片刻，忽然一反笨口拙舌的常态，滔滔不绝地说道："始平人口约四万，共有八千余户，城内不足千户。此处土地膏腴，在关中属上等之列，本该是丰饶富足之地，怎奈豪强横行，盗匪遍地，乡民仅能果腹，枉费上天所赐，实在可惜。"

王猛不住点头，暗赞崔适外表木讷，内心却不糊涂。

"崔先生所言极是。却不知本地盗匪为何能如此猖獗？背后可有隐情？"

"这，这……"

崔适又恢复常态，吭哧半晌却未吐出一句囫囵话。

王猛知道他必有难言之隐，便不再追问。忽听王洛喝道："看那黑烟！"

只见数里之外，一缕浓重的黑烟直穿天际，赫然高举云端，与寻常的炊烟田火颇为不同。

"烽烟！"崔适喝道。

"乡下村寨为避盗匪，相约以烽火为号。一村遇匪，便燃起烽烟，警告邻村。盗匪离此不远，请大人速去路边躲避。"

三人下了官道，藏身于土丘之后。

"好端端的太平岁月，竟然遍地烽烟。朝廷养着县衙的一干官老爷，究竟有何用处？"王洛说完瞪了崔适一眼。

"不得放肆！"三猛喝止王洛。

过了一顿饭工夫，忽闻人喊马嘶，间杂着鸡鸣狗叫之声，乱哄哄响作一团。只见一哨骑匪呼啸而来，为首之人一身劲装，满脸横肉，后面跟了三五十名大小喽啰，身穿花花绿绿的各色衣袍，马鞍后挂满粮袋、鸡鸭、猪羊等抢掠之物。三人伏在土丘之后，都不作声。

骑匪吵吵闹闹，渐渐走远，三人继续上路。王猛觉得那匪首有些面善，便问崔适道："盗匪是何等人物，之前可曾见过？"

"不知何许人，卑职不曾见过。"崔适支支吾吾地答道。

王猛不再追问，忽然勒住缰绳，指着路边的瞿麦田道："瞿麦乃氐人之蔬。既见此物，氐寨必已不远。崔先生可曾进过此寨？"

"不曾。"

王猛不悦道："若不能遍访境内村寨，怎堪为一县之官？"

崔适喉头蠕动两下，结结巴巴地答道："官府之人进村，曾有巧取豪夺之举。卑职为避嫌，不曾，不曾进去。"

王猛笑道："微服私访，怕他做甚？"

驰行半里，路边兀然耸起一座数丈高的小土山。绕至山后，却是一座近两丈高的宽大宅门，规模气派远逾长安诸王府第大门。院墙以石为基，上砌青砖，高达丈余。墙头藤萝吐绿，掩映出雕梁画栋、重重飞檐。绕墙走了半晌，竟不见尽头。

转至大宅对面，却是一片破败的双层氐人木楼，以松木为栋梁，底层架空以养牲畜；上层以杉木板为墙，屋顶覆以青色片石。大小木楼前后错落，东倒西歪，仿佛村野画工笔下的画作。

王洛忽然扬鞭喝道："大人快看，那边为何有许多新坟？"

只见低缓的荒坡之下，散布了七八个馒头形的坟茔，依土色判断，显然掩埋不久。最右边的新坟之下，跪了一位头缠白布的妇人，正在低声抽泣。

"这里必有隐情。过去问问。"

那妇人听到人声，扭头望了一眼，便慌慌张张地起身离去。

王猛越发诧异。抬眼见荒坡下有一座破旧的木楼，便进前喊道："屋里可有人？"

窗子里探出一张脸，警觉地往下望了望，问道："你是何人？"

"过路的客商，讨碗水喝。"

房门吱呀打开，那人放下楼梯，请二人上楼。

"在下姓王，从长安出来经商，路过贵寨，欲讨水解渴。请问丈人贵姓？"

那人一边倒水一边说："我姓刘，行大，乡党都唤我刘大。"

王猛接过碗喝了一大口，赞道："好水。山清水秀，果然是个宝地。"刘大摇头冷笑："客官莫要取笑！"

"此话怎讲？"

刘大叹气道："你们是路过的客商，说说也无妨。这里若再无人管，只怕都要死绝！"

"朗朗乾坤，又无灾荒，怎会如此？"

刘大瞪了王猛一眼道："客官空长了两只大眼，没看到路边的新坟？强老爷盘剥甚苦，已逼死好几条人命。"

王猛放下碗，不紧不慢地问："强老爷是何人，怎会逼死人命？"

"那是本寨的氐人大户，姓强名欢，是京城皇亲国戚的亲侄子。仗着势力，终日欺压百姓。上个月强家添丁，挨家挨户收取'百岁钱'。缴不出的，都得拿牛羊、田屋、儿女充数。若敢不从，便活活打死！”

“你可曾缴钱？”

刘大干咳两声，从怀里摸出一张房契来。

“我没本事，拿不出这许多钱，只好将房子抵给强家。明日强欢来收房，我一家老小便搬到牛棚去住。可惜三代人攒下的家业，断送在我这不肖子孙手里。”说完叹息不止，洒下两行热泪。

王猛拊掌道：“你今日遇见我，却是半世也修不来的福分。王某人经商多年，家有万贯之财。近日听法师传法，正要大行善事，布施钱财。你既缺钱，我便顺水推舟，包揽下来。烦劳你广告四邻，明日将各色契约拿来，我一发赎回了事！”

刘大喜出望外，俯身便拜：“老爷是菩萨下凡，是全寨父老的大恩人！请受我一拜。”

“举手之劳，不在话下！”

出了刘家，王洛问道：“大人如何拿得出万贯家财，莫非变戏法不成？”

崔适也皱眉沉思，不解其意。

王猛挥鞭笑道：“莫要心急，明日我自有计较。”

一夜无话。次日清晨，三人牵了马，引了七八个便装衙役，沿旧路出城。王洛、崔适见王猛身无长物，众衙役也一身轻装，不似身带重金，心里越发疑惑。

进了村寨，远远望见刘宅外聚满男女老少。刘大认出王猛，忙不迭地过来牵马，又吩咐家人添柴烧水，侍弄茶点。

王猛向众人一一拱手。

“契书可曾带来？请借我一用，好为诸位赎回财物。”

乡民大喜，取出契书，争相递给王猛。

王猛收齐契书，转身钻进厨屋。众人不知深浅，都尾随而入。屋内幽暗逼仄，灶上的大铁锅刚刚冒出热气，灶下火苗窜动。王猛径直走向灶台，忽然俯下身，将一摞契书投进灶眼。红光腾起，青烟闪动处，书契已化为灰烬。

众人看得目瞪口呆，将王猛堵在屋内，七嘴八舌地责骂不休。

刘大挤进屋内，劈头喝道：“你这人好不仗义，空说大话却不出钱，反将契书烧了，让我如何交代？”

王猛正色道：“王某并非长安富商，而是新上任的县令王猛。强欢欺压百姓，强占财产，抢掠人口，罪不可赦。今日王某不光要焚毁契书，还要拘捕强欢归案，为百姓除害！”

众人转怒为喜，欢呼雀跃，簇拥着王猛浩浩荡荡冲向强家宅邸。黑漆大门，早被捶得山响。仆役打开一条门缝，看到眼前的阵势，“啊呀”一声惊叫，反手便要关门，却哪里关得上。

“活捉强欢！”乡民化作一股怒潮，涌进大门。

强欢被两个侍女搀扶，拖着肥重的身躯仓皇奔至后院。

“休要走了强欢！”

喊声越来越近。强欢面如死灰，上下牙齿捉成对，厮杀得难分难解。忽然两腿一软，瘫坐在地。七八条手臂同时伸来，将他死死揪住。

衙役捆了强欢，押在庭院正中。村民蜂拥而至，殴打唾骂，恨不得生啖其肉。王猛喝退众人，指着强欢青肿的脸鼻厉声骂道：“强欢横行乡里，侵占民财，逼死人命，天理不容。本官奉旨收押，定要严加审讯，将尔等所犯罪行一一查明，以正王法！”

刘大涕泪横流，跪在王猛面前磕头不止。

王猛扶起刘大，笑道：“刘兄折杀王某。”

“王大人如此大恩，让小人何以报答？”

“若要报答，却也容易。请刘兄选点十来个精壮可靠的弟兄，随我去衙门充任心腹衙役！”

“不在话下！”

众人押了强欢返回县城。村民不顾暮色临近，一路欢呼尾随，直到城外才渐渐散去。

回到县衙，依旧不见胡遵踪影。王猛命令崔适道：“速将强欢押送死牢，严加看管，并为新来衙役安顿住处。”

“遵命！”

“明日复查衙门风纪，胡遵可知晓此事？”

“卑职不知。”

王猛冷笑道：“明日若再不露面，定不轻饶。”

夜色已深，王洛早已倒头睡下。王猛不能成寐，披衣来到院内。四下昏黑一片，天无星光，地无灯火，唯有起起落落的蛩音相伴，尽显萧索寂寥。徘徊良久，王猛返回屋内，秉烛拟写奏折，细述擒拿强欢之事。写完奏折，终于困倦难支，伏案睡去。

三更时分，忽听拍门声甚急。

王猛起身，先从门缝往外窥探。只见七八个衙役、狱卒簇拥着胡遵，神色不安地立在门外。

“王大人，牢头宋钦来报，崔适私自放了强欢，已不知去向！”胡遵厉声喝道。

王猛一惊，随即恢复镇定，不疾不徐地答道：“请胡县丞稍候。”却唤来王洛耳语道："十万火急，速将心腹衙役唤来待命。"

打开房门，只见胡遵身后腾地闪出一条健硕猛恶的黑面大汉，拱手道："牢头宋钦罪该万死。崔适深夜探监，逼迫小人打开牢门，小人不敢不从，因此走了囚犯强欢。"

王猛摇头叹道："崔适食国之禄，竟受贼犯驱使，真是个士林败类！王某用人失察，难辞其咎！"

"王大人上任伊始，何言失察？都是我胡某无能之故！"

王猛一边和颜悦色地与胡遵搭话，一边用眼角余光扫向花厅方向。过了片刻，忽见王洛引了心腹，贴墙悄悄走来。王猛立即收了笑容，厉声喝道："速将胡遵、宋钦二人拿下！"

几条大汉猛扑过来，将措手不及的胡、宋二人摁倒在地，捆成粽子模样。另外几人各持器械，护在王猛面前。胡遵的手下见这阵势，都不敢动。

胡遵惊叫："王大人莫要误会！"

"这不是误会。王某人白日去乡间私访，偶遇盗匪，无意中记下匪首相貌。"说完指着宋钦喝道："岂料此人竟藏身县衙，以牢头之名欺瞒世人！官匪合一，猫鼠同穴，是可忍孰不可忍！"

众人无不色变。

"将此人拖至门外，立毙杖下！"

"遵命！"

"胡遵串通宋钦作乱，并嫁祸他人。押入死牢候审！"

"王猛休要猖狂！"

"你若敢动我，必不得好死。"

宋钦、胡遵的叫骂声渐渐远去。

王猛长舒一口气，举目四望，只见夜空已褪去几分昏黑，三五颗小星攒聚天穹，微弱之光飘忽摇曳，似有所待。王猛心中一动，情不自禁地吟起《诗经》国风里的诗句：

嘒彼小星，三五在东。
肃肃宵征，夙夜在公。

吟完又觉此诗格调略有几分卑微，与自己的心境不甚相符。再看天空，残星摇曳，荧惑星光芒渐失，东方已现出一丝微红。王猛沉吟片刻，信口占得四句诗来：

天河幽微悲荧惑，
永夜将尽待羲和。
万丈金辉作大帚，
扫却残星三两颗。

微弱的星光之下，一个黑影钻出马车，步入长安深处的一座大宅。穿廊绕院，来到一间灯火通明的华屋之外。灯光透过窗棂，照出肥重身躯上的一张胖脸。

“强欢进来。”屋内传出人声。

强欢推门而入，只见叔父强德正襟危坐，双眼微闭。

“侄儿饱受王猛欺凌，侥幸死里逃生。请叔父为侄儿做主！”

强欢添油加醋，向强德哭诉了王猛的“暴行”。

强德扬起两道扫帚眉，双眼慢慢睁开，射出两道寒光，冷笑道：“这个贩畚的穷汉，一朝得志，便如此猖狂！”

“只要叔父为侄儿撑腰，我这便回去设局，要了王穷汉的狗命！”

“如此虽好，却未免太便宜了他！”

“便宜？”强欢不解其意。

强德的扫帚眉上下翻动，齿间喷出一丝不屑。

“王猛若死在你这恶人手里，乃求仁得仁，正落得哀荣无限、百世流芳。你助他成就美名，岂不便宜了他？”

“原来如此。叔父有何妙计？”

“我既要让他死，更要让他死得身败名裂！”

强德意味深长地微笑道。

一个时辰后，群臣入朝，开始奏议国事。

特进强德率先奏道：“始平县令王猛，本为市井庶民，欺世而盗得虚名。蒙陛下宠信，外放始平，终显贪酷本色。欺压同僚，擅杀属吏，盘剥百姓，搜刮无度。若不严惩，必成巨患，上辱陛下之名，下失百姓之心！”话音未落，殿内一片哗然。

苻坚听得面皮发热，额头青筋凸起。

特进樊世也奏道：“臣闻王猛为政，上瞒朝廷，下欺百姓，贪酷狠毒，远逾汉之酷吏。上任尚不满月，便已谤书满箧。始平百姓不堪其苦，因此作歌曰：‘山中虎猛，水中蛟猛，不如城中王猛！’陛下再不拨乱反正，恐伤社稷根本！”

苻坚脸色越发难看，鬓角渗出细密的汗珠。

接连又有几人奏议，无一不是弹劾王猛为政之失、行事之毒。苻坚听完，早已惊出一身冷汗。这是他登基以来，头一次遇见群臣非议、皇威不存的场面，已觉心惊肉跳。而更令他心寒的是，自己最为信任的“国士”王猛竟然干出如此令人发指的行径！苻坚强压怒火，平息众怒道：“请廷尉即日赴始平细细查访。若非议属实，立即按律严惩，不必顾忌朕之情面！”

廷尉立即启程，午后赶至始平，径直来到县衙。

“廷尉驾到！”

王猛办完公务，正在内室读书，听到这四字，心中一惊。正要出门迎迓，廷尉已腆胸叠肚，款步而来，翘了翘里三层外三层的肥下巴，问道：“你就是王猛？”

“正是在下。”

廷尉递了个眼神，几个卒史一拥而上，将王猛绳捆索绑。

此时王洛拎了茶壶，正要进屋给王猛倒水，听到屋内动静，心知不妙，转身便走。奔至花厅方向，正撞上几个卒史横着刑杖迎面而来。可怜王洛躲闪不及，殒命杖下。

“王猛贪赃枉法，惊动朝野。本官奉命查办，为民除害！”

廷尉昂首喊了几句，挥手道：“押上人犯，去他屋中搜查！”

那平头小厮不知从何处钻了出来，引着廷尉进了王猛内室。廷尉见屋内徒立四壁，不由得皱了皱眉。却见小厮嘴角一努，向墙角卧榻瞄了一眼。廷尉会意，一脚踹开卧榻，露出贴墙摆放的一只青布包裹。

“此中装了何物？”

“几卷旧书而已。”

廷尉伸脚踩了踩，冷笑道：“我不信！”

一个卒史俯身解开包裹，只见金光四射，晃得众人睁不开眼。

“这大块的金银，便是阁下研读的书卷？哈哈，果然是个知书达理的高士！”

王猛心中“咯噔”一声，连声争辩道：“王猛受人陷害，请廷尉大人明察！”

“陷害？你这贪酷之徒竟然也识‘陷害’二字？到了长安京兆狱死牢，再喊冤也不迟！”

廷尉收押王猛，将狱案呈报朝廷。苻坚读完，勃然大怒。一脚踢翻身边的楠木胡床，厉声骂道：“好一个王猛，以虚名伪词骗我信任，到了山高皇帝远的任上，便露出本来面目。朕把你高看为卧龙凤雏，你却是个豺狼鹰隼，视人命为草芥，以贪酷为能事。只恨我识人不准，用人不察，误将魏郡顽石看成荆山之玉！”

忽听有人拍手道：“骂得好！我看王猛不单是豺狼、鹰隼，还是个憨种、蠢汉！”

苟太后不知何时来到殿内，不等苻坚答话，又接着说道：“王猛置一生清誉于不顾，抛弃京师的大好前程，却跑到无人敢去的始平县，做了个芝麻大小的县令，逞了一时之快，贪了区区百十两黄金，便锒铛入狱，身败名裂。这样的人，难道算不得天下第一蠢汉？”

苻坚正在气头上，未及细想，一个“是”字已吐出一半。等缓过神来，才悟出母亲说的句句都是反话！正要改口，只听“啪”的一声，脸上早挨了老大一记耳光，火辣辣刺痛无比。

“老天待秦国不薄，降下王猛这样的奇才，却被你不明不白关进京兆狱！老天若不罚你，自有人来罚你！坚头，你的皇位来之不易，不服气者大有人在，幸灾乐祸者俯拾皆是，想取而代之者，也不乏其人。要做明君还是昏君，只有一念之差！你仔细掂量！”

撂下这几句重话，苟太后气呼呼地拂袖而去。

苻坚从未见过母亲如此动怒，望着她的背影百感交集。

忽听一声“陛下”，卫大将军李威也匆匆赶来，“扑通”跪倒急道：“臣愿以身家性命作保，求陛下保全王猛性命，早日查清真相！”

苻坚素来敬重李威，但见到他总有三分难以言表的不自在。见李威狠命为王猛求情，心中的不自在又长了几分，冷冷答道：“朕已知晓，李卿请回。”只觉得左右为难，莫衷一是。

李威退下不久，吕婆楼又忽然来报：“臣退朝回府，遇一异人，自称始平县尉崔适，有要事奏报朝廷。”

苻坚心中一惊。

“他是朝廷缉拿的逃犯，冒险来投吕卿，必有大事。此人现在何处？”

“就在敝府。”

苻坚不假思索道：“等朕换了微服，前去会会此人。”

吕府西厢房外，十余名家丁虎视眈眈地守在门口。吕婆楼引苻坚推门而入，只见一个风尘仆仆的大汉正在屋内低头踱步。

“足下便是崔适？”苻坚问道。

“正，正是。阁，阁下是何人？”崔适心急，越发口吃。

“我是陛下心腹，在廷尉当差。陛下听完吕大人禀奏，立即命我审理此案。崔先生不必怀疑。”

崔适满脸疑惑，转头望了眼吕婆楼。他素知吕婆楼清正廉洁，深受皇帝信任，又是王猛的莫逆之交，是个难得的可信之士。见吕婆楼连连点头，心底便踏实了几分。于是结结巴巴地张口道："始，始平官匪勾结，有，有天大冤情。"

苻坚点头道："崔先生必是蒙受奇冤，才冒死入京申诉。"

崔适摇了摇硕大方正的头颅，定了定神，努着嘴唇憋了半晌，却吐不出一字。苻坚、吕婆楼看得心急如焚。

忽见崔适深吸一口气，扬了扬眉毛，目光炯炯地朗声道："崔某一介庸才，死不足惜。冒险入京，是要为大秦国士申诉冤情！"口齿流利圆转，竟无半点磕绊。

"何人堪此大名？"

崔适如得神助，滔滔不绝地答道："始平县令王景略。此人深入虎穴，孤身与始平县大小恶吏、远近豪强周旋，一心惩恶扬善，兴利除弊。终被恶人构陷，落入廷尉之手。王景略胸怀奇志、身负奇才，却落得如此下场，足令天下人寒心。景略若亡，天理亦亡，秦国亦不得不亡。崔适人微言轻，不能登庙堂而进一言。请阁下以大秦国运为念，速将此信转交圣上！"

说完咬破衣袖，抽出一张写满蝇头小字的丝帛，递给苻坚道："小人已将王景略惩恶之举细细写明，请大人明察秋毫，早日为他洗雪冤屈！"

苻坚看不数行，便已泪流满面。

京兆狱内，阴暗逼仄的通道中传来一阵铁链拖地的刺耳之声。王猛足戴脚镣，被狱卒一把推入死牢，眼前顿时一片漆黑。一阵狂笑忽从脑后响起，在耳边回旋不止。王猛只闻其声不见其人，不禁毛骨悚然。过了片刻，目力渐渐恢复，才看见地上四仰八叉地躺了一名体壮如牛、蓬头垢面的大汉，歪头瞪着王猛，不住地冷笑。王猛只得侧身坐在一边。坐了半晌，双脚已酸痛难忍，伸了伸腿，脚镣哗哗作响。大汉立刻破口大骂："不长眼的死贼，早死早托生！却来搅老子的好梦！"王猛心中一阵凄楚：自己胸怀奇志，自告奋勇来到始平，正要大展宏图，却遭飞来横祸。如今壮志未酬却身陷死牢，与满口喷粪的死囚为朋。念及此处，不禁长叹一声。那大汉又是一阵谩骂。

苦苦挨了数日。忽听门栓响动，几个狱卒推开牢门，一把拽起地上的大汉，冷笑道："好事已到。到外头吃完酒席，送你上路。"大汉吓得体若筛糠，裤腿湿了老大一片，嘴上还在强充好汉："脑袋掉了碗大的疤，老子二十年后又是一条好汉！"狱卒将大汉拖了出去，又将一名新囚犯推了进来，这才锁了牢门离去。

新囚犯是个短小精悍的矮汉，一头散乱的长发与满脸的胡须粘在一处，两只眼睛半遮半露，半睁半闭。见了王猛，忽然拖着锁链拱了拱手。

"兄台看起来不像恶人，犯了何等死罪？"

嗓音沙哑无比，王猛听了备感凄凉，叹道："我杀了人。"

“杀了何人？”

“兄弟身在死囚，还有心思多管闲事？”

矮汉干咳两声，叹道：“都是将死之人，还有什么说不得？有话不说，最后憋出一肚子屎尿，像刚才那人一般，岂不令人耻笑？”

王猛听了呵呵一笑，心中平复了许多，但仍不愿启齿。

矮汉笑道：“蒙冤将死，不如一吐为快。在下是读书人，因为田宅被恶人抢夺，家人被逼而死，便一怒杀了恶人。今生若不能洗刷冤屈，死后定要变成厉鬼索命！”

王猛叹道：“在始平县，这等命案屡见不鲜。若能断绝根本，又何须百姓以命相搏？若能杜绝冤狱，又何必期待来生？”

“如何断绝根本？”

“除恶、任贤、法治、政教。眼下尤以除恶为重。乱世须用重典，必要雷厉风行，以尽惩戒之效。除恶之后，用贤良，修法治，广政教，可得大治。苟能如此，此等命案不敢说销声匿迹，也会少之又少。”

“听兄台言谈，必是朝廷命官。为何会犯杀人命案？”

王猛忽然鼻头一酸：“为己所误，才铸成大错！”

“兄台如何自误？”

“所谓兴利除弊、扬善除恶，易于言而难于行。世人大多叶公好龙，去小恶以为功，独不敢去除大恶。知难而退，适可而止，令天下之大善终不可扬，天下之大恶终不可除！我不知国事之艰，却轻信人言，是以自误！”

王猛说道痛处，不禁满腔激愤。他与苻坚一见如故，视其为平生知己，更是施展毕生宏愿的依托，以为与他君臣一场，定能扭转乾坤、解民倒悬，成就一番千古伟绩。岂料自己寄予厚望的“明君”竟是个虎头蛇尾、口是心非之辈。蒙冤入狱虽是奇耻大辱，但尚可承受。古人云：“哀莫大于心死。”王猛念及知己不存之痛、寄托幻灭之哀，忽然有了“心死”之感，不禁潸然泪下！

矮汉听得全神贯注，伸手转了转脚上的大镣，问道：“兄台既然蒙冤，为何不去辩驳？”

“奸人手眼通天，将我告至天子脚下。我与天子音信断绝，无从辩驳，只能听天由命。”

矮汉义愤填膺，粗声喝道：“岂有此理！我若能出狱，一定替你洗雪冤屈！你上司必是个昏聩之辈，亦不可轻饶！”

王猛深知此人同为死囚，自身难保，又如何替自己伸张正义？但此等侠肝义胆，却是王猛外放始平以来头次遇见。与他倾谈，虽未必能得襄助，却也能一吐胸中块垒。于是淡淡一笑："多谢兄弟美意。上司其实是个善人，可惜只行小善，不行大善。"

"小善大善，有何分别？"

"行小善者，锱铢小错不敢犯、蚁鼠豺狼不敢伤，名曰行善，实为纵恶；行大善者，胸怀天下福祸，惩恶扬善，敢作敢当！"

"说得好！身居高位者若只行小善，与吃斋诵经的农妇何异，如何能造福苍生！"

矮汉嗓门越来越大，早已惊动外面。只听牢门响动，两个狱卒板着面孔钻了进来，一人空着双手，一人捧着长剑。王猛替矮汉捏把汗，连忙赔笑道："不干他的事，二位莫要动怒。"

空手的狱卒威风凛凛地立在王猛对面，干咳两声，从怀里掏出一个纸卷，忽然厉声喝道："王猛接旨！"

王猛惊诧之际，狱卒已展卷读道："始平未平，大恶未除，君受大任而蒙冤入狱，是皆朕之不明也。今复君始平县令之位，赐尚方剑一口，并听便宜从事。君其勿辞。"

话音刚落，另一狱卒已将长剑递在王猛手中。王猛一眼认出剑鞘上镶嵌的七星，心中一凛。却看那矮汉已卸下铐镣，双手撩起头发，扯掉假须，露出天庭饱满、地阁方圆的面孔，一双大眼精光四射，正是大秦天王苻坚！

王猛大惊："陛下为何亲至此地？嗓音又为何如此嘶哑？"

苻坚叹道："朕一时糊涂，轻信了奸人一面之词。多亏太后与卫大将军及时点拨，又蒙崔适冒死禀报，才未铸成大错。今日特来赔罪！"说完躬身要向王猛施礼。王猛慌忙拦住。君臣二人把臂谈笑，竟忘了身在死囚内。

两名假狱卒摘掉脸上胡须，原来是权翼、薛瓒二人。薛瓒笑道："陛下与王大人还不出去，难道坐牢还没坐够？"

出了死囚，王猛忧心苻坚嗓音之哑，便问道："陛下龙体如何，可有大恙？"

权翼替苻坚答道："王大人蒙冤后，陛下虚火上升，又外感风邪，便得了'暴哑'之疾。"

苻坚哑着嗓子叹道："朕不辨忠奸，有愧于知音之遇，更有愧于景略旷世之才。苍天降下暴哑之疾为惩戒，比起景略遭逢的冤狱屈辱，不及万一！愿先生不计前嫌，重返始平县，早得一县之治平、天下之治平！"

王猛握紧尚方剑，慨然道："陛下有志于此，王猛亦有志于此。只要君臣同心，治平指日可待！"

第十九章

并州平叛

王猛重返任上，剔除衙门内奸，擒杀豪强匪盗，将始平上下治理得一片清平。

苻坚大喜，将王猛召回长安，褒赞道："先生连出重手，深奸巨猾无不屏息战栗，黎民百姓无不拍手称快。始平既平，我欲将大秦社稷相托，请先生勿辞！"

苻坚说完，从案上拈起一枚白玉官印，转了转印面，"中书令印"四个反刻阴文篆字清晰可见，泛起威仪四射的光芒。

"臣不敢受！"

苻坚微微一笑："以先生之才略，拜相理所当然，又何必再三推辞？"

"宰相必起于州郡，猛将必发于行伍。臣志大才疏，更乏施政历练，若一步登天，恐贻笑天下。请改授咸阳内史之职，若略有政绩，未惹百姓咒骂，再徐徐升迁。"

咸阳内史执掌京畿法令，事务繁杂，品阶相比始平县令也高不了几多，是个出力不讨好的苦差。苻坚以为王猛是傅说、韩信一类人物，只宜平步青云，不宜被俗务埋没大才，见他自荐苦职，心中颇为酸楚。

"先生以非常之才，当受非常之遇，自可一步登天，何必从头做起？"

"臣蒙陛下信任，当为大秦安邦定国。如今巨奸未除，法治未成，臣不敢贪功受封。"

苻坚听出言外之意，略显尴尬地笑道："先生检举强德罪行，我自然知晓。怎奈他是故强太后之弟，故光禄大夫强平之兄，位高势大，堪称氐人中的王、谢。加之母后与强太后妯娌一场，犹念旧情，怜惜强氏子弟或战死沙场，或遭苻生毒害，如今只剩强德一根独苗。先生看在母后面子上，还请点到为止，暂且放强德一条生路。"

王猛哈哈一笑。

苻坚正色道："请击掌为誓。"

两掌相击，发出一声爽利的脆响，苻坚这才放心。

“先生始平遇祸，令我念念在心。我即将远赴河东，不得常伴左右。若遇险阻，可等我归来，切勿勉为其难！”

“臣奉陛下之名办事，何难之有？不知陛下去河东有何要事？”

“并州刺史张平勾结燕国多年，近日又臣服晋人，公然叛乱。不亲征，不足以震慑河东鼠辈！”

王猛叹道：“身为臣子，见国家有难而不能襄助，深以为耻。”

“先生初登庙堂，便令人耳目一新。他日以兵权相授，也必能惊世骇俗！”

苻坚说完，若有所思道：“据闻张平的义子张蚝勇冠三军，有蜀汉张翼德之勇。秦国将领虽众，恐怕除邓羌之外，无人能与其周旋。”

王猛拊掌道：“我向陛下举荐一位将才，智勇兼备，不在邓羌之下。”

“却是何人？”

“吕婆楼之子吕光。”

“吕世明？我与他相识多年，只知他飞鹰走犬，顽劣成性，却不知他有如此本事。”

“吕光少时不喜读书，终日田猎嬉游。近两年幡然悔悟，颇为上进，已非复吴下阿蒙！”

“既然如此，便封他为鹰扬将军，随我一同出征。”

苻坚又问：“河东薛强与张平过往甚密，凭借坞堡之险，公然对抗朝廷。听说他是先生的故人，不知先生能否修书一封，劝他归降？”

王猛立即写了信札，交给苻坚，叮嘱道：“薛强心高气傲，目中无人。纵使我亲去劝降，也未必成功。此人是个海内奇男子，愿陛下能容他几年，不宜伤其性命。”

苻坚冷笑道：“奇男子？薛强得先生如此褒赞，必有过人之处。待我擒了张家父子，定要会一会这位奇男子！”

苻坚以邓羌为前锋，率五千骑兵先行，自己统帅步军主力为后继。

邓羌日夜兼程，直逼张平的并州老巢铜壁坞堡。

所谓坞堡，又名坞壁，乃豪门大族为避乱自保而修建的私家城防营垒。发端于烽烟四起的西汉之末，近世尤盛于戎狄盗寇横行的北方。并州表里山河，易守难攻，素以坞堡遍布而闻名。位于河汾之间的铜壁、汾阴的薛强壁都是固若金汤、天险峭绝的坚坞厚壁。

铜壁坞堡方圆数里。南依高山，东、西、北三面筑有三丈多高的坚厚堡墙，墙下或临深沟，或负陡堑，仅由一条羊肠小道与外界相连。十余年来，坞主张平凭恃铜壁之险，招募流民，蓄养勇士，将堡外的战乱纷扰阻隔得风雨不透。坐看中原朝代更迭，自己却毫发无损、安稳如山，张平渐生异志，近来更与晋人暗通款曲，图谋自立。

邓羌选了平坦之地，令三军安营扎寨。自己唤来杨安、徐成，点了十来名骁勇劲卒，驱马察看地形。

北行二里，绕过一片粟田菜畦，忽闻人声纷嚣，惊呼连连。只见七八个乡民迎面奔来，身后跟了一头壮硕蛮牛，两眼向地、双角朝天，穷追不舍。四蹄擂地，隆隆震颤，似乎要踏碎坡坂，撞倒群山。乡民大呼小叫，死命奔逃。蛮牛越追越近，两根尖利的犄角泛着白光，距前奔者仅有咫尺之遥。

千钧一发之际，路边忽然跳出一条大汉，探手揪住牛尾，死死拽住。蛮牛踉跄两下，戛然止步，扭颈奋蹄，荡起漫天尘土，却不能前行半分。挣扎许久，蛮牛气力渐衰。大汉趁机腾出左手，一把捡起缰绳，用力猛拖。蛮牛歪头喘着粗气，摇摇晃晃地随绳而走，冲天牛气荡然无存。大汉将蛮牛拖至一株老榆树下，牢牢拴住，掸了掸衣上尘土，面不红，气不喘。

乡民聚拢过来，齐声喝彩道："张将军好身手！"

邓羌听到"张将军"三个字，脸色一变。一手紧握蛇矛，一手拽了缰绳，喝问道："来人可是张蚝？"

那大汉听到声音，分开众人，探过身来。只见他身长九尺，豹头猿臂，虎背熊腰，一张黑脸宽大方硬，两只细眼精光闪烁，颌下光溜溜并无一根髭须。身穿青布短袍，腰扎牛皮板带，足蹬牛膀靴。

大汉反问道："你是何人？"嗓音尖利，异于常人。

"邓羌在此，还不束手就擒！"

邓羌纵马挺矛，呼啸而至。张蚝发足狂奔，钻入树丛，不知去处。邓羌算准张蚝必要逃返铜壁，只管打马前行。转眼到了壁下陡崖，邓羌勒马逡巡，却不见张蚝踪迹。

忽然草木摇动，只见张蚝从榛莽丛中飞身跃出，攀上悬崖峭壁。邓羌双腿猛夹马腹，冲至崖下，举矛便刺。张蚝三窜两窜，已到堡墙之下。邓羌释矛取弓，伸手抽箭。堡上之人忙喊："快放绳索！"张蚝不等绳索垂落，手攀足蹬，如蜘蛛趁丝、猿猴升木，瞬间上了墙头。待邓羌弯弓欲射时，张蚝已翻身不见。

杨安、徐成飞马赶来，见张蚝如此了得，无不骇叹。

邓羌懊恼道："可惜慢了一步，走了张太监！"

原来张蚝是张平的义子，年少时恃宠放纵，常常酗酒使性。一次大醉后，竟对张平爱妾非礼。醒后追悔莫及，怒而自宫，才变成如今模样。

张蚝下了堡墙，穿过条条街市，重重兵营，来到位于铜壁中心的坞中之坞，壁中之壁。这便是张平所居之地张壁。

张壁占地不甚广大，进了坞门便是帅府。张蚝叫开帅府大门，径直来到书房，开动机关，墙角现出一条黑魆魆的洞穴。张蚝钻入洞穴，穿过左右盘旋的幽深地道，来到张平所住地宫。这地宫弘敞气派，仿佛土中阿房，地下未央，但暗不见日，阴氛森然。

前头传来丝竹管弦之声，因为地宫幽闭之故，听起来颇为诡异。张蚝循声来到大殿。张平正坐在榻上兴味索然地观看歌舞，瞥见张平，连忙喝退歌姬舞女，凝神问道："外面有何消息？"

"秦军前锋邓羌已至。苻坚的大军仍在路上。"

张平攒眉又问："晋人可有回音？相约起兵一事，可有眉目？"

张蚝摇头苦笑道："晋廷暗弱，不思进取，军权都在桓温手中。但桓温当年兵败关中，英名尽失，恐怕今生再不敢有西北之望。我看晋国的援兵，必然指望不上。"

"晋人懦弱，不足为恃，也在我意料之中。"张平不屑地撇了撇嘴，冷笑道："大丈夫生逢乱世，终究要见机而作。老夫凭借铜壁之险，虎踞并州数十年，自忖虽无汉祖之能，但比起孙刘之辈，却也并不逊色。大丈夫不遂奇志，岂不枉活一世！"

"孩儿情愿肝脑涂地，助父亲建功立业，一逞平生之志！"

张平哈哈笑道："建功立业虽好，却不值得肝脑涂地。蚝儿勇武过人，唯不擅心计。老夫久居并州，坐看无数英雄覆灭，却能日渐强大。蚝儿可知我倚仗何物？"

"自然是铜壁天险。"

"非也！"张平捻须大笑道："小小铜壁，哪里保得了数十载的平安。其实老夫倚仗的，只有四个字。"

张蚝望着张平伸出的四个指头问道："哪四个字？"

"不树死敌。"

张蚝似懂非懂："孩儿不解奥义。"

张平笑道："你日后自会明白。"

次日两军对垒，邓羌黑马皂袍，横握丈八蛇矛，出阵挑战。张蚝白马素袍，挺了蛇矛，纵马应战。二人已非初见，不报姓名，径自斗作一团。只见两个人影一黑一白，左右交错，两根蛇矛忽上忽下，前后穿插。两员大将各自使出平生所学，一招一式，一来一往，看得人眼花缭乱。一气斗了百余回合，竟然不分胜负。忽见邓羌卖个破绽，喝道："今日难分胜负，不如明日再战！"

张蚝应道："也好，让你多活一日！"

翌日再战，二人各自知根知底，出招越发谨慎老道，全无昨日的花哨。虽有几个将领能看出门道，心中暗自佩服，但双方士卒都难识其妙，看得昏昏欲睡。

眼看又斗了一百多回合，二人彼此越发熟识，早已将对方的本事看得通透无碍，招招式式，都能应付自如。虽是二人相斗，却如双手互搏，又似对镜搏影。朴拙无巧，无惊无险，势均而力敌，似乎斗到天荒地老，也不会分出胜负。又过了数十回合，二将斗得越发气闷，各自拨马退去。

如此对峙十余日，直至苻坚大军已到，二将仍未决出高下。

张平得知苻坚已至，立即率大军倾巢而出，欲与秦军决战。

两军对垒，苻坚披挂上马，亲自督战。战鼓擂响，秦军与叛军一北一南，杀作一处。忽见叛军阵中冲出一员白袍战将，跃马挥矛，如入无人之境，正是张蚝。苻坚在大纛下立马观战，望着张蚝横冲直撞，半是赞叹，半是无奈。少顷，张蚝已洞穿秦军阵列，直向苻坚杀来。邓羌大惊，怒吼一声，挥矛护了苻坚，匆忙回撤。张蚝又返身杀回秦阵，接连往返四次，秦军十余员将领轮番出马，都不能阻拦片刻。秦军虽然势大，但被张蚝夺了士气，反而落了下风。战至午后，张平怕张蚝有失，鸣金收兵。

众将随苻坚回营。邓羌冷笑道："今日我怕张蚝偷袭陛下，不敢放开手脚。明日请诸位护卫陛下，让我与张太监再大战一番！"诸将个个垂头丧气，竟无一人应答。

苻坚心中不悦，激励众人道："若有生擒张蚝者，朕必有重赏！"诸将大多与张蚝交过手，心知取胜无望，生擒张蚝只是一句空话，重赏更是虚妄，因此并无一人响应。苻坚看得心急，却束手无策。

忽听帐角一人喝道："末将愿为陛下生擒张蚝！"

众将骇诧，回首望去，只见此人二十岁上下年纪，身长八尺开外，雄伟健硕，飒爽挺拔；五官端正，面容俊朗，两眉浓如虎纹、双瞳黑若点漆；头戴镀银镔铁兜鍪，身披白铁鱼鳞甲，外罩白色锦袍，正是鹰扬将军吕光。

苻坚遽然想起王猛的举荐，大喜道："吕将军勇气可嘉，明日与张蚝交战，必能一战成名！"

次日两军再战。张蚝飞马出阵，耀武扬威地横矛立马，高声喝道："哪个不怕死的，敢来应战？"

白光闪处，吕光催动雪龙驹，挺起两刃槊冲出本阵。

张蚝用蛇矛指了指吕光，喝道：“哪里来的后生，可有名姓？”吕光道：“大将吕光在此！”说完将两刃槊轻轻一拧，槊刃快似流星，直向张蚝前胸点来。张蚝用矛杆格开槊刃，顺势向前一送，蛇矛如银蛇扑食般刺向吕光咽喉。一个回合下来，二人都已看出对手非同小可，于是打起精神，越战越酣。苦斗三十余回合，依旧不分胜负。张平见张蚝战吕光不下，心中焦躁，下令击鼓助威。秦军不甘示弱，也以鼓声回应。鼓声激荡绞缠，似在隔空厮杀。受鼓声振奋，两匹战马奋蹄甩尾，盘旋交错，仿佛穿花蝴蝶。两员战将在马上俯仰自如，越战越勇。转眼已大战七八十个回合，仍未分出胜负。

苻坚见吕光如此骁勇，不禁豪气满胸，亲自登车击鼓。震天的战鼓声、喊杀声、马蹄声、兵刃撞击声混为一团，听得人血脉偾张；碎金般的日光、盔甲反光、尘土浮光、兵器寒光摇来荡去，看得人目眩神夺。

两人皆骑白马，俱着白袍，越战越快，渐渐让人难以分辨。

猛听一声大叫，一人已翻身落马。观战双方不知落马者何人，不禁屏息呆立，阵前顿时鸦雀无声。忽听秦军阵中欢呼四起，叛军阵中哀声一片。只见张蚝以蛇矛撑地，忍痛起身，右腿鲜血淋漓。张平一声高喊，七八员并州猛将疾疾冲来接应。邓羌也率众杀来，命人挡住来敌，自己催马俯身，轻舒猿臂，将张蚝拎上马背，生擒而归。

张平眼见大势已去，慌忙鸣金败退。秦军乘胜追击，斩敌无数。

邓羌、吕光将张蚝押至中军帐。苻坚大喜，喝令吕光道：“快给壮士松绑！”

吕光惊道：“这厮猛如饿虎，怎可轻易松绑？”

他与张蚝斗得天昏地暗，虽然最终取胜，却也累得精疲力竭。唯恐张蚝借松绑之机逃之夭夭，令他前功尽弃。

苻坚笑道：“张将军乃信人也，又有腿伤，如何逃跑。吕将军多虑矣！”

吕光不情愿地解了绳索，立在一旁侧目而视。张蚝果然并无逃窜之意，气呼呼地立在原处，胸脯一起一伏。

苻坚亲自搬来胡床，请张蚝落座，又俯身查验张蚝伤势道：“多亏吕将军下手有分寸，只是皮肉伤，并无大碍。”转头吩咐随从道：“速请御医为英雄疗伤。”

御医拎了药箱匆匆赶来，剪开裤腿，以上好药汤冲洗伤口，敷上名贵药散，再用白丝带包扎妥当。苻坚亲自端水递药，关切备至。事毕又向张蚝谢罪道：“今日损伤贵体，朕深感不安。愿将军早日康复。”

张蚝梗着脖子冷冷说道：“败军之将，无须怜悯。”

苻坚道：“张将军英勇无敌，名震四海。若随朕扫平天下，必能名垂千古。况且天下大变，大丈夫当顺天应时，建功立业。岂能抱残守缺，困据并州，甘为叛逆？”

张蚝面露愧色，垂头不语。

邓羌喝道：“陛下念你是条好汉，才如此相待。却这般吞吞吐吐，好不爽利！”

张蚝似乎心有所动，紧咬牙关，叹了口气。一双细眼低垂看地，忽又向上一翻，厉声道：“我张蚝自幼蒙义父抚养提携，才有今日，岂能叛主求荣，不忠不孝？”

苻坚笑道：“既然如此，先让你父子相见。”

说完喝令左右：“速传张卿入帐。”

张蚝不知义父吉凶，引颈而望，内心疑惧不已。

忽见张平衣冠楚楚地朝大帐来，昂首阔步，气定神安，全无半分叛臣败将之态，倒像个素来忠诚、天生谨恪的股肱大臣。张蚝想起张平所说的“不树死敌”四字秘诀，恍然大悟，暗自叹道：义父的乱世求生之道，是乱中求利，有利则战，无利则和。今日为敌，明日为友，或今日为友，明日为敌，都大有可能。我为报义父大恩，欲守节义而死，看来今生无望矣！

张平进了大帐，正了正衣冠，一身恭肃地向苻坚施礼，两只眼珠却左右闪转不休，仿佛织女手中飞梭。张平瞪着张蚝，装模作样地呵斥道：“蚝儿不得无礼！陛下仁德无边，近世君主无人能及。我与陛下交谈片刻，便已心悦诚服，甘效死命。蚝儿还不随我弃暗投明、共事圣主！”

张蚝见义父变脸如此之快，不禁错愕不已。他心思淳朴，向来唯义父马首是瞻，从未有过半分迟疑，也从未有过是非对错之思。但此时两耳听到命令，心头却茫然无主，手足更加无措。抬眼望望张平，又看看苻坚，前者是追随多年的至亲，后者只是初次谋面，但转瞬之间，二人已亲疏易位。前者厚貌深辞、不可捉摸，后者却可亲可近、可敬可信。张蚝心中隐隐闪过一丝羞耻，旋即醒悟，却似醍醐灌顶，躬身拜道：“叛逆之臣，蒙陛下不弃，甘效犬马之劳！”

苻坚大喜，亲自扶起张蚝，授以虎贲中郎将之职，并赐玉带锦袍。又拉来邓羌、吕光，拍着三人的肩膀赞道：“三位将军都有万夫莫敌之勇，堪比蜀汉关、张。能得如此良将，朕何其幸也！”

张蚝自从归了苻坚，便从一而终，至死不渝。而张平却反复无常，忽降忽叛，最终率领并州大小城池及百余壁垒投靠燕国。这是后话，此处不表。

苻坚平了并州之叛，又得了名将张蚝，一时意气风发。想起薛强壁近在咫尺，岂能失之交臂，遂率数百轻骑南下，径向汾阴而去。

翌日渡过汾河，来到一座巨大的孤峰之下。此峰突兀无邻，仿佛一根参天石柱，插立在沟壑纵横的莽原之上。山风凛凛，云遮雾绕，更显得峭拔险恶，不似凡境。

绕行数里，半空骤然浮出一座城寨，披云裹雾，不见首尾，众皆骇然。俄而云消雾散，才看出城寨原来附在峭壁之上。或借壁上洞穴，筑室架屋；或依山插梁，搭建楼阁。更有栈道飞架，将楼阁洞穴连为一体。整个城寨上不接天，下不连地，依山凭河，绝世独立，令人叹为观止！

“好个薛强壁，昊然险绝天下！”

苻坚大赞一句，遂令信使揣了王猛的亲笔信，设法送入城寨，并传去口谕。

“久闻薛公大名，求与相见。”

信使打马沿河而走，不见舟桥，茫然无措。忽见一小舟倏忽而来，两个舟子一左一右，抡桨如飞。小舟划出一条白色水痕，须臾靠岸。舟子喊了信使，登舟而去。

过了许久，小舟返回。信使引了一位峨冠博带的儒生弃舟登岸，直向苻坚而来。

苻坚大喜，高呼道：“来者可是薛威明？”

儒生并不回答，飘飘洒洒来到近前，这才昂首答道：“在下乃薛公主簿，特将两句口信，传给足下。”

苻坚道：“洗耳恭听。”

那主簿正衣肃然，慷慨宣言道：“此城终无生降之臣，但有死节之将耳。”说完拂袖转身，扬长而去。

诸将大怒，纷纷请战。

“薛强狂妄无礼，不如一举灭之！”

苻坚冷笑道：“薛强自恃坞壁之险，与我大军为敌，无异于螳臂当车。但他以晋臣自居，经年不改其志，却也难得。待朕扫平东南，灭了晋祚，薛强自当面缚。今日暂且赦免，以劝勉天下忠君之士！”

诸将齐赞苻坚仁义。

苻坚望着崖上坞壁沉思片刻，喟然叹道：“可惜薛强空有避乱之心，却乏包容之志。以为退缩一隅，凭借坞壁之险，阻隔戎狄，便可保全华夏。殊不知华者，荣也；夏者，大也。华夏之盛，在于包容万民、流传万世，成五彩之美，兼天下之大。历代先贤若无包容之心，焉成今日华夏之大。薛威明虽然名满天下，但与王景略先生相比，终究不及也！”

第二十章
位极人臣

苻坚亲征河东之前，颁布了咸阳内史任命诏，安排王猛上任。因为咸阳内史官阶低微之故，这一任命在权贵云集的长安城并未引起太大反响。

但久历宦海的强德却隐隐嗅出一丝不祥，立即唤来强欢，瞪眼问道："古人闻弦歌而知雅意。陛下改任王猛为咸阳内史，你可曾听出此中雅意？"

强欢满不在乎地拍拍肚皮。他投奔叔父虽为避祸，却被长安美食滋养得遍体流油，颇有些乐不思蜀。听了叔父的问话，不以为然地啐道："王穷汉在始平尝到甜头，又想在京畿如法炮制。不过，长安城比不得始平县。就凭咸阳内史这蝇头小官，能掀起多大风浪？早听说王猛擅长扪虱，这回怕是扪上了蝎子！"

强德抬头瞪了侄子一眼，怒道："针往哪里钻，线往哪里穿！陛下用心良苦，你这蠢物能看出几分？你有命案在身，还吃屎饿狗不知饱！"

"叔父莫非怕他不成？"

"笑话！我早晚要与此人明刀明枪地硬斗一场。你要好自为之，别见肉就拿刀，见酥油就伸舌头。切勿因鸡零狗碎之故被他抓了把柄，坏了我的大事！"

"这是自然。叔父一出手，还不是双股叉打婆娘，一下顶两下？王穷汉哪里吃得消！"

强欢哼哼哈哈，心不在焉地答道。

打发了强欢，强德取来纸笔，给尚书令仇腾、丞相长史席宝、姑臧侯樊世写了帖子，请三人今夜拨冗一聚，商议要事。

傍晚时分，三人陆续登门，在客厅坐定。侍从端来大盆的酒肉果品。三位贵客都是追随苻氏多年的枋头老氐，如今虽已过上奢靡考究的富贵日子，但身上犹存嗜酒贪食、朴鲁不文的旧习性。

一气喝干碗中米酒，三位贵客喷着酒气，抬眼问强德道："强大人今夜相邀，只是喝酒吃肉么？"

强德端起酒碗，欲饮又止道："这样有酒有肉的好日子，怕是要到头了。"

“强兄真会说笑，只要大秦江山还在老氐手中，天下钱财便可任我索取，怎会断了酒肉？”

三人嘻嘻哈地连连摇头。

“王猛已杀回长安，要寻老氐的晦气。我给三位提个醒！”

樊世剔着牙缝问道：“杀回长安？强大人莫要危言耸听。他可有兵马？官居何职？”

不等强德回答，仇腾已咧嘴笑道：“哪来的兵马，不过是个咸阳内史。”

他位居尚书令，行宰相之职，对朝廷诏令颇为熟悉。

“麻雀放屁臭不了百里。就凭这芝麻大的官位，能奈我何？”

席宝轻蔑地抿了抿嘴。

强德见三人如此颟顸懈怠，心中凉了半截，刚端起的酒碗又放回案上。盯着碗沿，等里面晃来晃去的几个人影安稳下来，才叹气道：“人无远虑，必有近忧。切不可要尿裤子，还想不起茅厕，大祸临头，还不打起精神！”

三人齐声大笑。仇腾忍俊道：“一个小小咸阳内史，竟把堂堂光禄大夫吓成这样，真是天下奇闻！”

强德瞪了他一眼：“王猛外放始平之时，我已领教他的手段。可惜我一时疏忽，未能取其性命，才留下无穷后患。诸位要引以为戒，万万不可大意！”

樊世拍案道：“咱们老氐一手打下秦国江山，何等阵式没见过？难道会怕一个穷酸书生？”

“王猛还只是个小角色。要知道屋檐上的冰凌柱，根子在上！”强德冷笑道。

“陛下？”席宝瞠目问道。

强德点点头。

席宝伸颈笑道：“我看陛下一时受王猛蛊惑，心中不知深浅。所谓法治之术，只是草上的露水，必难持久。新买的粪桶尚有几日香，他心血来潮，不放几把火，怎会罢休？早晚也得明白，这都是刮风天揞炒面——白忙活！”

强德嗤鼻而笑，扫视三人道：“陛下不比先帝，对枋头老氐并无厚爱。又死心倾慕汉人，要立华夏之国，就连沿用了五十余年的胡汉分治之法都敢废弃。我看他早晚会禁不住王猛撺掇，要拿我辈开刀！”

三人忽然钳口无语，呆若木鸡。

过了许久，仇腾缓缓问道：“若陛下果有此心，却如何是好？”

“你有鬼画符，我有神仙法。只要满朝老氐上下同心，共同进退，与王猛硬拼到底，陛下自然不会偏袒外族宾客，令自家主人吃亏！”

“有理！”三人异口同声地答道。

强德胆气更壮了几分，冷笑道：“要以进为退，不可坐以待毙！烦劳诸位广搜王猛罪证，寻个由头，在朝堂联手弹劾。陛下再偏袒那厮，也不敢硬驳老氏的面皮！若时机来临，来个先斩后奏，也未为不可！”

“强兄高明，唯你马首是瞻！”

话音未落，四只酒碗已碰在一处，发出一声铿锵的脆响。

日午天中，长安横门外的十里大集已渐煞尾。这集市虽与汉代长安“九市”一脉相承，但与班固《西都赋》中夸赞的“人不得顾，车不得旋；红尘四合，烟云相连”的九市盛况相比，早已十不存一。国乏民贫，财货不足，集市已凋敝多年。加之匪盗猖獗，白昼横行，客商无不来去匆匆，莫敢淹留片刻。

逛集的农人都已散尽，唯余各色商贩手忙脚乱地清点钱货。卖得好的，货物已换成铜钱，用绳索串在腰间，拔脚便去。卖得不好，只能原样担回家中，令人叫苦。白日不过稍稍蹉西，集市已人影稀落，阴风走伏。四面阡陌之上，三三两两的归客散布其间，个个行色匆匆，脚边牵着一道道诡异的黑影。

王猛、崔适立在高岗之上，两双眼四处扫望。

“等，等了大半日，也不见，不见一丝烽烟。莫非盗匪要爽约？”崔适问道。他已被王猛提携为咸阳贼曹，主管匪盗之事，又劝王猛采纳始平县烽烟报警之法，借今日城北大集之际布下罗网，专等群匪现身，一举剿灭。

“不会。此番安排周密，绝不会走漏风声。天色尚早，崔兄再耐心等候半晌，盗匪必会现身。”

崔适点了点头，又问道：“景略先生初至始平，便云集市查访。初至咸阳，又来集市捕贼。先生为何对集市情有独钟？”

王猛一怔，沉默许久才缓缓答道：“集者，鸟栖于木也。若无安宁，鸟尚不得栖，更何况人邪？愿天下百姓每日都能平安上集，平安归家。这也是我平生一大夙愿。”

崔适见王猛眼角闪出一滴泪光，心中诧异，却不敢问。

忽听胥吏喝道：“烽烟已起！”

只见三道黑烟自西向东依次升起，仿佛三只巨大的蜈蚣，在半空不住地扭曲晃动。众人望着烽烟摩拳擦掌，精神为之一振。

王猛立即向胥吏传令道：“兵分两路，一路迎面堵截，一路包抄背后，莫教一个贼人漏网！”

“得令！”

百十条精壮大汉齐声怒吼，纵马疾驰而去。这些胥吏都是王猛亲自甄选操训的忠勇强健之士，对付一群乌合之众，恰如牛刀割鸡。不过一顿饭的工夫，便擒杀殆尽。盗匪抢掠的妇女财物也已清点完毕。

王猛喝道："将匪首押来！"

一个肥头大耳的蠢汉被几人推搡上前，"扑通"跪倒在地，口中连呼："大人饶命！"

王猛看此人颇为面善，喝了声："抬起头来！"

胥吏揪住匪首的发髻，掀开额前散乱的头发，露出一张筋肉乱颤的肥脸，正是始平恶霸强欢。

王猛怒不可遏，厉声喝道："人犯强欢，为害始平，逼死人命，收捕后越狱出逃，已犯下死罪。流窜京畿，又公然为寇，劫掠人口财货！速将此犯正法，悬首示众！"

强欢磕头如捣蒜，口中狡辩道："冤枉！小人素为良民。今日出城，不过抓捕府中逃亡女奴，追回赃物。大人莫要误会！"

王猛冷笑道："一派胡言！你屡次三番在京畿抢掠民女，劫夺财物，本官早已查得一清二楚！"

强欢欺瞒不成，只好搬出叔父强德的招牌，喝道："王猛，你一个小小咸阳内史，何苦要与我叔父作对？"

王猛本欲将强欢就地正法，听他说出"叔父"二字，顿时改了主意，决计借他的口供惩办强德。于是喝道："暂且留他性命，回去细细审讯！"

王猛押送匪寇进了咸阳城门，堪堪来到衙门外，忽见手下主簿飞身赶来，禀报道："陛下已班师回京，请大人速去长安东堂相会。"

王猛不敢怠慢，叮嘱崔适押解强欢入狱，自己匆匆赶往长安。

"王大人到！"

一声抑扬顿挫的高喊，将王猛引入东堂。苻坚领了邓羌、吕光降阶相迎，拊掌道："小别月余，归来却有隔世之感。先生治理长安，果然日新月异，成效斐然！"

忽见邓羌、吕光身边立了一条大汉，身长九尺上下，黑面无须，威猛雄健，气宇轩昂。王猛心中一动，于是问道："这位好汉，莫非便是张蚝将军？"

大汉拱手道："正是！足下必是名满天下的王景略大人。"

苻坚笑道："尚未引见，二位便已相识，果然惺惺相惜。"

苻坚亲征河东，平定叛乱，又收了名将张蚝，本已踌躇满志。班师长安后，见城内整肃安定，一改旧日乱象，又觉秦国面目一新，已颇具文治武功。他望着眼前的四位股肱之臣，胸中喜气充盈，豪情荡漾，慨然道："诸君皆为大秦栋梁之材，朕当委以重任。明日上朝，便有好事！诸君勉之！”

“谢陛下隆恩！”四位臣子齐声拜谢。

王猛与诸人寒暄片刻，便离了东堂，径直赶回咸阳官衙。虽然提前知晓了明日的封赏之喜，但王猛心中并无丝毫欢愉，反而泛起一丝不安。自古推行法治者，大多不得善终。吴起、商鞅都是前车之鉴。自己虽得陛下信任，却得罪了满朝老氐，前路吉凶未卜。今日擒获强欢，更预示自己与老氐的交锋将愈加炽烈。一场你死我活的惨烈争斗已不可避免。争斗的一方是孤军奋战的小小咸阳内史，另一方则是满朝的氐族旧勋。陛下与太后虽然向来站在自己一边，但在强德一案上，显然偏向老氐。

“强弱悬殊，此案究竟该如何处置？是秉持公正，一往无前；还是顺从上意，点到为止？”王猛心中自问，却难以自答，心绪纷乱如麻。

进了衙门，忽闻一阵悲凉的呜咽声。循声来到大堂，只见众胥吏或伏地号哭，或低头泣立。听到足音，缓缓散开，露出一片血泊。血泊尽头，崔适横躺于地，早已气绝身亡！

众人看见王猛，越发悲情难抑，哭声一阵紧似一阵。

王猛强忍悲愤，含泪问道：“崔先生之死，可是强德所为？”

“正是，强德率家丁拦阻囚车，劫夺强欢。崔先生奋力拦阻，被老贼连刺十余刀……”

王猛目光似火，面容如铁。他与崔适意气相投，肝胆相照，堪称生死之交。自己初至始平，孤立无援，全凭崔适鼎力相助，打开局面；含冤入狱，更是崔适冒死密奏皇帝，才得以洗刷冤屈，脱离绝境；迁任咸阳，又得崔适竭尽全力，才成今日之功。岂料大业未成，崔适却喋血衙门，为己而死！王猛喉头颤抖，胸口一起一伏，竭力忍住哭声，两眼早已泪如泉涌。他强睁泪眼，问众人道：“崔公死前可有遗言？”

一人哽咽答道：“崔公死前犹念走了人犯，愧对王大人……”

王猛终于悲恸难抑，放声大哭。

衙署为灵堂，涕泪成更漏。过去许久，哭声渐歇，王猛猛然抬头，鹗顾众人，斩钉截铁地喝道：“明日听我号令，定要为崔先生报仇雪恨！”

翌日早朝，王猛登阶上殿，远远瞧见强德神色诡异地朝他张望。王猛只作未看见。

苻坚等群臣坐定，颁布诏令道：“皇天眷顾，大秦贤才辈出，朕不忍令其埋没。特以骁骑将军邓羌为御史中丞；以咸阳内史王猛为侍中、中书令，领京兆尹。”

座中老氐交头接耳，议论纷纷。

“小小内史，竟然一步登天。”

“我辈当年出生入死，也不曾得此恩宠！”

“王猛何德何能，竟受此隆宠？”

苻坚听到议论，面露怒容道：“众卿若有异议，尽可畅所欲言，何必私下议论！”

众老氐见皇上发怒，知趣地缄口不语，脸上却满是不忿之色。樊世偷偷向仇腾递了个眼神，二人又不约而同地望向强德，却见他不露声色，似乎早有对策。二人这才放心。

苻坚心里七上八下。见众臣虽有牢骚，却未当面顶撞，略松了口气。又环顾群臣，问道：“众爱卿可有余事禀奏？”

座下依旧无人应答。苻坚偷眼瞄了瞄王猛。他已听闻崔适命案，以为早朝时王猛必会发难，奏请立斩强德，令自己陷入尴尬境地。却见王猛神态平和，既不作声，也无丝毫激愤之色，顿觉心中释然：原来先生并非不近情理之人，也懂得揣测他人心意，顾及主上颜面。如此结局，可谓皆大欢喜！

群臣散去。强德大摇大摆地出了大殿，冷眼望着王猛低头离去的背影，嘴角泛起一丝得色，暗想道：王猛今日虽然荣迁高位，却不敢向我发难，已落在下风。此人单人匹马挑战满朝老氐，对皇帝和太后都不留情面，其结局早已注定。下了大殿台阶，强德与仇腾、樊世二人会合，三人心照不宣，只是会心地一笑。

这三人的举动，王猛都已看在眼里，却假作不知。他不露声色，其实心中早已打定主意。出了皇宫，王猛径直来到京兆府。几个得力的咸阳胥吏早已候在门外。王猛引着几人进了府门。府中僚属、差役听说新官走马上任，忙不迭地洒扫恭迎。王猛略略寒暄两句，立即伏案写下奏章，派人送往皇宫。随后引了旧日胥吏，又点了几个精壮差役，顶着斜阳，直奔高门阔府、衣冠聚集的北阙而去。

未央宫内，一抹金晖洒落沧池，映出碎金般的闪闪波光。池边的一条碎石小径上，苻坚正陪着母亲苟太后悠闲散步。

“今日早朝，王先生放了强德一马。母后一直挂念强德的生死，如今可高枕无忧矣！”

苟太后优雅地一笑，点头道：“王猛看似铁面无私，原来也是个通情达理之人。”

“这是自然。昔日若非母后求情，王先生恐怕已死在廷尉大牢。他是个是非分明、知恩必报之人，怎会驳母后面子？”

“如此最好，不伤各家颜面，皆大欢喜！”苟太后说完舒了口气，掩口道：“因为此事，我接连几夜毫无睡意。眼下心安，忽然有些困倦。”

“既然如此，请母后回寝宫安歇。”

苻坚辞别苟太后，返回东堂。黄门官立即递上一个信封。

“王猛大人差人送来奏章，请陛下过目。”

苻坚启封读道：“特进强德恃强横暴，掠人财货、子女，为百姓大患。近日更刺杀官吏，罪恶深重。特收捕弃市。昧死再拜。”

苻坚大惊失色，急问道：“此奏章何时送来？”

“刚刚送到。”

苻坚自语道：“如此说来，强德尚有生机。”立即唤来一名心腹侍卫，叮嘱道：“速去御马厩选匹快马，赶在王大人行刑前传我口谕，免强德死罪！”

“却在何处行刑？”

苻坚沉吟道：“王大人今日才升任京兆尹，行刑之地必会选在京兆府门。”

那侍卫立即骑了快马，扬鞭疾驰而去。

果然不出苻坚所料，此时王猛正率众押了囚车，急急打马赶往京兆府门。车顶上露出一胖一瘦两颗脑袋。正是强德、强欢叔侄。强德神态镇定，嘴角粘着一抹肉酱，两眼不时往后张望。他散朝回府，在后花园凉亭下沐手落座，刚吃了两口肉酱汤饼，忽听一阵吆喝，迎面冲来几个京兆府差役，不由分说将他五花大绑，连拖带拽地架到府门之外，硬生生塞进囚车。强德素来遇事沉稳，处乱不惊，在此危急关头，仍能伺机向心腹耳语，命他速找苟太后求救。

强德暗自盘算：强府位于北阙甲第，离未央宫不远，加之自家的骏马、宫中的御马脚力非凡，追上王猛的弊车驽马不在话下。想到此处，胆色更壮了三分。强欢不及叔父沉稳，早已面如土色，两排牙齿上下相撞，铿然作响。眼看来到十字街头，路口之南便是京兆府。强欢望见府门森严，仿佛地狱图中的鬼门关，吓得扶柱号哭。强德看似镇定，头皮却也一阵紧似一阵。

忽听身后隐隐传来一声喊：“刀下留人！”强欢猛睁双眼，面露喜色。强德坦然如初，额顶稍稍松弛。差役都止步回望，赶囚车的御者也停了马鞭，倾耳侧目。只听马蹄声由远及近，“刀下留人”的呼喊一声响似一声。

强欢仿佛死而复生，脸上红光重现，朝王猛喝道：“皇帝下了诏令，还不放人？”

“未到我手中，算不得诏令！”王猛冷笑一声，挥鞭猛抽辕马。两匹劣马昂首奋蹄，向路口直冲而去。

“刀下留人！”又一声呼叫从路口东侧大街传来，原来是苟太后派来的太监，也带了口谕赶来救人。

一场诡异的赛马就此展开。三路人马，一北一南一东，各自向京兆府门狂奔而去。囚车依旧奔在最前，但因笨重狼伉，领先之势逐渐缩小。皇宫侍卫、后宫太监从北、东两向分头追赶，凭借骏马轻骑之便，距囚车仅有百步之遥。早有百姓聚在路边嬉笑观看，全然不知背后的惊心动魄。

御者连连挥鞭，辕马振鬃奋蹄，四轮如旋风般隆隆飞转，囚车越驶越疾，仿佛已飞离地面。强德叔侄在笼中左摇右晃，神色大变。

忽见御者一勒缰绳，囚车骤然减速。京兆府门已在眼前。

王猛不等马车停稳，喝令道：“速将二犯斩首示众！”

两名刽子手跳上囚车，亮出寒光闪闪的鬼头大刀。

“皇帝口谕，刀下留人！”威猛之声自北而来。

“太后口谕，刀下留人！”尖利之声自东而至。

一边是黑衣侍卫、河西骏马，一边是白衣太监、西域名驹，各自裹着黄尘，腾云驾雾般飞驰而来。两根缰绳同时勒紧，二马并肩停在府门。

“刀下留人——”两声呐喊挟裹着至高无上的君权天威，凛然响彻半空。

喊声未落，两把大刀已同时挥落。血光喷溅处，两颗头颅滚落囚车，缓缓停在二马中间。

四周一片死寂。

不知过了多久，半空黄尘落定，露出摩肩接踵、密不透风的围观百姓，各个瞠目钳口，默然呆立。

忽听一声喊：“京兆尹为民除害，是个好官！”

京兆府外顿时欢呼雷动。刚刚落定的黄尘又腾空而起，久久不散。

王猛仰天长叹道：“奸贼已除，以报崔兄在天之灵！”

王猛抗旨斩杀强德的奇闻，已在长安传得沸沸扬扬，苻坚自然已经知晓。王猛接连违抗皇帝圣谕和太后懿谕，固然令他惊愕，但也仅仅是惊愕而已。他对强德素无好感，之所以求王猛放条生路，全因母后求情之故。强德之死固不足惜，但若惹恼母后，引来雷霆之怒，只怕王猛性命难保。苻坚思来想去，心里越发惶怖，便以请安为由前来打探苟太后口风。

苟太后、李威二人正在凭窗对弈，忽听仕女禀报：“陛下来探视太后。”李威慌得推枰而起。苟太后笑道：“卿非强德，坚儿也非王猛，又何至于此？”

苻坚进来问道：“母后歇息得如何？”

苟太后叹道："强太后托梦，哭诉强德叔侄骈死街头，要索还二人性命！我羞愧无主，竟然痛哭至醒。"

苻坚心中咯噔一声，忙道："孩儿特来替王猛谢罪。"

苟太后摆摆手，厉声道："这个王猛不通情理、目无尊上，实在可气、可恨、可恶至极！"

苻坚听得后心发冷，暗自替王猛捏了把汗。

忽听苟太后口风一软，话锋突转道："王猛可气，却是个秉公执法的好官；强德可怜，却是个按律当斩的恶霸。我碍着强太后面皮，虽然反复替强德求情，其实内心自有臧丕，早已准备了几句答语。可惜梦中惊醒，未及说出。"

"母后欲如何作答？"

"强德之死，我愧对阿嫂。强德不死，我愧对天下。"

苻坚心头一热，鼻头忽然有些发酸。

"孩儿唯恐母后责怪王猛，特来为他求情。看来孩儿多虑矣！"苟太后叹道："如此秉公执法之人，我平生只见过一个，恐怕也再难见到第二个。得一王猛，是天大福气。失一强德，又何足惜？"听了苟太后的这番话，苻坚心中越发有了底气。

次日早朝，群臣尚未坐定，忽听一声大吼。

"陛下！"

只见樊世两腮横肉乱颤，双眼喷着怒火，指着王猛喝道："王猛犯下滔天罪过，陛下若不严惩这厮，臣难咽恶气！"

苻坚见樊世粗野凶蛮，全无臣子之仪，不禁心生鄙恶，故意要让他当众出丑。于是呵呵一笑，点头道："人非圣贤，孰能无过？王先生自然也会犯错，朕这便查问。"

樊世大喜道："陛下果然明察秋毫！"

苻坚清清嗓子，装模作样地问道："王先生为何违背誓言？"

王猛答道："臣愿闻其详。"

"你答应饶强德不死，为何食言将他问斩？"

"陛下令臣暂且放强德一条生路。臣已暂且为之，并未食言。"

这话答得避重就轻，颇为机巧。

王猛接着说道："怎奈强德不思悔改，变本加厉，抢掠人口，刺杀官吏，实为自求速死。臣按律斩之，有何不妥？"

苻坚笑道："如此说来，先生并无过错。樊卿可有异议？"

樊世气得浑身乱颤，瞪眼骂道："一派胡言！王猛滥杀勋贵，罪大恶极！若不将姓王的斩首，何以平息众怒！"

苻坚淡然道："强德罪孽深重，理应斩首，王先生举措得当，并无不妥。朕知樊卿素与强德交好，闻讯伤怀，亦是人之常情，但不宜迁怒于人。樊卿是大秦开国功臣，自然明白此理。"

苻坚虽然语气平和，却绵里藏针，不容辩驳。樊世忍气吞声，凸着双眼环视众人，不住冷笑。

散朝后，王猛低头出了皇宫。一不留神，与人撞个满怀。抬头看，却是樊世纠合一群老氐拦在面前。不等王猛开口，樊世劈头喝问："老子追随先帝共创大业，辛苦耕耘，你凭什么坐享其成？一介书生，未立寸功，不曾有汗马之劳，凭什么身居高位？牛打江山狗坐殿，哪里轮得到你！"

王猛望着樊世狂妄蛮横的嘴脸，心生厌恶，冷笑道："让你耕耘田地，已算便宜。明日让你做屠夫、厨子，也未可知。"樊世勃然大怒道："王猛莫要猖狂，若不斩了你的狗头，高悬于城门之上，我誓不为人！"众老氐纷纷附和，将王猛围在当心，步步逼近。

忽见一人抢上一步，挡在王猛身前，高喝道："都给俺闪开！"只见邓羌瞪着一双环眼，额头青筋暴露。

樊世努了努嘴，众老氐撸起袖子排成人墙，密匝匝聚拢过来。

邓羌大吼一声，张臂一推，人墙东摇西晃，倒下一大片。几个没倒的挥拳冲来，被邓羌三拳两脚，打得满地翻滚。樊世见邓羌如此神勇，不敢与他硬碰，拔脚遁去。众老氐连滚带爬，一哄而散。

邓羌望着樊世的背影骂道："这群鼠辈，仗着旧日之功，为所欲为。细算起来，今日之害已逾昨日功勋十倍！"

"若非邓大人出手，今日必难全身而退。"

邓羌一拍胸脯道："老邓是个鲁莽汉子，不如王大人心思缜密。打个下手，却不在话下！"

邓羌怕樊世另有诡计，护送王猛回府，直至王猛进了院子，关上大门，才放心离去。

王猛独立庭中，想起樊世撒野时的凶蛮狂横，不禁忧心忡忡。思前想后，觉得此事务必告知苻坚，以免横生枝节。于是提笔写了密函，命心腹立即送进皇宫。

一夜无话，又到了早朝时分。群臣在大殿落座，王猛抬眼望了望龙辇，却见苻坚向他回望一眼，又微微点了点头。王猛会意，微笑作答。

自古“恶人先告状”。樊世不等群臣坐定，便粗声喝道：“陛下！”

苻坚挥手打断樊世，笑道：“樊卿，朕有事问你。久闻仇池杨璧才貌双全，文武兼备。朕有意与杨家定下婚约，日后将顺阳公主许配于他。樊卿与杨家颇为熟识，以为如何？”

樊世是个粗人，不解苻坚用意，勃然作色道：“杨璧是我选定的佳婿，已有婚约在先，陛下岂能再将公主许配于他？”

王猛趁机插话道：“普天之下，莫非王土；率土之滨，莫非王臣。樊大人竟敢与陛下争婚，君臣之礼何在？”

樊世火冒三丈，起身破口大骂道：“你这贩畚的贱夫、逃荒的野客，也敢跟爷爷弄嘴耍奸？爷爷这双老拳连痒数日，今日不打死你，难出这口恶气！”说完撸起袖子便向王猛冲来。

左右同僚一把将他拽住。樊世一边挣扎，一边大骂：“老子随先帝打江山时，你在操持何务？是劈篾子还是砍荆条，挑土还是拒粪？穷神饿鬼的出身，竟然假充高贵，爬老爷头上撒野！”

苻坚终于怒不可遏，额头青筋跳动，肩头上下乱颤，拍案喝道：“樊世目无君王，专横跋扈，横行朝堂，大逆不道。立即拖往西马厩斩首！”

几个侍卫上前捂了樊世口鼻，硬生生拖了出去。仇腾、席宝双双起身，厉声道：“樊世功勋卓著，竟然比不上一个贩畚贱人！如此处置，臣心中不服！”老氐纷纷跃起，围住王猛，或推推搡搡，或破口大骂。堂堂皇宫早朝，瞬间乱成泼皮骂街逞凶之地！

忽听“啪”的一声鞭响，仇腾“啊呀”一声惨叫，双手捂脸，指缝间鲜血淋漓。只见苻坚手握骨柄牛皮马鞭，臂挥如龙蛇之舞，鞭走似闪电流星，将围堵王猛的一群老氐打得满脸血痕。

苻坚边打边骂道：“荒悖老革、狂妄匹夫！都来尝尝朕的皮鞭！”

众老氐纷纷抱头鼠窜，大殿瞬间空空荡荡，仅剩苻坚与几个近臣。苻坚扔鞭喝道：“今日朝堂，君不君，臣不臣，直教天下人耻笑。但不鞭老氐，不骂蛮夫，难解朕胸中恶气！”

权翼趁机进言道：“陛下宏达大度，善驭英豪，有汉祖之风。然慢易之言，所宜除之。”

苻坚笑道：“朕之过也。大出詈言，口中犹有余臭。”

王猛道：“陛下偶然失态，乃不得已而为之。”

苻坚点头道：“试看明日早朝，何人再敢侮慢先生，明日天下，何人再敢阻挠法治！”

“陛下厚恩，臣无以为报，唯有鞠躬尽瘁，以身许国！”王猛眼含热泪，慨然答道。

不出苻坚所料，翌日早朝，老氐们脸上挂着横三竖四的鞭痕，伤重的头缠白布，一个个低眉顺眼，再无昨日的嚣张。见了王猛，也敛容屏气，不敢有丝毫轻慢。苻坚见此气象，甚觉欣慰。

扫视群臣，忽见仇腾、席宝暗中眉来眼去。苻坚不悦，沉下脸正要喝问，却听仇腾厉声奏道：“王猛擅权专政，公报私仇；欺压氐臣，滥杀勋旧。大秦三代基业势如累卵，危在旦夕！为保江山永固，臣奏请罢黜王猛！”

席宝也附和道：“满朝文武皆曰：‘王猛不去，秦国不安！’臣奏请罢黜王猛，以顺应人心！”说完回首瞬顾。几个死党哼哼哈哈地随声附和，其余的都低头不敢作声。

苻坚拍案而起，指着二人骂道：“一派胡言！你二人心无天下，所思所念，唯有一己之私。借朕所赐高官厚爵，除了装点自家门脸，可曾为国为民做过一事？见王大人坏了自家私事，便恶言诋毁，其心可诛！”

仇腾、席宝欺苻坚年轻、王猛势孤，以为今日携手发难，必能逼皇帝罢黜王猛。见弄巧成拙，顿时六神无主。

苻坚踱至二人面前，动容道：“二卿乃三朝元老，于国颇有旧勋，但今日所作所为，已危及国家法治之本，若再尸位朝廷，天理难容。二位奏请罢黜王卿，却不知该罢黜的恰是自己。朕意已决，黜仇腾为甘松护军，席宝为白衣领长史。诸卿不得求情！”

这番话语气平和，声音也不甚响亮，但传至满座老氐的耳中，却不啻为风雨惊雷。其言外之意已再明了不过：法治不可轻废，王猛不容诋毁，大秦举国上下，正沿着王猛开辟的法治之路浩荡前行，不可逆转！

第二十一章
步摇之乱

旭日初升，似水的流光悄然掠过太武殿昂然高举的翘角飞檐。檐上漆瓦不改本色，只泛出一层乌金般的幽暗之光。檐下铜铃遽然摇动，伴着一声脆响，射出道道夺目的金光，惊得檐边栖息的群燕四下纷飞，遮天蔽日。

这些燕子体长半尺有余，身量远大于寻常家燕。喙短翼宽，飞行迅捷，远看颇似鹰隼。此燕甚为势利，只在高楼华屋的檐下筑巢，却从不光顾茅屋草舍，因此唤作楼燕。

邺城皇宫向来是楼燕的春夏聚居之地。自慕容儁成为邺城新主并称帝以来，宫中楼燕越发繁盛，与日渐昌隆的燕国国势颇为契合。因为暗合燕国国名，楼燕遂被慕容儁视为瑞鸟，备受优待。

此时，慕容儁正在太武殿接见朝臣。殿内文武荟萃，殿外瑞鸟啾啾，令他心绪颇佳。环顾众臣，一眼瞥见慕容霸半低着头，以手掩口，神色颇为古怪。慕容儁对慕容霸素有芥蒂，又见他举止怪诞，不禁大为扫兴，脸上的笑容骤然凝固。

慕容评察言观色，早已看出门道，便厉声喝道："慕容霸上朝面圣，竟敢以手掩口。幼时难道没念过《礼记》吗？"

慕容儁强笑道："他自幼不学无术，胸无点墨。若没念好，也在情理之中。"

慕容霸急忙放下手，露出唇上老大一片青紫。

慕容儁眉毛一扬，喝问："这鼻青脸肿的，成何体统？"

慕容霸不慌不忙地答道："臣训练士卒，坐骑忽受惊吓，将臣掀于马下，摔破嘴唇、折断门牙。未及禀奏，请陛下恕罪。"

慕容儁心中暗喜：天赐良机，挫其锐气，便在此时！于是笑道："破唇断齿，看似小祸，实为大福。古人云：'至刚易折。'折断门牙，正可冲消煞气，永葆平安。你的名字过于刚硬，不如借机更换，以承接天地间平和之气。既然缺了半颗门牙，从此就叫这个名字吧。"说完拈起一张江南剡藤纸笺，提起关东辽毫笔，在紫云石砚上饱蘸珍珠泉水研出的三国“仲将”老墨，奋笔写了个“䟴”字，让侍从拿给众人传看。殿内顿时一阵骚动。

原来这“䟴”字与“缺”相通，除有缺失之本意，还有“奸诈、欺骗、骗子”之意。[①] 慕容儁赐名，看似关切备至，实为成心羞辱。

眼看纸笺已在众臣手中转了一圈，传到了慕容恪手里。慕容恪看了一眼，微微皱了皱眉头，但并未吱声，转手递至慕容霸面前。大殿内立即鸦雀无声。慕容儁、慕容评睁大双眼，等着看慕容霸出丑。

慕容霸伸手去接，却见慕容恪的拇指在纸笺上倏然一滑，将“䟴”字掩了右半边，只露出一个垂字。慕容霸心领神会，接来纸笺，不卑不亢地说道：“臣慕容垂谢陛下赐名隆恩！”

慕容评喝道：“大胆，这分明是个‘䟴’，你念为垂字，乃是欺君之罪！”

慕容霸笑道：“臣自幼‘不学无术，胸无点墨’。生僻之字，难以识全。常听街头的先生讲，‘不识之字读半边’，臣便将此字念做垂字，并非有意欺君也。”说完恭恭敬敬地叩首谢恩。

慕容儁正欲斥责，却听慕容恪朗声道：“陛下仁德宽容，为臣下赐名，可与古时贤君媲美。吴王之名虽是先王所起，但锋芒毕露却也不假。改为慕容垂，最为顺天应时。众臣感恩戴德，定当鞠躬尽瘁，以报陛下！”原来慕容恪也觉得慕容儁今日大失人君尊严，有意从中调停。

皇甫真也声援道：“‘䟴’作名，不见于典籍。垂字却颇为常见，尧帝时曾有工官曰垂。改霸为垂，有收敛之意，极为妥当。”几位与慕容霸交好的王族、大臣也纷纷随声附和。

慕容儁眼见大快心意的“慕容‘䟴’”忽然变成了扭扭捏捏的“慕容垂”，正如到手的兔子忽又窜进了林子，自然失望无比。虽然一百个不甘心，却也不得不顾及慕容恪诸人的脸面，只得勉勉强强地点头应允。暗自咬牙切齿道：这次你虽然靠狡狯躲过一劫，日后早晚要落在我的手里！

散朝后，慕容评见慕容儁一副余恨未消的模样，便凑过去冷笑道：“慕容霸虽然变成了慕容垂，但一颗心还霸在天上，尚未垂至地下。陛下若不再施辣手，日后这厮可真要骑在我们头上称霸了。”

慕容儁问道：“王叔有何妙计？”

慕容评嘿嘿笑道：“慕容垂之妻段氏一向专横跋扈，目无尊上。何不在她身上做做文章？”

---

① 河南话里至今还保留着“䟴人（骗人）、䟴子（骗子）”等古语。

慕容儁拊掌喜道："王叔高明！"

这日与群臣议完政事，慕容儁忽然唤出伶官道："近日有何趣事，说给大家听听？"

伶官挤眉弄眼，哈哈笑道："邺城之北住了一位士子，一心要名标青史，永垂而不朽，又苦无扬名之道，便去求佛祖加持。佛祖问他何求，士子说要永垂而不朽。佛祖笑道：'此求太甚，本佛自己能否永垂不朽，尚且难说，又如何助你？'那人便说：'如果不能，得其一半亦可。'佛祖道：'一半却好说，我应允便是。'过了数日，那士子的妇人却来找佛祖理论：'自从我夫君上次求了佛，下体便萎靡不振，成了废物。你堂堂佛祖却欺骗寒门士子，是何道理？'佛祖忙道：'不曾欺骗。他要永垂而不朽，贫僧爱莫能助。他说得其一半亦可，我便让他永垂了！'"

众人先是捧腹大笑，忽然品出味道，连忙捂住嘴，身子兀自前仰后合地乱颤。慕容垂羞愤无语，气得咬牙切齿。

慕容恪连忙劝道："宠幸伶优，非古代贤君所为。请陛下三思。"

慕容儁出了胸中恶气，便顺坡下驴，喝退伶官。

忽见一宫女慌慌张张地奔上殿来，尖声喊道："陛下，出了大事！"

"究竟何事？"

"奴婢清扫皇后寝宫，无意中发现此物！"说完递上一只三寸来长的桐木人偶，虽然雕得笨拙粗劣，仍可辨出是个女子，底座写了"可足浑皇后"五字。

慕容儁不解其意，于是转交给慕容评，问道："上庸王可认得此物？"

慕容评匆匆瞄了两眼，低头道："臣不敢言。"

"但说无妨。"

"这是奸人诅咒皇后所用的巫蛊之物！"

慕容儁拍案骂道："朕之皇宫，岂容奸人弄蛊作乱！上庸王立即查明真相！"

查了半晌，慕容评回来禀报："臣已查明，放蛊者是皇后身边一个宫女。"

"小小宫女岂能如此大胆？背后必有巨奸指使！"

"宫女已招出两大元凶。但臣不便说出。"

"堂堂燕国，尚未乱到妖孽横行的地步！上庸王不必忌讳。"

大殿内鸦雀无声。慕容评抬眼扫视群臣，目光慢慢移动。忽有一只苍蝇"嗡嗡"而来。慕容评的目光与苍蝇并行而走，缓缓掠过一张张眉头紧锁、诚惶诚恐的面孔。

慕容垂低头敛息，忽觉脸上一阵刺痒。只听一个冰冷的声音霹雳般响起："一个是吴王的典书令高弼，一个是吴王王妃段氏。"

群臣哗然。

慕容儁眉头微皱，眼珠忽上忽下地扫视慕容垂，冷冷地问："吴王有何辩解？"

慕容垂面无表情，胡须却根根倒立。嘴唇紧绷绷地憋了半晌，终于颤颤开启，迸出四个字："欺人太甚！"

高弼与段氏被投入大狱，日夜严刑拷打。慕容评拟好供词，请慕容儁过目，冷笑道："只要两个贼男女签字画押，便可将慕容垂置于死地。"

慕容儁问："二人怎还不招供，王叔莫非是菩萨心肠，下手过于仁慈？"

"哪里话。二贼性情刚烈，打断了好几根刑棍，却宁死不招！果然是慕容垂的死党！"

话音未落，一位心腹侍卫奔来禀奏："陛下，段氏不堪拷打，没熬住。"

"招了？"

侍卫苦笑道："不是招了，是死了。"

"没用的废物，让朝野看朕的笑话！"慕容儁恶狠狠地瞪了他一眼，甩头问慕容评："尚未招供，人却先死了。弄到这个地步，如何收场？"

慕容评嘿嘿一笑："既然硬的不行，何不来点软的，以彰显陛下仁德？先放了高弼，再将慕容垂贬为辽东平州刺史。段氏已死，慕容垂内室空虚，正是陛下安插心腹的良机！"

慕容儁会意道：'可足浑皇后的妹妹尚未出嫁，正好派去，将他死死看住！"

二人相视而笑。

过了数日，慕容儁问慕容评："慕容垂在辽东是否安分？王叔可有这厮的消息？"

慕容评骂道："这个油盐不进的东西，要跟陛下死硬到底。"

"他有何壮举？"慕容儁问道。

"陛下赐婚，这厮阳奉阴违，娶进家门只一天，便甩出一纸休书！又把段氏的妹妹弄过去立为正室。真是狂悖之极，狂悖之极！"

慕容评说完捶胸叹气，喉头颤抖，仿佛搜尽胸中词句，也难言慕容垂之恶。

"罢了罢了，让他在辽东安心思过便是了。爱娶谁娶谁，这婚姻琐事，朕懒得再管。"

慕容儁已在慕容垂身上出尽恶气，并无置之于死地的意思。此时听到他休妻娶妻之事，忽然意兴阑珊，打了个哈欠，便回寝宫歇息。

躺在榻上刚刚闭眼，慕容儁后背忽然挨了一记老拳，只听一个粗野的声音喝道："白虏如此放肆！"却是个体态肥硕、身着黑色衮服的大汉。慕容儁起身喝问："你是何人，焉敢擅闯皇宫禁地？"

黑衣大汉吼道："朕乃大赵天王皇帝。你是哪个小辈后生？"

慕容儁笑道："原来是石季龙。朕乃大燕文明皇帝第四子慕容儁。"

石虎点了点头："贺赖跋？当年文明皇帝与我共灭段辽时，你还是个乳臭未干的后生。小子何德何能，也妄称天子？"

慕容儁笑道："朕上慕尧舜，下追汉皇，静以修身，俭以养德，以仁义治国，以孝悌治家。如今四海清平，百姓安居乐业，鲜卑一族文武兼备，人才济济。朕的大燕，欲与两汉媲美，岂是你家的胡赵所能梦见！"

石虎听了气急败坏，又无法反驳，急头怪脑，几欲发狂。

慕容儁又不依不饶地说："如今是太平盛世，岂容你这桀纣之辈为非作歹？还不给朕退下！"

石虎目眦欲裂，忽然一把拽住慕容儁的手臂，狠狠地咬了一口。慕容儁疼痛难忍，"哎呀"一声醒来，余恨未消地骂道："死老胡竟敢咬朕！此仇不报，枉为天子。"立即命人挖开石虎的葬身之地显原陵，墓室内却空空如也。

慕容儁怒道："老贼也玩起疑冢的把戏。发榜悬赏，有告知石虎葬身之处者，赏百金！"

不久，邺城女子李菟揭榜告密道："草民乃前朝宫嫔，记得石虎实冢埋在邺城东门东明观下。"派人过去发掘，果然挖出石虎尸身。

慕容儁带了武士、皮鞭，亲自来到东明观，只见石虎虽已埋葬八年，却僵而不腐，肤色亦无大异，竟如熟睡一般。慕容儁上前骂道："老贼生时残暴无度，死后犹为非作歹。今日朕替天惩恶，鞭尸三记，以示诛灭无道、伸张正义之志！"

三鞭完毕，慕容儁啐道："抛尸漳河，不得入土。"

几个武士将死尸抬起。一股凉风倏地吹起石虎的衣襟，慕容儁眼前一花，只觉石虎伸腿拧腰，眼看要挺身而起，顿时汗透重衣，仓皇起驾而去。石虎的尸身抛入漳河，并未漂远，便被紫陌桥下的独柱死死拦住。过了月余，尸体化成一具白骨，却仍然附在桥柱上不得解脱。此时忽然有人忆起，异人麻襦多年之前就曾预言，石虎当死于"一柱殿"下！

慕容儁虽然遂了心愿，身子却落下病根，渐渐显出未老先衰之兆。想起自己壮志未遂，功业未满，更不甘心。便诏令天下，命各户仅留一名男丁，其余男子一律从军，凑成一百五十万之数，翌年于洛阳集结成军，一举扫平天下。

四海震怖，天下哗然。苻坚闻知，立即将王猛及胞弟苻融召来问计："慕容儁欲以一百五十万大军扫平天下，如此气势自古未见！强敌将至，秦国如何抵挡？”王猛微笑道：“他若出兵十万，陛下当朝乾夕惕；出兵五十万，当枕戈待旦；若出兵一百五十万，陛下反可高枕无忧！”

苻坚不解：“为何敌兵越多，秦国越发无忧？”

“自古中原征兵之常法，以十丁抽一为限。北方诸胡亦兵亦民，以三丁抽一为限。若逾此限，则百姓难承其重，必生大乱。慕容儁自入主中原以来，骄奢之心日增，好大喜功、刚愎自用。征兵一百五十万，乃五丁抽四之法，无异于置百姓于釜底，必然自取灭亡！”

苻坚点了点头。

王猛接着说道：“燕国不乏有识之士，必会劝阻慕容儁收回成命。但慕容儁征伐之心正炽，岂会善罢甘休？应增派斥候，打探燕国形势，以知己知彼，未雨绸缪！”

苻坚握拳叹道：“斥候所述见闻，未必尽得要领。朕恨不得效仿赵武灵王赴秦之壮举，亲去燕国察探敌情！”

“陛下御敌心切，但岂能以万金之躯，逞匹夫之勇，冒无谓之险？”王猛嗔道。

忽见苻融拍手道：“臣毛遂自荐，愿替陛下刺探敌情！”

苻坚扬眉笑道：“阳平公胆大心细，武艺高强，又精通各地方言，再合适不过！”

王猛却有些不放心：“阳平公魁梧英俊，文武双绝，姿容气度冠绝秦国，只怕易被识破。”

苻融并不辩驳，转身道：“请陛下、王大人稍等片刻。”留下坚、猛二人面面相觑。

过了片刻，外面忽然响起“笃笃”之声，一个躬腰驼背、蓬头垢面的老乞丐拄着木棍晃晃悠悠地踅了过来，伸出干枯皴黑的手掌，拖着魏郡腔喊道：“二位老爷，可怜可怜吧！”二人先是一惊，随即拊掌笑道：“阳平公果然了得，如此装扮，谁能认出？”

苻融收了拐杖，挺直身子道：“我当年拜过一位乞活师傅，也曾跟长安丐者厮混多日，对乞活行当了如指掌。若在邺城行乞半个月，别说燕国局势，只怕慕容儁肚里有几条蛔虫都瞒不过我！”

苻坚点头道：“你明日启程，速去速回。”

数日后，苻融领了一名小厮悄悄来到邺城。却见城头愁云密布，白幡四处飘动，一股接天连地的阴煞之氛笼罩全城，压得人喘不过气。进了城门，满眼尽是披麻戴孝往来巡逻的禁军，个个面色凝重，屏气凝神。看了城门张贴的榜文才知，燕国皇帝慕容儁已经驾崩，太子慕容暐继承帝位，并以太原王慕容恪为太宰，总摄朝政，以上庸王慕容评为太傅，司徒阳骛为太保，领军将军慕舆根为太师，参辅朝政。苻融暗叹道：慕容儁壮年离世，幼帝年仅十一岁，看来燕国必要经历一番变故！

在城里逛了半晌，不觉来到东门的东明观。这里曾是名噪一时的皇家寺院，石赵灭亡后已衰败多年，近日更因挖出石虎尸身而晦气弥漫，成了邺城人避之犹恐不及的凶地。苻融迈进观门，大喜道："此地毗邻京城要害，又人迹稀少，竟是个绝佳的落脚之地！"小厮老大不乐意，噘嘴道："在这里落脚，不嫌晦气？"

二人栖身于东明观内，白日假作乞讨四处打探，夜晚回观，坐在一间空殿内歇息。苻融掏出皮囊喝了口水，问小厮道："你在邺城逛了一天，有何感想？"

"比长安繁华，可惜满城丧气。"小厮嚼着胡饼，撇嘴答道。

"还有呢？"

小厮答不出，只顾吃饼。

"丧气之外，还有一团凶戾之气。你看满城官兵忧心忡忡，百姓胆战心惊，似乎悲恸不足，惊恐有余。我看燕国近日还要出大事！"

小厮听得心虚，四顾问道："听老爷一说，觉得阴风阵阵。莫非石虎阴魂不散？"

不等苻融回答，远处忽然传来人声。苻融向小厮做了个噤声的手势，侧身来到窗边。只见两个腰挂长剑的军官缓缓走来，一个端庄挺拔，一个趾高气扬，身后远远跟了两名侍卫。

一人问："东明观近日不大吉利，太师为何约我来到此地？"语调平和低缓，颇有君子之风。

另一人笑道："别处隔墙有耳，唯有此地无人打扰。太原王一生杀敌无数，也是死人堆里拼出来的，难道还怕鬼神？"声调张狂飘忽，嗓音沙哑干裂，与前者迥异。

苻融又惊又喜：来的竟是燕国太原王慕容恪、太师慕舆根，二人既然选在如此僻静之地商谈，必然要谋划大事！两张嘴撞在我耳根底下，真是天意！眼看二人走远，声音渐不可闻，便拎了腰刀闪出大殿，沿着树丛潜行至二人近处，藏在一座假山之后。

只听慕容恪笑道："中原人有句俗话，不做亏心事，不怕鬼敲门。太师既然有事，何不直说？"

"大王爽快！皇帝大行以来，在下附骥尾而忝居四辅之列，甚感惭愧。我慕舆根虽然战功赫赫，也只能与上庸王、阳太保一争长短，哪敢和大王相提并论？大王武功盖世，天下无敌，听说就连桓温也对大王赞誉有加！”

“桓温与我素无瓜葛，怎会赞我？”

“大王生性淡泊，不像我爱听奇闻逸事、市井流言。听说皇帝驾崩后，晋国名流弹冠相庆，以为北境再无大忧。唯有桓温说：‘慕容恪犹在，所忧方大。’可见大王威震四海，连宿敌也忌惮万分！”

慕容恪对这顶高帽不以为然，冷笑一声问：“太师说了这许多好话，不知究竟有何要事？”

慕舆根迈前一步，那张凹凸分明、粗糙遒劲的大脸透过假山洞隙，赫然展露在苻融眼前。只见他敛了笑，压低声音道：“燕国大丧，新主幼冲，正值危急存亡之秋。四大辅臣中，阳骛老迈多病，已不堪重任。慕容评贪财好利，却深得太后信任，大有独断专权之势。我看在眼中，忧心如焚。大王难道熟视无睹？”

“危急时刻，应以稳定大局为重。愿太师捐弃前嫌，与上庸王同舟共济！”慕容恪迈出一步，一张英武俊逸的面孔从苻融眼前一晃，旋即消失在假山之后。

“俗话说：‘船装千担，掌舵一人。’可笑慕容评并无大能，却贪权恋位，任意妄为。燕国这艘船由他掌舵，不知要翻到哪条沟里！大王德才兼备，正宜独掌大局。大王若有此意，我愿助你扫清障碍！”

慕容恪拍了拍慕舆根的肩膀，哈哈笑道：“太师身上并无酒气，为何满口醉话？天色已晚，还是早早回府歇息吧！”

慕舆根手握剑柄退后一步，一抹斜阳明晃晃照射而来，将那张棱角分明的糙脸映衬得分外狰狞。

“‘察见渊鱼者不祥，智料隐匿者有殃。’你既然已知我意，便只能答应。若不答应，我岂能让你站着出去？门外已布下重兵，保你插翅难飞。可叹常胜将军慕容恪，一生未尝败绩，今夜却败在我的手里！明日天下尽知，慕容恪谋反未遂，已被慕舆根诛灭！”说完嘬口长啸，观外立即杀声四起，滚滚而来。

慕容恪拊掌微笑，轻描淡写道：“可惜远水不解近渴。你虽有重兵，单打独斗却不是我的对手。”话音未落，寒光闪动，慕舆根已扑倒在地，身首异处。慕容恪甩去剑上滴血，还剑入鞘。

侍卫也杀了慕舆根的随从，挺刀奔来。慕容恪淡然道：“敌众我寡，不可力拼。只要镇定如初，便可安然脱身。”

三百刀斧手冲进观内，虎视眈眈地拦在慕容恪面前，黑压压站成一片，腾腾杀气直冲九霄。慕容恪围着慕舆根的尸体镇定自若地踱了一圈，正气凛然地扫视众人，目光到处，这群如狼似虎的壮汉立即变成泄气的猪尿泡，低头垂眼，不敢与他对视。慕容恪指着地上的尸体厉声道："慕舆根谋反被诛。尔等为虎作伥，皆因不明真相，受人胁迫。若识大体，便扔下手中兵刃。本王以天地起誓，既往不咎！"

为首几人羞愧难当，垂头丢了兵器，闪出一条通道。"哗啦啦"，兵器坠地之声响成一片，通路缓缓向外延伸，直通观门。慕容恪三个二人昂首阔步，从容而去。三百刀斧手呆立原地，目视二人离去，却无人敢动。直到二人走远，才捡起兵刃闷头离去。

苻融看得怦然心动，暗自赞叹：这慕容恪，竟是个比肩王景略的一流人物！

翌日清晨，苻融领了小厮来到太原王府外。有了昨日一面之缘，苻融已认定慕容恪是秦国的头号强敌。对这样一个敌手，秦国上下所知不多。如今得了机缘，就算多打量几眼，都难能可贵。忽见王府大门敞开，慕容恪昂首出门，身后跟的仍是昨日那名侍卫。慕容恪大步来到街头，气定神闲，目不斜视。侍卫却左顾右盼，脚步慌乱。慕容恪头也不回地问道："你的足音向来沉稳，有板有眼。今日为何成了散板？"

"卑职看行人个个鬼鬼祟祟，尽是慕舆根乱党。情急之下，脚步难免慌乱。"

慕容恪笑道："境随心转。若心中有鬼，所见便是一片鬼域；心中无鬼，眼中仍是太平世界。"

侍卫不以为然："大王应增派护卫，以防乱党报复。区区一人，哪里够用？"

"危难之际，我若举止如常，人心也会安稳如常；我若增派护卫，人心必然大乱，反而于国不利。你安心随我出巡，必然无事。"

巡视全城未见异常，慕容恪从容回府。苻融依旧远远尾随。来到王府门外，街角忽然闪出一人，迎住慕容恪，拱手问道："可是太原王？"

苻融听他一口关中腔，不禁心中一动。

"阁下何人？"

"秦国客商，有要事求见大王。"

那人一边答话，一边伸手入袖。侍卫警觉地拔出腰刀。却见那人掏出黄澄澄一盘马蹄金，双手捧了过来。慕容恪摆手冷笑道："我与秦国客商素无来往，恕不奉陪。"脚步迈向门槛。

那人又上前一步道："初次见面，未敢直言。小人并非秦国客商。"

"你到底是何人？"慕容恪侧身而问。

"在下奉秦国淮阳公苻腾之命与燕国连横，以斩除苻坚、瓜分秦地！"

苻融几乎叫出声来。

慕容恪冷冷笑道："多谢淮阳公美意。我朝正值国丧，不能用兵。连横之事，请待来日。”

大门砰然关闭。

苻融早已惊出一身冷汗。片刻不敢停留，立即离了邺城，日夜兼程赶回秦国。

长安皇城东堂内笑语盈盈，苻融正在绘声绘色地向苻坚、王猛讲述燕国见闻。沐浴更衣后，苻融又变成英姿飒爽的天潢贵胄，与踏遍邺城的佝偻老丐判若两人。只见他眉飞色舞、口若悬河，把一路见闻讲得如“说话”般曲折生动。讲到慕舆根命丧东明观，苻坚凝眸屏息；讲到慕容恪不增护卫，王猛颔首微笑；讲到苻腾与燕国连横，二人眉头紧锁。

等苻融一气讲完，王猛赞道：“阳平公所见所闻所讲，都不同凡响，令人佩服！”接着慨然叹道：“慕容玄恭真是天下奇士，堪称古之遗爱！与此等人杰并世，既是大幸，亦是不幸！十年之后，王猛愿与他决战邺城，一争雄长！”

苻坚却听出言外之意，攒眉道：“莫非先生判断，燕国近年不会攻秦？”

“慕舆根虽死，但逆党未除，乱局未定，齐鲁、豫州一带又尚未降伏，三五年内燕国必定无力攻秦。陛下只要铲除内奸，慕容恪便无机可乘！”

苻坚低头不语。

王猛接着劝道：“苻腾六昆仲乃暴君余党，对陛下耿耿于怀，从未真心臣服。谋反之事既已败露，陛下应先发制人，将六贼一网打尽，以免日后生出大祸！”

沉吟良久，苻坚颓然叹道：“本是同根生，相煎何太急！这几人若能悔过，我又何必绝情？朕给苻腾写封亲笔书信，必能劝他迷途知返。”

王猛笑道：“陛下真是菩萨心肠！”

苻坚打趣道：“朕经不起夸赞，被先生说得热气激荡，浑身冒汗。”

苻融道：“今日果然燥热难忍，虽是仲春，却与初夏无异。”

“阳平公可记得长安上次雨雪，是几月几日？”王猛忽然问道。

“不记得。先生若要察看，问问太史令便知。”

王猛喟然叹道：“长安最近一场雨下在去年中秋庚午日。至今已接连一百八十多天不见雨雪！一场大旱，已在所难免！”

苻坚遽然色变！

第二十二章

搬山移河

转眼已至暮春，今年的第一场雨仍不见踪影。苻坚心急如焚，急召太史令入宫。

“自去岁中秋庚午日以来，关中接连二百二十余日滴雨未下。‘春旱’之势已成。即便近日降雨，冬麦也将减产二至三成。”太史令嗓音沙哑干裂，颇异于平日。

苻坚抬眼望天，唯见一片青黛般湛蓝明丽的晴空，晴得狰狞，蓝得可憎。

“若春旱连夏，则是俗称的‘掐脖旱’。‘掐脖之旱，减产一半。’若是——”

苻坚忽觉脖子发紧，仿佛被一只无形大手掐住一般。

太史令后悔失言，慌忙改口：“都是难登大雅之堂的村野俗语，微臣不敢再讲！”

“‘俗’字从人从谷，土地所生也。俗语接了地气，所以有趣。爱卿但说无妨。”

“若夏季旱情依旧，便是‘断腰旱’。连旱至秋，则为‘断子绝孙旱’！”

“讲得好。你且退下吧。”

打发走太史令，苻坚低头踱至王猛面前，额上早已渗出密密麻麻的细汗。

“朕虽钦慕圣贤，但德薄才疏，难符苍生之望。天降灾祸，朕日夜自省罪己，求天宽恕！但灾祸迟迟不去，却让朕如何是好！”

“陛下不必自责。天地不仁，以万物为刍狗。雨雪不时，虽明君盛世亦不可免。成汤在位二十九年，曾有七年之旱。汉高祖称帝第二年，关中大旱，饿殍遍地。汉武帝元封四年（前107）夏季大旱，民多渴死。汉宣帝本始三年（前71），关中大旱，赤地千里。”

苻坚惊叹：“先生记得如此清楚！”

王猛接着说：“遭遇天灾最多的是汉景帝。中元四年（前146），地震、旱灾、蝗灾三灾齐至，次年蝗灾去而复返；后元二年（前87），春季地震，秋季大旱。后人只知文景之治，却不知这盛世是冒着天灾硬拼出来的。关中素来十年九旱，即便文王再世，也难改变。旱灾是大秦宿敌，陛下若要克敌制胜，必须从长计议！”

“听先生的意思，似已妙计在胸？”苻坚略松口气。

“臣明日欲去旱区察看，陛下可愿屈尊同往？”

“先生既然卖起了关子，必然已有计策。朕岂有不去之理？”

翌日中午，无边热气接天连地，上下翻涌。头顶有炎炎烈日投下的天火，脚下有灼灼黄土泛起的地热，两股热流上下齐攻，将人烤得头晕眼花。地上的草木多已枯黄，仿佛轻轻一吹，使会化成粉末。若在盛夏，这也不足为怪。可怪的是，此景竟出现在早春二月天！

君臣一行穿着冬装出了长安，到了旱情最重的三原，已脱得只剩单衣。转过一座黄土岗，忽见一片光秃秃的黄土塬冒着热气，仿佛新出窑的红砖一般，密密匝匝地伸向天际。

路边忽然现出一块石碑，上书“清峪河”三字。苻融用鞭鞘指着石碑笑道：“字中带水，爽气自来。”一马当先冲了过去。众人紧随其后。只见一条大河白光闪耀，晃得人睁不开眼。苻坚抿了抿干裂的嘴唇，扬鞭指道：“先去河边饮马歇息。”马儿仿佛听懂了他的话，撒蹄飞奔而去。河道越来越近，那片白光也越发清晰，渔网似的波纹连绵不断，酷似画师惯用的水纹笔法。眼看来到河畔，群马却戛然止蹄，尥蹶怒鸣，仿佛受了极大欺骗。原来清峪河早已干涸见底，道道“水纹”，竟是河床上的条条裂痕！众人额头冒着热汗，心里却凉气乱窜，一个个盯着河床沉默不语。河边一片死寂。

忽听薛瓒惊叫：“那是何物？”只见一簇芦苇诡异地狂舞不止，“毕毕剥剥”的爆裂之声随即响起。转瞬间，芦苇已倒伏于地，化作一堆灰烬。

“天不雨，草木自燃。”苻坚低声念道。谁能料到，这些常见于志怪小说的异灾，竟然活生生出现在自己的国土、自己的眼前。

“三原护军离此地不远，陛下可要前去视察？”苻融问。

“不必了。此地缺的是水，不是皇帝！你替朕去一趟，令其掘井自救，并以余水周济百姓，不得有一人渴死！”苻坚说完又问王猛：“先生的妙计在哪里？”

王猛一直一言不发，此时忽然朗声道：“就在陛下脚下。”苻坚低头看地，莫名其妙。

“三秦虽有沃野千里，却水旱不均，难得年年丰熟。若遇天灾，则饥民遍野，贼寇遍地。自古已然。”

说到此处，王猛顿了顿，挥鞭北指道：“战国末年，韩国派河工郑国游说秦国，诱骗嬴政开挖三百里水渠，连通泾河与北洛水，企图以此拖垮秦国。嬴政识破诡计，再三权衡，仍坚持开通水渠。从此八百里秦川尽得灌溉之便，每亩收成提升三倍，关中因此富甲天下，号称天府之地。秦国非但未被拖垮，反而更加强盛。”

“朕幼读史书，久闻‘郑国渠’大名，却从未见过此渠。郑国渠安在哉？”

“泾河泥沙过大，水一石，其泥数斗。多年之后，渠首被泥沙淤填，水渠渐废。到了前汉，武帝采纳白公建议，在渠首开挖新渠，称为‘白渠’。到了后汉，白渠渠首又被淤填，水渠一直荒废至今。但下游旧溴仍在，只需打通渠首，便可恢复水利！陛下站立之处，便是旧渠渠身。”

“原来如此！”苻坚低头查看，脚下的杂草丛里果然依稀显出一条干沟，绵延无尽，不见首尾。

“若能开通水渠，旱情立解！请先生立即筹划，所需人力物力，尽可便宜从事。”苻坚喜不自胜。

“大灾之年，民生多艰。开渠不可役使平民，可向长安内外高门大户摊派，凑足万名人丁不在话下。”

“如此甚好！”

苻坚心里越发有了底气。

过了未时，白日西斜，地上热气稍退。苻坚率众人返程，一路与王猛商议开渠引水之事，心中燥气微微下降，清气稍稍上升。

王猛又指路而叹：“秦国道路年久失修，坑洼不平。晴时尘土飞扬，雨时泥泞不堪，路边又无树木遮荫避雨，令人视为畏途。待水渠完工，臣愿整修道路，于路边种植乔木，以利天下行旅。”

苻坚点头道：“又是水渠，又是绿荫，听先生筹划，顿觉周身清爽。”

话音未落，身后响起“嗡嗡”之声，初时细如蚊蚋，旋即势若狂风。勒马四顾，却只闻其声，不见其形。猛然炸雷般一声巨响，一片黑云遮天蔽日，轰鸣而至，却是漫天飞蝗！

苻坚大怒道：“朕是人皇，尔是虫皇，今日便分个高下！”举鞭甩向半空，几只蝗虫应声而落。众人纷纷效仿，甩起皮鞭、衣袖扑打蝗虫。一场诡异的恶斗仓促展开，一方是叱咤风云的人间英物，一方是吞噬草木的虫介孽凶；这边怒发冲冠，倾尽全力，那边前赴后继，愈战愈勇。斗了一顿饭工夫，君臣都已精疲力竭，蝗虫却转守为攻，落在人衣甚至颜面、手臂上疯狂咬啮，拍打至死都不松口。

君臣狼狈之际，一股寒气凛凛而至，蝗虫如闻号令，齐刷刷撤出战场，荡起一股妖风，黑压压向东而去，转瞬间已踪影全无。蝗虫去后，天空湛蓝依旧，大地却仿佛遭了鬼火，寸草不剩，片叶不留。

苻坚洒泪叹道："旱灾未去，蝗灾又来，苍天问罪于我，却让百姓如何承当！"

王猛道："陛下不必心忧。俗语云：'十蝗九旱。'凡有大旱，蝗灾多半会接踵而至。驱蝗虽是当务之急，开渠亦不可延误。只要天下一心，定能驱蝗除旱！"

苻坚命薛瓒立即向京畿豪门征发万名子弟、仆役，开赴泾源挖渠。自己一面节衣缩食，削减后妃用度，一面率众臣专心治蝗。

各地报灾的奏表纷至沓来。有官吏奏道："蝗虫乃贪苛所致也。陛下乃当世明君，堪比古代圣贤。唯臣子王猛，逆天而为，倒行逆施，因此惹天帝降下大灾，祸及秦国！请陛下速贬王猛，以止灾祸。"

苻坚看完怒道："一派胡言！此等昏官庸吏，成事不足、败事有余，应立即罢免！"

王猛献计道："蝗虫势同敌军，可用兵法制之！"

"何等兵法？"

"若蝗虫已至，则以火焚之法驱杀。若蝗虫未至，则于田畦间每隔五步置一柴堆，生出浓烟，阻止蝗虫落地为害。却留出低洼处不置烟火，待蝗虫落下，再聚而歼之！陛下可诏令天下，捕蝗一斗，或得腩一升，可换谷一斗。百姓若有驱蝗、灭蝗良法，亦应重奖。"

苻坚立即下诏。各地官民果然各显神通，踊跃驱杀蝗虫。又开创掘卵、开沟阻杀、鸡鸭捕食等法。齐心灭蝗多日，蝗灾渐渐消退。

转眼过去月余，苻坚不闻薛瓒音讯，不禁忧心道："这些富家子弟、豪门仆役一贯娇生惯养、飞扬跋扈。也不知薛瓒能否镇得住。"王猛道："陛下若不放心，臣愿去泾源督察河工。"苻坚道："朕与先生同去，看谁敢偷奸耍滑。"王猛慌忙劝阻："此等小事，何须陛下亲为？"苻坚笑道："先生万般皆好，就是小心太过！朗朗乾坤，朕身为秦国皇帝，难道就不能四处巡查走动不成？"王猛道："天下尚未太平，犹有心怀异志者蠢蠢欲动。陛下若一定要去，请率大军随行。"苻坚大手一挥道："荀子曰：'君子以德，小人以力。'朕何需大军，三百名禁军即可。"王猛见苻坚心意已决，便暗中叮嘱卫大将军李威随时待命，以防不测。

到了泾源工地，薛瓒慌忙接驾。苻坚问："多日不闻薛卿音讯，不知河工进展如何？"薛瓒道："此地石质坚硬，开石与挖土相比，费工百倍。良家少年虽然娇贵，还算卖力。两日后水渠便可打通。”苻坚大喜：“既然如此，朕留下一起出力，共睹水渠通水盛况。”说完便脱下长袍，拎了铁铲朝工地走去。王猛、薛瓒相视而笑，扛铲紧随其后。

众人得知皇帝亲下工地，无不精神抖擞，奋力开掘。到了第三日上午，水渠顺利贯通。只见清冽的泾河水从渠口顺流直下，掀起清风，卷起雪浪，一泻千里，东流而去。众人无不欢呼雀跃。

苻坚紧握王猛双手道：“泾河清流今夜便可抵达旱区，膏泽万民。先生治河之功，直追古人。朕欲效法‘郑国渠’旧例，将此渠命名为‘王猛渠’。先生以为如何？”

王猛忙道：“万万不可。王猛不过出谋划策而已，微末之力，何足挂齿。大功当记在良家子弟和薛瓒先生身上。大人若要嘉奖，也应嘉奖他们，切勿因我区区一人而冷落有功之众人。”

苻坚叹道：“先生尽心竭力，不求封赏，真是高洁之士。苻坚代三秦父老感谢先生高恩厚义！”

拜完河神、念完祝词，苻坚与王猛、薛瓒率领数千良家子弟先行东归，其余之人留下继续修整河道。

行至新平郡，苻坚忽发奇想：“若沿原路返回，必然了无新意。何不走西路沿泾河返回，既有坦途之便，又可饱览泾河两岸风光。”

王猛道：“不妥。若走此路，沿途无大军接应。恐有不测。”

苻坚大笑：“天下太平，先生又何必做杞人之忧。”

“天下看似太平，但苻生的几位兄弟各怀异志。陛下万金之躯，不能有丝毫侥幸。”

苻坚不悦道：“几位王公虽是苻生的手足兄弟，却个个忠心耿耿，并无叛逆之心。朕意已决，先生不必再言。”

改途泾河，果然又是一番景色。苻坚一路饱览美景，王猛却时刻观察山川地势，丝毫不敢大意。

行了大半日，忽然来到一处开阔地，河畔空旷辽阔，芳草萋萋，对岸山林苍翠，景色宜人。

苻坚问道：“先生精通地理，堪称活舆图。不知可认得此地？”

“此地名曰旱饭头，汉魏时尚有渡口，如今已荒无人烟。”

苻坚哈哈一笑，朝身后挥手道：“你们三位高人目力高远，快去河边找找，看有无渡口石碑。”

原来苻坚禁军中有三员身高丈二的猛将，左镇郎夏默、右镇郎护磨那、拂盖郎申香皆有千斤之力，每日需用饭一石，肉三十斤。三人领命而去。

过了片刻，忽听一阵喧闹。原来夏默找到石碑，偏要炫耀神力，便整个拔起，扛了过来。只见他肩扛石碑，步履轻松，雄威之势犹如天神。夏默面不改色地走到苻坚面前，双手握碑轻轻一砸，将石碑插立于地。众人只顾喝彩，却忘了看碑上的字。苻坚拍拍王猛的肩膀，指着碑上“早饭头”三个大字，笑道：“先生这幅活舆图果然名不虚传。天色将晚，此处有山光水色，风景绝佳。何不就地宿营，欣赏落日美景。”

“不可。此地面朝大河，背临高坡，四周全无生路，易攻难守，兵法所谓死地也。前方数十里外便有官军营寨，可在彼处宿营。”

苻坚笑道：“先生精通兵法，便一举一动不离兵法。太平世界，你我游山玩水，并非行军打仗，岂能画地为牢？一张一弛，乃用兵之道。今日由朕做主，先生暂且松弛一晚又何妨。”

薛瓒也笑着劝道：“陛下如此关切，王丞相还不遵命！”王猛无奈，便将三将唤来，令其率禁军守在外围，良家子弟护卫两翼，将苻坚的营帐围在中间。安排妥当，众人准备埋锅造饭。

苻坚拉着王猛、薛瓒来到河边，指着对岸叹道：“秦国河山之美，尽在泾河两岸。外显北国之雄，内含南国之秀。高处则群山竞绿，低处则万壑争流。更有百里沃野，既庶既繁。公刘迁都，周朝肇基，皆至此而始。昔魏文侯曾有‘美哉乎，山河之固’之叹，朕也心有戚戚焉！”

话音刚落，忽听山坡上杀声震天，一哨人马从天而降，一边冲杀，一边高喊：“活捉逆贼苻坚、王猛！”苻坚望见“淮阳”的旗号，横眉骂道：“苻腾竖子，欺人太甚！”

禁军士卒训练有素，立即擎起刀剑奋勇应敌。夏默左手长刀，右手钢矛，大吼一声，飞身冲在最前。只见他远刺近砍，如砍瓜切菜一般，转瞬间已杀死二三十名来敌。护磨那挥舞长戟，申香抡起双刀，也与敌军短兵相接。三人万夫莫敌，禁军士兵也都是以一当十的劲卒，虽然人数不及来敌，却不落下风。王猛见禁军三将只知猛拼，却无章法，当即传令：“命护磨那、申香正面迎敌，夏默从左翼穿插，包抄敌军后路，然后内外夹击，助陛下突围。”夏默立即领了五十名勇士向左翼冲击。敌军阵脚大乱，护磨那、申香趁机强攻中路，眼看便能首尾接应，杀出一条生路。夏默愈战愈勇，一口刀一杆矛上下翻飞，左右舞动，敌军不敢近身，纷纷败退。夏默杀得性起，只顾猛冲，忽然脚下一个踉跄，绊倒在地，被敌军砍死在乱刀之下。五十名勇士见夏默阵亡，顿时乱了阵形，节节败退。敌军左翼收稳，中路也重整旗鼓。护磨那、申香被挡在坡脚，再难前进。王猛见突围不得，便下令转攻为守，试探敌军反应。却见敌军无心硬攻，便劝苻坚道："看来苻腾只有偏师，未带主力。不如鸣金收兵，待天黑再作计较。"双方各自鸣金回退。

夜幕降临，苻腾立在高坡，望了望下方黑黢黢的河谷，冷笑道："今日本王射猎，本想拿几只野味做道小菜，不料却赶上一顿盛宴。可惜我人马不足，胃口不佳，只能饶你多活一夜。明早大军一到，便让你人头落地。'早饭头'，好名字！明日早饭时，要拿你人头下酒！"

副将劝道："夜长梦多，莫让苻坚乘夜色溜之大吉。"

苻腾道："我已占尽地利，他在陆路插翅难飞。若走水路，则一无桥梁，二无舟楫，就连修造桥梁舟楫的竹木芦苇都没有一根。河深水急，又黑灯瞎火，若骑马强行渡河，也是九死一生。所以，苻坚已是笼中之鸟、瓮中之鳖，只等明日大军一到，便手到擒来！"于是传令明日四更造饭，五更整装应敌。

此时苻坚正与王猛、薛瓒在帐内商议对策。虽然面临险境，苻坚并不惊慌，自言自语道："苻腾围而不打，显然也在等待援军。他的援军必已在路上，我方援军又在何处？"

薛瓒道："王先生说前方数十里外便有官军营寨，不知寨中有多少人马？"

王猛道："只有区区五百官军，即使能顺利搬来，也要等到天亮。届时苻腾的大军恐怕早已赶到。离开长安之前，我曾叮嘱卫大将军时时准备接应，但改换行程后，路程增加了两倍，需近一日一夜才能赶来。而苻腾的援军只需一夜便可到达。所以天亮之后，须以区区二三百禁军外加几千良家少年，对抗苻腾万人大军。这无异于痴人说梦。"

薛瓒道："良家子弟不谙军事，难以指望，援军又远在天边，看来只能在天亮前设法逃脱。我有一计，不知是否可行。"

苻坚道："薛先生但说无妨。"

"若要渡河，须造舟筏。但此地并无竹木芦苇等物，我军又缺少辎重。臣苦思冥想，终于想出一物，堪作筏材。"

"究竟是何物？"

"数千良家子弟，携带几千多把铁锹。将锹头卸下，可得两千多根木棒，用衣物拧成绳索捆了，可扎成一张大木筏，足令陛下脱身。"

"朕虽能脱身，旁人又如何？"

"陛下脱险后，木筏多往返几次便可将旁人逐一救出。"

苻坚摇头道："不妥。筏子太小，一次最多乘坐几十人。若要让几千人全部脱险，要往返百十次。泾河水流湍急，筏子恐怕用不了几个来回便要散架。朕不能只知自救，却不顾他人死活。”说完转头问王猛：“先生有何妙计？为何一言不发？”

王猛一直立在一旁低头思索，这时才抬起头，不紧不慢地说：“我有一计，可保几千人天亮前安全过河。”

苻坚眼前一亮：“愿闻其详。”王猛向苻坚、薛瓒耳语了几句，二人听了拊掌大笑道：“此计绝妙！”

刚刚过了四更，天色依然漆黑。苻腾洗漱完毕，匆匆出了营帐，立在高岗上四下眺望。下望河谷，苻坚的营地漆黑一团，看不到一丝灯火。眺望远方，忽见天地交界处现出火光点点，绵延无尽，迤逦而来。苻腾顿时精神大振，吩咐诸将道：“大军顷刻便至。此番务必瓮中捉鳖，若是死了、跑了，都依军法处置！”又传令各营火速备饭，半个时辰后出营集结。

五更将至，苻腾率大军集结于坡顶，挥鞭道：“苻坚大逆不道，弑主作乱；王猛为虎作伥，丧尽天良。本王恨不得生啖其肉。天赐良机，已将二贼困在谷底。诸君速随本王生擒二贼，为先帝报仇！”

令旗一挥，大军俯冲而下。苻腾一马当先，直朝中军帐冲去。哪知未到营帐，却被滚滚河水挡住去路。苻腾冲得太猛，险些连人带马撞进河里。两名副将一起出手，堪堪将马勒住。

苻腾大惊失色道：“逆贼的营地明明是在北岸，为何此时却在南岸？难道逆贼竟有搬山移河之能？”诸将丈二和尚摸不着头脑，竟无人能答。苻腾沿着河道左右察看了半晌，终于看出一丝端倪，倒吸一口凉气，跺脚叹道：“这必是妖人王猛的计策。此人智谋无双，果然神鬼莫测！”原来王猛见岸边土质松软，便生出一计，连夜沿营寨外沿挖出一条马蹄形的河道，两端与泾河贯通，引河水改道，再用挖出的泥土填堵旧河，铺出道路，泾河这条横亘于前的天堑便被抛至身后。趁着夜色浓重，几千人早已从容撤离，只留下空营一片。

副将问道：“苻坚已经逃窜，主公有何打算？”苻腾冷笑道：“逆贼得王猛辅佐，羽翼日渐丰满。我辈欲成大事，宜早不宜晚。今日逆贼虽然侥幸逃脱，毕竟兵力薄弱，又未曾走远。机不可失，火速追敌！”

苻腾率骑兵全力追击，从凌晨追至正午，行至一片谷地，忽见前方隐隐有旌旗晃动，仔细看去，正是苻坚的旗号。苻腾大喜，拔剑高呼道：“逆贼已近在咫尺，只待诸君擒拿。活捉苻坚者，赏金千两；活捉王猛者，赏金五百两！”大军齐声呐喊，深入谷地，全速追击。前行二三里，忽见两边山坡上旌旗招展，杀声震天，一员老将挺槊纵马，沿坡道疾驰而下，高声喝道：“李威已等候多时！”苻腾仓促应战，战不数合，被李威刺落马下。叛卒见主帅已死，纷纷归降。

回到长安，王猛又劝苻坚道：“苻腾虽死，苻生之弟尚有四人，早晚要谋反作乱。请陛下设法铲除，防患于未然。”

苻坚攒眉顿首，长叹一声。

“我与苻腾毕竟是同堂之亲。他死于非命，我亦身心俱残，一缕魂魄似已随他而去，一同消亡于太虚之境。若是当了皇帝，便要戕杀手足，这皇位不坐也罢！”

王猛不再劝说，心中隐忧不绝。

第二十三章

存亡继绝

这日早朝，黄门官禀道："匈奴左贤王刘卫辰求见陛下，说有要事禀奏。"

"宣他登殿。"

须臾，进来一名四十来岁的匈奴大汉，生得鸢肩豺目，满身凶戾粗蛮之气。

"臣刘卫辰叩见陛下。"

"卿不远千里奔赴京师，究竟有何要事？"

"昔日我部臣服于陛下，苦于北地严寒，难以生息，遂请入塞垦荒，春耕则来，秋收即去。陛下仁慈，欣然应允。从此我部春来秋去，内外奔波，虽不能长居塞内，却再无缺粮之忧。岂料今年秋收，云中护军贾雍派骑兵突袭，纵兵掠夺秋粮，令我部再陷绝境。臣心急如焚，特急禀陛下，以解我民于水火之中！"

这刘卫辰虽然外表凶蛮，言辞却颇为畅达，令人备感意外。

苻坚怒道："朕方修魏绛和戎之术，岂可因小利而忘大信？昔日吴楚之战，发端于蚕妇之争；梁宋之战，休止于浇瓜之惠。怨不在大，事不在小，扰边动众，非国之利也。朕今下诏，罢免贾雍官爵，允他以白衣之身暂领护军之职。所获资产，其悉以归之。"

刘卫辰大喜，叩谢而去。

苻坚又遣使修和，示匈奴以信义。刘卫辰于是入居塞内，定期纳贡。

不久，乌丸独孤部首领及高平鲜卑首领亦率众数万遣使归降。苻坚欲效法刘卫辰前例，亦将二部安置在塞内，苻融急忙劝道："匈奴为患，自古已然。虏马之所以不敢南下，皆因畏惧大秦兵威。若安置于内地，必会窥兵郡县，为害北境。不如徙之塞外，拒以兵马，以存'荒服'之义。"

原来古人划分天下，以京城为中心，以五百里为间隔，由近及远依次分为甸服、侯服、绥服、要服、荒服，合称"五服"。所谓荒服，即是距京城两千里至两千五百里的蛮荒之地。

苻坚瞪了苻融一眼，扭头问王猛道："我重文德，博休却重兵威，不知景略偏向哪个？”

王猛答道：“陛下倾慕文德，不以兵威屈人，乃圣君之所为。但臣之所见，却与博休略同。陛下欲以文德混一四海，眼下尚不可行。必先混一关中汉氐各族，待‘甸服’大治，再加于外，直至戎狄荒服。乌丸独孤、高平鲜卑未沾王化，蛮心尚重，不可内迁，以免生乱。”

苻融点头赞道：“还是王丞相考虑得周全。近日新平一带谣谶流行，也暗合这层意思。”

苻坚瞪眼问道：“有何谣谶？为何瞒着朕？”

苻融道：“都说新平名士王彫偶得古符，说什么‘当有草付臣又土，灭东燕，破白虏，氐在中，华在表’，既暗合陛下名讳‘堅’（坚）字，又预言陛下文治武功。”

苻坚怒道：“这个王彫，今日为朕歌功，明日便会为奸人颂德。此等妖言惑众之徒，绝不可留在世上！但‘氐在中，华在表’六字，却有几分道理。朕便依了二位之言，令二部迁徙塞外。”

王猛见苻坚收了好大喜功之心，这才松了口气，转了话题道：“陛下弘扬文教，功效斐然。今日关中已重现读书崇儒之风，长安太学亦初具规模，不在昔日洛阳国子学、今日建康太学之下。假以时日，文明昌盛，礼乐复兴，必能远播王化于荒服，不战而收服六夷！”

听了此话，苻坚兴致颇高，捻须笑道：“自月初以来，朕已三临太学，亲自考核生员学业优劣，判别品第，不敢有丝毫懈怠。如今太学初兴，固然可喜。但经过多年战乱，天下典籍遗阙，宿儒难觅。还望诸君多多献言荐贤，以早日重兴庠序之美。今日无甚急务，二位何不与朕共赴太学一览？”

松柏苍翠，泮水蜿蜒。宽大敞亮的讲堂之外书声琅琅，巍峨挺秀的辟雍之下翰墨飘香。苻坚引着二人来到太学，熟门熟路，径直进了一间讲堂。

一位峨冠博带的儒生危坐讲坛，侃侃而谈，正是太学博士卢壶。坛下百十名生员坐得整整齐齐，正在细心倾听。卢壶见苻坚驾临，略有停顿。苻坚摆摆手，示意他继续讲课，自己在后排找了空位，引王猛、苻融一同落座，全神贯注地听了起来。

师生多次在课中遭逢苻坚驾临，早已见怪不怪。只听卢壶继续抑扬顿挫地诵道：“其人存，则其政举；其人亡，则其政息。人道敏政，地道敏树。夫政也者，蒲卢也……”

正是《礼记》中的“哀公问政”篇。

卢壶诵完，问道：“这一段甚为明了，鲁哀公请教为政之道，孔子以种树、蒲卢为喻。诸君可有不懂之处？”

一学子茫然问道：“何为蒲卢？”

卢壶扬起脸，捻了捻颌下疏疏落落的几根髭须，摇头晃脑道：“蒲卢者，蜾蠃也。《诗经》云：‘螟蛉有子，蜾蠃负之。教诲尔子，式穀似之。’夫子以蜾蠃抚育螟蛉之子，譬喻政教之功。后汉儒郑玄曰：‘蒲卢取桑虫之子，去而变化之，以成为己子。政于百姓，若蒲卢之于桑虫然。’”

那学子答道：“先生讲得高明。只是夫子前句还说种树，后句便成了蜾蠃，颇有突兀牵强之感，令学生茫然不解。”

卢壶瞪了一眼，正色道：“圣人微言大义，后辈当仔细体悟，不可轻易臧丕。”

那学子心中虽不信服，却不再吱声。

忽听苻坚问道：“蒲卢一词，可有新解？”

“除郑注之外，并无他说。”

“今日朕奉上一说，请诸君评点，看看有无道理。”话音未落，座下立即喧闹起来。

卢壶示意学生肃静，拱手道：“请陛下赐教。”

苻坚道：“蒲卢中之卢字，或通芦苇之芦字。以蒲芦之速生譬喻施政之迅急，岂不更为畅达？”

满座叹服道：“陛下高明！”

课毕，生员散去。卢壶召集一干博士，向苻坚施礼道：“陛下学富五车，问难经传，臣多不能对，深感愧疚。”

苻坚笑道：“朕八岁起，便随名师研习五经，多年不辍。因此对儒学颇有心得，亦深知教化育人乃国治民安之大计。如今天下初定，正宜重振庠序，广播教化。诸公勤勉授业，不辞辛苦，甚慰吾心。不知名师宿儒，是否搜寻齐备？前朝经典，是否仍有缺漏？”

“战乱多年，经学沦废已久，典籍散佚，十不存一。太学诸博士奉旨搜集补缀，今日已堪堪补齐，唯独《周礼》之学，寻遍秦国内外，一字未得，问遍儒林上下，无人能知。此学由西汉末年刘歆开启，历代研习者甚少，不外乎杜子春、张衡、马融、郑玄、卢植几位大家的弟子门生。自魏晋王肃之后，其传承已不见记载，或存或亡，不得而知。”

苻坚喟然叹道：“华夏之所以成华夏者，在其礼乐政教。礼乐之所以成礼乐者，在于三礼完备。今闻《周礼》不存，三礼不备，朕深以为憾！周公之创，孔子之念，历代前贤之功，华夏郁郁之文，岂能断绝在朕之手中！请诸公群策群力，上穷九天，下穷九地，务必令《周礼》重兴于世！”

卢壶深知此事微茫难求，又不敢推脱，不禁面露难色。几个博士面面相觑，都不作声。苻坚看出端倪，虽然心中不悦，却不忍苛责。

忽听王猛拍手道："臣识一人，或能救此学于即绝！"

"此何人也？"苻坚两眼骤然射出精光。

众博士也面露惊喜之色。

"臣寓居邺城时，曾结识山东人韦逞。此人家境贫寒，依附冀州富户程安寿，以佣工为生。幼承庭训，经学造诣极深。臣听其讲述家传《周礼》之学，颇为叹服。陛下若能将他请至秦国，必可令《周礼》重兴于我邦！"

苻坚大喜，摩拳擦掌道："请先生准备书信、礼品，火速将他请来！"

半个月后，一辆马车载着韦逞一家来到长安城外。王猛亲自在城外恭迎。二人相见，四目俱含热泪。

"睽违多年，不意与景略在长安相见。"

"城门嘈杂，不是唏嘘感慨之所。请韦兄一家先入城歇息，再叙旧不迟。"

进了长安城，王猛将车仗引入一座大宅。韦逞下车，四下打量着宅院赞道："久闻秦国馆驿精良，果然名不虚传。"

王猛笑道："这并非馆驿，而是韦兄的长安居所。"

韦逞一怔。

"贫贱之人，怎会有此居所？景略莫要欺我。"

"陛下久慕韦兄才学，特赐甲第一座。"

"韦逞何德何能，怎敢受此馈赠？"韦逞脸色一变，额头渗出冷汗。

"陛下复兴太学，近乎完备，独缺《周礼》。我依稀记得韦兄乃个中高手，遂向陛下举荐。陛下求贤若渴，立即将韦兄请至长安，并赐此宅院。韦兄莫要谦让，务必一展大才，为世人再造《周礼》之盛！"

"景略景略，你已犯下欺君之罪！韦逞师从家母，虽然学了几部儒书，但因资质平庸，未能得《周礼》之传，不过略知皮毛而已，如何能担此重任？你欺君罔上，又陷我于不义，绝非君子所为！"

"如此说来，精通《周礼》之学者，唯尊夫人一人而已。何不请尊夫人领博士之职，开课授徒？"

韦逞脑袋晃得拨浪鼓一般，摆手道："谬矣谬矣！自开天辟地以来，未闻女子为博士者！况且男女授受不亲，家母如何能应？"

王猛笑道："欲成非常之事，当有非常之策。此事包在我身上，必能既得令慈应允，又得陛下满意。"

三日后，王猛引了七八名太学博士、一百二十名生员来到韦宅。只见平整洁净的庭院内，齐齐铺满草席。王猛率众人面北背南，朝着正房的黑漆大门端身肃立。苻坚也悄然现身，一声不响地立在王猛一旁。

过了片刻，黑漆大门缓缓打开，门上却挂了一幅绛色纱幔，半透光亮，将屋内情景遮得严严实实。微风轻拂纱幔，摇摇曳曳。忽听其后有人轻咳一声。众人敛容止息，庭内一片肃静。

苻坚高声道：“弖逞之母宋氏，乃海内耆儒，精通《周礼》绝学，堪为太学之师。朕授以博士之职，赐号宣文君，准其隔纱讲礼，以复兴经典、存亡继绝。”

王猛朗声道：“行拜师礼！”

苻坚率众人齐齐躬身施礼，礼毕落座。只听一个苍老而不失活力、沙哑而不失澄澈的声音从纱幔后娓娓传来：“老身生于山东宋氏儒学之家。自幼丧母，与家父相依为命。年岁稍长，家父授以《周礼》之学，嘱曰：‘吾今无男可传，汝可受之，勿令绝世。’家父所命，不敢违之。念兹在兹，无日或忘。七十余载，日夜温习背诵，唯恐遗忘一字，上愧于圣人、下愧于先父。家贫如洗，炊饭常断，而诵习未有一日中断。耄耋之年，忽逢盛世，受命课徒，何其大幸！七十年苦心孤守，终有所托；千余年不绝薪火，终得相传，岂非天意乎！”

说到此处，宋氏忽然哽咽不语，座下诸人也热泪盈眶。

须臾，宋氏继续道：“所谓周礼，肇始于尧、舜，完备于周公，又历经后代贤哲增补，集华夏典章之大成，涵盖万物，统叙万事，上合天道，下合地则。承前贤之志，垂后世之范，与大同之道互为表里，乃天下制度之至臻至善者。今人不能行之，百年后或能行之；百年后不能行之，千年后必能行之！”

从此，宋氏日日隔纱讲礼，从《天官冢宰》《地官司徒》《春官宗伯》讲至《夏官司马》《秋官司寇》《冬官司空》，将周礼中的三百七十七职，连同各职之能、任职人数，一字不漏地传授给一百二十名太学生。沉寂多年、濒临断绝的《周礼》之学，终于又大行于世。

这日，苻坚与王猛商议道：“朕给自己定下规矩，每月亲临太学一次，亲自考核儒生学业，不可谓不勤勉。可惜朕之勤勉，仍不能逆转官吏之怠惰。不学无术之高官、不思进取之大吏，依旧充斥官场。景略有何计策，能助我一举扭转风气？”

王猛笑道：“儒学乃君子之学，重修身、求自省，宜乎君子，而不宜于小人。陛下应效法汉武，以儒为表，以法为里，儒法共举，奖惩并重。”

“愿闻其详。”

“陛下可颁布诏书，令俸禄百石以上的官吏学通一经，才成一艺，并严加考核。不通一经、不成一艺者，一律罢免！务必将胸无点墨又不求上进之辈清扫出门！”

苻坚点头道：“堂堂大秦，包容万物，唯独容不下狗屁不通的昏官庸吏！朕这便下诏。一月后逐一考核，劣等者一律革职。”

诏令颁布后，各地官吏大为震惊。坊间风传长安的考核将由王猛亲自主持，因此长安官吏较地方州郡更为惊惧，也更加精进。研习五经六艺，俨然成为京城一时风尚。大凡才艺稀松，自觉难以过关的，都不惜重金延请名师，以求速成。于是乎，平日不招人待见的儒士、塾师忽然成了香饽饽，被官宦之家争相延聘，奉为上宾。

却说长安廷尉衙署内，也兴起一股学经习艺的清流。上至廷尉下至曹掾，都在公务之余研习切磋，日夜不辍。唯有左监樊代是个异数。

这樊代是樊世之弟，也曾作威作福，不可一世。其兄被斩后失了权势，索性破罐破摔，终日胡吃海喝、醉生梦死。同僚私下都以“饭袋”呼之。

这日午后，廷尉梁奕了却公务，推开文牍，将一卷《易经》摊在案头默念起来。他出身冀州书香门第，是个满腹诗书的学究，尤其好读《易经》。常常左手卦辞，右手瓷盘，就着“君子以饮食宴乐”，咽下口中胡饼。

念完“小畜，君子以懿文德”，一阵轻重不一、忽疾忽徐的脚步声渐渐临近，晃悠悠迈过门槛，一股酒气直向案前袭来。

梁奕挥掌扇了又扇，头也不抬地问道：“樊代，经、艺考核准备得如何？有几分胜算？”

樊代收了脚步，一手扶案，一手拍胸，满不在乎地答道：“几碟小菜，准备个甚？”

梁奕翻眼嗔道：“休作无知狂言！五经六艺出自周朝官学，五经乃《诗经》《尚书》《礼记》《周易》《春秋》五部经典，六艺含礼、乐、射、御、书、数六种科目，颇为浩繁。用太史公的话说，累世不能通其学，当年不能究其礼，岂如你说得这般轻巧？”

樊代呵呵笑道：“五经虽不敢乱说，我看六艺之中，射、御、书、数都不是什么难事。单说射艺，我能开弓弩、能打弹弓，上射飞禽，下射走兽。若自夸精通射艺，却也算不得狂言！”

梁奕冷笑道：“射艺又包含白矢、参连、剡注、襄尺、井仪五种射技。不知你精于几种？”

“射个箭，还有这许多花样？”

樊代听得直犯迷糊。

梁奕点头道：“所谓白矢者，箭穿鹄的而箭头发白，盖因发矢准而有力之故也；参连，前放一箭，后三箭接连而至，势如连珠者也；剡注，放箭迅疾，瞄时短促，上箭即放箭而中者也；襄尺，君臣同射之时，臣退一尺以让君；井仪，四箭接连射中，排列为井字之形。”

樊代吐了吐舌头，抹嘴道：“这许多讲究，还真学不来。我看御艺却容易得多，不就是挥鞭驾辕赶大车吗？随便找个车把式来，学一天足矣。”

梁奕摇头冷笑道：“御艺亦分为五种。鸣和鸾，谓行车平稳，銮铃之声和谐悦耳；逐水车，是说沿曲折水岸疾驰，能平顺而不坠入水中；过君表，车入辕门，车之两侧与辕门石墩仅留五寸间隙；舞交衢，经过道路相交处，回旋若舞，驱驰自如；逐禽左，驱车逐禽兽，并将禽兽拦在左侧，以便射猎。这五种技艺，随便找个车把式，又怎能轻易学得？”

樊代有些泄气，撇撇嘴，不以为然地问道：“识字识数，算不算精通书艺、数艺？”

梁奕厉声道：“书艺分为象形、指事、会意、形声、转注、假借六书。数艺则分为术数与算术两种，术数习六爻八卦、阴阳五行，算术习《九章算术》《算经十书》、方程、勾股。足下识字识数不假，但离书艺、数艺尚有九天之遥！”

樊代先是一惊，随即抹了抹嘴角，脸上露出死猪不怕开水烫的不屑与不忿，嘿嘿笑道：“五经也好，六艺也罢，都是汉人捣鼓出来的旧货。你们治五经，习六艺，却丢了江山；老氐不治一经，不习一艺，却坐了江山。明明败军之将不可言勇，偏偏有人不识时务，觍着脸逼老氐吃这堆陈芝麻烂谷子，岂不可笑？”

说完喷着酒气，晃悠悠扬长而去。

梁奕骂了句“朽木不可雕也”，气得脸色铁青。

一月之限转眼已至。王猛亲自去长安各处官衙考核官吏，优则留任，劣则罢免，绝无半分通融。这日来到廷尉衙署，将廷尉直至曹掾的大小官吏逐一考过，单单少了樊代。

左等右等，樊代终于迈着鸭步，摇摇晃晃进了衙署。

“今日考核，不知樊代精通哪部经书，学成何种才艺？”梁奕立在王猛一旁，厉声喝道。

樊代眯着醉眼，嘴角流涎，舌头打结，口齿含混地笑道：“陛下令百官学通一经，才成一艺。樊某谨遵诏命，已大功告成。”

梁奕惊得舌挢不下，与王猛对视而笑道：“看来士别三日，当刮目相看。”

王猛扬眉问道：“你精通何经？”

樊代口齿不清，语气却颇有把握，拍着肚皮道：“‘《食经》’！”

“学成何艺？”

“厨艺！”

众人为之绝倒。

王猛厉声道：“樊代身居廷尉左监之位，却浑浑噩噩，不学无术！精通‘《食经》’、厨艺，不如去行庖厨之事，何必在衙署尸位素餐？速将此人罢黜官职，赶出门外！”

同僚连推带搡，将樊代赶出门外。

樊代瞬间酒醒了大半，瞪着一双环眼，死声怪口地喝道：“王大人以考核为名，排斥氐人，扶植汉人，其心可诛！其心可诛！”

樊代正骂得兴起，忽然脸上热辣辣挨了一记耳光。转身看去，只见一副寒光刺眼的铠甲，裹了一尊雄伟魁硕的腰身，铁壁般立在眼前。仰视方见腰上之胸，胸上之肩，顶着一颗硕大的头颅，一双铜铃般的巨眼闪着怒光，正是拂盖郎申香。

苻坚从侧面缓步而至，虽然躯干远不及申香雄武，面孔也不及他猛恶，但浑身威仪四射，令樊代望之胆寒，砰然跪地。

苻坚神色凝重，语气温和而不失严厉地问道：“你出身略阳大族，终日以氐人耆旧自居。你可知道，氐人能有今日，倚仗的是何物？”

樊代额头渗出冷汗，支吾答道：“倚仗的是太祖皇帝的仁德，高祖皇帝的谋略。”

苻坚道：“答得好！可见你并非冥顽不灵之人！氐人为炎帝之后，千百年来以华夏为师，习得耕织之术、文章制度，与蒙昧未开之族不可同日而语。氐人之所以能立国，倚仗的正是华夏所擅的仁德宏略，而非戎狄所擅的凶蛮狡诈。氐人已窥得门径，进一步则登上华夏赫赫之堂，退一步则堕入蛮夷鄙陋之隅。是进是退，皆在尔等一念之间！”

樊代醉意全无，咬牙答道：“陛下圣明！只是——”

“只是什么？”

樊代将心一横，壮胆说道：“臣虽愚鲁，欲为万千老氐请命。陛下偏袒华夏，令老氐无比心寒！华夏早已丢了江山，式微多年，氐人则受皇天眷顾，创立秦国。盛衰之势，高下立判。凭什么令氐人追随华夏，而不令华夏追随氐人？”

苻坚面无愠容，声调却高了几分。

“凭的是华夏圣贤‘大道之行，天下为公’的雄图伟志；‘老吾老，以及人之老；幼吾幼，以及人之幼’的至仁至善；‘三过其门而不入’的诚笃卓绝；‘四海之内皆兄弟’的博大慷慨；‘内圣外王’的精微宏阔。与其怪朕偏心，不如扪心自问，此等华夏怀抱，你究竟学来几分？若只求一族之私，一己之利，却欲令百族景仰、万民拜服，岂不是痴人说梦！华夏圣贤既有‘天下大同’之终极志向，又有郁郁乎文哉之礼乐制度，合于四野八荒，含纳百族万民。治国安民，舍此其谁？朕只能以夏变夷，决不能以夷变夏！”

樊代额头渗出冷汗。

苻坚走到樊代身边，放缓语气继续说道：“古人尚知‘周虽旧邦，其命维新’，老氏又岂能自绝于大势之外？再不读书向学，如何能在今日之世觅得立足之地？难道甘愿逃归山林，重返冬穴夏巢、茹毛饮血之世吗？”

苻坚的足音早已远去，但那段掷地有声的话语仍在樊代的耳腔、颅腔、胸腔回荡不已。樊代气不敢出地伏了半晌，才缓缓爬起，灰溜溜逃出门外。

第二十四章
克定西陲

早朝已散，群臣纷纷离殿。苻坚独请王猛留下议事。

二人促膝而坐，名为君臣，内心仍是一对挚友，坦诚相向，全无拘束。

“陛下眉心不展，不知所忧何事？”王猛关切地问道。

“先生这双眼好生厉害，堪比名医望诊。”苻坚微笑答道。他与王猛素有默契，胸中稍有块垒，心中略有忧思，必被察觉。只见他从案头捧出厚厚一摞邸抄，塞到王猛手中，叹气道：“大小烦忧，如俗客登门，无日不扰我心。还请先生为我消解。”

王猛翻看邸抄，忽然冷笑道：“陛下真正忧心的，必是此抄。”说完从中拈出一张，上面赫然写了几行刺眼的小字：

“晋荆州刺史桓豁遣督护桓罴兵出南郑，平定司马勋之乱。南安羌酋敛岐闻风而动，厉兵秣马。”

原来桓温近日移镇姑孰，改任扬州牧，位居诸州之长。荆州转由桓温胞弟桓豁镇守，兵力大不如前。梁州刺史司马勋以为有机可乘，趁机反叛。与梁州接壤的羌酋也蠢蠢欲动，妄图乱中牟利。

苻坚点头道：“‘城门失火，殃及池鱼。’桓豁与司马勋之战，恐将祸及秦国！”

王猛道：“南安羌人居于秦、晋、凉三国之间，与凉主张天锡暗通款曲。张天锡又与晋国结盟，共同对抗秦国。羌人首领敛岐游走大国之间，浑水摸鱼。一旦作乱西南，恐将引狼入室，危及大秦根本！”

苻坚道：“暂且静观其变。他若敢轻举妄动，我必遣虎旅剿灭！”

却听王猛道：“与其静观其变，不如先发制人！”

苻坚剑眉一扬，摇头道：“羌人虽有叛逆之心，但尚无叛逆之举。此时出兵，虽然合于兵法，却不合于德政。”

王猛道：“臣所谓先发制人者，并非发于南安，而是发于南乡。”

南安与南乡一西一东，一秦一晋，在常人眼中，似乎风马牛不相及。但苻坚深谙兵法，立即听出其中暗藏深意。

王猛接着道："敛岐虽然尚未举事，但已箭在弦上。按常理，陛下有二策可以应对。其一，待其叛乱之罪坐实，再出兵南安；其二，在其作乱前抢先出兵南安。臣以为，两策虽然各有缓急，但均未命中要害，因此难称上策。"

说到此处，王猛略作停顿，右掌握拳轻挥，继续道："南安地势偏僻，远离王化，易生不臣之心；又东接晋国，西邻凉国，深受外敌左右。区区敛岐之叛，本不足为虑，臣所虑者，实为晋、凉二敌也！欲平羌叛，大秦与晋、凉必有一战！既然此战无可避免，何不乘必胜之机先发制人！此时桓豁正与司马勋苦战，必胜之机正在眼前。应奇袭南乡，震慑晋军，令其不敢西顾。晋军西进不得，敛岐、张天锡失去强援，无异于土偶桃梗，陛下可从容应对，再无后顾之忧。西境之乱，指日可平！"

苻坚拊掌赞道："庄子云：'鲁酒薄而邯郸围。'大国之间，内乱外交相互勾连，错综复杂，稍有不慎，便会左支右绌。先生先击援军，再平叛乱，眼光高人一等！兵贵神速，应立即出兵南乡！杨安出身仇池国王子，深谙秦巴地形，可为副将。但主将必须是个识大体、善应变的大将。先生善于识人，能否再为我举荐一个？"

上次出征河东，王猛举荐的吕光力敌张蚝，一战成名，苻坚因此对王猛的识才之能念念不忘。

王猛点头道："臣再向陛下举荐一人。"

苻坚大喜，双眸闪动，探身问道："却是哪路英雄？"

王猛微笑道："臣愿毛遂自荐。"

苻坚一怔。他素知王猛精于兵法，且有为将之志，但亲耳听他自荐，仍觉惊愕。治国与用兵，其理各异，其道不同。善于治国者，未必善于用兵。殷浩满腹经纶，是晋国文臣翘楚，但一上战场便颟顸无计，颠蹶挫败，沦为天下笑柄，可谓殷鉴不远。王猛精于文治，功勋斐然，已名动天下，但其用兵之能，迄今仅限于坐而论道，不曾见诸实战。假使真刀真枪地出师远征，其对手又是威名赫赫的晋国荆州刺史，若稍有不利，岂不画蛇添足，大损英名？

王猛似乎看穿了苻坚的心思，笑道："陛下无须多虑。臣必会谋划周全，不令国威受损。请陛下恩准，以遂我平生之志！"

苻坚点头道："先生初次用兵，恐多有不便。不如令邓羌领兵为后继，以防不时之需。"

王猛笑道："臣自幼好读兵书，废寝忘食。及长，虽无缘为将，但治军用兵之法，攻守进退之术，已颇有心得。自以为虽不及刘项韩白喑恶叱咤，亦可效仿周郎、陆逊，素衣幅巾，谈笑破虏！今日请缨，先破小敌，他日当为君王扫平天下！”

苻坚慨然道：“先生文治斐然，已声名远播。再稍逞武功，亦当威震四海！”

遂命王猛为辅国将军，以杨安为副将，率领两万精兵奇袭南安。

桓豁闻讯大惊，匆匆北上迎击。王猛利用地形之便伏击晋军，大获全胜。桓豁当年曾随兄长桓温北伐秦国，兵败关中之痛犹记于心。见秦军勇猛之势一如既往，排兵之精、布阵之妙更远逾昔日，于是不敢恋战，仓促南去。王猛并不追击，留下偏师驻守，亲率主军回撤。苻坚闻捷大喜，亲自在长安城外恭迎王猛，拊掌赞道：“先生果然出手不凡！出则为将，入则为相，真是古今少有的文武全才！”

王猛道：“小胜不足喜。敛岐叛心未死，必会勾结凉国为乱。一旦西境有变，臣愿再度请缨，为陛下生擒敛岐！”

清晨的炊烟刚刚散尽，犹在干爽通透的空气中若隐若现。略阳城南官路上万头攒动，行人仿佛略阳川的河水，一路打旋冒泡，撒欢地向敛家寨方向流去。行人中，十之七八都是麻衣毪衫的羌人，其余则是青衣绛袍的氐人，汉人却难得一见。这也难怪，略阳郡自古便是羌氐聚居之地，偶见些许汉人，要么是朝廷派来的官员、守军，要么是专做毛皮生意的秦晋商贾。因此，就算祭山大会这等绝迹多年的乡党盛事，也难见几个汉人看客。人流继续南行，穿过一座碉楼林立、风景如画的羌寨。这便是略阳第一大寨敛家寨。

此寨依山傍水、风水绝佳。寨南是古木参天的“神林”，神林与寨子之间是一片平坦空地，农时用作麦场，闲时则供娱乐。行人来到空地，便如泄水般四下散开，各自占据地利，准备观赏多年未遇的羌人祭山大典。

歪脖神树下的五级小石塔已被擦拭一新，第四级塔身的四角摆了四块鹅蛋大小的白石，第五级的平顶上也用新采的白石垒起二尺高的小小石山。糙石垒成的灰色塔身配上光洁如玉的塔顶白石，仿佛一座具体而微的昆仑神山。原来羌人敬奉多神，唯以白石为尊。每逢佳节，必在石塔、神龛等处供奉白石。

铿锵的羊皮鼓声咚咚响起。神林中突地跳出一位身高体胖的端公，头戴山字形猴皮法帽，身穿右衽火镰纹细麻短袍，上缀黑、黄、白三排扣，袍外罩着无袖圆领豹皮衣，下着齐脚白裙，膝下打白绑腿，足蹬五彩麻鞋。左手持羊皮手鼓，右手擎着上安狮头、下装铁尖的五尺神棍。

就在神林边缘的一处土台上，新近推举的略阳羌酋敛岐与略阳郡守王安围炉而坐，身边立着王安的贴身侍卫。土坡之下，几百名官军持矛而立、虎视眈眈。

敛岐面前的茶罐咕咕冒起白泡。敛岐端起茶罐，亲手斟了一盏浓浓的茶汤，敬给王安道：“王大人奉天子之命，为羌地牧守，深孚众望。敛岐素来仰慕大人威德。今日借祭山大会之机，小人亲手烹了羌茶，略表敬意！”

王安饮了两口，赞了声“好茶”。再抬起头时，不知何处来了二十多个赤膊大汉，齐齐整整地仰面躺地，两手握了半尺来长的尖刀，刀柄抵地，刀尖向天。端公脱了麻鞋飞身一跃，在刀尖阵列上腾挪跳跃，脚底却毫发无损。跳了半晌，端公忽地跃下。一个大汉绰起铁钳，从火塘里夹出一根烧得通红的铁链。端公赤着手一把接过，在头顶、脖颈、腰肋处缠来绕去。顿时白烟缭绕，嗤嗤作响，端公却神态自若，全无痛色。众人看得眼花耳热，纷纷喝彩。

忽见端公扔了铁链，领了一群羌民朝土台踏歌而来，向王安不住地招手。王安也招手回敬。敛岐挡住王安的手笑道：“羌民要跳‘捉旱魃’的傩戏，想请王大人扮演捉魃英雄，率众人追拿旱魃，以求来年风调雨顺、五谷丰登。王大人是朝廷命官，位高爵重，不必理会这群草民，只需稳坐高台观看便是！”

王安正色道：“敛公此言差矣！我朝命官，皆以王丞相为楷模，与民同甘共苦。岂能恃爵矜贵，自绝于民？”说完接过端公递来的羌袍披在身上，领了羌众追赶旱魃而去。那旱魃身穿法衣，头戴面具，塌腰松胯地钻入神林，晃了两晃，忽向密林深处飞奔而去。王安发足紧追。旱魃绕过一棵大树，忽然不见踪影。王安前不见旱魃，后不见随从，望了望阴暗幽深的密林，心头生出一丝怯意。忽见树后人影晃动，急忙起身追去。只见端公头戴鬼脸面具，手持神棍跳将出来。忽然掀开面具，露出一张胖脸，正是敛岐。王安正要搭话，敛岐已抬起神棍，将铁尖抵在他胸前喝道：“我与李俨结盟，欲共举大事，自立旗号。王大人若与我心齐截，能尿到一个夜壶里，只需点个头。我必向李俨多进美言，为你谋得高位。若不应允，明年今日，便是你的忌日！”

李俨本是凉国大将，两年前趁凉国内乱，在陇西拥兵割据。不久见秦国崛起，又向苻坚俯首称臣。待凉国内乱平定，张天锡继承王位后，又叛秦归凉。总之是个首鼠两端、朝秦暮楚之徒。王安早知敛岐与李俨暗通款曲，见此情景并不意外，凛然骂道：“乱臣贼子，无耻鼠辈！你若能悬崖勒马，尚可保全性命。若一意孤行，必将死无葬身之地！”

敛岐大怒，猛挥神棍，将王安刺死于树下。

林深处响起一阵冷笑，一个阴阳怪气的声音随即传来：“我李俨果然没看走眼。敛兄敢作敢当，是条钢筋铁骨的硬汉！王安已死，你便是新任略阳郡守，郡内兵马、财赋、山川人口尽归敛兄掌管。”

敛岐扔了神棍俯身拜谢，脸色虽然欣喜，却暗含一丝忧虑。

“多谢李公提携。只是，杀了苻坚的命官，他岂能善罢甘休？”

“强龙犹怕地头蛇。秦军久惯平地作战，敢到我山高林密、人迹罕至之地捋虎须，定让他吃尽苦头！”

马蹄声紧，一道黄尘掠过秦国驿路。一名精明干练的驿骑怀揣“马上飞递”加急文书，朝长安方向扬鞭疾驰。驿马全力飞奔，四蹄飒沓如风。飞驰三十里，脚力将要疲乏之际，已到了下个驿亭。早有驿吏备好了膘肥体壮的新马，在路边等候。驿骑脚不沾地，飞身跃上新马，继续全速东驰。再到下一驿亭，依旧如法炮制。驿路宽阔平整，更有绿荫夹道，遮蔽酷日。王猛近年呕心沥血建成的秦国驿路，果然名不虚传。赖此驿路之便，不过次日午后，加急文书已摆上苻坚案头。苻坚阅后大怒，立即召王猛入宫商议对策。

王猛冷笑道：“不出我所料，桓豁兵败南乡之后，果然不再插手敛岐之叛。这次叛乱，少了晋国这头猛虎，仅涉及一鼠、一狐、一狼。敛岐难为大害，不过是一鼠之患。但其盟友李俨则是首鼠两端的割据诸侯，堪称一狐。其背后的凉国地方千里、控弦十万，更是一头恶狼。平定敛岐之乱，不能只盯着鼠患，更要顾及狐、狼二敌。”

“王丞相果然见识高远！如何用兵，才能稳操胜券？”

“‘灭鼠、擒狐、打狼’六字足矣。三敌之中，唯独恶狼最难预料。打狼既要用力打疼，又不能用力过猛。臣自会见机行事、随机应变。”

苻坚眉头渐渐平展，长长地舒了口气：“大小事务，王丞相可便宜从事。不过，朕要为丞相举荐一人。”

“陛下举荐何人？”

“姚弋仲出身略阳羌酋，当年名震天下，被羌人奉若神明。姚苌携先人余威，可助丞相早日平定羌叛。”

王猛迟疑道：“姚苌的为人，陛下知道几分？”

“忠勇仁慧，是个难得的忠臣！”

王猛冷笑道：“姚苌外表忠厚，内心奸诈。一旦手握重兵，必有异志。陛下不可不防。”

“景略无须多虑。姚苌虽然有几分私心，却不像你想的那样不堪。此次派他出征，必收奇效！”

王猛不能再驳苻坚的面子，只得道谢离去。

王猛厉兵秣马之际，略阳城依旧夜夜笙歌。转眼又是一个月明星稀的良夜，略阳郡府张灯结彩，敛岐正与李俨咂着羌酒，在后庭花园欣赏羌人傩舞。

李俨生得鲜眉净眼，嘴角天生上翘，无事也带三分奸笑。但此时紧锁的眉头明显压制了嘴边的笑意，整副嘴脸显出哭笑不得的怪样。他时而仰望星空，时而低头思索，一双眼睛难得往歌舞场里睃看。

敛岐见他心不在焉，哈哈劝道："酒肉歌舞，难道李公都无动于衷？此地山高皇帝远、人少豺狼多，凉国、秦国、晋国三家不靠，谁愿意翻山越岭找兄弟的麻烦？只宜及时行乐，何必杞人忧天！"

李俨以手指天："今夜鹑首光耀四射，其分野在秦。如此天象，不知是吉是凶？"

敛岐仰首观天，仿佛狗看星星，不知稀稠。咂咂嘴笑道："若说天象，羌人也略知一二。速传端公过来！"

不过片刻，端公身穿法衣，手持法器，迈着禹步一摇三摆地走来。敛岐指天问道："今夜天象是何征兆？"

端公手摇铜铃，仰着头转了一圈，忽然闭上双眼浑身乱颤，口中念念有词。念完一通无人能懂的咒语，端公已神灵附体，慢慢睁开眼皮，目光超凡脱俗，竟似换了个人一般。

李俨盯着端公庄严镇定的脸孔，心里却想起庙宇里的神佛。

敛岐收了笑，正色问道："请神明赐教，前路是吉是凶？"

端公目视前方，双唇微启，用空灵浑厚、威而不猛的嗓音朗声念道："白石天神已下凡，白衣白袍出西南。"说完闭眼静默片刻，又是一阵癫痫般的乱颤，再睁眼时仙气全无，重回神汉之态，迈着禹步吵吵闹闹地踏歌而去。

敛岐素来笃信神明，听了"白衣天神"四字，犹如雪狮子向火，顿时腿软筋麻。

李俨心中暗骂：刚才还无所畏惧地充硬汉，听神汉诌了两句，就成了泄气蒸馍！嘴上却激励道："敛兄守略阳，李俨守枹罕，各依天险，互为犄角。管他哪路天神，都让他有来无回！"说完连夜赶回枹罕布防。

次日清晨，敛岐被亲随唤醒，匆匆登上城楼，不禁惊出一身冷汗。

一夜之间，城外已密密匝匝地布满秦军阵列，从城下一直延伸至天际之外，将小小略阳城围得风雨不透。城楼之下，"王"字帅旗迎风招展。旗下一人白衣白袍，骑了白马向城边缓缓而来。东风氤氲，白衣人袍带当风，更显得仙风道骨。

随从指着白衣人道："主公，此人便是秦国丞相、辅国将军王猛。"敛岐耳根猛然响起端公的谶语，脚底像踩了滚木，不听使唤地左右乱晃。转了几步驻足再看，那白衣人仍然仙气十足地屹立在城下。敛岐两眼昏黑，浑身上下只剩双脚尚能动弹，拖着僵直的身躯挪了几步，忽地一软，便瘫倒在地，裤裆下一片腥臊湿热。

羌兵见秦军势大，满城震怖。姚苌趁机擎出姚字大旗，在城下鼓叫招降。羌兵纷纷出城投降，敛岐乘乱亡命山林。秦军兵不血刃取下略阳。

王猛派偏师留守，自己亲率主军挥师西进，直逼李俨的老巢枹罕。

与此同时，一支三万多人的大军已从数百里之外的凉国都城姑臧开拔，自北而南向枹罕逼近。大军的主帅正是凉国国君张天锡。

张天锡是凉国文王张骏之子，桓王张重华、威王张祚之弟。昔日永嘉之乱后，晋朝凉州刺史张轨割据一方，建立凉国。因为远离中原战乱，又收纳了避乱陇西的中原、关中大族及华夏百姓，也曾兴盛一时。张骏、张重华在位的全盛之日，凉国“南逾河、湟，东至秦、陇，西包葱岭，北暨居延”，与羯赵争锋多年，也丝毫不落下风。近年国势衰微，对陇南、陇中渐失掌控。李俨前头鼓动陇南诸郡自立，后头与秦国勾三搭四，更因煽动敛岐叛乱而招来秦兵。张天锡大为恼火，决定亲征枹罕，一战而平定陇南，重振大凉国威。

枹罕乃秦汉时期“罕羌”人的旧地，西汉初年置县，取名枹罕。枹者，鼓槌也；罕者，少也。羌人强悍好战，战鼓常起。枹罕之名既暗合“罕羌”之名，又有寄望太平之意。城外有三河交汇，四山攒聚，号称“三河四嘴”。自古便是地势险要的陇西重镇。枹罕城不过弹丸之地，竟引来总计六万余人的两支大军南北夹击，已是奇事一桩。更奇的是，两支大军的主帅都不是寻常将领，一个贵为凉国之君，一个官拜秦国丞相。

战报传至枹罕，城内军心动摇。掌管城防的李俨之侄李纯慌忙向叔父问计。

李俨嘴角上翘，眉头微皱，似喜非喜，似忧非忧，一副高深莫测之态。瞥了眼李纯，笑道：“正要找你，你已自来。”

李纯无心说笑，急问道：“张天锡、王猛各领精兵三万杀奔枹罕，叔父有何退敌之策？”

李俨撇撇嘴，给李纯吃了一记凿栗。

“兵书都白读了？猫经狗窜的，好不怂稀！”

李纯见他心情大好，便有了几分底气：“叔父有何妙计？”

“不怕来得多，只怕来得少。若是张天锡、王猛只来一家，咱叔侄二人只有挨钎焊头的份，眼下就得收拾细软，连夜逃遁。但来了两家，反而不用胆怯弱穰。”

“自古来敌只怕多，不怕少。叔父为何却怕来得少？”

李俨嘴角几乎翘上了耳根，齿缝里喷了口酸酵气，幽幽地笑道："若仅来一家，咱们只能拉硬屎，真刀真枪干一仗，恐怕输多赢少。来了两家，却能使弯数，狐假虎威，不说稳操胜券，也有七八分赢面。"说完从案上拈起一封信，抛在李纯怀里道："我已写信求王猛出兵抗凉。速将此信交给王猛，回来与我坐山观虎斗！"

李纯惊愕不已："叔父叛秦在先，如今却请王猛出兵相助，他如何肯答应？"

一丝笑意浮现在李俨的眉宇之间，与弯曲的嘴角遥相呼应："我已把准王猛的脉搏，他必会答应。"

李纯将信将疑地驰往秦军大营，将书信亲手交给王猛。

王猛看完信不置一词，打发了李纯，将书信交给众人传阅。众将一边传看，一边七嘴八舌地大骂李俨阴险诡诈。王猛环视帐内，见众将个个义愤填膺，唯独姚苌沉吟不语，若有所思，便问道："姚将军似有所悟，能否赐教？"

姚苌眯眼笑道："李俨借归顺之名请丞相出兵相助，欲挑动秦凉之争以求自保，其心可诛！但事已至此，秦凉之间必有一战，在所难免。"

王猛见姚苌所见与自己不谋而合，心中暗自称奇。于是摆手示意："愿闻其详。"

"张天锡登基不久，又年轻气盛，定要用一场胜仗为自己立威。因此这一战必然躲不过。"

王猛点头称赞："姚将军所言极是。但除此之外，还有另一层因由。我军此番专为平定羌叛而来。羌人之乱，虽因敛岐、李俨朝秦暮楚而起，根源却是秦凉两个大国并立，给了奸人可乘之机。陇南诸郡在两国之间观望博弈，忽而降秦，忽而降凉，忽而自立。今日秦凉对峙，我若能一举击败凉军，定可镇服羌人。若避敌畏战，只怕叛乱永无宁日。"

王猛说完瞟了一眼姚苌，却见他目光飘忽不定，两眼之后似乎另生了一双眼睛。不禁倒吸一口凉气，暗忖道：姚苌是归义羌酋，因此熟知敛岐的心思，但他降秦之缘由又何尝不是如此？名曰归顺，却暗怀不测之心，一旦天下有变就会乘机反叛。自己向苻坚反复苦劝，他却心慈手软，不肯痛下杀手。在我有生之年，此人尚能俯首帖耳，但在我百年之后，谁能将其镇服？到那时秦国能否逃脱亡国厄运？想到此处，只觉得脊椎骨寒气上窜。

众将对王猛的见解颇为信服，无不啧啧赞叹。王猛也从遐思中回过神来，传令道："趁张天锡立足未稳，立即迎头痛击！"

王猛亲率大军直捣敌营，凉军仓促应战。两支大军顶着骄阳，踏着干裂灼热的陇南燥土，伴着惊天鼓声杀得难分难解。秦军训练有素，勇力绵长，仿佛无穷无尽。凉军开局颇有声势，尚能与秦军周旋，两通鼓后，再无剩勇可用，终于溃不成军。

张天锡败退十数里，才稳住阵势。清点人马，死伤八九千人，偏将阴据及麾下五千精锐甲兵全部被俘，三万大军几乎折损一半。

秦军正欲乘胜追击，王猛却鸣金收兵。众将纷纷请战，王猛道："痛击张天锡，是为平定羌乱、慑服李俨。眼下大功告成，不宜画蛇添足。凉国早晚要纳入秦国版图，只是时机未到！"

众将不甘心就此放过张天锡，交头接耳地议论了一阵，邵羌忽然出列道："末将以为，若不将凉兵赶尽杀绝，张天锡必会趁我围攻枹罕时卷土重来。到那时，反而胜败难料。"

王猛笑道："不费一刀一剑，张天锡自会退兵。李俨也自会下马受降。邵将军不必忧虑！"

众将听得凉眉失脸，将信将疑。

王猛立即挥毫作书："吾受诏救俨，不令与凉州战，今当深壁高垒，以听后诏。旷日持久，恐二家俱弊，非良算也。若将军退舍，吾执俨而东，将军徙民西旋，不亦可乎！"差人快马送给张天锡。

此时张天锡立威不成，反而兵败受辱，正在骑虎难下之际。王猛的书信雪中送炭，正给他一个难得的退兵托辞。张天锡心中暗喜，令众将传阅书信，顺坡下驴道："王猛已下书求和，朕却之不恭。况且朕亲征枹罕，也是为了平叛，并非要与秦国拼个鱼死网破。两家各自退兵，合情合理。"于是引兵北退。

李俨闻讯大喜。李纯道："张天锡既已退兵，叔父必要迎秦军入城，以示效忠。"众将随声附和。李俨抿着嘴角不置可否，脑袋微晃，似是点头，又似摇头。

忽听一人厉声道："不可！"只见此人疏眉凸眼、尖鼻薄唇，正是副将贺肫。

李俨侧脸笑道："贺将军请讲。"

贺肫眨动凸眼，鼓动薄唇："李公英明神武、兵强马壮，奈何要听命于人？王猛孤军深入，人困马乏，又对我军不设防备。我若出兵偷袭，必能大获全胜！"

李俨沉吟良久，嘴角微翘。

"我在陇南经营多年，还算有几分根基，对秦国的脉搏，也算把得准。王猛劳师袭远，虽然侥幸胜了张天锡，但唯恐夜长梦多，因此才随方就圆，写信求和。他出征已久，粮草还能坚持几日？况且陇中干热风说到就到，更够他受用一番。王猛挨到此时，已是强弩之末。不过，我若出兵偷袭，必落下恩将仇报的骂名。不如坚守不出，逼王猛不战而退，也好保全大家颜面。”

贺肫仍不死心，苦劝道：“机不可失，出兵才是上策！李公何不当机立断！”

“此事就此打住。”

李俨话音刚落，一股燥热之气忽地涌入大帐，吹得众人面皮发麻。李俨笑道：“苍天有眼，干热风已起。都说请神容易送神难。但王猛这尊神不用我送，自会乖乖远去！”

号称“火风”的陇中干热风已自南而北刮来。起初风势尚小，热力尚弱。随后便一阵紧似一阵，一阵热似一阵。到了次日中午，便漫天吹起，席卷长天。空气变得燥热无比，似乎拍拍手都能打出两巴掌火星。半空中白光灼灼、热气汹汹，不觉有风，只觉有火。李纯穿了甲胄在城头巡视，五脏六腑似乎都已烤熟，但浑身竟无一滴汗珠，原来汗水还未来得及渗出，便已被热风烘干！

忽听一阵喧闹，士卒齐齐面南高喊：“鬼市！”只见南方天际有宝塔耸起，直插青云，数十座金碧辉煌的宫殿拔地而起，一道高墙连绵数里，围出一座城郭，其内园林错落、街市繁密，士女如织、车马云集，无不历历在目。众人被这凭空而现的富贵之乡撩拨得心旌摇动，无不注目凝视。顷刻之间，一股热风掀起漫天黄尘。天地迷茫处，城郭消散、宫殿迷离。等到烟消尘散时，一切都化为乌有。众人看得眼花缭乱，聚在城头久久不散。

忽见南边车马摇曳，顶着蒸腾的热气，影影绰绰地向北移来。众人以为鬼市再起，看了半晌，只是一辆寻常马车，青色的竹顶映着灼眼的白光，似乎随时都会冒出火苗。车夫缩头摇着长鞭，有气无力地赶着两匹慢吞吞的劣马。车后跟了三五十个骑兵，个个斜肩歪胯地伏在马背上，仿佛晒蔫的禾苗。城头看客纷纷散去，只有李纯引了亲兵密切观察情势。

车骑缓缓穿过无遮无盖的焦灼之地，距城门尚有一箭之地。忽见满眼枯黄中闪出一团苍翠，原来是一株枝繁叶茂的孤树，伞盖般遮出一片醒目的绿荫。众骑兵立即冲到树下争抢树荫，横七竖八地坐在地上纳凉。那三五十匹似要散了架的战马也喷鼻喘气，卧地歇息。

马车并不停留，爬虫般慢悠悠来到城下。车上款款走下一名白衣白袍、头戴白幅巾的高士，悠闲地轻甩衣袖，仰头向城上喊道：“王猛欲与李公一叙！”

李纯心中一惊，立即禀报李俨。李俨引了贺肫，怀着鬼胎，急匆匆登上城楼。见王猛只有一人一车，随行护卫都卧在远处的树下纳凉，身边更无半个甲兵，于是心中释然。

热风吹动，王猛白衣飘飘地立在骄阳之下，越发显得形单影只。李俨盯着王猛的身影，忽然心中一动，嘴角不禁一颤。

贺肫凸眼乱转，早已看破李俨心事，撇动薄唇劝道："奇货可居！明公若擒下此人，与苻坚讨价还价，莫说陇南诸郡，就算半个秦国也能拿下！"

李俨骂道："王猛救我于水火，我岂能恩将仇报？莫要陷我于不义！"心里却暗自打鼓，犹豫不定。

王猛见城上无人应答，便轻挥袍袖，悠然仰头喊道："李公安在？"

李俨斜靠在女墙上，探出半个肩膀，向城下拱手道："王丞相不畏炎暑，亲临鄙邑，李俨感激不尽。快请丞相入城！"心里七上八下，亲去城门迎迓。

守军打开城门，放下吊桥。王猛重新登上马车，车夫懒洋洋挥动长鞭，赶车上桥。李俨局促不安地立在城门内口，嘴角忽上忽下地颤动不已。

眼见马车过了吊桥，即将进入城门。李俨心跳骤然加快。忽见车厢里跳出四个壮健士卒，手挥利刃，将守卫城门的四个军汉刺死在地。与此同时，树荫下纳凉的兵士忽然动如脱兔，飞身跃上马背。战马也一扫疲态，龙精虎猛地奋起四蹄，追风逐电般冲入城门。形势急转直下，枹罕守军虽众，却猝不及防。李俨尚未看明情势，已经懵懵懂懂地就擒于马车之下。他做梦也没想到，王猛贵为秦国丞相，竟会以自己的万金之躯为诱饵，赚开城门。

眼前白衣晃动，一个威而不猛的嗓音喝道："李俨，你可知罪？"

李俨心头一紧，抬眼看到王猛庄严镇定的脸孔，双膝顿时软似刚出锅的糍粑，跪地讨饶道："李俨知罪，求丞相饶命。"

此时姚苌、邵羌各率大军杀来，进据枹罕城。王猛收服了降将、降卒，传来李俨审讯："我助你击退张天锡，你不出城迎接王师，却包藏祸心，该当何罪！"

李俨供出贺肫顶缸："受副将贺肫教唆，因此动了邪念，求丞相宽恕！"

王猛斩了贺肫，以笼车囚了李俨。命偏将彭越为平西将军、凉州刺史，留守枹罕。自己统帅大军，押解李俨回师。

说来也奇，大军开拔之际，干热风骤然平息。大地仿佛断了柴火的炉灶，渐渐由热转凉。西风阵阵吹来，裹着祁连山的湿爽之气，一路护送秦军返回关中。

第二十五章

悦绾变法

几声犬吠，在邺城西郊的官道边隐隐响起。

道旁的集市上，村民三五成群，时聚时散，或低头翻看货物，或抬头讨价还价，或既不看货，也不问价，只是漫无目标地来回闲逛。

犬吠声渐紧，似在提醒官道上突如其来的异常。但村民的心思都在摊间货上，竟然无人留意，直至一声马嘶骤然响起，猛抬头，见道上兵马密布，都惊出一身冷汗。自古兵灾猛于天灾，燕军风纪又不甚严明，牵羊抢鸡、扰村乱民之举都是家常便饭，这大军路过，更不知要播下几多祸害。

村民呆立而望，却见人马川流不止，竟无一人偏离官道，更遑论抢掠财物者。惊讶之间，忽见一员大将，俊朗雄健，气魄非凡，骑了一匹骏马呼啸驰过。

有好事者问道："这是哪位将军，如此英武？"

"太原王也！"

行伍中有人应道。

太原王慕容恪此番南征，意在中原重镇洛阳。自十五年前兵出辽东以来，慕容恪稳扎稳打，先后擒冉闵、斩苏林、破吕护、虏段龛，将淮河以北、崤山以东州郡悉数纳入燕国版图，仅余洛阳一座孤城。东征西讨，历经百战，慕容恪从无败绩，俨然是威震天下的当代韩、白。虽然勋业日增，慕容恪用兵却越发谨慎。此次南征洛阳，明知城内仅有五百守军，仍以两万精兵全力以赴，更令慕容垂以一万精兵为后继，并无半分取巧之心。

部将慕舆虔大惑不解，问道："区区五百惫卒，何需大王、吴王动用大军，耗费如此心力？"

慕容恪不疾不徐地答道："知己知彼，方能百战不殆。守将沈劲仅有五百惫卒，我已知之。但他能否讨来桓温援兵，却不得而知。侥幸轻敌之心，不可生也。况且自大燕逐鹿中原以来，干戈何曾暂歇，伤亡何曾断绝？我每念及此，便夜不成寐。今日之势，我强敌弱，应以十围五攻之法，待敌自毙。不可贸然涉险，徒增无谓伤亡！”

慕舆虔叹服道：“大王谋略深远、胸怀宽仁，非我等所及。”

燕军挺近洛阳城外，设下重围。营垒初看不甚齐整，细看却无破绽。原来慕容恪为人亦宽亦严，亦温亦厉。其为将之道，轻威严而重恩信，务大略而舍小令，军士若有触犯军法者，只会严惩为首之人，对从犯都不予追究。其结营之法亦有异曲同工之妙，看似凌乱不整，常令敌军生出有隙可乘的妄念，然而一旦交手，又防御甚严，全无疏漏。

洛阳守将沈劲自知不敌，数次派勇士奔赴建康、荆扬求援，却搬不来一名援军。坚守月余，洛阳城破。

慕容恪登上城楼，望着尸首枕藉、萧索破败的惨淡之象，心中全无半分喜悦，却隐隐泛起一阵酸楚。

亲兵忽然伸手往下一指，哈哈笑道：“好不荒唐！大王是胜者，却面带忧色。沈劲是败者，却面带喜色！”

慕容恪俯身望去，只见慕舆虔领了几个燕兵，押了一名晋将，向刑场方向走去。那晋将被绳索反剪双臂，腰板却挺得笔直，一张清瘦的面孔笑意充盈，两只修长的朗目喜气洋洋地仰视正前，仿佛等在前头的不是刑场，而是封侯之殿、拜将之坛。慕容恪心中一动，飞身下了城楼，挡在慕舆虔面前，盯着沈劲如沐春风的眉眼，诧异问道：“城破被擒，阁下却有喜色，不知何故？”

沈劲欣然答道：“家父当年误投王敦，犯下叛国大罪，沈氏因此沦为‘刑家’，备受屈辱。我沈劲自幼立誓，必建奇勋，以雪先耻。今日以身殉国，遂我平生之愿，岂不快哉！”说完开怀大笑。

慕容恪只觉这笑声超凡脱俗，仿佛通了天地神明一般，心中顿生恻隐之心，忽地抬起右手，挡在慕舆虔胸前。慕舆虔早已看穿慕容恪的心思，上前耳语道：“沈劲虽是海内奇士，但观其志向气度，终不能为我所用。大王若赦免此人，必留后患。”

慕容恪的目光在沈劲笑脸上停留片刻，终于轻轻滑落，手臂也缓缓垂下。沈劲遂与慕容恪擦肩而过，谈笑而去。

过去片刻，慕舆虔从刑场回来复命，见慕容恪独立城头，神色犹未平复，便上前问道：“大王面带凄容，难道还在为沈劲惋惜？”

慕容恪扶着斑驳破败的女墙，黯然叹道：“昔日攻克广固，未能赦免贤士辟闾蔚；今日平定洛阳，又杀了奇士沈劲。虽然非我本心，却有愧于四海。”说完，将两道深邃的目光投向茫茫无尽的苍天，枯立许久。

一轮血色朝阳喷薄而出，将万道金光洒向关中茫茫平野，仿佛射出万支金箭。金光自东向西急行不止，掠过灞水，拂过白鹿原，直逼长安而来。

此时长安城外，一名黑衣大汉藏在接连西退的阴影之中，纵马飞驰不止。进了城门，继续挥鞭向皇宫急驰。来到宫门口，翻身下马。金光追射而来，映出一张粗糙遒劲的阔脸，正是建威将军徐成。

“启禀陛下，慕容恪已攻克洛阳，与慕容垂合兵西进，直逼崤山、渑池，距秦国边界仅咫尺之遥！”徐成堪堪说完，气力耗尽，几乎摔倒在地。

朝臣无不大惊失色。

苻坚眉头微蹙，慷慨喝道：“大敌当前，秦国又到了危急存亡之日。请王丞相、卫大将军辅佐太子留守长安，朕当亲赴陕城布防！”

却见王猛淡淡一笑，朗声道：“燕军如日中天，慕容恪、慕容垂又是天下名将，大举来犯，可谓声势浩大。但秦国有天险可恃，更有重兵布防，并无破绽。慕容双雄纵有韩、白之能，也无机可乘。我料定二人只是虚张声势，必不敢涉险强攻。陛下若仍不放心，可派一大将率兵增援，又何必亲赴陕城？”

王猛神色自若，语气轻松。威震四海的鲜卑铁骑、战无不胜的天下名将，在他口中仿佛轻如无物。苻坚见王猛一副胸有成算的模样，暗自松了口气。

苻坚命令徐成道：“徐将军速回边关，继续探查敌军动向。若有缓急，立即来报！”

数日后，徐成回报：“不出王丞相所料，慕容恪、慕容垂耀武扬威，巡游两日，已引兵北退。”

话音刚落，大殿内响起阵阵鼻息之声，君臣都将郁结心头的一口闷气长长呼出。

“不过——”徐成话锋一转。君臣又屏住气息。

“部下截获一封密信，事关重大，请陛下过目。”说完从怀中掏出一个用纸考究的信封。早有太监接来，转交苻坚。

苻坚启封默念道：“苻廋顿首，昔日王兄受戮，家国沦丧，廋痛贯心肝，无能为力。今闻大王旌麾西指，愿为内应，助大王剿灭凶顽。苻廋顿首再拜。”

苻坚将书信递给王猛，问道：“景略有何高见？”

王猛看完信，又还给苻坚，正色道：“苻生的几个兄弟都有不臣之心，陛下不可不防。”

苻坚猛然将信扯成两段，又撕成碎片，投入火盆道：“苻廋恨朕杀其兄长，是人之常情。他见慕容恪来犯，要做内应，只是情急之下一时糊涂。昔日曹操与袁绍决战官渡，曹营中向袁绍致信通款者数不胜数。曹操获胜后收缴书信，都付之一炬，不予追究。朕当效仿曹操，示以仁义，岂能妄加追究？”

王猛道：“苻廋通敌，与曹操麾下不可同日而语。其昆仲手握重兵，又占据险要，一旦为乱，必生巨祸。陛下宜未雨绸缪。”

苻坚摆手微笑道：“苻廋昆仲心地纯良，并非恶人。景略不必多虑。”

王猛见苻坚口气舒缓而心意决绝，知道此事无可转圜。忧虑之余，也在暗中思索对策。

却说慕容恪返回邺城，忽染重疾，久治而不愈。他自知大限已到，便唤来自己最信任、最器重的五弟慕容垂，气息奄奄地嘱托道：“皇帝幼冲，难以理政，不可一日无人辅佐。我辅政多年，专务外战，内政多由太傅主持，朝野颇有微词。道明文韬武略，举世无双，当继任太宰之职，辅佐幼主，以利国家！”说完热泪纵横。

慕容垂见兄长面色枯黄，眼窝塌陷，再无昔日燕国美男的风采，顿觉心如刀割，忍泪道：“兄长所托，不敢不从。只是太傅视我如仇雠，必会竭力阻挠。太宰之职，弟不敢妄想。”

“道明不必担忧，我只要一息尚存，定会全力助你。”慕容恪张口喘息半晌，才艰难说完。

慕容恪向儿子慕容楷要来纸笔，强忍病痛写下遗策：“吴王慕容垂文武兼备，堪比管仲、萧何。若继任太宰之位，总摄朝政，可保燕国太平。不然，臣恐秦、晋二寇必有觊觎之计。”

为求双倍稳妥，又命慕容楷请来乐安王慕容臧，令其协助推举慕容垂。

慕容臧是慕容暐最亲近的庶兄，也是权力仅次于太宰、太傅的燕国实权人物，生得身躯高大，肤色白皙。

“太宰玉体安否？”

慕容臧眉心极不自然地攒聚一团，俯身跪坐在慕容恪的病榻前。

慕容恪抬起枯黄的手掌，将慕容垂唤至榻前，两眼紧盯慕容臧，攒足最后一口气力，缓缓说道：“我死之后，由吴王任太宰，专摄国政。请乐安王向陛下、太傅推举。”

慕容臧点了点头，嘴唇尚未张开，面前的慕容恪已闭上双眼，带着满腔未骋之志撒手尘寰，终年四十七岁。

正如慕容垂所料，慕容恪殁后，慕容评立即与可足浑氏、慕容臧结为同盟，将燕国权柄牢牢攥在手中。那道推举慕容垂摄政的太宰遗策，竟好似从未有过一般。

慕容评从此只手遮天，越发肆意妄为。昔日因慕容恪连胜之威而被遮掩的种种弊政也暴露无遗。不过半年，燕国便已礼崩乐坏，处处显出朽败之相。

朝中屈指可数的几位贤臣看在眼里，忧在心中。皇帝慕容暐却懵懵懂懂，浑然不知。

这日早朝，慕容暐睡眼惺忪地坐在龙辇上，浑浑噩噩地听着臣子的奏疏。他自十岁登基以来，已听了整整七年奏疏，对此颇有心得。大抵燕国朝臣，好为三类奏疏，一为议政，二为谈兵，三为歌功颂德。慕容恪辅政时，奏疏以议政谈兵为主，偶有歌功颂德者，也是文辞华美的文士手笔。近半年来，歌功颂德者后来居上，文辞也越发庸俗。慕容暐生在邺城，长在深宫，对政务军事都不甚了了，听到议政谈兵的奏疏，经常一知半解，听到歌功颂德的奏疏，却明了无碍。但谄媚之词如同肥肉饴糖，多了容易腻味。早朝片刻，"天降祥瑞"已念了三次，"尧舜之君"念了四次，种种谀辞颠来倒去，听得慕容暐昏昏欲睡。

终于熬到散朝，慕容暐精神为之一振。只见群臣尾随慕容评陆续退下，唯有一个高大健硕的身影独立阶前，一部白须分外惹眼，正是尚书右仆射悦绾。

悦绾是三朝元老，当年以前军将军之职辅佐慕容恪征讨冉闵，立过大功。如今年事已高，不再领兵打仗，但在文武朝臣之间依旧极有威望。

"悦卿莫非有事？"慕容暐问道。

"臣有肺腑之言，如鲠在喉。"悦绾声若洪钟，一字一顿，颌下白须根根直立，微微颤动。

"悦卿请讲。"慕容暐饶有兴致地望着悦绾的白须，点了点头。

悦绾进前道："大燕自入主中原以来，国泰民安，文治武功远逾前代。陛下宽仁勇毅，胜过前人。但世事已变，使民之道未变，因此弊端渐现，百乱丛生。昔日偏居辽东时，燕国重用汉臣、任人唯贤，政令颇似晋初气象。入主中原后，反而重归草原恶俗，只知重用宗族，对异姓外族肆意排挤。今日大燕各州十余位刺史，八人都是宗室，汉人仅有四位。各地八员镇将，七人皆为宗室，汉人并无一个。宗室担任刺史之职，又都督本州诸军事，集军政钱粮大权于一身，各个气焰熏天，朝廷政令都难及其身。太宰在世时，政令过于宽仁，对豪强大族疏于惩戒，致使强占土地、隐匿人口之风愈演愈烈。太傅主政以来，国家掌控之户口，已少于私家。荫户不纳赋税，不服徭役，致使国库枯竭，用度匮乏，就连官吏俸禄、战士廪食都时常断绝。富贵者日益富贵，贫贱者日益贫贱。在朝则天子无权，在野则民不聊生，这便是燕国当下时局。这样下去，最少五年，最多十年，大燕不亡于秦，便亡于晋。"

慕容暐脸色一变，双眉上扬，颤声问道："果真如此，却如何是好？"

“需兴利除弊，扭转乱局！”

“悦卿莫非欲效法商鞅变法？”慕容暐说到“变法”二字，心跳忽然加快。

“正是！天下承旧弊久矣，各国竞相变法图强。王猛乃秦国之子产，为政则推行法治，举贤荐能；治民则休养生息，广播教化。不过十年之功，秦国上修政令，下得民心，兵强民富，百业俱兴。从长安至僻野，从庙堂至庶民，乃至一渠一路、一草一木，无不脱胎换骨，令天下人刮目相看。桓温虽不能与王猛相比，推行土断，亦收财阜国丰之效。燕国若不思变革，如何与二敌抗衡？臣冒死进言，求陛下效法邻国，革故鼎新！”

慕容暐眼中闪过一丝惊喜，瞳孔骤然扩展一圈，旋即恢复常态，盯着悦绾的白胡子，有气无力地说：“朕年少无知，如此大事，当与太傅商议后再做决定。”

悦绾听到这句答语，并不意外。微微一笑，用半是恭敬、半是鼓励的语气道：“陛下已近弱冠之年，当自摄国事，不必事事垂问太傅。”

“这——”慕容暐茫然语塞，仿佛若非悦绾提醒，都忘了自己是燕国皇帝一般。

悦绾心中一颤，脸上依旧和颜悦色。

“陛下已满十七。当年孙伯符继承江东基业时，便是十七岁。太原王执掌兵权时，亦是十七岁。就连姚襄继承羌人兵权时，也是十七。臣以为，陛下英明神武，不在前贤之下，以十七之龄，足以成就一番大业。陛下若有顾虑，可先行土断之法。”

“何谓土断？”慕容暐一脸懵懂地问道。

“所谓土断，便是以百姓真实居住之地厘定户籍，清查隐匿人口，也就是所谓的荫户。”

“土断有何好处？”慕容暐瞠目再问。

悦绾心中又是一颤，依旧耐着性子，娓娓答道：“土断之法，可将隐匿人口纳入户籍，归入朝廷之掌控，继而扩增赋税之源，充盈仓廪府库。此法简单易行，因此可为诸法之先，待朝野亲睹成效之后，再推行其余新政，可收事半功倍之效。此事可由陛下做主，由微臣执行，不必与太傅商议。”

慕容暐连连点头道：“也好，也好，悦卿可便宜从事。”

悦绾雷厉风行，先从京畿豪强下手，逐户清查。隐匿人口一经查出，立即遣散安置，绝不迁就。邺城豪门大为震怖，腰杆不太硬的，都只好乖乖就范。当然也有腰杆极硬的，依旧我行我素。慕容儁的胞弟慕容厉便是腰杆极硬的一位。

这日清晨，慕容厉饱睡醒来，早有七八个婢女款款而至，攀肩搬腿，各司其职，将穿衣着履、洗漱梳头、酒饭点心等一溜早课侍弄得行云流水一般。除了吃喝需要张嘴外，慕容厉都不曾动过一根指头。慕容厉刚从昏睡中清醒，又陷入酒后的微醺，忽然想去屋外透透气，于是伸起右手食指，轻轻指了指窗外。侍女会意，立即将他抬上步辇，移至一丈之外的庭院内。慕容厉斜躺在辇上，脸上映着白光，越发显得富态。他贵为下邳王、抚军将军，是燕国有名的福将。前年随慕容恪东征晋国泰山郡，他也是这样半躺半卧，食指都不曾抬起半分，晋国守将诸葛攸已弃城而逃，令他不战而胜，凭空捡来一份大功。如今，战事已遥远不可追忆，他也卸甲封剑，日日昏醉，似乎唯有如此，才不辜负这清平静好之岁。

但清平静好绝非易事。这不，慕容厉刚刚微闭双眼，便被门外的喧杂声惊出一个激灵。

"大王，悦绾的人到了，是放进来，还是赶出去？"管家匆匆奔来，用自己能想出的两大对策试探主人。

"放进来自然使不得。赶出去又容易惹出误会，显得本王仗势欺人。要让他知难而退，心甘情愿地自行离去。"

慕容厉双眼并未睁开，但他对门外的形势依然把控得极为精准，说出的对策也高出一筹。

"小的明白。"

过了片刻，管家又奔来喊道："悦绾老儿本尊也来了，口气很硬，要与大王亲口理论。"

慕容厉终于睁开略微浮肿的双眼，从齿缝中喷出一句话来："无神之地不来鬼！悦绾老鬼要来斗法，本王自当奉陪！"说完从辇上挺身坐起，婢女正要起辇，他已迈腿下地，大摇大摆地向府门走去。

"悦大人真是稀客！"

慕容厉早已望见悦绾被家丁举棍挡在门外，却不喝止。走到近前，才喝令家丁："还不放下棍子，悦大人年事已高，万一弄坏一根骨头，本王岂不成了大燕千古罪人！"

悦绾哈哈一笑，白须轻轻晃动。

"一把老骨头颇硬，下邳王莫怕。"

"岂敢岂敢，悦大人是德高望重的三朝元老，又是噀玉喷珠的燕国名士，本王哪敢轻慢？不知悦大人光临鄙宅，有何贵干？"

"老臣奉陛下圣旨，查治豪门隐匿民户，今日恰好查至贵府。"

"哦，还有这等圣旨？本王却不曾听过。"

悦绾从怀中掏出圣旨，给慕容厉看了，笑道："圣旨千真万确，请大王行个方便。"

慕容厉也呵呵笑道："圣旨自然不假。燕国朗朗乾坤，谁敢伪造圣旨？不过，光有圣旨还不足为凭，悦大人可有太傅手谕？"

悦绾收了笑容，白须根根直立，冷笑道："奉旨行事，无须太傅手谕。"

慕容厉依旧满面笑容："若无太傅手谕，另外两人的亦可。"

"哪两人？"

"本王爵位为先帝所赐，军功为太宰所封，家中所蓄荫户，都因此得来。悦大人若要查治，请拿出先帝或太宰手谕。"

悦绾白须乱颤，厉声道："先帝与太宰均已作古，大王如何说出鬼话？"

慕容厉也扯下笑面，凹鼻凸眼地喝道："本王逢人则说人话，逢鬼则说鬼话。悦大人明明能做长者，为何偏做老贼？明明能德高望重，为何偏要为老不尊？寻人晦气，难免自染晦气。小心驮棺材压死驴——双败兴！"说完大手一挥，家丁一拥而上，两扇朱漆大门猛然关闭，将悦绾生生挤出门外。

慕容厉怒气难消，又来到慕容评府上问计道："悦绾这个行将就木的老货，不趁早买好坟地，备好棺材，择个黄道吉日闭了双眼，却乔模乔样打咱的主意。叔父有何良策，能治治这老鬼？"

慕容评呵呵一笑，端起茶碗，呡了口茶汤，不紧不慢地说："不做亏心事，不怕鬼敲门。你平日若检点些，又何至于此？"

见慕容评一副漠不关心的模样，慕容厉又添油加醋道："慕容家打下的江山，岂容他人胡作非为？查我，便是查大王；查大王，便是对先皇帝大不敬。不但活人咽不下这口气，只怕列祖列宗也要痛哭于九泉！"

慕容评眉心肉瘊轻轻抖了一下，嘴唇离开茶盏，抿着茶末笑道："浮躁轻狂，怎做得了大事。"这话模棱两可，既像嘲讽悦绾，又像敲打慕容厉。

眼见慕容评终于透出一丝口风，慕容厉继续煽风点火："大王果然妙计在胸，早已给老鬼挖好了坑！"

"这个悦绾，三番五次敲打，全然不听。既然如此，只好送他早日入土，免得为祸人间！"慕容评幽幽地低声道。

慕容厉这才放心："有大王这句话，我还怕什么？大王若信得过，交在我手里，准叫他死得神不知鬼不觉。"

"不可！"慕容评摆了摆手，眉心一紧，肉瘊上闪出点点油光。

"此事宜明不宜暗。杀悦绾不过小事一桩，要紧的是昭示天下：谁敢断我财路，我必断其生路！"

说到“昭示天下”四字，向来口齿利索的慕容评忽然磕绊了一下，险些说成“昭示天子”。

慕容厉精神大振，拍手道：“索性照着秦惠王收拾商鞅的法子，来个五马分尸！”

“那倒不必，毕竟要给小皇帝留个面子。找个手脚爽利的刺客，光明正大送他归天！”慕容评轻描淡写地说完，悠闲地端起茶盏，会心地一笑。

却说悦绾初战告捷，兴冲冲地向慕容暐禀报战果。慕容暐依旧饶有兴致地盯着悦绾的白胡子，忽然瞠目道：“连日不见，悦卿颌下竟然生出几根黑须，莫非要返老还童？”

悦绾哈哈一笑：“老朽已是将死之人，助大燕返老还童，才是正理。臣厘定户籍一月，已清查隐匿二十余万户。若推行全国，至少可另得三十万户，总计五十万户，合人口二百五十余万！这些人口，战时为兵卒之源，闲时为赋税之源，可令我朝国力大增！”

慕容暐大喜，拍手道：“如此看来，多查几次户籍，便能再造一个燕国，岂不美哉！”

悦绾听此高论，哭笑不得，摇头道：“燕国积重难返，仅靠土断之法，尚不足以脱胎换骨。臣谋划多日，已拟定新政纲要，明日誊写后，再请陛下定夺。”说完起身告辞。

慕容暐大喜，亲自将悦绾送至殿外，目送他迈着沉稳坚实的步子渐渐远去。他以幼冲之龄登基，还从未参与过军国政事，更未决断过一件。这次与悦绾暗谋大计，既觉得新鲜有趣，又感到一丝难以名状的惊悚，竟是在位多年从未有过的体验。

悦绾出宫回府，腰身笔挺，步履稳健。凉风呼啸而来，将一部白须吹得恣肆狂舞，仿佛再吹片刻，就会变回一部黑髯。满腹的新政之策，也应风而动，扰得悦绾指尖发痒，只盼立即回到案前，挥笔写就。

眼看到了府门，忽闻身后足音追随，转头却不见人。继续前行，猛听得背后有人高喊：“悦绾倒行逆施，人神共愤。特为天下人锄奸！”未及转身，一把长剑已刺穿他的胸膛，鲜血汩汩涌出，浸透白色须髯。

“我死不足惜，只可惜堂堂大燕，亡无日矣！”

悦绾长叹一声，睁着两眼，须发迎风飘零，高大的身躯仿佛一株挂满松萝的古树，在斧斤斫砍下轰然倒地。他眼中的燕国，也随之旋转摇荡，最后静止为天倾地覆的颠倒世界。正邪错乱，是非颠倒，黑白反转，忠奸易位。贤良诤士将不见天日，奸佞之辈将飞黄腾达。尚武崇文的祖训终遭毁弃，贪鄙奢靡的时俗将风行天下。由他一手发起的新政即将戛然而止，化为故纸堆中的三言两语。旧政即将卷土重来，摧毁万物，吞噬一切。燕国终于失去扭转乾坤的最后时机，一步步滑向万劫不复的覆亡之境！

第二十六章

五公之乱

燕国变故传至长安，王猛趁机劝苻坚道："羌乱已平，燕国生变，秦国暂无忧患。愿陛下择机擒杀苻柳诸人，以杜绝后患！"

苻坚并不答话，却拈起一封邸报晃了晃，冷笑道："朔方送来急报，匈奴右贤王曹毂、左贤王刘卫辰联手反叛。曹毂先声夺人，已兵至杏城。朕欲亲讨叛贼，巡抚诸胡。请先生与卫大将军李威共辅太子苻宏，留守长安。"

王猛听到"杏城"二字，立即堪破苻坚的一番苦心，应声答道："长安无忧，请陛下安心讨敌，宣威匈奴、勒石燕然！"

眼见苻坚点了邓羌等一干战将，统领数万精兵北征而去，李威忧心如焚，嗔怪王猛道："陛下以万金之躯冒无谓之险，犯了大忌。景略明知此事，为何不加劝阻？"

李威对苻坚亲征之举一直颇有微词，因为自己身份尴尬，不便当面臧丕，便悄悄地央求王猛出面劝阻。岂料王猛嘴上妥妥答应，其实却从未劝过一句。

"陛下私事，我不便劝阻。"

"兵者国之大事，何来私事？"

王猛笑道："杏城既是御敌之境，又是淮南公苻幼的封地，陛下明为亲征，暗中亦有安抚苻幼之意。这层意思陛下碍于情面，并未挑明，王猛只好心照不宣。"

李威扬了扬髭须斑白的下巴，随即叹道："此话固然有理，但为人臣子，终究要与君分忧。见陛下将入险境而不置一词，终非上策。"

"李兄只知其一，不知其二。窃以为陛下之忧，不在杏城，而在长安！"

"景略何以知之？"

"陛下统帅近十万精兵，又有邓羌辅佐，剿平曹毂、刘卫辰两个无谋之辈，如牛刀割鸡耳。苻幼仅凭杏城的两万兵马，亦不敢铤而走险。相比之下，长安兵力空虚，却有可乘之机。苻幼素喜耍奸取巧，若果真有不臣之心，决不会在杏城与陛下力拼，而是乘虚偷袭长安！"一番话说得李威口服心服。

“景略高明，老夫自愧不如！”

不过两旬，朔方传来捷报，苻坚在杏城降服曹毂，并斩其胞弟曹活，邓羌亦在木根山生擒刘卫辰。苻坚已乘胜巡抚诸胡，宣威朔方。

苻宏、李威闻讯大喜。王猛却冷笑道：“陛下移师北巡，苻幼终于有了可乘之机。我推断三日之内，苻幼必会南犯长安！远来贵客，岂能怠慢？”

又过了两日两夜，长安城北的渭水之畔忽然兵马如云。大纛下，苻幼金盔金甲，身披猩红战袍，勒马高呼道：“渡过渭水，便是长安。破城之后，可为所欲为，抢掠三日！”说完挥鞭纵辔，率先驱马入水。

叛军群情激奋，高呼“长安”二字，蜂群蚁阵般冲向河畔。正值深秋枯水时节，渭水深不过腰，却冰冷刺骨。叛军被“抢掠三日”的许诺撩拨得热血沸腾，不畏寒冷涉水强行。

渡至半途，对岸芦苇丛中忽然鼓角大作，漫天的羽箭如冰雹雨点般疾射而来。苻幼措手不及，当胸连中两箭，仰面坠马而亡。

叛卒忽遭伏击，又骤然失了主帅，气焰登时熄灭殆尽。被苻幼煽动出来的浑身热血瞬间转冷，肉身再难抵御刺骨的河水，纷纷转身逃命。上了北岸，一哨官军忽然迎面杀来，李威一马当先，厉声高呼道：“尔等皆为秦国子弟，受苻幼唆使，才误入歧途。苻幼已死，还不归降！”李威在军中素有威望，一番话说得叛军羞愧万分，纷纷俯首归顺。

班师长安，王猛早已在城外恭迎。李威拍着王猛的肩膀赞道：“料事如神，用兵如鬼。李威自愧不如，唯有景仰膜拜！”

王猛全无喜色，眉头紧锁，挤出一个“川”字。

“景略胜而不骄，夕惕若厉，但又何至于忧心忡忡？”李威诧异道。

“小乱虽已平定，但大乱将至，秦国已入多事之秋。”

“愿闻其详。”

“苻幼虽死，尚有昆仲四五人，各自手握重兵，屯守险要之地，岂会善罢甘休？其兵力不足以各自为战，必会联手作乱，甚至串通燕国，也未可知。”

李威听得倒吸一口凉气。

“待陛下归来，景略务必劝他及早动手，解除苻柳兄弟兵权！”

“这是自然。只是陛下太重情义，恐怕难为言辞所动。”

二人相视黯然。

数日后，苻坚匆匆班师回京。他在巡抚途中已听闻苻幼作乱被诛的消息，一度充盈周身的大捷之喜瞬间消散，千愁万绪郁结心头，挥之不去。

刚到长安，细作又送来一条骇人听闻的密报：“晋公苻柳、赵公苻双、魏公苻廋、燕公苻武与苻幼勾结，本欲联手起事。只因苻幼性急，趁陛下北征时擅自起兵，才阴谋败露。”

王猛立即劝苻坚道：“四人各据险要，占了秦国兵马、国土之大半，一旦反叛则秦国危矣！趁其尚在犹豫观望，陛下应抢先出手，断其生路！”

苻坚沉吟道：“我以仁德号令天下，终不能同室操戈，令天下人耻笑。”

四公之中，苻双是苻坚一母同胞的亲兄弟，与苻融、苻忠同为手足至亲；苻柳则是苻健的爱子，自幼与苻坚结伴读书，情谊非同一般。苻腾、苻幼之死，虽非苻坚亲手所为，却足以令他怅恨久之；此番让他亲自向四个兄弟下手，更是难比登天。

就在苻坚、王猛为随时将至的内乱而忧心之时，燕国又生变故，被慕容评压制多日的慕容垂终于熬出了头，凭借百官的联手推举而官复原职。

燕国有识之士对秦国局势洞若观火，无不摩拳擦掌，谋划攻秦之策。慕容垂更是踌躇满志，以为天赐良机，可令他一逞平生之志，再现韩信、王翦之功！但他与慕容评、慕容暐隔阂已久，若冒昧请缨，难免不受二人猜疑。思前想后，慕容垂决定由胞弟慕容德出面进言，自己只在暗中操控。

慕容德心领神会，上疏道：“扫平六合，乃先帝之志。陛下当继而成之。如今秦国兄弟阋墙，国家将一分为五。诸苻争相来燕通款，或为投诚，或为请援。上苍将以秦地赐予大燕，天予不取，反受其咎。可命皇甫真率领并州、冀州兵众直取蒲阪，吴王慕容垂引许昌、洛阳之兵驰援苻廋，太傅总领主军为后继，传檄关中。秦国各地豪杰必会望风响应。混一北国，一举而成！”

众臣大多深以为然，纷纷随声附和。慷慨之声，激昂之语，一时响彻大殿。

慕容暐不知深浅，揉着惺忪的睡眼，懵懵懂懂地瞄向慕容评。

“范阳王所言极是。”慕容评斜眼瞟见慕容垂气定神闲地稳坐群臣之中，心里早已明白了七八分，暗骂道：这奸猾之徒老实了一年半载，又故态复萌，明明是自己的主意，却让你兄弟出头！

摸了摸眉心的肉瘊，慕容评眯眼答道：“不过，秦国乃大国也！今日虽遭逢内乱，依旧不可小觑。先帝与太宰在世时，都不曾对秦国用兵。陛下之英明，不及先帝；我辈之才略，又逊于太宰，焉敢以非分之想，置国家于险境？关中非眼下所宜图也！”

他说得冠冕堂皇，但肚里盘算的真正理由却有些见不得人，原来苻柳、苻廋为求燕国应援，暗中已向他进献无数金银，而苻坚为求燕国中立，也源源不断地向他进贡。慕容评两头通吃，左右逢源。若忽然伐秦，非但断了这两条财路，还要倒贴无穷心力。况且真要动起干戈，获益最多的必然是这位善于用兵的侄儿慕容垂，而非自己。慕容垂若是借机得志，日后恐怕更难驯服！

“诸公既无异议，便可退朝。”慕容评唯恐夜长梦多，匆匆散朝而去，留下一片颓然叹息之声，在殿内此起彼伏。慕容垂与慕容德交换眼神，无可奈何地摇摇头。

二人骑马一前一后驰向戚里。忽听一声吆喝：“蒲阪柿饼，舜都佳品！”慕容垂听到“蒲阪”二字，心中一动，却见迎面来了一个小贩，拎了一篮金黄的柿饼笑道：“蒲阪柿饼天下无双，但在燕国却不常见。老爷既然识货，何不买几斤尝尝？”

慕容垂迟疑不语。

“今日不买，他日将追悔莫及！”小贩收了笑容，似乎话里有话。拿起一只柿饼，眨眨眼递在慕容垂手里。

“送老爷一枚尝鲜，好吃再来找我。”说完拔脚而去。

接过柿饼，慕容垂脸色一变。原来柿饼之下藏了一戏纸团，硬硬地抵在他的掌心。慕容垂取出纸团，展开读道：“苻坚、王猛，皆人杰也，谋为燕患久矣。今不乘机取之，恐异日燕之君臣将有甬东之悔矣！苻廋顿首。”

原来苻廋厉兵秣马，只等慕容评应允出兵，便在秦国大举起事。哪知慕容评拿人钱财，却不替人消灾。苻廋大失所望，只好转向慕容垂求援。

慕容垂捏着纸条，给慕容德看完，又揉成一团，揣在怀里。

“兄长有何打算？”

慕容垂与慕容德对视片刻，脸上的筋肉起伏交错，挤出一丝苦笑，猛然仰天长叹道：“大丈夫不能纵横天下，却日日仰人鼻息，岂不悲哉！”

他自从领教慕容评的狠毒之后，便只能韬光养晦、明哲保身。况且慕容恪之死，令他在朝中失去靠山，处境越发尴尬。如今官复原职，已经谢天谢地，怎愿为西邻之国事与慕容评再生龃龉？他对苻廋之言深以为然，却爱莫能助，唯有一声浩叹。

四公通敌谋反的传闻早已不胫而走，焦灼之氛笼罩秦国，如灾似疫，搅得朝野人心惶怖。各路将士枕戈待旦，准备随时出征。

危急存亡之际，苻坚仍被亲情羁绊，难下决心。王猛反复劝说，都无济于事，只好撂下一句重话：“四公谋反之心，已路人皆知。陛下再不动手，秦国必亡！”

“‘棠棣之华，鄂不韡韡，凡今之人，莫如兄弟。’四公与我同为先祖苗裔，血脉相连。或有不臣之心，却无叛逆之实。他日或有悔意，也未可知。我终不能抛却亲情，下此狠手。”

王猛正色道："兄弟之情，乃陛下私事，但叛国之罪，却是天下公事！请陛下斩断私情，以公事为重。四公叛逆与否，不难试探。陛下只需以进京议事为名下令征召，看他敢不敢从命！"

犹豫再三，苻坚一边传下征召令，一边梦想四人将从容入京，与他重修旧好、冰释前嫌。

哪知千般美意，换来的却是四公联名传布的一纸檄文：

"篡国弑兄之仇，不共戴天。特兴义师，剿除奸逆。布告天下，咸使闻之！"

百官传阅，无不义愤填膺。檄文传至邓羌，被他一把扯成两段，甩在地上。

"是可忍孰不可忍！邓羌愿奉诏讨伐，扫平暴君余孽！"

"张蚝甘作先锋！"

"吕光愿为陛下讨逆！"

辇下一片哗然。

苻坚心中五味杂陈。虽然强作镇定，脸色却越发阴沉。

"棠棣之情，终不可抛也！兵戈相见，何以收场？示之以亲，犹有回心转意之望。"

于是取来四只酥梨，各咬一口，命快马将啮过之梨分送四公驻地，并传去口谕："我素来厚待诸公，自忖并无失礼之处，诸公何苦造反！我不愿手足相残，因此暂不出兵。若能罢兵，可不咎既往，一切如故！"

苻柳接了口谕，捧了啮梨，立即心领神会：梨与"离"同音，暗含相思之意；梨子看似坚韧，咬破外皮，果肉却脆弱不堪，因此啮梨之喻，又有规劝自己勿置秦国于危境之意。但我堂堂苻柳，注定要干一番扭转乾坤的大事，岂会因为一颗梨子而罢手？苻柳横手捏梨，眉毛却渐渐倒竖，忽然甩臂猛挥，"噗"的一声，青皮白肉碎了满地，汁水四处飞溅。苻柳大为解气，心中快意奔涌，虽然脸上溅了梨汁，也不介意。摸了把额头，指间粘了两根似雪的白发，悠悠忽忽飘落在地。苻柳目光随着白发缓缓垂落，耳畔忽然响起"皓首功成"四个字来，正是当年道升和尚对自己的预言。斯人已逝，自己空有皓首却不得成功，怎不令人嗟叹！良机再至，岂容错过？苻柳的满腹遗憾，转眼间化作一腔怒火，顿足厉声道："深仇大恨，岂是一颗梨子所能化解？你若将首级送来，我立止干戈！"

一秋一冬接踵而去，转眼又至东风骀荡时。苻柳登上蒲阪城头，俯首西望。只见滔滔黄河如同一条黄玉宝带，由北向南蜿蜒流过。昔日连接黄河两岸的蒲津舟桥，如今已拆去桥板，变成泊在东岸的一排散舟，恰似缀在玉带上的一串铜钉。蒲阪地处秦晋要冲，河东为晋地，连接中条、太行二山，地势耸拔；河西为秦地，为关中平川之东端，地势低平。蒲阪曾是舜帝之都，贵为天下首善之区。沉寂数千年后，这座小城又因苻柳之叛而成为天下人的关切之地。

苻柳的目光扫过河水，划过西岸的漠漠平川。只见一片营垒疏疏落落地散布其间，正是王猛、邓羌扎下的秦军大营。这营地距蒲阪说近不近，说远不远，进无进意，退无退意，仿佛一群终日在屠门外晃荡却从不入门叼骨的猛犬，不知是何居心。苻柳看得心中发堵。

转身东望，巍巍中条山仿佛一座铁壁横亘于前，唯有一段豁口透出一丝活气，直通东方的燕国。可惜这段活气徒有其势而不得其用，始终未能化作一条供他回旋的活路。苻柳正要转过脸，忽然吹来一股夹沙带土的邪风，灌了他满鼻满嘴。苻柳啐了一口，暗骂道：将亡之国，刮来的风都这般丧气！他原本对燕国期冀甚高，以为自己这回在秦国举事，必会得到慕容氏的鼎立襄助。哪知慕容评、慕容暐都是鼠目寸光的庸夫俗子，居然对这天赐良机无动于衷！

起事之初，苻柳曾向三位兄弟提议，兄弟四人同时起事，先入长安者为王。因四公各据关中的四个边角，距长安远近相当，兵力也颇相近，因此一拍即合。但在苻柳心中，却另有一番上不得台面的算计。蒲阪与燕国为邻，若得燕兵相助，必能先入长安！苻柳已与燕国通款多年，遣使借兵，自然轻车熟路。可惜他送钱如流水，却借不来燕国一兵一卒。少了燕国这一强援，苻柳自忖胜算少了一半，并不急于求战。况且战场风云诡谲、瞬息万变，先出兵者未必能占得先机，与其巴巴地强出头，不如稳坐钓台。因此虽然每日派百十名小卒去秦营骂阵，却从不出兵强攻。王猛、邓羌也颇有默契，任他百般辱骂，都闭营不出。两军对峙半年，虽然暗藏杀机，表面上却相安无事。

东风稍歇，世子苻良来报："秦营依旧一潭死水。王猛、邓羌照例对弈终日，别无他事。"

苻柳点了点头，一脸厌倦地苦笑道："这两句词连听了七八天，听得好不腻烦！"

"下棋的尚未下腻，观棋的又何必心急？"

苻柳正色道："说得好！我不过试探你的耐心而已。高手对决，看似平淡，却随时暗藏杀招。观敌、料敌，应日夜不辍，不可有丝毫大意。"

每日清晨，先登城远观敌营，再近听斥候之报，是他半年来从不间断的早课。但半年雷打不动的勤勉早课仅仅换来王猛、邓羌终日"对弈"的闲报，多少有些令人气闷。

"北边有无进展？"苻柳又问。

"张蚝、杨安醉生梦死，任凭魏公如何骂阵，都缩头不出。"苻柳眼珠轻轻转了转，暗笑道：老十苻廋毫无主见，只知依样画葫芦，见我向燕国借兵，也派人去邺城打点，见我骂阵不战，也来东施效颦，直教人笑掉门牙！相比之下，苻柳并不担心来自十弟的争竞，却越发怀疑秦军的真实意图。

“王猛、邓羌，再加张蚝、杨安，都是秦国名将，为何如此怯阵？是否另有深意？”

“近来孩儿从敌营听到一丝风声，或许能解父王之惑！”

“有何风声？”苻柳眼前一亮。

“东方蒲阪、陕城与强燕相邻，苻坚怕招来燕兵，因此再三叮嘱王猛、张蚝远远扎营，不得逼迫太紧，更不得擅自出战。西线毗邻弱国西凉，却无此忧虑，因此围城甚紧。”

“原来如此！”苻柳舒了一口长气，心中的疑团立时散尽，冷笑道：“苻坚逆竖，虽被一群胆大狂徒抬上皇位，但终究改不了懦弱本性，怎能与先帝的亲生骨肉相提并论！”

他素来瞧不上叔父苻雄家的几个堂兄弟，觉得这几人文绉绉满身华夏风气，全无祖传的氐家雄武气象。

他接着又问：“西边战事如何？”

“不出父王所料，赵公、燕公果然性急，已忍耐不住，联手出击！赵公在上邽杀退杨成世，燕公在安定击败毛嵩。苻坚手头无兵可用，好比耍猴的死了猢狲，只好用守卫长安的吕光、王鉴充数，领了三万人马去救急！”

苻良说得眉飞色舞。

苻柳喜不自胜，一拍大腿道：“苦等半年，等的便是此时！关中兵力空虚，危如累卵，只要抢在老十之前出兵，长安便唾手可得！”

苻良笑道：“父王所言极是！只是王猛、邓羌两头镇宅兽守在这里，却不好摆弄！”

“物以类聚，人以群分。我看王猛与苻坚是一路货色，虽有虚名，其实是个手无缚鸡之力的懦弱书生。邓羌虽然了得，但承平日久，髀肉复生，哪里还有当年之勇？不过凡事不可侥幸，为求万全，还应试探一番。”

“半目小负！”

只听一个粗豪浑厚的嗓音哈哈笑道：“我邓羌出征半年，虽无仗可打，棋力却大为见长！”

王猛重摆棋枰，笑道：“邓将军棋风刚猛，世间罕见。不过依我忖度，这优游对弈的时日已屈指可数。”

“何以见得？”

“今晨收到邸报，杨成世、毛嵩双双失利，陛下已派吕光率兵堵截苻双、苻武。邓将军以为苻柳将何以应对？”

邓羌眉头一扬，一拍大腿道：“苻柳是个闻不得花气的狗头蜂，定会趁机偷袭长安。”

话音刚落，副将徐成大踏步奔至帐内。

“五千叛军已渡过黄河，来到营外搦战！”

王猛与邓羌相视而笑。

徐成不明就里，晃了晃魁硕的身躯，抱起醋钵大小的拳头，粗声请战道：“徐成愿出营应战，扫平叛军，灭了苻柳气焰！”

王猛拈着棋子轻敲棋枰，漫不经心地答道：“三军不可擅自出战，违令者斩！”

徐成虽觉扫兴，却不敢顶撞，恨恨地扭头退下。

棋局下至中盘，徐成入帐再报：“叛军骂阵不休，言语不堪入耳！三军将士看不得敌军跷尿骚，纷纷请战。”

王猛盯着棋盘，轻描淡写道：“任他辱骂，力乏必止。”

徐成心有不甘地瞪眼离去。

下至官子，徐成又报：“叛军骂得疲乏，倒地乱睡，鼾声四起！若是此时出击，可获全胜。”

王猛冷笑道：“敌军有诈，不可轻举妄动。”

徐成终于按捺不住，厉声喝道：“我徐成是个堂堂汉子，不是石头佛像，容得下鸦雀满头拉屎。征战多年，从未打过如此憋屈之仗！”

邓羌斥道：“徐成不得放肆！”

王猛这才放下棋子，抬头笑道：“我与苻柳对峙半年，故意示弱不战，叛贼已生轻敌之心，即将犯下大错。此时若是出击，将前功尽弃。”

徐成醒悟，晃着硕大的头颅道：“原来如此！只是将士已忍无可忍，不知何时才能出口恶气？”

“叛军在我营中多有耳目。军机大事，不可轻言。请徐将军回去养精蓄锐，等候差遣！”

夜色渐深，东风起起落落，将高挂辕门的秦军旗号吹得东倒西歪。灯火稀疏的秦营内一片死寂，唯有谯楼上的阵阵鼾声穿透暗夜，真真切切地传至营外平川。

苻柳听到鼾声，颇觉滑稽。嗤笑一声，传道：“三军务必衔枚疾进，不可惊扰王猛大人的清梦！”

不过片刻，两万步军已将秦营抛在茫茫夜色之中。苻柳这才令士卒点亮松明火把，只见一条不见首尾的火龙，扭动着遒劲的身躯，向长安方向腾挪而去。苻柳快马加鞭，心中充盈着御龙而飞的快意，暗赞道：此番夜袭长安，鬼神莫知，且看明日之江山，谁为主宰！行出五六十里，斥候来报："东边忽现数千骑兵，朝我军背后急追而来。"

苻柳先是一愣，随即恍然大悟："一定是老十听到风声，也来趁火打劫。这一手玩得精明老道，全无惯常的懵懂拙笨。莫非是我平日小觑了他？"

他捻捻胡须，已打定主意：眼下稳住苻廋，与他合力西进；到了长安城下，便只看城门，不看面门，苻廋若敢争先，莫怪我无情！于是命副将率领大军先行，自己领了三百铁骑宿卫，拨转马头，迎候苻廋。

过了一顿饭的工夫，东边传来阵阵马蹄声。星星点点的火把由远及近。不过片刻，一哨轻骑已急驰而来，苻廋一马当先，煞是威武。

苻柳抱拳高呼："十弟，别来无恙？"

苻廋并不答话，忽然大吼一声，挺矛迎面刺来。苻柳慌忙躲过，借着火光定睛细看，却是秦国猛将邓羌！

苻柳气破胸膛，骂了声："竖子敢施诡计！"纵马舞刀，向邓羌砍来。邓羌用矛尖轻轻一磕，将苻柳的长刀击落在地。苻柳急中生智，假装弯弓搭箭，趁邓羌躲闪之际，拍马向西逃去。邓羌一挥蛇矛，秦军齐齐亮出寒光四射的环首刀，奋勇砍杀过来。叛军狼奔豕突，伤亡无数。

原来王猛故意示弱，引诱苻柳出兵西进。等苻柳离城数十里，与蒲阪守军首尾不能相顾时，才令邓羌引七千轻骑全力追击，果然大获全胜。

趁着夜色，苻柳率领残兵败将仓皇败退。因为担心形迹暴露，命士卒熄灭火把，摘去銮铃，迂回数十里，终于平安退至黄河岸边。夜色无情，却也公平无私，既能遮蔽追兵，也能掩护逃敌。今夜之战，可谓死也夜色，生也夜色！

苻柳立在黄河岸边，遥望灯火阑珊的蒲阪城，心中悲喜交加。悲的是高贵繁华的长安已远不可及，此生恐怕再也无缘相见，喜的是犹有这座破败小城可以落脚。苻柳鼻头一阵酸楚。军卒在河岸渐渐汇集，向连夜搭建的舟桥蜂拥而去。猛听得锣鼓震天，夜色中忽然亮起无数火把，犹如星宿落地。火光闪耀处，一员大将拍马舞刀，直冲而来。

"徐成在此，苻柳休走！"

苻柳哪敢恋战，拨马便走。趁着天光未亮，左右迂回，甩掉徐成。

过了舟桥，苻柳一气奔至蒲阪城下。回过头，借着熹微的晨光看去，身后仅有百余名宿卫跟随。城头守军认出苻柳，急忙放下吊桥。苻柳奔进城内，喝令守军升起吊桥，紧闭城门。追随其后的亲兵大多未及进城，在城外叫骂不止。苻柳权当未听见，打马直奔王府而去。他深知蒲阪已不可守，眼下唯一生路是收拾金银细软，带了家眷投奔燕国。

眼前现出一片高墙巨邸，朱漆大门忽然洞开，苻柳拍马直入。迎面忽地撞来五六个愣头呆脑的粗壮走卒，不由分说将他扯下马来。苻柳正要发作，忽见一个儒生打扮的中年人引了一群雄赳赳的甲兵，急急赶来。

苻柳不认得此人，见他敝履粗服，便厉声骂道："腐儒贱吏，竟敢趁乱造反！"

那人朗声笑道："王猛不请自来，多有唐突！"

苻柳惊得两腿酥软，险些跌倒在地。

"还不给我拿下！"苻柳高喝一声，环顾左右，却引来一阵哄笑。苻柳这才明白蒲阪已失，就连自家府邸都已落入官军之手。

"苻柳不识时务，远承暴君余辜，近通邻国强寇，为颠覆秦国，无所不用其极。我奉旨讨伐，既为秦国剿除叛逆，亦为陛下清理门户！"王猛厉声喝道。

苻柳恼羞成怒，瞪眼骂道："你耍奸使诈，一夜之间三次算计本王，可谓胜之不武！"

王猛正色斥道："君子胸藏六韬三略，以仁术为本，诈术为辅，遇良人则施仁术，遇奸徒则施诈术。你蒙受陛下惠泽，恩将仇报，不顾再三规劝，一意反叛。以诈术擒你，合当如此。可笑你落得如此下场，依然不思悔改、不知羞耻！不知九泉之下，还有何脸面再见列祖列宗！"

王猛每说一句，苻柳的脸色便增红一分，转眼间已由红转紫，由紫转青。话音落下，忽又变得煞白，与满头白发浑然而为一色。苻柳猛地两腿挺直，耸身狂笑道："秦国欠朕一个皇位；天下欠朕一个公平。当年先皇选定皇储，本来选中本王，却被苻生抢去。苻生无道，秦国岌岌可危，全凭本王力挽狂澜，苻坚却乘乱窃取帝位。谬矣！谬矣！朕才是真命天子，尔等乱臣贼子，还不俯首就擒！"

苻柳不知从何处得来一股蛮力，突然大吼一声，挣脱束缚，擎出腰间匕首向王猛刺来。

早有卫士挺刀拦住，苻柳不知闪避，迎面撞上，长刀贯胸而出，手中匕首坠地，身躯随即倒下，嘴里犹自念叨："朕才是真命——"

天子两字未念出口，苻柳已气绝身亡。

收复蒲阪后，王猛、邓羌又乘胜南进，与张蚝、杨安合力攻克陕城，生擒苻廋。至此，东线之敌已悉数剿灭。

西线战事也逐渐明朗。吕光、王鉴自长安起兵西进，在榆眉县与苻双麾下大将苟兴遭遇。王鉴力主速战速决，吕光却另有打算："苟兴轻装急进，气势虽旺却难以持久。此时决战，利于叛军而于我不利。若坚守不战，待苟兴粮尽退兵时全力追击，必能事半功倍！"

相持十余日，苟兴果然粮尽而退。吕光、王鉴挥师追杀，斩获无数。榆眉战败后，苻双、苻武元气大伤，只得合兵退守上邽，最终城破被诛。

历时一年有余的叛乱终被平定。除战死的三公之外，苻廋及诸公子嗣皆被押送至长安。苻坚亲自在东堂审讯苻廋，望着这位昔日亲密无间，如今却沦为仇雠的堂兄，黯然问道："你素有长者风范，何苦勾结苻柳诸人造反？"

苻廋羞愧万分，低头答道："臣本无叛心，但几个弟兄屡谋逆乱，臣担心连坐而死，故而随波逐流。"

苻坚悲从中来，洒泪道："我固知谋反非你本心。但事已至此，死罪难免。念你素来忠厚，特赦免汝子性命，以保全高祖皇帝血脉。"又下令将其余三公的子嗣一并斩首。

传完命令，苻坚端坐龙辇闭目养神。近日的乱局搅得他心神不宁，此时虽得片刻清静，胸口依旧怦怦乱跳，头颅嗡嗡作响。忽听门外传来一声吆喝："太后驾到。"玉阶上随即响起急促的脚步声。苻坚慌忙起身迎接。只见苟太后急匆匆进了大殿，脸上半是怒色，半是戚容，厉声喝问道："当了皇帝，岂能忘了手足之情？苻廋、苻双一同谋反，为何赦免苻廋子嗣，却不为双儿留下血脉？"

苻坚含泪答道："秦国基业，由高祖亲手创立。高祖之子不可以无后。至于仲群，不顾太后令名，危害宗庙，其罪不可赦免。我终不能以天下之法，徇一己之私！"

苟太后掏出手帕拭去眼角浊泪，胸中怒气已消了大半。叹了口气，强作笑颜道："坚儿大公无私，格局宏远，堪比古之贤君。我有儿如此，已心满意足！"

苻坚犒赏平叛功臣，更对王猛的用兵之道赞不绝口："先生用兵如行云流水，淋漓酣畅，一气呵成。虽古之良将也不过如此。先生既是千载一遇的良相，又是用兵如神的名将。如此全才，遍观史书而不可见！"王猛摆手道："陛下谬赞。区区小胜，何足挂齿。叛乱既平，秦国已度过桓温北征之后第一危厄之难，崛起之势不可阻挡。臣愿以天地起誓，三年后为陛下扫平燕国，一统中原！"

"燕国乃天下第一强国，国力远在秦国之上。灭燕绝非易事，先生不必心急，请以十年为期。"

王猛淡然笑道："慕容恪殁后，燕国纲纪大坏，外强而中干，不足为虑。十年太久，臣只需三年，便可将燕国纳入大秦版图！"

苻坚两眼精光四射，慨然赞道："壮哉斯言！"

第二十七章

三次北伐

新亭扼守建康城西南门户，自古便是兵家必争之地。从新亭西行二里，是一条三岔路口，左边之路通往江岸，右边之路通往江南名刹新亭寺。被左右两路夹在中间的一片青冈，则是被“看死”的绝代美男卫阶之墓。此处风光壮丽，又毗邻两处名迹，因此是个迎宾送客、宴饮雅集的胜地。数十年前的一个丽日，南渡诸公相邀新亭，席地饮宴。名士周顗忽然叹道：“风景不殊，正自有山河之异。”众人无不相视流泪。唯有丞相王导愀然变色道：“当共勠力王室，克复神州，何至作楚囚相对而泣？”从此“新亭对泣”的典故便广为流传。

今日的新亭依旧名士云集。名重江南的东山隐士谢安被数十名送行的朝臣围在中央，如众星捧月一般。只见他中等身材，舒眉朗目，长髯飘飘，一幅风神清秀、沉稳练达的儒雅之气。谢安年逾四旬，已在会稽郡的东山隐居二十余年，却还没正经做过一天的官。每次收到朝廷征召，他都以种种借口婉言回绝。纵使盛情难却而勉强赴召，也不过数日，准会辞职回山。此番出山，却事出有因。原来谢安的胞弟谢万去年升任西中郎将，奉命北伐燕国。谢安深知兄弟并无将帅之才，便写信劝他放下名士的架子，多多宴请诸将、取悦军心。谢万不敢怠慢，立即照办，却在宴席上横眉立目，用如意指着众人道：“诸君都是劲卒。”惹得诸将愤恨不已。谢万既无服众之能，又无御敌之策，终于兵败寿春，削职为庶。眼见谢氏人才凋零，谢家的声望也一落千丈，谢安甚为不安。恰逢桓温改任扬州牧不久，欲邀谢安出任司马，掌本府军事。谢安再无推辞不受的底气与理由，只得怅然应允。

谢安与众人逐一话别，准备启程。忽见御史中丞高崧踉踉跄跄地挤到谢安面前，喷着酒气笑道：“谢公屡次对抗朝廷，高卧东山，不知不觉已逾二十载。众人时常议论说：‘安石不肯出山，将何以面对天下苍生！’如今安石终于出山，不知天下苍生又将何以面对足下？”这句玩笑话其实道出了江东无数士人的疑惑：这位隐居东山二十多年的名士，究竟是为了逃避富贵，还是为了沽名钓誉；这位誉满天下的人物，究竟是个实至名归的经世伟才，还是个殷浩一般的颟顸废物？

王羲之颇觉此话不合时宜，瞪了高崧一眼道："高大人每饮醇酒，便能发出高论。安石是百年不遇的旷世奇才，岂是旁人所能相比？"谢安却笑而不答。

来到姑孰，谢安径直前往桓温府邸。桓温大喜过望道："安石终于出山，真乃天下苍生之福！"谢安连称惭愧。二人共坐书房东窗之下，三五个茶童在窗外忙忙碌碌，或在红泥风炉中装入木炭，点上明火；或将姑孰溪水注入铁釜，置于炉上；或将烤热的茶饼研筛成末。待溪水煮沸，将茶末撒入水中，釜内立即泛起一层浮云般的白沫。一股清香透过湘妃竹窗飘飘而至，幽幽地溢满书房。

桓温亲自为谢安端上热茶，叹道："令兄在荆州做司马时，曾逼我饮酒。我走投无路，只得到南康公主屋内躲避。不料南康公主竟喜出望外道：'要不是谢奕这个狂司马，我哪有机会见到夫君？'此事恍然如昨，而令兄已不在人世，我也垂垂老矣。白驹过隙，忽然而已，怎不令人唏嘘！"

谢安呷了口热茶，问道："桓公贵体安康否？"桓温摇头道："眼花齿落，一身老病，早已不复当年之勇。近日得了个草头方，日日服药调理，才略见起色。"

话音未落，忽见一位身材瘦小的幕僚引了药农，在门外探头探脑。桓温笑道："谢司马不是外人，还不进来。"

桓温向谢安介绍道："这位是南蛮参军郝隆先生。他的壮举，安石可有耳闻？"

谢安笑道："郝先生袒腹晒书的故事，在下早有耳闻。"

原来郝隆年轻时家中贫寒，曾见邻人在烈日下曝晒绫罗绸缎，便袒露腹部，仰卧一旁。别人问他缘由，他却答道："我晒腹中书。"

桓温嗔怪道："昨日高士雅集，你一句诗没作，活生生罚了三大杯。也不知当年晒的腹中书哪里去了。"

郝隆拍拍肚皮，哈哈笑道："那是我嫌雅集无趣，才故意出丑，博诸公一笑。若要腹中诗，现在就有。"

说完走到案前，提笔写了首五言诗。桓温看了第一句，便忍不住念道："娵隅濯清池。这娵隅究竟是何物？"

"蛮人称鱼为娵隅。"

桓温不解："写诗为何要用蛮语？"郝隆捋了捋稀稀拉拉的山羊胡子，一本正经地说："我千里迢迢投奔足下，只得了南蛮参军的卑职，若不说几句蛮语，岂不亏了？"

桓温哈哈大笑。

郝隆本想抛砖引玉，见桓温并不接话，便不再提升迁之事。转身指着药农肩头的背篓："草药已经送来，请桓公过目。"

桓温看了看草药，捻须笑道："都说草木无情，但草木之名却不乏情致飞扬者，像青黛、佩兰、剪秋萝之属，哪个不是屈大夫笔下的楚辞味道？更有甚者，前日我得了四味奇药，名字个个叫绝，叫作七叶一枝花、文王一支笔、头顶一颗珠、江边一碗水，实在是闻所未闻！"

郝隆听了瞪大双眼，一拍大腿："妙哉！"桓温笑道："南蛮参军惊成这样，莫非又要说蛮语了？"郝隆一边拨拉山羊胡，一边得意地点头道："这四味药号称'四一'，在下却有所耳闻。据说生在上庸郡的深山之中，极为罕见。当年文帝得了中风，曾尽遣州郡军民遍山寻找，也不过采到两味。桓公一下子便集全了四味，岂非天意？况且这四一之名，不仅荣尊无比，又无一不与桓公暗合！"

桓温眼中泛起紫光，盯着郝隆笑道："就说这'七叶一枝花'一味，怎与我暗合？"

郝隆唾星四射地说："我朝占据天下八州，桓公新领扬州牧，位居其余七州之上，不正是七叶一枝花吗？"

桓温颇为受用，忽然轻抚郝隆的后背笑道："阁下在南蛮参军位上屈尊已久，不过要你磨一磨恃才傲物之气。来日必能担当大任！"郝隆大喜，立即挺直腰板，仿佛瞬间长高了三寸。

桓温又从药篓里拈出一根远志，问谢安说："此物之根叫远志，茎却叫小草。本是同一物，为何却有两个名字？"

谢安仍在思索，郝隆却脱口而出："在山隐居时叫远志，出了山便是'小草'。"谢安听出郝隆语含讥讽，不禁满脸愧色。

桓温拍了拍谢安的肩膀笑道："郝参军的玩笑虽然有些过头，但并无恶意。安石雅量非常，必然不会挂在心上！"

二人畅谈终日，直至红日西坠，谢安才起身告辞。桓温送走了谢安，笑着问郝隆："谢安温文尔雅、老成持重，其志趣才具远超世俗。我堂上何时有过这样的宾客？"

郝隆笑道："在我看来，谢安只有一处不好。"

桓温忙问："促狭之人，又有什么鬼话？"

郝隆道："谢安有鼻疾，说话鼻音太重。"

桓温大笑。

次日清晨，桓温率领一班心腹幕僚来到谢安府邸。长随启门道："谢公正在后院吟诗，待小人进去禀报。"

桓温挥手道："不必了，我们去后院找他。"一行人穿过游廊来到后院，远远听到竹林尽头传来浑厚低沉的男声，用洛下书生调缓缓吟道：

"朝乐朗日，啸歌丘林。夕玩望舒，入室鸣琴。五弦清激，南风披襟……"

桓温止步细听，只觉谢安之诗格调高古，其吟诵更是沉郁浑厚、韵味悠长，不禁捻须微笑。

郝隆也低声赞道："昨日我还笑他鼻音太重。谁想其洛下之咏竟如此醇厚典雅！"

吟完诗篇，谢安又慢慢取下头巾，用木梳细细梳理头发。众人陪着桓温立在游廊尽头，远远地看。过了半晌，谢安仍未梳理完毕，众人不禁有些焦躁。

桓温笑道："谢司马性情迟缓，我们等他戴好幅巾再现身。"

王珣性急，终于按捺不住，高声道："谢司马好大的架子！"谢安听到后不紧不慢地取来幅巾戴好，这才过来相见。

桓温笑道："安石的洛下书生咏不同凡响，足以颠倒众生！"

谢安道："所谓不同凡响者，不过是鼻疾沉重罢了。"

桓温道："安石自谦太过。天公作美，你又是初来乍到，何不一起出城走走？"

一行人打马出了姑孰城，朝孙权黄武城遗址驰去。路边竹木苍翠、溪水潺潺处，露出一座学宫，里面依稀传来学子诵读之声。桓温笑道："这是老夫新修的小学。安石何不进去看看？"进了学宫，只见里面白墙黛瓦，银杏成林，三五成群的学子正捧着书卷，立在树下诵读。忽见几个十七八岁的学子一手握书，一手捏鼻，摇头晃脑地背诵诗经《黄鸟》篇。桓温觉得好笑，上前问道："捏着鼻子背诗经，这是哪位先生教的？"学子纷纷停下施礼，一人回答道："听过谢安石先生的洛下咏，爱其沉郁浑厚之味，因为学不来他的鼻音，只好捏了鼻子！"

一行人离了学宫，来到黄武城遗址。桓温领着谢安登上一座小土山，捋着灰白的胡须，用马鞭指着山下的断壁残垣道："这是孙权于黄武年间修建的旧城，周长不过五里，可屯兵万人。"又指着远处道："那是老夫修的姑孰新城，高三丈，周长十五里，可屯兵十余万。"说完转身问谢安："老夫与孙仲谋都在姑孰筑城，可谓不谋而合、古今同契。安石识见不凡，以为此地山川形势如何？"

谢安微微一笑，不紧不慢地说："此地乃江东屏障，扼守京畿咽喉，可定其安危、决其生死。但于东南大局，地利不如建康；于天下大势，更不及关中、洛阳。窃以为，姑孰小城由一寻常忠臣镇守便足矣。桓公之伟才，唯长安、洛阳两座旧都堪当。"

桓温脸色微变，旋即恢复常态，指着前方道："半里之外就是万里长江，安石可有兴致江畔寻幽？何不一同泛舟长江、诗酒咏怀？”

谢安微笑应允。

沿着江边行了片刻，忽见芦苇丛中现出一艘渔船，一位渔夫头戴竹笠独坐船头，正举杯自酌。王珣喝问渔夫道：“打鱼的，今日出船否？”

渔夫一言不发，只是摇头。桓温亲自问道：“今日来了东山雅客，欲泛舟长江，饱览江山秀色，足下何不成人之美？”

渔夫看了眼谢安，点了点头。桓、谢二人携手登上渔船。王珣、袁宏、郝隆等人作陪。渔夫解开缆绳，正欲放舟，忽见郗超打马赶来，喊道：“桓公留步。”

桓温下了船，与郗超耳语了几句，转身对谢安说：“忽有急务缠身，不能相陪，罪过罪过。谢公有诸君相伴，切勿因我而扫了游兴。”说完与郗超打马而去。

桓温去后，众人少了拘束，无不显出名士本色，在船舱内或坐或卧，或歌或啸。王珣见谢安正稳坐船头，气定神闲地欣赏江岸景色，心中暗想：都说谢安气度非凡，虽惊雷不能变其容，虽神怪不能乱其心，不知是确有其事，还是世人谬传，今日何不甄别一番？于是向渔夫喝道：“打鱼的，总在岸边打转有什么趣味？何不去牛渚矶玩一玩？”

谢安道：“听说牛渚矶是温峤燃犀照江之处，风浪既大，更有水怪出没。元琳何苦要去？”

王珣笑道：“安石安石，当安如磐石。”

谢安坦然道：“去也无妨，只怕于船家不利。”

渔夫笑道：“诸公既然不怕，我有什么好怕！”说完扬起船帆，摇起船橹，径向江心而去。

袁宏从舱底摸出一壶村酒，一边自斟自饮，一边问谢安：“《货殖列传》中说，隐居岩穴之士，设为名高者安归乎？归于富厚也。安石以为，太史公此语如何解释？”

其实太史公的话说得极明白：山林隐士谋得高名之后将归于何处，还不是归于富贵吗？袁宏明知故问，只为暗讽谢安隐居东山是沽名钓誉，最终目的仍是谋求富贵。众人见袁大才子向谢安发难，都振作精神正襟危坐，等着看袁、谢论战的好戏。

只见谢安微微一笑，用鼻音沉重的嗓音叹道：“人生如寄，顷风流得意之事，殆为都尽。又何必终日戚戚，耿耿于怀？”

袁宏无言以对。众人虽然佩服谢安的回答，但见论战刚刚掀起，便瞬间平息，又觉得太不尽兴。

狂风忽起，船帆立时张满，正如鼓了气的河豚一般。船身骤然摇动，转眼间已晃倒数位名士。

王珣一手捂着帼巾，一手扳着船舷，眯眼问渔夫道："打鱼的，为何起了风？"

渔夫收了帆，仰头看天道："日月有风圈，不疯也会癫。"

话音刚落，又一阵狂风呼啸而来，吹得渔船左摇右荡，再难稳住。众名士早已顾不得名士派头，有的伏在船舱，有的抱住桅杆，有的紧靠船舷，各个脸色煞白，仿佛刚从棺材里爬出一般。唯有谢安神态自若地稳坐船头，依然和颜悦色，如沐春风。

袁宏将半个脑袋探出船舱，吼道："这风可合乎时令？还要吹多久？"

渔夫见这群目中无人的名士吓得如此狼狈，心中暗自叫好，却喊道："六月十九，无风水也吼。怎不合乎时令？晌午不止风，刮到夜点灯。怕要刮一整日！"

袁宏听得魂飞魄散，求饶道："船家快靠岸吧！"

渔夫一手摇橹，一手指着谢安说："这位谢公游兴正浓，我怎好败坏人家的兴致？"

袁宏见谢安依旧气定神闲，却不好意思央求他，只得将脑袋缩回舱内。渔夫见谢安全无惧色，自己也精神大振，一边摇橹一边引吭高歌道：

"牛渚矶，水湍急，白浪滔天不可去。使君不来船不移，一移便是三百里。"

歌声刚落，前方兀然现出一块巨大礁石，犹如蹲在江中的一头巨兽，向渔船迎面扑来。

王珣一手抱着桅杆，一手指着礁石惊呼。渔夫却毫不躲避，驾着渔船径直向礁石冲去。王珣拔剑怒道："无冤无仇，为何要置人于死地！"右手挺剑刺向渔夫，左手却来抢橹。渔夫侧身躲过长剑，一手扶橹，一手趁着船身的晃动轻轻一拨，将王珣推倒在船头。眼看渔船便要撞上巨石，化为齑粉，众人脸色煞白、惊呼不已。只有谢安依然面不改色地稳坐船头，怡然歌啸。

千钧一发之际，渔夫将橹轻轻一荡，渔船忽然贴着巨石绕了个弯，有惊无险地安然通过。王珣骂道："老伧夫，竟敢戏耍令尊！"渔夫扭头瞪了他一眼，怒道："此处暗礁密布，唯巨石之前水深无礁。若要通过，需直面巨石，此石因此名曰'向我来'。若转弯太早，大人早已葬身江底！"

王珣倒吸一口冷气，不敢再言。

渔夫赞赏地望了一眼谢安，笑道："既已坐我船，便要听我言。何不学学人家谢公。"

过了巨石，果然再无暗礁，风势却愈加猛烈。狂涛迭起的江水裹挟着渔船，如万里长风卷起一片落叶，而船上诸人恰如落叶上的蚂蚁，在风浪中显得如此微不足道。船上众人虽然姿态各异，惊惧之色却无不同。个个战战兢兢，冷汗淋漓，时时用眼角余光瞟着泰然自若的谢安，却无颜启齿求他返航。

过了许久，谢安终于清了清嗓子，慢慢开口说："船家，若再不返航，今天还回得去吗？"渔夫笑道："既然谢公要回，我这便回。"诸人听了，无不如释重负地瘫倒在甲板上。

渔船靠岸后，众名士又恢复了名士派头，整理衣冠款款登岸。谢安谢了渔夫，撩起衣襟，最后一个上岸，目送渔夫放歌摇橹而去。

桓温大摆宴席，请谢安坐在上首，持觞赞道："安石临危不乱，虽狂风怒涛而不能变其色。其器量之大，天下绝伦！若非郗胡子救急，老夫留在船上，定要被安石比了下去！"

"在下无德无才，浪得虚名，岂能与桓公相比？"

"安石隐居二十余年，甫一出山便来到姑孰。能得安石如此青睐，老夫真是三生有幸！"

"桓公功勋盖世，名满天下。谢安能附骥尾、攀鸿翮，才是无上之幸。"

桓温捻须笑道："有安石这样的伟才相助，又何患功勋不成？"说完持觞畅饮。他饮酒素有节制，今日因为心绪极佳，不知不觉多喝了几盏，最后竟酩酊大醉。

侍从见桓温不胜酒力，便扶他退席歇息。桓温缓缓起身，眯着醉眼，忽然喃喃自语道："功勋不成，长令英雄气短。"

郗超笑道："桓公醉矣！"

桓温醉眼微睁，透出一丝阴寒的幽光，忽然摇摇晃晃地仰起头，喟然长叹道："大丈夫不能流芳百世，亦当遗臭万年。岂能虚度终生，碌碌无为！"

众人听了无不色变。

谢安不动声色地坦然离去，依旧气定神闲。他虽然久闻桓温怀有异心的传闻，今日亲耳听到这句酒后真言，心中依然震惊不已。看来姑孰不可久留，自己要早日寻得脱身之计。

翌日桓温酒醒，将谢安唤来，屏退左右，低声道："有一件不可传于六耳的要事，正要听听安石的高见。"

谢安面不改色，心中却是一惊。

却听桓温微微笑道："如今姑孰兵强马壮，不知天下可有敌手？"

谢安嘴上答道："桓公英武盖世，何来敌手？"心中暗自揣测桓温是何意图。

桓温低头紧盯谢安双眼，目光凌厉如刀。

"我有心成就一番大业，不知安石愿不愿意助我一臂之力。"

谢安不紧不慢地问："何等大业？"耳边猛想起桓温"不能流芳百世，亦当遗臭万年"的醉话，心头骤然一紧。

桓温抿了抿嘴唇，腮边虬髯钢针般刺向虚空，忽然眼中紫光闪耀，冷笑一声道："我有意北伐燕国，不知是否可行？"

谢安暗自松了口气，笑道："慕容恪已死，燕国已有衰败之象。伐燕自然可行。明公若是信得过，谢安愿赴江北筹备兵马漕运。"

桓温大喜道："有安石先生出力筹划，我可高枕无忧矣！"

谢安即日启程。桓温亲自送他登船离去，心中倍感欣慰。

哪知数日后，谢安忽然托人传来口信："胞弟谢万溘然病故，谢安已回乡奔丧，不能再为明公效力，乞望恕罪。"

桓温大失所望，脸色阴沉许久，仰天叹道："昔有王猛，今有谢安，俱为命世之才，却都借故离去，不能为我所用。莫非皆是天意？"

思来想去，桓温唤来郗超，问道："北伐姚襄之胜，能否抵偿关中之败？"

郗超不假思索地答道："一个是小胜，一个是大败，二者不能相抵。"

桓温沉默片刻，眼中忽然射出紫光，拍案而起道："既然如此，请景兴助我三度北伐！"

一夜东风，姑孰城西万棵梅树齐齐发花，化作一片香雪海。早有好事者走漏梅花消息，引来无数赏花人，将梅林挤成一片人山人海。

桓温兴致颇高，也换了春服，领着心腹打马出了西门。未到梅林，先见人海，立即意兴阑珊。

郗超一边察言观色，一边试探道："姑孰人好没见识。这片小小梅林，有甚看头。若论赏梅，当以建康城外的孙陵岗为第一！"

桓温叹道："景兴随我先赴江陵，又至姑孰，一晃过去十多年，对建康风物还是念念不忘。"

郗超道："十余年间，眼见明公立下不世之勋，仍在僻陋之地惨淡经营。反观建康城里的大小名士，终日无所事事，却享尽荣华富贵。郗超欲为明公鸣不平！"桓温听了面无表情。

赏完梅花，桓温打马回府。侍从立即送来一叠邸抄。桓温随手翻看，忽然眼前一亮，朝郗超笑道："恭喜景兴老弟！"

郗超苦笑道："明公何苦拿我取笑。邸抄所涉乃军国大事，能与我何干？"

桓温抚了抚日渐灰白的虬髯，眯眼看着郗超道："哪里是玩笑。令尊已迁任平北将军，都督徐、青、幽及扬州之晋陵诸军事，领徐、兖二州刺史，镇京口。”

郗超对父亲迁任之事无甚惊讶，却对桓温的心思揣摩不透，只是小心翼翼地察言观色。

只见桓温沉吟良久，忽然取来信笺，挥毫写道：“郗氏于徐兖三州多有故义。以郗公任此要职，正所谓德位相配者也。伐燕之际，当与公同袍！”写完，还特地请郗超过目。

郗超仍未看透桓温肚肠，未敢妄加点评。桓温却拍着郗超的肩膀笑道：“京口亦称北府，乃北来侨民汇聚之地，民风劲悍。其酒可饮，其兵可用。令尊能移镇京口这一宝地，岂非幸事乎？”

郗超终于会意，朗声笑道：“家父人如其名，性情散淡，素好黄老之术。京口之任，并不妥当。待我返回建康，陈明利害，劝他切莫因贪图功名而毁了晚节。”

桓温捻须大笑。

郗超匆匆赶回建康，径入郗府。

院内宾客云集，王羲之、王徽之父子，庾爰之、庾方之兄弟等京城名流齐聚庭内，依次向郗愔持盏祝贺。

只听王羲之贺道：“欣闻郗公升任北府统帅，与桓扬州、桓江洲、袁豫州并驾齐驱，共举北伐大旗。郗公老而弥坚，心忧北境，足令我辈汗颜！”

郗愔开怀大笑道：“逸少先生谬赞。老夫已五十六岁，自感时日无多。忽得朝廷委以北府重任，战战兢兢，如临如履。”

王徽之哈哈笑了两声，摇头晃脑道：“郗公简静沉默、超凡脱俗，有古高士之风。但素非将帅之才，应变将略，非其所长。应变将略，非其所长——”

郗愔本来兴致颇高，忽被王徽之无端抢白几句，顿时兴味索然。只是他涵养极好，虽然不悦，却无半点怒色。郗愔之子郗融脸上却有些挂不住，瞪了王徽之一眼，勃然作色道：“家父拜官，王子猷却出言不逊，实在无礼！”

王羲之也觉得儿子放诞狂傲过了头，于是呵斥道：“小子无礼，还不向郗伯父赔罪！”

忽听一人朗声道：“‘应变将略，非其所长’，乃《三国志》中陈寿对诸葛亮的评语。子猷将家父比作诸葛亮，是无上的褒扬，又何须赔罪？”

只见郗超从竹林后飘然走来，向众人一一施礼问候。

王羲之笑道：“景兴妙语惊人。随桓公历练多年，果然越发出息。”

郗愔却两眼向天，冷笑道：“与那目中无君之人厮混，算得哪般出息？”

郗超嬉皮笑脸地自嘲道："我特意回家道贺，父亲大人却不给好脸色，仿佛我欠了赌债一般。"郗愔的目光从青天拉至地面，将郗超从头到脚打量一番，斥道："见了老父，开口便言钱。看来你心中无父，只有阿堵。既然如此，我便将家中钱库钥匙给你掌管半日。半日之后，与你在钱字上一刀两断，你再休想从家里拿走半文！"说完从怀里掏出钥匙，丢在地上。

郗超本来要劝郗愔辞去北府之职，哪知父亲却犯了牛脾气。便让弟弟郗融代为劝说，自己揣了钥匙扬长而去。

午后，郗超领着一群布衣寒士、僧道尼姑来到钱库，启锁开门，笑道："家父大发善心，布施半日。请诸君自取所需，勿要客气！"说完转至屋后竹林，倒头便睡。睡醒后回到屋前，见众人早已散去，便胡乱锁了库门，将钥匙还给长随。也不与父亲告辞，挥袖径回姑孰而去。

知子莫如父，郗愔深知郗超挥金如土、敢作敢当，今日得了钱库钥匙，若不挥霍百万怎肯罢休？但郗愔颇懂敛财之道，为官以来已攒下数千万的家财，因此并不在意百万之损。他猜不透郗超究竟能有多大胃口，便揣了钥匙，亲去钱库查验。开了铁锁，推开库门，不禁跳起脚破口大骂道："这个无父无君的逆子，竟如此胆大妄为！"原来钱库内早已空空如也、徒立四壁。郗超竟在半日内将老父积攒半世的几千万钱财悉数散尽！

郗超返回姑孰不久，郗愔的回函也已抵达。郗超借掌管机要之便，抢在桓温之前拆函看信。只见信中写道："郗愔蒙朝廷错爱，当与桓公共佐王室。伐燕在即，愔虽非将才，亦当出兵北上，与桓公共讨逆贼。"

郗超看得心惊肉跳，暗道：父亲好不知趣，桓温早已在打京口的主意，你却大言不惭地说什么"共佐王室"！若让他看到此信，轻则借机治罪，重则暗下毒手，届时我莫说替父消灾，只恐自身难保！

趁四下无人，郗超偷偷将信笺扯为两段，又反复交叠，细细撕成碎片。撕完仍不放心，又投入火盆烧成灰烬，再将纸灰碾成粉末。郗超毁了来函，却取了一张空白信笺，拈了紫毫笔，模仿父亲的章草字迹写道："愔非将帅之才，不堪军旅，更兼老病，难赴京口之任。特乞闲地自养，以尽天年。并请桓公领己所统。"写完又细细察看一遍，确信并无纰漏，才用信封封好，呈送桓温。

桓温阅信大喜，拍案笑道："郗公既识大体，又有自知之明，堪为江东楷模！"立即改任郗愔为冠军将军、会稽内史。自己却当仁不让地兼任了徐、兖二州刺史。

太和四年（230）春，桓温率本部五万大军移驻京口，命江州刺史桓冲、豫州刺史袁真分头齐进，合力北伐。如此一来，袁真自然要受桓温节制，豫州也名正言顺地落入桓温囊中。尚未启程，桓温已拿下堪称建康锁钥的徐、兖、豫三州，一时踌躇满志。

南风正劲，桓温率众将登上战船，沿着邗沟运河扬帆北上，踏上北征之途。望着延绵不尽的浩荡船队，桓温唤来郗超笑道："景兴担心河道水浅，不能行船。日日劝我弃了水路，改走旱路。如今一帆风顺，你还有甚话说？"

郗超沉吟道："丰水之季尚无大碍。到了秋冬枯水时节，漕运能否为继，却难预料。若漕运受阻、军粮不继，恐怕凶多吉少！"

桓温脸色一变，冷笑道："多谢景兴的吉言！"

天公作美。桓温一路顺风，由邗沟入淮河，又从淮河北入泗水，进入燕境。

燕地百姓纷纷箪食壶浆、夹道欢迎。各路豪强也望风归顺。燕军无心抵抗，仓皇四窜。三路大军长驱北进，势如破竹。

这一夜桓温全无睡意。登上船头，只见繁星满天，仿佛黑缎上撒了一把珍珠。环顾四野，却漆黑一团，不辨何处。忽见左前方依稀现出一条大河，波光闪闪，遥接星汉。便问船工："这是什么河？"

"这便是获水，上游称作汴水。"

桓温喜道："到了汴水，黄河便近在咫尺。"

船队进入汴河，继续上溯。天边忽然泛起亮光，过了片刻，曙光初现，道道金辉从地底刺破苍穹，甚是壮观。桓温不禁动了诗兴，朗声诵道：

猎猎南风起汴获，舳舻百里水扬波。
凭栏独立斟北斗，枕戈待旦溦星河。
六合熹微寻人迹，八方寂寥望故国。
日射清辉苍穹破，江山万里尽收罗。

忽听有人赞道："好诗！"

只见郗超捻须而至，低声道："最后两句超迈拔群，颇有王者气象！"

桓温哈哈一笑："无心之作，博君一笑耳。"

船身忽然一晃，船底顿挫几下，缓缓停滞。船工忙向后船高喊："水浅，停船！"不过片刻，整支船队皆已停稳。

此时天光已亮，斥候下马登船来报："汴水中流水浅，不能行船。"

桓温叹气道："不幸被景兴言中。"

又问斥候："前方可有丰水之河？"

“清水河水势颇大，可惜鞭长莫及。”斥候说完退下。

郗超捻须道：“兵贵神速，请主公立即弃舟登岸，直取邺都。此为上策。”

“景兴跟我多年，却不识我心。”桓温瞪了郗超一眼。

“主公若嫌上策太急，我亦有稳妥之策。可死守河道，加紧囤积粮草，待明年青黄未接，燕国疲惫之际与敌决战！此为下策。”

桓温冷笑道：“上策太急，下策太缓，都不足取。”

“主公有何良策？”

“就地开凿河道，连通清水河，再经清水河直达黄河！”

郗超心头一颤，不觉揪断了两根胡须。

“清水河距此地尚有三百里，远水不解近渴！与其费时费力挖河，不如全力北进，直捣邺城！燕国本来根基不稳，各地豪强纷纷揭竿举事。慕容氏一时乱了阵脚，已无招架之功。但以燕国之强，一旦重整旗鼓，仍是劲敌。明公若不速战速决，恐成千古之恨！”

桓温笑道：“孔子曰：‘过犹不及。’此番北伐亦要有个分寸，不可肆意胡来。景兴可知此中深意？”

郗超似懂非懂，一脸茫然。

桓温接着说：“北方沦陷已久，若想全盘收复，不但北方胡人不答应，建康城的老爷们也不答应。当年祖车骑全力北伐，功高盖主，被朝廷釜底抽薪，最后郁郁而终。我辈北伐，万不可学祖逖，而要点到为止。只要深入敌境，再打几场胜仗，便是威震朝野的一件奇功。若弄巧成拙吃了败仗，反而不美！曹孟德当年若无赤壁之败，又何必等到五十八岁才加封九锡？”

郗超似乎懂了几分，神色凝重地点点头。

桓温继续道：“既要求胜，又要巧胜，最好能不战而胜。若是‘杀敌一万，自损八千’，虽然赢了面子，却再无与朝廷讨价还价的本钱，又有何用？”

郗超恍然大悟，暗自道：“原来桓温北伐是假，弄权是真，不过是借机立威，逼迫司马氏禅位。看来他果真已有不臣之心。”想到这里，心中一惊，又转念一想：“司马氏苟延残喘，难成气候。不如力助桓温干出一番大事！”于是俯身拜道：“明公怀抱不凡，非常人能及。郗超愿效犬马之劳，助明公一逞壮志！”

“谁知我心，唯有嘉宾！我从此便以嘉宾相称，你不会介意吧？”

“明公胜过再造父母，呼我乳名，有何不可？不过说到战局，我却有几分异议。如今形势对我有利，明公应火速北进邺城，以求速胜。若贻误战机，恐怕连小胜也求之不得。”

桓温呵呵笑道：“嘉宾年轻气盛，不如老夫持重。打仗拼的是定力、耐力、毅力。三力俱全，便可不战而胜，逼敌自溃！若三力不全，反而欲速则不达。”

郗超冷笑道：“我之所以苦劝明公进兵，怕的是拖至秋冬，漕运难以为继。开局虽佳，一旦断了粮草，便满盘皆输，重蹈关中覆辙！”

桓温脸色一沉，双眼一瞪，闪出两道寒光。关中之败是他毕生之耻，因此是同僚、属下绝不能也绝不敢当面提起的禁忌。

郗超自知失言，立即改了话题：“明公必不会忘记，伐蜀之战，立下头功的是个懵懂鼓吏。此时若再出一鼓吏，误击进兵之鼓，则明公大事成矣！”

桓温瞪眼道：“你素来多智，但论及用兵之道，却机谋尚浅。速传我令，命檀玄攻湖陆，邓遐、朱序攻林渚。我自率主军开挖河道。今日肺腑之言，不可传于六耳。切记，切记！”

郗超心中不服，却不敢抗命，只好郁闷退下。

此时邺城早已人人自危。年方十九岁的燕国皇帝慕容暐慌忙召集群臣问计，大殿上愁氛浓重，死气沉沉。

只见慕容评挥动手中的战报，叹气道：“南讨大都督、乐安王慕容臧发来战报，宁东将军慕容忠于湖陆战败被擒；下邳王慕容厉兵败黄墟，仅以身免；护军将军傅颜兵败林渚；兖州刺史孙元、高平太守徐翻皆不战而降。”

话音未落，百官一阵骚动。

慕容暐哆嗦了一下，颤声问：“桓温现在何处？”

“正在开凿运河，欲从水路攻邺。”

慕容暐瞪着两只惶恐大眼，问道：“太傅有何良策？”

慕容评眉头紧锁，眉心的肉瘊颤了颤，摇头道：“晋人是中原的老东家，要向燕国讨还旧债，惹得遍地老佃户齐齐发作，纷纷响应。鲜卑人祖居东北，初来乍到，如何争得过中原旧主？不如重归故土，远离是非之地。与人硬拼，则既无精兵，又乏良将。丢了中原，不过是赔了利息，若把东北故土丢了，那才叫血本无归！”

忽听一人冷笑道：“晋军尚在黄河之南，太傅便已心念故土，未免太急了些！”正是吴王慕容垂。

若在平时，慕容评必先端上一张铁锅脸，再加一顿冷嘲热讽。怎奈大敌当前，慕容评不好发作，强压怒火问道：“吴王有何主张？”

慕容垂两手交握，将指节捏得咯咯作响，厉声道：“至观桓温为人，既无三头六臂，又无神机妙算，不过是个寻常之辈！臣愿统兵五万，与他一决雌雄。若不能取胜，再走东北不迟。”

慕容评本想借机贬他几句，却又抓不到把柄，只好摆出架势，昂首喝道：“我命你暂替慕容臧担任南讨大都督，与范阳王慕容德统兵五万，抵御晋贼。你素有善战之名，定要好自为之。若兵败误国，唯你是问！”

慕容垂受命而去。

百官退朝，慕容暐问慕容评：“太傅以为，吴王能否取胜？”

“看他大言不惭的气势，想必有几分把握。”

“若吴王战败，敌军便会长驱直入。到那时，退走东北岂不为时已晚？太傅万万不能将国运押在吴王一人身上！”

“陛下所言极是。为求万全，何不向秦国乞援？苻坚为人精明，必然明白唇亡齿寒的道理。”

“还是太傅思虑周全。却不知苻坚能否答应？据说当年桓温伐秦之时，苻健向我朝求援，却被先帝拒绝。”

“当年秦国向我求援，诚意颇有亏欠，空有卑辞却无厚礼，因此吃了闭门羹。此一时，彼一时，若陛下许诺将虎牢关以西之地割让秦国，苻坚必会应允。”

慕容暐急道：“太傅切莫吝啬，免得苻坚以礼轻为由不肯出兵。不妨多割些，除了邺城，都可割让给他！”

慕容评冷笑道：“不必了。苻坚三代穷鬼出身，不曾见过大世面，这点地方足够骗他！”

“骗他？太傅是给他画一张饼？”

“正是！”

慕容评哈哈大笑。

二人商定，命散骑侍郎乐嵩为正使、散骑常侍李凤为副使，急赴秦国求救。

燕使入秦，苻坚召集众臣问计道：“燕国遣使乞援，许以虎牢关以西之地。众卿以为如何？”

权翼道：“子曰：‘以德报德，以直报怨。’当年桓温伐我，我向燕国求援，可曾求来一兵一卒？如今桓温伐燕，我又为何救他？况且慕容评贪婪吝啬，抓住的东西何尝松过手？今日胡乱许诺，明日便会反悔。秦国真刀真枪救他，最后到手的除了一张画饼，必无一寸实地。陛下千万莫信他的鬼话！”

薛瓒也点头道：“坐山观虎斗，看晋、燕两败俱伤，才是兵法正道。”众臣随声附和。

苻坚正要咨问王猛，却见他一言不发地立在殿角，嘴边挂着一丝冷笑。

众人散去，王猛从殿角款款走来，步履轻松稳健。

苻坚问王猛道：“先生为何不置一词？”

王猛道："救燕与否，事关大秦国运。请陛下三思！"

苻坚凛然道："请先生赐教！"

"百官之论各有道理。以直报怨，怨在昨日。坐山观虎斗，观在今朝。但臣所忧的，却是明日。"

苻坚心里咯噔一声。

王猛接着说道："燕国虽然强大，但慕容评却不是桓温的对手。桓温是正统晋臣，只需打出收复中原的旗号，便能所向披靡。倘若桓温进兵顺利，东破山东，西进洛邑，收服幽、冀两州兵力，搜尽并、豫两地粮草，观兵于崤山、渑水，则陛下大势去矣！"

苻坚眉头一紧。

王猛接着道："大国争斗，争的是天下运势，而非匹夫意气。今日应摒弃前嫌，与燕国合力抗击桓温。等桓温败退，再趁燕国疲惫之际取而代之，不亦善乎！"

苻坚拊掌道："真知灼见！旁人或能勘破今昔，唯先生能洞察明日！"

"陛下可速遣邓羌、苟池二将率两万步兵进驻颍川。若燕国不能抵挡晋军，则立即助战。若燕国尚能一战，则在其战斗最酣时出兵。唯有如此，才能为秦国谋最大之利、避最大之害！"

苻坚拍案叫绝。

翌日，苻坚在太极殿设宴款待燕使。乐嵩、李凤随黄门官登上太极殿，苻坚在门外恭迎道："不知上国使者驾临敝国，寡人有失远迎。"

乐嵩毕恭毕敬地递上慕容暐的亲笔信。苻坚阅信叹道："古人云：'唇亡齿寒。'燕虽异域，却是近邻。近邻有难，秦国岂能作壁上观？诗云：'修我戈矛，与子同仇。'秦虽小邦，愿举全国之力为上国分忧！"

乐嵩大喜道："敝使代燕君拜谢大王深恩！"

话音未落，王猛匆匆而至。苻坚招呼乐嵩、李凤道："这位便是敝国的王丞相。"

二人向王猛拱手施礼。王猛对乐嵩视而不见，却握住副使李凤的手嘘寒问暖，又问道："久闻李公是吴王的莫逆之交。不知吴王近日可好？"

李凤诧异答道："吴王安好。"

王猛与李凤攀谈甚久，这才想起身后还有个乐嵩，连忙过来与他打个招呼。乐嵩身为正使，不想被李凤抢了风头，正要与王猛多谈几句。却见王猛拉着李凤出了大殿。眼看筵席已开，二人仍不见踪影。

乐嵩心神不宁，便假装如厕出殿窥看。猛一抬头，却见对面配殿窗纸上映出王猛与李凤的影子。二人时而交头接耳地低头私语，时而语重心长地俯身顿首，时而昂首挺胸地信誓旦旦。乐嵩凑到窗下偷听许久，除了“吴王”二字，其余皆不可闻。

忽听人声渐近，乐嵩慌忙俯身躲藏。只见王猛、李凤并肩出了配殿，谈笑风生地回到大殿。乐嵩东张西望，见四下无人，也慌忙回席。筵席开张，伶人奏起雄壮的秦地宴乐。众人兴致高昂，觥筹交错，唯有乐嵩心事重重。

乐嵩回邺城复命，又向慕容评密报李凤暗洽王猛之事。慕容评冷笑道：“吴王怀有二心，早已路人皆知。眼下战事正紧，不好与他计较。日后一发清算总账！”

却说慕容垂不敢拖延，即刻挥师南下。他深知邺城无险可据，唯有守住黄河，才能留住生机。

次日抵达黄河北岸灵昌津渡口，忽有斥候来报：“桓温已在对岸的枋头登陆。”慕容垂听了仰天大笑道：“天不亡我大燕！”

慕容德问：“兄长何出此言？”

“桓温泛舟而来，不在黄河北岸登陆，却上了南岸，分明是怯于应战！下一步，必要在枋头安营，与我对峙。他劳师袭远，只宜速战，不宜持久。若拖到秋冬，必重蹈兵败关中的覆辙！”

慕容德恍然大悟：“桓温只想坐地生金，怕北伐变成蚀本买卖。吝啬之心，与太傅却有一拼！”

司徒左长史申胤道：“桓温此番北伐，与当年伐秦如出一辙，都是先声夺人，随即裹足不前。只不过当年的灞水，换成今日的黄河而已。桓温用兵，有两大掣肘。其一，晋室衰弱，朝廷唯恐桓温尾大不掉，必会暗中阻挠，令他不能安心前进；其二，桓温骄而恃众，怯于应变，大军深入却要持重观望，妄图不战而取全胜。总有一天，他会不战自败！”

不出慕容垂所料，桓温果然在距离邺城百里之遥的枋头安营扎寨。慕容垂也就地驻扎，与桓温隔河对峙。

历春及夏，两军一直相安无事。

转眼夏去秋来，又到了北雁南飞的肃杀时节。

郗超心急如焚地赶到桓温大帐，只见桓温正向袁真面授机宜：“入秋以来，旱情加剧，运河水位回落甚急，石门一带干涸见底。运河断流，则漕运荒废；漕运荒废，则军粮不继。小小石门，牵一发而动全身，已成左右战局的生死关窍！我命你率七千精兵火速南下，疏浚石门水路。水路不通，提头来见！”

袁真喷了口酸气，怪笑道："慕容垂是个明眼人，必会全力拦截。七千兵恐怕太少！"

桓温不悦道："七千精兵，足够我灭了蜀国。难道不够你拿下小小石门？"

袁真还想争辩，被桓温厉声喝退。

郗超望了一眼袁真的背影，冷笑道："石门是我军命门，需竭力保全。我也怕袁真兵力不足，辜负明公的重托。此人勇于立功，怯于受责，日后问起罪来，必生是非！"

桓温不悦道："胜负未定，嘉宾何必急着给老夫安排后事？"

"不错，眼下确实胜负未定。明公若能破釜沉舟，渡河北进，仍可一战而定天下。不然，则三军全力围攻石门，以待来年。"

桓温笑道："你年纪轻轻，却长出一副苦口婆心。这几句颠三倒四的话，我今日已听了不下三遍。何不闭上鸟嘴，伸出指爪，与老夫手谈一局！"说完捧出棋枰。

郗超无可奈何，唯有叹气。

转眼已是深秋，黄河岸边忽然候鸟云集。成群的大雁、野鸭、鸿鹄齐聚河滩，绵延数里，日夜聒噪。

忽一日，万鸟齐鸣，齐齐冲上九霄，铺天盖地南飞而去。

燕军将士纷纷仰头而望，慕容垂也兴致勃勃地出帐观看。

足足过了半日，鸟群才渐渐稀落，河滩恢复宁静。

忽然斥候来报："晋军已趁着鸟乱，拔营南去！"

众将大惊失色，慕容垂却朗声笑道："说句老实话，北国之四季，以冬季最为可爱。可惜南来之客，为饥寒所迫，不能欣赏冬之雅趣。候鸟尚知南迁，更何况桓温？"

长子慕容令打趣道："套用桓温的名言，这叫作'鸟犹如此，人何以堪'。"

又见南边浓烟滚滚，火光闪动，不知生在何处。众人揣测烟火的成因，各执已见。

慕容垂哈哈笑道："各位不必争执，那必是桓温烧的船只。袁真不能打通石门水道，桓温的百里漕船便成了累赘，只能忍痛烧掉，免得为我所用。"

过了片刻，斥候来报，果如慕容垂所料。众人叹服，问慕容垂道："大王料事如神，对战局了然于心。桓温已败，大王为何不乘胜追击？"

慕容垂笑道："我已派去一万大军！"

"何来一万大军？"众人不解。

慕容垂哈哈大笑："我派人散布谣言，说沿途井水、河流皆已投毒。桓温生性多疑，必不敢冒险饮用，只能再凿新井。如此行军，必令他身心交瘁。这句谣言，更胜过一万精兵！"

众人叹服不已。

慕容垂亲率八千骑兵尾随晋军，走走停停，不紧不慢。

慕容德笑道："大王如此仁义！与其说是追击，不如说是送行。"

"桓温阵形未乱，必有防备。此时追击，当有一场硬仗。不如略尽地主之谊，先送一程，等他阵形大乱，再轻松获胜！"

数日后，桓温见慕容垂并未追赶，终于松了口气。斥候又报："秦将邓羌、苟池率两万步兵从颍川杀来！"

桓温沉吟片刻，终于下令："全速退兵！"

晋军紧绷多日，一旦松懈便如溃堤之水，各奔逃命之途。

慕容垂冷笑道："送行多日，情至意尽，等的便是此时！立即全速追击，不得手软！"

八千骑兵排山倒海般呼啸而至。秦军也同时杀到。晋军毫无招架之功，被杀得尸横遍野。可怜桓温麾下五万晋军，生还的尚不足一万。

桓温顶着一路流言蜚语、汹汹众议，凄凄惨惨地返回姑孰，相比上次收复洛阳后的载誉凯旋，真是天壤之别。

余恨难消，桓温迁怒于袁真，将战败之责一股脑归罪于他。又上表朝廷，要将袁真贬为庶人。

不出郗超所料，袁真大骂桓温"肉未煮熟，却怪刀钝"，怒而反叛，远走寿春。桓温的第三次北伐，竟如此惨淡收场。

此战之后，秦燕两国彼此修睦，竟然越发亲善热络起来。昔日的死敌忽然化作友邻，转变之快，令世人错愕不已！

第二十八章
秦燕通使

崎岖蜿蜒的关中古道上，黄土冲天而起。一队行旅顶着烈日，艰难西行。走在最前的是三位骑马的官人。中间之人短小精悍、白面少须，身穿玄色官袍，胯下河西骏马，正是秦国黄门郎石越。左右两人气宇轩昂，都穿着紫色官袍，骑了辽西良马，却是燕国正副使者郝晷、梁琛。

走出数里，副使梁琛忽然仰天大笑道："怪哉，贵国待客之道！"

"先生何意？"石越急声问道。"我家天子得知贵国使者将至，立即派我来边境迎接，一路殷勤护送，未敢怠慢。待客之道，有何不妥？"

"久闻王丞相修造的秦国官道平坦宽阔，冠绝天下。石先生却特意为使臣选了这条坎坷之路，不知有何深意？"

梁琛止住笑，脸色冰冷地问道。

石越心头一惊。原来苻坚既已定下灭燕大计，便依着"兵马未动，粮草先行"的古训，开始往东部边境的陕城一带转运粮草，官道上常有运粮车马往来。石越怕燕使窥破秦国机密，因此才另选了一条僻静古道，不料竟被梁琛看出蹊跷。石越随机应变，哈哈笑道："官道虽好，却过于喧杂，不如此途清净。我怕二位不堪其扰，才擅作主张。"

梁琛正色道："两国相交，贵在以诚相待，自然要走正路，焉有舍正求偏之理？"

这话说得分量颇重，简直不容辩驳。石越思量道："若不答应，梁琛必起疑心。不如应了他，路上或许无事，或许有事，吉凶各占一半。即便果真有事，也能随机应变，尚有转圜的余地。"于是顺坡下驴道："梁先生既然不怕喧闹，我这便引你前去。"

上了官道，果然宽阔坚实，平坦无尘。道旁更有树荫蔽日，清凉爽静。郝晷、梁琛交口称赞。

说话间，前头忽然传来阵阵马蹄声。一哨军容整肃的铁甲骑兵飞驰而来，紧随其后的是一道首尾相连、不见尽头的浩荡车队。每辆车上都遮了厚重的粗麻苫布，用细麻绳捆扎得密密实实。车轮隆隆作响，震耳欲聋。

石越向左侧稍稍避让，继续前行。梁琛侧目望着车队，满腹狐疑。

忽听“咔嚓”一声，一辆马车右轮突然断裂，车身左右失稳，立即偏离车辙，摇摇晃晃地倾倒在地，惊得两匹挽马嘶鸣不止。

石越脸色一变。

几个民夫跳下来，将破车推至一旁。苫布受了重压，贴地滑行数尺，猛然开裂。一只鼓鼓囊囊的麻袋“噗”地翻滚在地。一片黄澄澄的粟米洒在浅赭色的路面上，分外醒目。

梁琛大惊，怒目紧盯石越，厉声喝道：“秦燕两国已重修睦邻之好，秦国却向边境大运军粮，却是何意？”

石越已镇定心神，不急不慢地笑道：“梁先生张口闭口以诚相待，怎能说出此话？今年陕城一带旱魃作祟，粮谷歉收，眼下正是青黄不接之时。我家天子未雨绸缪，派官军运粮赈济，以防灾祸。二位碰巧撞见，却要疑神疑鬼，诋毁秦国之诚意，岂不可笑？”

郝晷似笑非笑地点头道：“原来如此。梁琛不知实情，多有冒犯。请石先生勿怪。”梁琛身为郝晷的副手，虽不赞成上司的话，却不好再来纠缠，于是不以为然地冷笑了一声。

三人各怀心事，一路无话。

眼看来到长安城外。远望城楼，郝、梁连人带马都松了口气，脚步也渐渐放缓。

石越却高举马鞭道：“请二位打起精神，再加鞭一程。”

“阁下何意？”梁琛问道。

“天子正在万年县田猎，请去猎场拜见。”

梁琛面露怒色道：“昔日秦国使者抵达邺城，燕国君臣备足仪仗，洒扫宫廷，才敢接见。今日秦王欲在荒野接见，使臣不敢遵命。况且燕秦两国重修旧好，理应崇礼笃义，岂能随意轻慢，妨害大义？”

石越虽然辩才无碍，对这番不容辩驳、堪为策士讲义的辞令也无可奈何。只得奏请苻坚，在万年县另设行宫，接见燕使。事毕，苻坚命石越引郝晷去长安驿馆歇息，却将梁琛留下，问道：“久闻贵国俊才云集，不知朝中都有哪些名臣？”

梁琛听出苻坚有意试探，于是微微一笑，不卑不亢地答道：“内有太傅慕容评，光辅王室；外有车骑大将军慕容垂，折冲御侮；其余臣子，或以文进，或以武用，官皆称职，野无遗贤。”

苻坚手指屏风笑道：“若果真野无遗贤，这位高士又为何西投秦国为官？”

只见屏风后转出一人，丰神俊朗，正是梁琛的堂兄梁奕，与梁琛分别多年，眼下官拜秦国尚书郎。兄弟久别重逢，唏嘘不已。苻坚笑道：“你们兄弟相见，定要说些体己话。朕暂且回避。”说完移驾而去。

梁奕攥紧梁琛的手臂道：“弟公事已毕，何不去兄家小住几日？”

梁琛收了兄弟重逢的欣喜之色，一本正经地答道：“你我虽是兄弟，却各事其主。昔日诸葛瑾从吴国出使蜀国，只在朝堂与诸葛亮相见，私下并不会面。你我亦当如此。偌大长安，难道没有馆舍可住？”

“弟欲住馆舍，兄当奉陪，再为促膝之谈。”梁奕道。

“不必了。兄长想谈的，必是燕国之事。我若说燕国的好话，恐怕不对秦人的脾胃；若说燕国的坏话，又与使臣身份不符。兄长若真要陪住，小弟只好缄默不语。”

天色已晚，梁奕将梁琛送至馆驿下榻，自己打道回府。梁琛来到郝晷的客房，却见空无一人。问了随从，答曰：“石越请去查验礼品，要晚些回来。”梁琛并无疑心，径自睡去。

可他哪里料到，此时的燕国正牌使者郝晷正坐在数里之外的相府密室内，与秦国丞相倾心而谈。

王猛为郝晷斟了一盏清浅的茶汤，淡然笑道：“当年在邺城槐市，你我共寻奇书、探究奥义，或所见略同，叹为知己；或争论不休，势不两立。现在想来，犹历历在目，恍然如昨。中间的十几年时光，却仿佛一梦，了无痕迹。”

“唉！当年共论时局，常有末世之感。不意十余年后，自己犹是末世人。”郝晷说完叹了口气，惊得案头烛火摇动不已。

王猛给郝晷添了些茶汤，劝道：“郝兄为何有如此浩叹？听梁琛先生讲，贵国政令清明，君臣贤智；英才云集，各得其所。如此盛世，岂能以末世呼之？”

郝晷呷了口茶根，咂摸着唇间的微苦，轻声道：“梁琛是个忠贞之士，为保燕国颜面，有意遮丑罢了。天下谁看不出，燕国已国将不国？”

“郝兄危言耸听。燕国国力强盛，就算秦、晋两国相加，也难望其项背。更有贤臣名将，不计其数。焉有亡国之理？”王猛不以为然地笑道。

“景略只知其一，不知其二。燕国徒有其表，其实已朽败不堪。皇帝昏聩懦弱，乃刘后主、晋惠帝之流。太后可足浑氏、太傅慕容评名曰摄政，其实不理政事，只知聚敛钱财，骄奢淫逸。后宫不算奴仆，仅佳丽便有四千余人，每日花费都在万金以上。州郡官吏、军中将领，也都以贪财享乐为务。至于百姓之生计，邻国之形势，根本无人过问。朽败如此，焉有不亡之理？”

郝晷一气说完，默然枯坐。王猛也沉思不语。唯有一团烛光飘摇不定，忽明忽暗。

沉默片刻，郝晷忽然正色道：“景略有王佐之才，已将秦国治理成天下首善之区。何不趁机东进，解民于倒悬？”

王猛一脸惊讶，厉声道：“郝兄身为使臣，怎能说出如此不臣之言！”

郝晷面不改色，端起茶壶，自斟一盏道：“肺腑之言，平日无人倾诉，今日遇见故人，必要一吐为快。我暂且忘掉使臣之职，景略也抛却丞相身份，就像当年日日光顾邺城书市的两个布衣书生一般，纵论时局，岂不快哉！”

“如此甚好！”

郝晷又将王猛的茶盏斟满，眯眼诡谲地笑道：“我与你坦诚相见，知无不言，你却遮遮掩掩，毫无诚意！”

王猛笑道：“多有冒犯，愿闻其详。”

郝晷呷了口茶，哈哈笑道：“你早已有了灭燕的计策，是也不是？”

王猛连连摆手：“此等玩笑，郝兄莫要乱开！”

郝晷厉声道：“景略休想瞒我！秦军向陕城源源不断运送军粮，谎称赈灾；又在华山不分昼夜地操练人马，意欲何为，已不言自明！”

王猛哈哈笑道：“郝兄窥破秦国机密，立下大功。回去禀报你家天子，必获重赏！”

“说出此话，景略还是不信我。”郝晷叹口气，忽然放下茶盏，直起上身，恭恭敬敬地向王猛行了个拱手礼。

王猛急忙还礼道：“郝兄何至于此！”

郝晷行完礼，正色道：“我一路所见所闻，回国后绝不吐露一字。但我有一事相求，请景略务必应允！”

“不知所求何事？为公为私？”

“灭燕之后，请景略约束士卒，切勿烧杀抢掠，以求保全百姓性命，留下城池楼宇。人死之后，尚要留个全尸，景略若使燕国留下全尸，天下人必会感恩戴德，万口称颂。至于我郝晷，身为燕国臣子，届时沦为阶下之囚，自然死生有命，不须乞求阁下。”

王猛正色答道：“我兴义师，讨伐无道，绝不会纵兵焚掠、滥杀无辜。请郝兄放心。”

“既然如此，我替燕国百姓谢过王丞相！”郝晷说完，又深施一礼，洒泪起身道：“国破之日，郝晷当以楚囚之身，与卿相会于太武殿阶下。就此别过，后会有期！”

临别又叮嘱道：“景略勿忘我言！”

郝晷、梁琛返回邺城，立即向慕容暐、慕容评述职。

“臣出使西国归来，特向陛下禀奏见闻。”郝晷开门见山，侃侃而谈。

慕容评眉头紧皱，肉瘊微微隆起。耐着性子听了片刻，打断郝晷的话道：“这些鸡零狗碎，何必啰唆？你只说苻坚是个何等人物，近来有何异样，对燕国有无敌意。”

“苻坚乃仁慈之主，近来好围猎，喜宴饮，对燕使既算不得恭敬，也无甚恶意。”

慕容评哈哈笑道：“如此说来，苻坚不足为虑。王猛又有哪些异能？”

“王猛言谈举止不入俗流，不是等闲之辈。其才具如何，却不好妄加评价。”郝晷说得模棱两可。

慕容评撇嘴笑道：“既然三人能成虎，三人也能成一名士。论名气，妇孺皆知；论才干，乏善可陈，是也不是？”

不等郝晷回答，慕容评眉心的肉瘊已稳稳地平舒下来，捻须颔首道：“果然不出老夫所料。鼎之轻重，非秦国所能问也。燕国可高枕无忧矣！”

却听梁琛喝道：“谬矣！苻坚宽博仁厚，乃一代雄主。王猛才略超群，名不虚传。苻坚近日频频田猎宴饮，不过是遮人耳目，暗中却向东方运送军粮。其攻燕之心已昭然若揭！”

慕容评不以为然地撇嘴道：“你这话颇似茅厕听来的唠扯，捕风捉影，耸人听闻罢了！”

梁琛道：“臣之所言，绝无差错。大王应立即增兵西境，严防秦军偷袭！”

慕容评眉心的肉瘊再度隆起，厉声道：“秦燕交好，是利国利民的大事，岂能尽信你的一面之词！”

梁琛还欲辩驳，慕容评已拍案而起，恨恨地拂袖而去。

又过了数日，秦国黄门郎石越回访燕国。消息传至燕国朝廷，群臣议论纷纷。

梁琛抢先发话：“石越名曰回访，其实志在窥察燕国虚实，为伐燕探路。请大王示之以兵威，以夺秦人用兵之志！”

皇甫真点头道：“梁琛言之有理，大王当检阅三军，示之以甲兵死士。秦人知我有备，必不敢轻举妄动！”

慕容评撇了撇嘴，捻须笑道：“诸君谬矣！人不畏死，奈何以死惧之？秦国是个穷困悍勇之国，钱财匮乏，唯独不乏亡命之徒。与其示之以兵威，不如示之以富足。常言道：‘人穷则志短。’以我大燕富足繁华，必能令秦国灭了气焰，断了非分之想！”

梁琛劝道：“大王万万不可！示敌以奢，无异于开门揖盗，只会助长秦人东进之心！”

慕容评哪里肯听，粗声喝道：“叵耐这厮满口胡柴、包藏祸心，离间两国之好！”

梁琛也不松口，厉声道：“大王不听忠言，必有甬东之悔。燕国三代基业，必将毁于一旦！”

慕容评终于暴怒难抑，眉心青筋交错，肉瘊偾张欲裂。

“梁琛口出妄言，大逆不道！火速收押廷尉死牢！”

话音刚落，两名铁甲卫士跨前数步，拖了梁琛离了大殿。

“燕国将亡！燕国将亡矣！”凄厉的嘶喊之声也渐渐远去。

群臣见梁琛如此下场，哪里还敢多说一字。示敌以兵威之策，再也无人提起。

三日后，石越抵达邺城，见过慕容暐，献上国书、礼品。翌日，慕容评在太武殿设宴款待石越，令百官作陪。

太武殿装饰一新，梁间悬满玉佩，青白相间，仿佛琼林翠苑；柱顶遍挂方镜，银光璀璨，恰如日月星辰。金丝编织的百花香囊垂在镜下，密密匝匝地散着袅袅香气，置身其间，宛若行在阆苑芳林下。五色流苏帷幕高悬窗上，映着日光，如霓虹入室；七彩斑锦丝毯铺在足下，闪着异彩，如星汉坠地。其富丽奢华、夺魂炫目，较石虎在世时有过之而无不及。甜腻柔媚的丝竹之声缓缓奏起，一排俏丽宫女手托银盘款款而至，将一道裹着浓汁、冒着热气、散着奇香的菜肴分别摆在宾主案上。

慕容评食指微动，问石越道：“阁下在秦国，可有堪比此物者？”

石越伸箸品尝，只觉似肉非肉，鲜香滑嫩，美不可言。于是赞道：“只知味美，不知何物。”

“此乃麋鹿之唇。古人所谓猩唇，便是此物。一枚价值百金。”慕容评得意扬扬地说。

石越咽下一口猩唇，又仔细地抿抿嘴，似在咂摸口中余味。这才鼓足勇气道：“秦国有铁锅煮羊头，价廉物美，老幼咸宜，不知是否堪比此物。”

席上响起一阵哄笑。

“土石安能比拟金玉？”慕容评瞥了石越一眼，脸上露出得胜之色。

银光退去，一道金光迎面射来，刺得石越两眼迷离。一张镶满宝石的金盘已摆在面前，里面盛了一块状如猪嘴、色如琥珀的晶亮之物。

石越尝了一口，不知深浅，自嘲道："我这副口舌是地道的秦国土产，能说人言，能辨五味，便已知足。这分明不是人间之物，教我如何辨得出？"

慕容评肚里的五脏六腑早已笑气充溢，不住地向上翻腾，脸上的筋肉也左摇右晃地不听使唤。慕容评深吸一口气，将满腹笑意憋了回去，伸手指了指金盘，朗声道："北海之滨出产异兽，似狗非狗，似鱼非鱼，土人呼之曰海蛮狮。此物乃海蛮狮之鼻，一枚价值千金。"

石越听得目瞪口呆。

慕容评越发得意，拍手道："说起辨味，有一人堪称天下无敌。请武威王慕容筑坐过来，一展身手！"

只见一个肥硕浑圆的大汉一步三颤地走来，在石越身边坐定，浑身的肥膘肉犹自晃动不止。一位宫女立即用黑巾蒙了他的双眼。

慕容筑终于浑身安稳，拍拍深不可测的肚皮，点头道："请大王出题。"

慕容评击掌三声，只见三道美馔，分别装在白玉、水晶、玛瑙碟内，流水般端至慕容筑面前。

"炭烤驼峰、清蒸黑熊掌、水煮天鹅胗。"

三个碟子尚未摆稳，慕容筑已闻其香、辨其质、道其名。

满座皆惊！

三碟菜肴既然已被道破，便成了败军之将，再无摆上台面的资格。宝光闪动处，绿如春水的翡翠盘、红似霞光的珊瑚碗、白如雪团的砗磲盏又接连上阵。

"榛蘑烹犴鼻。"

"狍肾炖柳蒿。"

"红柳炙飞龙。"

慕容筑脱口而出，势如连珠之弩，句句中的。席上赞声不绝。

慕容筑一心要显摆手段，咧嘴道："雕虫小技，不值一提。我还能吃出烹制每道佳肴所用的炭柴，甘愿献丑，博君一笑。"

慕容评扯下慕容筑面上的黑巾，挥手道："将厨子请来，验证一番。"

等厨子到场，慕容筑放下象牙筷，抖擞精神道："犴鼻既含榛蘑、佐料之香，又夹了一丝松香的清凉，必为松木柴所烹。"

厨子点头称是。

慕容筑又指着珊瑚碗道："狍肾暗藏板栗幽香，必是栗木炭的功劳。"

厨子满腹惊叹，却说不出一字。

最后，慕容筑盯着砗磲盏笑道："这飞龙肉除了满含红柳之香，还暗沾半土半木之气，想必用了久历风雨、饱尝土气的陈年木柴。”

厨子惊道：“柴棚里有几个废车轮，土迹斑斑，都已砍作劈柴。烧此菜时，恰好往灶里投了几根！”

慕容评哈哈大笑，拍拍慕容筑厚重的肚皮道：“武威王遍知天下滋味，堪称腹有《食经》的食中圣手！”

又转向石越问道：“秦国可有此等奇人？”

石越猛然记起那位学通《食经》、精于厨艺，最终却被废为平民的樊代来。于是忍住笑，假意赞道：“秦国偏僻荒芜之地，盛产村夫莽汉，一碗饭，半碗土，吃成大人，舌头只知咸淡，其余一概不知。何曾见过此等人物？”

众人听他说得村俗滑稽，个个忍俊不禁。

席案之间、杯盘之内，慕容评从容赢下一场秦燕决战，不禁捻须大笑，意气满怀。

翌日，皇甫真奉慕容评之命，送石越出城返秦。皇甫真一路细心观察石越的一举一动，直到石越挥手远去，又盯着他的背影望了半晌。

皇甫真返城后，立即面见慕容评道：“石越举动异常，其访燕之行必有玄机！”

“有何异常？”

“言语怪诞，仿佛粗鄙之辈，但又目光高远，行止沉稳。分明是个胸有城府之人，故意装疯卖傻罢了。出城之时，我对其一举一动颇为留意，果然窥见不少端倪。此人口中胡言乱语，两眼却明察秋毫，每经过一个岗哨，都会侧目查看，全无遗漏。我看石越出使是假，刺探燕国虚实是真。梁琛之言，大王不可不察！”

慕容评哈哈笑道：“石越出身于鄙陋穷苦之地，没见过大世面。泥腿子进城，丢人现眼。皇甫卿也忒高看他了。”

皇甫真眼看苦劝无益，便不再多说，叹了口气，飘然离去。

却说石越返回长安，立即来到东堂，向苻坚奏报燕国形势。

苻坚两眼精光闪动，探身问道：“燕国近来如何？是否果如郝晷所述？”

石越重重地点点头，冷笑道：“大厦将倾，虽然门户光鲜，屋瓦明丽，但梁柱皆已朽败。燕国可伐，请陛下立即决断！”

第二十九章 避祸西秦

却说慕容垂得胜而归，踌躇满志，立即上奏朝廷，为众将邀功讨封。慕容评阅完奏章，拿给慕容暐看了眼，齿缝间喷出一口浊气，呵呵笑道："明明是桓温指挥失当，自乱阵脚，加之陛下英明决断，请来秦军助阵，才让慕容垂白捡一份大便宜，俗语所谓'馒头落地狗造化'者也。这样的胜仗，火上弄冰凌一般，有什么稀奇？就算街上拉个卖胡饼的小贩出来，腰上挂了将印，功劳也不会比他短三分。他竟然不知羞耻，觍着脸来讨封，一马立功，百马得料，借机扶植私党。这脸皮真比铜雀台的地基还厚！"说罢手指一弹，奏章落叶般轻轻飘落一旁。

过了片刻，黄门官来报："吴王求见陛下、太傅。"慕容评不耐烦地摆摆手，嘴上倒还客气道："吴王劳苦功高，让他回府安心休养两日，不用心急。"

批完奏章，慕容评、慕容暐准备下殿歇息，黄门官又报："吴王执意要见太傅。微臣拦阻不得。"慕容评哼了一声道："陛下暂且回去休息，臣来打发他。"话音刚落，慕容垂已登上大殿。

慕容评坐在案前假装批阅文牍，头也不抬地问道："你统兵归来，不等召见便火急火燎地入宫，究竟有何要事？"慕容垂恭恭敬敬地施礼道："臣为众将讨封，奏章却被驳回，不知何故？"

慕容评转头道："军国大事堆积如山，本王暂时无暇封赏你的部下。改日再来吧。"

"自古见功而与赏，方能稳军心，保士气。立功而不赏，则赏罚不明，再有战乱，谁还愿意为国杀敌？亦早不宜迟，请太傅即日赐封，以安三军将士之心。"慕容垂依然心平气和，但声调却已抬高几分。

"怎么，你为了讨功，竟敢要挟朝廷？"慕容评推开手边的文牍，瞪眼怒喝道。

"臣不敢。为部下讨封，是怕军心受挫，于国不利。"

"好一个'于国不利'！言下之意，若封赏不遂心愿，你便干得出于国不利之事，是也不是？"慕容评语音渐高，语气渐急。

"臣并无此意。太傅不可强词夺理。"慕容垂怒气渐生，脸颊也涨得通红。

"你咆哮朝堂，还诬称本王'强词夺理'，此言此行，大逆不道！来人，将他赶出宫去！"慕容评一口气骂完，转过身去。

慕容垂终于怒不可遏，额头青筋暴露，眼珠几欲夺眶而出。腾地跨上一步，挡在慕容评面前，厉声道："若不能讨个公平，今日绝不出宫！"

慕容评向卫士喝道："还不赶了出去！"

慕容垂吼道："看看哪个有这胆子！"

卫士被他震慑，都不敢动。

忽听一个尖厉的声音喊道："好一个吴王，竟敢闯入皇宫，对我孤儿寡母逞威风！"只见太后可足浑氏引了慕容暐，在宿卫簇拥下匆匆赶来。

"太后圣明，我慕容垂忠心为国，绝无恶意！"

可足浑氏丹唇喷怨，粉面含威，冷笑道："我平生最恨言行不一之人。你口口声声忠心为国，绝无恶意，行的却是逆乱之事！擅闯皇宫、威逼太傅、惊扰圣上、冲撞太后，哪一件称得上'忠心'二字？"

慕容垂虽然占理，但强词夺理的功夫远远不及可足浑太后，气得嘴唇发抖，却说不出一字。可足浑氏见慕容垂落了下风，气焰更加嚣张，抬高调门喝道："你虽然立下军功，却恃功骄蹇，以下犯上。功过相抵，所有封赏一笔勾销。再不退下，罪不可赦！"慕容垂气炸胸脯，咬紧牙关转身而去。

可足浑氏咽了口怒气，柔声问慕容暐："吴王凶相毕露，可曾惊吓皇儿？"慕容暐喘口粗气，抹抹额头道："他发起怒来电闪雷鸣，吓死朕了！"可足浑氏又转向慕容评，嗔道："再不拿定主意，我们孤儿寡母都要被他害死。太傅受先帝之托辅佐幼帝，为何不替我母子做主？"

慕容评冷笑道："慕容垂叛逆之心昭然若揭！臣虽愚钝，却不敢忘记先帝重托。先下手为强，趁他还未动手，早给他一个了断！"说完屏退左右，与可足浑氏细细谋划起来。

岂料几个皇宫宿卫却是当年慕容恪的旧部，深知慕容垂是慕容恪生前最信任之人，对他颇为敬重，见他大祸及身，急忙密报慕容恪之子慕容楷。

慕容楷立即潜入吴王府告知慕容垂，并劝道："叔父只需先发制人，除掉太傅慕容评、乐安王慕容臧二人，其余诸人便无能为力。或取而代之，或暗中摄政，都易如反掌！"

慕容垂两眼直勾勾地盯着窗外，一言不发。

“叔父若于心不忍，侄儿愿替叔父擒杀二贼！”

慕容垂的眼神缓缓收回，飘忽地掠过慕容楷的双眼，又慢慢落在自己的双掌之上。沉默许久，握拳叹道：“这双手虽然杀敌无数，却从未伤过一个至亲。我终究干不出骨肉相残、祸国作乱的勾当！”

“叔父一世英雄，难道要效仿慕容翰引颈受戮？”

慕容垂无言以对，耳边时而响起慕容翰自刎前的慨然长叹，时而响起他那句“一生遭逢三次劫难”的惊人预言。一时心乱如麻，难以决断。

门外忽然脚步纷沓，只见慕容垂的舅父兰建引了慕容令、慕容宝匆匆赶来。“霸儿！”慕容垂虽然早已改名，兰建却仍爱以旧名相呼。

“慕容评与太后已决计杀你。你不动手锄奸，还等什么？”

慕容垂环视诸人，目光忽然低垂，颓然道：“我擅御外敌，却不擅内斗。与其自相残杀，不如外出避祸，以待来日。”

兰建点头道：“大丈夫不能兼济天下，便要独善其身。外出避祸虽非上策，却也可行。不知霸儿欲逃往何处？”

慕容垂的目光忽明忽暗地游移片刻，蓦然投向长子慕容令。

慕容令自幼聪颖过人，慕容垂常赞他智谋远超自己，乃燕国第一。只见他剑眉微耸，俊目圆睁，扬起冠玉般的脸庞冷笑道：“父王若能舍弃妇人之仁，当以锄奸夺权为上策。就凭父王的本事，定能顺应时势，助燕国起死回生，一统天下！”慕容令话音未落，便引来众口称赞。

不料慕容垂翻眼喝道：“答非所问！我要问的是逃往何处！”

慕容令眼中闪过一丝失望，定神道：“若父王执意出逃，孩儿亦有上下两策。上策是北归龙城，下策是西去长安。”

慕容垂一拍大腿道：“这才像话！龙城是我家旧地，进可南望中原，退可北控诸胡，最为稳妥。苻坚素有求贤若渴之名，若北归之路受阻，长安亦可容身。事不宜迟，诸位火速回去整理装束，天黑之前都随我逃往龙城！”

黄昏临近，慕容垂与妻子段氏、妻舅兰建，郎中令高弼、侄儿慕容楷以及五个儿子换上猎装，引了十余名心腹随从，携了弓箭，牵了鹰犬，打马出了邺城。城门守军以为他要出猎，都不过问。

一行人快马加鞭，径直北去。急行一夜，黎明时进入邯郸地界，都已人困马乏。慕容垂勒住马，引众人下了官道，寻了隐蔽处进食歇息。草丛中忽然飞出一只野鸡，扑棱棱左右逃窜。众人心事重重，都不理会，唯有慕容垂的幼子慕容麟嘻嘻哈哈地呼唤随从，来回追赶。慕容麟本是庶出，又不甚乖巧，素来不受慕容垂待见。此时又看不出眉眼高低，惹得众人是都有些厌烦。

慕容垂火冒三丈，赶上去就是一鞭，打得慕容麟满脸是血。众人慌忙拦住。慕容垂骂道："若非众人求情，定要打死你这不通人事的孽障！"

慕容麟羞愤不已，低头退下。

歇息片刻，继续北驰。到了傍晚，已近范阳地界。慕容垂见一路顺遂，未遇半分阻逆，心头舒畅了几分，脸色也略有舒缓。哪知清点人头，却不见了慕容麟，随从也少了一半。

慕容垂骂道："这个枭奴，竟敢出卖生父！今早就该一刀杀了！"

众人劝道："大王息怒。或许麟儿走得慢，落在了后头。你看，他已跟来！"

只听后方马蹄声紧，一群人匆匆驰来。慕容垂怒气稍退，正要起身，忽听"嗖嗖"直响，一阵乱箭劈头盖脸地射来。再看来人，竟是慕容评的心腹西平公慕容强！

慕容令喝道："父王带人先走，孩儿断后。"

马蹄声越来越近。慕容令钻入树丛，拉满长弓，一箭射中慕容强心窝。

一声惨叫，马蹄声纷纷乱乱地掉头远去。

慕容令拍马赶上慕容垂，一把勒住缰绳道："事已败露，龙城已不可去。眼下只能改行下策！"

慕容垂沉吟良久，终于无力地点了点头。

又是一个枯寂寒冷的黄昏，邺城西郊的显陵一片萧索。这里是前朝暴君石虎的墓地，因无人护理，早已沦为荒冢一片。慕容垂牵马进了柏树林，从腰带上解下镶嵌玛瑙、绿松石的鎏金鹿纹火镰，将一枚燧石置于干草之上，覆以蓬松细密的艾绒，再以火镰敲击燧石，迸出点点火星，引燃艾绒、干草。众人齐添柴火，生出一堆熊熊篝火，围坐一旁，各怀心事。忽见慕容令匆匆奔来，一边浇水灭火，一边低声道："冤家已至，都别作声！"

众人慌忙俯身躲藏。

不远处奔来两匹高头大马，马上之人身穿猎装，肩背弓箭，正是慕容评、慕容臧。慕容垂望见仇家，气得七窍生烟，再看二人身后，却跟了三四百驱鹰唤犬、持弓背箭的随从，怒火立即化为惊惧，暗自道："藏则无地存身，逃则无路可行，战则寡不敌众。今日要死在老贼手里！"

正要闭眼等死，忽听半空传来几声凄厉的鹰啼，原来一只驯服未久的猎鹰突然挣脱绳索，与同伴争斗起来。众鹰接连加入纷争，愈斗愈烈，从单挑转为群斗，又从群斗变成一场轰轰烈烈的大混战。半空黑影翻动，毛血纷飞，啼声不绝。慕容垂心中一动，暗叹道："看这禽兽之纷争，与人也无甚分别。"

慕容评也有感而发，仰天大骂。

“这扁毛畜生是个鹰中乱党，跟慕容垂一路货色，专来搅本王的雅兴。”

地上之人大呼小叫，追着鹰群一发散去。

慕容垂舒了一口长气，却见本已熄灭的柴堆中又升出一缕青烟来，袅袅不绝地扶摇直上。慕容垂俯察柴堆，又仰视青烟，再从青烟消散处望至天尽头，猛然纵情大笑。笑至眼角含泪，忽地敛容喝道：“牵我白马过来！”

早有随从将马牵来，慕容垂仰天祷告。

“慕容垂谨献白马一匹，愿苍天助我一门逢凶化吉、平安入秦！”

祷完拔出祖传金刀杀了白马，将马肉分给众人。又俯身对着青烟吹出明火，重新点燃柴堆，再用树枝插了马肉，向火烤食。

夜色中，四周的山林渐渐隐去，远处的邺城却被灯火勾勒得越发清晰。众人啃着马肉，望着可望而不可即的都城，各自想着心事。

慕容令思索良久，终于开口。

“此时此刻，父王可知邺城人在议论何事？”

“自然是我出逃之事。谁能料到我正稳坐城外，望着城楼向火而食！”

慕容垂神色镇定，语气也越发轻松。

“邺城人虽不知父王身藏何处，但渴念之心，必如婴儿之思父母。慕容评嫉贤妒能、胡作非为，早已怨声载道。父王若能顺应人心，袭其无备，拿下邺城易如反掌。事成之后，革除旧弊，匡扶朝政，安国存家，岂不是千古奇功？机不可失，孩儿只需率几人几骑潜入城内，便足以办成大事！”

慕容垂咽了口马肉，轻描淡写却又不容置疑地答道：“按你的计策，事成固然是大福，不成则追悔莫及！不如西奔秦国，可以万全。”

“如此也好。”

慕容令语气中难掩失望之情。他偷望了一眼慕容垂，暗忖道：原来父亲虽是天生的战将，却不是天生的帝王。

潜行数日，慕容垂终于抵达秦国。苻坚闻讯喜出望外，亲率百官在长安城外迎接。百姓也纷聚在驰道两边，远远围观。

马蹄声由远及近，尘土飞扬接天，在日光下泛出团团紫气。苻坚兴奋地搓手笑道：“我昨日梦见紫气东来，原来应了此事！”

话音刚落，慕容垂飒沓而至，率众人下马奔至苻坚面前，俯身下拜道：“罪臣慕容垂，为奸人所害，不容于故国。久慕陛下仁德，不远千里，舍命来投！”

苻坚将慕容垂扶起，笑盈盈地上下打量一番，轻轻沸去他肩上的征尘，拊掌赞道：“慕容卿仪表非凡，果然是天生豪杰！你我有缘相聚，共成大事，必是上天定数。他日与卿携手平定天下，必命回归本邦，世封幽州，使卿去国不失为子之孝，归朕不失事君之忠，不亦美乎！”

慕容垂洒泪答道：“羁旅之臣，免罪为幸。本邦之荣，非所敢望！”

苻坚又与慕容垂的家眷、臣僚一一相见，拊掌赞叹。

“都说慕容氏人才济济，果然名不虚传。就算江南的王、谢大族，也难有如此俊才！”

苻坚亲自将慕容垂一家送至新备府第，这才领众臣离去。

翌日午时，苻坚在东堂大摆筵宴，为慕容垂接风。慕容一家洗去风尘，换了新装，更显得英姿飒爽、卓尔不凡。

苻坚啧啧赞道：“朕听说江南王谢子弟秀美俊逸，有阶前玉树之美誉。阶前玉树毕竟是娇弱之物，比拟慕容诸君，须是山巅奇松！鲜卑六部，慕容部一枝独秀，不知是何缘由？”

慕容垂爽声大笑。

“若说不同，全在姓氏。慕容比起其余五部，不过有个好姓氏罢了。”

苻坚饶有兴致地问道：“鲜卑姓氏有何不同？愿闻其详。”

“鲜卑几大姓氏，字面大多不甚高雅。拓跋粗野朴鲁，仿佛草泽莽夫；乞伏卑微下作，仿佛奴仆乞丐；秃发寝陋不堪，如丑女衰汉，他家女子即便生得沉鱼落雁，嫁给帝王，也只是个秃发皇后。大概这三部的先祖不通文墨，因此误选了三个劣姓。宇文与段姓中规中矩，但也比不上慕容二字文雅高逸。慕容部能有今日，全仰仗先祖圣明，起了个好姓氏！”

众人听他说得有趣，纷纷喝彩。

苻坚见慕容垂气度宏远、谈吐诙谐，心里更加高看了几分，又赞道：“道明英爽超迈，不拘小节，与朕一见如故！朕得卿相助，若非天意，必是前世夙缘。愿与卿君臣勠力，共建千秋伟业。他日东征，令道明亲手驱除奸佞，还镇故国，替朕永世驻守东土，不亦美乎？”

慕容垂为之动容，忍不住拿衣襟抹了抹眼角，但衣襟并不见半点沾湿。这一切，都未逃脱王猛的双眼。

群臣宴罢，尽欢而散。苻坚问王猛道：“先生今日见了慕容垂，不知作何感想？”

“臣不敢言。”

苻坚笑道：“有何不敢？先生但说无妨。”

“臣请陛下立即斩了慕容垂！”

苻坚惊得身子一晃，忙问：“先生这是何意？”

王猛从容答道："慕容垂在燕国身居高位，又宽仁惠下，在燕、赵一带颇得人心、党羽极众。其才略、权智远超常人，膝下诸子才干出众，个个堪称人杰。此等人物，是蛟龙猛兽，非可驯之物。我观慕容垂龙行虎步、蜂目豺声，满身枭雄之气；鼻尖垂翼，颧骨横突，一脸叛主之相。今日投奔陛下，不过是暂避近祸，日久必生叛心。若不趁早剪除，必然养虎为患！"

"我正要延揽天下英豪，助大秦荡涤四海，今日得慕容垂归顺，正是天助我也。我诚心相待，犹恐诚之不至，又怎忍心加害？"

"陛下既然有此顾虑，何不给他封个空头爵位，派个闲职严加看管，让他在秦国安度余生？"

苻坚笑道："先生智慧过人，却忧思过重！我看慕容垂坦坦荡荡，并非小人。让他当个'冠军将军'，替朕领兵杀敌，岂不更好？"

王猛不再作声，心中却打定主意：为了秦国江山社稷，为了天下苍生，务必除掉慕容垂。陛下做不出的事，我替他来做！

沉思之际，忽听苻坚问道："今日得了慕容垂，燕国大厦又少了一根栋梁。先生的伐燕大计，何时能全盘托出？"

王猛正要回答，却见散骑侍郎姜抚匆匆而至，拜奏苻坚道："臣出使燕国归来，有要事禀奏！"

"姜卿有何要事？"

"燕国背信弃义，拒向秦国割让虎牢关以西之地！"

苻坚大怒。

"岂有此理！"

"慕容评轻诺寡信，全无道义！竟说向日割地之诺只是使者一时失言，不能当真。又说邻国之间患难与共、同御强敌，是天经地义、理所当然之事！许诺之地，寸土不予秦国！"

姜抚奏完，匆匆退下。

王猛见苻坚怒气难消，笑着劝道："慕容评素来吝啬，说出此话，正在意料之中。陛下何必生气，要谢他才是！"

苻坚忍住怒火，冷笑道："慕容评正给了秦国一个灭燕的借口，却也不假！"

说完来到舆图前，盯着燕国版图看了半晌，忽然惊道："先生快看，燕国版图之形，像不像一张虎口。"王猛转头看图，只见辽东、山东两地隔海相对，如同张开的两颚，中间夹着空阔的渤海，果如巨口一般，于是笑道："秦国在西方，这张大嘴却朝向东方，又能奈我何？我看这恐怕不是虎口，而是饕餮之口，因为贪得无厌，最后只能将自己吞了。"

苻坚道："慕容垂投奔大秦之后，燕国成了没牙虎，再也不足为惧。"

王猛道："话虽如此，燕之国力、兵力仍数倍于我。若要克敌，须出奇制胜。"说完指着舆图笑道："燕国国土虽广，但能防御秦兵的险要只有南北两处，南边是河洛、崤函，即燕国许而未予的虎牢以西；北边便是河东太行山。"

苻坚两眼闪出异彩，拊掌笑道："将灭燕之战分作两步。先拿下虎牢以西之地，燕国必会在南路布置重兵。我军留偏师驻守洛阳、荥阳，佯攻南路，却暗中撤回主力，从北路出兵河东，突破太行天险，以迅雷不及掩耳之势直捣邺都！"

王猛点头道："臣正是此意！"

"此计甚妙！但燕国若凭借太行天险，使出慕容恪稳扎稳打之法，又如何取胜？"

"兵不厌诈。臣自有计策逼他出战！"

苻坚微笑着点了点头，步履稳健地踱至窗前，只见远处乌云密布，如山峦起伏、江海翻涌。一道闪电划过天际，只见其形，不闻其声。过了许久，阵阵闷雷隐隐传来，将檐角栖息的群燕惊得四散飞逃。苻坚仰天大笑，意味深长地叹道："要变天了！"

第三十章
金刀之计

王猛回到府中暗忖道："皇上宽厚有余、决断不足，终究下不了拔除慕容垂的决心。但此人不除，我大秦早晚要江山易主、分崩离析。皇上下不了狠手，我岂能坐视不管？"

忽见王永擦拭书案，不小心将案头辽砚里的墨汁溅出几滴。王猛盯着砚台思忖良久，终于想出一条天衣无缝的妙计。

翌日王猛上奏道："孙子云：'不知山林、险阻、沮泽之形者，不能行军；不用乡导者，不能得地利。'燕故吴王慕容垂之世子慕容令世居燕地，聪明睿智，熟知豫、兖、青、徐、冀、幽、并诸州山川形势。特求为向导，以助王师行军之便。"

苻坚笑道："还是王丞相考虑得周全。人员调用，自可便宜从事。"王猛立即写了手札，派人去慕容府将慕容令召入军中。大军集结已毕，王猛定下出兵吉日，准备东征洛阳。

出征前夕，王猛吩咐长子王永道："快将我的辽砚洗拭整洁，用绢包好。"

王永笑道："这砚台睡惯了粗麻布，忽然换了细绢，如何吃得消！"

王猛道："砚随主人。见我穿惯粗麻褐布，自然也能习惯。如今这位新主却是个锦衣玉食的贵人，这身行头自然要换。"

王永惊问："父亲要将砚台送给何人？"

"慕容垂。你这便随我去一趟慕容府。"

王永不情愿地叹道："如此方好砚，却要送与恶人，实在可惜。"王猛笑道："此事非孺子能知，切勿多言。"

二人乘着暮色来到慕容府，向看门的鲜卑长随报了姓名。

慕容垂正与几个侄儿在客厅聚饮，听说王猛来访，骂了声："这催命鬼为何而来？"慌忙起身去府门相迎，临走前叮嘱侄儿："小不忍则乱大谋。尔等要笑脸迎宾，不可造次！"

等慕容垂走远，慕容楷拍案冷笑道："来得好，我刚弄来半斤宁州产的上等乌头，号称'雪上一枝蒿'。将此药掺入酒饭服下，当日虽然无恙，三日后便会毒发身死。拿来孝敬王老贼，岂不妙哉？"慕容绍赞道："此计大妙。老贼一死，叔父便再无敌手，我辈亦可高枕无忧！"慕容楷便趁机取来毒药藏在袖中，欲择机下手，一发结果了王猛的性命。

转眼慕容垂已将王猛引入客厅，请他在上首落座。王猛见慕容楷、慕容绍、慕容肃等人虎视眈眈，满面怒容，便哈哈笑道："若知今日是鸿门宴，我怎好巴巴地赶来自投罗网？"

慕容垂被王猛道破心事，禁不住打了个冷战，险些将手中的酒盏扔在地上。他虽然对王猛心存芥蒂，却也不想闹得太僵，仍赔着笑脸打圆场道："王丞相熟读《史记》《汉书》，连开个玩笑都不离班、马。你们这几个不学无术的小子，以后要多向王丞相请教才是。"

王猛笑道："都说道明先生绵里藏针，果然不假！我王猛虽读过几卷书，又怎敢在贵府冒充饱学之士？道明先生的先尊慕容元真学富五车，曾亲自撰写《太上章》《典诫篇》，为千名学子讲学。三位公子的令先尊慕容玄恭先生，更堪称天下奇士。其虚怀若谷、知人善任，堪比萧何；深沉大度、雄毅果敢，仿佛马援；摄政临朝，辅助幼主，周公伊霍之流亚；饱读经史、手不释卷，更是孔明、公瑾之俦。玄恭先生可谓古之'遗爱'，乃今世不可多得之奇才。我王猛与其并世，何其幸也；并世而未能谋面，又何其憾也！"

慕容楷三兄弟见王猛对亡父竟有如此褒赞之辞，不禁心头一热，险些掉下眼泪，早已将刚才的毒计抛在脑后。

"道明先生堪称当世韩、白。方值壮年，便已勒尽燕然，无敌四海。虽因小人加害而客居秦国，也不过是孙膑奔齐、伍员奔吴，小小困厄能奈英雄何？他日定能扬眉吐气，威加天下，名垂青史！"

慕容垂听了颇为受用，但仍不敢对王猛掉以轻心，假意笑道："王丞相谬赞，实不敢当。我慕容垂早已不是当年的慕容霸，壮心已死，胸无大志。客居秦国，全赖皇上与王丞相怜悯，不过谋个衣食无忧罢了。"王猛笑而不语。

忽见仆人抬来一具热气腾腾的硕大食盒，厅内顿时肉香扑鼻。掀开盖子，里面却是一头似猪非猪、似犬非犬的肥硕之物，早已蒸得烂熟。慕容垂绰起一把明晃晃的匕首，"噗"的一声斩下头颅，又分别斩下四只脚爪，随后分割胸腹之肉。王永看得直吐舌头。

慕容垂一边分肉，一边说："请王丞相猜猜这是何物。若猜不出，便要罚酒一杯。"

王猛夹了一块肉品尝，赞道："好手艺！只是我孤陋寡闻，猜不出是何物，只好自罚一杯。"

慕容垂笑道："见笑了，都说君子远庖厨，我却偏偏是个小人，一天到晚只想着口腹之欲。这是我亲手蒸出的熊肉。昨夜将熊收拾干净，煮半熟，用清豉汁腌一宿。今日内外抹上生秫米，放入甑中。另在白米中加入浓豉汁煮饭，将煮好的米饭与葱白、姜丝、陈皮盐粒撒在熊肉上蒸透，吃时蒸热便可。"

王猛见慕容垂一心韬光养晦，却又欲盖弥彰，觉得滑稽，便故意激他道："妙哉！放眼天下，唯有道明这样的龙虎之士，才堪食此物！"

慕容垂心中一惊，手中匕首一滑，将左手食指削破。却怕被王猛看穿，便咂摸着嘴唇，吮着食指自嘲道："我慕容垂自知做不了英雄，只能蒸个狗熊吃吃，逞一逞口腹之豪！"

王猛止住笑，向身后侍立的王永招了招手，王永忙将白绢包裹的砚台递来。王猛接来放在案上，却不打开，笑眯眯地问慕容垂道："听说辽东襄平县出产宝砚，号称'辽砚'，天下无双。道明是辽东人，必知此话之真伪。"

慕容垂猜不透王猛的用意，满腹狐疑，脸上仍赔着笑，叹道："此言不虚。襄平县砥石山出产奇石，堪为砚材。因良材珍罕、产量稀少，其价远在闻名天下的易水砚之上。当年我也颇藏过几方上好辽砚，可惜早已不知下落。"

王猛接着问道："辽砚以何等石色为贵？"

慕容垂素有砚癖，说起砚台，戒备之心顿时消散了一大半，滔滔不绝地讲道："辽砚有紫、绿、白诸色，尤以紫色为贵，名曰'紫云'。若紫中间以黄、白、青、绿斑点，更有正奇相济之天趣，堪称上上之品。只是砚材亦似人才，庸庸者众，佼佼者寡，堪为圣贤者更是百年难遇！"

王猛点了点头，揭开绢封，问慕容垂道："道明既是砚中伯乐，何不替我掌眼，看这方砚究竟是骐骥还是驽马？"

慕容垂捧起砚石，脸上不露声色，眼神却似被勾去一般，再没离开半分。

王猛微笑道："不知此砚可堪把玩？"

慕容垂这才抬头看了一眼王猛，点头赞道："此砚柔腻绵密，坚韧俱备；色如乌金，斑如珠翠；触之若肤，扣之如磬，堪称砚中极品。"

王猛笑道："这是二十年前故人所赠之物。我生性疏懒邋遢，只喜用寻常瓦砚，不喜贵重之物。此砚落入我手，犹如虎落平阳、英雄失路，令人唏嘘嗟呀。听陛下说，道明素有砚癖，必是个识货之人。所谓'楚弓楚得'，堪为公理。这方辽砚为辽人所得，才是正道。我明日便要出征，此砚不能随身携带，置于家中，终将为尘土、蛛网所蔽。道明若不嫌弃，我便将此砚相赠，既能令宝砚物得其所，又可慰道明故国之思。”

慕容垂听王猛说至“虎落平阳、英雄失路”，想起自己身为燕国天潢贵胄，却遭奸人陷害，竟落到亡命他国、寄人篱下的境地，便已有些心动。又听到“故国之思”四字，忽地悲情难抑，几滴热泪险些夺眶而出。

王猛见慕容垂动了真情，慌忙举盏道：“都怪我失言，触及道明的痛处。我再自罚一杯。”

慕容垂暗道：原来王猛看似苛酷，其实倒是个重情重义的汉子，我却错怪了他。

王猛命王永将砚台包好，轻轻放在慕容垂案边。

慕容垂举盏道：“多谢王丞相以宝砚相赠。明日丞相即将远征，我便以这杯水酒，祝王丞相马到成功！”

王猛道：“多谢道明吉言。令郎在我营中，万无一失，决不会瘦了半分筋骨，你无须挂念。”慕容垂连忙低头称谢。两人接着便谈起燕国局势，不知不觉间窗外已月影浮动。王猛抬头看了一眼天色，叹道：“把酒对月，畅叙幽情，何其乐也！可惜出征在即，王猛不能与道明消此永夜，只好就此别过。”

慕容垂慌忙领着三个侄子起身送行。

步入庭院，只见半轮残月高挂竹枝之上，映得庭内光影婆娑。乍暖还寒的春风阵阵袭来，吹得竹叶簌簌作响。一阵凄凉的羌笛呜呜咽咽地传来，令人顿生离愁别恨。王猛长叹一声，慨然吟道：

春风沉醉玉京寒，羌笛不识行路难。
慷慨悲歌燕赵士，弹铗高卧啸长安。
问我明日身何处，万古惊尘函谷关。
未解英雄相思泪，何时归看旧河山！

此诗应的虽是王猛出征之景，却句句不离慕容垂的心坎。慕容垂听完，终于抑制不住满腔悲愤，两行热泪潸然而下。月昏灯暗，王猛似未察觉慕容垂的悲情，拍着他的肩膀叹道：“我与道明多年为敌，如今虽共事天子，依旧难称同志，但惺惺相惜之意，苍天可鉴，岂是凡夫俗子能知？今当远别，道明将以何物赠我，使我睹物思人耶？”

慕容垂暗自懊悔道：原来王猛竟如此有情有义，我却思虑不周，忘了桃李之馈。手臂忽然触及腰间的佩刀，于是不假思索地解下，双手捧与王猛，慨然叹道：“这把金刀，乃先祖所赐。今日赠予丞相，以慰别后渴念！”

王猛双手接来，拔刀出鞘，只见锋刃似雪、寒光逼人，于是点头赞道："我有四句赞语，既可咏此刀，亦可咏其主人：'金玉为衣，锋刃为躯。英雄持之，天下莫敌！'此刀唯有英雄堪佩，赠予王猛一介伧夫，岂不可惜？"

慕容垂笑道："王丞相乃天下英雄，又出征在即，若无干将、莫邪随身，像什么话？这把铅刀若能随丞相建功立业，岂不是它的造化！"于是亲自将刀佩在王猛腰间。王猛向慕容垂拱手道："多谢道明美意！天色已晚，还请留步！"说完挥手而去。

回到客厅，慕容垂仔细咂摸刚才的情景，又捧出王猛所赠的辽砚细细端详，问三个侄子道："王猛今夜可有异常？"

慕容楷点头道："王猛灌了一晚迷魂汤，肯定别有用心。此人深不可测，令人难以揣度。刚才真不如使出我的'雪上一枝蒿'，要了他的狗命，岂不一了百了！"

慕容绍附和道："王猛不死，我等何时才能心安？"慕容垂听了大怒，拿筷子猛敲二人的脑壳，斥道："两个木头脑壳，是给和尚当木鱼敲的吗？对付强敌要多用智谋，少用蛮勇，怎可胡来！"

王猛率军东征，一路晓行夜宿。这一日天色渐晚，王猛命将士安营扎寨，早日歇息。又叮嘱慕容令道："令儿担任向导，最为辛苦，还不快去歇息。我曾向令尊担保，决不会瘦了你半分筋骨。你若消磨憔悴，教我如何交代！"

慕容令笑道："王丞相对燕国地形了如指掌，连燕人都自愧不如。我徒有向导之名，其实全无半分辛劳。"王猛笑道："令儿不必心急，早晚会有用你之时。"

慕容令回到营帐，点亮灯烛，刚要脱去甲胄，忽见烛光晃动，一人掀开门帘闪了进来，低声道："少主！"抬眼看去，却是父亲的贴身小厮金熙。慕容令诧异问道："你为何在此？"

金熙低声道："我奉吴王密令，冒死来传口信。"

慕容令心中咯噔一声，惊问道："父王莫非有难？"

金熙点头道："王猛视吴王如死敌，每日以谗言惑主。出征前，又大肆诽谤。苻坚虽然宽厚，终于被王猛迷了心窍，要下毒手取吴王性命。幸亏吴王听到风声，已率亲众连夜逃往燕国。因事情紧急，不及写信，便命我以金刀为凭传来口谕，令你立即逃回燕国。"说完从怀中取出金刀，递了过来。慕容令心中怦怦直跳，接刀细看，果是家传金刀无疑。思索片刻，抬头紧盯金熙的双眼问道："父王返回燕国，难道不惧皇上、太后加害吗？"

金熙坦然答道："吴王说，自西逃以来，皇上、太后颇有悔意。此时归国，决不会再行加害。吴王还说，当日避祸于秦，只是为了逃命。若亡命千里仍难免一死，将贻笑天下，倒不如返回故国，与宗室捐弃前嫌。”

慕容令听了，沉默不语。

金熙道：“事不宜迟，请少主尽早出营，以免事迹败露，枉死于王猛之手！小的先走一步了！”说完悄然而去。

慕容令手握金刀，思前想后，觉得此事突兀非常，令人难以置信。但金熙的话又滴水不漏，更有金刀为凭，令人不得不信。慕容令心乱如麻，熄了蜡烛和衣而卧，辗转反侧地思量了一夜，眼看天色渐亮，仍觉去留难定。

却说相府主簿强延遵照王猛的密令，暗中找到慕容府中的小厮金熙，许以重金，带他奔至秦军大营。随后教他揣了金刀，向慕容令传了慕容垂的假口谕。天亮后，强延暗自去慕容令帐外查看，见他仍无举动，慌忙禀报王猛道：“慕容令并未出逃，难道他已识破丞相的计谋？”王猛笑道：“如此大事，踌躇犹豫也是常情。待我助他一臂之力。”说完便传令三军：“今日暂不行军，驻扎营地休整一日。”

慕容令思虑了整整一夜，仍未定下去留之计。忽听帐外传令兵高呼道：“丞相有令，今日暂不行军，驻扎营地休整一日。”慕容令听了如坠云雾，越发不知是福是祸。忽然隐隐听到帐外二人低声道：“今晨有一群鲜卑人沿官道疾驰东去，仓皇如丧家之犬，却不知要去何处。”

“鲜卑人在秦国可不多见。莫非是燕国派来的斥候？”

“这群人有男有女，衣着华丽，哪里会是斥候？莫非与日前归义的冠军将军有什么勾当？”

“嚼舌根的老鬼！若真有此事，长安必来邸报通报王丞相，我辈怎敢胡言！”

慕容令听到此处，仿佛坠入冰窟，从头至脚再无一处热地。怔了半晌，忽然醒悟道：“趁今日大军休整，再不逃亡，更待何时？”于是召集亲兵，整顿弓马，诈称出营射猎，往燕国方向飞驰而去。

近几日，慕容垂忽觉头昏气短，心绪不宁。他逃往秦国，走的是慕容翰避祸宇文部的老路，本不欲同燕国撕破面皮，因此虽有叛逃之名，却无叛国之实。但最近数日，却似乎跌入叛国的陷阱，并且越陷越深。先是慕容令被王猛召入军中，充当侵伐故国的向导，之后王猛又在出征前夕突然造访，与自己大谈燕国局势、故国之思，甚至互馈桃李。慕容垂越发觉得，似乎有一双通天之手，正在悄然封堵自己回归燕国之路。至于日后是否会有更大的灾祸，更非今日所能预料。想到此处，慕容垂不寒而栗。

天色渐亮，慕容垂起床装束。饮了半碗乳酪，吃了半枚胡饼，便心事重重地换上朝服，出门向皇城走去。刚刚跨出门外，院墙旁边的树丛里呼呼啦啦地惊起一群老鸹，聒聒噪噪地向东投去。慕容垂心中暗骂晦气，脸色愈发沉重。

行了几步，忽见慕容楷火急火燎地迎面奔来。慕容垂见他神色慌乱，举止失常，便已猜出情势有变，急忙返身回府，待慕容楷进了门才问道："出了何事？"

慕容楷上气不接下气地说："出了大事！令弟于东征途中，忽然逃归燕国。侄儿在朝廷当差，刚刚偷看了王猛发来的密报。趁苻坚尚未上朝，叔父火速逃命吧！"

慕容垂如闻晴天霹雳，脸色立变。但不过片刻，便恢复常态，立即唤来家眷，不慌不忙地假意笑道："燕国皇帝圣明，已赦免我罪，令我即刻回国，不得淹留。尔等快随我牵马出城。"

众人亦惊亦喜，立即取了细软干粮，随慕容垂打马而去。

出了长安，过了灞桥，转眼便来到蓝田县的一马平川。慕容垂驱动紫骝马，一马当先奔在最前。只见他神态自若，举止从容，仿佛不是逃亡，而是寻常郊游一般。慕容楷暗自赞叹叔父定力非常。

忽听段夫人在背后喊道："追兵将至，如何是好？"众人纷纷回头观望，只见远处尘土飞扬，一队飞骑正全速追来。

慕容垂见追骑队形散乱，又无旗号，绝非秦军精锐，立时心生一计。于是示意众人勒马徐行，笑道："且看我如何退敌！"

不过片刻，追兵拍马赶来，都是满脸稚气的新兵，将慕容垂一行围在垓心，一名十八九岁的哨长在马上抱拳道："慕容将军不辞而别，是要逃往燕国吗？"

慕容垂捋了捋虬髯，哈哈笑道："误会，真是天大的误会！"

哨长茫然问道："将军究竟何意？"

慕容垂脸色一沉，不怒自威地说："本官奉皇帝密旨，以逃归燕国为名，回邺城为内应，以助王丞相伐燕。此事除皇上、王丞相与本官之外，并无第四人知晓，因此才闹出误会。机密之事，尔等若敢向外人说出半个字，小心颈上的脑袋！"

哨长大惊，低头谢罪道："小人不知深浅，险些误了大事。望乞赎罪！"急命士卒解围。

慕容垂正色道："不知者不为罪。尔等切勿走漏消息！"说完猛甩长鞭，率众人昂首东去。

转眼又疾驰了半晌，紫骝马已累得汗流浃背，气喘吁吁。慕容垂便率众人下马，在道边的林荫下歇息。

段夫人望着道路两侧远观如带、近观如盖的槐林，忽然叹道："秦国驰道两侧广栽杨、槐树。我大燕境内却无此景。何时路边不见了树荫，才能望见故乡……"说完掩面而泣。

慕容楷、慕容绍兄弟听了，也不禁相对唏嘘。慕容垂却哈哈笑道："王猛当年广植树木，今日正供我辈遮阴之用。不感谢王丞相的甘棠之惠，却哭哭啼啼作甚！"

慕容楷忽然指着后方惊呼道："不好，追兵又至！"只见一片黄尘滚滚而来，尘头旗号整齐，一面大旗高高飘扬，上书一个"吕"字。

慕容垂嘴角微微一动，腾地起身，一边飞身上马，一边喝道："此人不易对付，快走！"

走了不过半里，追骑便迎头赶上，拦住慕容垂的去路。为首一员大将正是吕光，只见他盔甲鲜明，满脸杀气，向慕容垂抱拳道："若还识趣，便乖乖随我回京；若要厮杀，我也奉陪到底。若再拿鬼话唬人，便是自讨苦吃！"

慕容垂自知动口无益，动武又不是敌手，只得垂头丧气地束手就擒。

吕光将慕容垂绳捆索绑，径直押送至皇城东堂，喝道："陛下欲在此地相见。你可要好自为之！"

忽听一人怒斥道："好大的胆子，竟敢背着我干出这等好事！"

苻坚手按长剑，满脸怒容地大踏步走来。慕容垂早已冷汗淋漓，"扑通"一声跪倒在地。

苻坚走到近前喝道："出城之前，朕跟你说了什么？难道权当耳旁风了？"慕容垂不敢吱声，唯有捣蒜般磕头不止。

却听吕光答道："陛下叮嘱卑职，不可以绳索加于慕容将军之身。"说完为慕容垂松绑。

慕容垂这才知道苻坚骂的并非自己，于是暗自松了口气。

苻坚喝令吕光道："还不退下。"转过身，冷冷地问慕容垂道："慕容卿风尘仆仆，一路辛劳。吕光可曾为难阁下与贵眷？"

慕容垂慌忙答道："承蒙吕将军一路关照，罪臣感激不尽。"

苻坚冷笑道："慕容卿不必讳言，吕光岂有这等好心肠？看这身衣服，都破成了什么样？"

一名侍女立即捧了托盘过来。苻坚亲自解下慕容垂身上的旧袍，从盘上拎起一件叠得方方正正的簇新锦袍，为他换上。

慕容垂暗想：苻坚饱读诗书，最重礼仪，能在动刑前为我换上新袍，也算仁至义尽。

忽听苻坚叹道："古人云：'衣莫如新，人莫如旧。'朕闻听慕容卿东去之事，一时心急如焚。见爱卿平安归来，心中才稍稍安宁。"

慕容垂本已做好引颈受戮的准备，听苻坚话中似有赦免之意，不禁喜出望外。却不动声色，一脸愧疚地叹气道："犬子年幼无知，既已随父归秦，却又难抑故国之思，终于做出大逆不道、无父无君之事。罪臣自知难辞其咎，又恐因犬子之过而受灭族之灾，只得率家眷仓皇出逃。慕容垂自知罪恶滔天，甘受族刑。请陛下勿以国法之大徇故人之私！"

这几句话是慕容垂深思熟虑后的自救之词，看似认罪，其实却将罪名一股脑地推至慕容令身上，又算准了苻坚的宽仁之心，故意揽下灭族罪名，以求博得怜悯。

苻坚沉吟良久，攒眉叹气道："爱卿可知朕为何在东堂与卿相见？只因朕之庶兄曾因微过而死于此地，朕与庶兄生死诀别之景，仍历历在目！朕岂能再因微过而妄杀贤才？慕容卿家国失和，迫不得已而委身投朕。令郎心不忘本，犹怀首丘之情，亦各有志，不足深究。只可惜燕国大厦将倾，岂是令郎一人所能逆转？令郎东归，不过徒入虎口罢了。"苻坚越发动情，在慕容垂面前来回踱步，面红耳赤地说："况且，朕虽非圣贤，岂能不知'父子兄弟，罪不相及'之理？爱卿若懂朕的一片苦心，又怎会仓皇东逃，狼狈如此？朕待你如周公，你却避朕如桀纣，岂不令人痛心！"

慕容垂终于明白了苻坚的心思，心中狂喜难抑，脸上依旧诚惶诚恐，俯首谢罪道："卑职如失群之雁，在燕国侥幸未死，但旧伤未愈、惊心未去。如今又闻秦国弦音，于是旧伤发作，跌落半空。请陛下恕罪！"

苻坚脸上终于露出欢颜，笑道："爱卿这只惊弓之鸟，还不快快回巢将息！"从此待慕容垂亲善如旧。

慕容垂死里逃生，不禁向段夫人感叹道："必是先祖神灵保佑，让我遇到了苻坚这位当世宋襄公、人间活菩萨！"段夫人却垂泪道："令儿孤身返回燕国，又有谁来保佑？"慕容垂听了黯然长叹。

此时慕容楷悄然而至，见慕容垂眼中昏暗无光，若有云翳浮动，吃了一惊。迟疑片刻，才低头密报道："侄儿暗中探访，已查出加害叔父与令弟的主谋便是王猛。"

慕容垂眼中立即云消翳散，点头冷笑道："王猛老贼竟如此心狠手辣！燕国可有令儿的消息？"

慕容楷支吾不语。

慕容垂怒道："生死有命，有什么不敢说的？"

慕容楷扼腕长叹道：“令弟返燕后，立即被流放辽西。令弟心有不甘，便召集旧部密谋起事，可惜事泄被杀。”

段夫人闻听噩耗，泪如倾盆。慕容垂命侍从搀扶段夫人回内室将息。自己却强忍悲愤，冷笑几声，忽然拔剑将案上的辽砚斩为两段。

慕容楷挥掌道：“趁王猛正在行军，不如让侄儿率领死士，假作燕军袭营，将他斩成肉泥！”

慕容垂斥道：“如此妄为，苻坚岂能饶我？苻坚这尊活菩萨可是咱立足天下的根本，万万不能得罪。至于奸贼王猛，君子报仇，十年不晚！”

他嘴上说得镇定，心中却无比凄凉。他何尝不知，王猛的谋略手段十倍于己，自己韬光养晦，尚难确保平安，又安敢有非分之想？

慕容楷切齿骂道：“只盼王猛出师不利，死在洛阳城下！”

慕容垂瞪了他一眼，喝道：“失国、丧子之仇，皆在燕而不在秦。秦军若败，我亦大仇难报，甚至会无处容身。个中利害，孺子焉知！老夫只有暗求上苍，助王猛旗开得胜，早日夺取洛阳！”

他说完朝洛阳方向暗中祷祝，甚为虔恭。

第三十一章

洛阳之战

若论山河形势，洛阳为中原第一。此地西襟秦川，东苛豫鲁，北临黄河太行，南接荆襄淮汉。北、西、南三面峰峦连亘，邙山、崤山、嵩山、熊耳山、首阳山星罗棋布。更有河川纵横，归宿各异，伊河、洛河、涧河北归黄河，汝河东南入淮，鸛河、白河南下入江。凭借河山之险、通衢之便，洛阳无论盛衰兴废，都是兵家必争之地。刘邦曾赞曰："吾行天下多矣，唯见洛阳。"

如今镇守这一要地的，是燕国洛州刺史、武威王慕容筑。

慕容筑本来便生得胖大肥硕，自出镇洛阳以来，又蒙本地的陆浑香米、河洛汤饼、羊肉汤羹、伊黄鲂鲤滋养，越发腰肥肚圆。用完早膳，慕容筑打着饱嗝来到前厅，披上银光四射的盔甲，那尖头圆肚、遍身银鳞的模样，浑似一尾肥大的鲂鱼。只见他摇摇摆摆地游到交椅之前，腆胸落座。交椅"砰"的一晃，两根扶手被铁甲包裹的躯体撑得瞬间变形，发出撕裂般的声响。

掾吏端上一盏杜康酒。慕容筑一饮而尽，抹嘴问："援兵可有消息？"

"尚无消息。但太傅亲自向卑职许诺，必然不会食言。"

慕容筑将酒盏"啪"的一声拍在案上。案头的西域水晶碗猛然抖动，将一枚金黄油亮的一口酥抛了出来。

"太傅以洛阳为筹码，将秦国玩弄于股掌之间，昨日假意割让，今日又说不割。如此目中无人，还真以为自己是苏秦、张仪？惹出祸端，招来强敌，凭什么让本王死扛？"

发完牢骚，慕容筑拈起跌落案上的一口酥，嗅了嗅放回碟中，忽然绷嘴嗔道："我再三叮嘱，烤酥要用枣木炭，若用栗木炭代替，香味必然逊色！"

这话题转得太过突兀。掾吏怔了怔，强作笑颜答道："大王识香辨味，举世无双。府中枣木炭已经告罄，卑职再遣人采买。"

慕容筑嘴角略见松弛，语气也稍有缓和。

"切记，枣木炭以邙山南麓所产为佳，余者土气过重，不堪大用。还有，上回捎去的洛阳‘银条’，太傅可曾品尝？”

掾吏笑道：“太傅不知‘银条’为菜，命人存入钱库，与金银财宝堆在一处。等明白过来，早化作一泡臭黄水！”

“呵呵，这银条天下罕见，仅产于洛阳城东方圆数十里，是价重黄金的奇珍异馔。可惜太傅空有财运，却无口福！”慕容筑嘴上说得客气，肚里却连骂“土包子暴殄天物”。

慕容筑号称燕国第一“老饕”，对饮食之考究无人能及。来到洛阳一年有余，军备尚未摸清，却已将天上地下、山川河湖的草木禽兽通吃一遍，对当地食材物料了如指掌。谈及自己最擅长的话题，又听了慕容评的笑话，慕容筑心里顺畅了几分，脸上渐渐恢复常色。

忽听一声“大王——”

一员副将飞奔而来，上气不接下气地禀奏道：“乐安王慕容臧已率三万精兵驰援洛阳，两日内可至虎牢！”

慕容筑长吁一口气，端起酒盏又饮一口，缓神再问：“这两日秦军有何动向？”

“王猛以邓羌为先锋，昨日攻陷函谷关，最迟明日便至洛阳！”

慕容筑惊得连人带椅猛地一颤，肚里的杜康酒瞬间化为额头细汗，蚂蚁般爬满眉上皱纹。

“秦军竟如此迅捷！再派快马去邺城，就说十万秦军已出函谷，请太傅增兵至十万！”

副将搓手道：“王猛仅有三万步骑兵，卑职怎敢瞒上！”

“秦军以一当十，报十万，已是客气话！太傅是吝啬人，若如实报告，岂不误了大事！”

副将心领神会，匆匆退下。

怀里揣了指日可待的十万援军，慕容筑的腰杆立即硬朗了几分。吃了两枚一口酥，又接连干了三盏杜康，脸上血气翻涌，胸中胆气充溢，忽然觉得王猛、邓羌也无非吃馍喝水的俗人，未必有甚高明之处，不值得大惊小怪。慕容筑费力地拔出嵌在扶手中的腰臀，拍了拍肚皮，问掾吏道：“燕国朝野对王猛褒贬不一。褒者说他更在太原王之上，贬者说他徒有虚名。你说说看，此人究竟有多大本事？”

掾吏不敢扫慕容筑的兴致，眨眨眼，口是心非地奉承道：“人贵有自知之明，卑职若是操了卖畚的营生，便卖畚终老，决不会腰挂兵符跑到洛阳自讨没趣、贻笑大方！”

慕容筑如沐春风，心头尘垢涤尽，终于开怀大笑。

函谷关以东的官道上，三万秦军仿佛一道绵延不绝的巨索，缠绕着荒凉的黄土丘陵，一圈一圈地盘旋东去。这巨索行进有序，张弛有度，每绕过一道山梁，力道便会增添一分。眼看过了邙山，这蓄足劲力的巨索便要在一马平川上捋直身段，将洛阳城牢牢捆缚！

邓羌、梁成、杨猛三员大将当先开路。三人中，只有邓羌熟悉地形，梁成、杨猛都是初次入洛。梁、杨凝视前方，每前行一步，眉头便紧锁一分。

“洛阳地形宛如口袋，易进难出。这关门打狗的计策虽妙，却有极大破绽。敌军若反客为主，将我军关在里头，却如何是好？王大人虽然饱读兵书，毕竟——”

“咄咄，一口吞个龙卷风，好大口气。王大人用兵之道，我邓羌早有领教。梁成莫要不识好歹！”邓羌说完勒住马，用蛇矛戳了戳地。

梁成趁机反唇相讥：“未到洛阳，老邓先动了盗墓心思？”

邓羌笑道：“洛阳西北是黄土，城郊却是褐土。看土色变化，可知洛阳城已近在咫尺。”

又登上一座高坡，四下忽然响起阵阵惊叹声。只见一座气势恢宏的大城赫然显现，宛如一幅巨大的界画，平铺在群山环抱的莽原之上。初望洛阳，无论规模气度，皆不在邺城、长安二都之下；定神细看，却是一片苍黄斑驳、断壁残垣，与二都不可同日而语。

邓羌眺望许久，感叹道：“千年华夏帝都，竟沦落如此！”

“礼崩乐坏，看这千年帝都，与荒村废城何异？徒有虚名罢了！”杨猛黑着脸，摇了摇头，发出一声浩叹。

忽听一人应道：“洛阳之衰，王者之衰也；村镇之衰，小人之衰也，二者岂能相提并论？”

王猛白衣白马，飘然而至。

邓羌拱手问道：“请教王大人，何谓王者之衰，何谓小人之衰？”

王猛还礼，朗声答道：“夫王者之衰也，容颜虽老而猛志常在，精力虽弱而神气不减；夫小人之衰也，容颜未老而心志已散，精力未减而神气已灭。洛阳只是一时之衰，破败不掩古意，残垣难遮胜迹。洛阳如此，中原如此，华夏亦如此，肉身虽衰而精魂不绝，终有一日会重兴于天下！”

三人精神大振，拊掌啧啧。

谈笑间，王猛忽然凝神正色道：“洛阳已近，大战在即，三军当齐心勠力，痛歼敌寇。杨猛、梁成听令！”

“末将在！”

“立即引精兵一万攻占荥阳虎牢关，堵截燕国援军！”

“遵令！”

“邓羌亦引精兵一万，夺下石门黄河渡口。得手后立即驰援荥阳，截击燕军！”

邓羌听了将令，忽然虬髯翻动道：“此计虽好，却有破绽！”

梁、杨闻之色变。王猛只是微微一笑，轻声问道：“邓将军有何顾虑？”

邓羌瞪眼道：“慕容臧的十万精兵已在路上，谁能先至虎牢，尚难预料。不如三万兵马集中一处，绕过洛阳，径直开赴虎牢与慕容臧决战！否则，三万兵马分作三路，易被各个击破。王大人仅留一万围攻洛阳，兵力尤显薄弱。”

王猛耐心地听邓羌说完，答道：“邓将军的计策虽然可行，但过于奇险，全无回旋余地。若不能速胜，必遭慕容筑背后偷袭，进退失据。分路出击，则进退有据，即使小败，也有反败为胜之余地。若能拿下石门、虎牢，洛阳便是一座孤城，唾手可得！”

邓羌不再争辩，点头道：“王大人思虑周全，此计可行。”

王猛又意味深长地叮嘱道：“诸位求战心切，不可耽于硬战。石门、虎牢都是易守难攻的险要之地，若能智取，不宜强攻。”

邓羌领命东去。半夜行至荥口，悄然安下营帐。等到天亮，领了几名精干将校扮作客商模样，驱马来到石门，远远窥探。

地如其名，远望石门，乱石嶙峋的邙山余脉宛如一道石头堤坝，横亘在滔滔黄河的南岸，仅留一道狭小的豁口，仿佛生生凿出的一道大门。石门虽小，却是水路进出洛阳的唯一通道。慕容筑派大将慕舆勋驻守，依山建垒，沿河结寨，将石门渡口封锁得密不透风。

窥了半晌，邓羌赞道：“这营垒筑得攒聚密实、毫不稀松，不见半分落笼之处！”

又眺望片刻，邓羌挥鞭道：“上游山势高耸，易守难攻。下游山势渐缓，宽展之处或有生路！”皮鞭落下，大青马一溜烟朝下游奔去。

东去数里，燕军的旗号渐渐稀疏。到了一段缓坡，寨墙戛然而止，转头北去。再往东去，山坡上已无燕军防守。邓羌继续潜行，到了燕军目力不及处才来到坡前，寻了一条羊肠小路登上坡顶。一股湿冷的阴风裹着浓重的黄土气息迎面吹来，原来滔滔黄河已在脚下。

从坡顶下至坡底，奔涌翻腾的黄河水已近在眼前。滚滚浊流裹挟着半空的黄云，卷起道道旋涡，掀起层层白浪，在陡峭的河道中上下蹿跃，左右激荡，发出雷鸣般的巨响，仿佛随时都会冲垮河岸，一泻千里，直奔大海而去。邓羌盯着河水，又望了望燕营方向，心中上下翻涌，暗忖道：此处虽无人防守，却水势凶猛，秦军不习舟楫，纵使寻到渡船也绝难上溯至石门。看来除正面强攻之外，并无捷径可循。但石门易守难攻，若要强突，伤亡必然惨重。邓羌心中权衡半晌，仍然拿不定主意。

“嗨哟、嗨哟”，一阵号子声猛然响起。循声而去，只见十余条壮汉赤膊凫在河中，围着一张破损的鱼梁奋力修补。这鱼梁是用毛竹扎成的漏斗形竹排，长约四五丈，头宽两丈，尾宽一丈，头部置河中顺水斜放，尾部平铺河面，仿佛桥梁。两边以木桩固定，并用塞满石块的藤筐加固，再以竹席封堵空当。河中之鱼只要进入鱼梁口，便会顺流冲至尾部，成为渔夫的笼中之物。

邓羌少时在安定乡下见过农人用鱼梁捕鱼。今日再见此物，倍感亲切，不由得驻足观看。

叉腰立在岸边的渔把头瞅了邓羌一眼，自言自语道：“多年不见如此大水，鱼梁冲得松松垮垮，还如何捉鱼！”

“捉鱼又不似耕种，早一日晚一日能如何？”邓羌问道。

“你这大汉不似本地人，哪里晓得渔家的难处？”

“有何难处？不妨说来听听，也好替你谋划。”

渔把头犹豫再三道：“看你是个外乡汉子，也不像是非之人。不妨说说。洛阳城里的什么刺史慕容筑，你可听说过？”

渔把头操一口当地土话，念出的“刺史”与“筑”字极像骂人的脏话。

邓羌假作不知。

渔把头接着说：“这刺史有个癖好，好吃黄河鲤鱼，尤其爱吃鱼眼。还比着河南‘盐水羊眼’的吃法，捣鼓出一道‘烧鱼眼’。烧一盘至少费鱼百条。俺渔户为这盘菜日夜忙活，不得安生。那边厢撂下话，要五百条活鱼，这边厢鱼梁毁得七零八落。明日若缴不上鱼，几十家渔户还如何活命，只能抛尸黄河！”

邓羌骂道：“这畜生欺人太甚！撞在我手里，定让他身首异处！”

“怎敢胡言乱语，小心脑袋搬家！”渔把头吓得脸色煞白。

河边忽然水声大作，号子声变成一片惊呼。原来渔民只顾捆扎竹排，却不知两边的木桩已经松动。竹排修复后，承受的水力骤然增大，拖拽着木桩左摇右晃，随时都会挣脱捆缚，顺流漂走。十七八条大汉立在岸上，各自拽着绳索死命拖拉，才勉强打个平手。一阵激流猛地冲来，众人东摇西晃、头重脚轻，被绳索一点点拖向河岸，眼看就要跌入水中！

千钧一发之际，邓羌一个箭步跃至河边，伸手抓起一根绳索绕在臂上，躬身猛然发力。那竹排便吱吱呀呀地往岸边靠来。众人收力不及，个个脚步踉跄地往后便倒。邓羌转过上身，将绳索搭在肩头弓腰一拧，拖着竹排大踏步往岸边奔来。

“好汉松手，再拖便上岸了。”众人忙喊。

邓羌驻足，手拽绳索将竹排稳住。众人趁机加固木桩，堆砌石块，又换上簇新的竹席，鱼梁终于复原。片刻间，已有两尾大鲤鱼冲上竹排，噼里啪啦地蹦跳不止。

众人围住邓羌纷纷道谢。

渔把头不知从何处弄来一壶村酒，双手捧来：“好汉便是我的再造父母！大恩不言谢，先喝酒解解乏。”

邓羌也不客气，接来一饮而尽。

渔头打量邓羌，啧啧赞道：“好汉有千斤之力，小的平生未见！这等神力，能与当今三大猛汉媲美！”

“谁是三大猛汉？俺倒是头一回听说。”

一个矮壮渔夫抢着答道：“自然是晋国桓石虔，再加秦国邓羌、张蚝。”

邓羌哈哈笑道：“桓石虔也就罢了，后两位我都认得！”

“好汉既认得二位神人，自然也非凡人。请问尊姓大名？”

“我就是邓羌！”邓羌拍拍胸脯，爽声大笑。

众人目瞪口呆，纳头便拜。

渔把头慌得手忙脚乱，作揖道：“原来是邓羌老爷！小人得老爷相助，是何等福分！只是让小人如何报答？”

邓羌捻须笑道：“若要报答，却也容易。”

“老爷指教，小人赴汤蹈火也要报恩！”

抬眼望了望鱼梁，七八条鲤鱼正在上下蹦蹿，划出道道银光。邓羌呵呵笑道：“只需借你的鲤鱼用用！”

四更时分，天色依旧漆黑一团。设在石门豁口内的燕营辕门灯火通明。十名守军排成一列，在辕门外往来巡视。

忽然，远处隐隐传来车轮振动的隆隆之声。

什长警觉地停下脚步，右手擎出长刀。

只见人影闪动，几辆牛车匆匆驶来。

“什么人？”

“送鱼的。”

什长还刀入鞘，喝问：“往日都在天亮后，今日却恁早？难道夜游神附了体？”

“今日鱼多箱满，比不得往日松宽。放久了怕闷死，不如早早送来，免得误了老爷的事！”

几辆牛车已停在门前。渔把头跳下车，朝什长拱了拱手。

“原来是怕鱼死在自家手里，所以早早送来。若敢拿半死之鱼充数，当心脑袋！”

“哪里话，请军爷过目，五百条黄河鲤鱼，个个鲜亮活蹦，若有一条翻肚皮的，教我死后变鳖。弟兄们做个人证，都来看看。若是到洛阳才死，小人概不负责！”

什长忽然举起火把，盯着渔把头问道：“好面生，往日送鱼，不曾见你来过。”

“小人也来过两次，军爷或许不曾留意。昨夜老把头打鱼受了风寒，因此改由小人来送。”

什长这才放心，将几车鱼细细察看一遍，笑道：“果然都是活鱼，快拉进来。”

守军打开辕门。几辆牛车轰轰隆隆地进入营内，贴着辕门一溜排开。

什长喝道：“还不卸鱼，摆什么阵势——”

话音未落，渔把头大吼一声，抢过什长腰间长刀，一刀将他砍翻在地。守军大惊，挥刀挺矛围攻过来。牛车之后忽然钻出几名如狼似虎的秦兵，手里挥着明晃晃的环首钢刀，转眼间已杀尽守军，夺下辕门。夜色中忽然传来惊天动地的喊杀声，一片巨大的幢幢黑影由远及近，到了光亮处，忽然化作万千秦军，浩浩荡荡冲入燕营。

凄厉的号角声四下响起，燕军仓皇出帐迎战，面对声势浩大、有备而来的秦军，全无招架之功。抵挡片刻，便节节败退。

慕舆勋跨马挺戟，腰挂弓箭，冲至阵前猛吼：“后退者斩！”怎奈阵脚已乱，仅凭几声吼叫哪里稳得住？慕舆勋弯弓搭箭，接连射杀七八名逃兵，却也无法扭转败局。天色渐亮，慕舆勋眼看大势已去，再不出逃非死即俘，便舞动画戟，奋力向辕门冲来。

一员猛将纵马挥矛，迎面拦来，大吼一声：“慕舆勋休走，邓羌在此！”

与邓羌斗了数合，慕舆勋力怯不支，拨转马头朝后营退去。邓羌纵马紧追。忽见慕舆勋拽出长弓，反手扣箭上弦。虽不回头，却仿佛脑后长了眼睛一般，箭镞对准邓羌心窝，径直射来。邓羌闪身躲过，赞了声：“好箭法！”

追至后营，却是一片古木参天的连绵小丘。慕舆勋纵马狂奔，隐没在一堆大石之后。

邓羌与副将徐成拍马赶到，却不见慕舆勋踪影。忽听弓弦骤响，石缝中飞出一支利箭，直射邓羌胸口。邓羌手疾眼快，一把接住。眨眼间，另一箭又向面门射来。邓羌偏头躲过，顺势闪在一块大石之后，下马骂道："若要斗箭，老子奉陪到底！"

徐成也下马躲在石后，冷笑道："引来大军一冲，就算是千手佛，又如何招架？"

"胆敢炫耀箭法。我岂能让他得逞！"原来邓羌不但善于使矛，箭法也罕逢对手，加之生性好强，见慕舆勋炫耀手段，便一心要以射术胜他。

"隔着两块大石，如何斗箭？"

徐成话音未落，头顶"咔嚓"一声巨响，一根粗大的松枝从天而降，险些砸在二人头上。原来慕舆勋见树顶有枯枝高悬，便一箭射断，险些得手。

"好毒辣的手段！"徐成骂了一句。

邓羌拈弓扣箭，目视前方。忽听前头弓弦连响，两支利箭一前一后直入高空。眼看飞向树顶枯枝，却陡然下坠，直向邓羌头顶射来。邓羌手臂似乎未动，弓弦却连响两声，两道白光平地而起，将袭来的两箭拦腰斩断！

徐成惊得瞠目结舌，一个"好"字尚未出口，已被邓羌拽到石下凹陷处。"噗噗噗"三声响，三支利箭又从天而降，正中二人刚才站立之处，入地半尺有余。徐成吓出一头虚汗。邓羌却冷笑道："也让你看看我的手段。"

邓羌侧身朝前方望了一望，探囊捻箭，食指扣弦。端身如干，直臂如枝。拉弓如怀中吐月，压肘仰腕，目如流电。虎口骤开，只听一声清音，羽箭直向斜前方飞去。行至半途，忽如灵蛇般转向左方，画出一条弧线，飞向石后。一声惨叫，大石后猛然窜出一匹战马，拖着慕舆勋的尸身，凄惶地嘶鸣两声，低头落荒而去。

邓羌夺下石门，立即率主力驰援荥阳。出了虎牢不过二十余里，探马来报：荥阳得而复失，昨日拿下，今日便被慕容臧收复，杨猛亦被生擒。邓羌骂道："紧赶慢赶，还是晚了一步。"徐成劝道："兵贵神速，何不趁慕容臧立足未稳，打他个措手不及。"

邓羌摇头道："荥阳易守难攻，又添了十万精兵，更不可强攻。不如示敌以弱，诱慕容臧出击，一战而胜之。"

徐成犹豫道："荥阳乃洛阳之根本，加之王大人军纪甚严，若擅自撤退，如何担当得起。"

邓羌拍着胸脯笑道："我邓羌虽是粗人，但王大人的心思还能揣度几分。倘若出了差错，都算在我头上。"

便命小股人马接应荥阳败兵，大军回撤石门。

行到半途，王猛传来将令："荥阳非用武之地，请邓将军以骄兵之计诱敌出关，设伏截击；梁成断其后路，可获全胜。"

邓羌见王猛果然与自己不谋而合，心中颇为得意。

听到秦军后撤的消息，慕容臧大喜过望，立即倾尽十万精兵，出城急追而去。慕容臧生得眉清目秀，面如冠玉。身披镶金镔铁褔铠，头戴错金鹿纹铁兜鍪，胯下一匹枣红马。举手投足间，既有凛凛杀气，又不乏洒脱俊逸。他贵为皇帝胞弟，又精通兵法，是燕军当仁不让的少壮统帅。初战告捷，更令他踌躇满志。

"洛阳形如马槽，只要扼住西边的崤函、东边的荥阳、虎牢，腹地便无险可守。当年楚汉争霸，为争荥阳不惜血本，交战数十次，荥阳几度易手，终为刘邦夺下。若说得荥阳者得天下，也不为过。秦军丢了荥阳，前功尽弃，危在旦夕。王猛若识时务，应趁好回师，求个全身而退。否则，必会葬身于此！"

慕容臧仍未从收复荥阳的喜悦中平静下来，挥鞭之余，发出上述宏论。部将多是曲意逢迎之辈，素无主见，听了此话，纷纷附和道："大王高见，就算太原王、吴王用兵，也不过如此！"

这都是慕容臧最爱听的奉承话，安神之效胜过太医熬制的补心汤，顺耳入体，直入内心，将慕容臧侍弄得神气安泰，血脉通畅，似乎周身的每个毛孔都充盈着英雄之气。想起太原王、吴王两位前辈捻须而笑、举重若轻的雄姿，自己禁不住摸了摸下巴。可惜他年纪甚轻，无甚髭须，这一摸并未显出豪情雅意，倒像搔痒一般。

趁着兴致，慕容臧打趣道："邙山风水吉地，古墓成群。选在此地葬身，足见王猛见识高明，名不虚传！"说完觉得甚为滑稽，不禁仰天大笑。众人跟着赔笑。

斥候来报："梁成与邓羌会合，正在石门以东黄河岸边驻扎。"慕容臧笑道："背水结营，乃兵家大忌。邓羌号称秦国名将，竟出此昏招，看来也不过是个关西莽夫，合该葬身此地，与王猛做个黄泉知己。"

于是挥鞭喝道："急速进军，直取石门！"

十万大军加快步伐，全力西进。慕容臧一马当先，身后万马奔腾。大地似鼓，马蹄如槌，隆隆轰轰，惊心动魄。滚滚黄尘在半空翻涌盘旋，仿佛画中神佛头顶的祥云。慕容臧豪气满怀，恰似天王下凡，率领十万天兵，直入无人之境。

路南林木渐密，路北却泛起一道白光，仿佛一支长剑，刺破天际。原来黄河已近，石门也不过数里之遥。慕容臧大喜，举起皮鞭，正要挥落，却被副将郝亮一把拦住。

“大王，此地林木渐多，道路变窄，恐有伏兵。”

慕容臧哪里听得进去。

“郝将军多虑矣。我只见将亡之敌，何来伏兵？”说完皮鞭落下，一声脆响，直冲而去。

乱草中忽然绷起一根根绊马索，前军人仰马翻，乱作一团。慕容臧堪堪勒住马，四下已杀声震天。前有邓羌拦阻，后有梁成邀击。燕军尚未稳住阵脚，又被截得首尾不能兼顾，顿时溃不成军。

慕容臧奋力杀出重围，收拾残兵回撤虎牢，路上再遭徐成掩杀。领着仅剩的百十名亲兵，垂头丧气来到关下，强打精神，高呼守军开门。

城头无人应和，却响起一通锣鼓，随即箭如雨下。慕容臧拨马便走，盔缨中箭也浑然不觉。原来王猛见燕军倾巢出动，已趁机夺下虎牢。慕容臧追悔莫及，拍马落荒而去。盔顶的羽箭犹自一摇一摆地垂在脑后。

击退慕容臧之后，秦军士气大振。邓羌、梁成各帅主力，与洛阳城外王猛中军会合。大营内外锣鼓喧天，欢歌不绝。邓羌、梁成来到中军大帐，只见王猛正在伏案挥毫。

“邓将军、梁将军，二位辛苦了。”王猛虽未抬头，却凭足音辨出二人。

梁成抢先道：“末将守荥阳不力，未能阻挡慕容臧，险些坏了大事。洛阳攻城之战，梁成愿打头阵，以雪前耻。”

邓羌也不甘示弱：“梁成追杀慕容臧，斩敌无数，早已将功补过。洛阳头阵，理应让我来打。”

两人互不相让，争得面红耳赤。

“二位不必再争，打头阵之人，我早已定下。”

邓徐二人齐声问：“谁？”

王猛抬起头，将一张信笺折了两折，装入信封。一个粗手大脚、木头木脑的亲兵快步走来，接过信封。

“就是他。”

邓、徐一脸茫然，不知王猛弄的什么玄虚。

王猛微微一笑，意味深长地说：“我已给慕容筑写下亲笔信，令此君送去。慕容筑丢了两处险要，又失了援兵，已无心恋战，见信必降。”

二人将信将疑。

闻听援军败退、虎牢再度失守的噩耗，慕容筑惊得魂飞魄散。熬过一个无眠永夜，慕容筑面色惨白，两眼昏黑，嘴角生出无数燎泡。穿上盔甲，也全无昔日风采，仿佛一尾垂死之鱼。

侍从端来美酒美食，摆了满满一案。他看了一眼，虽无心情品尝，舌下却生出几分湿润。捏起一枚糕团，嗅了嗅，正要点评，一名小校飞奔而至。

“王猛遣人送来书信，请大王过目。”

慕容筑肩肘乱颤，手中的信封似有千斤之重，几乎不堪托举。捧在怀中，全无下手之处。信封窸窸窣窣地响了许久，却死活不能开启。小校帮慕容筑取出信笺，展在手里。四五十个遒劲工整、铁画银钩的楷体小字，透着杀气扑面而来：“国家今已塞成皋之险，杜盟津之路，大驾虎旅百万，自轵关取邺都。金墉穷戍，外无救援。城下之师，将军所监，岂三百弊卒所能支也！”

恍惚间，字中笔画忽然化作长刀短剑，闪着凶光，裹着寒风，迎面砍斫而来。慕容筑三魂出窍、七魄离体，打了个冷战，腰臀猛地一耸，将整把交椅带离地面，信笺早已丢在地上。

“大势去矣，唯有归降！”慕容筑终于吐出胸中憋闷已久的话。此话出口，顿时身心释然，挂在腰间的交椅随之砰然落地。

王猛夺洛的消息震惊天下。燕国举国惊怖。慕容评慌忙调集兵马拱卫邺城。数十万大军惶惶不安地备战多日，西境忽然传来消息，王猛已班师长安，仅留邓羌镇守金墉。慕容评松了口气，回邺城禀奏慕容暐道：“虎牢以西，本已割让秦国。燕国虽据理力争，终被秦国强夺而去。好在苻坚是个守信之人，既得陇，不复望蜀。看来王猛‘自轵关取邺都’之说，只是大话虚词，不足为虑。秦兵已退，陛下可高枕无忧矣！”

慕容暐听慕容评侃侃而谈，眉头渐渐舒展。

忽听黄门侍郎申胤冷笑道：“太傅也太小看秦国了！”

慕容暐的笑容刚刚展开一半，瞬间僵在脸上。

申胤道：“十年前，秦国国小力弱，远非燕国敌手。但自苻坚登基、王猛主政以来，早已后来居上。王猛以区区三万兵力，竟能击败燕国十万精兵，夺下重镇洛阳。可见秦国兵卒之勇、将帅之谋，都已远在燕国之上。以苻坚之志，王猛之能，岂会止步于洛阳？”

“嘿嘿！”慕容评干笑两声，眉心的肉瘊跳了两下，撇嘴道：“知彼知己，方能百战不殆。所谓知彼，既非轻敌，亦非畏敌。轻敌则骄，畏敌则怯，二者皆不足取。请问申大人，王猛若有吞并燕国之志，为何不乘胜北进，却班师长安？”

“兵不厌诈。太傅要提防王猛‘明修栈道，暗度陈仓’。攻打洛阳，恐怕是虚晃一枪。邺城以西晋阳、壶关一线防备不足，更需增强兵力，严防秦军偷袭。”

慕容评哈哈大笑，眉心肉瘊乱颤。

“申大人心中之敌，远远强于眼中之敌。撤兵便是撤兵，何必疑神疑鬼？莫非申大人已有畏敌之心？”

申胤一时语塞。慕容评并未穷追猛打，向慕容暐告声辞，甩着袍袖扬长而去。原来他近日又卖出一大票高官厚爵，约定今日起在府上收钱，再不回去，只怕门外的车马要塞满邺城。

“燕国必将亡在你的手里！”

申胤瞪着慕容评的背影暗骂一句，跺着脚，甩头退下。

第三十二章
取关夺隘

大秦建元五年（369）秋，王猛率领邓羌、张蚝、杨安、郭庆、徐成等十余员大将，统帅六万精兵，在长安城东集结，准备开赴河东。

王猛头戴葛布幅巾，身穿半旧白袍，骑了一匹脚步稳重的白色河西骏马。神态镇定，举止从容。西风起起落落，王猛巾角轻扬、襟带飘飘，越发显出举重若轻、风流倜傥的儒将气息。在他心中，这场战事早已悄悄开启，并以秦军必胜之势推进至终局，今日远赴战场，不过是去收拾残局，高奏凯歌罢了。

“陛下请留步。”

王猛在马上向苻坚拱了拱手，准备启程。

苻坚重重地点了点头，侧过身，坚毅的目光缓缓扫视眼前的虎狼之师，又轻轻回落在王猛的脸上。

“丞相还有何嘱托？”苻坚神情凝重地问道。

王猛呵呵笑道：“万事俱备。我担心的只有一事，长安地价恐怕要大涨！”

苻坚一脸茫然。

王猛接着说道：“陛下仁慈，要在长安城为燕国降臣修建宅院。我怕降臣太多，最终扰乱长安地价！”他说完哈哈大笑，高高举起马鞭，甩出一声脆响。

六万大军排着整齐的阵列，缓缓东去。

大军穿山越岭，数日后进入太行腹地，逼近燕国壶关要塞。壶关与上党关、天井关、石研关并称太行四大关隘，扼守险绝天下的“羊肠坂”，因状若天壶而得名，堪称险中之险，隘中之隘。镇守壶关的主将是燕国大将慕容越。

慕容越早年随慕容恪南征北战，深得其治军之法、用兵之妙。屯驻上党后，更效仿慕容恪深沟高垒之法经营城防，将壶关天险与关隘合为一体，打造出一座飞鸟不可渡、猿猴不可攀的金城汤池。

凭借壶关天险的加持，慕容越与众将的心中都平添了几分底气。因此，探子报来“王猛率军三万来犯壶关”的军情时，众将哗然惊叹之余，脸上只有求战之情，却无畏敌之色。

慕容越冷眼环视四周，待嘈杂之声平息后，不慌不忙地朗声道："兵来将挡，水来土掩。来的若是千手千眼的神佛，我慕容越甘拜下风。来的若是两手两眼的凡人，管他王猛、张猛、李猛、赵猛，老夫都一不做二不休，只管攫戾执猛！"

副将高开道："三万秦兵虽是我军的两倍，但壶关天险足可抵两万雄兵！"

慕容越笑道："仅凭天险，尚不足一战。高将军难道忘了壶关的真正屏障？"

高开会意，与慕容越相视而笑道："五千连环铁甲不得血食久矣。如今王猛引颈而来，岂能辜负他的一番美意？"

众将无不大笑。

原来慕容越跟随慕容恪多年，不但深得其兵法精髓，更学得其平生所擅的连环铁甲战法。壶关的五千甲骑装备精良、训练有素，比起当年大破冉闵军的五千人马有过之而无不及。凭借五千甲骑，加之壶关天险，对付王猛的三万大军绰绰有余。慕容越思前想后，忽然一脸遗憾地叹了口气。

高开问："将军为何兴叹？"

"可惜苻坚未能同来，否则定教苻坚、王猛这对君臣知己并肩葬身于太行山下！"

壶关西北的一条山谷内，山花烂漫，杂木参差。一只鹞鹰无声无息地落在林杪，瞪着两只水银般犀利灵动的眼珠，俯瞰林下。

草丛中忽然传来悉悉窣窣的声响，一只黄毛野兔警觉地伸长脖梗、竖起双耳，见四周并无异常，便迅捷地纵身一跃。在这间不容发的一刹那，野兔通体暴露在草丛之外。与此同时，一个黑影从树梢飞落，径直击向野兔。电光火石之际，两支羽箭同时射来，一支贯穿鹰腹，一支射透兔肩。鹰、兔带箭跌落草丛，挣扎两下便僵卧不动。

忽听一个爽朗的声音笑道："二位皆有百步穿杨之能，敢不敢与我赌一局？"

"王丞相若要赌诗文辞章，我邓羌甘拜下风。赌射箭，焉有不敢之理？"

"张蚝也愿赌一局！"

王猛领着邓、张来到一片岩石累累、草木森森的谷地，指着数十步外的一株歪脖老树道："二位若能一箭射中树干弯曲处，我便认输。若射不中，便算我赢。"邓羌摆手道："若射树叶、果实之类细小之物，十次能中八九次，王丞相尚有一两分胜算。这水桶粗的树干，却是闭眼都能射中。这样赢你，倒显得胜之不武。"

“邓将军似有轻敌之心。我自忖有九成胜算，现在又多了一成。”

王猛的激将法果然奏效，邓羌道了声：“得罪。”立即抽箭扣弦，屈臂松指，手法快如闪电。“嗖”的一声，一支铁簇羽箭直奔老树而去。眼看便要稳稳钉上树干，却忽然一偏，“噗”的跌落在树后乱石中。

张蚝见邓羌失手，厉声道：“看我手段！”话音未落，一支羽箭已离弦飞向树干。岂料此箭重蹈前箭覆辙，在即将命中的一刹那，鬼使神差地与树干擦肩而过。

二将脸上半是惊异，半是羞恼，拔箭便要再射。王猛笑道：“再射也必输无疑。何不将羽箭捡回，看看有何奥妙？”邓、张满腹狐疑，来到乱石堆中，一眼便看到横斜在石堆中的两支箭。邓羌伸出脚尖将箭一勾。若在平常，这箭必会像驯熟的八哥一般轻轻飞起，稳稳落入掌心。但这一次，羽箭只是轻轻一晃，却未离地。张蚝伸出两根指头夹起另一根箭，诧异地“嗯”了一声，稍用力气，才将羽箭捡起。邓羌拎起箭杆抛向一块大石，“啪”的一声，羽箭紧紧贴上大石侧面，仿佛生根一般。邓羌、张蚝异口同声地叫道：“磁石！”

王猛指了指乱石重叠的荒谷，叹道：“当年我与薛威明游历河东，来过此地。彼时谷口有铁窑一座，住了一户铁匠，专以磁石炼铁。如今铁窑废弃无人，这满谷的磁石，丝毫未见减少。”说完俯身捡起一块磁石，握在手中把玩。

张蚝猜不透王猛心思，自言自语道：“王丞相难道也要炼铁不成？”邓羌则捻须暗忖，心中疑窦丛生。王猛忽然抛了手中的石块，起身正色道：“请二位将军速派几千军士来此谷地，每人携百斤磁石回营。此事干系重大，决不可走漏半点风声。”

张蚝听得五迷三道，如坠云雾。邓羌却眉心舒展，脸上露出难得一见的笑意，爽声问道：“五千铜矛，何时派上用场？”

王猛笑道：“邓将军已参破玄机。”

二人相视而笑，并肩而去，留下张蚝呆立原地，像个摸不着头脑的丈二和尚。

滚滚云团自西向东浩荡而来，将热气初现的骄阳遮蔽得严严实实，为壶关守军带来一片难得的清凉。慕容越虽然一身重铠，周身却流动着举重若轻的洒脱之气。他正带领诸将逐营巡查，激励士气，忽然斥候来报：“秦军已整装出营，向壶关进发。”

慕容越步履稳健地出了营地，登上城楼。远远望见秦军排着方阵，自北向南缓缓而来。看这旗号鲜明、队列齐整的阵势，便知王猛绝不是邺城某些权贵口中的欺世盗名之辈。单论治军之法，此人不在故太原王慕容恪之下。但治军不同于用兵。再严明的军纪，再齐整的军阵，若不能化作杀敌制胜之战力，也是华而不实、毫无用处的样子货。王猛靠着一腔书生意气，自以为深谙治军之法，凭恃区区三万步兵，便来挑衅横行天下未遇敌手的鲜卑铁骑，虽然勇气可嘉，却也狂妄至极！慕容越忽然想起王猛的隐士出身，不禁暗笑道：自后汉起，出山做官的隐逸之士多为沽名钓誉的庸常之辈，只能混迹于朝廷文臣之列，滥竽充数，带兵打仗却万万不可。江东殷浩便是个中极品。这王猛是贤是愚、是真是伪，用我的五千甲骑一试便知。

秦军越来越近，众将个个摩拳擦掌，慕容越依旧按兵不动。他深知连环铁骑冲劲有余而耐力不足，长于近战而短于远袭，是一击毙命的猛虎，而非死缠烂打的恶狼。除非秦军已进入一击必中的界限之内，他的五千铁骑决不出击。眼看秦军已兵临城下，距城门不过二三里，连士兵肩头的长矛都已清晰可见。慕容越心中豪气顿生：今日注定是载入燕国史册的一天，十七年前的廉台大捷即将重现，又一宿敌即将覆灭，燕国国运将再度兴隆昌盛！

慕容越环视众将，用世人犹觉耳熟的口吻厉声问道："五千连环铁骑，演练纯熟否？"

"五千铁骑，进退如一！"

慷慨豪迈的回答，一如廉台大战之前。

壶关城门缓缓而开，鼓声震天而起。五千具装甲骑踏着彩云似的尘氛鱼贯而出，忽然变纵为横，以三十骑为一排，布成严整肃杀的方阵。铁骑阵列瞬间已成，距秦兵不过一箭之地，正是出击的绝佳时机。慕容越不再迟疑，高高举起鋈金三鹿纹号角，凌厉肃杀的角鸣声传遍四野。五千战马闻声振作，仰首翘耳，奋起两万只铁蹄，仿佛两万把鼓槌，将大地敲击得震颤不已。五千副闪光炫目的精铁马铠，在奔腾纵跃中摩擦撞击，发出夺人心魄的强音。五千名铁甲骑士，手握寒光夺目的环首钢刀，眼中杀气闪闪，仿佛喷着怒火，冒着毒烟。连接铁骑的锁链渐渐绷直绷紧，拉出一张巨网，向越来越近的秦军阵列撒去。

一场砍瓜切菜般的屠杀即将开始。巨网眼看便要收紧，秦军忽然泥鳅般四散而去，留下身后大片空当。慕容越见秦军散得迅急，似乎早有预演，一丝不祥之感遽然笼罩心头。是继续冲击还是鸣金收兵？慕容越稍有犹像，战局已急转直下。

铁骑继续冲击。地上忽然显出一条四五尺高、七八尺宽的石垄。前排甲骑并未将这道低矮的路障放在眼里，马不停蹄，直冲而去。岂料冲至跟前，地底忽然生出一道诡异无比的强猛吸力，将人马拽翻在地，贴在石垄上动弹不得。紧随其后的两排甲骑急停不得，与前排撞在一起，也被粘在一处，再难脱身。

后排甲骑见势不妙，急欲回撤。怎奈队列都被铁索勾连，易进而难退。稍有不协，阵型便已大乱。

甲骑队列以三十匹联成一排，积点而成线，其威力虽倍增，其机动亦倍减。若能进退如一，机动尚能无损；若进退不一、快慢不同，队形便会大乱，乃至溃不成军。此时，甲骑队列已不成阵势，左右冲撞、前后纠缠，甚至因粘了磁石而生出磁力，将相邻甲骑吸附过来，变成掰不开、扯不散的死疙瘩。铁甲骑兵手忙脚乱，或坠马落地，或下马逃生，却逃不脱铺天盖地的磁石。厚重的铠甲粘满磁石，仿佛滚了黑泥的乌龟壳；环首钢刀裹了磁石，仿佛叫花子的赶狗棒。

慕容越看得心如刀割，只觉得肩头铠甲越来越重，压迫得肝胆乱颤，终于声嘶力竭一声大喊："鸣金收兵！"但为时已晚，秦军已杀至跟前，个个身披褐色皮甲，手持青铜矛戟，丝毫不受磁石妨碍。面前的敌手却被一层沉重的铁壳、一股无形的神力死死困住手脚，变成寸步难移的人形标靶，或引颈受戮、或俯首归降，毫无还手之力。

慕容越率守军倾巢出动，欲拼死一搏。哪知刚出城门，斜刺里便杀出两股秦军。东边的一股截了燕军后路，西边的一股抢下吊桥杀入城内，将"燕"字大纛换成"秦"字。燕军见城头易帜，顿时如挨踩的猪尿泡一般泄了气，纷纷放下武器归降。慕容越见大势已去，领了一哨人马落荒而走。南去不过二里，忽被一彪秦军拦住去路，为首大将厉声喝道："张蚝在此，还不下马归降？"慕容越拼死迎战，战不数合便被张蚝卖个破绽，一把拎下马背。

王猛夺下壶关，派苟苌率偏师留守，主军在上党盆地南沿扎下营帐，只等杨安的北路军攻取晋阳之后，再汇成一股，合力东进。

这一日，王猛与众将正聚在帐内议事。忽听外面一阵嘈杂，有人高呼："抓奸细！"呼声未落，邓羌已拔剑冲出帐外，正撞见几个兵卒扭了一名口塞破布、满脸泥灰的大汉，推进帐来。那大汉口不能言，扭着脖子拼命挣扎。王猛端详了两眼，喝道："快放了！"大汉取出口中破布，擦去脸上泥灰，却是杨安的副将毛当。王猛道："堂堂毛将军，竟被当成奸细，成何体统！"毛当一脸羞愧："晋阳城防坚固，慕容庄守卫甚严。北路军围攻月余，仿佛狗咬乌龟，无从下口。杨安将军怕拖了后腿，误了伐燕大计，特派末将求援。末将便衣入营，欲见王丞相，因此生出误会。"

张蚝道："兵贵神速。眼下已近九月，再过两个月太行山便要入冬，于我军不利。请丞相速率中军东进，张蚝愿领偏师驰援晋阳，助杨安早日取胜！"

王猛转头问邓羌："邓将军以为如何？"

"不妥！"

邓羌斩钉截铁地答道。

“腹背受敌是用兵大忌。后方不靖，焉能贸然进兵？”

王猛会心地一笑：“邓将军所见与我略同。晋阳是燕国重镇，屯兵两万，扼守河东腹地，进可攻，退可守。我若强行东进，恐被慕容庄断了后路，陷入绝境，此所谓欲速则不达者也。此时应全力驰援晋阳，肃清慕容庄顽敌之后，再与杨安合力东进。”众人点头称赞。

红日初升，晋阳城外的秦军大营炊烟四起。主将杨安立在中军帐前，透过缕缕青烟，凝望着不远处的晋阳城，眉头拧得好似蜿蜒扭曲的晋水堤岸。杨安出身略阳氐人，本是仇池国王子，父亲杨国乃第五代国君。十三年前，杨国被宗族篡位诛杀，杨安逃亡秦国，做了将军。他颇受苻坚器重，曾参与平定敛岐、五公之叛，是个战绩卓著的一流名将。这次王猛东征，他踊跃请缨，颇有勒石燕然、跻身云台阁之志。不料云台缥缈无处寻，自己的东征之途却被眼前的晋阳城死死阻挡，再不能前进半步。这晋阳城是刘琨所筑，东南毗邻汾河以为池，西北凭依悬瓮山以为垒，凭借河山之险，易守难攻。城高基厚，从城墙至地基皆为碎石掺杂黄土夯筑而成，坚固异常。从上至下、从内至外全无半分破绽。城内有三万精兵，备足三年粮草。守将慕容庄用兵老道，无懈可击。杨安在城东扎营，围城月余，使尽兵书所述十八般攻城之法，每回都无功而返。如今王丞相已攻克壶关天险，只待挥师东进。自己非但寸功未建，还拖了前军后腿。若因此误了伐燕大计，定遭天下人唾骂！

杨安胸中块垒难平，不禁仰天而叹。忽听有人笑道：“胜败乃兵家常事，何必长吁短叹！”眼看王猛、邓羌、张蚝三人悄然而至，杨安呆若木鸡。

王猛道：“大军已连夜赶来，助杨将军早日攻克晋阳！”

杨安欢喜得连连拱手，扭头吩咐小校：“快给王丞相看座上茶！”

王猛摆手笑道：“喝茶并非急务，先视察敌军防务，回来再喝不迟！”

邓羌给了杨安一记老拳，笑骂道：“你这夯客，打不下晋阳，还得我老邓出手！”

杨安羞臊难当，不敢接话，却转身喝令小校：“速速备马！”

宽广澄碧的汾河之水，倒映出岸边高大巍峨的晋阳城楼。河水与城墙走向贴合得恰到好处，如同一条粗大的手臂，将晋阳城紧紧揽在怀中。

杨安领了王猛一行驱马而来，时而扬鞭急进，时而按辔缓行。杨安一路大倒苦水。

“晋阳城墙极高，临、钩、梯、堙、蛾傅、轩车、水淹攻城之法皆不可行；

汾河岸下多水，用穴、突、穿洞之法，又漏水塌陷，不能成功。其余诸法，逐一尝试，无一可行。”

杨安述尽攻城之难，又自嘲道：“士卒都说晋阳是个虎地，我姓杨，是个羊命。羊入虎地，焉能成功！”说完苦笑两声。

王猛一边倾听，一边观察四周形势，神色颇为凝重。

邓羌忽然瞪眼骂道：“若不是那个朝秦暮楚的张平老贼，又怎会有今日晋阳之困？”他昔日东征并州，生擒张蚝，收服张平，费尽周折。不料几年后张平又率并州全境归降燕国，令自己血战而来的战果付诸东流。每念及此，他便咬牙切齿。

同是重返晋阳，张蚝的心绪比邓羌更为错杂。他当年唯张平马首是瞻，大是大非不甚明了，对义父的为人从未起过疑心。归顺苻坚之后，才看清张平的真面目，与他日益疏离。张平降燕之后，二十多年的父子情分已名存实亡。去年忽闻张平病故于晋阳城内，张蚝面朝东北跪拜遥祭，两眼泪如雨下，心头却如释重负。今日重返旧地，张蚝嗟叹之余又庆幸张平已不在人世，否则父子二人各为其主，兵戎相见，又将令人情何以堪。

过了东南城角，河水画出一条圆弧，西流而去。西行数里，又在南城门附近绕出一道大弯，猛然抛却怀中的晋阳城，调头南去。王猛盯着南城门外的开阔地，问杨安：“凿穴之法，可曾在此地试过？”

“只在城东凿过几处，都渗水溃漏。在此地却不曾试过。”

王猛点点头，北望城墙，又转头向南，窥见几缕炊烟。于是扬鞭道：“正要寻个乡民查问几句，碰巧前头便有人家。”

来到近前，果有几间东倒西歪的茅屋，散落在杂木林间。王猛下了马，将缰绳拴在一株楸树干上，叮嘱道：“诸君身着甲胄，不便入内。请在此处等我。”

杨安急道：“如此不妥。还是带几个护卫同去吧。”

王猛哈哈一笑，带了一名便装随从，大咧咧走了过去。一扇杂色木板拼出的柴门缓缓开启一道缝隙，探出一张怯生生的娃娃脸。

“好后生，你家大人在何处？”王猛问道。

“家后薅草。”传来一句羞涩的童音，柴门被匆匆关上，等王猛经过，又缓缓开启，那张娃娃脸又在好奇地往外张望。

王猛转身来到屋后，只见一个中年男子圪蹴在菜地里拔草，旁边一位白发老翁席地而坐，低头择着葵菜。听到足音，都直起腰，疑惑地眯眼望来。

王猛向中年男子叫了声：“过路之人，叨扰两句。”又拱手问那老翁：“敢问老伯高寿？”

老翁一怔，咧嘴答道：“老汉七十八岁。”

“七十八岁还能如此壮健，有福之人也！”

老翁哈哈大笑，脸上生出红光，再无半分戒备之色。

王猛又问道：“老伯耳聪目明，康宁爽健，可记得当年刘司空修城的旧事？”

老翁一拍大腿道：“如何不记得？刘司空那么大的人物，随和得很，还拍着我的肩膀，夸我好力气！”

中年汉子嗤笑道：“这堆陈芝麻烂谷子，又要抖搂抖搂了。”

老翁继续道：“当年为刘司空挖河筑城，一天赏粟三升，百姓都踊跃而往。老汉年轻力壮，自然没少出力。”

王猛忽然叹了口气。

老翁问道：“相公叹什么气？”

“先父也曾在刘司空手下当差，听老伯讲起旧事，不禁有些伤神。却不知老伯是在何处挖河？”

老翁也叹了口气，将手里的葵菜叶摇了两下，又骤然定住，答道：“刘司空是个好人，知道怜惜百姓，可惜时运不济。当年晋阳城只有现在一半大，刘司空抗胡，要拓宽城池，便在城东南挖了新河，引汾河改道，却把旧河身填了，在上面筑了新城。”

“老伯记性如此之好，可记得旧河身现在何处？”

老翁两眼一瞪道：“如何不记得？南城门下，便是汾河旧河身，都用新河挖出的黄土填得平平整整。”

“都说晋阳城下多水。老伯挖河，可曾挖出水来？”

原来老年人最爱重提当年之勇，虽千万遍而不厌其烦。老翁将跟随刘司空修城的旧事看作平生第一壮举，多年来已向子孙四邻唠叨过无数次，直至再无一人愿听。今日忽然来了新的听者，顿时兴奋异常，定要掰开揉碎重述一番。只见他扔了手中的葵菜叶，两手一拍，眉飞色舞地喷道：“要说城下多水，却也不错。但此水有些玄虚，寻常人哪里晓得？若非老汉亲手修过城、打过垒，也绝难说清。”

那中年男子闷头端来两碗水，一碗给了老翁，一碗递给王猛。

老翁一气喝完水，脸上泛着红光，抹嘴道：“城下之水，北多南少，东多西少。这是为何？只因南边、西边连着山根大石，土质粗硬，蓄不住水。东边、北边只有黄土，被汾河滋润，因此多水。相公问这些做甚，莫非要给城里的官兵打井？”

王猛喝了口水，连连点头。

老翁以为自己猜透了王猛的心思，颇为得意，翻眼道："这一茬官兵给刘司空提鞋都不配，渴死才好。你给他打什么井？"

"人家是官，咱是民。不打井让我如何活命？"

王猛笑着道声谢，向老翁告辞。老翁意犹未尽，望着王猛的背影，嘴里翻来覆去地念叨着："刘司空这么大的人物，都拍过我的肩膀，夸过我的力气！"

一行人上马回营，又经过南城门，王猛忽然勒住马，朝杨安正色道："杨将军务必将此处形势牢记于心！"说完扬鞭而去。

众人不知深浅，也跟着返回营地。

回到营内，王猛立即升帐传令："邓羌听令！"

"末将在。"

"明晨四更，见晋阳南门火起，立即率一万人马截住南下道路，全歼南退之敌！"

"得令。"

"毛当听令！明晨四更，见晋阳南门火起，立即率五千精兵杀入城内。"毛当也得令而去。

王猛又传令道："张蚝听令！明晨四更，率八百勇士奇袭南城门，夺下城门后举火为号。"

"得令！"

三将得令而去。杨安却仿佛跌进了糊涂盆，暗忖道："三万人马围城一月，难道还抵不上八百勇士一夜之功？王丞相到底打的什么主意？"

王猛瞟了一眼杨安满脸的疑云，笑道："今夜你无须作战，只须跨过汾河，在南城门外开挖地道。"

杨安急道："凿穴、穿洞之法，末将早已试过。地下多水，只怕劳而无功。"

王猛指着帐外的晋阳城微微一笑，语重心长地说道："为将者，当见人所不见，知人所不知。晋阳城基宽三丈，深八尺，西南土质粗粝，干燥少水，东北土质细密，湿润多水。我观地面草木之荣枯，推断南城门外最宜穿洞。又在农家向昔日修城民夫求证，果然不出我所料。"

王猛顿了顿，又接着说道："当年刘琨重修晋阳，以黄土填平汾河故道，在其上修筑南城门。因此南城门下地基较别处更为疏松。俗语云：'软处好取土，硬处好打墙。'若在南城门外连夜开挖地道，四更前必能挖穿。届时毛当、张、邓三将各司其职，开门夺城、阻截退路，定可全歼晋阳之敌！今夜之战，成败全在于地下。四更前挖穿地道，杨将军可有把握？"

杨安羞愧道："王丞相眼光过人，穷纤入微，非我辈能及。末将若连地道都挖不好，愿解甲归田，永世不再领兵！”

三更将尽，晋阳南城门内一片死寂。不同于灯火通明、士卒密布的城头，城门内并无固定哨位，通常都是一片漆黑，只有高举火把的巡城士卒经过时，才会有一片亮光匆匆而来，又匆匆而去，周而复始，彻夜不休。伴着纷纷沓沓的足音，一片摇摇曳曳的火光渐渐临近。十名燕兵举着火把，排着纵队，又巡至南城门内的一片空地。领头的什长忽然脚下一软，扑通跪倒在地，手中的火把猛地一晃，险些燎在脸上。身后的小卒手疾眼快，一把将他搀起。什长起身大骂。

“哪个二脱子挖坟，崴了老子孤拐！”

低头看去，却见坑底银光闪动，白花花耀眼夺目。什长放下火把弯腰察看，一把铁锹忽地从地底伸来，险些戳在脸上。什长猛然醒悟，高呼道：“敌军地道，快放火！”

话音未落，数十把铁锹齐刷刷从地底伸出，地上轰然现出一眼黑不见底的深坑，将什长吞噬在内，其余燕兵乱作一团。地下随即传出杀声，初时尚显低哑，瞬间便响彻天地。一哨秦军仿佛虎狼出穴，又似阎罗出府，挥舞长刀钻地而出，径向城门袭来。为首之人高大凶猛，黑面无须，正是大将张蚝。

城门守军仓促应敌，哪里是张蚝的对手，抵挡两下，非死即降。张蚝顺利打开城门，将守候多时的毛当引入城内。

慕容庄回天乏术，急率主军出城南逃。行不数里便中了邓羌的埋伏。慕容庄左冲右突，难求生路，只得束手就擒。

五更已过，东方隐隐泛起晨曦，将晋阳城头的“秦”字大旗映衬得鲜明夺目。王猛命毛当率两千人留守晋阳，大军马不停蹄地拔营南下，继续向燕国腹地挺进。行军途中，张蚝忽然忧心忡忡地向王猛叹道：“我军势如破竹，看似一帆风顺，其实却有隐忧。”

“张将军请讲。”

“我军仅有六万人马。攻下壶关，留下千余守军。攻下晋阳，又留下两千。一路圪垛崖底、大小关隘，攻夺之后都要分出兵力留守。好比米袋子穿了洞，越漏越轻。等到与燕车决战之时，六万人马，能用的恐怕最多五万。对付燕国的几十万大军，究竟有几成胜算？”

王猛笑道：“兵力在精不在多，更不是越多越好。少有少的好处，多有多的坏处。燕国要保邺城不失，必依太行天险截击我军。险隘之处，大军笨重难行，反不如我军灵活机动。诸君勿忧，五万人破敌足矣！”

他说完遥望东方，捻须而笑。

第三十三章
财神将军

战报西来，燕国朝野震动。

慕容暐立即命慕容评统领四十万大军西入太行，截击王猛。

燕军日夜兼程，数日后来到潞川。此时秦军仍在晋阳。慕容评下令停止进兵，就地安营扎寨。

武昌王慕容彪、襄阳王慕容军问慕容评道："敌弱我强，何不直取晋阳，与慕容庄里应外合，斩王猛于晋阳城下？"

慕容评笑道："王猛诡计多端，我若一路冒进，恐有不测。不如据守潞川天险，以待秦兵。王猛虽然善出奇兵，却犯了轻敌冒进的大忌，相持日久必有粮草之忧，最终只能步诸葛亮祁山后尘，不战自败。届时我乘胜追击，可收事半功倍之效！"

他心中怯于应战，嘴上却毫不示弱，又用如簧巧舌编出一堆冠冕堂皇的理由，反将自己的畏战之举塑造成无比高明的谋略。

慕容彪、慕容军不知深浅，慨然赞道："王兄看似求稳，却暗藏杀机。王猛虽然满腹诡计，恐怕也一筹莫展！"

四十万大军遂在潞川东岸屯驻。

潞川乃漳河上游，又名浊漳河。河水穿行于太行莽莽群山之间，峡谷幽深猛恶，水势汹涌湍急；夹岸峭壁入云，道路穷绝，唯河水两岸谷地有古道横穿太行，堪称秦晋咽喉、燕赵锁钥，自古便是兵家必争之地。一南一北有石梁、辛安两大渡口。石梁之上、辛安之下都是窄狭陡仄的险绝之地，难以用兵。两个渡口相距五十余里，中间却有宽阔河滩，既可安营，又可用兵。

慕容评亲自勘察地形，选定在石梁渡、辛安渡之间安营扎寨，扼守山河险隘，牢牢封锁河谷要冲。另在辛安渡附近，寻得一处囤积粮草辎重的绝佳之地。此地位于高山之巅，顶上平坦宽阔，宜于修建粮仓；东北两侧有平缓坡道连接各处营地，便于运输粮草。最为绝妙的是西、南两侧皆为鸟难飞渡、猿猴难攀的千仞绝壁。绝壁之下更有飞流汹涌，好似一道天造地设的金城汤池。南侧绝壁稍短，但与燕军大营相连，易守而难攻；西侧绝壁向北绵亘不断，最后隐形于茫茫天际，全无尽头。此地选得老辣无比，堪称慕容评平生得意之作。

布置妥当后，慕容评率慕容彪、慕容军视察营地。只见营垒依山傍水、据津扼要，绵延数十里，将燕赵门户封锁得密不透风。营地内外山林繁茂、泉流密布，足够四十万大军炊事之需。粮草辎重囤积在辛安渡口上方，以峭壁、急流为屏障，敌军若要偷袭，除非肋生双翅。

慕容彪、慕容军齐赞道："王兄好眼光，选出如此险要之地！王猛纵有百万大军，也只能望崖兴叹。"

慕容评笑道："世人对我误会颇深，以为我生来只识享乐，不懂兵法。其实，当年我也曾纵横四方、百战百胜，立下的军功，不在太原王之下。我远离沙场多年，虽然髀肉复生，但眼中之形势、腹中之谋略何曾减损半分？"

"还是王兄威武，半生戎马的名将，岂是半生贩畚之辈所能匹敌！"慕容彪半是佩服半是奉承地赞道。

慕容评一手叉腰，一手轻轻拍打浑圆的肚皮，发出雄浑的澎湃之声，满腹的谋略也荡气回肠地应声而动，搅得他眼花耳热，意气飞扬。恰在这一瞬间，当年叱咤风云的英雄气概重又充盈慕容评的胸怀，将一腔庸俗贪鄙之气扫荡得干干净净。慕容评脸上闪出勃勃英气，慷慨笑道："王猛急兵突进，难以持久，必会打我粮草的主意。粮草之安危，事关战局之胜败，怎能掉以轻心？苍天仁厚，助我选得如此险要之地，可保粮草万无一失。王猛久攻不下，无计可施，挨到粮草耗尽，必然死无葬身之地！"

"王兄高明！佩服，佩服！"

慕容彪环视河山之险，营垒之固，胸中顿生万丈豪情。再看慕容评，却见他登上一块居高临下、虎踞龙盘的巨石，俯仰四顾，忽然捻须大笑，笑声直冲云霄，震得木叶上下飞舞，泉水几欲倒流！

慕容彪受兄长豪情感染，一脸敬畏地赞道："王兄登高观兵之雄姿，堪比曹孟德横槊赋诗！等斩了王猛回师邺都，我请丹青高手绘下王兄此时仪态，定能流传千古！"

慕容军也备受鼓舞，朗声赞道："阿干既然奇志在胸，何不让小弟领教一番，也好激励士气！"

慕容评威风凛凛地转过身，其雄迈之姿仿佛叱咤风云的故文明帝慕容皝，沉稳之态更胜过百战百胜的故太原王慕容恪。只见他挺起略显富态的腰身，以检阅江山之态轻挥手臂，信手指着四周繁密的山林，遍布的泉流，慨然叹道："这一草一木、一涓一滴，若能物尽其用，都能——”说到此处，忽然微笑不语。

慕容彪猜测慕容评要说“都能杀敌立功”，但却想不出如何用草木涓滴杀敌，于是一脸钦佩地问道：“王兄高明，小弟愿闻其详。”

慕容评并不回答，豪情四溢地哈哈大笑，脚步沉稳地走下巨石，大摇大摆地扬长而去。慕容彪、慕容军见兄长高深莫测，以为他早已定下锦囊妙计。二人相视而笑，心中释然。

他们哪里料到，慕容评藏在心头却未说出口的那句话竟是：“这一草一木、一涓一滴，若能物尽其用，都能化作滚滚财源！”

原来慕容评贪财成癖，已到了钱神附体、人钱同化的地步，就算视察宿营之地，都能从林木繁茂、水流丰沛的地貌中看出滚滚财源。慕容评近年财路亨通，心路也与以往大不相同。家中钱物由贫到丰，由丰到溢，直至无处囤积，他的心底却恰恰相反，钱财带来的快意由丰到贫，由贫到无，最终复归童蒙赤子之境。修炼至此等境界，终于能以虚怀若谷的胸襟从头聚敛钱财，却未有丝毫的骄惰倦怠！慕容评俯察仰观，眼中无一不是阿堵物；坐卧起居，心中无一不是孔方兄，因此对此物的探究极尽精微，已达近乎道、通乎神的地步。一枚钱币外圆内方，以合天圆地方之说，虽宽不盈寸，却大有乾坤。其积如山，其流如川，动静有时，聚散有常，无不暗合天地阴阳之道。钱多者为君长，钱少者为臣仆，无不与世间伦常相契。正如鲁褒《钱神论》中所述：“钱之所在，危可转安，死可转活；钱之所去，贵可使贱，生可使杀；纷争辩讼，非钱不胜；怨仇嫌恨，非钱不解。”钱币虽轻，其生杀予夺之能却更胜过兵戈利器！慕容评虽然贵为燕军统帅，却觉得统领兵马之乐远远不及统领钱财。他眼望营中的四十万兵卒，已不见其人，只见四十万只装满军饷的钱囊，那些或成串、或散开的钱币，不安分地蜷曲在内，随主人脚步的移动而摩擦碰撞，发出凡人不能辨赏的妙音，仿佛在高呼效忠之词，等待他来招纳。他是四十万人的统帅，更是四十万钱囊的统帅！这四十万囊的青蚨，当下固然还暂寄于他人之身，但早晚要收入自己囊中。至于青蚨所依附的肉身，却是四十万具毫不相干的行尸走肉，他们的成败生死，根本没有记在自己账上。

不觉来到溪水源头处，望着汩汩喷涌的山泉，慕容评不禁赞叹古人造字用意之深。“泉”字既可指泉水，又可言钱币。王莽铸钱，便以“货泉”为名。泉字拆开，上“白”下“水”，白者，既是水沫之颜，又是银钱之色；水者，则有川流不息、无穷无尽之意。钱即是泉，泉即是钱，一个源远流长于山间，一个流转通行于人世，其形虽异，其质却同！慕容评听着泠泠淙淙的溪泉之声，耳中回荡的却是铿锵激越的“货泉”之声。听了片刻，胸中忽然热气喷涌，一股吞吐天下的豪情直冲头顶，顿时定下心头大计！权衡再三，越发觉得此计滴水不漏、无懈可击，堪称妙想天成的千古奇谋！

慕容评揣着满怀逸兴，大步流星回到中军帐，唤来心腹小校，传下一道惊世骇俗、空前绝后的军令："谕告三军：取水或砍柴两石，入绢一匹。不足两石者，计以等价之钱。违令者斩！"

此令一出，三军哗然。慕容彪脚不沾地来到中军帐，却不见慕容评的身影。忙问帐外亲兵："上庸王在何处？"

亲兵答道："正在布置军务大事。"

"快带我见他！"

来到大帐后面的空地，远远看见慕容评双手抱胸，正在指挥一群军汉搭建穹庐。慕容彪快步而来，却被卫士拦住："大王有军务要事，请将军稍等。"慕容彪暗骂一句，火急火燎地原地等候。这边厢，慕容彪正如热地里的蛐蜒般团团乱转；那边厢，慕容评还在气定神闲地指挥调度。过了一顿饭工夫，一座高数丈、周长百步的巨大穹庐拔地而起。慕容评终于倒背双手，步履轻盈地朝这边走来。慕容彪早已急不可耐，迎上慕容评劈头问道："王兄传下如此将令，不怕天下人耻笑吗？"

慕容评脸上笑容可掬："你打你的仗，我发我的财，有何可笑？"

"大敌当前，王兄不知备战，却挖二挠三地闷声发财。军心，还如何稳，仗，还如何打！"

慕容评望着身后巨大的穹庐，眯眼笑道："天下没有白吃的餐饭，烧柴收柴钱，喝水收水钱，都是天经地义。况且本王的价钱比邺城还打了两分折扣，是老少无欺的公道价。仗要打，钱也要赚。这座钱库如今空空如也，但不出一个月，便会钱帛如山。凯旋之时，一边献俘阙下，一边纳财入府，功勋富贵两不误。人生如此，夫复何求？"

"岂有此理！阿干所为，天人共愤。你就不怕沦为燕国的千古罪人吗？"

慕容彪忍无可忍，黑脸怒道。

慕容评脸上笑容尽失，一股黑气隐隐浮现，眉心的肉瘤微微颤动："军令的最后一句，你可记得？"

不等慕容彪回答，慕容评圆睁怒目，噘紧嘴唇，从齿缝间喷出杀气凛凛的四个字来："违令者斩！"

喝退慕容彪，慕容评进了库门，背着手来回踱步。因为对四十万钱囊的分量、尺寸有充分估计，慕容评将钱库修建得高大宽敞，地基也选在高爽之处，绝无积水返潮之虞。此时钱库内空无一物，尚难想象堆满钱财的盛况。慕容评竭力憧憬，也只得其大概，仿佛隔靴搔痒，颇不尽兴。

眼看到了饭时，亲兵问道："大王是回去用膳，还是让人送来？"慕容评貌似心不在焉地答道："稍等片刻。"心里却暗喜道：到了饭时，三军将士必然要砍柴汲水，钱帛自然会滚滚而来。他宁可耽误一顿饭，也要亲睹钱财入库的盛景。

此时，营里营外早已乱成一锅糨子。饭时将近，各营军士纷纷来到林边水畔砍柴汲水，却被铁马、鹿砦拦住去路。一大群人高马大、持刀擎矛的精壮亲兵呼啦啦围了过来，喝道："上庸王传下命令，无钱者不得入内！"军士哪里肯听。一方据理力争，明争暗抢，一方奉命死守，决不放行。少不了唇枪舌剑、拳脚相向；见多了剑拔弩张、你死我活。最后亲兵捧出慕容评手谕，又斩了几个带头闹事者，总算令三军就范。一时怨声载道，骂声鼎沸。

慕容评对四处的喧嚣怒骂充耳不闻，却在静待另一个声音。过了许久，双耳终于透过重重嘈杂，捕捉到钱币摩擦撞击的微妙声响。他喜不自胜地出了库房门，远远望见一大群亲兵扛着大包小包气喘吁吁地归来。慕容评亲自清道引路。众亲兵进了钱库，解开鼓鼓囊囊的大小包裹。一股一股的"货泉"激荡而下，闪着耀眼的金光汇集于地，发出他期待已久的妙音。慕容评心头一热，眼角竟有些湿润。

慕容彪终于忍无可忍，立即给慕容暐写了一封密信，派心腹快马送往邺城。

秦军继续东进，沿途大小关隘无不望风而降。王猛一边安排守军留驻，一边率主军深入敌境。眼看进入潞城地界，虽然仍不见燕军主力，但大战之前的焦灼气息已愈发浓烈。三军将士箭上弦、刀出鞘，心头眉头无不紧绷，对行军途中的风吹草动警惕万分。别说是人，就连山谷中四处翻飞的鸦雀都明白，一场惊天动地的大战已迫在眉睫。

行至渭原古渡口，一股凶险之气渐渐临近，久经沙场的老兵都已嗅出一丝异常，互相用眼神交换着心中的疑虑：燕军大概已经不远！

果然，前头传来王猛的将令："三军就地驻扎。"

一夜无话。翌日天光未亮，王猛将游击将军郭庆悄悄传入帐内。

郭庆揉了揉惺忪睡眼，理了理乱蓬蓬的粗硬胡须，心中暗自揣测，却猜不出有何机密要事。却见王猛放下手中书卷，吹灭蜡烛，起身笑道："太行秋意正浓，请郭将军陪我登高一望，以抒胸中壮怀！"

郭庆随王猛出了营门，来到河谷西侧的山脚下。天光渐亮，二人寻了一条樵夫、猎户踩出的羊肠小道，径直攀登而去。王猛兴致颇高，一路谈笑不绝。

郭庆揣着满腹狐疑，却不敢多言。

日上三竿，二人登至峰顶。极目四望，漫山遍野的秋色瑰奇恣肆，仿佛天上画仙撞倒了朱砂碗，碰翻了赭石盘，将那厚重鲜亮之色倾泻凡间，泼洒而成。王猛拊掌赞道：“北国秋色，当以太行为最；太行秋色，当以此间为最。郭将军意下如何？”

郭庆一边点头，一边答道：“我是个粗人，眼中只见肃杀，不见风景。王大人引我至此，恐怕不似赏秋这般简单！”

王猛也收了闲情逸致，正色道：“不错！此处地势开阔，可远眺周遭形势，稍稍窥得慕容评的虚实。你看，前面那片悬崖之巅，便是燕军的屯粮之地。”

郭庆顺着王猛的手臂望去，目光在那峭拔高耸的山崖上吃力地逡巡许久，却无落脚之处，终于颓然滑落，缓缓收回。郭庆忽然心中一动，转头问道：“莫非丞相要断慕容评的粮道？”

“正是。敌众我寡，相持太久于我不利。若要逼慕容评速战，必须断了他的粮道。成败全系于此。责任重大，少不得一名行事沉稳又深藏不露的大将，非郭将军莫属。”

郭庆脸色一变。

“我命你率五千人马，十日后将燕军粮草付之一炬！”

郭庆是个性情豪爽的关西大汉，此刻却像江南女子一般扭扭捏捏，面露难色道：“我郭庆不是贪生怕死之辈，但如此重任，实难从命。”

“愿闻其详。”

“兵力太少、时限太紧，绝无成功之望。辛安渡绝壁千仞，上不连天，下不接地，更有急流阻隔。我若强攻，燕军不用费一刀一剑，只需滚木礌石乱扔一气，老郭哪怕长出一副铁脑壳，也难招架。莫说五千，就是给我五万人马，也未必能如愿登顶！”

王猛下颌轻扬，一绺飘逸的胡须随着手臂指向北方，微微笑道：“这段峭壁，不知可有尽头处。”

郭庆望着绵亘无垠的悬崖峭壁，断然答道：“堪称天险，并无尽头。”

王猛冷笑道：“此段悬崖位于峡谷之中，我若立在此地，以百里之眼观之，似乎无穷无尽，若跃至九天之外，以万里之眼观之，则必能见其尽头！世间有百里之险，绕行千里可逾越；有千里之险，绕行万里可逾越。只要敢于舍近求远，又何来天险？”

郭庆心中茅塞顿开，脸上露出一丝喜色。

王猛继续道：“郭将军今夜便领兵悄悄出发，沿浊漳河西岸北行三百里，直至河水源头，便是峭壁、急流尽头处。绕至东岸，再南行三百里，可达辛安渡背后，共计六百里。山路难行，以日行六十里计，从头至尾共需十日。慕容评有天险可恃，于后方疏于防备。郭将军必能畅行无阻，一举烧尽粮草！”

郭庆大喜，脸上豪气充溢，拱手哈哈笑道：“丞相妙计无双，鬼神莫测！十日后，郭庆定教辛安渡紫气冲天，慕容评红光罩体！”

第三十四章

将帅失和

这一日，王猛召集众将道：“敌军在潞川沿岸布防甚密。战情紧急，请杨安、徐成二位将军，乔装改扮打探敌情。务必于明日午时返回，违令者斩！”

二将领命，杨安扮成樵夫，去东北路打探。徐成扮成采药客，去东南路打探。

单说徐成翻山越岭来到潞川河谷，沿着河岸一路前行。虽是深秋时节，今日却秋老虎发威，一轮骄阳似火，晒得河谷热气浮动。徐成走得饥渴，便取出干粮、水囊坐在树荫下歇息，不过片刻，已将囊中之水喝个精光。拎着空囊来到河边，见河水浑浊不堪饮用，只好继续前行。又走了十余里，忽听水声潺潺，一道清冽的溪水从石壁中喷涌而出，径向平林处流去。徐成大喜，坐在溪头，掬水欲饮。

猛听得脚步声响，身后一人喝道：“装什么采药客？一身兵气，老子二里外便能闻到！”

徐成转过头，只见几个燕兵端着长矛，横眉竖眼地围过来。徐成摸了摸腰间暗藏的兵刃，准备厮杀。燕兵却挥矛喝道：“哪个营的？快拿钱来！”徐成不禁一愣。

燕兵又喝道：“装甚大头蒜！老子奉太傅之命守护溪水，上至将军，下至小卒，哪个想不花钱白喝水，给他肚皮戳个窟窿，让他喝多少，流多少！”几个燕兵冲徐成大呼小叫，岂料身后忽然钻出几个手拎水桶的小卒，摸到水边偷偷汲满，转身便逃。守军喊道：“这是疑兵。拎桶的才是真贼。”一发追赶而去。

徐成趁机逃脱。东行半里，又闻泠泠淙淙的林间泉声。钻入树林，远远望见一道溪水飞落石崖，溅出雪堆般一潭白沫。再看近处，却鹿砦密布、守卫森严，哪里能够近身？徐成沿着鹿砦踅摸半晌，也寻不到一处缺口。踟蹰之间，见一燕兵打着哈欠摸到鹿砦边，从树枝上取下一只皮囊，拔下塞子喝了两口，又挂了回去。徐成心生一计，捡了块石头，扔进燕兵身后的草丛。燕兵循声追去。徐成趁机摘了皮囊，转身便走。来到僻静处，拔下塞子，一股酒香扑面而来。徐成寻水得酒，喜出望外。咽了口唾沫，却欲饮又止。将塞子堵上，暗忖道："我奉命刺探敌情，若饮酒误事，王丞相岂能饶我？王丞相说一不二，邓羌都怕他三分。我不过是个偏将，怎敢造次？"怎奈腹中酒虫发作，只觉馋火上窜、燥渴难耐。终于忍耐不住，暗骂道："再不喝，只怕要虚脱而死，还如何刺探敌情？"说完拔下塞子，一饮而尽。徐成素称海量，这样的酒囊喝上三五个本不在话下。岂料此酒劲道极大，不过片刻便酒气上头，卧在树下沉醉不醒。

却说次日午时，杨安如期返回，向王猛细细述说燕军营垒布置、兵力部署。王猛与邓羌、张蚝侧耳倾听。杨安讲完燕军布防，又将慕容评卖水卖柴、大肆敛财的丑行描绘了一番。众人开始还一脸严肃，听到妙处，渐渐绷不住，无不捧腹大笑。

王猛笑道："有慕容评这样的统帅，就算雄兵百万，又能奈我何？趁慕容评财神附体，三军怨愤之际，正好与他决战，一举战而胜之。明日五更，三军集结，与燕军决战于潞川！"众将摩拳擦掌，恨不得立即杀出营外。唯独邓羌眉头紧锁，冷笑道："慕容评虽然贪财成癖，却是个久经沙场的宿将。据险不出、以逸待劳的路数甚得要领，我军若一味强攻，恐怕要大吃苦头！"

"我自有安排，逼慕容评与我决战！"王猛淡淡一笑，显得信心十足。邓羌这才眉头松动，微微点了点头。

王猛忽然抬头望了望偏西的日头。张蚝醒悟过来，猛可里嚷道："午时已过，徐成为何迟迟不归？"

邓羌也眉头紧锁，虬髯微颤。

此时此刻，徐成仍醉卧在潞川河谷深处，浑然不知归期已误。等他一觉醒来，日头早已偏西。兀然坐起，手里犹自攥着空酒囊。徐成懊恼不已，骂了句"冷虫"，拔脚向西而去。赶回大营，硬着头皮，直奔中军帐。此时红日穿云，半天彤云翻滚，犹如万马奔腾。

王猛端坐帐中，冷眼盯着徐成，怒喝道："昨日立下军令，杨安、徐成二人务必于今日午时回营复命，违令者斩。杨安已如期返回，你却迟至傍晚方归。如此目无军纪，如何领兵作战？速将徐成推出营外斩首示众！"早有卫士擒了徐成，推在一旁。众将面面相觑，既觉得王猛言之有理，又替徐成惋惜。

忽听一人喝道："且慢！"只见邓羌昂首出列道："求大人饶徐成不死！"王猛看了一眼邓羌，眉头略有松动，又骤然绷紧道："徐成追随邓将军多年，是邓将军的莫逆之交。看在邓将军的面皮上，我有心网开一面，但军令却不可违。大战在即，只能斩了此人，以正军纪！"

邓羌目光低垂，继续求情道："明日一早，三军即将奔赴沙场。敌众我寡，正是用人之际。徐成身为大将，死也应该死在战场，岂能死在自家人手中？"

王猛冷笑道："若因徐成一人坏了军纪，明日大战又如何取胜？"

邓羌双眉下沉，目光却逆势上扬，紧盯王猛的双眼道："徐成出于邓羌门下，与我既有乡党之谊，亦有袍泽之情。虽然误期当斩，但邓羌愿意为他作保，留下性命共赴沙场，将功赎罪！"王猛默然不语。

只见邓羌满面流火，两腮虬髯晃动，髯下喉头凸起，突地踢翻几案，转身大踏步而去。

卫士绑了徐成，仍然立在帐前。王猛并不催促行刑，却若无其事地稳坐大帐，与诸将继续议事。众人不知吉凶，无不焦急万分。

过了片刻，忽听帐外战鼓如雷。一名小卒飞奔来报："大事不好，邓羌率众哗变，领了人马直奔中军帐杀来！"

众将大怒。杨安骂道："好个龇牙大口的愣人。待我回营召集人马，将他擒来！"张蚝也喝道："邓羌勇猛，我助你一臂之力！"

王猛叱道："二位不可火上浇油！若想立功，便留在帐内，切勿外出一步！"说完倒背双手，孤身一人出了大帐。

帐外一片肃杀之气。几百名士兵早已持刀挺矛，密密麻麻列在帐前，个个凸眼鼓腮，满脸杀气。王猛喝了声"退下"，士兵齐整整地后退至帐门两边，仍然紧握长矛，不敢大意。

剑拔弩张之际，一个黑影在秦军营外张望片刻，忽然潜入树林，牵出一匹快马，向燕军大营疾驰而去。此人正是慕容彪派来的斥候，见秦军生出内乱，立即飞马来报。慕容彪闻讯大喜，朝慕容评的大帐望了一眼，脸上露出一丝笑意：王猛与邓羌自相残杀，无论谁死谁活，都将令秦军元气大伤，不战自败。阿干年事已高，再无壮志，唯有财心，对敌军的内乱竟然毫不知情。若论知己知彼，唯我一人耳。这场大战，头功必然在我！想到此处，豪气满怀，高喝道："天赐良机，破秦军、擒王猛，便在今夜！"即刻点了人马，向秦军大营袭来。

此时秦营已凶险四起，一触即发。中军帐外，隆隆鼓声自西而来，由远及近。秦军听着鼓声打过大小十余仗，鼓响则振奋，鼓急则冲锋，鼓息已得胜而归。此次鼓声忽然响在秦营之内，朝主帅大帐袭来，各营将士无比错愕，不知何去何从。

王猛见形势危急，不敢怠慢，迎着鼓声昂首而去。

漫天霞光如血，映出王猛一袭白衣，仿佛茫茫血海中的一片孤帆。穿过中军营地，远远望见落日下一片石岗，岗顶茅草乱舞，搅起金光万道。石岗之后便是邓羌营地。鼓声隔着石岗传来，被远处的山崖激出一片回响，愈加震人心魄。忽然马蹄声紧，石岗后甩出一道张牙舞爪的黑影，细看却是个戴了头盔的半截人形。形影晃动之间，一员大将纵马横矛呼啸而来，正是邓羌。身后跟了蜂群蚁阵般的一片劲卒，黑压压不计其数。邓羌驱马向东疾驰，王猛向西缓步迎去。二人迎面相遇，邓羌勒紧缰绳，长矛一挥，鼓声立止。二尺多长的矛尖映着万丈霞光，通红似血，几欲滴落。

王猛依旧倒背双手，若无其事地问道："邓将军何至于此？"

"我奉皇帝诏令，讨伐外敌。不料军中生出内奸，一味自相残杀。我怎能坐视不管，特来斩除内奸！"邓羌冷笑一声，将矛尖指向王猛咽喉。矛刃射出红光，在王猛眉心上下跃动。

王猛对长矛视而不见，点头道："邓将军对同袍情同手足，果然仗义！"邓羌一愣，手中长矛略微下探。

"王猛若是真心要取徐成性命，只需一声令下，岂会等你回去搬兵？不过敲打几下，逼他收收性子而已。我这便放了徐将军，你也命士兵火速回营歇息，休要误了明日大事！"

邓羌眉眼略微舒展，手中长矛又下垂了几分。抬头望了望王猛身后，眉头忽又拧成一团，矛尖也耸至王猛面门，冷笑道："休拿鬼话诓我！命我后退，为何自己人马还在前进？"

王猛回头，只见张蚝、杨安引了潮水般的大队人马，汹涌而来。张蚝一马当先，高声喝道："邓羌逆贼，敢不敢与我厮杀？"

邓羌大怒，拨马便要迎战。王猛一把拦住。"张、杨二将不知情，邓将军莫要误会！"说完喝退二人，大军立即撤得干干净净。

邓羌憋了满腔怒火，正要借机狠烧一把。见王猛退避三舍，火气瞬间熄了大半。王猛微微一笑："大敌当前，邓将军身为国之栋梁，军中翘楚，必能以大局为重。亲痛仇快之举，岂是将军所为？还望好自为之！"邓羌怔了片刻，忽然面露愧色，长矛一挥，随士卒掉头退去。

王猛望着邓羌的背影，长舒一口气。红日坠地，夜色渐渐泛起，将笼罩秦营的暴戾之气遮蔽殆尽。一群归鸦无声无息地掠过苍穹，仿佛洒在深青葛布上的点点墨痕。墨痕越发漫漶，终于消失在层墨积染的山林深处。白色的炊烟袅袅升起，与粟米粥的气味混作一团，喷香而又呛人，在营帐间往来穿梭，恰似一道无声的号令。士卒闻令而动，就餐换防，秩序井然。

王猛缓步来到一座营帐边，十名秦兵围着柴灶铁锅蹲成一圈，一边喝粥，一边用关中话"谝闲传"。王猛见了颇感亲切，不自觉地放慢脚步。只见一名什长抹了抹胡子拉碴的嘴角，粗声道："邓羌见王丞相要杀徐成，哪里肯应，顶着造反的罪名也要去救。自盘古初开，从未见过如此义气！老子佩服！"一卒认出王猛，忙用胳膊肘捅他的腰。什长正在兴头，依旧唾星四溅："实话实说，邓将军万般皆好，却是个'偏刃子'，跟'油缸倒了，脚步不乱'的王丞相比起来，肚量差了不止一星半点。这就叫'卤水点豆腐，一物降一物！'"说完一眼瞥见王猛，慌得扔了碗，腾身而起道："小人胡言乱语，求丞相饶恕！"王猛拍了拍什长的肩膀，笑道："冤有头、债有主。说我坏话，暂且饶你。但说邓将军坏话，得向他亲自求饶才是。邓将军为人仗义，敢为同袍赴汤蹈火，因此与我生出不虞之隙。小小误会，早已冰释。这'偏刃子'的罪名，却不能乱加！"话音未落，笑声四起。周围的士卒听到哄笑，得知王猛巡查至此，纷纷过来围观。他们刚刚目睹秦军将帅之争，个个心有余悸，对明日决战的前景也甚为忧虑。眼见王猛坦坦荡荡，心无芥蒂，无不如释重负。

王猛向众人挥手致意，正要离去，却与一小卒撞个满怀。校尉上前给了小卒一个耳光，厉声道："毛手毛脚，唐突王大人。成何体统！"王猛喝道："你们既是同袍，便应同甘共苦，情同手足。何不学学邓将军对徐成将军的义气？只是无心之过，怎能如此打骂？"校尉羞愧交加，低头退下。王猛见那小卒生得膀大腰圆，脸上却稚气未脱，不禁心生怜意，笑道："不必惊慌。你叫甚名字？多大年岁？"

"小人姓巨名虎，刚满十九岁。"

"巨虎，好名字！明日决战，你可惧怕？"

巨虎笑着摇摇头，反问道："王丞相可曾惧怕？"

王猛沉吟道："你我都是血肉之躯，抛亲舍故来此绝域，要与数倍之敌决战。若说丝毫不怕，恐非真心！但看我秦国健儿如此英武，众位将军如此仗义，岂能与对面的乌合之众、财神将军同日而语？三军只要齐心协力，明日必能大胜！"众人精神大振，齐声喝彩！王猛又拍拍巨虎的脑勺，激励道："巨虎，巨虎，亮出爪牙，痛击贼虏！"巨虎大喜，拍着胸脯慨然道："我巨虎定要生擒慕容贼，亲手献给丞相！"王猛赞道："有志气！我等你捷报！"

踏着暮色，王猛回到灯烛摇曳的中军帐，依旧倒背双手，脸上镇定如初。众将一块石头落了地，说起刚才情势，犹觉后怕。帐外士卒见王猛安然无恙，也安心散去。

燕军斥候见秦军恢复常态，飞马报知慕容彪："王猛劝退邓羌，秦军内乱已息。"慕容彪见这千载难逢的良机转瞬已逝，恨得牙根发痒，连声叹气："莫非天不佑我大燕，竟让秦军内乱平息得如此之快！"

慕容彪嗟叹之际，王猛正在招呼众将："诸位忙碌竟日，还未顾上吃饭。何不赏光吃了晚饭，再回营歇息。"众将素知王猛饮食粗粝，因此对这顿晚饭并无奢望，只是碍于情面，不得不落座奉陪。忽见徐成、邓羌二人低头进帐。"扑通"一声，徐成双膝跪地，俯身便拜，邓羌单膝跪在一旁。

"徐成误期当斩，谢王大人不杀之恩！"

"邓羌以下犯上，险些闯下大祸。特向大人请罪！"

王猛先将徐成搀起，拍着他的后背笑道："临阵斩将是用兵大忌，但军纪亦不可废。虚张声势也是迫不得已，令徐将军受了惊吓。多有得罪！"

又搀起邓羌，握紧他的双手道："我刚才不过考验将军而已。邓将军对乡党尚且如此仗义，更何况对国家乎？军中有如此良将，燕贼虽众，我又何须担忧！"

邓羌满面羞愧，虬髯乱颤，口中嗫嚅而难吐一字。众将看惯了邓羌气吞山河、视死如归的势相，却头一次见他如此狼狈。

亲兵端来一锅热气腾腾的野菜小米粥。张蚝欲为邓羌打圆场，捧着粥碗岔开话头："郭庆那厮最爱蹭吃蹭喝打秋风。今晚不见他来，却也稀奇！"王猛道："郭庆怕诸位吃不饱，正在外面掌火炙肉！"众将已三月不知肉味，捧着菜粥，口里几乎要淡出鸟来。听了"炙肉"二字，无不饥肠辘辘、食指大动。哪知苦等良久，也不见炙肉端来。

忽见帐外火光闪动。王猛起身道："郭庆已经得手！"众人跟到帐外，不见炙肉，只见对岸烈焰冲天，将方圆几十里的大小峰峦照得亮如白昼，这才恍然大悟。邓羌道："火场当在河岸以东十余里外，似离辛安不远。莫非郭庆烧了慕容评粮草？"

王猛颔首道："好眼力！我暗令郭庆率领五千骑兵，取道潞川上游偷袭辛安，火烧燕军粮草辎重。慕容评失了粮草，再无据险坚守的本钱，明日必会出战！诸君齐心协力，必可战而胜之！"张蚝笑道："慕容评是财神爷，见自家香火如此旺盛，必会欢天喜地！"众将无不大笑。

此时慕容评正在钱库清点账目，计算一天的收成。这是他每日必修的晚课，雷打不动。慕容评虽然颇有远见，将钱库造得宽敞无比，但经过连日的堆积，钱库中央已被一青一白两座山峰占得满满登登。青者是"钱山"，白者是"帛山"。每日新收的钱帛先要堆放在两山外沿的空地上，查验无误后，再分别沿着山脚码放。这查验的重任，慕容评从不托付他人之手。只见他蹲在一堆钱币边上，膝头摆着账本，手里拎着戥子，毫厘必验，锱铢必较。查验无误，便仔细记入账本。灯光摇曳，慕容评虽已眼花意倦，仍强打精神。忽闻木叶萧萧，秋山氤氲之气随风潜入，与钱币散发的铜腥味、丝帛散发的茧蛹味调和得恰到好处。慕容评深吸一口，精神大振。

突觉一股焦煳味直冲鼻孔，大煞风景。慕容评正要发作，却见北边烈焰腾空，将半边天烧得通红。于是大惊失色，一手握着账本，一手拎了戥子，匆匆出了钱库。慕容彪奔来告急：“大事不好！辛安粮草辎重，被敌军一把火烧尽！”慕容评惊问：“辛安有绝壁天险。敌军如何过得去？”

“秦国骑兵绕道潞川上游，从辛安背后偷袭得手！”

慕容评一边叫苦，一边暗骂自己失算，眼冒金星，望着火光捶胸顿足。他此次出征之前，发了两大宏愿。一是要不战而胜，二是要满载而归。现在看来，“不战而胜”已经落空，“满载而归”也受了拖累，要狠打几分折扣了！

忽见慕容彪身后闪出侍中兰伊，手捧圣旨喝道：“慕容评接旨！”慕容评慌忙俯身，只听兰伊厉声念道：“上庸王乃高祖之子也，宜以宗庙社稷为忧，奈何不务抚养勋劳，专以聚敛为心乎！府藏之珍货，朕岂与王爱之！若寇军冒进，王持钱帛安所置也！皮之不存，毛将焉附！钱帛可散之三军，以平寇凯旋为先也。”

慕容评听完圣旨，惊出一头冷汗。回到钱库，放下账本和戥子，恋恋不舍地望了望眼前的青白二山，暗叹道：自己辛辛苦苦，一锱一铢的积攒，难道要就此永诀？想到此处，鼻头一阵发酸。

熊熊大火烧至半夜，仍未减弱。火势接天连云，照亮半个太行山，就连在百余里外的邺城，都清晰可见。慕容暐闻讯登高，见西边天地相接处火光闪闪，仿佛星宿坠地，惊得三魂出窍。他慌忙焚香祷告，一夜无眠。当夜坊间流言四起，都说燕兵已败，燕国将亡。

到了四更时分，辛安上空已无明火，但浓烟仍在滚滚喷涌。条条烟柱时聚时散，忽左忽右地飞入半空，积聚成一团浓黑的乌云，一动不动地悬浮在太行山巅，将高阔的苍天挤迫得万分逼仄。

王猛把众将召入中军帐内，大声激励道：“诸君随我自长安起兵，讨伐无道，经历大小十余战，未遭败绩。如今决战在即，何不竭尽余勇，一举破敌，也好名垂青史，万古流芳！”众将摩拳擦掌，急不可待。

王猛又踱至邓羌面前，用力拍了拍他的肩膀，朗声道：“破敌重任，非邓将军莫属。成败在此一举，将军勉之！”

众将个个真气鼓荡、血脉偾张，无不圆睁双眼，紧盯邓羌，等着他的豪言壮语。

岂料邓羌虬髯微颤，打了个哈欠，咧嘴道：“王大人若不能授以司隶校尉之职，恕末将不敢从命。”

众人呆若木鸡。王猛虽然早已领教邓羌的古怪，听了此话也错愕不已。邓羌捻着虬髯，一脸期盼地盯着王猛。王猛清了清嗓子，正色道："司隶校尉官阶虽不甚高，却干系重大，因此皆由天子敕封，非王猛所能委任也。将军若立下奇功，我定会授以安定太守、万户侯之位！"众人听了不住点头，以为安定太守、万户侯之位远在司隶校尉之上，邓羌定会心满意足。

岂料话音未落，邓羌圆睁环眼，眉头拧成一个疙瘩，冷笑道："我邓羌不愿做万户侯，只愿官封司隶校尉，弹劾百官，除尽天下奸臣！"王猛好言相劝，邓羌却哼了一声，转身出帐而去。众将见邓羌如此不通情理，个个恼得咬牙切齿。王猛挥手道："小事一桩，不必计较。诸君火速回营整顿兵马，五更时分在中军帐西石岗下誓师，不得有误！"

五更将近，天色微明。王猛一袭白衣登上石岗。之所以选在此处誓师，一是石岗方正平坦，仿佛天造地设的点将台，岗下平坦开阔，便于三军集结，二是两侧有山崖石壁拱立，登岗一呼，声若洪钟，有大壮声威之效。环顾四周，只见各营兵马正向石岗北侧汇集，片刻间已排布得整齐划一，横看成行，竖看成列，仿佛木匠用墨斗绷出的根根墨线。王猛见阵列已稳，便清了清嗓子，准备宣布誓词。忽见徐成奔到岗边，三步并作两步，直冲岗顶。卫士见他神色异常，上前便要阻拦。王猛瞥见徐成急头怪脑的模样，心中一惊，忙喝退卫士。徐成来到近前低声道："邓将军讨要司隶校尉一职未能如愿，回去便高卧不起，八头牛都拉不回！"王猛微微一笑："待我宣完誓词，亲自请他！"

来到石岗北崖正中，望着眼前雄武肃然的秦军阵列，王猛忽然百感交集。自己上受君王之托，下承黎民之望，总领国事、军事多年，经历的生死危局、刀光剑影不计其数，都不曾有过一丝一毫的胆怯。此时登上石崖，尚未开口，心中却油然生出"战战兢兢，如临深渊、如履薄冰"的惶恐。秦国上下励精图治，十余年如一日，终于迎来扭转天下大势、毕其功于一役的紧要关头。四万多秦国健儿，即将向四十万燕军发起总攻。胜则名垂青史，败则万劫不复。自己乃一介儒将，不能操戈披甲，与健儿并肩杀敌，唯有一腔豪情，可助其勇力！

王猛西望长安，只见一片翠微深远、五色氤氲的祥瑞之气；转望东方，却是乌云低垂、晨光惨淡的败亡之相。他深吸一口气，手臂一挥，崖下顿时鸦雀无声。王猛扫视秦军，朗声宣誓道："王景略受国厚恩，任兼内外，今与诸君深入贼地，当竭力致死，有进无退，共立大功，以报国家。授爵明君之朝，称觞父母之室，不亦美乎！"誓词虽然只有短短五十二字，却字字铿锵，句句高亢，加之两旁石壁带来的回响，更如洪钟大吕般振聋发聩！誓词余音未绝，三军将士已群情激昂，振臂高呼三声，便破釜弃粮，杀气腾腾地径向敌营冲去。

王猛拍马赶至邓羌帐外。只见邓羌披了黑色战袍，一手牵了大青马，一手倒提长矛，垂头向东而去。王猛高喊：“邓将军留步！”邓羌却不回头，猛走几步，忽然飞身上马。王猛狠抽几鞭，追上邓羌道：“我已奏请天子，委任将军为司隶校尉！将军可安心杀敌矣！”邓羌立即勒住马，满面红光，拱手笑道：“多谢王大人抬举！俗语道：‘烫猪三，剥牛四，屠狗只需两伙计。’有我邓羌，再加张蚝，定要将慕容评这哈怂拾掇利索！”说完不再前行，却拨转马头，径直返回营帐。王猛不知他又要整出何种花样，也返身紧随。只见邓羌下马奔回帐内，抱起一口水桶大小的酒坛，一气灌下半坛酒，仰天大笑几声，扔坛冲出帐外，上马挺矛，径向战场冲去。邓羌拍马疾驰，黑袍飘动，忽然引吭高歌道：“陇上壮士有陈安，躯干虽小腹中宽，爱养将士同心肝。七尺大刀奋如湍，丈八蛇矛左右盘，十荡十决无当前……西流之水东流河，一去不还奈子何，呜呼阿呼奈子何。”正是盛传于邓羌故乡的《陇上壮士歌》。慷慨之词、悲壮之曲，配上邓羌高亢粗豪的嗓音，听得王猛心潮澎湃。

第三十五章
潞川大捷

一夜之间，潞川两岸已褪尽残存的几分苍翠，遍染赭红藤黄。几缕晨雾飘过林杪，引来几声鸟鸣。满山木叶摇曳，处处响起秋声。忽听号角四起，肃杀之气响彻山野。角声未落，西风又起，遍山红叶萧萧摇坠，仿佛下了一场血雨。红日从地底喷薄而出，将潞川两岸照得明晃晃一片。只见秦燕两军一众一寡、一北一南，在河滩铺开阵势，相向而去。秦军穿黑衣，仿佛一股黑潮；燕军穿青衣，仿佛一股青潮。两股潮水吞没河滩空地，眼看便要冲荡在一处。红日突然陷入乌云，四下顿时一片昏暗。秦军士卒被这诡异天象冲昏了眼，脚下略有迟缓。忽听霹雳般一声吼，邓羌、张蚝风驰电掣、运矛如飞，抢先冲入敌阵。邓羌黑马黑袍，手中长矛飞动，仿佛乌龙出林；张蚝白马白袍，手中蛇矛乱舞，仿佛白虎下山。二人并称“敌万人”，不但膂力惊人，矛法更是纯熟无比。手持长矛，基盘却在腰胯，身随鞍马，臂随其身，腕随其臂，人械合一，连人带马浑成一股整劲，透过矛尖，化作绝命击刺。只见矛尖到处，人仰马翻，血肉横飞。转眼间，燕军密不透风的阵列便被冲出一条缺痕，仿佛河堤上的溃口。秦军顺着溃口滚滚涌入，倾泻而去。天色愈加昏暗，只听杀声震天，两军强弱之势，却昏黑难辨。

红日忽然冲出乌云，大地重现光芒。只见黑潮已如楔子般插入青潮之内，欲将其劈为两半。青潮虽无黑潮的猛利，毕竟体大力强，也蓄势鼓荡，欲将黑潮斩作两截。邓羌、张蚝处在楔子尖端，直插燕军腹地。二人互为犄角，时而并驾齐驱，时而前后相随。两根矛也心有灵犀，横刺竖挑，指东打西。双矛齐舞，快如篾匠手中竹篾，巧似织女指间钢针，将敌军搅得阵形大乱。

慕容评登台观阵，两腿一阵发软。他心中其实有两怕，一怕兵败国亡，慕容氏几代人打下的基业毁于一旦；二怕钱库落入敌手，自己辛苦积攒的惊天横财烟消云散。细论起来，后者似乎还要更重几分。眼看秦军猛冲猛打，势不可挡，慕容评慌忙调兵遣将，命猛将慕容浩、皇甫炎率领两百名百里挑一的鲜卑勇士拦截邓、张二将，务必挫断秦军的楔尖！如若得手，便可驱动大军围而剿之，一举扭转战局。

慕容浩、皇甫炎冲入战阵，寻了半晌，正与邓、张迎面相遇。慕容浩擎出三叉戟，拦了邓羌；皇甫炎舞动乌梢槊，抵住张蚝。四人捉对厮杀，战在一处。邓羌与慕容浩甫一交手，便觉出来者不善，一杆戟力道猛烈，使得毫无破绽。但慕容浩一味刚猛，却无虚实、奇正之变，怎能与邓羌奇正相生、虚实莫测的手段相提并论？邓羌探清路数，心中有了底气，忽然挺矛直扎慕容浩咽喉。慕容浩横戟格挡。哪知邓羌却是虚招，矛尖扎了一半，遽然抽退，转向慕容浩小腹刺来。慕容浩戟已使老，无法变招，慌忙侧身躲闪。岂料邓羌这一刺依旧是虚招，趁慕容浩转腰拧身，门户大开的一瞬间骤然发力，将他一矛挑落马下。皇甫炎见慕容浩毙命，心生怯意，被张蚝大吼一声刺穿胸膛，坠马身亡。

鲜卑勇士见主将阵亡，立即阵形大乱，被邓、张杀得七零八落。邓羌一马当先，自北向南贯穿敌阵，一直冲到慕容评的将台之下。慕容评魂飞魄散，在卫士簇拥之下慌忙逃命。邓羌并不追赶，又返回战场，自南向北杀去。邓羌杀得性起，偶一回头，才知自己冲得太猛，已是孤身一人。燕军见邓羌落单，胆气又回涨了几分。忽听一声怒吼，却是燕军武猛校尉贾原率百名甲骑具装包抄过来。这些甲骑本是慕容评的亲军宿卫，甲胄极为精良。其铠甲、兜鍪皆以百炼钢打造，将周身防护得密不透风。兜鍪上带铁护面，将头脸护得严严实实，仅余两个阴森森的眼洞，显得狰狞可怖。邓羌一边左右迂回，不让敌军合围，一边张弓搭箭。贾原迎面驰来，邓羌一扬手，当胸便是一箭。只听“当啷”一声，箭镞迸出火星，仅在钢铠上留下一个白点。邓羌膂力惊人，能开三石弓，箭力之大足以贯穿铜、铁铠甲，却对贾原没奈何，可见其钢铠之坚。邓羌暗忖对策，忽然瞅见铁护面上黑黢黢两个眼洞，顿时有了主意，便又抽箭上弦。贾原有恃无恐，只顾前冲。邓羌觑得亲切，一箭射去，正中左边眼洞。贾原惨叫一声，坠落马下。邓羌又连发三箭，箭箭射中敌眼。余下甲骑不敢恋战，溃散而去。

邓羌继续向北杀去。迎面撞见一员猛将，拍马舞刀，当头便砍。邓羌举矛格挡，喝道：“徐成砍我做甚！”徐成“啊呀”一声，打量邓羌，哈哈笑道：“邓将军这副形骸，鬼才认得出！”原来邓羌杀敌无数，早已遍身血污，难以辨识。转眼间张蚝也领兵杀到。三人呈雁阵之势，一人突前，二人跟随，在阵中往来冲杀，如入无人之境。邓羌前后贯穿敌阵四次，杀敌数百，冠绝三军。

战至午时，燕军终成强弩之末。潞川河滩上，青潮骤然退却，黑潮席卷大地。

早在燕兵溃败之前，慕容评偷偷跨上黄骠马，直奔钱库而去。奔进帐内，却见守军监守自盗，正在哄抢钱帛。慕容评勃然大怒，厉声骂道："老子仍是钱库主宰，岂容鼠辈猖狂？"拔剑赶走众人。进了钱库，却恍若隔世，哀叹道："满眼青蚨素帛，眼下尚在我手，明日却不知落入谁家？"左看右看，恨不得一口吞入肚中。一拍大腿，忽然心生一计，立即唤来一名心腹，耳语几句。心腹匆匆而去。

出了钱库，忽见兰伊匆匆奔来，劈头喝问："陛下命你散尽钱财，你可曾照办？"

慕容评上马答道："兰大人尽管放心，钱财都已转给他人，再与我无关。"

"给了何人？"

"儿子、女婿！"

慕容评眯眼答道。他其实心里明白，燕军将败，儿子女婿逃命要紧，哪里有工夫过来接管。但他宁肯自欺欺人，也不愿将命根子散给将士。

兰伊缓过神来，破口大骂："老匹夫，燕国定要亡在你的手里！"

慕容评不再答话，猛甩皮鞭，黄骠马撒开四蹄，风一般往东逃去。

王猛一面派杨安、郭庆追击溃军，一边命邓、张肃清潞川残敌。清点战场，共击毙、俘虏燕军五万余人，缴获辎重、器械不计其数。

穿过战场，王猛望着死尸枕藉的惨象，忽然悲从中来，脱口吟道："'战城南，死郭北，野死不葬乌可食。'征战之惨，古今同悲！逝者皆为忠勇之士，不可野死不葬。速令士卒掩埋，切勿怠慢亵渎。"又叮嘱道："生时为仇，死后仍要黄泉相伴，应一视同仁，合葬一处！"

前行忽闻哭声。只见一人坐地抱头而哭，正是昨日邂逅的小卒巨虎。王猛笑问："你自称胆大，为何哭成这副模样？"巨虎抽泣道："小的杀了人，想到死者与我一样，都是爹娘所生，便心如刀绞。"王猛将巨虎扶起，叹道："一场征战，不知又毁了多少人家，造出多少鳏寡孤独。生者、死者素昧平生，无仇无怨，奈何要分出你死我活？但天下纷乱已久，唯仁强者方能禁暴止乱。秦国以有道师伐无道，'杀人安人，以战止战'，必能一战而定天下，令苍生重得太平！"巨虎破涕而笑。

邓羌也暗赞道："王猛一言可决万人生死，却能不失赤子之心！"

众人沿河滩而行。举头远望，只见铁板一样压在山巅的黑云已经消散，仅余几缕淡淡的灰白。远处碧空如洗，将红叶覆顶、绿水绕根的夹岸山崖衬托得愈发壮美。这美景昨日犹姓燕，今日便已姓秦。世事无常，大多如此。

探马忽然送来捷报："杨安、郭庆追敌十余里，又斩擒十余万。"可叹一日之内，燕国四十万大军竟然灰飞烟灭。

继续前行，眼前兀然现出一座巨大无比的穹庐。信步而入，望见满眼的钱山帛海，众人无不瞠目结舌。

过了半晌，张蚝才张口叹道：“慕容评打仗脓包，刮地皮却是绝世高手！”

郭庆拍手道：“这厮替秦国守财如此尽心，却之不恭。何不一发笑纳，充作军饷！”

众将纷纷附和，以为可行。王猛却摇头道：“慕容评贵为太傅、上庸王、燕军统帅，却甘作钱财之奴，卖水鬻薪，如痴如狂，堪称千古奇闻。此钱库暂且原封不动，令三军上下都来观看，引以为戒！战后调拨旧燕州郡，以恢复民生。”

不过片刻，秦军将士与燕军降卒已排成长队，依次进入钱库，争睹慕容评的千古杰作。见到仰视难见其顶的钱帛二山，无不张口惊呼。惊呼之余，讪笑者有之，激愤者亦有之。秦兵身为胜者，见敌军统帅如此不堪，更加趾高气扬。燕兵望着钱帛，忆起向日缴钱买水的荒唐，越发羞愤难抑。降卒中忽然现出两位甲胄精美、袍带光鲜的燕将，正是武昌王慕容彪、襄阳王慕容军。原来慕容评逃窜后，慕容彪、慕容军接过帅旗继续作战，最后双双被俘。二人看着阿干做下的好事，个个羞愧欲死。忽见一僚佐模样的秦人立在旁边，衣着寒酸破败，与燕军同侪简直不可同日而语。慕容彪想起自己昨日还是锦衣玉食、一呼百应的王爷，今日却沦为秦国伧父的阶下囚，不禁叹气道：“富国亡于贫国，岂非天意乎？”不料那僚佐瞪了他一眼，甩了甩打着补丁的衣袖，厉声应道：“无道亡于有道，正合天意！”说完转身而去。

慕容彪吃了一惊，忙问身边的秦兵：“那是何人？”

秦兵问：“你看他像何人？”

“衣衫破旧，袖上打着补丁。似是个僚佐之类的小吏。”

秦兵笑道：“贵军都似你这般有眼无珠，焉能不败？那可是堂堂秦国王丞相！”

慕容彪羞得无地自容，低头再不敢多言。燕军降卒看尽自家统帅的丑行，见王猛如此朴素，叹服之余纷纷私语：“瞧瞧咱家慕容太傅，再看人家王丞相，燕国若不亡于秦国，反倒没了天理。”

大军休整一夜，次日继续东进。宜都王慕容桓闻知慕容评兵败，早已心惊肉跳。心腹劝道：“太傅四十万大军都不是秦军敌手。沙亭区区万余人，岂能螳臂当车？与其死守，不如一走了之！”慕容桓强装硬气，厉声骂道：“沙亭乃燕国最后一道屏障，尤为紧要。诸位若只顾逃命，拱卫国都又能仰仗何人？”众人以为慕容桓要捐躯赴国难，唯恐成了他的陪葬，个个战战兢兢，低头不语。

却听慕容桓慨然喝道："立即退守豫州内黄县，保存实力。这叫以退为进，岂是一走了之？"

众人释然放怀。

自此，邺城门户大开，静待秦军驾临。三日后秦军长驱直入，合围邺城。众将枕戈待旦，恨不得灭此朝食。王猛颇感欣慰，召来众人，商议攻城之策。

邓羌道："敌军斗志全无，已成惊弓之鸟。若乘胜攻城，必然势如破竹。兵贵神速，不宜拖延，以免节外生枝！"

王猛点头称是。

张蚝又道："燕军主力虽败，但东北鲜卑老巢尚有不下十万人马。若遣一上将重振士气，南下勤王，胜负犹未可知，因此攻城不可拖延。"

王猛道："东北鲜卑不可不防。最紧要的，是严防慕容氏逃归老巢，重整旗鼓。"

话音刚落，斥候忽然来报："邺南安阳一带万骑齐来，尘土惊天，不辨旗号！"

王猛自语道："安阳的燕国守军早已弃城溃散，为何又来大军？"

众将以为敌方援军已到，立即打起精神，准备厮杀。忽听銮铃响处，信使飞马传来圣谕："朕率吕光、慕容垂等将，领十万精兵抵达安阳。令前线三军围而不攻，阵前休整，以待增援。"

众将这才松了口气。

白日偏西，照得冀州千里平川斑驳陆离，气象万千。在冀州最南的魏郡，有一大河自林虑山源头一路东流，宛若一道白练。流至横水镇，忽然潜入地下，隐介暗行。到了数十里外的善应山，又喷涌飞湍，腾出地面，令人惊叹造化神奇。此河即是洹水，其南岸有一古城，名曰安阳。安阳北距邺城不过四五十里，是拱卫京畿的要塞，城墙虽不及邺城雄伟，倒也高大坚固。但守城燕军却效仿慕容桓"以退为进"的策略，早已作鸟兽散。秦军兵不血刃，径直入城。只见城头燕国旗帜纷纷坠地，鲜亮夺目的秦国大旗高高升起，迎着西风猎猎招展。苻坚传下"三军暂驻安阳休整"的命令，望着斑驳的城墙、巍峨的城门，忽然黯然伤神。原来苻坚出生于枋头氐垒，因当地缺少文教，幼年求学于安阳，对洹水两岸颇有故土之思。睽违二十年后重返故地，顿时触景生情，不能自已。于是唤来几名亲随，迎着暮色跨上战马，向街巷深处疾行。马蹄敲击石板，发出急促的"笃笃"声，沿着空旷的街巷远远而去。

穿过两条陋巷，行至一片半砖半土的院墙边，苻坚忽然下马抚墙而走，脚步颇为沉重。走到一座东倒西歪的门楼前，犹豫良久，推开虚掩的破门，门额上忽然落下一块木板，惹得尘埃纷飞。随从捡起木板，拂去灰尘，上面赫然显出“宣文小学”四字。苻坚接来看了又看，命人挂回原处。进了大门，穿廊绕院，看到的尽是房倒屋倾、榛莽丛生的衰败之相。于是出了院子，指着“宣文小学”的匾额叹道：“这是朕当年求学之所，乃赵王石勒所建，当年极为兴盛。不意落入燕人手中，竟沦落至此！”

又穿过一条青砖铺地的萧索陋巷，却是一处气派不凡的旧宅院。院墙完整无损，院门虽已残破，却未失旧日规模。苻坚敛容屏息，快步来到紧闭的大门前。随从顺手推去，大门纹丝不动。苻坚迟疑再三，举手轻抚门环。“笃笃”的叩门声响彻寂静的陋巷，听得苻坚恍若隔世。叩了许久，大门依旧紧闭。苻坚隔着门缝向内张望，只见满庭衰草，一片萧索，顿时潸然泪下。随从便要破门而入。苻坚一把拦住，黯然道：“不必了。世间盛衰莫不如此。纵使贵为天子，开疆万里，却叩不开故园之门！”

话音未落，院内忽然传出人声。大门砰然而开，飘然走出一人，布衣幅巾、气定神闲，正是王猛。苻坚惊得两眼发直：“先生怎会在此？”

“惊闻陛下已至安阳，急来拜见。四处寻觅不得，便与吕光来到陛下故居等候。”

说话间，吕光也引着一列甲兵出了院子。苻坚又惊又喜，拉住王猛的手打量再三，叹道：“分别数月，先生又瘦了几分！”王猛正色道：“安阳收服未久，尚不太平。请陛下速回大营！”苻坚虽未尽兴，却不敢违逆王猛的劝告，在院中转了一遭，便匆匆离去。

猛、坚二人并驾齐驱，谈笑风生。苻坚问：“先生因何离了大营，来到安阳？”王猛笑而不答，反问道：“陛下又因何离了长安，来到燕地？”苻坚道：“先生以五万兵力深入敌国，朕甚为不安。特率十万精兵为继，以求全胜！”王猛道：“五万兵力虽少，但灭燕足矣！臣自长安起兵以来，摧枯拉朽，势如破竹。燕人心志已散，再无力抵抗。邺城覆亡，只在旦夕之间。望陛下勿以战事为念，而置长安于险境！”苻坚道：“我已命卫大将军李威辅佐太子留守长安，阳平公苻融镇守洛阳，可保万无一失。”说完，若有所思地问道：“昔日周亚夫驻军细柳，不迎汉文帝，传为千古佳话。今日先生丢下大军见我，却是何故？”王猛不假思索地答道：“细柳营距长安不过数十里，并非前线要塞，周亚夫若亲迎文帝，本无碍战事。故意不迎，不过是沽名钓誉罢了！为将者，应扬名于沙场，立不世之功。若暗藏私心，拒君王于营外，借以欺世盗名，怎算得真英雄？周亚夫之举，臣深以为耻！”苻坚对王猛的见解颇感新鲜，不禁赞道：“先生高见，令人耳目一新！”王猛送苻坚回营，远远望见慕容垂候在门外。等苻坚走近，慕容垂低眉顺眼地亲手牵了缰绳，赔笑道："陛下如此辛劳，快快回营歇息！"王猛见慕容垂不仅躲过了自己的反间计，还与苻坚越发亲近，心中颇为厌恶。送别苻坚，便连夜返回前线。

次日清晨，苻坚挥师北进，午后与王猛会师于邺城外。城外三军得知皇帝亲征，无不振奋。秦营内外士气高昂，盛况空前。

邺城内却是另一番光景。集市关张，商铺歇业，百姓关门闭户，将士无心恋战，醉生梦死。整座邺城生气消亡，死气浓重，仿佛已化作一口巨棺，装了大燕国将死的残躯，随时准备下葬。但透过重重死气，仍可见暗流涌动。皇宫内外、官府上下，各路人物八方打探、四处串通，各寻活路。正是："君臣好似同林鸟，大难临头各自飞！"

慕容暐与慕容评等一干王族早已备好骏马细软，只待破城后逃往东北。皇甫真等华族重臣对慕容氏心灰意冷，无意生死追随，只是静坐家中，听天由命；其余人物或去或留，或去留难定，却无一个决心抗敌者，更无一个想起"殉节"二字者。

夜色降临，邺城思忠里灯火阑珊，一片死寂。笔直平坦的条条街巷一黑到底，不见一物，仿佛一张空无一子的棋盘。忽有黑影晃动，钻出一座宅院，匆匆而去。穿过一条窄巷，趋至黑黢黢一座大宅前。黑影立在门前轻叩大门。过了片刻，大门缓缓开启。黑影闪入门内，随仆人径直来到后院厅堂外，也不敲门，推门便进。只见厅内灯火通明，七八个坐立不安的公子王孙见了来客，齐聚过来问道："徐蔚大人手眼通天，探到了什么消息？"徐蔚道："我这个散骑侍郎如今与百姓无异，不过听听街谈巷语罢了。都说今日苻坚、王猛会师，明日便要合力攻城！"一人应道："如此说来，当下便要动手。高句丽的国仇家恨，今夜一并清算！"另外几人附和道："扶余国当年惨遭慕容氏蹂躏，如今终能复仇，真是天理昭昭！"原来这几人是高句丽、扶余国、宇文部、段部王族子弟，当年国破家亡，被慕容氏掳为质子，迁至邺城。眼见燕国灭亡在即，便与徐蔚勾结，要向秦军献城。

几个人谋划已定，各自回府领了亲兵，集结一处，由徐蔚统帅，向朱明门杀来。守军早已人心涣散，胡乱抵挡两下便作鸟兽散。徐蔚亲自打开城门，向城外灯火通明的秦营高呼："恭请王师入城！"话音未落，城外已杀声四起。

徐蔚献城之际，慕容暐正蜷缩在龙榻上小憩。只见他上身穿明黄缎金龙纹窄袖短衫，下身配天青缎云纹裤，外罩金丝软甲，足蹬鹿皮靴。为了随时出城逃命，慕容暐已多日昼不更衣，夜不卸甲，更无心修饰容颜，头发颇为凌乱。他魂不守舍，胆战心惊，接连几个昼夜不能入睡，已熬得眼圈黑青，两眼血丝密布。今夜困倦难当，能小憩片刻实属难得。半梦半醒之际，慕容暐忽觉周身舒畅，睁眼一看，自己已逃离邺城是非之地，重归东北安乐国。慕容暐如囚鸟出笼，在草泽中纵马驰骋，引吭高歌。忽然迎面驰来一位似曾相识的老者，厉声怒喝："孽障，还我江山！"慕容暐大怒："你是何人？"老者骂道："我慕容廆一生英豪，怎生出这等豚犬后辈！"说完挥鞭便打。慕容暐慌忙躲闪。慕容廆不依不饶，边打边骂："慕容家三代基业，大燕国万世江山，竟丧在竖子手中！"慕容暐心惊胆战，骤然而醒。只见几个亲随立在榻旁，一边推搡一边喊道："陛下，邺城已破。快快逃命去吧！"

慕容暐一跃而起，奔出寝宫，跨上骏马，在千名禁军护卫下冲出城外，乘着夜色，沿官道一路北逃。出城不久，千名禁军便已散得干干净净，只剩下一二十名亲随。慕容暐只顾低头挥鞭，不管其余。耳边喊杀声渐稀，只余风声鼓荡。官道两边树木渐稀，露出斜挂当空的北斗七星。慕容暐抬眼瞥见，暗想道：逃至北斗之下，便是故乡了。心中似乎多了一分慰藉。哪知奔了许久，北斗非但未近，反而渐渐隐去。原来长夜已尽，慕容暐已从夤夜逃至破晓。

经过一片乱石堆，破锣声、呼哨声震天响起，草莽中忽然飞出一彪人马，马匹高矮肥瘦，参差不齐，衣衫长短不一，颜色各异。为首之人身穿黑衣，额上缠着红巾，手里晃着长刀，吼道："识相的，马上献金；不识相的，马下受死！"

随从喝道："死贼，竟敢打劫皇帝！"

贼头横了刀，哈哈笑道："老子打了一辈子劫，不料今天打着了总瓢把子！平日你做张做势，衣裳角都能扇死人，今天怎么成了这副模样？都是你劫百姓，今日也尝尝挨劫的滋味！来来来，亮青子！"众贼挥刀冲来，随从冒死迎战。

慕容暐单人匹马落荒而走，心中哀叹："真是虎落平阳遭犬欺！"

又奔了半晌，慕容暐人困马乏，越走越慢。眼看来到一条上坡路，马儿竟然喷着响鼻，立在半坡再也不动。慕容暐猛抽几鞭，马蹄却仿佛生根一般。慕容障骂道："孽畜也来欺朕！"忽听身后传来追杀之声。慕容暐惊得肝胆乱颤，丢鞭下马踉踉跄跄地徒步而走。他马不停蹄，夜以继日，早已气力不支。走了几步便腿脚抽筋，气吁吁地跌倒在地。慕容暐跌得灰头土脸，爬起来继续逃命。身后有人高喝："燕贼休走！"追兵已飞马赶来，一个稚气未脱的少年一马当先，正是巨虎。

慕容暐心知难逃此劫，脚下却不停歇。奔了两步又跌倒在地，索性手脚并用，哪里顾得上仪容举止。爬出丈余，被巨虎赶上，一把擒上马背，捆了手脚。慕容暐虽然狼狈，却不忘嘴硬，厉声道："何方小人，竟敢捆缚天子！"巨虎本不知擒的是谁，听他自报家门，才知自己竟已立下奇功。于是慨然答道："我乃梁山巨虎，奉诏擒贼，何来天子！”

金乌东升，暖阳初绽，邺城西郊村头炊烟袅袅，鸡犬相闻。今日初七，正是当地赶集之日。早有农夫商贩携了五谷畜产、五金杂货、丝麻裘褐，来到村头林荫道边。货物都齐齐整整地码在地上，货主却姿态各异，站、立、坐、卧、蹲者应有尽有。乡间消息闭塞，村民虽听过路行旅说过外边的战事，却不甚了了。天下的纷乱，朝代的更迭，似乎都与这些升斗小民毫不相干。“咯咯”一阵鸡叫，一只缚了双腿的公鸡忽然冲上街道。一个白发老翁起身去追，公鸡竟然扑棱棱飞到树上。两个后生挺身相助，一个上树赶鸡，一个在树下接应，终于擒回公鸡。老翁道声谢，将鸡紧紧抱在怀里。众人看着热闹，笑声不绝。

忽听有人高喊：“过兵了！”只见树林后旌旗招展，一队大军浩浩荡荡地迎面而来。

大军转眼已至。村民手忙脚乱，手脚麻利的都卷了货物，躲进树林。手脚慢的待在原地，一边默念神佛保佑，一边侧目偷看。只见这哨人马装束齐整、秩序井然，与平日所见的官兵判若两军。兵卒个个昂首挺胸、目不斜视，偶有扭脸看过来的，也对地上的货物视而不见，只是笑嘻嘻地与村民打招呼。村民都不再恐慌，嘻嘻哈哈地东指西点、左顾右盼，仿佛看戏一般。

忽见白发老翁放下怀里的公鸡，一拍大腿道：“是太原王！太原王回来了。十年前我六十岁，见过太原王一次，就是这般军纪严明、秋毫不犯。今年老汉七十整，竟然又见到太原王，真是死也心甘！”几个农夫也随声附和，指指点点地高呼“太原王”。

苻坚、王猛勒马相视而笑。苻坚朝老翁抱拳道：“老人家，带兵的是秦国王丞相，并非太原王。”

老农耳背，反问道：“什么，这是太原王？”说完连连打拱。

坚、猛伴着哄笑继续赶路。苻坚诗兴大发，脱口吟道：

彤云赤帜会长风，
西来生气贯苍穹。
百姓不知朝代改，
错把王猛当慕容！

王猛道：“窃以为改朝换代之极致，便是百姓不知改朝换代。百姓所需，不过是生计安稳，不受打扰，识不识王猛，又有何分别？”

苻坚连连点头。

到了邺城西北，远远看见金凤、铜雀、冰井三台金光闪耀，犹如仙阁。苻坚叹道："三台筑于汉末建安年间，距今不过一百五十余年，竟已六次易主。这等乱世，必将一去不返！"二人携手登至铜雀台顶，俯望邺城，感慨万千。苻坚意气风发，凭栏临风，吟起曹植《铜雀台赋》中的名句：

休矣美矣！惠泽远扬。翼佐我皇家兮，宁彼四方。同天地之规量兮，齐日月之晖光。永贵尊而无极兮，等年寿于东王。

王猛击掌相和。

忽听卫士来报："已生擒慕容暐，押至台下。"苻坚大喜："押上铜雀台来。"

巨虎押了慕容暐，雄赳赳登上铜雀台。苻坚问了巨虎生擒慕容暐的经过，赞道："小鬼踢金刚，果然年轻有为！立此大功，当擢升为将军。"随后踱至慕容暐面前，厉声问道："既知王师已至，为何还要出逃？"慕容暐垂头抽泣两声，黯然答道："狐死首丘，欲归死于先人坟墓耳！"苻坚听他说得凄凉，立即心软，挥手道："先回宫歇息。午后率百官出宫归降。"慕容暐道声谢，却不动身。苻坚又道："朕追慕圣贤，以仁为本，以礼为质，绝不会无端羞辱降臣。足下尽可安心。归降之礼从简，白马素车即可。"慕容暐这才退下。王猛暗忖道：慕容暐看来吃准了陛下的脾性，"狐死首丘"的陈词滥调，与慕容垂何其相似乃尔，竟也能哄骗陛下。燕国已灭，慕容氏若毫发无损，日后必成大患！

转眼到了午后，苻坚、王猛率众将来到敞开的宫门外。慕容暐早已备好白马素车，装满宫中珍宝，自己与百官身穿白衣，立在门内空庭。见苻坚已至，便躬身出迎，奉上符节印玺，以示归降。整个仪轨既简短，又保全了慕容暐的颜面，与当年孙皓降晋、司马邺降赵、李势降桓温时肉袒面缚、牵羊衔璧的屈辱不可同日而语。慕容暐归降礼毕，燕国百官依序向苻坚、王猛躬身施礼，为首之人仪态从容，不卑不亢，正是华族重臣、侍中兼太尉皇甫真。王猛久闻皇甫真之名，特意多看了他两眼。

燕国君臣走后，苻坚将珠宝散给三军将士，却问王猛："萧何入咸阳，不寻财宝美女，却去相府收尽秦国律令图书。不知燕国律令，却藏在何地？"

王猛道："就藏在宫内，只等陛下来取。"二人并肩进了皇宫。

当年刘邦初入咸阳，被秦宫的奢华香艳冲昏头脑，一头钻进寝宫再不出来，亏得张良、樊哙苦劝硬拽，才将他拉了出来。但苻坚生长在富贵人家，自幼见惯了宫室、珍宝、狗马、美女，因此对邺宫的奢靡富贵并无好奇之心，更无丝毫艳羡。

他们径直来到藏书楼，寻得燕国户籍典册。君臣二人翻开查看，看得瞠目结舌。原来燕国统辖一百五十七郡，共计二百四十六万户，人口九百九十九万，是秦国的两倍有余！苻坚不禁叹道：“燕国无论人口、国力，均远超秦国，竟为秦所灭。燕国与秦国之差别，只是先生一人而已！先生彪炳春秋，朕必要重重封赏。不知先生有何求耶？”王猛答道：“臣正有一事相求。”

“先生请讲。”

“潞川战前，臣向邓羌夸下海口，要替他讨要司隶校尉之职。邓将军不辱使命，舍生忘死。十荡十决，勇如贲育；厥功至伟，堪比王、白。臣不敢食言，特请陛下加封邓将军。”

苻坚听了微微一笑：“先生可有他求？”

“别无他求！”

苻坚赞道：“先生不言邓羌哗变之事，还不忘为他讨封。对自己的封赏却只字不提，真的是一心为公，全无半点私心！”

“邓羌并无哗变之心，只是太重义气、不通世故而已。况且为将者只需赤胆忠心，智勇双全，不必是十全十美的完人。”

苻坚心中暗自叹服：先生的清风峻节，远在众人之上。如此贤臣，古今罕有。我若不为先生备上厚礼，怎能心安！

出了藏书楼，苻坚忽然眼珠一转，拉住王猛的手道：“这皇宫虽然富丽堂皇，却俗气难耐。朕带先生去一个清雅之所！”

二人离了皇宫，沿着棋盘般笔直严整的街巷一路东行，来到豪宅林立的戚里。此地乃燕国贵胄聚居之地，一座座深宅大院争豪斗奢，虽不及皇宫气派，但用料之考究、雕饰之汰侈却不遑多让。在此间寻访清雅，似乎不大容易。转过一条小街，豁然现出一座幽深的大宅，院墙以白石打垒，上砌青砖，全无半点雕饰。墙头露出几竿青竹，数株梧桐。院门以青石为基，上以白松木为梁，顶覆竹瓦，与周围描金画银的门楼相比，颇有超凡脱俗、卓尔不群之态。王猛不禁问道：“好清雅的宅院！不知是何人的居所？”

“这便是慕容家的第一贤人、故太原王慕容玄恭的旧居。不过已有了新主人。”

“谁为新主人？”

“除了先生，还能有谁？先生百战百胜，为秦国立下盖世之功，朕欲将此宅，连同慕容评的宅子一并赐予先生。”说完不容王猛推辞，扬鞭疾驰而去。

王猛立在门前苦笑一声，正要打马离去，忽见一人宽袍大袖，手擎邛竹杖，飘飘洒洒独行而来。王猛勒住马，暗赞道：此人仪态不凡，有孔子浴沂、屈子行吟之遗韵，必是燕国名士。那人走近，却是皇甫真。皇甫真也认出王猛，远远地躬身施礼，随后恭恭敬敬地低头而去。王猛等皇甫真走远，才挥鞭而去。

翌日清早，王猛正在批阅文书，忽有太监传来圣旨。

“王卿功勋盖世、彪炳史册。特以王卿为使持节、都督关东六州诸军事、车骑大将军、开府仪同三司、冀州牧，镇守邺城，封清河郡侯。赐以伪太宰慕容恪、太傅慕容评之府第，加美妾五人、上女妓十人、中女妓三十八人。”

王猛坚辞不受，请太监回去复命。过了片刻，苻坚又传旨道：“魏绛和戎，犹有金石丝竹之赏；山甫翼周，实受四牡之锡。王卿功超二子，任过管、葛，其敬受之，无逆朕命！”王猛回书道：“燕地初定，冀州盗贼蜂起、地方不宁。臣愿领陛下之任命，铲除奸恶，以靖地方。至于宅第之封，美色之赏，则未敢受也。”苻坚素知王猛为人，只得恩准。

燕国冀州州治在信都，因此邺城并无现成衙署可用。王猛从选定衙址，到任命官吏，再到拟定制度，无不躬亲。王猛在衙署院内选了一间偏房下榻，胡乱吃了几口干粮，便领了两个随从出衙巡视。

此时红霞满天，将邺城映衬得流光溢彩，宛如仙境。两个随从不时仰头高望，啧啧赞叹。一人望着空空荡荡的街巷，忽然赞道：“邺城人果然守法知礼，太阳还未落山，街上已空无一人。”王猛道：“这是邺城人怕遇匪盗。天色尚早，便已闭门不出。地方不宁，我辈任重道远！”话音刚落，只见街上迎面走来一人，长袍竹杖，飘然若仙，正是皇甫真。王猛正要搭话，皇甫真招手道：“夜色将至，为何还不歇息？”王猛答道：“地方未靖，特来巡视。”皇甫真赞道：“卿一心为公，令人敬佩。”

原来古时好友之间为示亲昵，常呼以“卿”字，与今人所用“兄弟”相仿。

王猛诧异问道：“皇甫公昨日见我，躬身遥拜。今日重逢，便呼我为卿。为何如此前恭后倨？”皇甫真捻须笑道：“卿昨日是贼，今日却是国士。我见贼不得不拜，见了国士，自然要以‘卿’相称。”二人相视大笑。

第三十六章
混一北国

冬至临近，东北的白昼越发短促。刚至未时，天色便已昏暗。慕容评望了望孤悬西天的惨白暗日，只恨手中少了把鲁阳之戈，不能留住时光。接连逃亡十余日，慕容评以前油光水滑的面庞已皴裂，生满冻疮。冰碴混着血痂，先是刺痛，后是刺痒，最后麻木得全无感觉。

一路北逃，慕容评先奔至冀州治所信都，却见城头遍插秦国旗号，才知信都已被邓羌攻破。忽闻慕容桓已至辽东，便欲赶去会合。未到辽东，又风闻鲜卑旧部均已降秦，慕容桓已被郭庆所杀。慕容评无处容身，只得继续北窜。

天色已晚，寒风渐紧，慕容评裹紧狐皮裘，指着前头的萧索荒丘道："在此处歇息吧。"说完来到黄骠马跟前，拍了拍鼓鼓囊囊的牛皮马鞍。鞍子轻轻晃动，发出金锭撞击的钝响。慕容评叹了口气，想起自己金玉如山、奴仆无边的旧时岁月一去不返，如今不离不弃的，唯有马鞍里的千两黄金，以及身边的七八个老仆而已。忽觉人生如梦。

慕容评派人出去打探消息，自己坐在土丘上啃起干粮。四周林木稀少，唯有半人多高的无边衰草在风中上下起伏，虽然凄凉，却似曾相识。他苦思冥想，终于恍然大悟：慕容部迁居辽西之前，祖祖辈辈钻在鲜卑山的无边草泽里放牧为生。如今逃归草泽，不过是回归祖宗旧俗罢了。想到此处，亡国之恨，离黍之悲瞬间消散，心中顿时舒坦了几分。

红日西坠，探子忽然回报："此处人烟稀少，属高句丽地界。"

此时慕容评已钻进暖和的毛毡帐篷。"嗯"了一声，便鼾声大作。众人困乏难耐，也纷纷睡下。

暮色笼罩四野，衰草随风起伏，土丘四周鼾声渐起。一老兵缩着脖子来回巡视，忽见草丛中钻出一条貂裘大汉，引了一哨兵卒，悄无声息地包抄过来。老兵敲锣大呼："太傅快走！"慕容评仓皇钻出毡帐，见自己的坐骑早被人抢去，只剩身驮黄金的黄骠马。慕容评没奈何，上马便逃。貂裘大汉引了一哨骑兵紧追而去。

逃出半里，慕容评渐渐落后。随从劝道："生死攸关，太傅再不将鞍子里的玩意儿扔了，必被追上！"慕容评哪里听得进去，骂了句："放屁！"随从便不再理他，自顾自地扬鞭而去。身后的追杀声越来越近，他仍不舍得抛弃负重。追兵转眼已到，将手无寸铁的慕容评围在垓心。貂裘大汉高声道："慕容评，别来无恙？"

慕容评喝问："你是何人？"

大汉挥挥手。一小校举着火把走至近前。慕容评就着火光细看，却不认得。大汉笑道："发了大财便忘了故人。来到高句丽，竟然不拜本王！"

"原来是高钊！当年若非大燕手下留情，高句丽早已亡国，你高钊焉有今日？如今慕容有难，高句丽将何以报还？"

"高句丽与燕国虽然交战多年，毕竟是唇齿相依的近邻。你如今有难，我岂能坐视不管？不过——"

慕容评插口骂道："休想趁火打劫！"

高钊笑道："你倒嘴快。谁不知慕容太傅富甲天下。何不破财消灾，买个平安？"

慕容评立即晃起脑袋，摆手道："国破家亡，我早已身无分文，哪里有钱给你？"

"太傅富甲天下，吝啬也天下无双。日暮途穷，宁死也不破费锱铢。本王佩服之至！"

慕容评脖子一横："无钱便是无钱，何须骗你？"

话音未落，几个大汉已将慕容评拽下马。高钊下马掏出匕首，在马鞍上用力一划。慕容评不禁咬紧牙关，仿佛这一刀划在自己身上一般。马鞍开裂，一大堆金锭扑簌簌滚落在地，堆了足足一尺高。慕容评扑上去，揽在怀里不肯撒手。高钊笑问："带了如此重物，还如何逃命？为何不扔掉？"

慕容评将一堆金子紧紧拢在怀里，厉声道："我宁肯富贵死，不愿贫贱生！"高钊转身向众人道："要钱不要命，说的便是这路货色！"高钊成心戏耍慕容评，看尽他的丑态，开始尚觉可笑，此时忽觉可憎。一脚将他踢倒在地，喝道："将此人与黄金一同弄走！"

慕容评眉心肉瘊颤抖，惊问："要，要将我押往何方？"

"自然是送给秦王苻坚。我岂能为了一个守财奴而得罪天下的新霸主？"高钊说完大笑而去。

数日后，慕容评顶着一路唾骂，被高句丽使者押回邺城。自此，燕国境内残敌尽除，鲜卑余烬尽灭。苻坚派高弼找来散落于燕地的慕容柔、慕容麟、慕容熙三人，令他们与慕容垂相见。父子四人失散经年，终于团聚，不禁相对恸哭。苻坚又派人清整慕容垂的旧宅，命他父子四人回去居住。慕容垂虽不情愿，却不敢不从。他此次赴邺，不过是迫于苻坚的命令，并非出于本心。自去年弃国投敌以来，他卧薪尝胆，一心雪耻。如今终于助秦灭燕，报了私仇，出了郁积胸中多年的恶气，却也坐实了卖主通敌的罪名，成了不折不扣的家国罪人。重归燕地，慕容垂心中并无丝毫得意，反倒深感惶恐愧疚。今日重返故宅，见园中诸物如旧，但细细看去，却无一件是当年旧样。这大概是故国已亡，心境不同之故吧。

惆怅之际，高弼忽然传来苻坚口谕："陛下欲在宫中召见燕国公卿故吏，请明公立即入宫陪侍。"

慕容垂匆匆赶至大殿，只见苻坚与王猛、邓羌等文武大臣居高临下地站在殿首，慕容暐、慕容评率领一班燕国旧臣，弓腰缩首地立在阶下。慕容垂一眼望见两个仇人，昔日的屈辱痛楚忽地涌上心头，顿时两眼冒火，只想冲过去猛扇几记耳光。高弼一把将他拉住。慕容垂强忍怒火，恶狠狠地瞪上几眼，铁青着脸立在苻坚身后。

只听苻坚朗声道："昔周人灭殷，迁遗民于周原、洛邑，擢用殷之贤士。今朕举义师而据燕土，亦效法前贤，怀柔旧燕遗民。迁鲜卑于关中，以实京畿，迎燕士于庙堂，以利国家。特封慕容暐为新兴侯，署任尚书；慕容评为给事中，常侍皇帝左右。"话音未落，殿前、阶下一片哗然，连慕容暐、慕容评二人都眼珠翻动，不敢相信自己的耳朵。

王猛立即奏道："陛下仁德无量，古今无匹，但宽待降臣，不宜逾越旧制。请依晋朝封刘禅、孙皓故事。"昔日晋灭蜀、吴，册封刘禅、孙皓两位废帝为安乐公、归命侯，不授半分实权。这也是历朝历代对待亡国之君的惯例。但苻坚却欲授慕容暐、慕容评以尚书、给事中的要职，显然不合常理。众臣见王猛说得有理，纷纷附和。

慕容垂也满腔激愤。但他的激愤并非出于公理，而是发自私心：我被慕容评害得家破人亡，远走敌国，如今故国灭于敌手，慕容评却毫发无损，教我如何咽下这口恶气！见王猛引出话头，便趁机奏道："臣之叔父慕容评是燕国恶来之辈，祸患之由，已致燕国灭亡，岂能再来祸害本朝？愿陛下为燕戮之！"

苻坚听了微笑道："道明息怒。朕自会处置。"说完踱至慕容评身边，叹气道："朕有心用你，怎奈群议汹汹。看来太傅口碑不佳，不宜留在庙堂。何不去范阳做个太守，远离朝堂悠悠之口，图个清静快活？"慕容评羞愧难当，低头观地，不敢作声。

苻坚又转身看了眼慕容暐，本想应朝臣之意，也给他迁个低微之职。瞧见他缩头缩脑，大气不敢出的可怜样，立时生出恻隐之心。沉吟良久，缓缓说道："景茂虽失位亡国，但并无大过，授以尚书之职，并无不妥。朕意已决，众卿不必再议。"说完离殿而去。群臣七嘴八舌，围着王猛问计，王猛知道苻坚又犯了妇人之仁的老毛病，犟脾气也一同发作，心中焦急万分，嘴上却轻描淡写："诸君少安毋躁，我自会劝说陛下！"群臣这才散去。

慕容垂回到旧宅，心绪仍未平复，在海棠树下长吁短叹地来回踱步。抬头望见一段树皮浑圆光滑，上面生了三块鼻眼般的疤痕，竟有几分肖似慕容评的嘴脸。慕容垂禁不住怒火上窜，一记老拳狠狠打去，将海棠树打得枝条乱颤。忽见高弼从树后闪出，格开慕容垂的手臂道："大王以万金之躯，不谋社稷大事，为何动草木之怒？"慕容垂听出弦外有音，慌忙将他引入密室，嘻嘻笑道："高郎中此时来访，必有要事。"高弼笑道："草木无情，我见你挥举便打，替它抱不平。"

"呵呵，高郎中何时成了怜花惜草的真君子？"

"我只是个怜花惜草的伪君子。若说真君子，天下只有一个。"高弼边说边向西边一指。慕容垂知道他说的是苻坚，会意地点点头。

"可惜大王却辜负了君子美意！"

慕容垂听出一丝棱缝，却不甚明了："我劝陛下杀了慕容评，有何不妥？"

高弼冷笑道："大王以天潢贵胄之身，负命世之才，难道甘心寄人篱下？如今燕国已亡，先帝基业尽丧，而大王之基业，却是鸿渐之始，龙变之初。苻坚以妇人之仁大封燕国贵胄，慕容暐、慕容评之辈尽得高官，虽不合大王意气，却在暗助大王成事。大王若能捐弃前嫌，收买鲜卑故旧，笼络贵胄子嗣，不费一兵一卒，便可拿下秦国半壁江山。一旦天下有变，大王登高一呼，自能囊括九州。岂能因小小私怨而误了大事！"慕容垂听了高弼点拨，如醍醐灌顶，呆立良久，猛地躬身作揖道："高公之言拨云见日，于我有再造之恩。请受我一拜！"

转眼冬去春来，旧燕地境日益宁和，冀州更在王猛的治理下恢复生机。苻坚赐封三军将士，封邓羌为使持节、征虏将军、安定太守，赐爵真定郡侯；郭庆为持节、都督幽州诸军事、幽州刺史，镇蓟，赐爵襄城侯。其余将领也论功行赏，无一遗漏。苻坚还特意向邓羌下诏道："司隶校尉董牧皇畿，吏责甚重，非所以优礼名将。光武不以吏事处功臣，实贵之也。羌有廉颇、李牧之才，朕方委以征伐之事，北平匈奴，南荡扬、越，羌之任也，司隶何足以婴之！其进号镇军将军，位特进。”

又不忘当年徐统的知遇之恩，下诏曰：“士死知己，犹来格模。故乔公一言，魏祖追恸。赵司隶高平徐统往在邺都，识朕于童稚，每思其殷勤之言，弗敢忘也。可召其子孙诣行所在。”官员四处寻查，找到徐统之子徐攀。苻坚授以琅琊太守之职。

随后，苻坚率文武众臣重归枋头故乡。项羽曾说过：“富贵不归故乡，如衣锦夜行，谁知之者。”苻坚还乡，虽富贵远逾项羽，却无意炫耀功业，只是重游故地，宴请耆老，以慰故土、故人之思。酒筵齐备，苻坚见座中故人俱已老去，再不是记忆中的模样，不禁悲从中来。一位鸡皮鹤发的老叟颤巍巍地举起手，张开牙齿尽落的嘴巴，含糊不清地说：“陛下虽然当了天子，但模样没变，还是小时旧样。身量、气度，倒是与蒲洪老爷越发相像了。”一老妇道：“陛下不忘故人，设御筵款待。老身死也值得！”苻坚想到与祖父、父亲三代同堂的儿时岁月一去不返，即便得了天下也无法追回，不禁生出庄子“白驹过隙”之叹，两行热泪潸然垂落。老叟见苻坚落泪，责怪老妇道：“老太婆笨嘴拙舌，怎把陛下说哭了？”

苻坚以袖拭泪，敛容道：“朕动了真情，所以才哭。朕生于枋头，长于枋头，身上血肉，皆赖枋头水土滋养。愿枋头永世昌盛，特改其名为永昌县。”诸老齐声称赞。

饮罢散席，苻坚问王猛道：“为何不见先生荣归魏郡故里？”

“臣性情太直，善恶过于分明。前日赏了几个旧日恩人，惩治了几个旧时奸徒，岂料引来非议，说臣一饭之恩，睚眦之仇必报。臣深感愧疚。臣既受陛下与国人重托，应以国为乡，舍弃桑梓之念。”

苻坚唏嘘不已。又赞道：“先生亲手攻下冀州，又亲手治理冀州。我不费吹灰之力便得了天下之半，何其幸也！”

“陛下过奖了。冀州看似太平，但仍有隐患，不可小觑。”

“何等隐患？”

“袁瑾叛晋降秦，据守寿春，为晋军所围。张蚝、王鉴驰援寿春，遭遇小败。臣已令张蚝屯兵慎城，严防晋军北进。”

苻坚笑道：“听说先生灭燕后，桓温已绝口不提‘北伐’二字，慎城敌情，必无大碍。不过，能击败张蚝者，必非寻常人物，不知是何方神圣？”

“尚不得而知。眼下冀州初定，臣欲南下视敌，探听虚实。”

苻坚双眸射电，拊掌道：“朕随先生同去！”

“零星之敌，何须陛下亲往？”

苻坚笑道："燕国已亡，天下堪为秦国大敌者唯晋而已。伐晋大计，宜早作准备。知己知彼，方能百战不殆。适逢大敌犯边，朕若不躬亲察看，又怎能知彼？"

王猛敌不过苻坚的倔脾气，只得应允。二人立即整装上马，唤来邓羌做伴，引了一千轻骑径直南下。沿途景物变换，恰如一幅山水长卷，卷首的冀州冬意正浓，墨笔草草；卷尾的寿春却春光一片，五彩斑斓。苻坚初涉淮右，见此美景，怦然心动，朗声赞道："未至淮河，已有如此美景，不知大江之南，又是何等仙境？"王猛早听出苻坚言外之意，却假作不知。

白日渐渐西斜，灼灼阳光由白转黄，又由黄转红。青绿的大地仿佛罩染了一层赭，奇幻之余，又古意斑驳。忽见波光粼粼，金辉跃动，一条大河横亘于前。苻坚问："此淮河耶？"

"此乃颍水，为淮河第一大支脉。"

苻坚眼前一亮："许由洗耳、巢父饮牛、霸王自刎的典故，皆与此水有关。久闻大名，今日才有缘相见！"说完一声呼哨，甩个鞭花，向河畔疾驰而去。王猛、邓羌相视而笑，催马紧追。

来到河畔，苻坚将马牵在一边饮水。望着波光粼粼的河面，忽问王猛道："此水可达江南否？"

"颍水南下入淮，经夫差所凿邗沟，便与长江通连。"

苻坚面露喜色，沉吟片刻，忽然俯身掬水，慨然吟道：

盈盈掬中水，粼粼映日夕。
远志八千里，虚怀纳涓滴。
朝濯隐逸耳，暮洗龙驹蹄。
昨洒英雄泪，今沾猛士衣。
叱咤乌江渡，磅礴牛渚矶。
慷慨东南去，浑然四海一。

他吟完双手高挥，掬中之水散作金光万点，洒落河中。邓羌拍手赞道："壮哉，陛下之诗明写颍水，却暗藏囊括东南、吞吐四海之志！"

苻坚捻须而笑。王猛依旧一言不发。

红日西沉，河面忽然生起薄雾。只见一道轻纱般的白气横贯水面，缓缓平移。两岸的蒹葭堤柳、竹林茅舍与白气交错掩映，时隐时现，恰似画轴舒卷开阖。苻坚看得目不暇接。

水面忽然传来琴箫之声，与河中激扬之波，河上缥缈之雾穿插交错，越发显得品调不俗。苻坚颇通音律，早已听遍天下雅乐、清商、宴乐，却从未听过如此清幽高妙之曲。他立即侧耳敛容，循声而去。王猛、邓羌也凝神忘怀，蹑足而随。乐声越发清晰响亮，吹奏者似已近在咫尺，却被蒙蒙雾气遮蔽，不知身在何处。

三人沿岸而走，只听弹琴之人伴着乐声，用略带鼻音的低沉嗓音唱道：

醇醪陶丹府，兀若游羲唐。
万殊混一理，安复觉彭殇。

歌声深沉醇厚，极富韵味。三人继续前行，忽见白雾中闪出一座石桥，一半横在河面，一半隐在雾里，乐声正从对岸绵延不绝地传来。拾级登桥，走了七八丈，却见桥梁拦腰断于河中，余下的半截依稀隐在雾里。乐声愈发听得真切。白雾续断之际，猛见对面残桥显现，露出两个男子身影。一人着青衣，抚琴而坐，一人穿白衣，按箫而立，俱生得英爽俊逸，飘然若仙。二男子看到对面三人，却不动声色，继续吹奏。顷刻间，白雾又起，二人身影不见，唯有乐声依旧。

一曲奏罢，桥头寂静无声。王猛从吟唱、箫声中已听出几分眉目，又忆起坊间传言，东汉蔡邕手制柯亭箫管近日已重现于江南，心中越发豁然。于是拊掌三声，朗声赞道："洛下之咏，回霄垂雾；柯亭竹音，响遏行云！一日而闻此二绝，何其幸也！又闻《梅花三弄》号称天籁，不知能否得闻？"苻坚听了暗暗点头，邓羌却如坠云雾。

话音未落，琴箫声已袅袅而至。此曲为黄钟之调，柔美中不失典雅，肃杀中暗藏雄浑。高亢处激昂清越，低沉处忧郁深邃，有一唱三叹、夺魂摄魄之美。苻坚、王猛听得如醉如痴，就连邓羌也听得入神。不知不觉间，三弄已毕，箫声琴韵戛然而止。

苻坚也已猜出二人身份，击节赞道："二位雅意非凡，却偏居东南一隅，殊为可惜。好在南北之隔，断桥之阻，焉能长久？他日再会，必邀重归中原，共奏华夏正音！"此话看似平和，却暗藏霸气。

对岸传来低沉浑厚的江南口音，缓缓应道："以音律论之，二位堪称知音；以家国论之，却是仇雠。他日再会，福祸难料。愿君自重，毋忘当年曹孟德之败！"

这答语同样不卑不亢，柔中带刚。苻坚听得神色肃然。须臾，对岸足音响起，不疾不徐地离了断桥，渐渐远去。

苻坚出神地望着薄雾中若隐若现的对岸，叹道：“风雅磊落，旷达超然。魏晋风骨、名士风流，果然失传于北国，仅存于江南！”

邓羌见三人语含机锋，分明都已识出对方身份。唯有自己不明就里，除看出二人是南人之外，竟一无所知，于是问道：“这两个南蛮子究竟是何人？”

“弹琴啸歌者是江东第一名士谢安；吹箫者是精于音律，号称江左第一的名将桓伊！”苻坚一脸憧憬地答道。

自邂逅谢安、桓伊以来，苻坚便有些魂不守舍。次日抵达慎城，探视守城将士，又登城巡查防御工事，目光时时向东南偏斜。王猛看在眼里，却不说破。在慎城稍作盘桓，苻坚便与王、邓引军北还。一路沉默不语，直到出了寿春地界，才开口道：“朕有一事不明，要请教二位。”

“陛下有何疑虑？”邓羌问道。

苻坚恋恋不舍地望了一眼渐渐远去的颍水，仿佛作别老友一般。深吸一口气，两眼射出电光，幽幽问道：“北方已定，不知朕何日方能伐晋？”

邓羌听了一怔。王猛早料到苻坚会发此问，肚里已拟好应对之辞。

“若要混一四海，必先混一四夷。羌与鲜卑收服未久，仍怀异志，须恩威并施，使其归入礼乐王化。待四夷皆成华夏，天下人皆以秦为华夏正朔之时，便是伐晋之日。”

苻坚点头赞道：“朕深知伐晋非一朝一夕之功。既然先生早有谋划，按部就班，必能水到渠成！”

原来王猛唯恐苻坚急功近利，初定北方便思南征，重铸当年慕容儁的大错。因此早早想好规劝之辞，只等苻坚发问，便全盘托出。好在苻坚一点就透，从善如流，王猛这才释然。

回到邺城，苻坚召集燕国俘虏，浩浩荡荡班师长安。王猛留守邺城，继续拨乱反正。

第三十七章

桓温之死

却说苻坚离开慎城不久，桓温亲自率军增援桓伊，终于攻破寿春，斩了袁瑾。自此，豫州之地尽入桓温囊中。

登上寿春城楼，遥望东南建康方向，桓温眼中忽然紫光闪烁。郗超心中一动，大步上前，与桓温并肩而立。只听桓温长叹一声，压低嗓音问道："郗胡子，今日寿春大捷能否一雪枋头之耻？"

郗超听了此问，怅然若失。他追随桓温二十余年，以为自己附了骥尾，必能因人成事，博取一世功名。岂料桓温优柔寡断，虽已占尽京畿以外诸州，掌控天下兵马，却仍碍于虚名，坐等司马氏拱手让出帝号。眼看桓温熬成了须发斑白的迟暮老者，自己也变成了一脸褶皱的中年人，梦想的那一日仍迟迟不来。郗超不能明白，曾哀叹"木犹如此，人何以堪""不能流芳百世，亦当遗臭万年"的桓大司马，怎能有如此耐心？

郗超脑中飞快地梳理思绪，口里冷笑道："寿春之捷只是小胜，怎能与枋头之败相提并论？"桓温眼中的紫光立即黯淡下去，凝眉而叹道："如此说来，寿春之捷仍不足以进受九锡。这却如何是好？"

郗超终于按捺不住，掀髯喝道："明公功盖天下，自可为所欲为，又何必拘泥于陈俗旧礼？时不我待，不如先效伊尹、霍光故事，废立皇帝，再依曹孟德旧例，执掌天命。试看江东谁敢说个不字！"

桓温收颔低首，两眼仍然凝望东南。随后，头颅似受目光牵引，轻轻向上抬至原处。这一动作迟缓凝重，极难觉察。郗超却一眼看出，这分明是一个隐晦的点头动作，自己苦劝桓温二十年，等的便是此刻！于是强压心中狂喜，目不转睛地盯着桓温的双眼，等待紫光再现。

哪知这双眼忽然混浊散乱，神采全无。郗超心里火烧火燎，却不敢追问。只见桓温仰天打了个哈欠，掩口道："老夫力倦神疲，景兴扶我歇息去吧。"郗超一肚皮不忿，搀着桓温回到卧室，上了卧榻。却见桓温双眼圆睁，紫光四射，将郗超惊得一颤。

“景兴有何妙计，速速道来！”桓温起身正坐，厉声问道。

郗超嘻嘻笑道：“司马奕循规蹈矩，从未留下丝毫把柄，我也无计可施。”

“你必已想出计策，为何卖起了关子？”

郗超将脸皮凑至桓温面前，四目相视，异光闪动。郗超捋了捋日渐斑白的胡须，笑道：“自古床第之私，最易流传，又最难考证。何不如此编排一番？”说完低头耳语几句。

桓温捻须笑道：“此计甚妙，只是过于阴损。百年之后，你我恐怕难逃后人唾骂！”

“莫留今日憾，莫思后人嫌。不能芳百世，何惧臭万年！”

郗超两眼向天，吟诗作答。二人相顾大笑。

翌日清晨，红日刚刚爬上屋檐，秦淮河南岸的长干里已香气四溢，人影穿梭。食摊酒肆次第开张，各色粥饭、茶酒、点心、海鲜、江鲜、杂素琳琅满目，争奇斗艳。河边的游廊里挤满饱嗝闲汉，脖子伸得鸭颈倒比鹅颈长，聚精会神地围着坐在正中的胖汉。只见那胖汉捻起一根竹签，从茶几上的青瓷盘里扎起一块桂花盐水鸭，嚼了两口仰脖咽下，抿嘴笑道：“自盘古开辟以来，天下最荒唐淫乱之地不外两处，一是青楼，另一处便是皇宫。单说这建康皇宫里，近日便传出一件骇人听闻、空前绝后的丑事，不知诸位可有耳闻？”众人听得心痒难搔，一发催促道：“何等丑事？快快道来！”

胖汉抹嘴笑道：“小可浑家的一位远亲，在宫里当了半辈子御医，前日告老还乡，安度余生。昨日小可请他喝酒，想讨几个宫中秘方，无意中却听到一件天大的秘密！”众人被吊起胃口，无不瞪大双眼，等着胖汉的下文。

胖汉却忽然打住，抓起茶盏，滋溜喝了一口。轻轻放下茶盏，这才压低声音道：“当今天子虽然富于春秋，却有难言之隐！”

“何等难言之隐？”众人齐问。

“虽为真龙之身，却是榻上软虫。原来陛下天生患有痿疾！”

满廊哗然。

一听客忽问道：“既然如此，陛下为何还生了三个皇子？”

“问得好！”胖汉诡秘地眨眨眼。“诸位难道没听过‘鸠占鹊巢’的俗语？这三个儿子，皆非陛下亲生！而是——”

说完咽口唾沫，活生生将后面的话吞了回去。众人正听到紧要处，急问：“怎不说耶？”胖汉忽然端起架子，仰脸笑道：“用这盘桂花鸭赚出我许多话，还不知足？想听下文，快买酒去！”

俗语道："好事不出门，坏事传千里。"一日之内，这所谓的皇宫秘闻已传遍京师。就连建康宫的高墙深闱，也被这无孔不入的流言搅得人心惶惶。

崇德太后褚蒜子听到贴身侍女委婉的转述，微微一笑道："无风不起浪。流言先至，必有贵人随后跟来。"说完望着窗外，轻声叹了口气。褚蒜子是晋朝名臣褚裒之女，曾以倾国之容名动江左。十九岁被册立为皇后，二十一岁守寡，以皇太后之名垂帘听政，开始漫长的摄政生涯。自南渡以来，晋朝帝祚衰微，连个稍稍长命的皇帝都难得一见。三十年间，康帝、穆帝、哀帝接连驾崩，无一活过二十五岁。全赖褚太后摄政，为司马氏苦撑局面。褚太后已年近五旬，虽不复倾国之貌，却依然清丽婉约，优雅不俗。只见她飘然来到案边，用白瓷砚滴往砚池里洒了三五滴清水，捻起墨锭在水痕上左右划圈，轻轻研出小半池浓墨。

忽听窗外脚步纷乱，人声嘈杂，褚太后默念道："果然来了！"眉心反倒更加舒展。来到博山炉边，用铁钳掀开青铜炉盖，往炉里添了一饼苏合香。紫烟氤氲，香气弥漫全室。褚太后收拾停当，安然立在窗前出神。

房门砰然而开，一女官快步入内，颤声急禀道："门外忽来急奏。"

褚太后飘然来到门前。只见郗超引了一排铁甲雄兵，杀气腾腾地在庭前摆开阵列。郗超瞥见褚太后，拱手施礼，冷笑道："桓大人有要事禀奏。请太后火速批奏。"说完上前一步，递上奏章。褚太后微笑问道："桓大人现在何处？"

"正在寝宫门外等候。"

褚太后优雅地倚门而立，轻展奏章默念道：'近闻陛下夙有痿疾，嬖人相龙、计好、朱灵宝等参侍内寝，与二美人田氏、孟氏生下三男。浑浊溃乱，大违礼度。膝下三孽，莫知谁子。人伦道丧，丑声遐布。既不可奉守社稷，敬承宗庙；昏孽并大，便欲建树储蕃。诬罔祖宗，颂移皇基，是而可忍，孰不可怀！请太后速行伊、霍之举，以安天下民心！"

褚太后自语道："果不出我所料！"于是回到案边，提笔蘸墨，在奏词下写了一行清新秀丽的小楷，命侍从递给郗超。郗超展开瞄了一眼，道声谢，引兵退下。

郗超踌躇满志地出了寝宫，远远望见桓温一身戎装，在数百甲兵的簇拥下，身影委顿、脚下疲软地来回踱步。郗超不禁皱起眉头，暗恨道：主公如此怯懦，怎干得了大买卖！

桓温抬眼望见郗超，止了脚步，弓背叉腰地立在原地，两腿忽然有些战栗。他在寝宫门外守了片刻，却仿佛苦熬了数年，心中忧怖交织、乍冰乍火，不知不觉间，竟已大汗淋漓。等郗超走到近前，桓温望见他手中的奏章，却不敢接来亲阅。清了清嗓子，强作镇定地问道：“太后如何回复？”

郗超念道：“未亡人罹此百忧，感念存没，心焉如割。”

桓温问：“念完否？”见郗超点头，这才舒了口气。接过奏章又看了一遍，终于安心。于是抹了把额头，引军出宫。

翌日，褚太后召集百官上朝。百官知道今日必无好事，各个枯立朝堂，愁容满面。唯有谢安面色如旧，不减往日从容。褚太后隔着珠帘看到百官仪态，心中凉了半截，直至看到谢安，才又振作精神。于是鼓足勇气，展开诏书念道：“天子所以永保社稷者，必以仁德为本。今上失德，甚绝民望，难承天命。当废为东海王，以谢天下。今便逊于别宫，归帝位于贤者。宣布天下，以时施行。”

百官听完诏书，内心悸动，胸中如有野兔蹿蹦，只搅得胆战心寒。忽见一列铁甲武士闯入大殿，将百官团团围住。为首小校喝道：“桓大人请百官在大司马门议事。请立即出宫！”众武士齐齐拔剑，露出道道寒光。百官越发惊怖，各个浑身战栗，手足无措，只是侧目偷望谢安。却见谢安镇定自若地出列道：“既然如此，岂能让桓大人久等？”众武士也还剑入鞘，让出一条生路。谢安整理衣冠，迈着方步拾级而下。百官略松口气，纷纷追随而去。

侍中王坦之悄悄跟上谢安，低声问：“老贼莫非今日便要篡位？”谢安笑而不答，却举手指天道：“今日天气和暖，冬日犹有中秋意趣。”王坦之听了如坠云雾。

出了大司马门，只见桓温一身戎装，引了数百甲兵远远迎来。谢安遥向桓温揖拜，百官也依样画葫芦。桓温扶起谢安，尴尬地转了转脖颈，皮笑肉不笑地问：“安石何至于此？”谢安不慌不忙地答道：“桓公号令如山，谢安与百官诚惶诚恐。”

桓温本来心怀鬼胎，听了谢安的答话，只觉字字夹枪，句句带棒，心中越发慌乱。目光忽然有些散乱，虬髯微颤两下，干咳道：“会稽王聪明仁惠，深孚人望，可迎入朝中以安天下。安石可有异议？”谢安原本不知桓温底细，听了此话，心中稍稍释然，暗自拿定主意：桓温若今日便要逼宫篡位，我等唯有一死；他既然心怀顾虑，不敢贸然行事，我便随机应变，周旋到底！于是恭恭敬敬地答道：“桓公深明大义，堪为今日伊、霍。”桓温也松了口气，呵呵笑道：“既然如此，请同往会稽王邸，迎新君入朝。”

一行人浩浩荡荡来到会稽王府。此时司马昱正危坐书房，抱着手炉诵读《庄子》。桓温率众臣立在庭外等候，几个武士径入书房喝道：“大司马请会稽王火速入宫登基！”说完，架起司马昱双臂，向外便拖。司马昱惊慌失措，脚下被一物撞得生疼，低头看去，正是当年与刘、王密谈时所用的茶桌。桌面上似乎还沾着茶水写出的“桓温”二字，“桓温可居人上而不可居人下”的预言也似乎还在耳边回响。

来到庭外，司马昱半是惊恐、半是寒冷，浑身战栗不止。桓温慌忙迎上去，欲解释废立之由。哪知司马昱见了桓温，立即涕泪横流。桓温见此阵势，反而惊得变了脸色，肚子里拟好的说辞也忘得一干二净，其惶恐尴尬之色与司马昱的涕泪哭声相得益彰，颇有难兄难弟之妙。司马昱终于忍住哭声，裹紧单衣，脸色惨白地登上乘舆。车仗经过御街，忽见一群武士拥着一辆破牛车迎面而来，车上一人身着素绢薄袍，伏在寒风中瑟瑟发抖。司马昱惊得头皮发紧，“陛下”二字已蹦到喉头，又活生生吞了回去。隔着纱帘，司马昱目送昨日之天子，今日之东海王渐渐远去，心中忽然无比羡慕。

废立初定，桓温又大肆清除异己，接连诛杀武陵王司马晞、新蔡王司马晃，以及殷浩之子殷涓。颍川庾氏近年人才济济，庾希、庾倩、庾柔等六昆仲个个身居高位，手握实权。桓温颇为忌惮，便罗织谋反之名，将六人系数捕杀。又提拔郗超为中书侍郎，统御朝臣。桓温权盛无二，威震天下。谢安身为昨日百官首领，见了桓温，竟以君臣之礼相称。百官见了桓温，更是避犹不及。

朝廷被桓温、郗超权势震慑，人人自危。全赖谢安上下奔走，苦苦周旋。

这日谢安邀王坦之同去郗超府上议事。来到大门外，向长随通报道：“谢安与王坦之登门拜访，有要事商议。”长随懒洋洋地答道：“大人今日俗客极多，能排到长江边上。请二位耐心等候。”谢安笑道：“无妨。”便引了王坦之立在墙边。左等右等，等至红日西斜，也不见郗超传唤。王坦之按捺不住，愤然道：“你我是何等人物，怎能受此刁难！”谢安却慢条斯理地答道：“阁下就不能为性命着想，再稍稍忍耐片刻？”等到天黑，终于等来传唤。

郗超频频出入桓府，日日出谋划策，劝桓温快刀斩乱麻。桓温却唯恐人心不服，一直犹豫不决。这一日，二人商议罢黜朝臣之策，直至三更才拟定文书。郗超不及回府，便与桓温同榻而眠，直至天亮。忽听长随来报：“谢安、王坦之求见。”桓温捻须笑道：“这二人不知又在打什么主意。嘉宾何不替我刺探一番？”于是向他面授机宜。

安排妥当，桓温将王、谢引入书房。房内甚为宽大，正中摆了茶几、蒲团，几排书案沿着东、西、北三面墙壁首尾相连，唯有南墙开了两扇大窗，贴窗摆了一张竹榻，上面垂了一人多高的玄色帷幕。桓温请二人落座，命仆人端来一壶热茶，笑道：“二位先品品这壶蒙山新茶。我忙完一桩小事便回。失陪，失陪。”

不知不觉间，二人已喝去半壶茶水，仍不见桓温归来。王坦之有些焦躁，呷了口茶水，问谢安：“老贼又要什么花招？”谢安微笑不语。王坦之放下茶盏，冷笑道：“他对你我恨入骨髓，必欲除之而后快，却不知何时动手，难道是今日不成？”谢安笑道：“文度不必多虑。他未得人心，怎敢乱来？”

“老贼发起狠来，还会在乎人心？我看他为了篡位，就算杀尽朝中大臣，屠尽天下百姓，都在所不惜！”

谢安仍不着急，娓娓而谈道：“有一则旧事，不知文度可曾记得。当年石虎攻下青州广固城，欲屠尽全城百姓。石赵新任青州官吏劝道：‘陛下封我为刺史，为的是统治百姓。杀光百姓，我这刺史还有何用？不如归去！’石虎猛然醒悟，立即下了赦令。古今奸雄之所以甘冒奇险篡夺皇位，所求的便是统御百姓、凌驾群臣的无上荣尊。若杀光大臣，屠尽百姓，只得一时之快，以后还有甚趣味？这个道理，连石虎都明白，桓温焉能不懂？你我只需稳住阵脚慢慢周旋，他必不敢轻举妄动。”

王坦之虽觉谢安言之有理，嘴上却不服软：“安石素来沉稳，但仅凭一个‘稳’字，就想与老贼抗衡，恐怕不那么容易。”说完冷笑一声，两眼瞟向一旁。

窗外猛然疾风飒飒，竹榻边的帷幕应声而动，轻轻掀起一角。王坦之忽觉帷幕之后有些异样，不禁“咦”了一声。谢安也转头看去。疾风又起，将帷幕高高掀起，赫然露出一人，正是郗超。原来郗超为打探二人底细，一直躲在幕后窃听。形迹既已败露，只得厚着脸皮钻了出来。王坦之怒火中烧，手中茶盏乱晃，恨不得将茶水泼在郗超脸上。谢安依旧和颜悦色，朝郗超点头笑道：“郗先生藏身于此，堪称入幕之宾！”

王、谢告辞之后，郗超又劝桓温道：“我已探明谢安的底细，他既无过人之能，亦无十分把握，全凭老成持重而已。主公只需果断出手，看他如何招架！”

桓温自然明白“出手”是何意思。但郗超所劝之事，与他寤寐所求之物，并不相同。他所求的，并非自己出手强夺的九锡，而是由朝廷甘心加授，自己却之不恭唯有欣然接受的九锡。沉思片刻，桓温冷笑道：“曹孟德做成之事，我为何不能？”郗超肚里暗发牢骚道：曹操破黄巾、击董卓、平吕布、斩二袁、平凉州，仅凭盖世功勋便已堪受九锡，可主公毕生拿得出手的功绩，唯平蜀一件而已。

但这牢骚只能深藏腹内，却不能明说。郗超略加思索，扬眉问道：“朝廷受谢安蛊惑，若执意不授九锡，主公如何应对？”

桓温手捻虬髯，嘴唇微微开启，又缓缓闭上。郗超欠了欠身，加紧劝道：“拖延越久，越于我不利。明公应立即送谢安、王坦之共赴黄泉。看看还有谁能与主公为敌！”

桓温两眼紧盯郗超，目光由明转暗，又由暗转明，如此反复三次，终于黯淡无光地垂向一旁。

郗超忽觉胸口一瘪，昔日充盈其间的勃勃豪气似乎瞬间泄尽，心底渐渐升出一丝不祥之感。

过了两日，桓温忽然接到诏书："今加封桓公丞相之位，大司马之位如故，留于京都，以镇社稷。"郗超冷笑道："谢安欲以丞相之位息事宁人。主公切莫中计！"

桓温叹了口气。这声叹息虽不甚响亮，却极为绵长，仿佛胸中有吐不尽的无穷郁闷。发完浩叹，桓温起身道："守在建康徒劳无益。我明日便返回姑孰。"

"也好，司马昱儒弱多疑，见主公还镇，必会疑神疑鬼，方寸大乱。到了非常之日，主公挥师进京，一声令下，便大功告成！"

桓温刚一离去，建康立即流言大起，都说荧惑逆行入太微，朝廷恐将易主。流言传入建康宫，吓得司马昱饮食难进，日夜惊魂。这日临朝，见郗超当值，便轻手轻脚地走至近前，壮胆问道："虽说性命在天，非人力能及，但非常之事，近日是否还会重现？"郗超捻着浓密的胡须，气定神闲地答道："桓大司马内固社稷，外恢经略，天下安定。臣以郗家百口性命担保，非常之事，必然不会再度发生。"说完瞄了一眼萎立在自己眼前的晋朝天子，嘴角浮起一丝轻蔑的笑意。

司马昱在惊惧、忧愤中苦撑数月，终于一病不起。苦苦挨至咸安二年（372）七月，司马昱自觉大限已近，急召桓温入朝辅政，一日一夜间，连发四道诏书。桓温退守姑孰后，为朝廷诏书朝思暮想，一旦接诏，反而犹豫起来。此时他有两计可行。其一，拥兵入朝，逼司马昱禅位。此计胜算虽大，却难逃篡晋的骂名。其二，拒不入朝，坐等司马昱以遗诏让国。此计胜算更小，却可假借司马之手，因此更加名正言顺。桓温权衡再三，终于选了后者。

郗超闻讯暗自惊呼：主公一生行事，最喜不战而屈敌之兵，却往往不战而为敌所屈，此次弄险，难道又要功败垂成？

弥留之际，司马昱不见桓温入朝，只得屏退左右拟写遗诏。谢安、王坦之守在寝宫门外，神色凝重。

大门忽然开启，一老宦捧了诏书递给谢安。

"陛下已草拟遗诏，请二位过目。"

王坦之性急，抢先接来，扯开便读。读到"太子司马曜继位，大司马温依周公居摄故事"一句，脸上铁青一片。读至"少子可辅者辅之，如不可，君自取之"，终于怒不可遏。大踏步闯入寝宫，冲到榻前喝道："晋之天下，怎可拱手让与桓温老贼？"说完将诏书扯成几段，踩在脚下。司马昱脸上全无血色，连喘几口气，强笑道："司马氏昔日侥幸得了天下，如今已遭天弃。让位于贤者，有何不可？"

王坦之厉声道："天下，是宣、元二帝的天下，岂能由陛下独断独行？"司马昱脸上忽然现出一丝红润，微笑道："晋朝尚有如此忠臣，看来天命不绝。"于是将诏书改为"家国事一禀大司马，如诸葛武侯、王丞相故事"。改完诏书，司马昱安然而逝，谥号简文。

简文帝遗诏传至姑孰，桓温大失所望。他虽然满腹怨愤，但仍不死心，继续静候朝廷加封九锡。不久诏书又至，却是谢安请他入朝辅政的征召令。桓温依然拒不接受。

两个月后，桓温终于按捺不住，以拜谒简文帝皇陵为名，率大军直入京畿，驻扎新亭。京城流言甚急，都说桓温欲毕其功于一役，诛斩王、谢，篡位夺权。

翌日，桓温传唤王坦之、谢安率百官赴新亭议事。王坦之大惊，急急赶至谢府问计。谢安将王坦之请进卧房，一边不紧不慢地整理衣冠，一边用鼻音沉重的嗓音缓缓说道："桓温既要成篡权之实，又不愿担篡权之名，因此患得患失，优柔寡断。此番赴约，若能临危不乱，他必不敢轻举妄动；若惊慌失措，示弱于老贼，恐将一败涂地。晋祚存亡，在此一行！"说完慢条斯理地装束整齐，捧了笏板，与王坦之并肩出了府门。

百官已在乌衣巷口战战兢兢地等候多时，见王、谢现身，慌忙排成两列，亦步亦趋地缓步出城。他们深知此行凶多吉少，但迫于桓温的淫威，又不得不从。出了建康，来到新亭路口，忽听战鼓雷动。百官惊得脚步踉跄，早已不成阵列。王坦之也一头冷汗，不由自主地放慢脚步。唯有谢安面不更色，迈着方步从容前进。他本与王坦之齐头并进，须臾之间，已成单枪匹马之势。鼓声骤歇，大道正中忽然闪出一哨铁甲雄兵，为首之人金盔金甲，龙行虎步，正是桓温。百官见此阵势，魂魄早已飞升九天之外。王坦之瞥见桓温面含杀机，顿时汗流浃背，两手一颤，笏板掉落在地。他俯身捡了三下，才捡了起来。

桓温迎了过来，哈哈笑道："王文度倒持笏板，是何道理？"原来王坦之手忙脚乱，竟将板子拿得前后颠倒。

谢安依旧面不改色，与桓温寒暄道："桓公身在姑孰而心忧天下，多日不见，两鬓又添华发，令人唏嘘！"

"先帝驾崩之时，老朽未能服侍左右，心甚不安。今日特来拜祭先帝陵墓。思念已久，邀诸公来新亭相聚小酌，请勿多疑！"

"谢安代百官感谢桓公挂念！"谢安说完，回头看去，却见百官都弓腰躲在自己身后，个个气不敢出。

来到亭下，密密匝匝的甲兵早已将登亭之径遮蔽得严严实实。桓温道："老夫在亭中略备薄馔，请诸公落座。"手臂轻挥，眼前豁然闪开一条道路。二人有说有笑，径直登上新亭，只见几十张青簟依次排开，摆满酒食、餐具。郗超立在席边，一边引座，一边偷空与桓温耳语道："主公听我号令，切勿手软！"桓温微微点头，自己在上首落座。谢安从容陪坐一旁。百官低头跟来，如赴刑场。先到的尚能挑个远座，后到的没奈何，只能坐在桓温近处。

等众人坐定，桓温举杯干笑道："老夫长驻姑孰，难见诸公一面。今日借拜陵之机邀来小聚，承蒙诸公拨冗，不胜感激！"说完一饮而尽。谢安陪饮一盏。百官也冒死干了一盏。桓温与谢安东拉西扯地闲聊，偷空却与郗超眉来眼去。

谢安放下酒盏，余光瞥见郗超悄然起身，匆匆转到右手影壁墙后，消失不见。谢安心中起疑，却不露声色。过了片刻，壁后依稀传来刀剑撞击之声。偷眼望去，似有刀光晃动，人影飘移。谢安心如明镜，却装聋作哑。王坦之坐在谢安下首，一眼瞥见壁后情形，登时气血凝滞，额头大汗恣肆流淌。

桓温也神不守舍，手中端着空盏摇来晃去，目光不住右移。

谢安见时机已到，举盏从容笑道："古人云：'天子得道，守在四夷；诸侯有道，守在四邻。'如今天下太平，明公又何须在影壁墙后安置甲兵？"这话大智若愚，正是"揣着明白装糊涂"。桓温被道破机关，心中一颤，手中酒盏险些落地。他定了定神，顺坡下驴道："天下尚不太平，老夫也是迫不得已。"于是喝退刀斧手，与谢安谈笑风生。

过了半晌，郗超忽然返回筵席，手里却捧了个青瓷鸡首壶。谢安朝他招手道："郗公左右奔走，还不曾歇息片刻。"郗超捧壶来到谢安席前，强笑道："这是郗某珍藏多年的会稽老酒。谢公长年隐居山阴，必识此佳酿。"谢安摆手笑道："山阴老酒，本来颇为平和。但经郗公久藏之后，恐非谢某肠胃所能当也。郗公还是留着自用吧。"郗超脸色一变，忽然冷笑道："谢公定要吃罚酒不成？"一声干咳，七八名甲士从影壁后冲了过来。

桓温将酒盏砰然顿在案上，厉声道："都给我退下！"武士瞬间散尽。郗超面含怨气，斜眼朝桓温瞟去，只见他额头挂着虚汗，右手又将酒盏端起，颤巍巍举至胸前。郗超忙不迭地连使眼色。谢安看在眼里，若无其事。桓温两眼忽然射出紫光，时而闪向谢安，时而转向郗超，片刻间又散得干干净净。手中的酒盏缓缓下垂，最后疲软无力地滑落案上。

郗超叹口气，捧起酒壶愤然退下。

桓温与谢安欢饮竟日，直至黄昏才各自散去。郗超满怀杀机，却不敢擅作主张，望着谢安的背影，恨得牙根尽断。

郗超回府喝了一晚闷酒，直至翌日午后，才从昏醉中醒来。心腹过来提醒道："桓公今日返回姑孰，郗公勿忘过去话别。"郗超牵马来到府门，只觉心乱如麻。他劝桓温以祭陵为名出兵夺权，本是"孙武子教女兵，十捉九着"，岂料桓温优柔寡断，竟然"反主为客"，错失良机！眼见桓温一错再错，依然沉睡在逼主禅位的大梦里，任凭自己千呼万唤，也不肯醒来。若篡位不成，固然是桓温的终生之憾，而自己拼却身家性命、一世英名所换来的，也仅是他日的一声浩叹！想到此处，不禁心灰意冷。

花丛后忽然传来老仆低语之声，一仆问："听说桓温拜陵遇鬼，难道真有此事？"

一仆答道："这还有假？桓温今早在高平陵祭拜，忽然神情恍惚，对着石碑点头哈腰，口中大呼'臣不敢'。随从无人敢问。拜完陵登上马车，向窗外一望，忽然脸色煞白。问他见了何物？他颠三倒四，胡言乱语道：'简文帝就立在山道旁，身后跟了个矮胖汉子，有些面善。'过了片刻，又问道：'日前杀的殷涓是何模样？'随从答道：'也是个矮胖子。'桓温听了脸白如纸，胡须根根倒竖，手指窗外喝道：'那人便是殷涓！'"

郗超听得心烦意乱，飞马赶到新亭，却见营地空无一人，唯有漫天鸦雀凄厉盘旋。前行百余步，忽见百十名武士簇拥一辆马车停在道边。车窗里缓缓探出桓温憔悴颓唐的面孔，仿佛一夜间老了十岁。郗超忆起仆人的话，心中一震，壮胆问道："简文显灵，是真是假？"桓温默然颔首。郗超又问："简文帝说了何事？"桓温欲言又止，两眼闪出惊惧迷离之色。郗超心中凉气激荡，等桓温神色稍定，才问道："主公回到姑孰，有何安排？"

"烦劳嘉宾督促朝廷，速速加封九锡。"

"谢安若从中作梗。主公如何应对？"

桓温低头不语。

"郗超愿替主锄奸，承担天下骂名！"

话音未落，桓温忽然脸颊通红，猛咳不止。咳声暗藏了满腔愤怨、无边悲苦，仿佛郁结了天地间至哀至怨之气，撕心裂肺迸发而来。昔日，他常常嘲笑殷浩"我与我周旋久"的纠结昏昧，岂料自己面临决断之时，也不遑多让。这纠结昏昧，一半源于优柔寡断的禀赋，一半源于良知未泯的习性。自己空有"不能流芳百世，便要遗臭万年"之叹，却既无流芳百世之贤能，又无遗臭万年之狠辣，悬浮于二者之间，上下不靠。九锡之谋虽未完全幻灭，却也渺之又渺，不可指望。此谋不成，便空留笑柄。只怕日后等待自己的既非讴歌赞誉，亦非鞭笞唾骂，而是无情的揶揄嘲笑。自己终究比不得曹操，甚至还不如石勒之流。

既然终归不能决断，还是索性听天由命吧。

咳了半晌，桓温勉强忍住，嘴角渗出一丝血痕。捂胸沉默良久，终于回答了两个字："不可！"说完拍拍车窗，御者会意，打马启程，载着桓温头也不回地西去。

郗超目送车仗远去，忽觉胸腹空空荡荡，仿佛失了五脏六腑一般，怔了许久才回过神来。

桓温回镇不久，便一病不起。郗超急催朝廷加封九锡，谢安既不拒绝，也不应承，只说："兹事体大，不容闪失。我与群臣定会尽心筹划。"此后再无下文。郗超再三催促，谢安便以层出不穷的种种借口敷衍拖延。桓温病势渐重，自知时日无多，急令袁宏写了锡文，送往朝廷签署。谢安亲自审定，今日更一字，明日改一词，改了十余日，也不见定稿。桓温夙愿未逞，终于在忧愤中病重而逝。

桓温死后，军政大权由桓冲接管。与其兄大相径庭，桓冲恭谨仁厚，效忠晋室，甫一接任便拨乱反正。还力排众议，将扬州刺史之位让给谢安。全赖桓冲英明之举，桓氏一族未遭报复。

郗超却因失去靠山而落魄不堪，不久便郁郁而终。临终前，郗超将一箱书信托给心腹道："我死之后，家父若悲痛过度，伤及身体，请将此箱送去，助他康复。不然，便付之一炬。"郗超死后，郗愔果然难当丧子之痛，日夜涕泪满襟，不久便患了重病。

心腹依嘱将箱子送去。郗愔捧着爱子的遗物老泪纵横。开箱察看，只见里面装满信札。随手抽出一封，看了两眼，怒冲冲揉成一团，掷在地上。再看几封，又丢在地上。原来箱中尽是郗超与桓温密谋篡权的往来书函。郗愔向来只知儿子辅佐桓温，却不知其余。看了书信，才知儿子是桓温作乱的谋主。于是怒不可遏，将箱子掼在地上，挺身骂道："只恨竖子死得太晚！"从此再无一滴眼泪，病情也渐渐康复。郗超善出奇计，可叹其毕生最后一计，竟如此决绝。

桓温的死讯传至长安，苻坚感慨万端，向百官叹道："桓温先败于灞上，后败于枋头，十五年间两度大损国威。年届六旬，仍不愿辞官以谢天下，却废君以自悦，终于郁郁而终！谚云'怒其室而作色于父'者，其桓温之谓乎！"

权翼道："先有王景略，后有谢安石，都曾在桓温帐下效力，最终都弃之而去。可见英雄所见略同。"

苻坚笑道："听权卿提起王丞相，朕心中忽然生出相思之情。丞相离去已经一年有余，也该请他回京了。"

说完唤来苻融，向他面授机宜。

第三十八章

治世隐忧

王猛镇邺不过半年，已将冀州梳理得人心和顺、地方太平。转眼又到初春，邺城风和日丽，百业兴旺，一派升平气象。

夕阳渐落，暮霭初生。铜雀三台好似轻纱遮面，平添无数娇媚；宫室楼台仿佛罗带绕身，忽增几分仙气。暮色越发浓重，白日的喧嚣繁华伴着落日的余晖，渐渐退去。一群鹁鸽掠过城墙，洒下几声啼鸣，为邺城带来一丝白日罕见的空灵。王猛了断一日公务，领了个随从，置身邺城街头。只见苍茫暮色下，仍有商贾行人往来穿行，或售罄而去，或满载而归，个个神色祥和、行止有序。王猛观此情景，仿佛画师检视自己经久而成的画作，欣慰之情难以言述。

来到凤阳门附近，暮色渐浓。提示闭城的暮鼓之声即将响起，行人纷纷加快脚步，疏疏落落的人影仿佛“灯影戏”里的驴皮小人儿，迎着阑珊灯火，晃晃荡荡、恍恍惚惚地直向城门移去。

忽听人喊：“抓贼！”一个黑影飞奔而过，快似一股阴风。几个汉子跟在身后，嘴上大呼小叫，脚下却力不从心。不等王猛吩咐，一个随从已飞身追去。此人向来善跑，又立功心切，因此倾尽全力。起初还堪堪跟上，数十步后，便被远远甩在身后。众人看得心急。

僻巷中猛然跳出一条大汉，双腿快似车轮，顷刻间便超越众人，冲至贼人身后。贼人听到脚步，两腿骤然加速。大汉也加快脚步，瞬间已至身后，一探手，将他拽倒在地，喝道：“蠢贼休走！”岂料贼人一骨碌爬了起来，将一布包搭在大汉臂上，也喝道：“贼人在此！”大汉怒道：“明明你是贼，却反咬一口！”二人互不相让，扭打成一团。

众人次第跟上，官军也举着火把赶了过来。只见两个身材相仿的汉子扭在一起，哪里分得清谁是贼人，谁是捉贼之人？官军无可奈何，喝道：“将二人捆了一同收监，明日再细细审讯。”

王猛也已赶来，见官军问不出青红皂白，竟然使出“一同收监”的糊涂手段，心中不悦，正欲出面呵斥。忽见看客中闪出一人，身高八尺开外，生得雄健俊爽，虽是客商装扮，却气宇轩昂、威仪逼人。此人正是阳平公苻融。

只见苻融挤到官军身边问道："要将两个嫌犯押往何处？"

"自然是押往大牢！"

苻融于是推搡众人，喝道："休要阻挡道路，若走了嫌犯，哪个吃罪得起？"官军听他说得有理，也四下散开，劝众人让路。

苻融趁机向二人低声道："几位官爷极为凶酷。嫌犯都是竖着进牢，横着出来。我平生行侠仗义，不忍你二人白白送死。还不快快逃命！"说完掏出匕首割开绳索。二人如惊鸟出笼，飞一般向凤阳门奔去。官军大惊，一发追赶而去。

两个汉子使出吃奶力气奋力奔逃，渐渐分出先后。跑在前头的眼看到了凤阳门，被城门守军迎面截下。跑在后头的见势不妙，脚步飘忽，正要另寻生路，也被追兵拿住。苻融赶来，命官军放了先到者，谢罪道："多有冒犯！"却转到另一人面前，斥道："你行窃被捉，却诬陷良民，罪加一等！"众人这才醒悟，原来苻融算准捉贼者脚力快于贼人，故意诱二者竞跑，终于试出谁是真贼。苻融就地审了几句，问出窃贼是青州人氏，初到冀州，正要发个利市，便被官民擒获。

众人散去，苻融见了王猛，喜出望外。王猛笑道："阳平公初至邺城，便替我断了一桩难案，令人钦佩！"

苻融打趣道："先生治理冀州，盗贼已绝迹多日。不意我初来乍到，便引来流贼祸害邺城。若不自己捉了，怎对得起百姓？"

王猛问："阳平公因何微服至此？"

"陛下思念先生，特派我请先生回长安拜相。诏书在身，到了衙署再看不迟。"

回到衙署，王猛接了诏书读道："卿昔螭蟠布衣，朕龙潜弱冠，属世事纷纭，厉士之际，颠覆厥德。朕奇卿于暂见，拟为卧龙，卿亦异朕于一言。回《考盘》之雅志，岂不精契神交？千载之会，虽傅岩入梦，姜公悟兆，今古一时，亦不殊也。自卿辅政，几将二纪，内厘百揆，外荡群凶，天下向定，彝伦始叙。朕且欲从容于上，望卿劳心于下，弘济之务，非卿而谁？"

王猛叹道："陛下如此错爱，令王猛诚惶诚恐！"

"先生不必客气。陛下已命我接替先生镇守邺城。先生自可早日启程。"

王猛又问："我离长安已近一年，不知关中近况如何？"

苻融笑了笑，又轻轻叹气道："若说好，堪比古之盛世。若说不好，却也危机四伏！"

王猛心中一惊，点头道："陛下将鲜卑贵族悉数迁往京畿，又大封燕国降臣，已危及江山社稷！”

苻融苦笑道：“陛下大举提拔慕容子弟，或入朝为官，或外放州郡。如今慕容氏不但把持半个朝廷，更占了天下半数州郡。一旦有所缓急，岂不要出大乱！就连寻常匹夫都看出慕容垂躲雨变成屋主人，陛下却视而不见。”忽然摇了摇头，问道：“近日长安流行一首童谣：‘一雌复一雄，双飞入紫宫。’不知先生可曾听过？”

“不曾听过。既有紫宫二字，难道与陛下有关？”

苻融眉头微攒道：“不错。慕容暐的妹妹清河公主颇有几分姿色，被慕容垂举荐入宫为妃。其弟慕容冲因年幼失亲，也随姊入宫。这个慕容冲生得俊秀乖巧，极有心计，深受陛下宠爱。所谓一雌复一雄，说的便是这两人。”

王猛听完眉头紧锁，问道：“百官可曾劝谏？”

“陛下生性宽仁，又对慕容垂言听计从，旁人的话根本不听。先生回京劝说，或能奏效。”

王猛又问：“阳平公以为慕容垂、姚苌二人如何？”

苻融冷笑道：“二人都是心怀叵测的奸诈之徒。如今天下太平，二人无机可乘。若天下有变，必会反叛！”王猛点头道：“羌与鲜卑自臣服以来，尚无一人叛乱，这已极不寻常。我料定姚苌、慕容垂已在暗中操纵全族，引而不发，不会轻易出手。一旦出手，必致秦国亡国、天下大乱！在我有生之年，二贼必不敢叛。只是不知在我之后，又有谁能防范二贼、护佑大秦？”说完凝视苻融。

苻融心头一阵凄凉，抬眼与王猛目光交汇，会意道：“苻融不才，愿承担此任！”

王猛欣慰道：“阳平公仁勇聪慧、心思缜密，堪当大任。今日之托，无相忘也！”说完恭恭敬敬地向苻融深施一礼。苻融心头闪过一丝不祥，回礼道：“罪过，罪过。与先生久别重逢，为何尽说丧气话？我知道先生必缺美酒，因此路上沽了一壶。何不佐着美酒，再作美谈！”

二人把酒畅谈，直至夤夜。

王猛将冀州事务尽数移交苻融，便启程西归。只见他一身布衣，马鞍左边挂着书箧，右边挂着换洗衣囊，此外再无一物，哪里像个返京拜相的封疆大吏，倒像个远游回乡的穷苦书生。几个随从也身无长物，神色淡然，周身隐隐散出半尺穷气。苻融见他寒酸若此，心中不忍，命人取来川资、衣物道：“先生为冀州劬劳一载，来时两袖清风，去时清风两袖。清苦如此，令人唏嘘。苻融擅作主张，奉上薄礼一份，以备先生路上所需。”王猛谢绝道：“食宿都在驿站，何需此物？”又叮嘱道：“诸位不必出城送行，以免惊扰百姓。”说完扬鞭而去。

一路西返，只见昨日之敌域，已成今日之我邦。王猛眼望河山之异，心境与来时更加不同。恨不得化身千万，将这大好河山一一看遍。

眼看来到长安清明门外。苻坚早已率百官等候多时。王猛远远望见慕容垂侍立在苻坚左右，身子弯得如同拉满的桑木弓。原来苻坚身材短小，慕容垂却颇为高大，为了仰视主上，只好卑躬屈膝。再看慕容垂身后，还立着慕容德、慕容暐、慕容楷、慕容宝、慕容麟等一干降臣，个个红光满面、意气勃发，一扫初降时的颓丧之气，颇有些扬眉吐气、重见天日的势材。王猛看得忧心忡忡。

君臣相见，王猛恭恭敬敬地向苻坚拱手施礼，慨然道："去岁秋日出征，今年隆冬始还。臣为陛下夺取燕国一百五十七郡，现已治理清平，特来交还陛下！"苻坚剑眉飞扬，朗声赞道："先生左手文治、右手武功，一人囊括张良、萧何、韩信三人所擅。朕替满朝文武、天下百姓感谢先生灭燕、治燕之功！"说完深施一礼。百官也躬身效仿。

忽见人群中钻出一位十三四岁的美少年，一手拉住慕容垂，一手拉住苻坚。苻坚立即笑容可掬，软语嗔道："冲儿如此顽皮，见了王丞相也不行礼。"那孩子虽然顽劣，看到王猛却似老鼠见猫，吓得转身便逃。王猛心中早已明白，却故意问苻坚："这是谁家孩子？"苻坚面露尴尬之色，瞟向慕容垂。慕容垂赔笑答道："这是小侄慕容冲，燕国先帝慕容儁幼子，小字凤凰，年方十四。已奉诏入宫，随其阿姐清河公主服侍圣上。"

王猛点了点头，向苻坚耳语道："外姓异族子弟留在深宫，既违礼法，又藏隐患。望陛下速将他清出宫去，以免日后生祸！"苻坚面露懊悔之意，攒眉叹道："此儿聪明伶俐，又孤苦无助，我一时心软，便收容入宫。既然不妥，明日便外放别郡。"王猛这才释怀，又顺势劝道："慕容子弟遍布朝廷，声势过盛。陛下也应稍稍挫其锐气，勿令奸党死灰复燃！"苻坚眉心渐渐舒展，呵呵笑道："鲜卑之材为我所用，于国有利。先生放心，朕自会妥善措置。"

苻坚与王猛并驾齐驱，率百官进了清明门。忽见城墙边聚集了数十人，嘈嘈杂杂地议论纷纷。苻坚扭头问慕容垂："道明，你身为京兆尹，可知此地有何民怨？"慕容垂不敢怠慢，下马查问片刻，回来笑嘻嘻地禀报道："圣主当世，长安何来民怨？不过是小事一桩。"说完将一块锦帕递给苻坚道："有人捡到此物，其上文字玄奥，不能释读，因此引得众人围观。"苻坚怒道："若是妖人散播符谶，定要严惩不贷！"接了锦帕，却见上面整整齐齐地绣满清秀的楷体小字，横看二十九行，竖看二十九列，共计八百四十一字，一角另绣了"璇玑图"三字。帕中文字第一行为"琴清流楚激弦商秦曲发声悲摧藏音和咏思唯空堂心忧增慕怀惨伤仁"，第一列为"仁智怀德圣虞唐贞妙显华重荣章臣贤唯圣配英皇伦匹离飘浮江湘津”，无论横读竖读，都不成篇章，全无头绪。苻坚细细看了眼，掩卷沉思片刻，忽然两眼发亮，又展帕品读，终于拍手叫绝道：“原来并无一句妖言，而是藏头护尾的满卷诗篇！”

慕容垂恭维道：“陛下英明贤哲，能参透天书。臣自愧不如！”

“道明过奖了，此文朕能解读，想必王丞相也能解读。”

王猛看了片刻，赞道：“正读、倒读、横读、竖读、斜读、交错读，皆成诗篇，无穷无尽。其构思之妙、才情之密，空前绝后！却不知是何人的大作。”

“听先生一说，朕倒有了主意。”苻坚将锦帕还给慕容垂，笑道：“请道明查清《璇玑图》的作者。明日太学祭孔，道明将图带去，考考太学生的才学！”

翌日，苻坚率百官来到太学，先依太牢之礼祭祀孔子。只见君臣冠冕纹章，雍容华贵；太学生儒袍幅巾，衣冠磊落。远看尽是华夏衣冠、孔孟子弟，近看却是四方种族、容貌各异。就算孔夫子九泉有知，恐怕也料不到这般情景。

祭孔礼毕，苻坚将太学生召集过来，正色道：“近日有一篇奇文现于长安。经慕容大人查明，乃始平县才女、秦州官吏窦滔之妻苏蕙所赋，名曰《璇玑图》，其文字玄妙无比，难以解读。诸位都是饱读诗书、通晓古今的博学之士，识文断句，自然不在话下。请诸位一展才华，解读词句。解读最多者，朕必有重赏！”

几个胡人学生抢先来看，正在苦思冥想，一位羌族学生已看出玄机，从最右一列自上而下读至半腰，又转向左侧横读，念出一首七言诗道：“仁智怀德圣虞唐，贞志笃终誓穹苍，钦所感想妄淫荒，心忧增慕怀惨伤。”又倒着念道：“伤惨怀慕增忧心，荒淫妄想感所钦，苍穹誓终笃志真，唐虞圣德怀智仁。”

苻坚大喜，问道：“你是谁家子弟？”

姚苌抢先答道：“这是犬子姚兴。”

苻坚赞道：“果然虎父无犬子。此儿文采似乎较乃父更胜一筹。”

几个慕容子弟不甘示弱，也念道：“伤惨怀慕增忧心，堂空唯思咏和音。藏摧悲声发曲秦，商弦激楚流清琴。”

又念出四言诗道：“谗佞奸凶，害我忠贞；祸因所恃，滋极骄盈。”

苻坚拍着慕容垂的后背赞道：“慕容氏家学渊源，名不虚传！”

慕容垂满脸堆笑，哈着腰答道：“陛下贤明容智、通晓三坟五典，远逾孔孟，超越古今。我等唯有仰慕，哪敢妄称‘家学’？”

又踱至氐族学子身边。忽见一个破衣烂衫的后生倚着树干仰天发呆，正是侄儿苻朗。于是斥道：“朗儿为何衣冠不整，一副贫贱之相？”

“陛下焉知贫者非富，富者非贫？”苻朗转过脸，似笑非笑地说。

苻坚听出苻朗语含机锋，便扬了扬下巴，示意他继续。

只见苻朗正了正衣领，顺手在领内扪了扪，手指虚弹了两下。众人大笑。苻坚嗔笑道："王丞相扪虱而谈，重在一个谈字。你空得扪虱之形，若腹无才学，即便扪得满手之虱，也是枉然。"

苻朗清了清嗓子，朗声道："魏文侯见宋陵子三仕不富，问曰：'何贫？'宋陵子曰：'臣见楚富者，牧羊九十九而愿百。尝访邑里故人，其邻人贫，有一羊，富者拜之曰：吾羊九十九，今君之一，盈我成百，则牧数足矣，邻者与之。'从此观之，焉知富者非贫，贫者非富也。"

"果然士别三日，当刮目相看！朗儿如此长进，若来解读《璇玑图》，必不输给他人！"苻坚有心让苻朗替氐族人争面子，便以言语相激。

"以《璇玑图》斗智，好比衣缝群虱相斗，甚为可笑。"

"何谓群虱相斗？"

"齐鲁争汶阳之田，鲁侯有忧色。鲁有隐者周丰往观焉，曰：'臣尝昼寝，愀然闻群虱之斗乎衣中，甘臣膏腴之，珍臣项臂之肤，相与树党争之，日夜不息，相杀者大半。'虱父止之曰：'我与尔庐不过缝，所食不过容口，奚用窃争交战为哉？群虱止。今君以七百里地为君之城，亦以足矣，而以汶阳数步之田，惑君之心，曾不如一虱之智，窃为君羞之。'鲁侯曰：'善。'"

苻坚惊喜万分："此寓言也，小中见大，有庄周之遗韵！不意朗儿竟有如此才华。若能继续，朕必重赏！"

"陛下若是想听，就莫提'重赏'二字。否则，生出患得患失之心，恐怕事与愿违。"

苻坚嗔怪道："简直强词夺理。"

"陛下可听过后羿射日的故事？夏王使羿射于方尺之皮，径寸之的。乃命羿曰：'子射之，中，则赏子以万金之费；不中，则削子以千邑之地。'羿容无定色，气战于胸中，乃援弓而射之，不中，更射之，又不中。夏王谓傅弥仁曰：'斯羿也，发无不中！而与之赏罚，则不中的者何也？'傅弥仁曰：'若羿也，喜惧为之灾，万金为之患矣。人能遗其喜惧，去其万金，则天下之人皆不愧于羿矣！'"

众人齐声喝彩。慕容垂一心讨好苻坚，也赞道："朗儿堪称奇才，日后定能名满天下！"

"非也，我苻朗为道不为名。"

"为道、为名有何不同？"慕容垂听得懵懵懂懂。

"为道者日损而月彰，为名者日彰而月损。"

慕容垂哈哈笑道："朗儿言辞犀利，堪比魏晋名士。老夫有自知之明，怎敢与你交锋！"

苻朗滔滔不绝，应声道："善自知者如蚌镜，善知人者如明镜。蚌以含珠，故内照；镜以耀明，故鉴人。"

权翼打趣道："朗儿若生在汉初，刘安恐怕要将善辩博学的名号拱手相让了！"

"非也！刘安热衷名利，要他让出名号，岂不是'与狐谋皮'？"

权翼笑问："这个'与狐谋皮'，莫非又是你编造的典故？"

苻朗摇头晃脑道："周人有爱裘而好珍馐者，欲为千金之裘，而与狐谋其皮；欲具少牢之珍，而与羊谋其羞。言未卒，狐相率逃于重丘之下，羊相呼藏于深林之中，故周人十年不制一裘，五年不具一牢。"

他说完甩了甩油污厚重的袍袖，又撩了撩翘在额边的发绺，两眼向天道："我近日写了一部《苻子》，乃《老子》《庄子》《列子》《淮南子》之后第五部道家子书。其奥义深远，包罗万象，岂是雕虫小技所能相比？"众人再看苻朗，只觉他解衣盘礴、超然若神，虽仰视也难看清尊容。

苻坚喜出望外，拍着苻朗的肩头赞道："朗儿胸藏不世之才，堪称我家千里驹！"于是赏赐众人，乘兴而归。

离了太学，苻坚喜道："始平本是朴鲁少文的蛮悍之地，经先生治理之后，教化流行，文物日渐繁盛。孕育出才女苏蕙、黄门侍郎石越这样的一流人物，正是水到渠成。"王猛向苻坚道："如今天下和睦，民生富足。文学昌明，文物昌盛，乃大势所趋。苏惠的《璇玑图》、苻朗的《苻子》皆为文化复兴之兆。假以时日，秦文汉赋之雄强、魏晋风骨之旷逸，必能重现于我朝！华夏正朔，必将重归大江之北！"

"这也是朕毕生所求！"

苻坚用力点了点头，两眼精光闪动。思索片刻，又接着道："居安必当思危。北国初定，但西南、西北、东南仍有强敌，需一一肃清。近日蜀人猖獗，屡屡勾结晋军北侵。凉王张天锡反复无常，也与晋军暗通款曲，阴谋合力攻秦。仇池的白马氐人，纠合外敌屡犯天威，亦需早日讨平。先生既已归来，朕欲共商大计，早日肃清顽敌！"

王猛心头一热，暗叹道：陛下依旧胸怀四海、志存高远，匡济天下之心丝毫未减！于是朗声道："区区小敌，何须陛下费心？臣早有谋划，一两年内定会平定蜀、凉、仇池！"

"先生有何妙计？"

“仇池虽是蕞尔小国，但处于凉国、西蜀二敌之间，应最先剿灭，以占地利。杨安将军出身仇池国王子，熟悉仇池地形，又与当今国主杨纂有杀父之仇。令杨安统兵讨伐，定可手到擒来。”

苻坚大喜，立即命杨安为主将，苻雅、徐成、朱彤、姚苌为副将，率军七万讨伐仇池。大军出征前，王猛将杨安召来，面授机宜。

“仇池蕞尔小国，遭逢强敌，必会据险设伏。杨将军若能抢先占据鹫峡险要，杨纂便成了瓮中之鳖，不战自败。”

杨安倍感惊讶，瞠目道：“王丞相从未去过仇池，却如此熟知地形，令人佩服！”

王猛淡淡一笑道：“不知地理，焉能为将？杨纂碌碌庸人，仇池弹丸之地，万名秦兵便足以平定。陛下却遣军七万，你可知有何深意？”

“杨安不知。”

“杨纂与晋人暗通款曲，必会向梁州刺史杨亮乞援。杨将军应设伏截击梁州援军，再乘胜南下。”

杨安一拍大腿道：“原来陛下意在西蜀！”

王猛点头道：“蜀地并无强敌，所能仰仗的唯有蜀道之险。将军若能荡平仇池，蜀道之险已先失一半，乘胜灭蜀，便如探囊取物。若战事顺利，杨将军便领益州牧之职镇守成都；若遇险阻，朝廷必会增派援军。”

杨安大喜，受命而去。

仇池山雄踞陇南，四壁陡峭，顶上平坦，整座山体酷似一把倒扣的水壶。此山既是伏羲出生之地，也是传说中刑天的葬身之处，更是氐族人的发祥圣地。早在蒲洪率略阳氐人东迁之前，白马氐人杨茂搜就已在仇池建国，并在山顶修建都城。虽然国小地僻，却凭借险要地形历经八世而不灭。山北是一条幽深崎岖的峡谷，因秃鹫常年盘旋其上，故名鹫峡。正中有一片红草滩，滩上杂草丛生，草下却泥沼密布，暗藏杀机。

云遮雾绕的红石滩头，忽然传来人马之声。只见旌旗晃动，一员横戈立马的将军穿云破雾，现身滩头，正是仇池国大将杨统。

环视周遭形势，杨统冷笑道：“让逆贼杨安葬身这片风水宝地，也算对得起他！”随即下令：“就地隐藏，准备伏击来敌！”五万仇池军散开阵形，向两边的山坡缓缓移去。

坡顶忽然鼓声大作，万箭齐下。仇池军无处躲藏，被射得人仰马翻。箭阵稍歇，杀声震天，秦军仿佛天兵下凡，俯冲而下。仇池军还手无力、逃生无路，顿时乱成一团。自相践踏而死，或陷身泥沼者不计其数。战事来得突然，进展也极为迅疾。顷刻间，仇池军已死伤大半。杨统左右冲杀，前后奔突，却步步受阻，腹背受敌。坐骑连声哀鸣，在方圆数十丈的狭小空地来来回回地兜着圈子。杨统越发焦躁，猛夹马腹，欲硬冲敌阵。不料坐骑四蹄踏入草滩，便死死陷入泥沼，寸步也难移动。杨统正要下马逃命，被一拥而上的秦军擒下。杨安催马而至，瞪眼喝道："将杨统绑了！"

杨统仰天大笑道："我杨统忠于仇池，却落入叛贼之手。可笑老天，何其不公！"

杨安喝道："鼠辈为一己之私，拥兵自固、据险称王，致使天下分崩、九州幅裂。海内百姓，谁不渴盼普天一统？偏要倒行逆施，岂能得逞！你妄称仇池忠臣，却是天下人的叛贼！"

杨统被骂得面红耳赤，无言以对。

歼灭仇池军主力，杨安又击溃晋梁州督护郭宝的援军。仇池遂成孤城一座。杨纂走投无路，仓皇出降。盘踞陇南七十五年的仇池国终于覆亡。杨安镇守仇池，又接连击败杨亮的援兵，渡沮水，出汉川，乘胜入蜀。捷报传至长安，君臣无不欣喜。

转眼暮春又至。未央宫芳草萋萋，百花初绽。但在阳光罕至的东堂北墙下，依然阴寒枯寂，全无一丝春意。

苻坚正在墙边与爱妃张夫人玩投壶之戏。此戏始于春秋，最初壶上只有一口。传至魏晋，壶口又添了两耳，玩法也花样翻新。只见张夫人拉开架势，初投便中，乐得手舞足蹈。苻坚道："你这叫'有初'，最为寻常。看朕投个'贯耳'。"张夫人笑道："陛下今日颇有些心事，这'贯耳'必难投中。"

话音未落，苻坚已投出羽箭。"当"的一声，箭镞射中壶颈，弹落一旁，眼看就要落地，斜刺里忽然伸出一脚，轻轻一踢。羽箭又掉头射回，稳稳贯穿铜壶左耳，跌落地上。

"好身手！"苻坚赞道。

"献丑了。"

来人却是邓羌。只见他伸脚一勾，将落地的羽箭挑至半空，探手抓来，递给苻坚，开门见山道："陛下传我过来，必有要事。"

苻坚屏退张夫人，指着墙根道："虽是要事，却与刚才的投壶之戏有些相似。邓将军要火速出手，为朕救急！"只见一排铜壶依墙摆放，壶上贴着纸条，分别写着"梁州""益州""邛崃""莋都""夜郎"等字样。

"这是何意？"

"杨安南征，每攻克一地，朕便添一把投壶，贴上纸条。贴至'夜郎'，西南诸地已尽属秦国。可惜形势有变，纸条已岌岌可危，怕要一一摘除矣！”

“杨安这囊怂，难道吃了败仗？”

“近日蜀将张育、杨光起兵反叛，向晋人乞师共击秦军。猛将桓石虔与益州刺史竺瑶统兵三万夹击姚苌。姚苌招架不住，已弃守垫江城。其他郡县也朝不保夕。”

“姚苌这个滑头！”邓羌骂道。

“姚苌的本事远在杨安之上。连他都吃了败仗，杨安必然凶多吉少。放眼秦国诸将，堪为桓石虔敌手者，除了邓将军还能有谁？”

邓羌撇嘴笑道：“没有铁腮帮，嚼不得铜豌豆。桓石虔有勇无谋，算不得大将。我只需一万精兵，便能将这厮赶回东吴！宵小之辈更不在话下。”苻坚张开五指，正色道：“一万太少。张育、杨光之辈也不可小觑。朕给你五万，以求万无一失！”

“买一得五，谢陛下如此慷慨！半年之后，邓羌定会平了西蜀，向陛下复命！”

半年后，邓羌如期凯旋。苻坚大喜，引了百官在东堂为邓羌洗尘。只见邓羌眉宇间多了几分沧桑，两鬓添了几根华发，但豪迈之气丝毫未减。苻坚赞道：“邓将军入川之后，势如破竹，如入无人之境。令刘备、钟会、邓艾、桓温等先贤相形见绌！”

邓羌眼皮一翻，撇嘴笑道：“蜀地并无强敌，只有鼠辈猖狂。平蜀之功，不值一提！”那睥睨万物的狂豪之态，十余年来不见丝毫衰减。

苻坚受邓羌感染，胸中也豪情激荡。趁着兴头，抚着邓羌的后背笑道：“将军的先祖邓仲华得遇光武帝刘秀；将军又得遇朕。邓氏一门，何其幸也！”

却见邓羌环眼一瞪，应声道：“臣常说，是光武帝有幸得遇先祖仲华，而非仲华得遇光武！”

苻坚哈哈笑道：“邓将军说得不错，得遇将军这样的贤才，正是朕之大幸！”

众臣大笑。

酒罢席散，王猛刚刚出了皇宫，忽听一声沙哑的喊声：“王大人！”只见属下麻思匆匆而来，双目红肿、满口燎泡，一脸憔悴悲戚之色。

“卑职忽闻噩耗，家母不幸病故。特向大人告假，即刻回乡奔丧。乞望伏允！”麻思说完，一个踉跄，险些跌倒在地。

王猛一把扶起麻思，轻轻拍了拍他的后背，低声道：“闻君失恃，凄然同悲。你尽可回家打点行囊，火速动身。”麻思心头涌起一股暖意，抹了抹眼角泪水，抬头道：“卑职归心似箭，但尚无符节，因此不得出城。”

原来大秦吏治颇严，官员凡要出行外地，需向上司请示，并制备符节。每到一地，都要出示符节，查验无误，方可入住沿途驿站。但符节需要专人制备，非立等可取之物。麻思丧母，本已肝肠寸断，又唯恐被符节羁绊，拖延行程，因此悲急交加。

王猛点头道："符节事宜，我会亲自办理并差人发送，绝不会误了你的行程。天色将晚，你快去吧。"

麻思心中释然，立即回家打点行装，拍马出了长安。沿官道一路东行，日暮前抵达一处驿站。

驿吏闻声而出，问道："可是长安来的麻思先生？"

"正是。"

驿吏立即奉上符节道："王丞相已差人将符节送来，请先生查验。"

麻思惊喜不已，接过符节，验对无误。

次日清晨，麻思继续东行，中午抵达潼关。守城军官验了符节，应道："王丞相有令，麻先生还乡紧急，沿途关驿应多行便利。先生可径入驿馆歇息用膳、更换马匹。"

麻思听得心头一热，两行浊泪簌簌垂落。

出了潼关，沿途关隘、驿站无不悉心接应。直至抵达冀州广平郡，踏上故土，全无半分差错！麻思感激不尽，逢人便赞王猛厚德仁义、行事迅捷。而麻思的还乡之旅也被载入史册，成为佐证秦人行政效率，并令后人惊叹连连的千古佳话。

建元十年（374）三月，卫大将军李威病逝。苻坚悲痛欲绝，葬之如父，心中并无半分芥蒂。李威殁后，苟太后心力俱衰，每况愈下，终于翌年驾崩。苻坚连逢大丧，泪巾长湿，容颜愈发憔悴。

这日散朝后，苻坚命王猛、苻融二人留下，微笑道："久闻长安集市日渐繁华，百业兴旺，秩序井然。今日无事，何不微服一往？"

苻融点头道："陛下近日忧思过度，正该去集市消遣一番。臣从冀州归来不久，亦久违长安集市之美！"

不知何故，王猛听到"集市"二字，眼前莫名地闪过二十多年前父亲拖着病体与己挥别的身影，心中怦然而动。

"先生可愿同去？"

王猛抑住心中一闪而过的哀愁，肃然点头道："臣主政数年，虽无甚政绩，长安集市却日渐繁华，不乏可观之处。值此吉日，恭请陛下检阅！"

时辰尚早，浓云密布的天空朦胧混沌。太阳仿佛一张半睁半闭的惺忪睡眼，在浓云之后勉强挤出一丝亮光。但在长安北城的横门一带，早已生机弥漫、气旺神足。只见街衢平坦，绿树参天，槐干挺拔，柳枝低垂，青影婆娑之处，商铺林立，行人如织。

君臣一行东瞅西看，缓步前行。忽闻阵阵奇香，一抬头，却是一条食肆林立的小巷。

“邺中鹿尾，天下美味！客官快来尝尝。”

汉人装束的摊主一边吆喝，一边用木勺“咣咣”地敲着陶釜。釜中白气缭绕，红汤沸腾，一根根晶亮肥嫩的鹿尾闪着琥珀色的油光，散发出诱人香气。

“日日食饼，令人无病！”

身穿小袖殊缕布袍、足蹬羊皮靴的氐族饼贩也不示弱，吆喝两声，将铁钳伸进红焰闪动的泥炉，夹出一张金黄酥脆、麦香四溢的胡麻饼，笑嘻嘻地伸到苻坚面前。见苻坚不为所动，又夸张地张开臂膀，掀开箩筐上的白布，露出排列齐整各色面食。毕罗、寒具、细环饼、截饼，一应俱全，个个娇羞地散着香氛热气，静待食客挑选。

“老少咸宜杏酪粥！”

头戴鲜卑风帽的粥铺主人一口脆爽的幽燕口音，引来行人侧目。半掀釜盖，香甜中略带凉苦的杏仁味道，掺杂着平和淳厚的大麦清香，如丝如缕地袅袅而出。

“新城稻米，五里闻香！”

肩披羌毡的米贩一边喊，一边从米袋中抬起双手，奉出一把珍珠玉屑般的新米来。

阵阵吆喝此起彼伏，口音各异，听得人耳花心跳；种种香气缭绕交织，胡汉混杂，熏得人食指大动。

又入一巷，却仿佛置身异域，令人目眩神迷。珠宝铺里，黄髯碧眼的月氏商人盘腿坐在雕花胡床上，手里把玩着昆仑玉料、漠北玛瑙、身毒象牙、西域蛇珠；香料铺前，高鼻虬髯的粟特胡商正在给客人称取价比黄金的苏合、降真、龙涎之香；头裹花巾，身穿圆领大袍的安息商人，专卖如冰似玉的琉璃杯盏；深目卷发、鼻尖通红的大宛商人端着犀角杯，细细品味着新酿的葡萄美酒。眼看苻坚一行进了巷子，众胡商仿佛熊蜂闻到花蜜，都放下手中活计，转过肤色不一、容貌各异的面孔，操起各带胡腔胡调的汉话，卖力地吆喝起来。

“珠宝来看！”

“买香送婆娘来！”

“葡萄酒，西域葡萄酒！”

那月氏商人见苻坚面相富贵、衣着体面，以为来了大买卖，吆喝声越发响亮。见苻坚并无购买之意，不禁有些心急。喊了声“客官留步”，忽地从案下拽出一条沾满米粒饼渣的抹布，丢入炭火熊熊的炉中。奇哉怪也，抹布入火而不燃，布上所粘污垢却禁不得火烧，徐徐化为一缕轻烟。待烟气散尽，商人探手入盆，轻轻一抖，竟是一条浑然无损、洁净如新的白布！

“西域火浣布，入火不燃。无须水洗，火烧即洁！”

其余商人不甘令火浣布专美，也都捧出压箱底的宝物，纷纷高呼。

“稀世珍宝夜光杯！”

“切玉之刀，削铁如泥！”

苻坚一行只看不买，观览片刻便乘兴而去。众胡商降低嗓门继续吆喝，直到一串背影消失不见，才止住叫卖。

一行人出了巷子，忽见一大汉肩头扛了大捆熟牛皮，迎面飞奔而来。那牛皮至少有二三百斤，大汉却扛得毫不费力。苻坚拍手赞道：“好气力！”

大汉止步，怒目相向，神色颇为狞恶。

“竖子不得无礼！”苻融大喝一声。几个侍卫也拔出宝剑，冲了过来。那大汉啐了一口，低头快步离去。

“这是何人？”苻坚问道。

“慕容垂的本家兄弟慕容永。平日卖靴为生，胆大凶悍，不是善类。陛下将这等虎狼之辈迁至京城，又不加约束，着实令人放心不下。”苻融望着慕容永的背影，恨恨说道。苻坚却充耳不闻，望着王猛，踌躇满志地捻须赞道：“长安华夷融洽、百业兴旺，此皆先生之功也！”

王猛淡然道：“混一华夷，乃百年大计。今日虽有小成，但任重道远，臣不敢轻言有功。”

君臣说说笑笑，不觉来到学宫之外。此时浓云初开，几道银光射落云端，透过伞盖般的绿荫，斑斑驳驳地洒在宫门壁上。三五成群的学子正在树荫下徜徉读书，一人忽然望树独立，引吭高唱道：“长安大街，杨槐葱茏；下驰华车，上栖鸾凤；英才云集，诲我百姓。”

苻坚按辔倾听，备感欣慰。偷眼看王猛，却见他神情如旧，竟然毫无喜色。便问道：“先生观此盛况，为何不见半分欣喜？”

王猛怅然叹道：“我朝虽至盛世，却颇有隐忧。”

“忧在何处？”苻坚正色问道。

“陛下以仁德治国，终得天下太平、四夷宾服之盛世，但各族势均力敌，混而不同，各怀私心异志，与晋末颇为相似。陛下需未雨绸缪，以免永嘉之乱复生于今世！”

苻坚眉头拧成一个川字，急声问道：“先生有何良策？”

“陛下对鲜卑与羌人过于倚重，致使二族势力猛增，已不在汉氏之下。鲜卑人不甘亡国，复辟之心不死。羌人虽蛰伏多年，亦非真心臣服，一旦有变，必会乘乱而起。请陛下立即革除慕容垂、姚苌兵权，剪除党羽。其余悍勇之辈，也逐一收服。唯如此，方可保大秦江山永固，太平长久。昔日氐人骄奢放纵，陛下斩强德、除樊世，引其步入正途。今日鲜卑、羌人气焰嚣张，不在当年老氐之下，陛下也应收治二族之强德、樊世，以绝后患。”

苻坚眉心渐渐舒展，哈哈笑道：“先生为此事而忧，大可不必。慕容垂、姚苌虽然外表落拓，其实内心淳善，深明大义，绝非先生想象之人。只要二人在世，鲜卑与羌人绝无反叛之理！先生对二人误解极深，朕甚感不安。”

王猛不再多言，神色落寞地摇摇头，唇间发出一声唯己可闻的微弱叹息。苻融也劝苻坚道：“丞相深谋远虑。金玉之言，望陛下纳之。”

苻坚笑而不语。

乘兴回宫，苻坚经过明光殿，一根大柱之后冷不丁探出一颗头来，幽暗中不辨面目。苻坚一惊，定睛再看，不禁哑然失笑。原来是个破灯笼随风摇曳，颇似人头模样。又走几步，猛听得柱后阴风阵阵，有人厉声高呼道：“甲申、乙酉，鱼羊食人，悲哉无复遗！”语声凄厉，令人毛骨悚然。

几个卫士发足急追而去，甩下一阵沉闷的足音。

苻坚默念“鱼羊食人”四字，猛然醒悟。鱼羊合为鲜字，暗指鲜卑，想必有人忌惮鲜卑势力过大，因此编出这句骇人听闻的谣谶，派人装神弄鬼，好诱我诛杀慕容垂诸人！疑团消散，顿时心头释然。少顷，卫士空手而返道：“怪哉！搜遍大殿内外，并无一人踪影。真不知是人言还是鬼语！”

苻坚呵呵笑道：“天下妖言，无不出自人口。庸人自扰，何必理会！”

第三十九章

巨星陨落

翌日早朝，苻坚问王猛道：“仇池、西蜀相继平定，凉国孤悬一隅，再不能纵横捭阖、左右逢源。先生以为，此时伐凉，是否妥当？”王猛沉吟道：“凉国地偏国弱，张天锡寡廉鲜耻，不足为虑。臣忧的是秦国连年征战，军民俱疲。与其劳师远征，不如动情晓理，将昔日俘获的降将阴据及其麾下五千甲兵遣返凉州，并致书一封，阐明利害，令张天锡拱手称藩！”

“若能不战而屈敌之兵，岂不如更好！先生可便宜从事。”

王猛起身道：“臣回府后，便会——”忽觉腹部绞痛、眼前发黑，几乎栽倒在地。苻坚一把将他搀住。王猛晃两晃终于站稳，笑道：“连日劳顿，气血有些亏欠，并无大碍。”苻坚惊得脸色煞白，慌忙传唤太医。王猛喘气制止道：“无须太医，臣有祖传秘方，专治此病。”

“先生有何秘方？”

王猛笑道：“一睡治百病！这点劳顿，只要小睡片刻，便可祛除。”

苻坚仍不放心，唤来李太医为王猛察颜切脉。李太医不敢怠慢，为王猛望闻问切，细细诊断，双眼闪动几下，干咳两声道：“王丞相劳累过度，气血两亏。休息几日应无大碍。”

王猛打趣道：“太医的方子，竟与我的祖传秘方不谋而合。”

苻坚这才放心，送王猛出了大殿，返身回来，却见李太医仍然拘手束脚地立在原地，于是笑道：“这里无事，你可退下。”

哪知李太医扑通一声跪倒在地，痛声哭道：

“小人刚才欺瞒了陛下！”

苻坚心头闪过一丝不祥，颤声惊问：“王丞相究竟得了何病？”

“舌体紫黯，舌苔黄腻，脉象微弱，乃正气大衰、阴阳离决之症！”

“生机几何？”

“虽扁鹊复生，也无能为力！”

苻坚如闻霹雳，呆立良久。

王猛回府歇息片刻，忍着腹痛来到案前，左手捂腹，右手提笔，给张天锡修书道："昔贵先公称藩于刘石者，唯审于强弱也。今论凉土之力，则损于故；语大秦之德，则非二赵之匹。而将军悉然自绝，无乃非宗庙之福也欤？夫以秦之威，旁振无外，可以回弱水使东流，返江河使西注，关东既平，将移兵河右，恐非六郡士民所能抗也。刘表谓汉南可保，将军谓河西可全，吉凶在身，元龟不远，宜深算妙虑，自求多福。无使六世之业，一旦而堕地也。"

写完信腾出左手，衣上赫然显出五个指洞！崔氏看得心疼，叹道："我若是张天锡，见你写得如此辛苦，无论如何也要归顺！"王猛笑道："张天锡是个反复无常的小人，不说到痛处，他怎肯归顺？"又忍痛批阅了几份文牍，这才歇息。

翌日清晨，正欲上朝，长子王永领了王皮、王休、王曜三位兄弟过来问安，顺便禀报道："陛下传来口谕，父亲身体不适，不必上朝，军机要事只需表奏即可。"

王猛听完一怔，心中已明白了七八分。便招手将四人唤至近前，语重心长地问道："我虽官居高位，却身无长物，家徒四壁。一旦撒手尘寰，并无半分余财留给子孙。你们日后若不免贫寒，不知是否会怨恨我？"

王永悲情难抑，含泪答道："自然不会，父亲不过偶然微恙，因何问起这些？"

王猛笑道："永儿生性纯良，被我稍作试探，便乱了方寸，泄了机密。家事可如此，为政用兵，却不可如此。"又将目光转到王皮脸上，接着说道："大限已到，自然要料理后事。但我身为一国之相，所忧唯有国事。家中之事，宜简之又简。诸葛亮死后尚留下八百株桑树、十五顷薄田，让子孙免受饥寒。我能留下的，仅有十具牛而已。皮儿身上颇有些骄惰之气，日后务必要不忘家训，自食其力。"

古时以耕牛犁地，多由两牛并行曳犁，称为一具牛。十具牛，不过区区二十头而已。这便是堂堂大秦丞相留给子孙的遗产。

王猛又转向王休、王曜，脸上露出笑意。

"休儿给王家生了个千里驹。镇恶年纪虽幼，却天资聪颖，果决能断，颇有其祖之风。生辰虽不吉利，又有何妨！昔孟尝君生于恶月而相齐，此儿亦将光耀王氏门庭！镇恶自幼与曜儿亲近，曜儿也要多下气力，助此儿早日成才。"

原来王休之子生于五月初五，因生辰不吉而遭家人嫌恶，险些被过继给别家。王猛却对此儿青眼有加，还给起了"镇恶"之名。后来王镇恶辅佐刘裕北伐，果然成为威震天下的千古名将，这是后话。

傍晚时分，苻坚率众臣过来探视。见王猛脸色蜡黄，比昨日又憔悴了几分，心痛而不敢言，只是东拉西扯地说些朝中趣事。

忽听苻坚说道：“先生是否还记得王雕？”

“这神棍我自然记得。陛下为何想起此人？”

“先生不知，这个王雕，怕是杀错了！”

“出了何事？”

“王雕的预言已经应验。今日新平郡送来一件颛顼之墟出土的宝物，快给先生看看。”

随从搬来一件斑驳古旧的玉鼎，鼎高二尺，长二尺五寸，宽一尺五寸，四面遍布篆书铭文。王猛俯身细看，只见一面是历代帝王名号，一面是王后名号，其余两面则是公侯、重臣之名，自伏羲直至当代，竟无一遗漏。苻坚之名赫然列于三皇五帝、秦皇汉武之下，紧连慕容儁、司马丕、司马弈、司马昱，与慕容暐、司马曜并列。王猛的名字也遥接皋陶、伊尹、李斯、张良，与慕容恪、慕容评、桓温、谢安并列。诸臣看毕，无不大呼神奇。慕容垂笑道：“陛下果然是真命天子，早已应了天数！”

姚苌也赞道：“原来陛下登基，乃两千多年前注定之事。臣能亲睹神奇，真是三生有幸！”

二人一唱一和，哄得苻坚心花怒放。

忽听王猛冷笑一声，厉声喝道：“诸君都已中计，此物乃是赝品！”

众人瞠目，笑声立止。

“先生如何看出破绽？”苻坚问道。

“此鼎既然如此神奇，为何不在王雕死前出土，也好救他一命，却偏偏在他死去十年之后降临人间？”

苻坚一脸疑惑。

“只因王雕死时，此鼎尚未问世！”

“难道王雕与人合谋行骗？”

“正是！王雕临死前放出口风，声称十年后此鼎将要现世。但彼时晋国皇帝仍为司马丕，燕国君主仍是慕容儁，十年后之人事，自然无人知晓。等足十年，王雕余党造出此鼎，将后续帝后、公侯、首辅之名刻于其上，埋在新平，再假意挖出，以示灵验，惑众之余也为王雕平凡昭雪！”

苻坚一边听，一边紧皱双眉。

姚苌察言观色，见苻坚将信将疑，便见风使舵道：“王丞相固然言之有理，但天意幽微，不能尽以人事揣度。陛下既然受命于天，必然暗合天数，天机借远古宝器而彰显，又有何不可？”

慕容垂也随声附和：“人事易察，天意难测。况且古来人物，易证伪而难证真，臣于此深有体会。此物即便是真，也无从考证！不如依了王丞相的意思，宁可信其伪，不可信其真。”

此话明褒暗贬，话中有话，听得王猛眉头紧锁。

苻坚沉吟片刻道：“诸公所言各异，皆出于忠心。此鼎真假莫辨，徒惹非议，不可留在人间。但王雕因献谶而死，刑罚过重，追赠光禄大夫，也算略表补偿，不宜再度褫夺。”说完命武士毁了玉鼎，砸为齑粉。

王猛见苻坚模棱两可，有藕断丝连之意，急忙劝道：“符谶妖言，误国害人！除恶务尽，不可网开一面！”

苻坚哈哈一笑：“符谶之说，不过在茶余饭后，为凡夫俗子增添谈资罢了，朕何曾信过？王丞相过虑矣！”

遂赐以药饵诸物，叮嘱王猛安心养病，率群臣告辞。

离了王猛府宅，姚苌问苻坚道：“臣记得王雕死前曾献谶词曰：‘当有草付臣又土，灭东燕，破白虏，氐在中，华在表。’臣性情鲁钝，当时不解其妙。近日忆起，才悟出‘草付臣又土’乃陛下名讳；‘灭东燕，破白虏’，乃陛下平燕之伟业。天机玄妙，竟然分毫不爽。果然与陛下丝丝相合。但‘氐在中，华在表’六字，却是何意？”

苻坚心中挂念王猛病情，只顾沉思，并未开口回答。慕容垂却摇头讪笑道：“这六字若是天意，足见天帝不如其子也！”

“此话怎讲？”姚苌问道。

“依此六字，上天劝陛下迁氐人至京畿，同享太平安乐，而令华夏居外守边，防备他族造反。此法虽然妥当，却有厚亲族而薄六夷之嫌，与陛下‘愿为天下人之君，而非氐人一族之君’的宏愿相比，真是天差地别。陛下身为天子，志向却远超天意，可见天帝不如其子高明也！”

这句谀辞说得极为高明。苻坚抵挡不住，胸中暖意荡漾，禁不住笑出声来。细细品味一番，忽然扬眉道：“道明言之有理。朕之志向，乃是四海混一、六夷融合，绝无厚此薄彼之意。这句谶词曲解朕意，不值一哂。”

姚、慕连连点头，如鸡啄米。

苻坚接着说道：“为表朕心，朕欲将关中氐人迁往东北，戍守各地边镇。二位意下如何？”

慕容垂喜出望外，脸上却露出惶恐之色，连连摆手道：“使不得，使不得！氐人久居关中丰饶之土，怎住得惯东北苦恶之地？恐将水土不服，滋生烦扰！

陛下若担忧边镇防务，可遣返鲜卑人戍守，何必烦劳陛下之族人？”

苻坚笑道：“朕已听出道明言外之意。大公无私，乃朕御民之本。岂能为氐人一族之安逸，而乱我天下之治？外迁之事，不日便会下诏！”

翌日早朝，苻坚正要宣诏，忽见王猛长子王永匆匆奔来，急奏道：“昨夜家父病势忽然转重，昏迷中常念‘陛下’二字。臣不敢隐瞒，特来告知陛下！”

苻坚大惊，立即起驾来到王宅。

病榻之前，苻坚躬身跪坐。只见王猛仰卧榻上，蜡黄的脸皮紧绷在面颅之上，几乎薄可见骨。两只凹陷的眼窝仿佛枯井旱谷，全无半分生气，唯有两道依旧浓黑的长眉偶一攒动，仿佛聚集全身精气一般。苻坚两唇颤动许久，却不能吐出一字。唯有两行清泪，簌簌垂落。过了许久，忽见王猛浓眉攒动两下。苻坚轻轻喊了声：“先生——”王猛辨出苻坚声音，两眼微微张开一条缝隙，下颌颤动几下，唇间吐出微不可闻的三个字来。苻坚俯身倾听，依旧不可辨识。贴近王猛嘴边，才听出是“张天锡”三字。苻坚百感交集，连连点头道：“张天锡收到先生信札，惊骇惶怖，谢罪称藩。西境已恢复太平，先生尽可放心！”

听到此话，王猛脸上闪过一丝微笑，双眼缓缓闭合，重又陷入昏迷之境。

太医匆匆赶来，观色切脉，面无表情。

“可有大碍？”苻坚问道。

“丞相气血衰竭，以致昏迷。静卧三日，辅以药饵，或能苏醒。”

“三日后呢？”

太医迟疑不语。苻坚急道：“朕非苻生，爱卿尽可直言不讳！”

太医这才答道：“三日之后事，非人力可为，唯司命可知。”

苻坚长叹道：“既然人力难为，朕唯有求诸天地神明矣！”

回宫之后，苻坚虔心斋戒，敛息宁神。翌日沐浴更衣，亲临长安南郊祭天。圜丘南侧，苻坚面北背南，头戴十二旒冕冠，身着黑羔皮大裘祭服，缓缓拾级。神情虔敬，步履严恭。登上圜丘敬献玉帛牺牲，亲手点燃燔柴炉中的积柴。燔燎生烟，载着君王对其良臣挚友的诚心祈愿，艰难地盘旋升腾，几番起落，终于高飏入云。

乐府奏响雅乐，齐唱郊祀之歌。

灵之车，结玄云……灵之下，若风马。
灭除凶灾，烈腾八荒。
上天布施后土成，穰穰丰年四时荣。
芒芒极，降嘉觞。灵殷殷，烂扬光。

鼓乐庄严，歌声肃穆，正是华夏正统的中和浩大之音。但细细听来，曲中的喜乐祥和之气已荡然无存，唯余连绵不绝的悲切凄凉，随青烟袅袅直上，不知归于何处。

苻坚强忍哀思，虔心祷告："冥顽之君苻坚，求皇天大降恩泽，助丞相王猛早日康愈。"

祈祷完毕，苻坚屈膝俯身，行三跪九叩之礼。一跪一叩，都倾尽全力，落地有声，闻者无不动容。

次日，又至北郊方丘祭地，祈求后土赐福。第三日，再至宗庙、太社稷，祈求列祖列宗、土地神祇齐显神灵。并派近臣分头祭祈天下河湖山岳。

如此祭祷三日，苻坚再临早朝，急问王猛病势如何。

苻融奏道："陛下精诚虔敬，感天动地。王丞相昨日苏醒，病势见轻。"

"既已感应上天，朕当大赦天下以继之！"苻坚眼中闪出久违的精光。

又问苻融："丞相府中人力物力可有不足？"

"李太医带了几个弟子，已在丞相府中住下，日夜服侍，不离左右。所用药饵皆是宫中至品。每日晨昏，臣必亲去探视两次。陛下无须挂念。"

苻坚满意地点头道："朕怕打扰丞相休养，不敢去得太勤。你殷勤慰问，不辞劳苦，甚安我心。若有异常，速来禀报！"

一夜无话。又到日上东窗时，一道光柱透过窗纸破洞，在病榻之侧洒下一片暗黄。

王猛在榻上艰难地转过身。脸上映了晨光，越发显得蜡黄。望了望侍立一旁的王永，强笑问道："永儿有举棋不定之意。有何为难之事？"

"门外有父亲故人求见。孩儿不知该不该请进来，因此犹豫不决。"

"何人？"

"河东薛威明。"

王猛一怔，随即欣然道："故人来访，岂能闭门不纳？快请进来！"

伴着沉重的脚步声，一个高大的身影缓缓低下，屈膝跪坐榻前。光柱晃动，一张皱纹密布、鬓发苍白的面孔缓缓抬起，与当年那位英爽豪迈的河东俊杰判若两人。

薛强望着病容憔悴的旧时知己，叹道："我与景略睽违十八年，不意重逢之日，竟然凄凉如是。"

王猛微笑道："十八年恍如一瞬。我较薛兄年少十岁，却要先行而去，堪称后发先至。得见薛兄一面，死而无憾。"

薛强答道："以私论之，薛强不与故人作别，有愧旧日情谊。以公论之，薛强拜见夷狄国相，有愧平生大义。此番相见，却是损公济私，不得已而为之。”

“薛兄心中块垒，竟然经年而不消。”

“何止块垒，我胸中之恨，恰似万仞之山，虽千万年而莫能消除！阁下才略超群，薛某自愧不如。然而失节而事夷狄，虽位极人臣，功盖诸葛，亦难逃身后千古骂名！景略所作所为，薛某深以为耻！”

王猛脸色微微一变，随即恢复常态，淡然道：“古往今来，夷夏之势已历经三变。薛兄知否？”

“薛某不知，愿受教焉。”

“轩辕黄帝之时，中原为华夏，海岱、有苗、百越皆为蛮夷。黄帝擒杀蚩尤，降伏九黎，旧之蛮夷遂化为华夏。此其一变也。”

“春秋战国之时，七雄皆以华夏自居，而以东胡、林胡、山戎、严允为蛮夷。华夷交错而居，时而通好，时而交战，但融合之势终未断绝。及秦灭六国时，诸蛮亦化为华夏。此其二变也。”

“后汉以来，匈奴、鲜卑、羯、氐、羌五胡接连内迁，耕织之余，亦迪斯文。晋末大乱时，其人口、才力已足与华夏匹敌，其英杰人物亦足与华夏天子争雄。虽各立国号，却沿用华夏旧制，研习华夏经史诗文，更移风易俗，以用夏变夷、脱夷入夏为荣。或早或晚，皆化为华夏。氐人乃其中佼佼者，入夏尤其迅速。此其三变也。薛兄身处其中而不觉其变，殊不知今日之秦，已非夷狄之国，足可当华夏、中国之名！秦晋对峙，已非夷夏之争，实为双雄并世。若相持一二百年，焉知得天下者非北国邪！薛兄抱守旧念，犹如刻舟求剑，岂不谬乎？”

薛强仍不认输，冷笑道：“苻坚假称斯文，混淆夷夏。纵使经纶满腹，孔孟附体，仍是夷狄骨血，非我族类。要做我堂堂汉人的皇帝，却是痴心妄想！”

王猛叹道：“夷夏之辨，薛兄重皮相，我却重内心；薛兄重血脉，我却重文脉。苻坚是夷狄还是华夏，后人自有公论，我不愿与兄争执不休。但此人俊逸超迈，贤哲仁惠，不在前汉文景、孝武之下，堪称世间一流之帝。天下百姓，既得其惠，亦感其恩。我得遇此人，素来事之如华夏圣君，至死无憾！”

薛强道：“你感念苻坚知遇之恩，因此替他鼓吹，颇有徇私之嫌。”

王猛缓缓应道：“我最感念陛下之处，不在于知遇之恩，而在于——”话未说完，王猛气息渐衰。

“在于何处？”

深吸一口气，王猛继续道：“正朔衰微之际，苻坚举全族之力，与华夏肝胆相照，未使礼乐沉沦，文明断绝。更以恢复中国之盛为己任。此夷狄之举耶，华夏之举耶？”

薛强一怔。

这番话耗费王猛不少气力。咳喘良久，才继续说道：“薛兄浑然不觉世事之殊，不知兄所谓之夷狄早已君子豹变，其文蔚然！乱世未休，须知贤哲不可多得，太平来之不易。薛兄身负大才，却藏身僻野，凭山河之险、坞壁之固割据自雄，自以为绝壁之上，余绪可保；石屋之中，忠节可全。至于天下百废俱兴、夷夏交融之势，皆视而不见，岂不悲哉？他日若再逢乱世，薛兄必追悔莫及！”

薛强口气强硬依然：“若逢大乱，愿为华夏尽忠效死！但薛某效忠夷狄之日，须俟河水倒流之时！”

王猛喘息叹道：“阁下为一己之名节，不念苍生，弃绝大义，窃以为舍本逐末，不足取也！”

薛强振衣而起，长叹道：“道不同不相为谋。异域之人，一别长绝！”说完悻悻而去。

“异域之人，一别长绝”原是李陵送别苏武归汉的诀别之辞，薛强引用此语，是自拟为苏武，而视王猛为李陵。

王猛听出此意，独卧榻上，闷闷不乐。

王永劝慰道：“此人愚顽不明，又出言不逊。父亲莫与他斗气。”

王猛叹道：“薛威明虽然嘴硬，但心中似有悔意。日后或干出一番大事，也未可知。可惜我已无缘亲睹！”[①]

薛强离去不久，苻坚领了几个侍从悄然来访。王永引苻坚来到榻前，却见父亲已昏昏睡去，便俯下身，欲将他唤醒。苻坚一把拦住，低声道：“丞相一生操劳，难得睡得如此安稳。朕虽不得与他交谈，在他身边坐一坐，也能心安！”说完在榻边轻轻落座，为王猛理了理衾被，又低头凝视许久，忽然泪流满面。

次日一早，苻坚洗漱完毕，眼皮忽然跳动不止。心头一阵慌乱，急忙唤来苻融问道：“丞相昨夜安好否？”

“王丞相病中不忘君王社稷。这封奏章，是他强撑病体所作。”

苻坚接了奏章，轻声读道：“不图陛下以臣之命而亏天地之德，开辟以来，未之有也。臣闻报德莫如进言，谨以垂没之命，窃献遗款。伏唯陛下，威烈震乎八荒，声教光乎六合，九州百郡，十居其七，平燕定蜀，犹如拾芥。夫善作者不必善成，善始者不必善终，是以古先哲王，知功业之不易，战战兢兢，如

---

① 十余年后，薛强以八十高龄率兵大破慕容永，威震关中。后受姚兴征召，官拜右光禄大夫、七兵尚书。

临深谷，伏唯陛下，追踪前圣，天下幸甚。”

依旧是忧国忧民的平日口吻，笔力厚重的平日字迹。篇首、篇中字字工整，全无丝毫病态。直至篇尾，行间笔势才生出些许疲惫颓唐，但一点一画依旧不失其常，不减神采。写至结尾，一根根拙重的勾画竭力支撑，愈行愈缓，直至篇终而不散其神，而其中痛楚却已无处遮掩，由字里行间弥漫纸外，令人不忍卒睹！

苻坚眼中忧思闪动，暗自惊呼：“丞相稍有减轻，便心忧国事。书此奏章，岂不耗尽气血耶！”

想到此处，忽然心惊肉跳，坐立不宁。急急唤来诸人，即刻赶至王宅。

王永出门迎迓道：“家父昨晚高烧不退，病势极为凶险。今晨醒来高烧退却，一直念叨陛下，说有要事相告。臣正欲入宫禀奏，陛下却已先至。”

“陛下！”

王猛辨出苻坚足音，费力地抬了抬上身。

苻坚伸手相搀，扶他斜卧榻上。握其臂膊，枯瘦见骨，轻如灯草一般。苻坚一言未发，泪已盈眶。

“陛下，臣有一言——”王猛话未说完，连喘两口粗气，双颊忽然泛出红润，两眼也射出炯炯逼人的光芒。苻坚见王猛气色转佳，心中一阵惊喜，止泪道：“先生莫急！”

王猛扫视四周，接着前言说道：“人之将死，其言也善。臣有一言，不吐不快。”这句话说得中气充沛，琅琅如病前之语。苻坚连忙屏退众臣，只留下苻融、苻宏二人，自己跪坐榻前，双眼垂视，与王猛的炯炯目光对接，轻轻点了点头。王猛额头、面颊冒出虚汗，泛起一层微薄的光亮，越发显得精气焕然，继续朗声道：“臣知陛下早有伐晋之志。晋国虽偏居江南，却是华夏正朔。秦欲取而代之，尚需时日。古人云：‘亲仁善邻，国之宝也。’臣死之后，愿陛下不以晋为图。”

停顿片刻，王猛额头虚汗消退，脸颊光彩尽散，面色由红转灰。胸口起伏，鼻翼抽动，连吸几口短气，双唇才颤巍巍重新开启，一字一顿地说道：“鲜卑、羌虏，我朝仇敌也，终为大患，宜渐除之，以便社稷。”

吐完“社稷”两字，王猛松了口气，双眉舒展，二目淡然凝望苻坚，再无一丝转动。

苻坚紧握王猛双手，只觉冷寒似铁！

“景略——”

苻坚伏榻恸哭，几欲晕厥。

悲风凛凛，愁云冽冽。

长安城东清明门外，自发送葬的民众披麻戴孝，恭立官道两旁，连绵数十里。半空不时飘来抽泣、呜咽之音，伴着呼啸的风声，在天地之间上下激荡，左右回旋。

隆隆的车马声阵阵而来。黑影浮动处，浩荡的送葬车仗缓缓出了清明门，迤逦东去。

走在最前的是由材官、轻车将军统领的北军五校宿卫军阵，个个身着黑衣，头裹白巾，神情肃然。

军阵之后，掌管朝廷礼仪的谒者仆射骑着白马，护送装运灵柩的御用辒辌车缓缓而来。此车由驷马驾驭，车身宽大，内置卧席，两侧有双层窗牖，可温，可凉，故名“辒辌车”。车首加装外覆黑缎、内衬黄缯的御用车盖，名曰“黄屋”。车衡左侧挂着御用牦牛尾饰，名曰“左纛”。辒辌载柩、黄屋左纛，这是除帝王之外，古今人臣所能享用的最高哀荣。

辒辌车经过处，哭声震天，悲戚遏云。阵阵寒风中，行行热泪洒落尘埃，瞬间化为冰雪。

尾随辒辌车的，是几辆外覆黑幛的马车，载了王猛的家眷。黑幛随风掀动，阵阵悲戚透窗而出，令人不敢直视。

随后是辎重车仗，装运御赐梓宫、便房、枞木外藏椁、东园温明等丧葬器物。一切规格仪轨，都效仿西汉摄政多年的大将军霍光葬礼旧例，皆为人臣之极。最后一辆车上载了一通石碑，上刻“秦丞相王猛武侯之墓”。王猛一生追慕蜀汉丞相诸葛孔明，其谥号“武侯”，亦与孔明相同。

车仗东行而去，沿途哭声连绵，随风鼓荡。上至九天，下至九地，回响无处不在。

次日，车仗来到华阴。谒者仆射早已派人在王猛故居附近择了吉地，命戍卒掘地垒土，建成茔冢祠堂，搭好灵棚。

谒者仆射监护丧事，将灵柩停放灵棚，接受吊唁。子孙亲戚、知交故旧、同僚属下，依次哭拜吊唁。哀气腾空，上接乌云，阴暗暗遮天蔽日。哭声高扬，和着风声，悲戚戚响彻天地。

忽听一声高呼：“皇帝驾到！”

只见苻坚一身缟素，踉跄步入灵棚，跪坐灵前扶棺垂泪，哭诵祭文道：

嗟我景略，北国英物。生逢乱世，颠沛穷途。少怀奇志，不近凡俗。穷尽幽微，韬略满腹。

嗟我景略，久居清寒。箪食瓢饮，褐衣不完。涅而不缁，豹隐华山。披褐谒温，扪虱而谈。语惊四座，名震江南。

嗟我景略，终展大才。奇谋伟计，涤荡尘霾。除奸铲恶，地辟天开。出将入相，昭垂百代。平乱攻心，声达中外。臣服六夷，威震四海。气吞幽燕，楛矢东来。

嗟我景略，德如南风。治国为政，夙夜在公。立法垂范，天下始平。威过子产，功逾孔明。国之良相，堪比太公。

嗟我景略，知己一人。共输肝胆，同披腹心。两旬知交，情逾古今。死生相隔，独感幽魂。倏忽不见，惝恍不闻。霖雨之操，崩山之音。斯人已逝，谁知我心！

天不欲使吾平一六合邪，何夺吾景略之速也！

呜呼哀哉，伏唯尚飨！

诵完祭文，苻坚扶棺大哭，悲恸欲绝。侍者将其搀起时，跪坐处竟已泣泪成冰。

守灵三日，苻坚泪眼长湿。接连临哭三次，直哭得肝肠欲断。观者无不暗叹：“君臣之交，竟能深切至此，堪称空前绝后矣！”

到了出殡之日，阴寒散尽，晴空万里，吊唁宾客依然络绎不绝。忽见一人披了一头不僧不道的散发，穿了一件不冬不夏的黑袍，且歌且啸，大踏步向灵棚而来。卫士伸臂阻拦，喝问：“阁下何人？”

“陇西王嘉，特来送别故人。”那人声如钟磬，不同凡响。

卫士让开通道，王嘉径入灵棚高呼曰：“景略，景略，胡为乎来哉？君忧天下纷乱不绝，特来世间止乱，救苍生于水火耶？果若如斯，又胡为乎去哉？呜呼，天上或无良相，欲召景略执掌太微耶？或君不忍亲见盛世之衰，遂急流勇退耶？抑或天帝不欲人间盛世长久，遂召君归去耶？君之生时，慰无望之民以希冀，何其仁耶！及君离去，终又夺之，又何其残耶！君之生时，降乱世以宁日，何其慈耶！及君离去，终又弃之，又何其忍耶！悲哉！悲哉！感哽摧绝！”

王嘉诵完悼词，忽然起身，一边迈步离去，一边仰天作歌道：

“晴日忽尽兮，雨雪纷然。猛士已没兮，唯志独坚。羌望乱离兮，盛世终鲜。长歌当哭兮，万里江山！”

歌声悲凉高亢，歌词诡谲凄迷，犹如一股冰水，由双耳直灌人心底。歌声远去，其悲寒之气仍在灵棚回旋不绝，足令人气血凝滞。

辞灵礼毕，五校宿卫抬了灵柩，由孝子相扶，缓缓出了灵棚。

苻坚立在棚外，目送灵柩远去。

片刻之间，漫空竟已乌云密布，大雪纷飞。雪片上下舞动，纷纷乱乱，却又无声无息。时而似从天穹飘落，时而似从地底喷出，时而因风而动，时而展翅自舞，似为无情之物，又似乎自带生命，暗藏灵气。苻坚望着大雪，耳边哭声渐止，眼前的万物也依次隐身遁形。远处茔冢、冢下墓穴、穴外之路、路上的宿卫与孝子，还有架在他们肩头的灵柩，都已消失在这片纷乱无声的白色之中。万物皆逝，唯余一片惨白，将天地浑为一团虚空，犹如鸿蒙太初时。

虚空中，忽见一人披褐独立，淡然一笑，倏忽而去。

这个冬季尤为漫长。

终于又到春暖花开的时节，长安城渐渐退去哀氛，重现喜乐之气。

冠军将军府内竹苞松茂，却花草稀疏。慕容垂端坐竹下，从石案上的盐水瓷盆里拈出一根柳枝，用门牙将末梢啮成扁刷模样，把满口白齿细细刮刷了一遍。

慕容宝侍立一旁，笑道："听说陛下牙齿已松脱欲坠。父亲较他年长一轮，牙齿却足足比他年轻一轮。"

慕容楷道："王猛死后，苻坚如失股肱，被政务搅得满鬓白发。大王恰恰相反，背后芒刺已除，自然周身康健。侄儿以为，大王光复大燕的伟业，已指日可待！"

慕容垂从口中拔出柳枝，冷笑道："尔等勿学小人幸灾乐祸。王猛肉身虽灭，精魂尚未死去。其法治之功犹在，军政、财政遗泽犹存，临终遗言犹在苻坚耳畔。尔等还应耐心等待。"

慕容宝道："听说王猛次子王皮贪图小利，卷入东海公苻阳之叛，已被流放塞外。嘿嘿，有逆子如此，王猛在苻坚心中还能存活几天？"

慕容垂道："王猛仅给子孙留下十具牛，并无半分余财。王皮为养家糊口，竟到了造反的地步，也算千古奇事。此事虽然有损王猛清誉，但并无大害。真正要紧的是另一事。"

抿抿嘴，慕容垂接着说道："今日乃氐人外迁启程之日，苻融定会打出王猛的旗号，竭力劝阻。我倒要看看，苻坚究竟是坚持己见，还是依从王猛遗言！"

洗漱毕，慕容垂引着子侄二人骑马出了府门，却见街头人如潮涌，尽是背着行囊，准备外迁的氐人，个个愁苦凄然。原来苻坚不听苻融诸人劝阻，已诏令苻丕、杨膺、齐午统率十五万户关中氐人，共计七十余万，于今日启程，迁居冀、幽等关东州郡。长安城内，有数万氐人奉命外迁。

皇宫门外的空地上，苻坚一身便装，骑着青鬃御马，一边与陆续抵达的臣子打招呼，一边向苻丕面授机宜。

“关中众氐滋长繁杂，再不外迁，必生烦扰。阳平公等人多有不解，心怀杞忧，以为此举自毁根基，反令鲜卑得利。百姓更多有怨言。丕儿此行，要向官民转达朕意，令其晓得此中深意！”

苻丕点头称是。

“陛下！”

阳平公苻融按辔勒马，面带忧色。

“陛下，论及氐人外迁之计，有三不可。其一，民生民心不可伤害。七十万氐人无端迁离故土，大扰民生，大伤民心。其二，国之根本不可动摇。大秦由氐人建国，以氐汉联盟为基石。王丞相生前曾反复告臣曰：氐人应联合华夏，共御鲜卑、羌虏。可惜陛下受奸人蛊惑，一意孤行，恐将动摇国之根基。其三，丞相遗款不可违背。王丞相谋略过人，遗款皆为真知灼见，臣愿萧规曹随，不敢妄加篡改。”

苻坚冷笑道：“朕对你寄予厚望，以丞相之职相授，你却不识大体，不解朕心，屡屡阻挠，令朕大失所望！”

他说完不再理睬苻融，却朝刚刚赶来的慕容垂挥了挥手。

“陛下日夜操劳国事，鬓角渐生白发，令臣感慨万千！”慕容垂关切地叹道。

“唉！丞相在世时，朕常谓为君乃是易事。丞相故去后，朕方知为君不易。不过半年，已操劳得须发皆白！道明日后要替朕多多分忧才好！”

“臣万死不辞。”慕容垂连忙应道。

苻坚为苻丕送行，一直行至薄雾冥冥的灞河北岸。

即将永别故土的氐人挨山塞海，连绵无尽，与亲友临行诀别，恸哭之声，响彻四野。

秘书侍郎赵整奉命备饯行之酒，趁机援琴而歌曰：“阿得脂。阿得脂。博劳旧父是仇绥。尾长翼短不能飞。远徙种人留鲜卑，一旦缓急语阿谁。”

苻坚闻歌，笑而不语，却在苻丕马背上猛抽一鞭。马蹄声紧，苻丕的身影钻入扑面而来的雾气，消失不见。雾气自西向东汹汹奔涌，将岸边官道遮蔽殆尽，唯余阵阵马嘶，引着无边恸哭，直向茫茫东方杳杳而去。

慕容垂捻须东望，须髯之下隐藏着一分得意之色。直到此时，他才终于确信：王猛已去，世间再无王景略！

转眼又至岁末。在一个祥和的丽日，长安城北横门附近忽然锣鼓喧天，只见两列官吏鸣锣开道，簇拥了一位威风凛凛的骑马将军，浩荡而来。

“邓羌？他老人家已经凯旋？”

有人认出骑马之人，高声喊道。

“不错，听说邓羌与张蚝、郭庆、朱肜率二十万大军大破拓跋部，击杀敌酋什翼健，一举灭了地方万里的鲜卑代国，将大秦疆域开拓至极西极北之地！”

“这丰功伟绩，足以封狼居胥！”

“邓羌百战百胜，真是一代名将！”

路人一边翘首张望，一边啧啧赞叹。

邓羌受万人簇拥，进了长安。苻坚亲自在城门迎接，请他同登御辇，径直入东堂赴宴。

东堂彩光盈盈，雅乐飘飘。苻坚请邓羌坐在上首，唏嘘道：“邓卿一生操劳国事，鬓毛已白却猛志不衰。《陇上壮士歌》犹在耳畔。庆功之日，邓卿能否再唱一曲，以慰吾心？”邓羌豪气满怀，掀髯笑道：“俚歌村曲，本不登大雅之堂。陛下既不嫌弃，我便献丑了。”说完起身引吭，击节而唱。

“陇上壮士有陈安，躯干虽小腹中宽，爱养将士同心肝——”凌厉高亢的歌声响彻东堂。乐师也停下中正平和的清商曲，改奏铿锵激昂的关西之音。

邓羌人歌俱老，歌声颇异于当年的粗豪雄壮，平添了几分苍凉悲切之气。苻坚听着歌声，悲从中来，望着邓羌的白发苍髯，忆起旧时岁月，更加伤怀。

“西流之水东流河，一去不还奈子何，呜呼阿呼奈子何。”邓羌一气唱完，毫不气喘。苻坚请他落座，亲自斟上美酒，赞道：“虽不闻刘邦歌大风，却得闻邓公歌陇上，此生足矣！”邓羌大喜，连饮三盏，面不改色。苻坚又命人取来金帛礼品，准备颁赏。回头听得鼾声大作，只见邓羌半卧案前，一手托腮，一手垂地，睡成了一尊罗汉。苻坚会心地一笑，命乐师停了管弦，又叮嘱众人：“邓公鞍马一生，难得如此安闲。勿要惊扰壮士清梦！”过了片刻，鼾声渐止。苻坚怕邓羌着凉，便解下身上锦袍，亲手披在他的肩头。手指划过邓羌脸颊，忽然脸色一变，喝道：“速传太医！”

太医赶来验视，探完鼻息，把完脉搏，一言未发，只是轻轻摇了摇头。

苻坚喟然长叹道：“攻无不克，战无不胜。应战而生，战息而逝。天生良将，邓羌之谓也！”说完泪如雨下。

“王猛先死，邓羌后亡，苻坚失了一文一武左膀右臂。爹爹在秦国，已再无敌手！”

“何止没有敌手，叔父抖抖智囊，掉出的渣子都能砸死满朝文武！”

慕容府的家宴上，慕容垂的几个子侄席地而坐，你一言我一语地恭维着坐在上首的冠军将军。慕容垂充耳不闻，双手抚摩着犀角刀柄，两眼死死盯着席上的烤全羊，却不动刀。

“楷儿，近日姚苌有何动向？”慕容垂突然发问。

“一个胸无大志的酒囊饭袋，值得叔父如此挂念？”慕容楷用匕首割下一根羊蹄，不屑地问。

“王猛死后，天下能看透姚苌野心的，唯我一人而已，小儿辈哪里懂得！他究竟忙于何事？”慕容垂把玩着匕首，头也不抬地说。

“装神弄鬼，在园子里辟出二分地，种了草药，当成神主一般伺候！”

“这老货最信鬼神，种了什么草药，如此上心？”慕容垂忽然抬起头。

“我派心腹小厮去姚府查问，也没问出来。那厮机灵，顺手掐了几根，问了药铺的伙计，才知是‘独活’。”

“好得很！”慕容垂猛地提高嗓门，“只是独活之外，应该还另有一物。”

慕容楷惊得两眼一翻：“叔父料事如神，另一样与独活大同小异，小厮未来得及下手。改日再去查看。”

“不必了，另一种必是‘羌活’。二者合称‘羌独活’。老姚的心思都在这三个字里。以后与我争夺天下的，必有此人！”

众人面面相觑。

慕容垂却哈哈笑道：“老姚奸诈有余，气量不足。只想羌人独活，不能胸怀天下，虽能成事，却难成大事。不足为虑！”说完一刀割下羊头，旁若无人地大口啃了起来。

第四十章
兵败淮南

"来春再不破城，便以此剑自裁，勿复见我！"

苻坚将一把沉甸甸的宝剑，连同一句杀气腾腾的口谕撂给整装待发的使者，自己气呼呼地拧身而去。

半年前，苻坚以庶长子苻丕为征南大将军，统领四路大军，共计十万余人，合攻江汉重镇襄阳，本以为是挥戟采葵的易事。岂料守将朱序凭借"铁打襄阳"的牢固城防坚守半年之久，竟然令苻丕一筹莫展。久攻不下，朝野怨声载道。苻坚越发焦躁，才下达了这道死令。

翌年春日，襄阳终被秦军攻破。朱序与道安和尚、习凿齿等襄阳耆旧皆被擒至长安。苻坚依旧厚待降臣，封朱序为度支尚书。又亲晤道安、习凿齿，赐以厚礼。此时习凿齿患了腿疾，不能行走。苻坚想起攻城之艰，不禁自嘲道："十万精兵，只擒来一个半人。道安一人，习凿齿半人！"

苻融趁机劝道："襄阳战后，军民俱疲。请陛下暂罢军事，休养生息。"苻坚应允。

忽一日，长安城西章门之外人头攒动，喧嚣震天。两队金甲武士手持仪仗，昂首分列官道两侧。武士之后，又有一排持矛官兵背对道路，拦在看热闹的人群之前。看客们倒也知趣，虽然一个个鸭颈伸得鹅颈长，却不敢越雷池一步。

"来了！来了！"前头有人高喊。话音未落，无数颗脑袋齐刷刷向西转去。

只见十余名容貌不同、服饰各异的西域使节列队而来，后面跟了一列装满货物的车仗，最后是几十名马夫，每人牵了一匹高大异常、神健出奇的骏马，浩浩荡荡直入长安城来。

"千里马！"

"大宛汗血宝马！"

"你看，宝马肩胛处汗水淋漓，殷红似血。汗血之名，果然不虚！"

众人不枉苦等半晌，看完热闹，又尾随而去。直到使节人马都进了皇宫，宫门随之关闭，才意犹未尽地缓缓退去。

苻坚大喜，亲自在东堂接见使节。近年秦国国库丰盈无比，皇宫用度随之大增，东堂装饰一新，早已今非昔比。使节看得眼花缭乱，啧啧不已。

大宛使臣道："去岁，大秦凉州刺史梁熙大人宣陛下盛德于西域，并以缯彩赐诸国王。今岁，西域十余国特以珍异五百余种敬献陛下。大宛献汗血千里驹五十四，以供陛下驱使。"

苻坚捻须叹道："朕治民以德，治国以义。登基二十余年，唯知恭俭，不敢耽于声色犬马之好。今见诸君跋涉万里，进献宝马珍玩，甚觉有愧。朕愿效仿汉文帝退还天马之旧例，请诸君携宝马珍玩而返。"

大宛使臣赞道："陛下仁德无边，不愧为当今天下第一明君！"

苻坚颇为受用，在东堂设宴为来使接风洗尘。并请朝臣陪坐，赋《止马诗》以志之。众臣各尽歌功颂德之能事，得诗四百余篇，并选出佳作数首，请苻坚过目。

其一曰：

天马西来价万金，蹄下生风肋生云。
啸如惊雷奔如电，黄沙飞溅汗血痕。
昆仑祁连频飞渡，追风踏雪径入秦。
怅望西还知何故，王不爱马只爱民。

其二曰：

天马止兮且归去，经万里兮返西极。
我法地则知所守，我行天道崇清虚。
前无尘氛遮鸾旆，后有卿云绕属车。
有法有度，不急不徐。
吉行五十知所驻，日行千里却安之。
天马止兮且归去。
君有龙媒堪称宝，我有善德可为舆。

苻坚龙颜大悦，命人以价比黄金的五色之锦、九霞之缎将诗篇装裱成卷，赐予使者带回西域，以播扬大秦拒奢尚俭之风。

到了启程之日，车师前部王弥、鄯善王休密驮忽然屏退左右，暗劝苻坚道："陛下威震天下，声名远播西域。但大宛诸国素有异心，明向陛下朝贡，暗中图谋不轨。陛下何不依两汉旧例设置都护，号令西域！若王师出关，我二人愿为乡导。"

苻坚大喜，立即命骁骑将军吕光率七万步兵、五千骑兵征讨西域。诏令下达，朝中议论纷纷，大抵赞成者寡，抵触者众。苻融受群臣推举，入宫劝道："西域与中原远隔万里，蛮荒无际，沙漠接天。陛下劳师伐远，得其人不可役，得其地不可耕，徒耗大秦国力，何益之有？"苻坚微微笑道："昔日汉武帝为抗击匈奴，派张骞西行连横。张骞不辱使命，凿空西域，创下旷世奇勋。历代先贤苦心经营多年，终于设置都护，宣德威于绝域，播王化于沙漠。魏晋两朝国势衰微，仍与西域通使不绝。中原纷乱百年来，无力西顾，两地遂一别长绝！前人所创功业，苻坚不敢或忘。今日若见机不作，他日西域将不复为华夏之土！况且北国已平，西域虽远，可传檄而定。吕光西征，岂不是化被昆仑、垂芳千载的美事！"

"陛下高瞻远瞩，非臣所能及。但武功卓绝与穷兵黩武之间，仅有一步之遥。王丞相征战，讲究一文一武、一张一弛。陛下一味猛进，恐非长久之计！"苻坚笑道："你心思缜密，细微处的文章做得比我好。但论及大略，却不如我。朕派吕光西征，今人多以穷兵黩武论之。但千百年后再论此事，后人必会赞我深谋远虑！"

苻融低头退下，暗自叹了口长气。兄长的雄才伟略，他向来自愧不如。但自从王猛殁后，兄长渐生好大喜功之心，浮躁有余而缜密不足。用兵西北，虽然尚不足以动摇秦国根基。但妄念一起，便难止歇。哪一天若是心血来潮，忽然动了用兵东南的念头，却如何劝阻！想到此处，苻融头皮一阵发紧。

春风骀荡，吕光在长安雍门之外向苻坚辞行。苻坚借着风势捋了捋胡须，又望了望吕光身后的虎狼之师，胸中豪气充溢，不禁慨然叹道："大丈夫生逢乱世，当扫平天下、廓清四海！他日你平西北，我定东南，君臣二人互致捷报，不亦壮乎！"

吕光听到"东南"两字，眉头忽然一耸。

"两边树敌，乃兵家大忌。陛下若有南征之意，可待我西征归来，乘胜南下擒了谢安、司马昌明。岂能让陛下自陷于险境！"

"我自有安排，可保万无一失。世明可安心建功于西北，不必为我忧心！"苻坚信心十足地拍了拍吕光的肩膀。

冒着一阵紧似一阵的东风，吕光与苻坚洒泪惜别。他何曾料到，在沐浴最后一场长安东风之后，他将一别永诀，许身绝域，终生不得重返关中！

送别吕光，苻坚乘云母车匆匆回宫。刚在龙辇上坐定，侍从已捧了邸抄急急而至。

“晋将朱绰近日侵扰沔北，焚烧践踏秦军屯田，劫掠人口而去。”

苻坚怒气冲冲地将邸钞拍在案上，脸上却挂着一丝笑意。

“火速召集群臣，入宫议事！”

“诸位爱卿——”

苻坚端坐龙辇，望着分坐两旁的文武诸臣，清了清嗓子。阵阵余音伴着龙涎香的清冽气味，在空阔的太极殿萦绕不绝。

“朕登基三十年来，四方皆已平定，唯东南一隅未沾王化，屡屡犯边。如今大秦国阜民丰，以十丁抽一之法，可得虎旅九十七万。朕欲亲率雄师，南下灭晋，混一四海！众卿意下如何？”

豪言已落，余响亦绝。殿内一片死寂，唯有龙涎香气无声无息地四处弥漫。这出人意料的冷场令苻坚倍感尴尬。依照他的推想，众臣理应群情激昂，嵩呼“万岁”，或者慷慨陈词，踊跃请战，怎会如此无动于衷。辇下终于有了动静。秘书监朱肜晃着方方正正的头颅，用老僧诵经般寡淡无味的声调念道：“陛下恭行天罚，必然有征无战。晋主不衔璧军门，则亡命江湖。陛下返中国士民，使复其桑梓，然后回舆东巡，告成岱宗，此千载一时也！”

“这亦是朕平生之志！”苻坚语气中自带三分欣喜，夹藏七分遗憾。原来朱肜是个素无主见的书虫，几句文绉绉的答语不过是照本宣科的恭维，岂能当真。

苻坚等了许久，只等来几句中听不中用的废话，却不知其他人到底是何主意，不禁心生躁气。余光瞟向苻融，却见他默然枯坐，面无表情。

忽见文臣之列笏板晃动，低缓凝重的嗓音随即响起，正是尚书左仆射权翼。

“昔日武王将伐纣王，因箕子、微子、比干三位贤臣尚在，遂在盟津罢兵。直至比干被杀、箕子被囚，才兵发牧野。如今晋国虽然微弱，却无大恶。谢安、桓冲堪称江表伟人，君臣和睦，内外同心。以臣观之，未可图也。”

几句话将苻坚的满腹期待击得粉碎。沉默良久，苻坚缓缓说道：“请诸君各抒己见。”

“权仆射所言极是！”

“伐晋时机未到。”

“晋国尚不可伐！”

坐下诸公都在附和权翼之言。杂音纷乱，刺得苻坚耳膜鼓胀，心神摇动。苻坚终于由躁转怒，暗骂道：众文臣骄奢太久，已不复当年壮志！

苻坚又把目光转向武臣行列。石越率先奏道：“古人云：‘岁星所在，国不可伐。’今年岁镇守斗，分野正在吴地。若逆天时而伐晋，恐有天殃。况且晋国据有长江之险，又上下一心，未到亡国之时，不可伐也！”

苻坚冷笑道：“当年武王伐纣，也曾违逆天时、卜辞。天道幽远，非我辈可知。夫差、孙皓都曾据有江湖之险，仍不免于亡国。大秦早已独步天下，军卒之众，足以投鞭断流。区区长江，何险之有？”

石越答语甚急：“三位昏君淫虐无道，灭之易如反掌。如今晋虽无德，却无大患。愿陛下暂缓用兵，暗中厉兵秣马，以待时机！”

“此言差矣！”只见张蚝晃了晃宽阔无须的方脸，冷笑道：“以大秦国力之强，灭晋易如反掌。末将只需十万精兵便足以生擒晋主。又何须陛下兴师动众，押上大秦国运？”

苻坚脸上闪过一丝笑意。主战一派，终于有了一位够分量的人物。

“张将军戎马半世，凡遇大敌，必踊跃求战。但伐晋乃国之大事，朕务必亲征，方可无愧于心！”

“不妥，不妥。王丞相在世之时，常告诫陛下勿忘国之根本，不宜亲冒矢石。征伐事小，社稷为大。陛下为求一胜而倾尽国力，置社稷安危于不顾，正犯了兵家大忌！”

“敌万人”的后一番话好似一盆冷水，将苻坚心头仅存的一丝暖意冲刷殆尽。苻坚的目光在武臣行列来回游走，却找不到落脚之处。这些武夫交头接耳，哼哼哈哈，要么与石越一个鼻孔出气，要么大拾张蚝的牙慧。观察半晌，唯有姚苌、慕容垂二人气定神安，不附众议。于是清了清嗓子，苻坚故作镇静地问道：“姚苌、慕容垂两位爱卿有何高见？”

姚苌抢先答道：“陛下文韬武略，古今无双。功盖三皇，勋逾五帝。灭晋之计，高屋建瓴，如泰山之压卵、牛刀之割鸡，必将彪炳史册，永世流传！”

慕容垂也不甘落后：“以陛下胸襟之广，百万大军之盛，虽秦皇汉武再世，亦当退避三舍！臣躬逢盛世，感激涕零！愿受陛下驱使，荡平江南余寇！”说完撩起衣袖用力拭了拭眼角鼻端，仿佛那里早已涕泗滂沱，纵横四溢。姚、慕二人顿成众矢之的，引来一阵汹汹群议。

“谄言谀辞，岂可轻信！”

“陛下圣明，不可为谀辞所惑！”

苻坚暗怀感激地望了望二人，起身高喝道：“诸公议论纷纷，各持己见。此所谓筑室道旁，无时可成。吾当内断于心！”

群臣散去，苻坚将阳平公苻融留在大殿，冷笑道：“自古欲定大事，不可惑于众言。当年孙权定下赤壁抗曹之计，所倚仗的不过周郎、鲁肃二人。今日众议纷纷，徒乱人心，全无半分裨益。我留你在此，便是要力排众议，做个决断！”说完扫了一眼苻融，目光饱含期待。

苻融目光垂地，面色凝重地答道：“陛下伐晋，有三大死结。其一，天道不顺，岁星在吴；其二，晋国无机可乘，无懈可击；其三，我国连年征战，士民疲惫，有厌战、畏敌之心。宜修养数年，再择良机。凡说晋国不可伐者，皆是大秦忠臣。逆耳忠言，愿陛下听之！”

苻坚听在耳中，怒在心头。怒气由内及外，将一张面孔郁结得青冷可怖。

“连你也是如此心思，我还能指望何人！我大秦强兵百万，资仗如山；我虽不敢自夸明君，亦非暗劣之主。乘连胜之势，伐垂死之国，何患不克？岂可令残寇长居东南，永为大秦忧患！”

苻融亦动了真情，洒下两行热泪，哽咽道：“晋不可伐，尽人皆知！纵使陛下兴师动众，也难保全胜！况且臣之所忧，不止于此。陛下宠信鲜卑、羌虏，令其广布京畿，掌握重兵。如此危局，较永嘉前夕有过之而无不及！陛下倾国出动，独留太子与弱卒数万留守京师，若有不虞之变生于关中，必然追悔莫及！臣浅陋之见，诚不足采。王景略一时英杰，陛下常比之诸葛武侯，难道忘了他的临终遗言！”

苻坚哪里肯听，摆手斥道：“也罢，留你在此，却无半分主意。还不退下！”苻融低头退下。须臾间，又返回殿内。

“朝臣深感不安，都滞留殿外，等候进谏！”

苻坚无可奈何地摇了摇头，苦笑道：“朕之伐晋，以两国强弱之势论之，犹如疾风扫秋叶。而衮衮诸公皆言不可，实在不可理喻！”

又耗费半日口舌，才将群臣劝退。

午后，苻融又入宫进谏，苦口婆心地劝了半晌。苻坚斥道：“颠来倒去只有几句旧词，全无半分新意，如何能说服我！”

“臣忽然记起一事，如骨鲠在喉。”

“但讲无妨。”

苻坚不耐烦地摆了摆手。

“昨夜王丞相托梦于我，告以要事！”

苻坚怔了怔，一脸肃然。

侍从忽然来报：“慕容垂求见陛下。”苻坚大喜，亲自出殿迎迓。远远望见慕容垂身姿谦恭、步履殷勤，身后跟了三个小厮，个个眉清目秀、乖巧可人。

苻坚肚里仿佛吞了顺气丸一般，瞬间通畅了几分。

“朝臣有畏敌之心，甚失吾望。道明做何感想？”苻坚劈头问道。

慕容垂吩咐三个小厮放下手里的木匣，望了望苻坚，又瞅瞅苻融，拱手道："既然陛下正与阳平公议事，臣暂且告退。"

"不必，刚才说到哪里了？王丞相托梦，有何要事？"

苻融欲言又止。

"慕容卿又不是外人，何必吞吞吐吐。"

"王丞相以国事相托，求臣拼死劝阻陛下亲征。否则大秦将有亡国之祸！"苻坚默然无语。

慕容垂察言观色，早已看出眉目，插嘴道："阳平公此言差矣！王丞相生前最恨符谶、鬼神之事，己所不欲，又怎会施于人耶？依我推测，托梦者必非王丞相本尊，或是狐黄鬼魅幻化人形，作祟作妖，也未可知！"说完哈哈大笑。

苻坚点点头，用冰冷阴沉的目光狠狠刺了苻融一眼。

"明明是理屈词穷，不敢自谏，却要假借王丞相之名。成何体统！"

喝退苻融，苻坚立即面露悦色，换了副口吻问："南征之事，道明有何高见？"

"请陛下赏完国宝，再议国事！"

三个小厮已将三只木匣一字摆开。慕容垂亲手掀开盖板，露出三件古奥残旧的器物。左边是一柄锈迹斑斑的青铜剑，中间是一片硕大的破木屐，右边是一枚黑漆人头骨。

"孔子屐、赤霄剑、王莽头三件至宝，已失传近百年。因陛下圣德感天之故，数年前忽现于我朝。臣数次寻访，都失之交臂。加之王丞相屡屡以'妖言''符谶'论之，遂使国宝蒙尘，与陛下暌违至今。卑职办事不力，请陛下恕罪！"

苻坚心头狂喜，两眼射出电光。他身为帝王，阅尽天下珍宝，早已练出一双慧眼。低头俯察半晌，竟未看出孔子屐形制粗鄙，高祖剑纹饰庸俗，王莽头包浆浮浅。原来三件器物，都是洛阳古董贩子倒腾过来的粗劣赝品。苻坚被慕容垂的谀辞蒙了心窍，哪里还辨得出真伪，大喜道："道明忠心可嘉，不愧为朕之股肱！先将国宝收入府库，待平定了晋国，再与群臣共赏，宣示天下！"

慕容垂收了"国宝"，呵呵笑道："国宝初现长安时，灵光闪动。今日见到陛下，忽然灵光不再。可见陛下乃真命天子，足令宝物失色！陛下何日将用旧的木屐赐臣一双，放上几年，便是传世国宝，岂不胜过孔子之屐！"

苻坚拊掌大笑。慕容垂收了脸上的谄笑，正色道："国宝现世，暗合天意。陛下文德胜过仲尼，武略盖过汉祖。加以灭晋之伟业，将成千古一帝，令后人望尘莫及！"苻坚听得如沐春风。

"况且弱并于强，小并于大，乃自然之势。晋亡于秦，如江河之东流，不可逆转！陛下英明神武，威加海外，虎旅百万，韩、白满朝。蕞尔江南，指日可平，岂可将此顽敌留给后世子孙！《诗经》云：谋夫孔多，是用不集。陛下断自圣心足矣，何必广询朝臣！当年晋武帝平吴，所仰仗者不过张华、杜预而已，若一味听从朝臣之言，哪还有混一四海的奇功伟绩！”

苻坚早已合不拢嘴，颌下胡须仿佛久旱逢雨的禾苗，根根昂扬奋起，摇颤不止。

“只是王丞相遗言在先，朕不忍违背。道明以为如何？”

“此一时，彼一时。王丞相临终时，秦晋两国不相伯仲，我朝尚无灭晋之资。但王丞相殁后，大秦蒙陛下恩泽，蒸蒸日上，一日千里。秦国一郡，可敌晋之全国。以大秦国力之强盛，法度之臻备，陛下用兵之精妙，若再为王丞相遗言所囿，裹足不前，岂不令天下人耻笑！陛下灭了晋国，一统天下之时，王丞相必将含笑九泉，怎会因违背遗言之事而介怀？”

好一个慕容垂，字字不离苻坚心坎，句句搔到痒处。苻坚听得气血贯通，周身舒畅，抚着慕容垂的后背，慨然赞道：“与吾共定天下者，独卿而已！”当即赐帛五百匹，亲自送出殿外。

苻坚终于拿定主意。即日下诏：“平民每十丁遣一兵；二十岁以下良家子弟，有材勇者，皆官拜羽林郎。”又依灭燕前王猛请建鲜卑府第的旧例，命太子苻宏为晋国君臣督造府第。

“灭晋之后，朕当以司马昌明为尚书左仆射，谢安为吏部尚书，桓冲为侍中。数月之后即会入朝上任，诸公府第可即日动工。”

苻宏趁机劝道：“岁星在吴，且晋君无罪。陛下若出师不捷，则外挫威名，内损财力。群臣之所以不愿伐晋，便在于此！”

苻坚笑道：“细论起来，我朝灭燕之年，岁星亦在燕国分野，可见天道幽微，不可窥测。至于晋君有罪无罪，更不必在意。秦灭六国，难道六国之君皆为桀纣？”

朝臣终日苦谏，慕容垂、姚苌及良家子弟则曲意逢迎，日夜鼓吹苻坚出兵。苻融忧心忡忡，再次入宫劝谏。

“鲜卑、羌虏是我仇雠，做梦都盼着天下大乱，好趁机起事。慕容垂、姚苌所献计策，都是要置秦国于死地的阴招毒计，岂能听从？良家子弟出身高门大户，不懂军旅，只懂曲意逢迎。陛下听信三家谗言，却不纳志士诤言，轻举大事、穷兵黩武，恐将弄巧成拙，追悔莫及！况且大秦本是戎狄之国，未得华夏正朔。江东虽微弱仅存，仍是中华正统，天意必不当绝！”

“天命无常，唯眷有德！昔刘禅身为汉之苗裔，终为魏国所灭，天意何在？泥古不化、不达变通。你之所以远不及我，便在于此！”

苻坚的争辩看似谬误，细思又似乎无可置疑。

苻融暗叹道：可惜我辩才平平，无法说服陛下。若王丞相在世，必能一语中的，劝阻陛下！思来想去，索性找来备受苻坚宠信的道安大和尚，请他务必“为苍生进一言”。

道安与苻坚同坐御辇，在东苑游玩。苻坚意气风发，忽然四顾而叹：“朕将与公南游吴越，泛长江，临沧海，不亦乐乎！”

道安趁机劝道：“陛下应天御世，当居中土而制四维，何必栉风沐雨、经略遐方！且东南卑湿多病，昔日虞舜游而不归，大禹往而不复。又何必动陛下之大驾！”

苻坚果然辩才高妙，呵呵应道：“天生烝民，而树之君，使司牧之。朕岂敢惮劳，使东南一隅独与王化无缘乎！按大和尚的说法，难道古代帝王从不征伐耶！”

道安力劝不得，立即以退为进道：“陛下若务必亲征，可驻跸洛阳，先遣使者下书江东，再派大军跟进。建康必会俯首称臣。何必陛下亲涉江淮？”

苻坚有些不耐烦，摆手道：“虽千万人，吾往矣！大和尚不必再为他人充当说客！”

是夜，苻坚临幸宠妃张夫人。张夫人也趁机进谏道：‘谚云：‘鸡夜鸣者不利行师，犬群嗥者宫室将空，兵动马惊，军败不归。’自秋、冬以来，众鸡夜鸣，群犬哀嗥，厩马多惊，武库兵器自动有声，此皆非出师之祥也。”

苻坚笑道：“军旅之事，非妇人所当预也！”

张夫人之子中山公苻诜聪明伶俐，最受恩宠，见母亲进谏不听，也来助阵道：“臣闻国之兴亡，系贤人之用舍。今阳平公，国之谋主，而陛下违之；晋有谢安、桓冲，而陛下伐之，臣窃惑之。”

苻坚哈哈笑道：“天下大事，孺子安知！”

秦国紧锣密鼓，大举备战。到了秋风肃杀的八月，百事齐备。苻坚命苻融、张蚝、慕容垂率步骑二十五万为前锋，从东路南下；以姚苌为龙骧将军，率十万大军从西蜀启程，沿长江顺流东下。

大军开拔在即，苻坚亲自出城壮行。长安城外旌旗接天、士众如云，气氛却颇为悲凉。苻坚与众将一一话别。轮到姚苌，苻坚忽然拍着他的肩头，意味深长地勉励道：“朕登基之前，以龙骧将军之名建功立业。因此龙骧之号，从不轻易授人。今日特意相授，姚卿勿负朕一片苦心！”

姚苌面皮上堆出一副惶恐之色，皮下的筋骨血肉却暗藏笑意。

“姚苌鞠躬尽瘁，死而后已，决不负陛下重托！”

左将军窦冲厉声道："君无戏言，此乃不祥之兆也！"众将无不色变。苻坚却默然无语，仿佛不曾听见。

送走两路人马，苻坚亲率六十万大军从长安出发。前后千里，旗鼓相望。东西万里，水陆齐进。运漕万艘，遍布河湖。凉州之兵始达咸阳，幽、冀之众方至彭城，苻坚中军已抵达河南项城。沿着弯弯曲曲的沙河河岸继续向东南行进，水声渐急，水面骤然开阔。只见滚滚沙河水忽然挣脱河道束缚，掉头汇入宽阔的颍河，向南奔涌而去。苻坚精神为之一振，耳边回响起当年在颍河畔吟出的诗句：

"慷慨东南去，浑然四海一。"

不禁暗叹道："当年虚无缥缈的梦想，今日已是触手可及的实境，只可惜身边少了王景略、邓羌！"

唏嘘之间，忽见河边树下聚了一群士兵，围着一棵白皮松树指指点点，议论纷纷，见苻坚走近，都一哄而散，露出树干上四个墨迹乍干的大字："坚不出项"。

几个士兵押来一个书生模样的人。

"陛下，散布妖言者已经抓获！"

那书生在苻坚面前忽然跪下，厉声喊道："陛下，还记得罪臣樊代吗？"

苻坚端详良久，终于将眼前这个温文儒雅、襦袍幅巾的身影与记忆中那个粗蛮无礼的酒囊饭袋捏合在一处。

"樊代，原来是你！"

樊代稽首道："陛下，项城乃形胜之地，进可攻，退可守。即便出师不利，亦无损秦国根基。陛下若驻跸此地，运筹帷幄，可保万无一失！"

苻坚听他谈吐不俗，与当年判若两人，不禁笑道："多年不见，一个只知《食经》的老饕竟然修成胸藏锦绣的士人。真是天下奇闻！"

樊代叩头道："王丞相教诲，小人没齿不忘，早已洗心革面。"

"原来如此。"苻坚笑道。

"请陛下亦不忘丞相遗言，切勿轻易南下，陷大秦于危局！"樊代顺势答道。

苻坚心中一颤，压抑已久的怒火猛然喷发，瞪眼吼道："朕是何人，轮得到你来阻拦！"猛甩皮鞭，连人带马向樊代冲来。

樊代全无躲避之意，被铁蹄重重踏翻在地。挣扎而起，口里流着血，仍然望着苻坚的背影喊道："陛下，不可南下！不可南下！"

到了河边，一群乡民纷纷攘攘围了过来，堵在苻坚马前。卫士虽能拦阻乡民靠近，却拦不住汹汹呼号之声。

“陛下不可南下。”

“前途未卜，陛下何苦涉险？”

“南行不利，请陛下留步。”

苻坚耳中仿佛钻入千条百足之虫，阵阵刺痛钻心入脑，难以忍受。

忽见一个中年妇人冲到苻坚面前，两眼迷离地上下翻动，用江南口音厉声喝道：“我苦等二十多年，只为告知君侯，前方不可去也！”

两个卫士一把将妇人扭到一旁。那妇人一边挣扎，一边喝道：“姚襄，你为何不听殷浩之劝？前路难行，胡不归邪？”

“疯婆子还不退下！”

一声怒吼，势如奔雷。一个高大无比的铁甲巨人拖着沉重的足音威压过来，逼得乡民连连却步。申香牵了苻坚的缰绳，冲出汹汹呼号、疯言妄语的包围，大踏步向河堤而去。

渡过颍水，路边竹林连绵，茅舍参差，颇似隐士居所。苻坚逸兴满怀，叫来两名贴身卫士，换上便装，飘然来到竹林。田园秀色，果然美不胜收。苻坚饱游饫看，忽见茅舍后闪出一位道骨仙风的老者，拱手道：“贵客临门，请入陋室小坐。”苻坚昂首进了茅舍，只见满屋清凉，不乏出尘之爽；谷香四溢，依旧人间烟火。老者端来一盆五谷粥、一碟胡饼，摆上三个小碗。

“足下风尘满面，似已饥馁。若不嫌弃糟糠之食，可自取粥饭。”

苻坚大喜，拎起木勺打了满满一碗五谷粥。

“味道如何？”

“滋味颇为调和。多年不曾喝过如此好粥！”

老者笑道：“足下谬赞，我这粥看似调和，其实火候不足。再焖半个时辰，才堪待客之用。”

“不错，这粥略有些夹生。”

老者骤然收了笑容，厉声道：“治大国如烹小鲜。治国之道与煮粥之理亦无不同。足下明于微而惑于大，却是何故？”

“愿闻其详。”

“一釜之粥，夹生亦无大碍。百万大军若是夹生，哪里还有活路！足下再不止步，必将追悔莫及！”

苻坚心知遇见异人，微微一笑，从容如旧。

“长者微言大义，必是世外高人。”

“一生贫贱，不敢妄称高人。王景略才是真正的高人，你为何忘记他的遗言？”

“时过境迁，世人只记得王景略的遗言，却忘其遗志。扫平四海、混一夷夏，何尝不是他毕生所求！”

“智者当凭天俟时、顺势而为。你倒行逆施，难道也是王景略的教诲？”

“长者若是王景略知己，定知我心！虽千万人，我往矣。”

“也罢！你刚愎自用，杜绝天下言路，合该遭此大劫！我苦心规劝，到头来却是自作多情！”老者眼中幽光一闪，转过头去。

须臾间，苻坚的一碗夹生粥已吃得干干净净。

“多谢长者款待。至于此行胜败，何不与我立个赌局？赌注任君挑选！”

老者回过头，面带怒色地冷笑道：“足下以国事为儿戏，岂不荒谬？只怕天下虽大，却无一物堪为赌注！”

“长者危言耸听，独不见我兵强马壮，破敌指日可待？下次相见，再细论其详！”

苻坚潇洒地抖抖衣襟，大笑而去。他哪里知道，自己与老者立下赌局之时，在数百里外的江宁谢家别墅内，另一场赌局也已到了一决胜负的紧要关头。

水榭明窗，棋子敲枰。两大赌客隔枰而坐，一头是晋国第一重臣谢安，对面是冠军将军张玄。而此局的赌注，便是这座清雅可人的谢家别墅。张玄师从“江左棋艺第一”的周闵，棋力素在谢安之上。今日却昏招不绝，杀至中盘便推枰认输。

谢安缓缓起身，瞥了一眼身边观棋的外甥羊昙，笑道：“这套别墅，暂且归你！”

张玄一边擦拭额头虚汗，一边问道：“出征在即，将士茫然无助。敢问谢公有何破敌之策？”

谢安呵呵笑道：“这话好生耳熟！”

“实不相瞒，谢玄将军屡次向大人问计，都未得答复。谢将军不敢亲自来问，因此派卑职来探大人口风。”

“朝廷已安排妥当。诸君只需各司其职，便可大获全胜！”

谢安迈着方步出了别墅，登上马车，一路优哉游哉。回到建康府中，夜色已深。谢安这才差人唤来谢石、谢玄、谢琰和桓伊四将。

谢石为谢安胞弟，素来军功平平，此次以征讨大都督之名统帅三军。谢玄是狂司马谢奕之子，虽已年近四旬，却无甚名气。七年前官拜兖州刺史镇守广陵，招募北方悍劲流民，操练出一支勇猛之师，号称“北府兵”。此番参战，谢玄担任前锋都督，是晋军中流砥柱。谢琰为谢安次子，年方而立。只有桓伊是久经沙场的名将。

四人依次落座，各个满面愁容。谢安亲手斟上香茶，却只字不提军事。四人端盏默然，难以下咽。谢玄犹豫再三，壮胆问道："大敌当前，不知叔父有何指教？"

"养兵千日，用兵一时。你的'北府兵'操练七年，鬼神莫知，必将一战成名！你与琰儿初出茅庐，不为敌熟知，正宜出奇制胜。谢石与桓伊老成持重，可旁敲侧击，暗中襄助。众将各用其能、各尽其责，足以克敌。苻坚虽然人多势众，备战却颇为草率。我看他此行必然无功而返！"

四将脸上渐渐露出喜色，这才端起茶盏，若即若离地碰了碰嘴唇。忽听门外脚步声急，一名信使匆匆而至。

"荆州桓冲将军担忧京师防御，欲遣三千精锐增防，请大人定夺！"

谢安缓缓答道："京师防御，朝廷自有安排。三千精锐，宜留守荆州。"

待信使退下，谢石问道："桓荆州一番好意，兄长为何不领情？"

"三千人不足以扭转战局，却足以扰乱我军心志。不如婉言拒绝，内可安稳人心，外可迷惑敌军。天色已晚，各位速回府歇息。明日踏上征途，早传捷报！"

寿春城头，苻融登高南眺，思绪万千。此番出征，秦国军威之盛，堪称空前绝后，但备战之仓促、军心之混乱、士气之低落，同样前所未有。苻融率前锋二十五万南下千里，朝乾夕惕，不敢有丝毫大意。虽然连克寿春等地，但真正的硬仗还在后头，任何毫末疏忽都可能酿成巨祸。

探马忽然来报："陛下抛下大军，帅八千轻骑南下，已至北城门外！"

原来苻融截获晋军缺粮的密报，便用邸抄告知苻坚。岂料苻坚求胜心切，竟然轻兵急进，欲与晋军提前决战。

苻融大惊，立即出城迎接，问苻坚道："陛下万金之躯，为何涉险至此？"

"我接了你的密报，却迟迟不见你动兵，因此心急如焚。晋军既然缺粮，必要力求速胜。何不将计就计，速战速决！"

"我军粮秣充足，正宜持久。陛下何必心急！"

"兵贵神速。见机不作，岂是大将所为？速令三军火速准进！"

苻融无奈，命卫将军梁成率五万兵众急进洛涧西岸，准备迎击百里之外的晋军。梁成占据险要，沿河扎营。秦军连日行军都已疲惫不堪。夜幕刚刚降临，营内已鼾声四起。

夜半时分，幽暗寂静的洛涧对岸忽然闪出一彪人马，倏忽而来，如鬼如魅。摸黑涉过河水，径直向秦营袭来。秦营内次第响起鼓角之声，亮起松明火把，秦军匆忙迎战。刹那间，这支神秘之师已杀入营内，迅急如风，凶猛如虎，与秦兵熟知的晋军大相径庭。秦兵招架不及，被冲杀得溃不成军。梁成纵马挺槊，指挥应敌，忽见一员紫面赤髯、浓眉怪眼的晋将骑着一匹愣头呆脑的驽马，表情木讷地缓步而来。于是喝问："来者何人？"

"北府参军——"那人搭话之时，胯下的驽马猛然耸身奋蹄。

"——刘牢之来也！"

话音未落，刘牢之已如风而至，手起刀落，将梁成斩于马下。

秦军折了主将，越发不成阵势。战至黎明，终于大溃。退至寿春，五万兵众已折损三成。苻坚闻讯，惊得目瞪口呆。月明星稀之际，八公山下西风骤起。凄厉的秋声飞越林杪，直达云端。苻坚匆匆登上寿春城楼，忽然指着八公山上密密匝匝的草木喝道："山上兵卒密布，难道北府兵已追杀而来？刘牢之籍籍无名之辈，竟是如此强敌！朕登基以来，秦军战无不胜，何曾遭遇如此败绩！"

"不过草木而已，何来晋军？"苻融心不在焉地答了一句，心里暗叹：陛下习惯了王丞相在世时秦军百战百胜之势，已无应对逆势之心。出征时目空一切，既不知己，又不知彼；阵前初逢强敌，又吓得草木皆兵，从轻敌转向畏敌。如此心浮气躁，哪里是获胜之兆！

"北府兵虽是劲敌，毕竟只有数万人。我军只要稳扎稳打，必能一举歼之。眼下臣所忧心的，却是军中内奸！"

"你又疑神疑鬼，军中何来内奸？"

"陛下以朱序为使者，劝降谢石。他却暗中通敌，为谢石出谋划策！请陛下立斩朱序，以防不测！"

苻坚脸上闪过一丝宽厚的微笑。这样的笑容，除偶现于圣贤图像之外，在世间已不多见。

"朱序身为晋国降臣，与昔日同袍叙叙旧情，也是常情，何必小题大做？他虽然官居尚书，但并无军权，能掀多大风浪？重用朱序，是为示敌以仁，收拢人心。朕之苦心，你何时能懂！"

"陛下对降臣一味宽仁，毫无约束。昔有姚苌、慕容垂，今有朱序。这三人皆非善类，又身居高位，一旦作乱，必成巨祸！"

争论一番，苻融见苻坚依旧不为所动，便悻悻退下。苻坚前心揣着一统江山的大梦，后心怀着草木皆兵的畏惧，胡乱睡了一觉。天色微明，便率军东进，抵达淝水西岸。与此同时，晋军也已抵达淝水东岸，与秦军隔河对峙。谢玄得了朱序密报：苻坚欲速战速决，因此抛下大军与苻融汇合，晋军应将计就计，力求速胜，若等秦国百万大军部署完毕，将难求一胜。谢玄见秦军沿河布阵，难以渡河，便派人向苻融传话："沿河布阵，乃持久之计，非速战之道也。何不稍稍退却，待晋兵渡河，再一决胜负！"

秦军诸将不以为然，纷纷劝道："我众敌寡，不如扼守淝水，以逸待劳。"

苻坚却捻须笑道："朕有一计，更胜一筹。我军何不假装退却，诱敌渡河。待其半渡之时，却以铁骑骤然出击。此乃孙子'半济而击'之法，可获全胜！"

众将赞许。苻融思忖再三，以为可行。于是高举令旗，命秦军稍稍后退。号令传下，前军转为后军，缓缓推动人马回撤。苻融立马四望，只见二十余万大军仿佛一辆笨重不堪的大车，缓缓发轫，准备倒行。朱序混在后军，领着麾下的数千人马，一边回撤，一边东张西望。眼见秦军阵形臃肿，号令不畅，朱序忽然心生一计。猛扯缰绳，战马一个战栗，发出一声凄厉的长鸣。朱序趁机高呼道："秦兵败矣！"

这四字仿佛滚油中泼入一勺凉水，秦军顿时炸了锅。后军信了朱序谎报，开始仓皇败退。中军初闻号令，正在调转方向；前军未闻号令，仍在原地观望。三股力道各行其是，乱作一团。苻融心头一惊，只见秦军这辆大车已挣脱驾驭，开始癫痫般地左摇右晃。四只车轮朝着四个方向，各自狂转不休。车身上下摇颤，几乎要分崩离析。

苻融拔剑狂呼："秦兵未败！秦兵未败！"左右驰骋，一心稳住局势。但一己之力，哪里抵得住潮水般的汹汹乱军。这辆大车摇颤片刻，终于开始逆行。起初尚不太快，仿佛山岩松脱，摇摇而欲坠，转瞬间已成高山坠石，不可逆转。三军前挤后拥，自相践踏，死伤无数。

晋军早已渡过淝水，乘乱杀来。苻融仍不甘心，一边后撤，一边收纳溃军。退至一处洼地，一股溃兵呼啸而至，乱如蜂群蚁阵，将地面挤得再无半分空地。苻融的战马立足无地，轰然倒下。苻融被践踏得遍身泥污、血流满面。溃军退去，苻融捡起宝剑，奋然起身，十余根明晃晃的晋军长矛已当胸刺来。

"秦兵未败！"苻融大叫一声，仰面倒地，嘴唇犹在颤动，如歌似泣。

谢玄驱马经过苻融的尸身，耳畔犹自回响着他的临终之音：

> 今我往矣，七尺肉身。他日归来，一缕幽魂。幽魂之散，如雾如云，此生虽逝，忠义永存。

举目四望，谢玄神情恍惚。这场大捷来得如此轻易，如此诡谲，究竟是侥幸而得，还是理所当然；究竟是冥冥注定，还是人力使然？

喟叹良久，谢玄匆匆写了捷报，派快马送至建康谢府。此时谢安正凭窗危坐，与张玄手谈。黑白棋子疏密排列，闲散中暗藏杀机。书童匆匆而至，递来一张纸条。谢安手捏棋子，接过纸条瞄了一眼，先敲落棋子，随后将纸条信手塞在枰下。张玄会意，敲枰而笑。

“战况如何？”

谢安慢条斯理地答道：“小儿辈已破敌。”张玄推枰而起，狂走高呼。谢安不紧不慢地振衣而起，跨门而出。忽然一个踉跄，木屐之齿碰上门槛，断为两截。谢安深一脚浅一脚地步入庭院，浑然未觉异样。余晖洒落谢安肩头，散发出融融暖意。

而在余晖的另一端，苻坚忽觉寒意弥漫。二十余万大军不战而溃，胞弟也惨死于乱军之中。一切尽在意料之外，仿佛一场突如其来的噩梦。晋军杀声渐近，苻坚犹在魔怔之中。侍从喊他逃命，他却充耳不闻。肩头猛地一阵剧痛，却是一根沾着热血的冰冷羽箭，真真切切地透过铠甲，钉在肉中。苻坚这才明白眼前一切皆真，泪水顿时夺眶而出。

“休要跑了苻坚！”

呼声已从身后转至眼前。苻坚拨马欲走，却进退无路，四面早已围满如狼似虎的北府兵。

忽听一声大吼，一个异常高大的身影迅猛奔来，双手抡刀，杀开一条血路，正是申香。

“申香与我同走！”苻坚喝道。

“陛下先行！”

申香一把扯下苻坚身上醒目的锦袍，用刀背猛击马背。战马纵身一跃，穿过申香杀出的血路，载着苻坚北驰而去。与此同时，申香高大的身躯也轰然倒地。

奔至淮北，溃军与秦军六十余万后继人马迎面相遇。后继大军见前锋溃败如斯，也不问缘由地转头败退。晋军追击百里，渐渐止步。秦兵浑然不知，依旧狂奔不已。几十万溃军散落百里，乱如蜂营蚁队，顶着北风仓皇北窜，与出征时的盛况不可同日而语。

北风渐紧，乌云低垂。云中鹤影憧憧，莫知所往。风声鹤唳，此起彼伏，远听仿佛号角，近听又似杀声。秦兵早已丧胆亡魂，误以为身后追兵不绝，于是脚不沾地，死命奔逃，直至力竭倒地。

刮了整整一昼夜，北风渐渐停歇，霜冻却凛然而至。千里平川一夜入冬。秦军饥寒交迫，冻死无数。

黎明时分，苻坚单人匹马来到一片村舍。眉心额头，胡须鬓发，都已挂满白霜。肩头箭伤、腹内饥肠一同发作，将他折磨得生不如死。苻坚闻到炊烟粥饭之香，越发饥饿难忍，却无颜叩门乞食。踌躇间，忽见一座茅屋柴门大开，阵阵饭香扑面而来。苻坚顾不得礼仪，下马径直入内。屋内无人，案上却摆了一碗热气腾腾的小米粥、半盆红亮油润的猪肘。苻坚狼吞虎咽地吃完，依旧不见人来，便出了屋门。忽见一位襦袍幅巾的高士危然独坐竹林之中，正是王猛！苻坚顿时泪流满面，低头用衣襟拭泪，却不敢作声。

“饭菜是否可口？”那人缓缓起身，苻坚定睛再看，却是与他定下赌局的老者。

苻坚羞愧无比，拱手道：“长者厚恩，他日定以千金回报！”

“你不听诤言，业已兵败。再要一意孤行，必将亡国。老夫只求你好自为之，不负天下苍生。何需你报答一饭之恩！”

苻坚垂头而叹：“淝水之败，万死莫赎。从今以后，我又何以面对天下苍生！”说完潸然泪下。

第四十一章

千古遗恨

苻坚一路北逃，派人联络各路人马，都不得音讯。

忽有斥候来报："慕容垂的三万精兵驻守郧城，未参与淝水之战，因此得以保全。其余各路，都溃散不知所终。"

苻坚立即赶去与慕容垂会合。

慕容宝闻讯大喜："苻坚穷途末路，却来自投罗网！父亲韬晦多年，等的正是这千载难逢的时运。取而代之，便在今日！"

慕容垂却摇了摇头。

"话虽如此，但念及旧情，我岂能乘人之危，恩将仇报！我不杀他，亦能成就大业，何必多此不义一举？"

慕容德见家兄生出妇人之仁，也过来劝说。

"强者之争，成王败寇。自古风水轮流转，兄长当年流年不利，赶上秦国强大，只能俯首称臣；秦国忽然衰弱，正当报仇雪耻，却与旧情何干？苻坚假仁假义，给了兄长可乘之机。如今时运颠倒，兄长若不痛下狠手，必留大患。中兴燕国，在此一举！常言道：'当断不断，反受其乱。'兄长莫再迟疑！"

慕容垂冷笑道："当年我为慕容评所不容。避祸于秦国，又险些死在王猛手中。苻坚不忍杀我，还以国士之礼相待。我不曾报恩，反而作乱，已自陷于不义，何必再给自己扣个'弑君'的恶名？况且我平生之志，只在中兴燕国，无意染指关中。而中兴燕国，根本不费吹灰之力，又何苦为了苻坚引火上身，甘作众矢之的？关中虽是膏腴之地，却错综复杂，欲杀苻坚而称霸关中者，必然另有他人。智者不为祸先，不如静观其变。"

于是亲迎苻坚，下马拜道："慕容垂不能在战场杀敌，致使陛下经此大祸，深感有愧！现交出三万兵马供陛下驱使，以扭转乾坤！"

"危难时节，更显出道明耿耿忠心，可昭日月。得卿忠贞相助，朕必能重整旗鼓、重整河山！"苻坚颇感欣慰，舒了口长气，含泪赞道。

慕容垂嘴里呵呵赔笑，一张脸却像牛肉干似的僵直死硬。慕容德、慕容宝面无表情地冷眼旁观。权翼看在眼里，暗自冷笑。

沿途又陆续收集十万溃兵，走散的百官也大致齐备。苻坚颇感欣慰。眼看来到西临崤函的渑池县，三军西望关中，忆起锅盔、粉糍、腊汁肉的滋味，脸上渐生血色。慕容垂却忽然向苻坚辞行："秦人西望崤函而思故乡；臣北望故国，亦有桑梓之念。先人宗庙，荒废已久。臣魂牵梦萦，不能释怀。特向陛下告假，回邺城拜祭。"

苻坚不假思索地答道："虽说忠孝难以两全，但行孝之心，岂能阻拦？道明尽管安心祭祖，勿以朕为念。"

权翼在身后暗扯苻坚衣襟，苻坚却假作不知。

眼见慕容垂远去，权翼捶胸顿足。

苻坚明知故问："子良先生为何如此气恼？"

"陛下以为，当年慕容垂投奔秦国，是为避祸，还是因为倾慕陛下仁德？"

"朕虽是凡人，却也有自知之明。慕容垂投秦，自然是为避祸。"

权翼冷笑道："此人出身燕国贵胄，因为不遂平生之志，才委身于西秦。他身居燕国吴王之位，尚不知足，又怎瞧得上秦国冠军将军之号！况且性如鹰隼，饥则附人，饱便高飞，遇风尘之会，必有凌霄之志！此时务必剪除，岂能任他为所欲为！"

苻坚恍然大悟："慕容垂、慕容德神色古怪，不似平日，或许真有二心！"又摇头道："但朕已答应了他。匹夫尚能一诺千金，我身为帝王岂能食言？"

权翼怒道："陛下身为天子，岂能重小信而轻社稷？慕容垂必然往而不返，关东之乱便由他开始！趁他尚未走远，可速遣轻骑追击！"

苻坚犹豫再三，终无此意，径直率军返回长安。

权翼暗道：看来只能效仿王丞相当年手段，将慕容垂先斩后奏！

慕容垂一路狂奔，忽见身后尘土飞扬，一员大将手持蛇矛，纵马赶来，正是张蚝。慕容宝、慕容德变了脸色，个个攥紧剑柄，准备厮杀。慕容垂也慌得手心冒汗。却见张蚝赶来，放下长矛。

"陛下不能亲自送将军还乡祭祖，便备了礼品，派我送来。"

慕容垂长吁一口气，慨然叹道："陛下恩重如山，慕容垂今生今世无以为报！"

送别张蚝，慕容垂极目四望，纵马扬鞭，狂歌北去。这是他平生第三次逃亡，心情与前两次却有天壤之别，颇有蛟龙归海的酣畅痛快。

次日傍晚，慕容垂来到枋头黄河边。浮桥仍在数里之外，细如墨线。众人不敢迟疑，打马直奔桥边。草丛中忽然跳出一条大汉，仰头问道："来的可是慕容冠军？"

慕容垂眯眼看去，却不认得。

大汉抱拳道："小人奉河东薛强之命，请将军去桥南谷仓共商大计！"

"薛公现在何处？"

"正在仓内恭候。"

慕容垂笑道："你先禀报薛公，我饮完马便去。"

待那人走远，慕容垂皱了皱眉。

"此人来得蹊跷，恐怕有诈。昨日我见权翼鬼头鬼脑，似乎看破了我的心事。莫非这是他的诡计？"

慕容德撇嘴道："渡过黄河，便是兄长的天下。何惧小小诡计，冲杀过去！"

慕容垂凭河而望，哈哈笑道："河边连一棵树都不给我留。这必是权翼的诡计无疑！"

众人望去，河边树木果然被砍伐殆尽，仅余一根根东倒西歪的树桩。

"不过，权翼百密一疏。"

慕容垂踏入草丛，揪了一把干草笑道："他哪里晓得，鲜卑人偏偏有结草为筏的本事！"

于是与众人收集干草，扎成一张草筏，匆匆渡河而去。却命属下程同穿了自己的衣服前去赴约。

程同赶至谷仓，权翼拔剑喝道："逆贼慕容垂，还不束手就擒！"

程同大笑。

"权大人虽然足智多谋，但我家主公略胜一筹，早已渡河而去！"说完一声呼哨，拨马便走。

权翼扔了宝剑，仰天长叹道："鹰隼冲天，虎狼归山，秦国亡矣！"

慕容垂来到邺城见了苻丕，说明祭祖之意。

苻丕问僚属道："慕容垂行为蹊跷，究竟是何居心？"

谋士赵秋道："此时不回长安辅佐陛下，却来燕国故都，必欲谋反。不如杀了，以除后患！"

侍郎姜让道："他尚无谋反之行，若擅自捕杀，恐被陛下怪罪。不如奉若上宾，暗中监视。"

苻丕道："还是姜先生想得周全。"于是将慕容垂安置在城西驿站，严加看管。慕容垂不露声色，却暗中联络燕国旧臣，准备起事。

羁留连日，不得脱身，慕容垂渐渐有些烦躁。这日饮了几杯水酒，只觉一股豪气在周身来回窜动，仿佛要穿透躯壳，破窗而出！慕容垂来到窗前，仰头望见长空白云如带，几只苍鹰凌云翱翔。想到自己半生悒悒，难逞壮志，顿时胸胆开张，拔剑作歌道：

“慕容垂，慕容垂，违心敛翼鬓已衰。一日长风起江北，振羽摩云怒而飞！”

唱罢泪流满面。众人大为振奋，持觞引吭，慨然而和。

忽听“砰”的一声，驿长撞开房门，仗剑挺身而入。

“慕容垂歌中反意已露，给我拿下！”

慕容垂仰天狂笑，拔出腰刀砍翻驿长。慕容宝、慕容德也亮出刀剑，冲了过来。杀尽驿吏，又一把火烧了驿站，这才扬长而去。

消息传至邺城，石越劝苻丕道：“慕容垂委身秦国十余年，一向谨小慎微。近日忽敢杀人放火，分明反形已露！趁他羽翼未丰，应火速剿灭！”

“陛下兵败淮南，众叛亲离，全靠慕容垂一路服侍，才平安而归。其护驾有功，怎可滥杀！”

“慕容垂既不忠于燕国，又怎肯尽忠于我朝！他身为鲜卑首领，率先作乱，若不早除，后患无穷！”

苻丕只是不听。

石越气破胸脯，大骂道：“你们父子只重小仁小义，不顾天下大计。我辈终将死于鲜卑虏之手！”

重返故地，慕容垂如鱼得水，不日便招募数万部众。于是济河焚桥，下令道：“我假意投靠秦国，暗中谋划中兴大业，终于等到今日！我赏罚分明，到了平定天下之日，定给诸君封赏爵位！”

各路叛逆纷纷云集麾下，推举他为盟主。

慕容垂围攻邺城，又踌躇满志地致信苻坚。在信中先谢苻坚的知遇之恩，又夸耀自己在淮南大破桓冲、临危护驾的功绩。随即笔锋直转，说自己“奉诏北巡”，却受苻丕猜疑，又被丁零叛贼推举为盟主，迫不得已，只得“泣望西京”而受命。一时归者云集，胜过当年“周武王之会于孟津，汉高祖之集于垓下”，种种叛行，皆因天命如此，“非臣之力”，反倒是苻丕“固守匹夫之志，不达变通之理”，“杜门自守，时出挑战”，只怕早晚被飞矢误伤。最后又感慨一句：“运有推移，去来常事，唯陛下察之。”

苻坚看信大怒：“果然是个忘恩负义之徒！只可惜我不用王景略、权子良之计，竟被他一误再误！”立即回函驳斥。信中先感念慕容垂在淝水战败后的功劳，“社稷之不陨，卿之力也”，随即骂他：“伯夷忽毁冰操，柳惠倏为淫夫！”又忆当年慕容垂不容于燕国，“匹马而投命”，自己待若上宾，“歃血断金，披心相付”，最后竟“蓄水覆舟，养兽反害！”更斥他夸大其词，“周武之事，岂卿庸人所可论哉！”写到此处仍不解气，又痛骂“念卿垂老，老而为贼，生为叛臣，死为逆鬼”，这才恨恨收笔。

苻坚终于看清慕容垂的嘴脸，可惜为时已晚！

秋风一夜满长安，刮至黎明，仍不见停歇。长空风云激荡，如飞瀑湍流，全无一处安宁。青天摇摇欲坠，如大厦将倾、巨峰将陷、雪山将崩。地上飞沙走石昏黑一片，仿佛乾坤失序，要重返开辟之前的混沌世界。刮至晨星寥落，风力才稍稍减弱。天地暂得安稳，东方也泛起一丝惨淡的亮光。一轮红不红、白不白的旭日摇摇颤颤地冒出地平线，像蛋壳里磕出的生蛋黄，似乎吹弹可破。秋风暂歇之际，旭日一头扎进云海，再不露头。

苻坚前脚起床，后脚战报已至：“慕容泓、慕容冲兄弟引来数万大军，围困长安！”

顾不得洗漱，苻坚匆忙出宫，顶风登上城楼，只见城外兵马密集、杀气冲天，不禁叹道：“鲜卑贼从何处而来？为何如此强盛！”

忽见一白袍将军拍马而至城下，生得貌如潘安，肤似何晏，正是慕容冲。苻坚眼喷怒火，高声骂道：“尔辈群奴不在草原放牧牛羊，为何来长安送死！”说完弓箭上弦，瞄准慕容冲。

慕容冲勒住马缰，撩了撩额头的一绺青丝，抿嘴答道：“做奴日久，不堪其苦，欲取而代之！”

苻坚眼中火气全消，满腔的愤怒顿时化为悲悯之情。扔了弓箭低眼再看，那个一身邪戾的敌酋倏忽不见，城下分明是个聪颖可人、天真烂漫的翩翩美少年。

苻坚迎风呆立良久，默然退下，却派使者出城送去一领锦袍，并传去口诏：“古人兵交，使在其间。卿在远方初创基业，必然辛劳！今赠送锦袍一领，以示本心。朕对卿恩分如何，为何一夜间生出如此变故！”

慕容冲冷笑一声，命随从收下锦袍，答道：“请转告苻坚，皇太弟有令：孤如今心在天下，岂会在意这点小恩小惠！你若识时务，便可束手受降，孤自会宽待苻氏，以谢旧好，不令当年善意专美于前！”

使者归来转述，苻坚听完大怒。

“我不听王景略、阳平公之言，才使白虏如此嚣张！”只得弃了念想，一边派勇士出城求援，一边死心抗敌。

翌日，慕容泓又送来书信道：“吴王慕容垂已平定关东。阁下大势已去，何不送还家兄皇帝，慕容泓愿率关中燕人护送皇舆还返邺都，与秦国以虎牢为界，永为邻好。”

苻坚怒不可遏，将慕容暐召来责骂道："慕容泓请尔回去做皇帝，你若愿去，朕不阻拦。只是你家宗族，可谓人面兽心，不可以国士相待！"

慕容暐慌得叩头流血，涕泣满面。苻坚顿时心软，叹气许久道："这都是慕容垂、慕容泓、慕容冲三个逆贼干的好事，非卿之过。"

权翼劝道："他若与外贼勾结，长安必失！陛下不可一错再错，务必将慕容一党斩尽杀绝！"

苻坚依旧不听。

这日傍晚，斥候忽然来报："京畿各地惨遭慕容冲蹂躏，精壮男子都被掳去，虽身陷敌营，仍念念不忘陛下恩德，约定今夜火烧敌营，与城内守军里应外合，一举击败叛贼！"

苻坚大喜，挑选七百勇士，准备应战。到了夜晚，见城外火起，立即引兵杀出。杀至敌营，只见大火冲天，却不见内援接应。鲜卑兵早已蜂拥而至，苻坚身先士卒，纵马挥剑，却被慕容冲迎面拦住。苻坚望见慕容冲，恨不得生啖其肉。慕容冲却不着急，拍手笑道："楛矢东来，请陛下笑纳！"顿时箭如雨下。苻坚躲闪不及，身中数箭。慕容冲挥鞭笑道："将此人拿下！"鲜卑兵一哄而上。苻坚奋力砍杀，顷刻间已遍身血污，却难破重围。忽见几十名遍身焦炭的汉子杀出敌阵，救下苻坚，挽着缰绳痛哭道："我等火烧敌营，响应陛下。岂料天不助我，风向逆转，反烧了自家营舍。逃脱者只有寥寥数十人，其余众人都已葬身火海！"

苻坚肝胆俱裂，仰天陨泪。慕容泓、慕容冲又引军杀来，苻坚不能抵挡，只得退回城内。

春去夏来，长安已遭围困半年有余。守城军民精疲力竭，粮草也即将耗尽，苻坚接连派人出城求援，却不见回音。终有斥候回报："苻丕、张蚝被慕容垂围攻，自顾不暇；吕光扫平西域，欲奔赴国难，却被叛贼阻截在河西不毛之地，无法东进。其余各路兵马，或已反叛，或已溃散不知下落！"

苻坚叹道："天意如此，何必强求！"

苻坚无计可施，将道安和尚以及近日延聘而来的名士王嘉请至东堂，问计道："天下大乱，皆朕之过。二位有通神之能，若能觉察天意，请不吝赐教！"

道安劝道："形势艰难，若要扭转乾坤，非一日之功。目前陛下既要守城，更要防范内敌！"

话音刚落，慕容暐忽然求见。只见他躬身拜了又拜，皮笑肉不笑地说："臣之弟慕容泓、慕容冲不识义方，身负国恩，臣罪应万死。陛下垂天地之容，臣蒙更生之惠。臣次子昨日成婚，请陛下明日上午暂屈銮驾，光临寒舍赴宴！"

苻坚欣然应允。

慕容暐走后，王嘉忽然哈哈大笑道："会天大雨，不得杀羊。"

苻坚不解其意，再三追问，他却闭口不答。

翌日清晨，长安忽然暴雨滂沱，一直下至午后才歇。因道路断绝，苻坚错过了慕容家的婚宴。懊恼不迭之际，左将军窦冲忽来急报："慕容暐勾结城外逆贼，以婚宴为名，图谋弑君，现已事发！"

苻坚终于忍无可忍，目眦欲裂，拔剑击柱道："将慕容暐宗族斩尽杀绝！"猛然记起王嘉所说"会天大雨，不得杀羊"八字，苻坚恍然大悟，连忙派幼子苻诜去请王嘉。过了许久，苻诜独自归来道："王嘉已孤身出城，不知所终。"

苻坚叹气连连，烦闷之绪不绝于胸。带了几个随从四处巡视，只见长安城一片死寂，人无笑语，犬无吠声。于是叹息道："哀莫大于心死！长安城已经心死，连畜生都看出城破之日已经不远。"

他日不能食，夜不成寐，忧愤、悔恨、焦躁之情，仿佛城外的不速之客，轮番来心头叫阵。种种艰难，由外及内，又由内及外，早已将他折磨得身心俱废。巡视了大半天，直至黄昏才回。却有侍卫捡来一卷书简，慌忙呈来。苻坚半睁双眼信手翻看，见书名为《古符传贾录》，记载的都是古今符谶，大多荒诞不经。忽见一条谣谚赫然写着"坚入五将山久长得"八个字。苻坚顿时两眼放出光来。

"这句说的分明是我！看来天不亡我，却来指点迷津！"

张夫人嗔道："陛下难道忘了当年王丞相的叮嘱？符谶之说最不可信。此书来历不明，或许是奸人诡计，也未可知！"

"苦守长安必是死路一条，去五将山或许能得生路！况且天理昭昭，必不负我！"

张夫人与苻诜苦劝，苻坚哪里肯听。又命人搜尽宫中仅存的粮米、肉脯，做成一顿晚饭，宴请群臣。每人分得三五片肉脯，都含在嘴里不舍下咽，要带回家与亲人分食。苻坚看得垂泪不止。

筵席散尽，苻坚命太子苻宏留守，自己率领张夫人与苻诜、苻宝、苻锦等子女，引了几百士卒冲出长安，直奔西北方向而去。次日清晨，来到新平郡五将山下。此山草木繁茂，云雾缭绕，与气息奄奄的长安相比，仿佛天堂一般。苻坚心中欢喜，打马四顾，寻找上山之途。只见灌木丛后，隐约显出一条山径，蜿蜒而上，直通幽微处。苻坚正要上山，苻诜劝道："山林险恶，恐有伏兵。陛下不可不察！"

苻坚惨然笑道："穷途末路，何处能安我身？若不遵从天意，又能仰仗何人？是福是祸，全凭天意！”拍马只顾上山。

士卒溃散已尽，只有妻子儿女和三五个贴身侍从跟随。沿着山路走到尽头，却是一片竹木茂盛的平冈。溪水潺潺处，赫然现出一座小庙，半掩着山门，似在迎接不期而至的幽客。苻坚下马入寺，只见禅院正中生了一株老枫树，满树枫叶猩红欲滴，仿佛华盖，掩映出树后一座小小佛殿。

苻坚径直登殿，透过袅袅香烟，望着庄严华妙的佛像，心绪渐渐平复。后院飘来低沉的钟声，从耳膜渗入血脉，又随血脉传遍五体，令周身无比舒畅。苻坚摒除杂念，俯身拜了三拜，起身道：“弟子自幼效法先贤，一心向善。待人以诚，治国以德。誓以仁义混一四海。一旦兵败淮南，便由盛转衰，竟落到国土分崩、众叛亲离的境地。弟子诚心敬佛，恭虔在兹，未曾有过丝毫怠慢。凡人以琐事相求，尚有灵验，弟子以天下苍生之大事求佛祖保佑，为何竟无灵验？”

一个低沉浑厚的声音答道：“仁义有大小之分，智者取大仁而舍小义，愚者取小仁而舍大义。你气度宏远、志逾前贤，智术却只及中上，常因小仁而失大义。因缘巧合，得王猛襄助，与他志谋合一，才无往不胜。这段际遇虽不长久，却足以彪炳史册，你竟然还不知足。王猛死后，你不能以他人之长补己之短，自然做神不圣，做鬼不灵。一败涂地，又何必怨天尤人？如今又到了武夫争霸的乱世，你那套仁义道德早已不合时宜。天下之兴亡、朝代之更替，都是世间自然之事，即便佛祖也逆转不得。你枉自修习多年佛法，仍不能勘破成败，岂不谬哉？”

苻坚见佛祖显灵，惊喜万分，一气磕了十来个响头，接着道：“多谢佛祖显灵指点。弟子走投无路，如之奈何？”

“你自视能驾驭时势，其实是时势驾驭了你！气数已尽，又不能放下执念，何苦如此？唯有将帝位禅让给姚苌方能解悟，抵达自在之境！”

苻坚脸色一变。一阵刺耳的狂笑声骤然响起，佛像后晃悠悠踱出一人，身长七尺，金盔金甲，外罩簇新锦袍，映出一脸油光，正是姚苌！

“苻永固，我已恭候多时！”

苻坚怒不可遏，拔剑冲去。一群甲兵呼啦啦奔了过来，一把夺了宝剑，将苻坚围在垓心。

姚苌装模作样地斥退甲兵。

“人家銮驾不凡，好歹是个皇帝，不可唐突！”

苻坚眼中冒火，厉声骂道：“奸邪小人，竟敢欺朕！那部伪书，也必是你的大作！”

“岂敢岂敢。”

“朕思虑不周，竟被你引诱至此！”

“何必动怒？我要引诱的只是阁下身外之物，一件玉器而已！”

姚苌眼中闪过一丝鄙夷，踱至苻坚面前，厉声道：“‘富贵则就之，贫贱则去之。’这话虽然无情，却是世间至理。传国玉玺是通灵之物，见你穷途末路，自然要另觅新主。何不成人之美，免得你我耗费口舌？”

苻坚厉声斥道：“不知羞耻！小小羌贼也敢威逼天子！帝号何曾轮到你这夷狄鼠辈？”

姚苌脸上瞬间活泛起来，几根筋肉上下扭动，拧出一团怪笑。

“骂我夷狄，果然解气！可这世上，谁人不是夷狄出身？你以华夏自居，祖上又何曾不是夷狄？即便是汉人，老祖宗不也曾茹毛饮血？今日之夷狄，乃是明日之华夏。这话陛下不也曾说过吗？羌人本为炎帝部属，阪泉逐鹿之战后从中原迁往边地。近世又从边地迁回中原，何所图邪？我寄你篱下，忍辱负重三十年，又何所图邪？你焉有不知之理？瓦片犹有翻身之日，更何况我堂堂羌人！四年一闰，好坏照轮。你坐了三十年江山，早该知足，让与我坐坐，有何不舍？坐一回江山，边地之民也算入了华夏正统，不枉来世间一趟，何耻之有！休再啰嗦，玉玺现在何处？”

“玉玺早已送往晋朝，又何须你来挂念！”

“玉玺只是顽石雕出的信物而已。你若禅位于我，岂不更加令人信服？进田要看田势，进山要看山势。你已落到这等地步，何必再与自己苦苦周旋？”

“禅让乃圣贤之事。姚苌叛贼，也敢与古人相比？”

姚苌笑容依旧，鼻孔里哼了一声道：“朕已是秦国新主、万年秦王，哪有闲暇与你纠缠！朕的旨意，你也敢违抗？”

“奸徒若要弑君，为何还不动手？”

苻坚只求速死，怒目圆睁，破口大骂。

姚苌脸上笑容凝固，眼神避开苻坚的目光，转向右司马尹纬，用手在颈上做了个手势。尹纬会意，却迟疑道：“主公真要背负弑君的恶名？”

“国无二主。他在世上，教我如何安心？若怕天下人非议，便赐个壮烈天王的谥号，惠而不费，又有何难？”

姚苌收了笑容，抖了抖锦袍扬长而去。

尹纬在树上系了绳索，搬来胡床，向苻坚拱手道：“奉命行事，请陛下恕罪！”苻坚举止从容，登上胡床，忽然扭头叹道：“我看阁下气度不凡，与当年的王景略颇有几分神似。可惜朕未能重用。亡国身死，合当如此！”

“王景略有绝世之才，陛下尚不能用其遗言。在下又怎敢奢望陛下重用？”

尹纬话音刚落，苻坚已吊在树下，气绝身亡。

尹纬叹口气，解开绳索，将苻坚的尸身安放在树下。一阵狂风忽然没头没脑地扶摇而起。枫树陡然一晃，木叶凄厉作响，犹如一声悲歌。狂风渐紧，一树红叶纷纷坠落，仿佛血雨。红叶飘飘洒洒，落满禅院，遮蔽了苻坚的身躯，又飞出院墙，铺满草地、落满溪水。溪流裹着红叶跌落平冈，化为两股瀑布飞落山崖，远远望去，仿佛两道沾血的泪痕。几片红叶辗转漂入泾河，流经华阴，又被冲上河岸，一路飘零，在王猛墓前旋舞不止。风停后，红叶轻轻落在松树枝头。守墓人樊代举了扫帚，正要动手扫落，那红叶竟自行化为齑粉，消散得干干净净。翌日，那株松树也枝干全枯，脱尽针叶。

苻坚死后，张夫人与苻诜等子女自杀身亡。太子苻宏逃出长安，流亡晋地。苻丕继承帝位，一年后兵败身死。苻坚族孙苻登继皇帝位，与姚苌争夺关陇，战火连年不熄。

苻登在营中树立苻坚遗像，激励将士道："姚苌虽是个弑主的逆贼，但其部下大多忠于先帝。我有一条妙计，今夜对付姚苌，必有奇效。"

是夜，月黑风高，苻登率将士披麻戴孝来到姚苌营外，放声恸哭。直哭得阴风四起，愁云弥漫。羌营将士听到哭声，念及苻坚旧恩，无不涕泪满襟。

姚苌笑道："他会哭，我难道不会？要哭便哭个惊天动地！哭声弱于敌军者，立斩无赦！"说完率先仰天号啕。三军跟着一通鬼哭狼嚎，人人如丧考妣，反将苻登哭得心慌意乱、六神难安，慌忙引军退却。

姚苌与苻登交战，败多胜少，又背负着无法洗刷的弑君罪名，越发疑神疑鬼，以为苻登得了苻坚神灵护佑。于是依样画葫芦，也在军中树立苻坚雕像，祈祷道："兄长姚襄当年死于陛下之手，因此托梦于臣，求臣为他复仇。臣在新平佛寺得罪陛下，是奉姚襄之命，非臣之罪也。苻登不过是陛下族孙，尚不忘为陛下复仇，臣又怎敢辜负兄长重托？况且陛下当年亲自授我以龙骧将军之位，激励我建功立业，谆谆切切，犹在耳畔。臣不敢或忘教诲，因此才效仿陛下称帝。若有得罪之处，臣已为陛下树立神主谢罪，臣若有他过，请陛下莫再追究！"随从听他将弑君之罪推得一干二净，还理直气壮，全无愧意，都暗自窃笑。

消息传到苻登耳中。苻登立即登上谯楼隔空骂道："身为臣子，犯下弑君之罪，还有脸求君主保佑！姚苌敢不敢出营，与我决一死战！"姚苌只装作未听见。

姚苌做贼心虚，夜夜惊梦，不久便身心交瘁，恶病缠身。终于恼羞成怒，砍下雕像首级，扔到苻登大营。又发掘苻坚陵墓，鞭尸泄愤。但挥之不去的噩梦仍如晚课般夜夜降临，甚至一夜重似一夜。

一个斜阳惨淡的午后，姚苌乘辇车由新至堡返回。临近长安，困意渐起。刚刚合眼，忽听车外杀声阵阵、怪叫连天。掀开窗帘，一眼瞅见苻坚白盔白甲，手持长剑，率领七八个眉眼怒张、筋骨暴突的天王力士，恶狠狠追杀过来，身后还跟了黑压压一片鬼兵，个个青面獠牙、凶恶狰狞。姚苌魂飞魄散，命御者快马加鞭，仓皇逃回长安。鬼兵紧追不舍。姚苌奔进寝宫高呼：“有鬼！有鬼！”侍从慌忙端起长矛刺鬼。姚苌左躲右闪，忽然一个踉跄，直向矛尖撞来。侍从不及收手，只听“噗”的一声，矛尖贯穿姚苌裆部，顿时血流如注。一青面鬼拍手笑道：“正中要害！”群鬼一发散去，苻坚也不见踪影。

姚苌骤然惊醒，遍身冷汗。当夜赶回长安，裆部忽然长满痈肿，疼痛难忍。太医用银针刺破痈口放脓，竟然鲜血喷涌，仿佛梦境再现。姚苌神志错乱，狂呼：“我是姚苌！杀陛下的是姚襄！不关吾事，不关吾事！”半夜便一命呜呼。

姚苌死后，姚秦又延续二十一年，终为王猛之孙王镇恶所灭。

慕容垂叛秦后击败苻丕，夺下邺城，并在中山称帝。随后与丁零人、鲜卑贺兰及拓跋部、匈奴铁弗部，以及同宗的慕容永接连征战十余年，虽战功赫赫、杀人如麻，却无力稳固大局，更遑论恢复太平。姚苌死后第三年，慕容垂病逝于北征途中，他一手光复的燕国一蹶不振，不久便烟消云散。

时光荏苒，战乱割据仍在无休无止地更迭延续，仿佛永无尽头。一代代英雄豪杰、帝王将相层出不穷，多如过江之鲫。但那段荡气回肠、肝胆相照的君臣佳话，那些混一夷夏、吞吐天地的雄韬伟略，却成百世绝响。

三个甲子一晃而过。一年春天，王猛墓前干枯已久的老松树忽发新枝。乡民视之为吉兆，并广为传播。此时天下初定，民生渐安，方圆几十里的百姓都赶来围观。冷清多年的墓地忽如集市般热闹。

人群外銮铃响起，几个大汉打马而来。为首一人浓眉阔脸，雄沉大度，气宇非凡。守墓人向他扬手打了个拱，那大汉在马上还礼，问道：“惭愧，在下虽是华阴人氏，却不识这是何人之墓？可是你的先人？”

“此乃前秦丞相王猛之墓。小人姓樊，先祖是王丞相属下。世代守墓，已经六代。”

大汉听了，下马挤到墓前，恭恭敬敬地拜了三拜，几个伴当也跟着下拜。大汉看了松树，叹道：“大隋兴起，天下重归一统。王丞相坟前枯木忽又逢春。难道前朝圣贤，竟与我幽怀同契？”

一伴当笑道：“王猛虽是媲美诸葛的人杰，却颇有瑕疵。着实可惜，着实可惜！”

“有何瑕疵？”

“可惜他辅佐的是夷狄之君。”

大汉瞪眼嗔道：“夷狄安在？早已归于华夏！王猛能识夷夏混一之大势，变夷从夏，自是高人一等，又岂能以瑕疵论之？王猛与苻坚，虽未能统一天下，却开了一代风气，气魄胸襟，见识才略，不在我辈之下，是华夏一等一的英雄。若王猛能延二十年阳寿，史书必会改写，你我又岂有今日？”

大汉朗声一笑，又朝王猛墓遥遥拱手，转身牵过马来。

守墓人忙问：“阁下尊姓大名？”

“转告王丞相，乡党杨坚来过！”

说完，跨马绝尘而去。